エコー・メイカー

リチャード・パワーズ
黒原敏行 訳

新潮社

エコー・メイカー　目次

Cover Illustration by Kana Kitamura
Design by Shinchosha Book Design Division

エコー・メイカー

魂を見つけるには、まず失う必要がある。

——A・R・ルリア

第一部　私は何者でもない

私たちはみな潜在的な化石だ。ヒトになる前の生物の未発達な性質、すなわち何代にもわたって生物が雲のようなふわふわしたものの形であふれていた世界の痕跡を、身体の中に持っているのである。

——ローレン・アイズリー『大いなる旅』〔The Immense Journey 未訳〕

第一章「裂け目」

夕暮れ時になると鶴が次々と降り立つ。幾筋ものたるんだリボンとなって空を流れ落ちてくる。十数羽の集まりがあらゆる方角から漂ってきて夕闇とともに降りてくる。おびただしいグルス・カナデンシス（カナダヅルの学名）が解氷期の川に着水する。砂州に群れ、餌をついばみ、羽搏き、鳴き声をあげる。それは大量飛来の先行波だ。時々刻々さらに多くの鳥が降りてきて、大気は鳴き声で赤く染まる。

　首を長く伸ばし、脚を後ろに垂らしている。人間の背丈ほど幅がある翼を巻きこむように前へ出す。初列風切羽《しょれつかざきりばね》を指のように広げて、身体を前に傾け、風の面に乗る。真っ赤な頭を垂れ、左右の翼を同時に動かす姿は、長い衣を着て祝禱を捧げる司祭のようだ。地上の群れが沸き立ち、ほかの鶴たちもびくりとし、尾羽を杯《さかずき》状にし、腹を引きしめる。脚を蹴り、後ろに折れ曲がった膝を飛行機の壊れた着陸装置のように揺らす。別の一羽が急降下してきて、前によたよた進みながら、自分の場所を確保しようとする。この川の数キロ分を占める鳥が密集した渡来地は、水がまだ澄んでいて、川幅が広いので、安全と見做されている。

　夕闇の訪れは早い。あと数週間はそう感じられる日々が続く。柳やヒロハハコヤナギの葉越しに青みがかった氷の色を覗かせている空は、つかのま薔薇色に燃えたあと、藍色に沈みこむ。二月下旬のプラット川では、夜の冷気が川面に靄《もや》を漂わせ、昨秋の刈り株が残る両岸の畑に霜を降らせる。

人間の子供ほどの背丈がある神経質な鶴の群れが、翼をすり合わせて蝟集《いしゅう》する川は、彼らが記憶によって見つけられるようになった土地だ。

鶴は太古の昔から冬の終わりになるとこの川に群れ集まり、一帯の湿地を絨毯のように覆ってきた。黄昏の光の中で見る鳥たちは今もどこか爬虫類の面影をとどめている。地上最古の空飛ぶ動物である翼竜プテロダクティルスから、おずおずと一歩前に出ただけの存在だ。とっぷり陽が暮れると、あたりはふたたび原初の世界に戻る。この土地が初めて鶴の滞在地となった六千万年前のとある夜に。

地球上に棲息するすべてのカナダヅルの五分の四にあたる五十万羽が、この川へ飛来する。時計で測ったかのように正確に、北アメリカ大陸の中央飛行経路《セントラル・フライウェイ》をたどってくる。越冬地であるニューメキシコ州やテキサス州やメキシコから一日に何百キロも北上し、プラット川からさらに数千キロの旅をして、記憶の中にある繁殖地にたどり着く。プラット川の数キロにわたる流域には何週間か滞在する。春が来ると飛び立ち、アラスカ、カナダのサスカチュワン州、さらにその先へと、感覚に導かれて移動していく。

今年の渡りも昔からのそれを踏襲している。鶴の体内の何かが、大昔に祖先が定めた経路をなぞっていく。それぞれの鶴がこれからたどるべき経路を覚えている。

今夜、鶴はまた網状河川の浅瀬で群れている。あと一時間ほどは集団的な鳴き声をうつろな空中に響かせるだろう。早く出発したいとそわそわして、羽搏きを繰り返す鳥。霜に覆われた木の小枝を嘴《くちばし》で裂き、宙にはね散らかす鳥。焦れて喧嘩を始めたりもする。やがて鶴たちは長い脚で立ったまま用心深く眠りにつく。大半は川の浅瀬で寝《やす》むが、少し離れた刈り株だらけの畑にいる鳥もいる。

ブレーキの軋り音、アスファルトの路上での金属の激突音、そして一つの叫び声と、それに続く叫び声が、群れを目覚めさせる。一台のトラックが宙に弧を描き、道路脇の溝に飛びこんでひっくり返る。鶴の群れが羽毛を散らす。群れは羽搏いて地面から浮きあがる。恐慌に陥った絨毯が空に持ちあがり、旋回して、また降りてくる。鶴の二倍ほどある生き物が発したかと思えるような叫びは数キロ先まで伝わって消え入る。

朝までにその叫びは二度と聞かれない。ふたたび、今、ここしかなくなる。網状河川、北極圏まで飛ぶための糧となる地面に落ちた穀粒をついばむ饗宴しかない世界に戻る。曙光が射しそめる時、化石の群れは命を取り戻し、脚を試しに動かし、冷たい空気の匂いを嗅ぎ、軽やかに跳ね、嘴を空に向けて、喉を開く。そして夜には何も起こらなかったかのように、今の瞬間以外のすべてを忘れて、明け方のカナダヅルの群れは踊りだす。この川が流れはじめる以前からしてきたように舞い踊る。

弟は私を必要としている。よそよそしい夜を駆け抜けるカリンを守ってくれるのはその思いだ。半ば夢うつつの状態で車を運転し、アイオワ州スー・シティーから国道七七号線を南下してネブラスカ州に入り、プラット川に沿って三〇号線を西に進むという逆L字形の経路をたどる。今の精神状態では裏道を使って最短距離を行くのは無理だ。午前二時の電話で受けた衝撃からまだ立ち直っていないからだ。**もしもし、カリン・シュルーターさんですか。こちらはカーニーのグッド・サマリタン病院ですが、弟さんが事故に遭われたんです。**

電話では詳しい説明をしてもらえなかった。教えられたのは、車がノースライン・ロードの路肩から飛び出し、マークは運転席に閉じこめられ、救急隊に救出された時には凍死しかけていたことだけ。電話を切ったあと呆然としてしまい、気づいた時には両手を頬に強く押しつけていた。顔は無感覚だった。まるでカリン自身が事故に遭って、二月の夜中に凍えていたかのように。

血の気のないこわばった両手でハンドルを握り、アメリカ先住民の居留地を通り抜けた。まずはウィネベーゴ族の土地、ついでオマハ族の起伏のある土地。つぎはぎ補修をされた道路の両側の低木は雪の房飾りの重みにうなだれていた。ウィネベーゴ十字路、祭り場、部族裁判所、消防団、カリンが無税の給油をしたガソリンスタンド、壁に〝先住民民芸品ギフトショップ〟と手書きされたこけら板張りの家、昔カリンがボランティアで教師の助手をしたが絶望感にとらわれて辞めてしまった高校、ホーム・オヴ・ジ・インディアンズ校。居留地の風景は敵意をもってカリンに背を向けた。ロザリーまでの長く伸びた車影一つない道路では、雪の溜まった道路脇を、ひどく薄手のジャケットを着て〝ゴー・ビッグ・レッド〟〔ネブラスカ大学のスポーツチームを応援するかけ声〕の文字をあしらった帽子をかぶった男が一人で歩いていたが、弟と同年配のその男はよそ者を追い払おうというのか、車で通りすぎるカリンに罵声を浴びせてきた。

傷の縫い目のようなセンターラインがカリンを雪の降る闇の中へと引きこんでいく。それにしても腑に落ちない。プロのトラック運転手と言ってもいいマークが、日頃走り慣れているまっすぐな田舎の道路から飛び出してしまうなんて。ネブラスカ中央部で道路から飛び出すのは——木馬から落馬するようなものだ。事故の日付を頭に浮かべてあれこれ考えてみる。02/02/20。何か意味があるだろうか。思わずハンドルを掌で叩いてしまい、車体が振れる。**弟さんが事故に遭われたんです**。考えてみれば、弟はかなり以前から人生において間違った車線を走り、間違った角を曲がることを繰り返してきたのだった。夜中のとんでもない時刻に電話がかかってきたことは、ずいぶん昔からあったのを覚えている。もっともこれほどの大事件は初めてだが。

カリンは居眠り運転をしないようラジオをつけた。選んだのはイカれたトーク番組で、目下の話題は水道水に毒を入れるテロからペットを守る方法だった。闇の中で雑音交じりの素っ頓狂な話し声が頭にしみこんできて、自分が今がらんとした道路を一人で走り、自分も事故を起こしかねない状態にあることをひしひしと感じさせる。

マークは本当に優しい子だった。ミミズの病院を作ったり、僕のおもちゃを売っていいから農場をやめないでと親に頼んだり。十九年前の、父親のキャッピーが電気のコードで母親のジョーンの首を絞めようとしたあのおぞましい夜には、まだ八歳の幼い身体を両親の間に投げ出した。今、闇の中で車をとばすカリンの頭に浮かぶ弟は、そんないたいけな少年だ。あの子が問題に巻きこまれる原因はどれも同じ。あまりにも人のことを考えすぎるせいだ。

スー・シティーから三百キロほど離れたグランドアイランドの郊外で夜が明けて、空が黄桃色に明るみはじめた時、プラット川が見えた。茶色い川面に陽の光がきらめきだすと気持ちが落ち着いた。何かがカリンの目を惹いた。赤い斑点を散らした真珠色の波が小刻みにうごめいている。地元出身のカリンでさえ最初は高速道路催眠現象《ハイウェイ・ヒプノーシス》かと思った。遠くの樹林の縁まで広がる体高一メートル二十センチほどの鳥の絨毯。三十年近くこの季節に目にしてきたものなのに、踊る鳥の塊を見たとたんにハンドルを握る手がぐらっと揺れて、弟の二の舞を踏みそうになった。

弟は鶴の帰還を待って道路から飛び出したわけだ。去年の十月、母親の通夜に出るためカリンがこの同じ道をやってきた時、弟はすでに乱れた生活を送っていた。同じ食肉加工会社に勤める友達たちとニンテンドー地獄の第九圏で遊び惚け、缶ビールを飲みながらブランチをとり、昼過ぎから始まる半夜勤の仕事に酔って出勤したりしていた。**一族の流儀は守らなくちゃいけないだろ、ウサギちゃん。一族の名誉のために。**あの時は言って聞かせる気力が出なかった。たしなめてもどうせ聞かなかっただろう。それでもこの冬はどうにか問題を起こさずに過ごして、少しばかり素行が良くなってもいた。ところが、これだ。

カーニーの市街地が立ちあがってきた。郊外のまばらな家、新しく作られたスーパーマーケットの敷地、二番通りに並ぶファストフード店、旧メインストリート。ふいにカリンの目に、町全体が州間高速道路八〇号線の出口ランプを大きくしたようなもののように見えた。見慣れた情景が、今の状況にそぐわない奇妙な落ち着きでカリンを満たす。何がどうあれ、ここは故郷《ホーム》なのだ。

　カリンは渡り鳥がプラット川を見つけるようにグッド・サマリタン病院を見つけた。弟の治療に懸命にあたってくれている外傷治療医に会って話を聞く。医者は何度も、**中等症**、**容態は安定**、**運がいい**、の三つを口にした。事故の前夜、マークと一緒にどんちゃん騒ぎをしていたとしてもおかしくないくらい若い医者だ。カリンは医学校の卒業証書を見せてほしかったが、さすがにそれはできないので、〝中等症〟とはどの程度の症状なのかを尋ね、曖昧な返事に礼儀正しくうなずいた。

〝運がいい〟の意味を訊くと、〝生きているのは運がいい〟ということだと説明された。

　消防士たちがアセチレンバーナーでマークを運転台から引き出してくれたのだが、田舎道から転がり落ちた棺のような車の中でフロントガラスに身体を押しつけられたまま一夜を明かしていたら、寒さと出血で死んでいたかもしれないという。だが町はずれのガソリンスタンドから誰かが匿名で通報してくれたのだった。

　カリンは治療室への入室を許された。看護師が心の準備をさせようといろいろ説明してくれたが、耳に入らなかった。ケーブルとモニターでできた巣の前に立った。ベッドには白い布に包まれた塊が横たわっていた。何本ものチューブの絡み合いの間に埋もれた顔は虹色に腫れ、擦過傷に覆われていた。出血した唇や頬には細かな石粒が点々とめりこんでいる。密生した髪の中に頭蓋骨がむき出しになった部分があり、そこから針金が何本か生えていた。額には焼けた格子状の金属で圧迫された痕。コマツグミの卵の色〔トルコ石のような青い色〕をした薄手のガウンを着た弟は、懸命に息をしていた。

　カリンは少し離れたところから呼びかけた。「マーク?」その声に目が開く。カリンが子供の頃に持っていた人形の固いプラスチックの目に似ていた。ほかはどこも動かない。瞼さえも。だがやがて口が声もなく開閉した。カリンは近づいて、装置を取りつけられた弟の上に身をかがめた。モニターの低い唸りに、唇から出る空気の摩擦音がかぶさる。除草剤耐性小麦の畑を吹き抜ける風の音だ。

弟はこちらがわかっている顔をしていた。ただ口からは唾液以外のものは出てこない。目は恐怖を浮かべて、何かを訴えていた。カリンに何かを求めていた。生命か、死を。「大丈夫。私、ここにいるからね」だが励ましは逆効果だった。興奮させてしまった。まさに看護師が禁じたことだった。カリンは視線をはずした。弟の動物じみた目以外ならどこでもよかった。治療室の様子がカリンの記憶に焼きついた。閉ざされたカーテン、二つのラックの上の恐ろしげな電子装置、ライムシャーベット色の壁、ベッド脇のキャスターつきテーブル。

カリンはもう一度試した。「マーキー、私よ。絶対よくなるからね」その言葉が本当になったような恰好になった。つぐんだ口から呻きが漏れたのだ。点滴のチューブを貼りつけられた腕が持ちあがり、カリンの手首をつかんだ。その狙いの確かさにカリンはびっくりした。握力は弱いが執拗で、カリンをチューブの網目のほうへ引きおろそうとする。指を必死にひくつかせるさまは、まるでこの瞬間に姉がトラックの転落を防いでくれると信じているかのようだ。

看護師から部屋を出るように言われたカリンは外傷治療部の待合室で坐った。端にガラス張りの植物栽培室《テラリウム》が作られている長い廊下には、消毒薬と不安と古い健康雑誌の臭いが漂っていた。カリンと並んで、黒っぽいシャツにオーバーオールという恰好の農業経営者やその妻たちが、座面に杏色のクッションがついた四角い椅子に坐っている。来院の理由をカリンは想像してみた。父親が心臓発作を起こした。夫が狩猟で怪我をした。子供が間違えて薬を呑みすぎた。隅の音量を絞ったテレビがゲリラのいる高地の荒れ野を映している。二〇〇二年冬、アフガニスタン。しばらくして、カリンは右手の人差し指から血が出ているのに気づいた。爪の甘皮を噛んでいたせいだった。立ちあがってふらふらトイレへ行き、嘔吐した。

しばらくして、病院のカフェテリアで温かいべちゃべちゃしたものを食べた。それから建物が火事になった時にしか人目に触れない前提で設計された打ち放しコンクリートの非常階段ホールへ行って、スー・シティーの勤め先に電話をかけた。パソコンと家電製品を製造する大きな会社の顧客サービス部だ。電話回線の向こうの上司に見えるわけではないが、ブークレ素材のスカートの皺を伸ばす。カリンはできるだけ曖昧に事故のことを話した。見事なほど淡々とした説明ができるのは、三十年間自分の家族の内実を隠す訓練を積んできたおかげだった。二日休ませてほしいと頼むと、上司は三日休んでいいと言った。カリンは辞退しかけたが、考え直してありがたく厚意を受けることにした。

待合室に戻ると、フランネルのシャツを着た八人の中年男が輪になって立ち、ぼんやりした目つきで床を見ていた。農家のわびしい網戸に吹きつける風のような低い呟きが男たちの口から洩れていた。声は高くなり低くなりして波を打つ。しばらくしてやっと気づいた。マークより少しあとで運びこまれてきた別の患者のために祈っているのだ。ペンテコステ派の即席の礼拝が、メスや薬やレーザーの力が及ばない領域をカバーしようとしている。神の賜物である異言が、家族団欒の会話のように男たちの輪に降りくだっていた。家庭《ホーム》は悪夢の中ですら逃れられない場所なのだ。

容態は安定。運がいい。二つの言葉は正午頃までカリンを支えてくれた。だが次に外傷治療医と話した時には、脳浮腫、という言葉に置き換わった。何らかの原因で頭蓋内圧が高まったせいだった。看護陣は弟の身体を冷やす努力をする。医師は人工呼吸器や脳室ドレナージなどの処置に言及した。運と安定は消えてしまった。

次に見た時、マークはもうカリンの知らない男になっていた。二度目に会わされた男は昏睡状態に陥り、見知らぬ他人の顔をしていた。名前を呼んでも目は開かない。腕をつかんでもぐったりして動かない。

医者がやってきて事故の説明をした。まるでカリンが脳に損傷を受けた患者であるかのような話し方だった。カリンは一生懸命、情報を引き出そうとした。マークの血中アルコール濃度はネブラスカ州の基準で酒酔い運転になるぎりぎり手前――トラックがひっくり返る前の数時間にビール三、四杯だった。体内からはほかに特筆すべき物質は検出されていない。トラックは大破した。

二人の警察官が廊下でカリンを脇へ呼んで質問をした。カリンは知っていることを答えた。つまり何も答えられなかった。一時間たつと警察官と話したと思いこんでいただけのような気がしてきた。夕方近く、待合室の隣の椅子に青いワークシャツを着た五十前後の男が坐った。カリンは何とかそちらに顔を向けて目をぎゅっとつぶり、また開いた。いくらこの町でもありえない。病院の待合室でナンパなんて。

「弁護士を頼んだほうがいい」と男は言った。

カリンはまた目をつぶって開き、首を振った。睡眠不足が原因の幻聴だろうか。

「あんた、あのトラックで事故った人の身内だろう。事故のことは《テレグラフ》で読んだよ。絶対、弁護士を頼んだほうがいい」

カリンはなおも首を振りながら訊いた。「あなたは弁護士ですか」

男は上体をさっと後ろへ引いた。「そうじゃない。ただ勧めてるだけだ」

カリンは《テレグラフ》紙を捜して中身の薄い記事を穴があくほど読んだ。ガラス張りのテラリウムの中で我慢できるだけ坐っていて、耐えられなくなると病棟内を歩きまわり、それから待合室の椅子に坐った。一時間おきに弟に会わせてほしいと頼んだが拒否された。杏色の椅子で五分くらいずつ居眠りしては、はっと目覚めた。カリンの夢の中ではマークが、草原火災のあとのバッファローグラス〔牧草の一種〕のように身体を起こしてきた。小さい頃は可哀想だというので自分のチームに最悪のメンバーばかり選ぶ子だった。大人になってからは酒を飲んで泣きだした時だけ電話をかけてきた。カリンは刺すように目が痛み、口の中がねばねばした。待合室の近くのトイレで鏡を見た。

吹き出物が出て、疲れがにじみ、赤毛の髪はもつれたビーズカーテンのようだった。それでも、人前に出られないほどではない。

「容態が少し後戻りしました」と医者は説明した。B波、mmHg、脳葉、脳室、血腫といった言葉を使った。カリンは何度も聞き直してやっと理解した。手術が必要だというのだ。

喉を切開して、頭蓋骨にボルトを差した。看護師は質問に答えてくれなくなった。数時間後、カリンは顧客応対用の最良の話術を駆使してまたマークに会わせてほしいと頼んでみた。だがいろいろな治療で患者が弱っているから駄目だと言われた。看護師が何か持ってきましょうかと訊いた。すぐにはわからなかったが、薬のことだった。

「いいんです。私は大丈夫」

「しばらく家でお待ちになったらいい」と外傷専門医が言った「これは医者の命令だ。休まなくちゃいけません」

「でも待合室の床に寝ている人もいるし。私、寝袋とってきます」

「しかし今あなたにできることは何もないですから」と医師は言ったが、そんなはずはない、ありえないとカリンは思った。

ほんの少しだけ弟に会わせてくれたら休むと約束してみた。すると会わせてくれた。マークはまだ目をつぶったままで、何に対しても無反応だった。

その時、紙切れが目に入った。それは読まれるのを待つように床頭台に置かれていた。いつからそこにあるのか、誰に訊いてもわからなかった。誰かが密かに病室へ忍びこんだのだ。カリンでさえ入室が禁じられていた間に。伸ばすところが蜘蛛の脚のように長い、軽い筆致の文字だった。百年前の移民の走り書きだ。

私は何者でもない
でも今夜ノースライン・ロードで
神さまが私をあなたのもとへ導いてくれた
あなたが生き延びるように
そして別の誰かを連れてきてくれるように

鳥の群れの、どの鳥も燃えている。星が弾丸のように地上に降る。赤く熱い斑点が受肉し、そこに巣を作る。身体の一部。部分的に身体。

永遠に続く。それとわかる変化なし。

火のついた灰の群れ。灰色の痛みが薄れると、いつも水がある。平らな広い水はごくゆっくりと流れてほとんど液体とは言えない。だが最後に残るのは流れだけ。次のない水流、知覚しうる中で最も低いもの。それ自身が冷たくて感じとれない。

身体は平らな水、落差は一キロあたり一センチ。世界と同じくらい長い胴体。開いてから閉じるまでずっと凍ったままの流れ。時代の湾曲、大きなU字形湾曲部、のたりのたり流れるS字形湾曲、すでに終わっている落下をできるだけ制止するために流れを変える。

川でさえない、濡れた茶色いゆっくりとした西への流れでさえない、現在も過去もない、時々盛りあがる以外は。顔から無音の叫びが迸《ほとばし》る。光の川に照らされる白い柱。それから純粋な恐怖が、空中に鳴り響き、ひっくり返り、落下するが、標的には当たらない。

一つの音が、声にはならないが、それでも言う。おいでと。一緒においでと。死を試してみろと。

最後には水だけ。平らに広がる水。無である水、だが無の中には落ちない。

カリンは州間高速道路のそばにある鶴見物客向けのホテルにチェックインした。まるでトラックからおろしたばかりのような真新しいホテルだ。宿泊料はひどく高いが、病院には近い――それは大事なポイントだ。一晩だけ泊って翌日は別のところを捜した。患者の肉親なので、病院の隣のブロックにあるシェルターハウスに泊まる資格はあった。世界的に有名なファストフード・チェーンから協賛金を受けて運営されている宿泊施設で、カリンとマークはそこを〈ピエロの家〉と呼んでいた。四年前に父親が致死性不眠症になり、四十日で死んだが、最後の頃ようやく本人が入院に同意したので、母親が看病のために時々泊ったのだ。カリンは今はまだその時の記憶と向き合うことができない。そこで車で三十分のところにあるマークの家に向かった。

車を走らせた先はファーヴューだ。マークは父親が死んだ数ヶ月後、相続したわずかなお金でカタログ販売の家を買った。カリンは道に迷い、〈フォー・コーナーズ・テキサコ〉のガソリンスタンドでウォルター・ブレナンのそっくりさんに〈リヴァー・ラン・エステーツ〉への行き方を尋ねた。迷ったのにはたぶん心理的な理由がある。カリンはマークにそこに住んでほしくなかったのだ。だが父親が死んで以来、マークは誰の言うことも聞かなくなった。

組み立て式住宅《モジュラーハウス》の〈ホームスター〉がやっと見つかった。マークが大人になった証しとして誇りにしている家だ。買ったのはレキシントンにある食肉加工会社に第二種保守修理技士として勤めはじめる直前だった。頭金支払いの小切手を切った時、まるで婚約でもしたようにはしゃぎまわったものだ。

玄関を入るとすぐ、とぐろを巻いた犬の新鮮な糞がカリンを歓迎した。ブラッキーが居間の隅で縮こまり、ばつが悪そうにくうんと鳴く。カリンは可哀想な犬を外に出してやり餌をやった。雌のボーダーコリーは切手ほどの庭で牧羊犬の習性を取り戻し、栗鼠《りす》を追いかけたり、雪の消え残りやフェンスの支柱の臭いを嗅いだりして、自分にはまだ人間に愛される値打ちがあると訴えた。
暖房は消えていた。いつも蛇口をきちんと閉めないマークのだらしなさが幸いして、水道管は破裂せずにすんでいた。カリンは円錐形の糞を霜のおりた庭に捨てた。仲良くしようという申し出だが、その前にマークの居所を教えてくれと言っている。カリンは玄関前の階段に坐り、冷たい手摺に額をつけた。

それから震えながら家の中に戻った。せめてマークがいつ帰ってきてもいいようにしておいてあげようと思った。掃除はもう何週間もしていないようだった。マークがファミリールームと呼ぶ部屋で、トラック改造の専門雑誌とヌード写真誌をきれいな山に積んだ。散乱しているCDを集めて、マークがやや稚拙ながら自作した羽目板張りのホームバーの後ろの棚に並べた。ヴィンテージ物のトラックのボンネットに寝そべっている黒革ビキニの若い女のポスターが寝室の壁からだらりと垂れさがっていた。嫌悪のあまり引き破り、手にした紙の残骸を見て、しまったと思った。物置からハンマーを持ってきて、ポスターを貼り直そうとしたが、細かく破りすぎてすでに修復不可能。なにやってるんだ馬鹿と自分を叱りながらごみ箱に捨てた。

バスルームは理科の自由研究を実施中といった趣だった。マークが持っている清掃道具は排水詰まり用のパイプクリーナーと黒革用石鹸だけだ。せめて酢かアンモニアでもないかと台所を捜したが、汚れ落としに近いものはオールド・スタイル〔ビール〕くらいだ。流し台の下を見ると、何枚もの雑巾が詰まったバケツと汚れ落としパウダーが一缶あった。缶を持ちあげるとざらっと音がした。ねじ蓋を開けると、錠剤の入ったビニール袋が入っていた。

カリンは台所の床にへたりこんで泣いた。もうスー・シティーに帰ろうかと考えた。損切りをして、元の生活に戻ろうかと。錠剤を指でつついたり、弾いたりした。ドールハウスのアクセサリーかスポーツ用具の形をしている。白い皿、赤いバーベル、読めないような文字を刻んだ紫色の小皿。

誰に見つからないように隠したのだろう。一人暮らしなのに。間違いなくこの町で人気のあるドラッグ、エクスタシーだ。カリンも呑んだことがあった。二年前、ボールダー（コロラド州の都市）でのことだ。ある夜、友達と心を溶かし合わせ、完全に初対面の人たちと抱擁を交わしたのだった。今、だるい気分で錠剤を一つつまみ、ぺろりと出した舌にこすりつける。が、急いで離して、全部の錠剤をディスポーザーで廃棄した。きゅんきゅん鳴いているブラッキーをまた家に入れてやると、ふくらはぎに鼻をすりつけて甘えてきた。「大丈夫。またじきに元通りになるからね」と励ましてやった。

　また寝室に入った。そこは牛の歯や色を塗った鉱物や珍しい壜の王冠などを自作の陳列台に飾った博物館だった。クロゼットの中を見てみた。暗い色のデニムやコーデュロイの服が多い中に、〈IBP〉のロゴがついた脂汚れのひどいつなぎが三着かかっていて、その下に泥がこびりついた作業用ブーツが置かれている。食肉加工会社へ毎日着ていく仕事着だ。そこで、あ、そうだと思った。昨日あれをやっておくべきだった。マークの勤め先への電話だ。社名は〈アイオワ食肉加工会社《ビーフ・プロセッサーズ》〉。〝極上の牛肉、豚肉などの製品を提供する世界最大の企業〟が謳い文句だ。自動音声案内でメニューを選択し、さらにもう一度選択。明るく囀《さえず》るような音楽が流れ、明るく囀るような声の社員が出て、次には低いしわがれ声の担当者がしきりに〝お客さま《マーム》〟と呼びかけながら応対した。〝マーム〟。電話回線のどこかで、カリンは自分の母親になってしまったようだ（〝マーム〟は大人の女性一般に対する丁寧な呼びかけだが、若い女性の中にはおばさん扱いされたと感じる人もいる）。人事課の相談係が傷害保険の申請の仕方を丁寧に教えてくれた。こうした問い合わせや手続きをしている間、カリンは自分が役に立っているという感覚を味わえた。それは身体が火照るほどの喜びを与えてくれた。

　スー・シティーの自分の勤め先にも電話した。全米第三位のパソコン製造販売会社だ。かつてPC互換機のブームが到来した頃、ホルスタインの大群が走るCMのおかげで同じような直販メーカーを抑えて大躍進をとげたのだ。カリンがコロラドから故郷の近くへ引き揚げてきて、この会社に入社した時、マークはからかったものだ。あの牛パソコンの会社でブータレ客の相手をするって？　カリンは何も言い返せなかった。それまではずっとキャリアのステップアップを続けてきたのだ。シカゴでの電話受付係から出発して、ロサンゼルスにある流行最先端業界の業界誌で広告営業員になり、部長の腹心にのしあがり、ついにはボールダーの二つのドットコム企業を担当するようになった。その二社は、人々が華麗な分身をオンライン上で作って愉しめる仕組みを構築してこれから大儲けするはずだったが、二社の間で訴訟合戦が起きてしまい、カリンは放り出されて振り出しに戻ってしまったのだった。三十歳の坂を越えて、もうリスクをとりつつ野心を燃やす時間もプライドもなくなっていた。地味だが堅実な会社で縁の下の力持ちをやる。いいじゃないか。運命の導きで顧客の応対をすることになった以上は、その道の最高のエキスパートになってやろう。始めてみると、カリンの中には苦情処理の才能が隠れていたのが明らかになった。会社を爆破しかねない剣幕だった客に、Eメール二本と十五分間の電話一本で、カリンを始めとする数千人の社員はその客から生涯にわたる信頼と賞賛を勝ちとることしか望んでいないと信じさせることができた。

弟にであれ誰にであれ、うまく説明はできないが、大事なのは社会的地位ややりがいではない。自分に向いた仕事ができるということだ。長い時間をかけてやっと迷いから解放されたのだ。うまくこなせる仕事があり、スー・シティー南部の川に近い新築コンドミニアムにワンルームの住居を持ち、さらには技術部にいい感じで接してくれる男がいて、そわそわどきどきの期待を分かち合っている最中で、今月中にも深い関係に突入しそうな状況にある。それが、このありさまだ。深夜の一本の電話とともにまたしても厳しい現実に追いつかれたのだ。

それでもかまわない。スー・シティーに自分を必要としてくれる人などいやしない。自分を本当に必要としている人は、ほかに面倒をみてくれる身内もなく、暗い島のような病院で寝ているのだ。髪を手で直しながら待っていると、上司が電話口に出た。休暇取得の記録を調べ、次の月曜から数えて一週間後まで休んでいてもいいと言ってくれた。カリンはできるだけ控えめな口調で、それで充分かどうかわからない旨を伝えた。それだけあれば大丈夫じゃないかなと上司は言った。カリンは礼を言い、もう一度謝って、受話器を置くと、さっきよりも手荒く掃除を再開した。

食器用洗剤とペーパータオルだけで、マークの家を居住可能な状態に戻した。バスルームの鏡から汚れの飛沫を拭きとりながら、自分の顔を仔細に眺めてみる。三十一歳のプロのなだめ屋、理想体重を上回ること一・五キロ、赤い髪はこの年齢では四十五センチ長すぎ、何か直したくてたまらない。自分にはそれができると思っている。マークはまもなくこの家に帰ってきて、嬉々としてまた鏡を汚すだろう。カリンは牛のパソコン会社に戻る。そこでは仕事の腕を認められてはいるが、助けを求めてくるのは赤の他人ばかりだ。肌が乾燥した頰を手で耳のほうへ引っ張り、ゆっくりと息をする。洗面台とバスタブの掃除を終えると、外に出て車に積んであるバックパックの中身をあらためた。セーターが二枚、綾織りのスラックスが二本、下着の替えが三回分。車でカーニーの大型ディスカウント店が集まっている地区へ出かけて、セーター一枚とジーンズ二本、それにモイスチャライザーを買った。これだけの買い物すら危ない綱渡りではあった。

私は何者でもない、でも今夜ノースライン・ロードで……あの置き手紙のことを外傷治療部の誰彼に訊いてみた。わかったのは、マークが救急治療室に運びこまれてまもなく床頭台に現われたことだけだった。大粒のトルコ石をつらねた凝ったデザインの十字架のネックレスを首にかけたヒスパニック系の事務員は、最初の三十六時間はカリンと病院の人間以外誰も患者に会えなかったと断言し、それを証明する記録も見せてくれた。事務員は置き手紙を持っていきたがったが、カリンは拒否した。マークの意識が戻った時、渡してやりたいからだ。

マークは救急治療室から付き添い看護のできる病室へ移された。マークは倒れたマネキンのように身体を横たえていた。二日後、目を開いたが、三十秒ほどで閉じてしまった。だが夕方にまた開き、次の日にかけてカリンはさらに六回それを確認した。目を開いた時のマークはホラー映画を見ているような顔をした。

顔が仮装用ゴムマスクのような感じで動きはじめる。プラグの抜けた視線がカリンを捜し当てた。ベッドの脇にいるカリンは深い採石坑の小石で滑りやすい崖っぷちに坐っている気分だった。「なあに、マーク？　話して。私ここにいるよ」

看護師に何か自分にできることはないかと訊いた。どんな小さなことでもお手伝いできることがあったら言ってほしいと。看護師は特製のナイロン製靴下とバスケットシューズを持ってきて、何時間かおきに患者に履かせては脱がせることを繰り返すように言った。カリンは四十五分おきにそれをやった。足のマッサージもした。血行をよくして凝血を防ぐためだ。ベッドの脇に坐って筋肉をもみほぐした。気がつくと頭の中で、昔入っていた〈４Ｈクラブ〉〈農業技術の向上を目的とする青少年クラブ。４ＨはHead［頭］、Heart［心］、Hands［手］、Health［健康］を指す〉のモットーを唱えていたりした。

私の頭《ヘッド》はより明晰な思考のため
私の心《ハート》はより大きな忠誠のため
私の手《ハンズ》はより大きな奉仕のため
私の健康《ヘルス》はより良い生活のため……

まるで高校時代に戻ったようで、マークはさながら農畜産業共進会に出品する家畜のようだった。より大きな奉仕のため。カリンはネブラスカ大学カーニー校で社会学の学士号をとっただけの人間だが、ずっと世の中の役に立とうと心がけてきた。ウィネベーゴ族居留地で教師の助手になり、ロサンゼルスのダウンタウンではホームレスへの給食ボランティアをやり、シカゴでは法律事務所でボランティアの事務員をした。ボールダーでは恋人になりそうな男友達のために、短い間だが反グローバリズム運動の街頭デモに参加したこともある。熱意をこめてスローガンを叫んでも、心の底のまぬけな気分は消せなかったけれど。親があんな親でなかったら、ずっと家にいて家族のために身を捧げていただろう。今、その家族の最後の一人が、目の前にぐったり横たわっている。姉に奉仕されるのに文句を言うことすらできずに。

　医者はマークの頭に蛇口をつけ、血液と髄液を外に出した。グロテスクだが、効果があった。頭蓋内の圧力が減少して嚢胞《のうほう》も縮んだ。脳には今、充分な空間がある。カリンはマークにそう話した。

「あんたは心置きなく回復すればいいのよ」

　一時間一時間があっというまに過ぎていく。だがこれからの一日一日は無限に前方に延びている。特製の冷却毛布で弟の身体を冷やし、靴を履かせたり脱がせたりする。その間、カリンはずっと弟に話しかけた。聞こえている様子はないが、それでも話しつづけた。鼓膜はまだ振動し、その奥の神経が小波を伝達しているはずだ。「〈IGA〉〔スーパーマーケット〕で薔薇を買ってきた。きれいでしょう。匂いもいいよ。今、看護師さんが点滴の交換をしてくれてるよ、マーキー。心配しないで。私はまだいるから。今年の鶴、飛んでっちゃう前に見なくちゃね。この世のものとは思えないもんね。あんなにたくさんいるのは初めて見た。けっこう街へも入ってくるんだよね。〈マクドナルド〉の屋根にもいっぱいとまってたよ。あれ何か企んでるね。うっ、マーク、足が蒸れてるよ。腐ったロックフォールチーズみたいな臭いがする」

　足の臭いをかげぇ。それは姉より力が強くなってきた頃、マークが何かというと仕掛けてきた攻撃だった。カリンはもう一度弟の動かない身体の臭いを嗅いだ。こんなことをするのは子供の頃以来だ。ロックフォールチーズに猫のゲロ。カリンが九歳の時、ポーチの下で見つけた子猫が吐いたものの臭い。マークが五年生の時、理科の自由研究で暖房の通風孔に湿らせたパンを置いて、育てたまま忘れてしまった黴の森の甘酸っぱい臭い。「家に帰ったら、気持ちいい泡風呂に入れてあげるね」

カリンは隣のベッドで昏睡している患者の次々とやってくる見舞客のことをマークに話して聞かせた。ゆったりした上っ張りを着た女たち、ワイシャツに黒いズボンという一九六〇年代に布教活動をしたモルモン教徒のような服装の男たち。そうした話を、マークは顔の筋肉をぴくりとも動かさず石のように受けとめた。

二週目に年輩の男が部屋に入ってきた。嵩ばるジャケットを着た姿は、光沢のある青いミシュランマン〔タイヤ・メーカーのミシュラン社のキャラクター〕のようだった。マークの意識のない隣人のそばに立って声を張りあげる。「ギルバート。おい。聞こえるか。さあ起きろ。もうこんな馬鹿なことに付き合ってらんねえ。もうたくさんだ。家へ帰ろう」騒がしいので看護師が見にきて、文句を言い立てる男を連れ出した。この一件のあと、カリンはマークに話しかけるのをやめた。その沈黙にマークが気づいた様子はなかった。

ヘイズ医師は十五日目が帰還不能点だと言った。非開放性頭部損傷の患者で意識を回復する人の九割は、この時点までに意識を回復するという。「目を開くのはいい兆候です。爬虫類の脳が活動している証拠ですから」

「弟には爬虫類の脳があるんですか」

ヘイズ医師は、昔の公衆衛生啓蒙映画に出てくる医者のように微笑んだ。「誰にでもありますよ。脳には人間がここまで来た長い道のりが記録されています」

明らかに医師はこのあたりの出身ではなかった。地元の人間の大半は自分たちが長い道のりをたどってきたとは思っていない。カリンの両親も進化論は共産主義者のプロパガンダだと信じていた。

マークも疑っている。ものすごい数の生物が今も進化してる最中なら、何で俺たちだけが賢いんだ。

医師は説明した。「脳はどんどん模様替えをしますが、過去からは逃れられない。付け加えていくだけです」

カリンはカーニーにある老朽化した邸宅のことを思い出した。ヴィクトリア朝様式の古い壮麗な木造建築は、三〇年代に煉瓦で拡張され、七〇年代に厚紙合板とアルミニウムで外装された。「弟の爬虫類の脳は……何してるんですか。どんな活動をしてるんですか」

医師は脳の部位の名前をすらすら口にした。延髄、脳橋、中脳、小脳。カリンは小さな螺旋綴じノートに書きとめた。何でもここへメモしてあとで見直すのだ。神経科医の話を聞いていると、脳というものは子供の頃のマークが捨てられていたキャビネットと鋸で切った洗剤のボトルを材料に作った玩具のトラックよりも脆いもののように思えた。

「じゃ、それより高度な脳は……？　爬虫類の上は――鳥ですか」

「次は哺乳類の脳」

カリンは医師の語りに合わせて自分も唇を動かした。まるで手伝うように。どうしてもそうしてしまう。「弟のは、どうなんでしょう」

ヘイズ医師は用心深くなった。「それは難しいですね。目につく損傷はないようです。活動もしています。統制の働きを。海馬と扁桃体は無傷のようですが、扁桃体の脳波にいくらか棘波《きょくは》が見られます。ここは恐怖の感情が生じる場所です」

「弟は恐がっているということでしょうか」カリンはそう言ったあと、心配させまいと言葉を継ごうとする医師を手を振って遮った。興奮が湧いてきたのだ。マークの中で感情が動いている。それが恐怖であろうとかまわない。「それで弟の……人間の脳は？　哺乳類の脳の上はどうなってますか」

「自分を組み立て直そうとしています。前頭前皮質が懸命に意識を回復させようと頑張っています」

カリンはヘイズ医師に頼んで病院にある頭部損傷についてのパンフレットを全部手に入れた。それらを読み、希望を与えてくれそうな個所に緑色の細字マーカーでアンダーラインを引いた。**脳は最後の辺境《フロンティア》。知れば知るほどわからないことが出てきます**。次にヘイズ医師に会った時、カリンは下調べをすませていた。

「先生、頭部損傷の新しい治療法のことはお考えになっていますか?」ショルダーバッグから小さな螺旋綴じのノートを取り出して訊く。「セレスタットとか、PEG‐SODとかの、神経保護因子のことは」

「やあ、すごいな。宿題をやってきましたね」

カリンは医師に有能であることを期待しているが、自分も有能な人間と見られるべく努力していた。

ヘイズ医師は両手を合わせて尖塔を作り、その先端を唇に触れさせた。「この分野は進歩が速いです。PEG‐SODの開発は中止されました。二度目の第Ⅲ相臨床試験の結果が思わしくなかったので。セレスタットもちょっとお勧めできませんね」

「先生」カリンの声は顧客応対モードになる。「弟は一生懸命に目を開こうとしています。先生は弟が恐がっているのかもしれないとおっしゃいました。どういうものでもいいですから、よさそうなお薬があったら呑ませてあげてほしいんです」

「セレスタットは――アプティガネルとも言いますが――開発が中止されたんです。服用した患者の五分の一が死亡したせいで」

「でも薬はほかにもありますよね」カリンは震えながらノートを見おろす。今にも両手が鳩になって飛んでいってしまいそうだった。

「ほとんどの薬は初期段階の試験を実施中です。試してみるには臨床試験に参加するしかありません」

「それは、ここでもやっていますよね……？」カリンは弟の病室がある方角を手で示した。頭の中でラジオのＣＭが再生される。**グッド・サマリタン病院……リンカーン─デンヴァー間で最大の医療機関です。**

「それには転院が必要です。そういう研究をしている病院へ」

カリンは医師を見た。身嗜《みだしな》みを整えればテレビの朝の番組で医学相談がやれそうだ。医師の側からは、こちらを面倒な家族だくらいにしか見ていないはずだ。たぶんいろんな意味で憐れな女と思っているだろう。カリンの爬虫類の脳はヘイズ医師を憎んでいた。


水に浸かった平原で起きあがる。葦の繁みで波が揺れる。また痛み。それから、無。

感覚が戻ってきた時、彼は溺れている。父親に泳ぎを教わっているところだ。四肢の中の流れ。四歳の彼を、父親が水に浮かべる。彼は飛び立とうと、手足をばたつかせるが、まもなく墜落する。父親に片方の脚をつかまれ、引きおろされる。力をこめた手で頭を押さえつけられ、やがて泡が出つくす。**川が嚙みつくぞ、ぼうず。覚悟しろ。**

だが川は嚙みつかない。覚悟など無関係。ただ溺れているだけ。

近づいてきたのは、輝くピラミッド、燃えるダイヤモンド、ねじれる星の野原。彼の身体はネオンの三角形を縫う。上昇するトンネル。彼の上に覆いかぶさる水、火がつく肺、ついで彼は弾けるように上へ、空気のほうへ、突進する。

口があったところは、ただ滑らかな皮膚だけ。固体がその穴を呑みこんでしまった。改築された家、紙を貼られた窓。ドアはもうドアではない。筋肉が唇を引っ張るが、もう開くべき穴がない。言葉があったところには針金があるだけ。顔がおかしな風にたわみ、目の中に畳みこまれる。金属のベッドに滑りこんで、彼は今地獄にいるに違いない。ほんの少し動くだけで死ぬよりひどい痛み。もう死んだのかも。命が傾いて持ちあがってもう完全に終わったのかも。あんな転落のあとで生きていたいやつがいるか。

　機械の部屋、たどり着けない空間。彼の中から何かがちぎれる。みんなが入ってきて、さっさと出ていく。いくつかの顔が彼の口のない顔にぐっと近づいて、言葉を押しこんでくる。その言葉を噛み、音をぱふぱふ返す。あせらないで、と誰かが言う。彼にではない。あせらないで《ビ・ペイシェント》、患者であれ《ビ・ア・ペイシェント》、自分は患者であるのに違いない。

　もう何日もたったのか。わからない。時間がぱたつく、羽が折れている。いくつかの声が通りすぎる、ぐるっと回って戻ってくるのもある、が、一つの声はほとんどずっとそこにいるような感じだ。彼のとほとんど同じ顔が、ぐっと近づいてくるのは、何か欲しいのか、せめて言葉だけでも。その顔は彼女、水みたいに泣きながら。彼女が誰であれ、起きたことを教えてはくれないだろう。

　一つの欲求が彼から身をもぎ離したがっている。生きたいよりも言いたい欲求。口があったら、全部出てくるだろう。そうすればこの彼女は何が起きたかを知り、彼の死が見かけどおりでないことを知るだろう。

　圧力がみなぎる、液体が押されたように。彼の頭。絶え間ない圧力、すでに埋められている。内耳から流れを搾りとる。はちきれそうな眼球から血を出す。身体からあれだけ滲み出たあとでさえ、ものすごい圧力。脳が保ちきれないほどの、数百万の群泳する想念がさらに生まれる。

　顔が一つ近くを浮遊し、火のついた言葉を口にする。**マーク、頑張って**、と。彼女に延命措置をやめさせられるなら死んでもいい。潰しにくるものを押し返そうとする。筋肉は伸びるが、皮膚が動かない。何かがゆるんでいる。首の腱を収縮させようと延々と努力する。ついに頭が傾く。それから気の遠くなるほど長い時間がたったあと、唇の端が持ちあがる。

三つの単語で救われる。だが全筋肉を動員しても、音一つ出ない。

いろいろな考えが血管の中でうずく。赤がまた目の中で脈打ち、それから彼が突き抜けた暗黒から、あの一本の白い柱が突き立つ。道路にあった、もうけっして彼には手が届かないあるもの。彼の命が転がった時、間近で叫んでいた。この部屋にいる誰か、その誰かは彼と一緒に死ぬ気でいる。

最初の言葉がやってくる。彼の喉より広い打ち身の表面に浮かびあがる。口を覆っていた皮膚が破れ、血にまみれた開口部から言葉が力ずくで出てくる。わ《アイ》。言葉は鋭く絞られ、出るのに長くかかるので、彼女には聞こえないだろう。**わざとじゃなかった**《アイ・ディドゥント・ミーン》。

だが言葉は空気に触れたとたん、飛ぶものに変わる。

二週間たった時、マークは身体を起こして呻いた。カリンはベッドの脇、彼の顔から一・五メートルのところにいた。マークが上体を揺らすと、カリンはあっと叫んだ。マークの目がきょろりと動いてカリンを発見した。マークの叫びが笑い声に変わり、すすり泣きに変わる間、マークの目は小刻みに動きながら彼女を見る。カリンがマークの名を呼ぶと、チューブや傷痕の下の顔がひくついた。すぐに医療陣が部屋に満ちた。

マークが凍りついたようにじっと寝ていた間、地下ではいろいろなことが起きた。だが今、冬小麦が雪を割って顔を出すように地上に現われた。鶴のように首を伸ばして頭をめぐらした。両手をぎこちなく突き出す。指が侵襲的器具につかみかかる。一番嫌っているのが胃瘻《いろう》チューブだ。うまくはずせそうになってくると、看護師が腕に柔らかな拘束具をつけた。

時折マークは何かに怯え、それから逃れようと暴れた。とくにひどいのが夜だった。一度、カリンが家に帰ろうとしている時、化学物質の波に体内を貫かれて、ぱっと起きあがり、ベッドの上で膝立ちに近い姿勢になったこともあった。チューブ類を引きちぎらないよう、カリンは取っ組み合いをして押さえつけなければならなかった。

マークの意識が戻ってくるのを時々刻々見守っていると、憂鬱な北欧映画の中にいるようだった。マークは時々カリンを見つめた。食えるものか、それとも脅威かと考えるように。一度、動物的な性的衝動が沸き立ったが、次の瞬間には消えていた。時にはマークにとってカリンはこすり落としたい乾いた目脂《めやに》だった。十代の頃のある夜、彼女に向けたのと同じ面白がるような澄んだ目をしたこともあった。それは二人とも酒に酔ってデートから帰ってきて、家に忍びこもうとして鉢合わせした時のことだった。**あれ、姉貴も？ 姉貴がそんな人とは知らなかったな。**

マークは声を出しはじめた——気管切開チューブでくぐもる呻き声は、母音のない秘密の言語だ。かすれ声の一つ一つがカリンの心を掻きむしる。カリンは医者に何とかしてほしいとうるさくせがんだ。医者は傷痕の状態を調べ、頭蓋内圧を測り、いろいろな音に耳を傾けたが、ごろごろ喉を鳴らす狂乱したような発話だけは無視した。気管切開チューブは窓のあるものと交換された。窓というのはいくつかの小さな穴で、そこを通って喉から声が出てこられる。マークの叫びはどれもカリンに正体のつかめない何かを乞い求めていた。

マークはカリンが初めて見た時の状態に戻っていた。四歳の時、両親が運んできた青い小さな毛布にくるまれた肉の塊を、二階の階段に面した廊下から見おろした時。それがカリンの一番古い記憶だった。二階から下を見おろしながら、野良猫よりもずっとお馬鹿なものを、なぜ親たちはよしよしとあやすのか不思議に思ったものだ。けれどもカリンはまもなく赤ん坊が大好きになった。小さな女の子の玩具としてこれほど素晴らしいものはなかった。一年ほどはお人形のように抱っこしていたが、そのうち一人で二、三歩よたよた歩けるようになった。カリンはマークにぺちゃくちゃ話しかけたり、何かを餌に機嫌をとったり、クレヨンや食べ物を手の届かないところに置いて正しい名前を言えばとってやったりした。母親は天に富を積むのに忙しかったから、カリンが育てたようなものだった。つまり弟が歩いたり話したりできるようにしてやることはもう経験済みだ。グッド・サマリタン病院の手を借りて、きっともう一度それができるはずだ。カリンの中では、弟の面倒をみる二度目の機会を喜ぶような気持ちさえ生まれていた。

看護師の巡回の合間に、カリンはまたマークに話しかけはじめた。実の姉の言葉なら脳の注意を惹くかもしれない。目下熟読中のどの神経科学の本も、その可能性を否定していない。マークのような患者に何が聞こえ何が聞こえないかを充分に説明している本はないのだ。カリンはまた子供時代に戻った気分だった。カリンが弟を寝かしつけている間、両親は近所の家でハモンドオルガンのまわりに集まり開拓時代の讃美歌を感情たっぷりに歌う人たちの輪に混じっていた。両親は最初の破産もまだしておらず、世間との付き合いも断っていなかった。カリンは幼い頃からベビーシッターをやっていた。弟を一晩生かしておく仕事で二ドル稼いでいたのだ。ミルクダッズやチェリーコークをたらふく飲み食いして上機嫌になったマーキーは、無限まで数えようとか、テレパシーの実験をしようとか、動物の世界の長い物語を作ろうなどと提案するのだった。その動物の世界には人間は入れず、登場するヒーローも悪党も道化役も犠牲者もみな自分たちの農場にいる動物がモデルになっていた。

それはいつも動物たちの物語だった。善玉も悪玉も、保護されるべき者も退治されるべき者も、みな動物だった。「納屋にいたブルスネーク〔鼠を捕食する大型蛇〕のこと覚えてる？」とカリンが問いかけると、マークの目がその蛇の像を見たような色を閃かせた。「あんたは確か九歳だった。たった一人で、木の棒で殺したんだよね。みんなを守るために。それで父さんに自慢したら、思いきり引っぱたかれちゃって。『これで八百ドル分の穀物が台無しだ。あの蛇が何を食ってくれてたか知らんのか。お前の脳味噌はどこにある』あんたは二度と蛇を殺さなかったよね」

マークはカリンをじっと見る。口の端が小さく動いた。話を聞いているようだ。

「ホラスのことはどう？」これは怪我をした鶴のことで、マークが十歳、カリンが十四歳の時に世話をしてやった。春に群れが飛び立つ時、電線で翼を傷めて、農場に落ちてきたのだ。二人が近づくと慌てまくって暴れた。陽が暮れるまで時間をかけて慣れさせると、鶴もしまいには諦めて捕まえさせたのだった。

「覚えてる？　身体を洗ってやった時、あの子、あなたの持ってるタオルを嘴でとって、自分で拭きだしたじゃない。あれは羽に泥を塗る習性があるからなんだってね。ほんとにあの子、絶対人間より賢かったよね。ほら、握手の仕方を教えようとかしたでしょ」

ふいにマークは泣き叫びはじめた。石斧《トマホーク》を振りおろすように片腕を振り、もう片方の腕を横に払った。背を伸ばし、頭をぐいぐい突きあげる。チューブがはずれ、モニターが甲高い警告音を発した。カリンは助けを求めて叫んだ。マークの身体はベッドの上でばたつき、じりじりとカリンのほうへ寄ってくる。雑役係が駆けつけた時には、カリンは泣いていた。「私、何もしてないのに。一体どうしちゃったのか」

「いや、見てごらんなさい」と雑役係は言った。「あなたを抱きしめようとしてるんですよ！」

カリンは火消しのためにスー・シティーへ飛んで帰った。勤務復帰の予定日を忘れていたのだ。もう電話で延長を頼める限界は越えているので、上司と直談判をする必要があった。上司は同情顔でうなずきながら詳しい事情を聞いた。そしてセヴンアイアンが頭に当たった従兄の話をした。脳の同頂葉とかいう場所をやられて、とうとう正常には戻らずじまいだが、弟さんがそんなことにならなければいいいね、と言う。

カリンは気遣いに礼を言い、もう少し休暇を延ばしてもらえないかと頼んでみた。あとどのくらいかかりそう？

カリンはわからないと答えた。

弟さんは入院しているんだよね、と上司は訊いた。それなら専門家が診てくれてるわけだ。

カリンは無給の休暇でかまわないと譲歩した。一ヶ月だけお願いできないかと。

上司は家族介護休暇法は兄弟姉妹を対象にしていないと指摘した。この法律では弟を家族と見做していないのだと。

それじゃ、いったん退職して、弟がよくなったら再雇用していただくというのは？

できなくはないが保証はできない、と上司は答えた。

カリンは傷ついた。「でも私、誰にも負けないくらいよくやってると思うんですけど」

「君はとびきり優秀だよ」と上司は認めた。こんな場合でも、カリンは誇らしさでいっぱいになった。「でもうちは優秀な人より出勤してくれる人が欲しいんだ」

カリンは呆然として自分の仕切り席を引き払った。何人かの同僚が戸惑いぎみに心配と激励の声をかけにきてくれた。まだこれからというときに辞めるはめになった。一年前にはこの会社で出世できるかもしれないと思ったのだ。しっかりと実績を作ろう、こちらの暗い過去を知らず明るくばりばり仕事をする自分だけを知っている人たちとともに新たな人生を歩もうと張りきった。だがいずれ故郷のカーニーが——シュルーター家特有の挫折癖が——お迎えにくることを予想しておくべきだったのだ。技術部に寄って、恋人になりそうな気配のクリスに事情を話していこうかとも思ったが、結局、駐車場から携帯電話をかけるだけにした。カリンの声を聞くと、クリスは完全な沈黙で応対した。二週間、電話もメールもしなかったせいだ。何度も謝ると、ようやく口をきいてくれた。機嫌を直したクリスは一転して心配の塊になり、どうしたのかと訊いた。底なしに家族を恥じているカリンはすべてを打ち明けることができない。これまでもウィットに富んだ軽い会話を心がけ、ネブラスカ標準ながら都会的洗練すら覗かせて付き合ってきた。自分は狂信者の両親に貧乏農場で育てられた田舎者で、怠け者の弟が事故で子供に戻ってしまったなどという真実は明かせない。そこで〝家族の緊急事態〟という言葉を繰り返した。

「いつ戻ってくる?」

カリンはその緊急事態のせいで仕事を辞めることになったと話した。クリスは高潔にも会社を罵った。君の上司に会って話をつけてやるとまで言いだした。カリンは気持ちは嬉しいけど、あなたの迷惑になるからと断わった。あなたまで職を失うかもしれないと。カリンとクリスはそれほど深く互いを知り合っているわけではなかったが、クリスがそれ以上押してこなかったことに、カリンは裏切られた思いを味わった。

「今どこにいるんだ」とクリスが訊いた。カリンはまごついて、自分の家と答えた。「俺がそっちへ行くよ」とクリスが申し出る。「この週末でも、そのあとでもいいけど。手伝いにいくよ。何でもやってやるから」

カリンはひくつく顔から電話機を離した。あなたってとてもいい人ね、でもそこまで私の心配をしてくれなくていいのよ、と言った。それでクリスはまた不機嫌になった。「じゃ、いいんだな。君と知り合えてよかったよ。まあ気をつけて。幸せに暮らしてくれ」

カリンは電話を切り、くそっと毒づいた。とは言え、スー・シティーでの生活は本当に自分のものという感じではなかった。お気楽な浮かれ騒ぎといったところで、そろそろ解毒しなければならない。車でコンドミニアムに行き、住居の点検をし、地に足のついた衣類をスーツケースに詰めた。もう何週間かごみ出しをさぼっているので室内が臭い。揃いのプラスチック製密閉容器が鼠に齧られ、レンズ豆がカウンターや真新しいきれいな床に散らばっている。フィロデンドロン、シェフレラ、スパティフィラムの鉢植えはすでに救済可能な限度を越えていた。
掃除をし、水道の元栓を閉め、もろもろの未払い金を払った。光熱費その他を賄う給与小切手はもう入らない。部屋を出てドアに鍵をかけながら、マークのためにあとどれだけの犠牲を払う必要があるだろうと考える。ふたたび南へ向かう車中、会社の研修で教わった怒りの抑制法を片っ端から試した。フロントガラスがパワーポイントスライドとなって、心に留めておくべき項目を映し出す。その一、あなた個人が批難されているのではない。その二、あなたのプランは世間のプランではない。その三、気の持ちようで地獄も天国、天国も地獄。

カリンがしっかり者になったのは、弟を育てたおかげだった。弟は心理学の恰好の実験材料だった。ほかの条件がすべて同じで、別の人が育てていたら、弟はもっとちゃんとした大人になっただろうか。現実には、カリンが無私の奉仕をしたお返しに、弟は目標をまったく持たないふらふらした男になってしまったのだった。**動物は僕のことが好きなんだ、**と十一歳の弟は言ったものだ。それは本当だった。農場の動物はみんなマークを信用していた。テントウムシさえ恐れることなく彼の顔の上を歩き、眉毛を巣にしようとした。ある時カリンは、**大きくなったら何になりたい？**と尋ねる間違いを犯したことがある。マークは顔で興奮を弾けさせて答えたものだ。**鶏をおとなしくさせる名人かなあ。**
ところが人間の中にはこの少年を充分に理解できる者がいなかった。マークはまだ幼い頃、いくつか過ちを犯した。アルミ箔を巻いたマッチのロケットを飛ばして、玉蜀黍《とうもろこし》の納屋を全焼させた。朽ちかけた鶏小屋の陰で性器をいじっているところを見つかった。体重二百キロの乳離れしたばかりの子牛が苦しんでいると思い、餌にいろいろな薬をお椀に一杯分混ぜて死なせてしまった。悪いことに、六歳まで舌たらずな喋り方をしたせいで、親が悪魔に取り憑かれた子だと思いこんだ。何週間も、母親は息子を悪魔祓い用の十字架をかけた壁のきわで寝させた。十字架には聖油が塗られていて、眠っているマークの頭にしずくが垂れてくるのだった。

七歳になると、マークは午後の長い時間を家から二・五キロ離れた牧草地で過ごすようになった。母親から何時間もあそこで何をしてるのと訊かれると、「遊んでる」と答えた。誰と？　という問いには、最初は「誰とも」と答えたが、やがて「友達と」と言うようになった。母親は友達の名前を言うまで外に出ることを禁じた。マークははにかみ笑いをして、「名前はミスター・サーマン」と打ち明けた。うろたえる母親に、マークはミスター・サーマンと過ごす愉しい時間のことを話した。母親、ジョーン・シュルーターは、カーニーの警察に通報した。警察は牧草地に張りこむ一方で、少年によくよく訊いてみた結果、狂乱している両親にこう告げた。ミスター・サーマンに犯歴はありませんね。と言うか、どんな履歴もありません、息子さんの頭の中にしかいませんから。

マークが思春期を無事にくぐり抜けられるかどうかはカリンの腕にかかっていた。十三歳になったマークに、カリンはわが身を救う方法を教えてやった。簡単なんだから、と彼女は請け合った。高校で知って衝撃を受けたのは、服や音楽の趣味を合わせれば、エリートの生徒たちにも好かれるということだった。マークにはその意味がわからなかった。自分に焼印をつけるのよ。誰でも自分が安心できる相手が好きなのよ。群れのメンバーだって目印を。カリンは弟を無理やり部活動に押しこんだ。チェスクラブ、クロスカントリークラブ、未来の農業経営者クラブ、さらには演劇部にさえ。どれも永続きせず、最終的には、どんなグループでも適応できないことが唯一の加入資格であるグループに落ち着いた。負け犬グループに入ることで、マークは姉から解放されたのだった。

マークが仲間を見つけてしまうと、カリンにはしてやれることがほとんどなくなった。そこでわが身を救うことに専念し、社会学の学士号をとった。大学を魔法使いの巣窟と見做す一族で初めての学士だった。マークにもネブラスカ大学カーニー校への進学を強く勧めた。マークは一年だけ通って辞めた。何人もの助言者を失望させるのが嫌で専攻が決められなかったのだ。カリンはシカゴへ行き、スタンダード・オイル・ビルの八十六階にある〈ビッグ・ファイヴ会計事務所〉で電話受付係になった。母親はただ娘の電話応対の声を聞くだけのためによく長距離電話をかけてきた。「そんな声の出し方どこで覚えたの。よしなさい！　声帯にいいはずないわ」シカゴの次は地上最大の都市ロサンゼルスだった。カリンはマークを説得しようとした。**ここならいろんな道がある。仕事がいっぱいある。明るい人は大歓迎されるのよ。親がどんなだろうと私たちのせいじゃない。こっちへ来れば誰も私たちの親のことなんて知らないんだから。**自分の打ちあげたロケットが墜落しはじめた時ですら、カリンは信じていた。誰でも自分が安心できる相手が好きなのだと。

　マークが意識を取り戻したら、また二人でやり直そう。あの子をしっかり立たせて、話を聞いてやって、あの子が自分の道を見つけるのを手伝ってあげよう。そして今度は一緒に連れていこう。身の丈に合ったちょうどいいところへ。

　カリンは例のメモをとっておき、毎日読んだ。何か魔法の呪文のようだった。**今夜ノースライン・ロードで神さまが私をあなたのもとへ導いてくれた。**このメモを書いた人は――車の残骸を見て、事故当夜に病院へ来てくれた聖人は――マークの意識が戻った今、あらためて会いにきてくれるに違いない。カリンは引き延ばされている謎の解き明かしを辛抱強く待った。

　食肉加工会社からは春の花の花束が届いた。同僚二十数人の寄せ書きが添えられていた。名前のほかにきわどいジョークらしきものを書いている人もいたが、カリンには意味が解読できなかった。郡全体がマークの事故を知っていた。大曲《ビッグベンド》がり地域で警察のサイレンが鳴り響けば、グランドアイランドからノースプラットまで、誰がどんなしくじりをやったのか正確に知れ渡るのだ。

　気管切開チューブの交換をして数日後に、ようやくマークの親友たちが見舞いにやってきた。まだ廊下にいる時から声がカリンに聞こえてきた。

「くっそう、ここらの宇宙はさぶいな！」

「うー、金玉が渡り鳥みたいに目玉の隣へ引っ越してきたぜ」

部屋へ入ってきたのは、黒い防弾チョッキをつけたトミー・ラップと、シンサレートの詰め物入りの迷彩服を着たドウェイン・ケイン。事故以来、〈三チュー士《スリー・マスクラティアーズ》〉〔Three Musketeersなら三銃士だが、マスクラットはニオイネズミ〕が初めて再会する場面となった。二人はカリンに陽気な挨拶を浴びせた。カリンは今頃やっと来るなんて遅すぎると言いたくなるのを我慢した。トミーがベッドでぐすぐす鼻を鳴らしているマークのそばへ歩み寄って手を差し出す。マークは身体の奥深くからの反射でハイファイヴを交わした。

「しっかし、お前すごいことになってんなあ」トミーはモニター機器を手で示した。「信じられない。これ全部お前一人用か」

ドウェインはうなじを揉みながらためらっていた。「だんだんよくなってきてんでしょ？」後ろにいるカリンを振り返る。肌着の首から覗く毛のない胸には赤い筋肉の図柄のタトゥーが覗いていた。解剖図のように精密でリアルなので、ドウェインの胸が生きたまま皮を剝がれたように見える。昏睡から覚めつつある人間に話しかけるようにゆっくりと低い声で言った。「まったく考えらんねえよ。こいつがこんな目に遭ういわれはないんだ」

トミーがカリンの肘をつかんだ。「ひどいことになっちまったな」

カリンは手首から上が熱くなった。赤毛の宿命は繁みから追い出された雉よりも速く顔が紅潮することだ。腕を引いて、頰を撫でた。「何で先週来てくれなかったのよ」声が尖るのを抑えられない。

ドウェインがトミーをちらりと見る。**この人、今まいってんだから。毛沢東夫人モードで来ても気にしちゃ駄目だ。**ドウェインは落ち着いたまじめな顔でカリンをなだめた。「電話は何度も入れてたんだ。やっと目が覚めたっていうから来たんだよ」

トミーはクリップボードのカルテを見て首を振った。「病院はちゃんとやってくれてるのかい」世界は新しいやり方でやり直す必要がある、それは明らかなことだが、気づいているのは選ばれた少数者だけだ、という口調だ。

「脳にかかる圧力を減らす処置をしてくれたの。何に対しても反応しなかったから」

「それでやっと意識が戻ってきた」とトミーが宣言するように言った。またマークのほうへ向き直り、拳で軽く肩をつつく。「そうだろ？　完全復帰して、元通りになるんだよな」

マークは身じろぎもせずトミーを見ている。

カリンが言った。「あなたたちはわりとよくなった時に来たけど、その前は……」

「だから病院に電話を入れてたってば」ドウェインは声をやや強めた。タトゥーの筋肉をぽりぽり掻く。「ちゃんとフォローしてたんだよ」

音素の川がベッドから流れてきた。マークの両腕が蛇のように伸びた。口が動いた。あー……あー、き、き、き。

「ああ、あなたたちが来たせいで興奮しちゃった」とカリンは言った。「刺激しちゃいけないんだから」二人を蹴り出したいが、マークの活発な反応には心が躍った。

「冗談だろ」トミーは椅子をベッドのそばへ持ってきた。「見舞いってのはいいんだよ。まともな医者ならみんなそう言うよ」

「男にはダチが必要だからさ」とドウェインも同調する。「セロトニンのレベルがあがるんだよ。セロトニンって知ってる？」

カリンは両手をはねあげたくなるのを抑えた。心ならずもうなずいた。自分の両肘をつかんで身体のバランスをとりながら部屋を出た。出ていく途中、椅子を引きずる音とともにトミーの声が言った。「まあ落ち着けよ、な。何が言いたいんだ。いいか、指でちょんとつついたらイエス、二回だとノーだぞ……」

あの夜に何が起きたのか、知っている者がいるとすればこの二人組だが、マークがいるところで訊く気にはなれなかった。病院を出て、ウッドランド・パークのほうへ歩いた。午後遅く、紫色と茶色の空のもと。三月は偽の春を差し出して市《まち》の住民のガードをさげさせているが、まもなく厳しい寒風を叩きつけてくるはずだ。積みあげられた土混じりの雪から湯気が立っている。カーニーのダウンタウンに入った。ビジネス街は打ちひしがれ、遠い将来にわたって見通しが立たない。商品相場は落ちこみ、失業率は上昇。市民の高齢化が進み、若年層は脱出、家族経営の農場ははした金で農業関連企業《アグリビジネス》に売られていく。マークの運命は生まれるずっと前から時代の流れに決定されていた。運のない者だけが市に留まりつづけている。

堅固な合掌造りの住宅が老朽化してタール紙を貼ったあばら家と化した一郭を通り抜けた。Eアヴェニュー、Iアヴェニュー、三十一番通り、二十五番通りに囲まれた区域内をあちこち歩く。そこはカリンの思い出が詰まった実物大の写真アルバムだ。初恋の男の子の家。初体験が不首尾に終わったボーイフレンドの家。二十年の付き合いがあった女友達の家。その友達は結婚して一ヶ月後のある日、カリンとの付き合いを絶った。どうやら夫が何か言ったらしかった。カリンはこの市からの脱出を三度試み、三度とも家族の不運な出来事で引き戻された。カーニーはカリンのためにたくさんの墓が建てられている市で、適当にぶらつくだけで次々と出くわした。

母親は死ぬ前に厚手の印画紙に焼きつけた写真を一枚くれた。曾祖父のスワンソンが今にも崩れそうな古い建物の前に立っている写真だった。その建物はのちにカーニー市となる場所から四十キロ離れたところにあった荒れ果てた教会だ。

写真の曾祖父は自分の蔵書の半分ほどを腕に抱えていた。ピントが甘くてはっきりしないが、

『天路歴程』や聖書だろう。背後の芝土の家の壁に取りつけられた雄鹿の角には金色の鳥籠が吊るしてあった。東部で買った高価な鳥籠は、千数百キロの旅をした牛車に積んできた。道具や薬を積めるスペースを犠牲にしてのことだった。鳥籠のほうが切実に必要だったのだ。肉体はどんな寂しい場所でも生き延びるが、心の問題はまた別だということだろう。

今の市民はもっと上等な金ぴかの鳥籠を持っている。安価なブロードバンド接続サービスを。インターネットを知ったネブラスカ人は蒸留酒を知った未開の部族と同じで、これこそは砂丘地帯植民者の子孫が待ち望んでいた神の恵み、空虚な土地で生きていくための心の糧とありがたがった。カリンもスー・シティーでネット生活にはまった。旅行サイト、まだ充分に着られる服が安く買えるオークションサイト、職場の同僚をたらしこむためのお洒落なギフト食品の通販サイト。さらには出会い系サイトも何度か利用した。インターネット。それは大平原病を癒すための窮余の策。けれども、マークのネット中毒に比べればカリンなど可愛いものだった。三人組はオンラインゲームで二十いくつのアバターを操作し、チャットルームで主婦を相手に子供じみた隠語で会話をし、陰謀論者のブログに長文のコメントを書き、crazedpics.com にいかがわしい画像を投稿した。会社での勤務が終わったあとの時間はたいてい種々の並行世界で想像上のキャラクターの経験値を蓄積することに費やした。弟が純然たる架空の世界でどれだけの時間を過ごしたがっているかを知った時、カリンはうろたえたものだが、今のマークはもっと深い、じかにメッセージを送っても届かない空間に閉じこめられているのだ。ネットが弟に与えるかもしれないと恐れた害は、今ではどれも天の恵みに思える。

街をさまよいながら、カリンは弟の親友二人のクリック操作の習慣化で短くなっている注意持続《アテンション》時間《スパン》が経過する頃合いを待った。街灯がある通りで明かりがともった。今や街区の情景はスクロールされつづけて反復され、マイクがよくやるオンラインゲーム以上に予想可能なシミュレーション空間に見えてきた。セントラル通りで踵を返し、弟をふたたびわが物とすべく病院に向かった。

ところがトミーとドウェインがまだ椅子に長っ尻を据えていた。マークはベッドで身体を起こしている。三人はまるめた紙でキャッチボールをしていた。マークは暴投続きだった。相手の後ろの壁に当たることもあった。水兵服姿のチンパンジーが三輪車に乗るのと同レベルの投げ方だった。が、ともかくも紙玉を投げている。その復活ぶりにカリンは固まった。トラックが道路から跳んで以来、最大の飛躍だ。ドウェインとトミーは下手投げでふわりと山なりに放る。マークはつかもうとするが、二分の一秒遅れる。紙玉は胸や顔や振り立てている手に当たる。屈辱的にも身体に当たるたびに、濁った声で笑う。カリンは叫び声をあげたかった。手を叩いて喜びたかった。

二人が帰る時、カリンは廊下で礼を言った。つまらない意地を張ることはない。彼女の中のサバイバル感覚はちっぽけなプライドなど超越している。

トミーが礼なんていいよ、と手を一振りした。「あいつはまだあの身体の中にいる。心配いらないって。みんなで掘り出してやろうよ」

カリンは事故の夜はマークと一緒にいたのかと訊こうとした。だがとりあえず成立した同盟関係を危うくしたくない。かわりに置き手紙を見せた。「これのこと、何か知らない？」

二人とも肩をすくめた。「いや」

「大事なことなんだけど」と押してみるが、どちらも全然知らないと答える。

ドウェインは蟹歩きで廊下を遠ざかりながらカリンに訊いた。「そりゃそうと、ラム〔〈ダッジ〉のトラック、ラム・チャージャー〕がどうなったか知らないかな」

カリンは戸惑ってドウェインをまじまじと見た。旧約聖書の犠牲の雄羊《ラム》か。納屋でやる悪魔主義の儀式か。

「つまりその、トラックは完全にぶっ壊れたのかな。もしあれだったら……ちょっと見てみるけど」

カリンはふたたび警察から事情を訊かれた。事故の翌日にも警察官に会ったが、その時のことはまるで覚えていない。警察は時間がたって彼女の精神状態がよくなった頃を見計らって、詳しい話を聞きにきたのだった。病院の会議室で四十分間、二人の警察官と面談した。事故があった夜、弟さんが何をしていたか知らないかと訊かれた。誰かと一緒にいなかったか。最近相談を受けたことはなかったか。職場で何かが変わったとか、何か苦労していることがあるとか。悲しいことがあるとか、憂鬱だとか。

どの質問もカリンの中で横滑りした。マークが自殺を図る——ばかばかしくて答える気にもなれない。今までの人生の半分以上の時間は弟の五メートル以内にいた。中学時代の社会科の成績、下着のブランド、ジジュビー〔フルーツ味のキャンデー〕の好きな色、好きになった女の子全員のミドルネームとつけていた香水の種類まで知っている。マークが言うことは言い終わる前から全部わかる。あの子は死にたいなどと冗談にも言ったことがない。

警察官は最近マークが腹を立てたり攻撃的になったりしたことはないかと尋ねた。カリンは異常だと感じるほどのことは何もなかったと答えた。警官はマークが一八三号線に面したいかがわしいバー、〈銀の弾丸《シルヴァー・ブレット》〉にいたと告げた。カリンはマークが仕事帰りによくその店へ行ったと話した。弟は自己管理のできる運転手だった。酔っていないと感じられないかぎりハンドルを握らなかった。トラックが大好きだから。

警察官は酒以上のものをやっていないかと訊いた。カリンはやっていないと答え、それが事実であるように感じた。法廷でもそう証言しただろう。

弟さんは最近誰かから脅迫を受けていませんでしたか。あるいは暴力沙汰や危険なことに関わっているは話したことはありませんか。

季節は冬。道路は滑りやすい。今度の事故のようなことは二週間に一度くらい起きている。なのにあれが単純な事故ではなかったと言いたいのだろうか。

警察はタイヤ痕からトラックの速度を計算していた。道路から飛び出した時は、時速百三十キロから減速中だった。

その数字にカリンは動揺した。だが外には表わさなかった。あらためて考えを述べた。弟は夜中に外出して、当夜のもろもろの条件に照らせば速度を出しすぎ、道路からはみ出してしまったのだと思うと。

事故当時に現場を走っていたのは弟さんの車だけじゃありませんでしたと警察は言った。ノースライン・ロードのマークが車の制御を失ったあたりには三台分のタイヤ痕があったという。軌跡を復元すると、東に向かう小型トラックがセンターラインを越えてマークの車が走っている車線にはみ出し、マークの車の行手をさえぎってから、また本来の車線に戻って走り去った。西に向かっていたマークは、自分のほうへ曲がってきた車を見て、まずは右に急ハンドルを切り、次に逆方向へ曲がって、道路の左下の溝に転落した。そして三台目の車、やはり西に進んでいた中型のセダンが、道路の右側の路肩へ寄せた。どうやらマークの車との距離がかなりあったおかげで、かろうじて向かってくる車をやりすごせたようだった。

状況が目に浮かぶ。手持ちカメラで撮影され、奇妙な編集がなされた再現ドラマのようだ。誰かがマークの前方で車体の制御を失った。マークはブレーキを踏むわけにはいかなかった。後ろから車が来ていたから。

現場検証をした係官たちは、平日の真夜中過ぎに車のほとんど通らない田舎道で三台の車が接近し、そのうち少なくとも一台が時速百三十キロ出して走るということが起きる確率はごく低いと指摘した。またマークはハイリスクグループに入るという。ネブラスカ州、小さな町、三十歳以下、男性。二人の警察官は弟さんは路上レースをしたことがあるかと訊いてきた。夜中にがらんとしたハイウェイでレースをするのは、この地域で時々行なわれる気晴らしなのだ。

レースなら三台とも同じ方向に走ってたはずでしょう、とカリンは訊き返した。

それより危険なレースがありますからね、と警察官たちは仄《ほの》めかした。弟さんの友達のことを話していただけますか。

カリンは食肉加工会社の同僚について曖昧に答えた。グループというか、仲間がいるんです。そしてまるでマークが人気者であるかのような話し方をした。おかしな話だ。警察にもマークのことをよく思われたがるとは。二人の警察官はマークがレースをしていて道路から突き出されたとカリンに信じこませようとしているのに。二人ともマークの身に何が起きたかなど関心がない。マークはただのタイヤ痕にすぎないのだ。事情聴取の間中、カリンはずっと布製バッグに隠した例の置き手紙をいじっていた。マークを発見し、生還させてくれた人からの手紙。**私は何者でもない**……証拠隠滅で起訴されるだろうか。でも見せればきっと取りあげられて、たった一つのお守りを失うことになる。

カリンは誰が事故の通報をしてくれたのかと訊いてみた。通報は州間高速道路のカーニーに降りる出口に近い〈モービル〉のガソリンスタンドの公衆電話から年齢不詳の男性がしてきたが、名前は告げなかったという。

あとの二台の車のどちらかの運転手でしょうか。

警察官たちはわからないと言ったが、もしかしたら情報を伏せているのかもしれなかった。二人は礼を言ってカリンを解放した。とても参考になりました、弟さんのことはお気の毒です、一日も早いご回復を祈っていますと言った。

回復すれば逮捕できるからでしょ、とカリンはおなかの中で思いながら、明るく微笑み、手を一振りして挨拶した。

死とは限らない上昇が起きる。破壊で終わるとは限らない飛翔が。彼はじっと横たわっておよそ想像しうるすべての光に浸されている。身体が水でできてでもいるように光が透り抜けていく。彼は固体化するが、一気にではない。海水が蒸発する時に塩が残るように凝固していく。凝固しながらぼろぼろ薄片が剝がれる。

時々流れが彼を浮かべる。その傷ついた身体の中を突き抜ける。たいてい彼は事故の瞬間に戻る。だが時には川が彼を持ちあげ、低い灰色の丘を越えさせて、よそへ連れていく。

彼の部分部分は今でも送ったり受けたりしているが、今はもうお互いの間でではない。言葉が頭からぽたぽた滴り落ちる。言葉というより音。**山羊の頭**《ゴート・ヘッド》。**山羊の頭**《ゴート・ヘッド》。ただ時計が時を刻む音、彼の心臓の鼓動にすぎない。音は飛び散る、漏れた油のように。山羊の頭《ゴート・ヘッド》。ラム・トラック。雄羊のように頑丈《ラム・タフ》。雄羊の角《ラム・ホーン》。前にいる幽霊《ゴースト・アヘッド》。幽霊にぶつかる《ラム・ア・ゴースト》。山羊の死《ゴート・デッド》。警報を鳴らす《スラム・ホーン》。駄目だ。壊れる。落ちる。また沈みこむ、底なし。頭の中で言葉がかちかち音を立てる、無限に連なる貨物列車。彼は時々並走し、中を覗きこむ。時にこれらの言葉が外を覗いて、彼を見つける。

彼は目覚めている。あるいはそれに近いところにいる。身体が断続的に漂う。彼自身はずっと通してここにいたということもありうる。ただ彼は知らない、自分の意識が引っかかっていくものがいつ現われいつ消えるかを。

考えが頭に浮かぶ、あるいは頭が考えに浮かぶ。いつもゲーム、立ち位置が変わると、点数がどんどん入る。人々に囲まれている――人々の海に――人の群れは巨大な、時々刻々変化する想念。自分自身のことはわからない。個々の人間は、あまりにも大きく緩慢なために音声が聞こえない演劇の中の分かれた一本の線。

時間は痛みの尺度にすぎない。彼は有り余る時間を持っている。時折ぱっと起きあがり、思い出し、出かけて、やり直し、元に戻したくてたまらなくなる。たいていの時間はじっと寝ている、接続を断たれた世界の信号が低く唸りながら身体を貫く、それはぱっと捕まえて殺したい蚋《ぶよ》の群れ。

何か素晴らしいもの。彼はいくつまででも数えられる、この群れでさえも、一つずつ数えていけば。借金を払える、賭け金を払える。最高の数字で上昇して。丘の上の展望塔で。人は何でもできる、彼らは自分が神であることを知らない、死んでも生きることを知らない。今にありとあらゆる形の命を入院させる病院ができるかもしれない。そしていつの日か命が恩返しをするかもしれない。

彼がかつて中に入っていた良い子。

少しずつ欲求がなくなる。落ちない、昇らない。ただいるだけ。

人は考えを持たない。考えがすべてを持つ。

一度目を下に向け、自分自身を見る、自分の手が、投げているのを。すると自分には手があって、手が受けとめられるわけだ。彼の身体、投げられた玉を通じて形づくられる。反復を知る。たとえ彼がいなくても、あるいは誰もそう考えなくても。

ほかの何かを彼は覚えていることになっている。誰かを救うのに役立つ何かを。必死のメッセージ。でも、ひょっとしたらただこれだけのこと。

医療のプロたちが続々とマークのもとに降臨した。彼らが仕事を引き継ぐにつれて、カリンはだんだん邪魔になってきた。それでも近くにいて、できる範囲で、二十七歳の弟を幼児の状態から連れ戻す手伝いをした。可能性に対する受容力を少し開いて、いずれ安心の材料となるかもしれない何かの気配を感じとるようにした。

セラピストたちが毎日行なう容赦ない訓練の内容を記録した。ノートの完璧に真っ白なページをマークの日課という秩序で次々と埋めていく。マークが起きあがって床に足をつけた時刻を記した。最初に立とうとして失敗し、ベッドの端につかまった時の様子を描写した。間近に見る顔の、睫毛《まつげ》のほんの微かなひくつきも奇跡のように思えた。ノートはカリンが受ける罰であると同時に報酬だった。一つ一つの言葉が再生の証拠のようだった。マークのひたむきな苦闘だけがカリンの活力源になった。これから何ヶ月かたてば、マークはこの日々のことを話してもらいたがるだろう。カリンはその用意をするつもりだった。

リハビリの毎日はうんざりするほど同じことの繰り返しだ。この拷問から逃れるためならオランウータンも歩きながら喋りだすに違いない。マークが立てるようになると、カリンは輪を描いて歩く手伝いをした。まずは病室の中を歩き、次にナースステーションの付近まで出ていき、やがて病棟内を回った。チューブがはずされ、拘束具が解かれた。一緒に歩幅の小さいすり足で、小さな太陽系の、軌道の中の軌道を描く。弟と並んで歩いていると、二度と味わえないのではないかと思っていたものすごく大きな安堵に胸を満たされた。

窓つきのチューブが喉から出されて、言葉の通り道ができた。それでもマークは喋らなかった。カリンは言語聴覚士の真似をして果てしもなく反復した。あー。おー。うー。ま、ま、ま。た、た、た。マークはカリンの動く口をじっと見つめたが、模倣しようとしない。ベッドに横たわったまま小さく唸るだけだ。伏せた桶の中にとらわれて、ものを言う生き物が自分を永遠に黙らせるかもしれないと怯える動物のように。

マークは従順になったり暴れたりを交互に繰り返した。カリンはセラピストたちの仕事ぶりから、患者の気分に応じた対応の仕方を覚えた。テレビを見せてみた。事故の前なら何時間でも見ていただろう。だが今は、すばやいカット割りや画面の明滅や奔放な音声が何かの作用を及ぼすのか、泣きべそをかくような声を出すので、スイッチを切る。

ある夜には何か読んでほしいかと訊いてみた。唸り声はノーという響きではなかった。そこで《ピープル》誌の古い号を読みはじめると、嫌がる様子はなかった。翌日、カリンは二十五番通りの古本屋〈セカンド・ストーリー〉で本を探し、目当てのものを見つけた。児童読み物の〈ボックスカー・チルドレン・シリーズ〉。『びっくり島のひみつ』、『牧場のひみつ』、『貨物列車のなぞ』。ガートルード・ウォーナー自身が書いたオリジナル十九作品のうちの三作で、孤児の四人兄弟が大人たちによって損なわれた世界をさまようように、古本流通市場をさまよってきた本だ。黴臭い棚の間に立ち、本を開いて中表紙を見ると、ぎくしゃくした筆跡で大きく〝M・S〟〔マーク・シュルーターのイニシャル〕と書かれていた。人口の少ない小さな町では、愛着のあるものを売っても、次々に転売されて、ふたたび出会うことがある。

カリンは椅子に坐って何時間も読み聞かせをした。延々と音読しつづけるので、スライドカーテンの向こうで相部屋の患者の付添い人が小声で文句を言いはじめた。それでも本を読み聞かせると、マークは落ち着いた。とくに事故を思い出して気分が落ちこみがちな夜には効き目があった。カリンが朗読する間、マークの顔は自分が忘れてしまった場所が提示する謎に取り組むような表情を浮かべた。時々文章中のある言葉が反応を惹起する。たとえばボタン、枕、菫といった言葉が現われた時、マークは身体を起こして何か喋ろうとする。そんな時、カリンはもう看護師を呼ばなかった。呼んでも鎮静剤を打たれるだけだ。

カリンが本を音読するのは久しぶりだった。つかえたり発音を間違えたりした。マークはまるで言葉が新しい種類の生物であるかのように、目を五十セント硬貨のように見開いていた。子供の頃は二人とも母親から本を読んでもらったはずだが、カリンにはジョーン・シュルーターが世界終末の物語以外のものを読むのを想像できなかった。終末物語は当時からすでにたくさん出ていた。

母親は一年半前に初めて、自分自身の終わりの時を本格的にかいま見た。この時もカリンはベッドのそばに付き添ったが、起きたことは今回とちょうど逆のことだった。今際《いまわ》の際にとめどなく喋りだしたのだ。子育てをしている時には避けていた言葉をすべて。お願い。あたしが同じことばかり喋りだしたら、楽にさせて。プルーンジュースに毒人参を入れて飲ませて。

カリンの手首をぎゅっとつかみ、必死に目を合わせてきてそう訴えた。

おかしくなってきたのが見えてきたら。意味のないことを、何遍も言いだしたら。そんなに具合が悪そうでなくても。ね、約束して。頭に袋をかぶせて。最後の秘跡なんて別に受けたくないから。

でもお母さん、それは神さまの教えに反するじゃない。

あたしの聖書にはそんなこと書いてない。どこに書いてあるか見せてちょうだい。

自分の命を絶つわけでしょ？

だからそこよ。私はそんなことする気はないの！

ああ、そういうこと。かわりに私を地獄へ行かせる気。汝殺すなかれの戒律を破らせて。

これは殺人じゃない。キリスト教徒としての慈悲の行為よ。農場では家畜に普通にやってたでしょ。お願い。約束して。

お母さん、気をつけて。おんなじことばかり繰り返してるわよ。私を難しい立場に追いこまないで。

言ってることはわかるでしょ。これは冗談じゃないの。

確かにジョーン・シュルーターは冗談など言った例《ため》しがなかった。それはともかく、最後には優しい言葉を口にした。親として失格だったことを詫びる痛ましくも愛情に満ちた言葉だった。事切れるまぎわにはこう頼んだ。カリン、一緒に祈ってくれる？　カリンはたとえ向こうから語りかけてきても二度と神と話さないと誓っていたが、頭を垂れて、一緒に祈りを唱えた。

保険金がおりるわ、と母親は言った。たいした額じゃないけど、少しおりるの。受け取り人はあなたたち二人よ。それをいいことに使ってくれるわね？

どういうこと？　どんな風に使ってほしいの？

だが母親にはもう何がいいことなのかわからないようだった。ただいいことに使ってほしいというだけで。

『古い小屋のひみつ』の真ん中あたりで、カリンは話しかけた。「ねえ、マーク。私たちみたいな育ち方をして、それでもとにかく生きてるなんて、ラッキーだよね」

「とにかく」とマークは同意した。「生きてる」

カリンはぱっと立ちあがり、口に手をあてて叫び声を押し戻した。弟をじっと見つめる。マークはシーツの間に沈みこんで、危険が去るまで隠れている。「えっ？　何？　今喋ったよね。喋れるんだ」

「えっ。何。何」とマークは言い、それから黙った。

「反響言語ですね」とヘイズ医師は言った。「固執的行動。聞いた音を真似するんです」

カリンはめげなかった。「でも言葉を喋れるということは、まったく無意味なことじゃないですよね」

「いやあ！　それは神経科学にはまだ答えられない問題です」

マークの発話は歩行と同じく小さな輪を描いた。ある午後には「チック、チック、チック、チック」と一時間近く続けた。カリンにはまるで交響曲のようだった。歩行訓練をしようと励ます時、カリンが「さあ、マーク、靴の紐を結びましょ」と言うと、これが引き金になって、「靴の紐を結ぶ《タイ・シューズ》、ちり紙《ティッシューズ》、首吊り縄を死ね《ダイ・ユア・ヌース》」という言葉が出た。これを何度も繰り返すので、カリンは自分が脳死になった気分を味わうほどだった。だが、気分は高揚した。催眠術をかけるような反復の中に、「靴がきつすぎる《トゥー・タイト・シューズ》」という言葉が聞こえた気がした。そこからさらに繰り返し文句が何度か続いたあとで、「くそ、俺を縛らないでくれ」と発話された。

この言葉には意味があるはずだ。完全な考えを表わしてはいなくても、意味を伝えようとする力で言葉を投げかけているに違いない。人の多い廊下で歩行訓練をさせていると、マークの口からこんな言葉が飛び出した。「まだ皿にいっぱいあるから」

カリンは喜びのあまり両腕で弟を抱きしめた。ちゃんとわかっているのだ。そして喋れるのだ。これですべての苦労が吹き飛んだ。

マークは身をもぎ離してそっぽを向いた。「あの土を粘土にしちまっただろ」

カリンはその視線を追った。廊下の低いざわめきの中で、ようやくそれを聞きつけた。カリンの耳が失っている動物の精確さで、マークの耳は周囲の会話から断片を拾って編み合わせたのだ。鸚《おう》鵡《む》が生来の知性をさらに見せつけたというか。カリンはマークの胸を自分のほうへ引き寄せ、そこへ顔をつけて泣きだした。

「俺たちはこれをくぐり抜ける」マークは両腕をだらりと脇に垂らしたまま言った。カリンは彼の身体を押して顔を見た。目が語っていることは無以下だった。

それでもたゆまず食事や歩行訓練の介助をし、読み聞かせをしながら、弟が元通りになることを疑わなかった。今までにしたどの仕事よりも弟のリハビリに精力を注いだ。

翌朝、姉弟が二人だけでいると、アニメの鼠が出すような声がした。「おーい。元気でやってるかーい?」

カリンはあっと叫んで椅子から飛びあがり、来訪者を抱きしめた。「ボニー・トラヴィス!　やっと来てくれたのね。遅かったじゃない」

「わりぃわりぃ！」と鼠娘は言った。「でも、来ていいかどうかさあ……」目をくしゃくしゃっとさせ、下唇をわななかせた。不安がわっと襲ってきたのか、両手でカリンの肩をつかむ。**脳の損傷**。その言葉には伝染病よりたちが悪そうな響きがある。無邪気な人間をも慎重にし、固い信念をもぐらつかせる。

マークはジーンズに緑色のワークシャツという恰好でベッドの端に腰かけ、軽く指を曲げた手を膝に載せ、頭をまっすぐ起こしていた。リンカーン記念館のリンカーン像を真似たような姿勢だ。ボニーがマークを抱きしめた。マークは抱擁を感じとった気配を示さない。ボニーは不発に終わった動作をやめて立ちあがった。「ああ、マーカー！　どんなひどいことになってるかと心配してたけど。なんか元気そうだねー」

頭髪は剃られていた。草がしょぼしょぼ残る土地に二本の傷痕の太い川床が走っている。顔はまだ瘡蓋《かさぶた》だらけで、二十五センチほどの桃の種のようだった。「元気そうだねー」とマークは言った。

「いいかどうかさあ、でも元気かも、きっと元気」

ボニーは笑い、キャメイ石鹸色〔ピンク色〕の顔をサクランボ味のクールエイド〔粉末ジュース〕の色に染めた。

「わあ！　すごいすごい！　まだ喋れないってドウェインが言ってたけど、はっきり喋るじゃん」

「あの二人と会ったの？」とカリンは訊いた。「あの人たち、みんなにどう話してる？」

「元気そう」とマークが言う。「きれいきれいきれい」爬虫類の脳が日光浴をしようと這い出してきたらしい。

ボニーはきゃっきゃっと笑った。「だって来る前にきれいきれいにしてきたもーん」

鼠娘の口からぺらぺら出てくるのは無意味で、瑣末で、ばかばかしいが、人を救ってくれる言葉だった。ボニーの高速の無駄な喋りはよくカリンを苛つかせたものだが、今は四月の雨のように地下水面を上昇させ、土壌にみずみずしさを回復させてくれる。ボニーは囀りながら、プラム色のウールのスカートや厚手の手編みセーターのあちこちを指でつまんで引っ張った。セーターのオリーブ色の毛糸のまだら模様は八月のプラット川の色に近い。ネックチェーンには笛を吹きながら踊るホピ族の豊穣の神ココペリがぶらさがっていた。

前の年、母親の葬儀のあとで、カリンはマークに、**あなたたちってできてるの？　ボニーは彼女？**　と訊いてみた。どんなに頼りなくてもいいから、弟を守ってくれる人が欲しかったのだ。

その時のマークはただ唸っただけだった。**かりに彼女でも、あいつは自分で気づいてないよ、**とでも言うように。

ボニーはじっと動かないマークに自分の新しい仕事のことを話した。ずっとウェイトレスをやっていたが、最近転職したらしい。「それがさあ、女なら誰でも夢見る仕事なのよ。あんたに当ててみてと言っても、絶対に当たらないね。あたしもそんな仕事があるなんて知らなかったもん。新しくできたグレート・プラット・リヴァー・ロード・アーチ橋記念館のガイド。ねえ、知ってた？　高速道路をまたいでる記念館は世界中であそこだけなんだって。何でまだあんまり流行ってないのかなあ」

マークは口を開けて話を聞いている。カリンは目をつぶって、このいかにも頭の悪いお喋りの素晴らしい温かみに心を浸した。

「あたしは開拓時代の女の服を着るの。裾が足首まであるコットンのスカート穿いてさ。ちっちゃい庇《ひさし》のついたすんごい可愛い帽子をかぶってさ。もう完全なりきりの恰好で、本物みたいに質問に答えたりするわけ。ほんとの百五十年前の女みたいに。そいでみんなおっかしなこと訊いてくんのよ」

カリンは日常が愉しい無意味に満ちていることをすっかり忘れていたのに気づいた。マークは砂岩でできたファラオ像の姿勢でベッドの端に坐り、ボニーの複雑に動く口を見ていた。ボニーは話が途切れるのを恐れて、州間高速道路八〇号線の出口ランプ沿いに並ぶ先住民の円錐形テント《ティピー》、壁に映されるバッファローの暴走の映像、実物大の早馬便《ポニー・エクスプレス》の馬車、リンカーン・ハイウェイ建設の偉大な歴史の展示のことなどを喋りつづけた。「入場料はたったの八ドル二十五セント。それを高いって言う人がいるんだから信じらんない」

「むちゃくちゃ高いと思うけど」とカリン。

「でもいろんなとこから見にくるよ。チェコ共和国、ムンバイ、ナポリ、フロリダ。だいたいみんな鶴を見にくるんだけどね。鶴はこの頃チョー有名で、うちのボスが言うには、見物人は六年前と比べて十倍らしいよ。鶴のおかげでこの町はやっと地図に載ったようなもんだって」

マークが笑いはじめた。少なくともそれは速度を落とした笑い声に聞こえた。ボニーさえもびくりとした。喋っていた言葉を詰まらせて自分も笑った。もう何を話していいかわからないようだ。唇をゆがめ、頬を紅潮させ、目に涙を溜める。

マークの靴と靴下を換える時間が来た。寝たきりだった時の血行をよくするための儀式だが、ほかにすることもないのでカリンは今でも続けていた。コンバース・オールスターを脱がされる間、マークはおとなしくしていた。ボニーも気を取り直して、反対側の靴を引っ張った。ボニーはマークの素足を手にとって訊いた。「爪、塗ったげようか」

マークはどうしようかと考えているように見えた。

「爪塗るって……発作起こすんじゃない」

「洒落よ、洒落。前にもやったことあんの。ウケてたよ。血まみれの後足の鉤爪とか言って。いやいや、考えてることはわかるけど、別に変態じゃないから。ね、マーカー?」

マークは首を動かしもしなければ瞬きもしない。「ウケてたよ」と太い悲しげな声で言う。ボニーは手を叩いてカリンを見た。カリンは肩をすくめる。ボニーは房飾りつきのバッグに手を突っこみ、こんなこともあろうかと入れてきたネイルポリッシュの道具を出した。マークを仰向けに寝かせ、両足を自分の支配下に置く。「冷凍サクランボ《アイストチェリー》でいく？　青あざ《ブルーズ》はどう？　あ、凍傷《フロストバイト》は？　よし決まり」

　カリンは腰をおろして儀式を見物した。マークを助けにくるのが六年遅すぎた。何をしてあげようと、どれだけリハビリの手伝いをしてあげようと、回復すればこういうお馬鹿なことに戻っていく。「ちょっと用事があるから」と言い置いて部屋を出た。コートも着ないで測量ロープのようにまっすぐ向かったのは、一週間ほど前からそこへ行くことを白昼夢に見ていた〈シェル〉のガソリンスタンドだ。カウンターにちょうどの代金を置いて、マルボロ一箱を注文した。店員は笑って二ドル足りないことを教えた。最後に煙草を買ってから六年たつが、ニコチン抜きで暮らす間に値段が倍になっていた。不足分を払い、収穫物を持って外に出る。一本唇の間にはさむと、フィルターの感触だけでぞわっと来た。震える手で火をつけ、煙を吸いこむ。肺の中に言いようのない安らぎの雲が広がって四肢に染みこんだ。目をつぶって一本の半分を吸い、丁寧に火を消して、吸い残しを箱に戻す。病院に引き返し、馬蹄形の車寄せのガラスのスライドドアのすぐ外にある冷たいベンチに腰かけて、残りの半分を吸った。できるだけブレーキをかけながら転落することにしよう。六年間の華々しい勝利を収める前の状態へ、長い時間をかけてゆっくりと引き返そう。ニコチンの奴隷になるまでの一歩一歩をしっかり味わうのだ。

　病室に戻ると、爪塗りが終わりかけていた。マークはベッドの上で坐り、木の枝の映っている映画を観るナマケモノのように爪先を見ていた。ボニーが忙しく立ち働きながら囀る。「ちょうどよかった」とボニーはカリンに言った。「写真撮ってくれる？」ボニーは魔法のバッグを掻きまわして使い捨てカメラを取り出した。マークの後足の鉤爪のそばへ顔を持っていき、自分が塗ったばかりの爪の赤紫色にライム色の目で絶賛の眼差しを注いだ。

カリンがプラスチックのファインダーを目の位置まで持ちあげると、マークが微笑んだ。何をどれだけわかっていることやら。ボニーのことだって怪しいものだ。

ボニーは幸福に満ちあふれた様子でカメラを受けとった。「二人に一枚ずつ焼き増ししてあげる」マークの肩をさする。「百パーセント元通りになったら、また愉しくやろうね」

マークは笑みを浮かべてボニーを見た。それからさっと手を伸ばしてセーターの上からボニーの胸をわしづかみにし、もう片方の手で自分の股間をつかんだ。口から言葉の切れ端がこぼれ落ちる。**フォーク、狐と姦る《ファック・ア・フォックス》、靴下吸うおまんこ俺《ソックサックカントミー》……**

ボニーはきゃっと叫んで後ろに飛びすさりながら、マークの手をはたいた。胸を押さえ、震えながら息をはずませた。身体の震えは神経質なくすくす笑いに変わる。「もう、これじゃあんまり愉しくないかもね」それでも帰り際にはマークの傷が癒えつつある頭にキスをした。「じゃあね、マーカー！」マークは立ちあがってあとを追おうとした。カリンが押し戻し、なだめると、マークは姉の手を振り離し、ベッドに寝て、背中をそらしながら、苦悩に満ちた目をした。カリンはボニーのあとから廊下に出た。ボニーはドアのそばの室内から見えないところで泣いていた。

「カリン！　ごめんね。あたし一生懸命明るくしようとしたんだけど、こんなことになってるなんて知らなかったのよ。覚悟しておくように言われてたけど、ここまでとは思わなかった」

「いいのよ」とカリンは嘘をついた。「今はまだこうっていうだけだから」

ボニーが抱きついてきた。カリンも弟のために長い抱擁を返した。

ようやく身体を離して、カリンは訊いた。「あの夜のことだけど……あなたはあの二人組から何か……？」

ボニーは何でも答えるつもりで続きを待った。だがカリンはくるりと背を向けた。部屋に戻ると、マークはベッドで上体を起こして、両腕を後ろに突っぱり、頭をのけぞらせて天井をじっと見ていた。まるで運動の途中で動きをとめたまま、続きをやるのを忘れているといった風に。

「マーク？　私、戻ったわよ。また二人きりよ。大丈夫？」

「百パーセント」とマークが言った。「戻ったら」賢そうな顔で首を振り、それから顔をカリンのほうへ向けた。「あんまり愉しくないかもね」

最初、彼はどこにもいない、それから彼はいない。変化がそっと起きる、一つの生が別の生を通り抜けて。ふたたび横切って戻る時、彼が目にするのは今までいたどこでもない場所。それは感情が流れこむまでは場所ですらない。それから、彼は自分がそうだった無をすっかり失う。

ここに彼が暮らしているベッドがある。ただし町より大きいベッドだ。その巨大なベッドに彼は横たわる。町の通りに鯨が横たわるように。何ブロック分もの通りを占める陸に打ちあげられた鯨。場違いなところへ来てしまった海獣が命を押し潰す重みのあるものに戻り、重力で死にかけている。

彼をここまで連れてきたりここから運び去ったりできるほど大きなものは存在しない。ひしゃげた腹が道路の端から端まで広がっている。尾鰭がフェンスにのしかかり、何本もの木の鋭い梢に突き刺されている。鯨の脇に傾斜屋根がついた白い箱が並び、クレヨンの煙突から煙をあげているさまは、子供が走り描きした家のようだ。

この鯨は痛みであり、身を切るような寒さだ。彼の皮膚は事実の爆発を告げる。波は彼をこの平地に打ちあげたあと早々と引いていった。ガレージより大きな顎が地面を打って音を立てる。洞窟のような喉から出るどの叫びも、壁を揺さぶり、窓ガラスを割る。何ブロックも先にある尾鰭がばたりばたりと動く。家々にはさまれ、この即席の引き潮に身動きがとれなくなっている。

数十キロの厚みがある上空の大気に強烈に圧迫されて、鯨は息ができない。自分の肺をふくらませられない。吸いこまなければならないものの下敷きになり、乾いた海で死につつある。ほとんど神のような、地球上最大の生物が、筋肉をぐったりさせて平たく伸びている。裁判所の建物ほどある心臓だけが鼓動を続けている。

彼が望んでいるものがかりにあるとすれば、それは死。だが死は水が引くとともに去っていった。彼の呼吸は地震だ。鯨はあえぎ、寝返りをうって、下にある生物を押し潰す。自分が空気に押し潰されているのと同じように。頭の中では嵐が吹き荒れている。脇腹からは銛とケーブルが垂れさがっている。脂肪のついた皮膚がべろりとむけている。

数週間、数ヶ月とたつにつれ、動物の腐りゆく山の呻きが小さくなっていく。四散した町の住民が徐々に戻ってくる。陸上で生まれた小さな生き物たちがピンや針で怪物をつつき、刃物で切りかかり、潰された家を返せと要求する。腐敗しつつある肉を鳥たちがついばむ。栗鼠《りす》が小さな塊をちぎりとっていき、来るべき冬に備えて地面に埋める。コヨーテは骨を磨いて光沢のある象牙のようにする。巨大な肋骨のアーチの下を自動車が走る。背骨の節から吊り下げ式信号機が吊るされる。まもなく骨から枝が伸び、葉が繁る。彼の中を歩きまわる町の住民に見えるのは、街路、石、木、それだけ。

彼のいろいろなパーツが戻ってくる。自分でわからないほどごくゆっくりと。縮んでいくベッドに横たわって、現状を調べる。肋骨、よし。腹、オーケー。腕、二本。脚、二本。指、たくさん。足指、あるかも。彼はしょっちゅうこれをし、刻々と違った結果を得る。自分自身のチェックリストを作る、再生された古い機械のように。取りはずせ。掃除しろ。取り替えろ。リストを作り直せ。

彼を放り出した場所が今、彼を切実に取り戻したがっている。みんなが音を押しつけてくる。無料サンプルを際限なく。その言い方から判断すると、どうも言葉らしい。**どうやって《ハウ》どうやって《ハウ》**

どうやって《ハウ》今今今《ナウナウナウ》。夜、立ちどまって耳をすますと、野原で聞こえたりする声。**マークマークマーク**、と声がする。べちゃべちゃ喋る。新しいユーザーが出てくるたびにコピーする。無駄。沈黙は彼を覆えない。みんなは彼を書類から読み出す、声に出して言う。彼を融合させる、先へ進ませる、一から作りあげる。舌のない言葉。彼は、言葉のない舌。

マーク・シュルーター。靴《シューズ》、シャツ、サービス。彼の大きな輪。彼が進める一歩一歩。ぐるりと回ってまた元へ。必要なだけ繰り返す。何かが解決。彼がまた乗りこめるだけの大きさのある彼。騒音とあわただしさの中で、彼は深いところに留まる。時々、玉蜀黍畑。茎がにょきにょき出て彼に話しかける。ものみなすべてが言葉を話すとは知らなかった。聞きとるために足をゆるめなければならない。別の時には、泥の平地、深さ二、三センチの水が流れこんでいる。彼の身体は小舟。体毛はオールで、流れを打つ。彼の身体は、必要な時に団結する無数の微小な生き物の集まり。

ついに彼の喉からさまざまな想念が這い出す。ほとばしり、生まれ出る言葉。母親である音声の背中からばらばらと散る子守蜘蛛の赤ん坊たち。世界のあらゆる曲線がものを言う。ガラスを叩く枝。雪の上のタイヤ痕。〝運がいい〟という言葉が、そばでぐるぐる回る。〝可愛い〟が息をはずませながら、彼に会えて喜んでいる。〝元気〟は、芝生の間から顔を出す紫色の花。

最後のちぎれた瞬間に、彼はまだ感じるかもしれない。**路上で俺をめちゃめちゃにしたもの。**だが、そのあと修繕が彼を想念と言葉の染みのほうへ連れ戻す。

日によってマークはひどく荒れ、じっと寝かされているだけで激高する。そんな時、セラピストたちはカリンに退室をうながした。消えることが手助けになるというわけ。滞在場所はファーヴューにある弟のモジュラーハウスだ。弟の犬に餌をやり、弟の光熱費を支払い、弟の食器で食事をし、弟のテレビを観、弟のベッドで眠る。煙草は外のデッキで、〝生まれつきシュルーター〟

と書かれた湿ったディレクターズチェアに坐り、冷たい三月の風に吹かれながら吸った。弟が帰ってきた時、居間が煙草臭くなっていないように。それも一時間に一本のペースに抑えようと努力した。なるべくゆっくりと煙を味わい、目をつぶって、耳をすました。夜明けと夕暮れの、耳が敏感になる時、近所の家の軍隊式エクササイズのビデオの音声や州間高速道路を行きかう十八輪大型トレーラーの轟音の下に、カナダヅルの鳴き声が聞こえた。七分で煙草はフィルターだけになる。その十五分後、カリンはまた腕時計を見た。

昔の友達が五、六人いるので電話をかけてもよかったがかけなかった。街で同級生を見かけると隠れた。だがいつも避けられるとは限らない。カリンの過去の映画版から知り合いが抜け出てきて、彼ら自身を演じたが、昔の彼らよりも親切だった。彼らは同情心から詳しいことを知りたがった。マークはどんな様子?　すっかり元に戻りそう?　カリンはもうすぐ元通りになりそうだと答える。

今でも指が覚えている電話番号が一つだけあった。マークの状態にめげた日などは、大学時代に愛飲したガロのワインのハーフガロンサイズを買って帰り、クラシック・ムーヴィーズ・チャンネルを見ながら静かに落ちこんだあと、禁断の行為のスリルを味わうため、番号の一部をダイヤルしてみることがあった。四つの番号ボタンを押したところで、自分はまだ死んだわけではないことを思い出した。まだこれから何が起こるかわからない。彼と付き合うのは煙草と同じようにやめたのだ。身体から彼を抜くのには煙草より長い時間がかかったけれど。カーシュ。如才なく、才気にあふれ、けっして懲りないロバート・カーシュ、カーニー高校八九年卒業、〝最も将来有望な生徒〟、いつも何か企んでいる男、ある時カリンがどの町からも二百キロほど離れている場所で車から降りるよう通告しなければならなくなった男、弟以外でただ一人いつもカリンの心を見通していた人間。彼の声が聞こえた。福音伝道師かポルノ映画の監督のような喋り方、それが彼女を正気に戻らせた。おずおずとした指がまだ三つの数字を残している時点で。

十年にわたる化学的渇望——怒りと憧れ、罪悪感と恨み、郷愁と疲労——に全身を貫かれながら、反射的に数字を押すのだが、いつも途中でやめてしまう。あの男に会いたいわけではない。この分別は弟が脳損傷の埋もれた王国に彼女を引きずりこまなかった何よりの証拠だ。

中毒性の自虐の儀式にガロと煙草のかつてないほど濃く感じられる煙が混ざって、カリンはまた彼女らしい色に輝いた。マークの海賊版ＣＤをかける。一発屋のスラッシュメタルバンド、自己満足的に情け容赦ない騒音を奏でる連中だ。それからマークのベッドに横になると、身体が無限にマットレスの中へ沈みこみ、澄んだ大気の中をスカイダイビングする。カリンはロバート・カーシュがしたようなやり方で自分自身に触れた——**まだ生きている**——マークの犬が戸口から当惑顔でこちらを見ていた。単なる身体のチェックだったものが、徐々に快楽に変わり、手にものを考えさせずにいるかぎりはそれが続いた。

プライドの問題として、カリンが完全な番号をダイヤルしたのは一度だけだった。日が長くなってくる三月下旬、マークを病院の外へ連れ出すようになった頃のことだ。病院の敷地内を歩きながら、マークはカリンにはうかがい知れない何かに深く心を集中していた。まわりの空気には春が来て飛びはじめた昆虫の羽音が満ちていた。黄花節分草《きばなせつぶんそう》の花はすでに萎れはじめ、クロッカスや喇叭《らっぱ》水仙が残雪を突き抜けて伸びあがっている。頭上で一羽の真雁が飛んでいた。マークはさっと空をあおいだ。鳥は見えないが、また目をおろした時、顔が記憶で燃えていた。そして笑みを大きく広げたが、それは父親が死んで以来カリンが見たことのない大きな微笑みだった。口を開いて、雁《グース》という言葉を発音する準備をする。カリンは目の表情と手ぶりで発語をうながした。

「が・が・くそったれ《ガッダム》。地獄に堕ちろ《ダム・イット・トゥ・ヘル》。神くそしょんべん《ガッド・シット・ピス》あばずれ《ビッチ》。燃えるまんこをしゃぶって《サック・ア・フレイミング・カント・》ケツにつっこめ《アップ・ユア・アス》」

マークは得意げに微笑んだ。カリンが息を呑んで身体を引くと、顔から笑みを消した。カリンは涙をこらえ、平静を装ってまたマークと腕を組み、病棟のほうへ引き返しはじめた。「あれは雁。あなたってお馬鹿さん《シリー・グース》よね」

「くそしょんべんまんこ《シット・ピス・ファック》」マークは引きずって歩く足を見おろしながら唱えた。

これは怪我のせいだ。弟の人格とは関係ない。ただの音だ。埋もれていた無意味なものが怪我のせいで引き出されただけ。私に危害を加えようとしているわけじゃない。ファーヴューに向かって車を走らせながら、カリンは何度もそう自分に言い聞かせた。もっとも、自分で自分に言い聞かせることを、もう何一つ信じてはいない。この何週間か保ちつづけてきた希望は、あの卑猥な言葉の羅列の中に溶解してしまった。真っ暗な闇の中で〈ホームスター〉への道をたどった。家に入ると電話へ直行して、ロバート・カーシュの番号をダイヤルした。数年間の安定した自足がまた崩れようとしていた。

小さな女の子が出た。上の息子が出るよりはいい。「もしもーし」という声はひどく間延びしていた。年は七歳。七歳の女の子に夜の電話に出させるなんて親は何を考えているのだろう。

カリンは何とか名前を思い出した。「アシュリーちゃん?」

小さな声が、開けっぴろげな、相手を信じきった、カートゥーン・ネットワーク〈アニメ専門チャンネル〉風の発声で、「そうでーす」と答えた。オースティンとアシュリー。こんな気取った名前をつけられたら、一生尾を引くトラウマになりそうだ。カリンは電話を切り、反射的に別の番号をダイヤルした。何週間か前からかけてみようかと考えていた相手だ。

向こうで受話器があがると、カリンはただ一言、「ダニエル」と言った。不意打ちが生んだ沈黙のあと、ダニエル・リーグルが応答した。「君か」全身を駆け抜ける安堵に、カリンはなぜもっと早く電話をしなかったのだろうと思った。事故が起きた夜にも、ダニエルなら助けになってくれたかもしれない。ダニエルはマークを知っている。優しい子だった頃の本当のマークを知っている。

昔のことも、これからのことも話せる相手だ。

「今どこにいるの」とダニエルは訊いた。

カリンはくすくす笑いだした。自分で恐くなって、笑いを抑えこんだ。「ここに。って、ファーヴューのことだけど」

野原で自然観察者《ナチュラリスト》がちょっとしたことに怯えて逃げてしまうものを指さす時の忍び声で、ダニエルは言った。「マークの看病だね」

まるでテレパシーのようだった。それから、ここが小さな町であることを思い出した。カリンは穏やかな声で向けられる質問に身を浸した。それらに答えることには言い知れない解放感があった。どの言葉も本心を裏返して言った。マークはぐんぐんよくなっている（現実にはお手上げの状態）。ものを考えられるし、これは何あれは何とわかるし話もできる（というのは嘘で、調教された熊みたいな歩き方をし変態の鸚鵡みたいな喋りを披露する）。ダニエルは、君はどんな調子なんだと訊く。まあわりと元気でやってるのよ。長くかかってもどかしいけど、何とかやっていけそう。**あなたが助けてくれたら**、と懇願する調子が、心ならずも声に混じる。

どこかで会ってほしいと頼もうかと考えたが、警戒心を抱かせる危険は冒せない。そこでただ話しつづけた。声は波のようにうねった。カリンはうまくそうなりかけていた〝仕事のできる女〟の口調で話そうとした。ダニエルに連絡をとる資格などなかったのだが、何しろ弟が瀕死の事故に遭ったのだ。災厄は過去を断ち切り、かりの避難所を与えてくれた。

十三歳まで、マークとダニエルは腰でつながった双子のようだった。甲羅に複雑精妙な模様がある箱亀をひっくり返したり、コリンウズラの巣を見つけたり、動物の巣穴のそばでそこに住むことを夢想したりと、野外で活発に遊ぶ子供たちだった。ところが中学生の時に、あることが起きた。二年生のある学期の変わり目に喧嘩別れをしたのだ。それは前線が静かな状態を保つ、長く引き延ばされた戦争となった。ダニエルは動物たちのもとに留まったが、マークは人間の世界を選んだ。「もうガキじゃないんだ」とマークは説明した。自然の愛好など子供じみた遊びだとでもいうように。そして以後、二度とダニエルと関わりを持たなかった。何年かあとで、カリンはダニエルと恋愛遊戯を始めたが、マークもダニエルも互いのことは一言も口にしなかった。

カリンとダニエルは付き合いはじめてまもなく別れた。カリンはシカゴへ行き、ロサンゼルスへ移ったあと、失意の帰郷をした。不屈の理想家のダニエルは、何も訊かずに彼女を迎えた。だがロバート・カーシュと電話で話しているカリンがひそひそ声でダニエルの喋り方を真似しているのを聞いた時、彼女を叩き出したのだった。カリンは弟のところへ逃げこんだ。ところがマークが、姉のことを思うあまりダニエルの悪口を言いだし、過去の後ろ暗い秘密のことを仄めかしはじめたので、カリンはマークに激しく食ってかかり、二人は何週間も口をきかなかった。

今、ダニエルの声が自信を与えてくれた。自分は過去に負けない人間だと。昔からダニエルはそう言ってくれていたが、今度のことで彼の評価が正しいと証明できる機会が与えられたのだ。ダニエルの口調からカリンはほとんど確信できそうだった。人間の愚かしさなどに意味はない。人間がその愚かしさをどう考えているかなどとくに無意味だ。顔に引っかかった蚕の糸みたいに払いのけることができる。意図しない残酷さのことは取るに足りない問題だ。今大事なのはマークのことなのだ。ダニエルはマークがどういう治療を受けているか尋ねた。どれもいい質問で、カリンがとっくにセラピストたちに訊いておくべきことだった。カリンは忘れていたお気に入りの曲を聞くようにダニエルの話を聞いた。人生の一章全体を精製して三分間に凝縮した歌を聞くように。「僕もお見舞いにいくよ」とダニエルは言った。

「でもあの子、まだ誰のこともよくわからないの」カリンはなぜか今のマークに会ってほしくない気がした。カリンがダニエルに望んでいるのは話、昔のマークの話。ベッドのそばで何日も何日も付き添っているせいで、正しく記憶しているかどうか自信が持てなくなっている事柄だ。

ダニエルに今はどういう生活をしているのかと訊くのは忘れなかった。細かいことに注意を集中できなかったが、目下の心配事からはずれた話題は気を軽くしてくれた。「〈サンクチュアリ〉の活動はどう?」

ダニエルは〈サンクチュアリ〉が妥協ばかりするのに絶望して脱退していた。今はもっと小規模でフットワークが軽く、対決姿勢の強い〈バッファロー郡鶴保護協会〉に所属している。〈サンクチュアリ〉の活動は地道で善意に満ちているが、社会との軋轢《あつれき》を避けようとしすぎる。〈鶴保護協会〉はもっと強硬派だ。「何百万年も生きてきた生物を救いたいのなら、ぬるいことをやってちゃ駄目なんだ」

ダニエルを軽く扱うなんて、何と見下げ果てたことをしたものだろう。この人の優しくてしかも志操堅固なところは、自分やロバートが十人ずつ集まってもかなわない。今でも自分と口をきいてくれるなんて信じられないくらいだ。事故のことも理由の一つだろう。こういう場合には誰でも少しの間寛大になる。過去よりも現在のことを考えてくれる。カリンは吹雪の中をぐるぐる歩きまわって凍傷になり倒れそうになっている時、中で火が燃えている小屋を見つけたのだ。カリンはこの取り留めのないゆっくりした会話をずっと続けていたかった。この人と時々話ができればどんな災いにも耐えていける。そんな思いを抱いたのは病院から電話を受けて以来初めてだった。

ダニエルは今度の事故が起きる前のカリンの生活について訊いてきた。まるで野原にじっと寝そべり双眼鏡で鳥を観察しながら話すような、低く柔らかな声だった。「まあ、何とかね」とカリンは答えた。「自分のことがだいぶわかってきた。私、怒ってる人に応対する能力があるみたい」そしてつい最近辞めた仕事がどれだけ責任の重いものだったかを説明した。「こっちのことが片づいたら、また雇ってあげられるかもしれないと言ってもらったの」

「誰か付き合ってる人はいるのかい」

カリンはまたくすくす笑いを始めた。やっぱり何かおかしいようだ。何かが制御できない状態になっている。「付き合ってるのは弟だけ。一日十時間近く一緒にいるの」これだけのことを言うのも恐かった。だが死ぬよりは恐いほうが無限にましだ。「ダニエル、ちょっと会って話ができたらと思うんだけど。もし時間があったら。迷惑はかけたくないのよ。これって……厄介なことだし。あなたに何かお願いする資格なんかないのはわかってるんだけど……一人だとどうしていいかわからなくて」

電話を切ってからも長い間、耳にはダニエルの声が残っていた。「もちろんいいよ。僕もね、会って話したい」

さあ、もうちゃんと眠れるようにしなくちゃ、とカリンは自分に言い聞かせた。条件反射みたいに自己防衛するのはやめだ。四六時中自分への侮辱をいろいろ想像しては反論するのはもうおしまい。弟の事故がすべてを変えた。昔からの攻めたと思うとすぐ退却する生き方をやめるチャンスを与えてくれたのだ。この何週間かでカリンは空っぽになってしまった。むき出しのマークを見るはめになっただけで。今は何と容易《たやす》いことだろう。自分の身体の上に浮かんで、自分を支配している死ぬほど苦しい欲求のすべてを見おろして、それらが幽霊にすぎないことを見てとるのは。こちらを傷つける力を持つものは、こちらが力を与えているのだ。今までに身体をこすりつけてきたどの障壁も、引っ張るのをやめれば指が抜ける紙の玩具チャイニーズ・フィンガー・ロックにすぎなかった。今はただマークを無心に眺めて、新しい弟のことを知ることができる。ダニエルのことも、理解はしなくてもただ話を聞くことができる。世間の人たちは自分のことで精一杯で、彼女のことなど気にしていない。生きている人は誰でも彼女と同じくらい恐い思いをしながら生きている。それを覚えておけば、人は誰を愛するようになるかわからない。

谺《エコー》。うんち《カーカー》。生意気《コッキー》ロッキー。うんちナイスな野郎《カーカーラーラー》。生き物はいつも喋っている。生き物が生きているとどうしてわかるか。いつもこう言っているからわかる。ほらいい？　ちょっと聞いて。言ってることわかる？　物事はすでにそれがそうであるものを意味するだけ。生きているものが発するそういう音は、沈黙がもっと上手に言うことを言っているだけ。死んだものはそれらがすでにそうであるところのものであり、安らかに黙っていることができる。

最悪なのは人間だ。全身、言葉まみれ。暑い夜の蝉よりひどい。あるいは鳴きしきる蛙より。噴出する声を聞け。あの鳥たちの声を聞け。だが鳥のほうが喧しいかもしれない。彼の母親は言った。小さいものほど音が大きい。たとえば風。無から生じてどこでもない場所へ吹くものがあれだけの音を出すが、地球上に風ほど小さなものはない。

彼は鳥を見逃していると誰かが言う。どうしてそんなことがありうるのか。鳥たちはどんどんやってくるのに。どうして見逃《ミッシング》すことがあるだろう、いなくなって《ミッシング》すらいないものを。獣はもっと岩に似ているに違いない。自分が何であるかを言うだけだ。ある時は長く、ある時は短く、自分がやってきた場所に住んで。

彼はそれがどういう場所か知っていたが、今はただの話だけだ。

人間たちは彼にたくさん喋らせる。連れ出してぐるぐる回らせるが、これはむちゃくちゃ苦しい。廊下の中の地獄、バンパー同士が接触しそうな数珠つなぎ、高速道路よりひどい。人がいろんな方向へすばやく動いているのでどうしてもぶつかってしまう。そして動いている間にも彼らは話をしたがる。話すということが狂ったことではないかのように。だが運動させられたあとは寝かせてもらえる。新しい芸の練習を終えたあとで眠りにつく年寄りの犬。これは好きだ。もう必要ないとばかり身体を返してもらった時は。ぶんぶん唸る世界の中でじっと横になっているのはいい。すべての水路から皮膚を通して流れが同時に注ぎこまれる。

時間が戻ってきたので、少し動かなければならない。起きて、あっちへ行って、また風呂。今、貨物列車《ボックスカー》に住まわせられる。同じように孤児になった人たちと一緒の古い列車。生活ぶりはさらに劣悪。今どこにいるのかを言うのも簡単ではない。だから彼は何も言わない。何かが彼を言う。頭の中にあることが飛び出していく。考えが出ていくが、それは自分で持っていることを知っていた考えではない。人は自分が何を言いたいのか知っているとは限らない。彼がそのことを気にすることはありえない。実際、気にしてもいない。

女の子が一人やってきて彼はやりたい。もうやったのかもしれない。でも、それでいい。やれる。お互いにやる、いつもそう。もう一度。一台の車、それをする二人のために。結局のところ、あれらの鳥は永久に番《つが》う。彼が見逃している鳥たち。もっとうまくやれる人間たちとは誰？　永遠の対《ペア》。彼らの子供たちに大地の頂上へたどり着き、そこから引き返す道を見つけるすべを教えよ。彼が見つけた引き返す道を見つけるすべを。

あれらの鳥は頭がいい。彼の父親はいつもそう言っていた。鳥をよく知っていた父親は、よく鳥を殺した。

あることを、たった今思い出せそうで思い出せず死ぬほど苛つく。だが記憶は遠のいていく。世間話《スモール・トーク》、よく喋る《オール・トーク》。それを言え《セイ・イット》。もしと言え《セイ・イフ》、そこへと言え《セイ・アット》。それは簡単なそれだと言え《セイ・イッツ・アン・イージー・イット》。谺《エコー》。ラーラー。

ちょうどその時、すっかり終わった。今の彼は終わっていない。だからみんな喋らせようとする。彼が石とではなく生きているものたちとともにいることを証明しようとする。

なぜ、どんな風にして自分がここへ来たのかはよくわからない。彼は酸のへこみ《アシッド・デント》〔acid dent は accident（事故）に似ている〕に遭った。何か別のものがもっとひどくへこんだ《デンテッド》が、言葉数の多い人たちはそのことを話そうとしない。いろんなこと、何百万もの動くものについて話すのに、このことには誰も触れない。彼らが話している時、たいていは何も起こらない。すでにここにあるもの以外のことは何も。彼の身に何が起きたのか、生きているものたちすら何一つ語ろうとしない。

カリンは本の読み聞かせを続けた。できることはそれしかなかった。物語の登場人物が奮闘する間、マークの顔は平静を保っていた。ただ文章に乗り、貨物列車《ボックスカー》のリズムに乗っていた。だが当然そうなるだろうと予想できる言葉がカリンの背骨を走り抜けた。空家に忍びこんだ十二歳の少年が頭を殴られて倒れ、縛られて猿ぐつわをかまされたうえで種芋貯蔵室に閉じこめられる場面で、あとを続けられなくなり本を閉じてしまった。弟の非開放性頭部損傷のことがあまりにも辛くて、子供向けの読み物ですら生々しすぎるのだ。

〈三チュー士〉が犯行を重ねにやってきた。「約束しただろ」とトミーが言った。「こいつを連れ戻す手伝いをするって言ったろ」トミーとドウェインはテールフィンのついたフォームラバーのフットボールや、携帯型ゲーム機、ラジコン自動車などを持参していた。マークは初め戸惑いを見せたあと、機械で作ったような喜びを表わした。二人の友達と一緒に三十分ほど手と目《ハンド・アイ》の協調作用による運動をしたが、それはこの何日かに理学療法士の指導のもとで行なった運動よりも量が多かった。

ドウェインはしきりに理屈を言う。「回旋筋腱板の使い方がおかしいぜ、マーク。回旋筋腱板に気をつけなきゃ。そこがいわゆる引火点なんだ」

トミーは実際の運動をさせようとした。「薬の行商人じゃないんだから能書きはいいよ。とにかくガスにボールを投げさせようじゃないか。それがいいだろ？」

「それがいいだろ」マークは親友二人がわいわい騒ぐのを見ながら録音を即時再生するように言った。

ボニーは何日かおきに見舞いにきた。来るとマークは喜んだ。いつも何かおみやげがあった。ホイル紙で包んだゴム製の動物、洗い流せるタトゥーシール、装飾的な封筒に入れた占いの紙。**近いうちに思いもよらない冒険の旅に出るでしょう……**ボニーは本より面白かった。州間高速道路の脇に駐めた幌馬車で生活して永久に開拓地にたどり着けない人たちというネタの笑い話を延々と続けることができた。一度だけ開拓者の扮装で現われたこともあった。それを不思議そうに見るマークは、誕生日の子供のようにも、子供にいたずらする性犯罪者のようにも見えた。またボニーはCDプレーヤーとヘッドホンを持ってきてくれた。カリンが思いつかなかったものだ。ボニーは何枚かのCDを入れた箱を取り出した。どれも若い女の歌手が男の子はわたしの気持ちに気づいてくれないと嘆くような歌ばかりで、元気なころのマークなら死んでも聞かないような音楽だった。ところがヘッドホンをつけたマークは、目を閉じて、にこにこしながら膝を指で叩く。

ボニーはカリンの読み聞かせを一緒に聞いた。「じっと聞いてるね」とボニーは言った。

「そう思う?」カリンは藁にもすがる思いで訊く。

「目を見てるとわかる」

ボニーの楽天主義は阿片だった。それはカリンにとって煙草以上に依存性が高かった。

「ね、ちょっとあることを試していい?」ボニーはカリンの肩に手を置いて訊いた。手でたえずカリンの身体に触れて、自分の言葉の一つ一つを信頼できるものに変えていく。それからマークに身を寄せて、片方の掌で促すような仕草、反対側の掌で制止するような仕草をした。「いい、マーカー? いいとこ見せてよ。せーの。いち、に、靴を……?」

マークは口をぽかんと開けて困った顔をし、ボニーを見ている。

「ほら。集中して!」ボニーはもう一度リズムよく唱える。「いち、に、靴を……」

「履いて」とマークは一定の調子の呻きを漏らした。マークの頭の奥深くにはまだ意味を理解する力が残っている証拠が初めて現われて、カリンははっと息を呑んだ。何週間か前まで、マークは食肉加工用の複雑な機械を修理していたのに、今は童歌《わらべうた》の一行目を完成させるのがやっとだ。それでも、カリンは歯を嚙みしめながら、唇の動きだけで、やった！　と喜んだ。

ボニーは小川のせせらぎのようにくすくす笑いながら、さらに続ける。「さん、し、ドアを……」

「……ノック！」

「ご、ろく、杖を……」

「……うんこ」

カリンは笑いとともに脱力した。ボニーはしょんぼりするマークを励ました。「すごい！　二勝一敗。すごいすごい」

次には『ヒッコリー・ディッコリー・ドック』を試した。マークは顔を引きしめて夢中になり、〝ドック〟、〝時計《クロック》〟、〝降りて《ダウン》〟、〝ドック〟のところでうまくリズムをとった。次にボニーは『あめあめどしゃぶり』を歌いはじめたが、すぐに歌詞が出てこなくなり、ごめんごめんと謝った。

カリンがあとを引き継いだ。歌った童謡はボニーの知らないものだった。シュルーター家の姉弟にとっては、子供時代の寒々しさを凝縮したような歌だ。「おつきさまをみると」とカリンは出だしを言う。母親がまだ悪魔祓いの呪文を愛唱するようになる前に童謡を聞かせた時の声色を使った。「おつきさまが……」

マークはそれは知っているというように目を大きく見開いた。期待に満ちたしかめ面で、「ぼくをみる！」と言う。

「おつきさまにめぐみあれ……」カリンはほら、知ってるでしょ、という顔で歌う。

だがマークは椅子で固まったまま、夕暮れの地平線に忽然と現われた現代の科学では認知されていない生き物のシルエットをじっと見つめるだけだった。

ある午後、カリンがマークのそばに坐り、チェッカーのルールをお復習《さらい》させていると、ヘッドボードに影がさした。振り返ると、紺色のピーコートを着た見覚えのある男が立っていた。ダニエルは手を伸ばしてきたが、カリンには触れなかった。マークに向かって、まるでこの十年ほど互いに避けてきたいきさつなどなかったかのように、穏やかな声でやあと挨拶した。マークが病室の椅子にロボットのように坐っている事実などないかのように。

マークがさっと頭をのけぞらせた。事故以来見せたことのないすばやさで椅子の上にあがり、指さしながら泣き声を出す。「おー、おー！　助けてくれ。見ろ見ろ見ろ《シーシーシー》」

ダニエルがなだめようと前に出た。マークは叫びながら椅子の背もたれを乗り越えようとする。「見逃した《ミス・イット》、見逃した《ミス・イット》」カリンがダニエルを部屋から出した時、看護師が駆けつけてきた。「電話するから」とカリンは言った。三年ぶりの再会だった。犯罪者の気分でダニエルの手をぎゅっと握る。それから弟を落ち着かせるために急いで部屋に戻った。

マークはまだ幻覚を見ていた。カリンは懸命になだめた。弟がどこからともなく落ちてきた細長い影に何を見たのかはわからなかった。ベッドに横たわってもまだ震えていた。「見た?」カリンはしーっと言い、うん見た、と嘘をついた。

病院での騒動のあと、カリンはダニエルを訪ねた。ダニエルはカリンが記憶していたとおりの人のように感じられた。安定感のある、哺乳動物的な、堅苦しさのない男。高校時代から少しも変わっていない。長い砂色の髪、一つまみの山羊鬚、細長い顔。穀物を食べる優しい小鳥。何もかもが変わってしまった今、カリンは彼の連続性に慰められた。台所のテーブルをはさみ、一・二メートルほどの距離で向きあって、十五分話した。安心感を覚えるのが気まずくいたたまれなかった。何かものを壊してしまわないうちに急いで帰ったが、その前にまた会う約束をした。

年齢の上下関係は逆転していた。以前のダニエルはカリンにとっては子供だった。マークの同級生だから当然だ。それが今では自分より年上のように思えた。マークは二人の幼い子供といった感じだ。決断しなければならないことが次々に襲ってくると、カリンは時刻を選ばずダニエルに電話で相談するようになった。保険給付の請求、一時休暇の申請、リハビリテーションセンターへの転院に必要な書類の作成。カリンはダニエルを頼りにした。昔もそうすべきだったのだ。ダニエルはいつも最良の答えを出してくれた。それだけではない。マークをよく知っているから、マークが望むであろうことを察してくれた。

ダニエルはすぐに彼女に心を開いたわけではない。そんなことは無理だった。もう以前の彼とは違っているからだ。違ってしまったのはかつてカリンから受けた仕打ちのせいかもしれないが。だからダニエルが一緒に時間を過ごしてくれることにカリンは驚き、恥じ入り、感謝した。この新たな関係が何を意味するのかはわからない。ダニエルにとって、かりに意味があるとすればだが、どんな意味があるのかも。カリンにとっては、沈んでしまうのではなく、水面で浮きつ沈みつする状態でいさせてくれるという意味があった。さらにもう一日、マークの新王国の混沌に翻弄されたあと、カリンはダニエルに連絡をとる口実を作ろうとしていた。彼になら何でも話せる。マークが最近の小さな勝利に感じた大きな希望のことも、逆にずるずる後退しつつあるのではないかとの不安も。ダニエルはカリンのどんな言葉にも留保を加えて、中庸を得た着実な道からはずれないようにしてくれた。

過去の屈辱的な破局を考えるなら、二人の関係に未来などないだろう。だがかつての悲惨な過去よりもっとましな過去を作れるかもしれない。マークの苦闘が二人の関わり方を強めた。ほかの誰かのために何かをしているのだという事実が過去の卑小なわだかまりを消してくれた。マークが回復への道をどれだけたどれたか、これからまだどれだけ行かなければならないかを考えることが。

　ダニエルはカリンのために遠くリンカーンあたりの図書館からも本を借りてきた。脳損傷に関する本のうち、カリンに希望を与えてくれそうなものを慎重に選んでいた。また最新の神経科学の研究に関する雑誌記事などのコピーも持ってきて、カリンが読み解くのを手伝った。時々電話をかけてきてはセラピストたちに何を質問したらいいかをコーチした。ダニエルにおんぶされることで生きている実感を取り戻したような気がした。一度などは感謝の気持ちがあまりにも圧倒的にこみあげてきたので、誤解されないようすばやくではあるが、抱きしめてしまった。

　カリンは新しい目でダニエルを見るようになった。以前は否定的に見ることもあったのだ。社会正義をごりごり押し通そうとするネオヒッピーで、純粋さが体質に染みこんでいて、普通の人たちを愚かな大衆と見くだしていると。だが今は長い間不当な評価をしてきたと感じる。ダニエルはただみんなもう少し我欲を抑えて、自分たちを生かしてくれている無数の互助関係の前に謙虚になり、自然が人間に優しいように、人間もお互いに優しくなるべきだと思っているだけなのだ。昔自分にひどい仕打ちをした女のためになぜダニエルは時間を割いてくれるのかと言えば、カリンが頼んだからだ。二人の新たな結びつきから彼が得るものは、正しいことをする機会にすぎないだろう。削減《リデュース》し、再利用《リユーズ》し、再生利用《リサイクル》し、復旧《リトリーヴ》し、回復《リディーム》すること。

　二人はよく散歩した。カリンはダニエルをフォンデルズ・オークションへ引っ張っていった。昔から水曜日に開かれている郡の競売市だ。病院以外の場所はどこであれ罪悪感を掻き立てる天国と感じられた。ダニエルは競売でものを買うことはないが、中古品の売買は是認していた。**おかげでごみが減るからね。**カリンはと言えば、古いものには元の所有者の霊が取り憑いているという子供時代の妄想を今でも愉しんでいる。長い折り畳みテーブルを端から端まで吟味したり、へこんだ平鍋やすり切れた絨毯に指を触れたりしながら、これらの品物がここにたどり着くまでの逸話を作りあげた。二人は一緒にランプを一つ買った。支柱が仏像になっているやつだ。こんなものがどうしてバッファロー郡までやってきて、なぜ手放されたのかは、うんと想像を逞しくしなければ説明がつかない。

　七回目に会った時、簡単な夕食を作ろうということになって、〈サン・マート〉の野菜売り場で買い物をしている時、ダニエルが久しぶりにカリンをK・Sと呼んだ。カリンの好きな呼ばれ方だった。まるで自分ではないような、何かの優秀な組織の中心的人物になったような気分になるからだ。**君はきっと何かやってのける人だよ、**とダニエルは言ったものだった。ダニエルもカリンも、人が世の中でどれくらいの確率で何かやってのけるものなのかを知らなかった頃のことだ。**ほんとにすごいことをやると思うよ、K・S。僕にはわかる。**それから長い歳月が流れた今、マッシュルームを選びながらダニエルが、まるで時の経過などなかったかのようにさりげなくその呼び方に戻ったのだった。「マークを元に戻せる人がいるとしたら、それは君だ、K・S」なるほどカリンはまだ何かをやってのけることができるかもしれないわけだ。たとえ弟に対してだけであれ。

　カリンは自分たち二人のために行き先を作り、用事をこしらえた。暖かくなってきたある週末には川べりを散歩しようと誘った。そしてほとんど偶然のように、二人は古いキルゴア橋にやってきた。どちらもその場所が意味するものを仄めかしもしなかった。まだ氷が水の縁を固くしていた。鶴の最後まで残っていた群れが北にある夏の繁殖地に向かう長旅に飛び立つところだった。鳥たちが頭上高く見えなくなっても、カリンには鳴き声が聞こえた。

　ダニエルは小石を拾って川に投げた。「僕はこのプラット川が好きだ。〝幅一マイル、深さ一インチ〟」

　カリンはにやりと笑いながらうなずいた。「〝飲むには濃すぎ、耕すには薄すぎる〟〔水が濁っていてそのままでは飲めないが、土のように耕せるほどこってりはしていない、の意〕」小学校で習ったプラット川の特徴は、九九のようによく覚えていた。このあたりで育つ子供には肌の下まで染み通っている。「〝横向きに立てればすごい川〟」ダニエルは口の片端をきゅっと引いた。ほかの人間なら小馬鹿にした表情になるだろう。

カリンはダニエルの身体を軽く突いた。「私、子供の頃は、カーニーってほんっとにくそみたいな町だと思ってたのよ」ダニエルがびくりとした。そう言えばダニエルはカリンが汚い言葉を使うのを嫌ったものだったが、そのことをすっかり忘れていた。「北アメリカ大陸の中心。モルモン街道、オレゴン街道、大陸横断鉄道、州間高速道路八〇号線」

ダニエルはうなずいた。「それに中央飛行経路を渡っていく一兆羽の鳥」

「そう。いろんなものがこの市《まち》を通り抜けていく。ここが次のセントルイスになるのは時間の問題だと思ってた」

ダニエルは微笑み、頭を垂れて、両手を紺色のピーコートのポケットに突っこんだ。「この国の十字路だ」

一緒にいるのは――ただ一緒にいるのは――思っていたより簡単なことだった。少女めいたわくわく感を持つのは嫌だった。よりを戻せたきっかけを考えれば、それは汚らわしいことにすら思えた。これは痛ましい事故と引き換えに手に入れたもので、いわば弟の大怪我を利用して自分の過去を正しているようなものだ。でもそうせずにはいられない。何かが起きようとしている。自分で準備したことではない良いことが。ある意味でマークの悲惨な事故の結果である何かが。カリンとダニエルは新たな領域に接近していた。穏やかで、安定した、もしかしたら罪のない、カリンが到達可能とは思っていなかった場所に。その場所はマークの助けになるに違いない。

二人は橋を半分渡った。足の下でピン接合ポニートラス橋が揺れた。二人の下をプラット川の北の支流が滑るように流れていた。ダニエルは動物の巣穴や浸食してくる植物、カリンには識別できない微妙な変化を示している川床などを指さして説明した。「今日は鳥の活動が活発だ。あれはミカヅキシマアジ。あれはオナガガモ。カイツブリは、今年はどういうわけか早くやってきた。あ、あそこ！　あれはツキヒメハエトリじゃないかな。おーい、戻ってこい。誰だかわからないぞ！」

古い橋が揺れ、カリンはダニエルのコートの袖の下に腕を滑りこませた。ダニエルは話すのをやめて、彼女を観察した。びっくりするような迷鳥。カリンは目を落とした。手がダニエルの手を握って揺さぶっていた。まるで小学生のように。ヴァレンタインデーと戦没将兵追悼記念日が一遍に来たようだ。ダニエルは真新しい銅貨の色をしたカリンの髪すれすれに指の背を近づける。何かの実験をする動物学者のように。

「よく鳥の名前あてクイズを出したの、覚えてる？」

カリンはダニエルのかざした手の下でじっとしていた。「あれ嫌いだった。全然わかんないんだもん」

ダニエルの手が持ちあがり、新芽が出はじめたばかりのヒロハハコヤナギを指さした。枝に何かとまっていた。小さくて黄色い斑点があり、カリンの今の気分のようにそわそわ動く。名前は知らなかった。名前を知っていたら、鳥そのものの存在は意識から消えていただろう。名なしの鳥が喉を開き、そこから荒々しい音楽が飛び出した。鳥は無意味に歌いながらも、カリンが聞いているのを確信していた。周囲で答えが噴き出した――ヒロハハコヤナギとプラット川、三月のそよ風と草むらの兎、下流のほうで驚いて水面を打った何か、秘密と噂、知らせと交渉、連動し合う生命のすべてが、一斉に喋りだした。囀りと叫びが至るところから発してどこで終わることもなく、何事をも判断せず、約束もせず、ただ互いを増やし合い、川が川床を満たすように空気を満たす。彼女であるものは何もなかった。マークが事故に遭って以来初めてカリンは自分自身から自由になる気分を味わった。解放感は至福に近かった。鳥は鳴きつづけ、崩れた歌をすべての会話の中へ差し入れる。動物たちの無時間。昏睡状態から這い出てくる時にマークが漏らしたのと同種類の声。今のマークが生きているのはここだ。弟を取り戻したいのなら、カリンが学ばなければならないのはこの歌だ。

何かが甲高く鳴いた。北極に向かっていく大群の最後の一団だった。ダニエルが空をあおいで鳥影を探す。カリンに見えるのは灰色の絹雲だけだ。

「あれもいずれ消えていく運命にある」とダニエルは言った。

カリンは彼の腕をつかんだ。「アメリカシロヅル?」

「ん? いや、違う。カナダヅルだ。区別ははっきりつくよ」

「でも……確か絶滅しかかってるのは……」

「アメリカシロヅルはもう絶滅した。二百羽ほど残ってるけど。それは幽霊だ。見たことある? まるで……幻だよ。見つめているとすうっと消えていきそうだ。そう、アメリカシロヅルはもう滅びた。カナダヅルのほうは今まさに絶滅の危機に瀕している」

「そんなことないでしょ。まだいっぱいいるはず……」

「約五十万羽だ」

「まあ、数字は苦手だからよくわからないけど、今年はものすごくたくさん見たのよ」

「それも一つの前兆だ。川の水がどんどん使われていく。ダムが十五もあって、三つの州を灌漑している。ここへ流れてくる前に、昔の八倍の水が使われてるんだ。開発前と比べて川の水は四分の一に減っている。流れも遅くなる。水がなくなったところを木や草が埋めていく。木立ができると鶴は恐がる。彼らには開けた土地が必要なんだ。休んでいる時に何かがこっそり忍び寄るのは困るから」ダニエルはゆっくりと百八十度身体を回して、視線をめぐらせる。「だから安全な滞在地はここだけだ。大陸中央部のほかのどの場所も使えない。彼らの群れは不安定なんだ。年間の加入率は低い。どこか大きな滞在地が駄目になったらもう終わりだ。アメリカシロヅルだって前はたくさんいたじゃないか。あと何年かで、僕たちは始新世からずっと地球上にいたものにさよならを言うことになるかもしれないんだ」

ダニエルは今でもかつてマークの親友だったあのはぐれ者だった。痩せっぽちで、車には乗らず長い距離を歩き、ほかの人たちに見えないものを見ている。マークもひょっとしたらこうなっていたかもしれないのだ。小さい頃のマーク。**動物は僕が好きなんだ**。

「絶滅の危機に瀕してるのなら、どうしてこれだけの数が……？」

「前は大曲がり地域の全域が滞在地だった。長さにして二百キロ以上。今は百キロくらいで、それもどんどん減っている。同じ数の鳥が前の半分のスペースに押しこめられてるんだ。そうなると病気やストレスや不安に冒される。マンハッタンよりひどい状態だよ」

不安神経症にかかる野鳥。カリンは笑いを嚙み殺す。ダニエルはただ鶴の運命を嘆いているだけではなさそうだ。人類に自分の立場にふさわしい行動をとってもらいたいのだ。意識を持った、神のような人類は、自然が自らを知り、保全するために投入した存在なのだから。それなのに唯一意識を持つに至ったこの動物は、この自然に火を放ちつづけてきた。

「人間が滞在場所を狭めたものだから、たくさんの鶴が群れる壮大な眺めができあがってしまった。おかげで鶴を見ようとする観光客が押し寄せて、観光ビジネスが大盛況で、そのせいでますますたくさんの水を使うようになった。来年はもっと迫力のある鶴の乱舞が見られるはずだよ」ダニエルは人間たちの行動を何とか理解しようと努めてほとんど同情的な口調で話していた。だが彼の人類を理解する能力は鶴の滞在地よりも速く縮小しつつあるのだった。

ダニエルは身震いした。カリンは彼の胸に手を触れた。その接触に当惑したはずみで、ダニエルはカリンを抱きすくめてキスをした。手をカリンの火花を散らしたような髪の上で滑らせ、スエードのジャケットの襟の中に入れた。カリンは、こんなことはよくないと思いながらも、相手を自分の身体に引きつけた。もろもろの状況を考えると、興奮しているのが恥ずかしい。だが羞恥心にいっそう興奮を掻き立てられる。抱擁はこの数週間の落ちこみから引きあげてくれた。カリンの身体はこの寒い早春の高揚に屈服した。これから何が起ころうと、自分は一人ではないのだ。

新緑に煙る起伏のある野原を左右に見ながら、街へひっそりと帰るべく測量ロープのようにまっすぐな道路を走る車の中で、カリンは訊いた。「あの子はもう元通りにはならないよね」

ダニエルはじっと道路を見ていた。カリンは以前も彼のそういうところが好きだった。考えができるまで何も言わないところが。ダニエルは頭を傾けて、ようやく口を開いた。「誰だって昔の自分とは違ってる。僕たちがやらなければならないのは目と耳を働かせることだ。マークが行こうとしている場所を見極める。そしてそこで彼に会うんだ」

カリンは手をダニエルのコートの下へ入れた。無意識のうちに彼の脇腹をこすりながら、この車が道路から飛び出してひっくり返るところを想像した。まもなくダニエルが手首をそっとつかみ、訝しげにカリンをちらりと見た。

ダニエルのアパートメントで、二人は初めてクリスマスを一緒に過ごす若い恋人たちのように蠟燭をともした。カリンは小型暖房器具の前でうずくまった。ダニエルは倉庫から出してきたばかりの毛布のような匂いがした。後ろからカリンの身体を抱き、シャツのボタンをはずした。カリンは過去の繰り返しに陥る体勢で身体をまるめた。

まさぐる指の下で、カリンの腰がこわばる。ダニエルはカリンの腹のまるみを指でなぞりながら、八年前の初めての時と同じように、目に飢えと驚きを浮かべていた。「ほら、わかるでしょ」とカリンは記憶の中にある言葉を今また繰り返した。「盲腸の手術痕。十一歳の時。色気ないよね」

ダニエルはこの時も笑った。「前も艶消しの台詞だった。あれから何年もたったのにまた艶消しだ」鼻先をカリンの脇の下にこすりつけた。「学習しない女が約一名」

カリンはダニエルの身体を転がして自分が上になった。ダニエルの仕える灰色の羽を持つ女司祭のように首を伸ばす。彼女も保護の必要がある絶滅危惧種だった。カリンはダニエルの上で背筋をまっすぐ伸ばし、ディスプレイをした。

ふたたび動きをとめた時、カリンは求められてもいない降伏をした。「ダニエル。あの木にとまってた鳥、なんだったの」

仰向けに寝たダニエルは絶対菜食主義者のかかしの身体をしていた。弛緩した筋肉はこの何年か訊く勇気のなかったいくつもの質問を抑圧していた。暗闇の中で、ダニエルは二人の共通の思い出のリストを、その日に見た鳥を、スキャンした。「あれは……いろんな呼び方がある。君と僕は、好きなように呼ぶことができるんだよ、K・S」

カリンに付き添われて歩きまわり、日課である障害物競走をしている時、マークは初めて抽象的思考をした。この時もまだ縄をつけられているような歩き方だった。ある患者の病室の外で足をとめて耳をすました。誰かがすすり泣き、それより年長の人の声が言った。「大丈夫。気にしないで」マークはそれを聞いてふっと微笑んだ。それから片手をあげて、「悲しみ」と言った。この廊下で知性があげた殊勲に、カリンは驚いて涙ぐんだ。

初めて完全な一文を口にした時も、カリンは居合わせた。セラピストにボタンをはめる手伝いをしてもらっている時、神託のようにこう言ったのだ。「俺の頭蓋骨の中に磁気の波がある」握り拳二つで顔を覆った。今の自分が見えて、それを名指しできるようになった。ダムが決壊するように文章が彼の中からほとばしり出た。

翌日の夕方には会話ができるようになっていた。たどたどしいが、言っていることは理解できた。

「この部屋は何でこんなに変なんだ？　これはいつも食ってるものとは違う。ここはまるで病院だな」一時間に八回ほど、マークは自分の身に何が起きたのか尋ねた。そして事故のことを聞くたびに愕然とした。

その夜、カリンがそろそろ帰ると告げると、マークは飛び起きて、窓を押し開こうとした。それは安全ガラスの嵌め殺し窓だった。「俺眠ってんの？　死んじまったの？　なあ、起こしてくれよ——これ誰かの夢ん中だよ」

カリンは窓のそばへ行ってマークを抱きしめた。ガラスを叩くマークを窓からそっと引き離した。「マーキー、あなたは起きてるのよ。今日はすごい一日になったね。ウサギちゃんがちゃんと見てたよ。明日の朝、また来るからね」

マークはカリンのあとについてベッド脇のプラスチック製の椅子に戻った。彼の監獄である椅子に。だが、カリンがそこへ坐らせようとすると、まごついて目をあげた。カリンのコートの前を手で突く。「あんたここで何やってんだよ。誰に言われて来たんだ」

カリンの肌が金属になった。「やめてよ」意図した以上にきつい言い方になった。だがまた優しい口調になってなだめた。「ねえ、姉が弟の世話をするのはあたりまえじゃない」

「姉？　あんた俺の姉貴のつもりなのか」視線をきりきりねじこんできた。「姉貴のつもりでいるんなら、頭がおかしいぜ」

カリンは自分でも気味が悪いほど冷静に応対しはじめた。児童向けの物語を読み聞かせるように、明白な証拠を挙げながら、わかりやすく説明した。カリンが冷静であればあるほど、マークの困惑は深まった。「起こしてくれよ」と泣きつくように言った。「これは俺じゃない。誰かの考えの中に閉じこめられてるんだ」

カリンはこのことを思い出してはぞっと身震いして、一晩中ダニエルを寝かせなかった。「そんなことを言った時のあの子がどんな風だったか、あなたには想像できないでしょ。『あんた俺の姉貴のつもりなのか』ってはっきりそう言うのよ。迷いもしないで。そんなのを聞いたらどんな風に感じるかあなたにはわからないでしょ」

ダニエルは一晩中話を聞いてくれた。彼がどれだけ忍耐強いか、カリンは今まで忘れていたことに気づいた。「彼は大きなステップを踏み出した。でもまだ頭の中をまとめてる最中なんだ。今足りないところもじきに取り戻すよ」

夜が明ける頃にはふたたびダニエルの言葉を信じる心の準備ができていた。

それから数日たっても、マークはまだカリンを否認しつづけた。ほかの情報はすべて頭の中でまとめられたようだ。自分は誰なのか、どこで働いているのか、自分の身に何が起きたのか。ところがカリンのことは、姉にそっくりな女優だと言い張った。何度も検査をしたあとで、ヘイズ医師はこの状態に名前を与えた。「弟さんの病態はカプグラ症候群と呼ばれるものです。妄想性誤認の一つで、ある種の精神疾患に伴って生じます」

「弟は精神病じゃありません」

ヘイズ医師は小さくひるんだ。「ええ、違います。ただ、今大変な困難に直面しているんです。カプグラ症候群は非開放性頭部損傷の患者に現われることが報告されています。もっとも、非常にまれな例ですがね。ある限られた、おそらくは複数の部位に損傷があった場合に……まあ文献にも二、三の事例しか出ていないんです。弟さんは私にとって、事故が原因でカプグラ症候群が発症した初めての患者さんです」

「どうしてそんなにいろんな原因がありうるんですか」

「その辺はよくわかっていません。単一の症候群ではない可能性もあります」

血を分けた肉親を見誤る原因がいくつもあるなんて。「あの子はなぜあんなことを言うんでしょう」

「何かよくわからない点で、あなたは彼がイメージするお姉さんとは違っているんです。自分にお姉さんがいることは知っている。お姉さんについてすべてを覚えている。あなたがお姉さんのような顔をし、お姉さんのようにふるまい、お姉さんのような服装をしているのはわかっている。しかしあなたのことをお姉さんとは思えないわけです」

「あの子は友達がちゃんとわかるし、先生のこともわかる。他人のことはちゃんとわかるのに、なぜ――」

「カプグラ症候群の患者はたいてい自分の愛する人を誤認します。母親とか、父親とか、配偶者とか。脳の中の顔を認識する部位は無傷です。記憶も無傷。ところが認識と感情を結びつける部分がなぜか機能を失ってしまったんです」

「弟には私が姉だと思えないというんですか。それじゃ、あの子が私を見る時、その目には何が映ってるんです」

「目に映っているのはあなたですよ。ただ……充分にあなたを信じきれない」

愛する者だけがわからなくなる障害なんて。「つまり感情の目が見えなくなっていると。だから私のことを……?」カリンはヘイズ医師が冷徹にうなずくのを見た。「でも脳は……考える能力は傷ついてない。そこまでは悪くないってことですね? もしそうなら、きっと何か……」

医師は片方の掌を持ちあげた。「頭部の損傷に関して確実なのは、確実なことは何もないということだけです」

「どういう治療法があるんですか」

「とりあえずは経過を見ることになります。ほかにも問題があるかもしれません。記憶、認知、知覚などの二次的な障害ですね。カプグラ症候群は自然に改善することがあります。今やるべきことは、時間をかけて検査を行なうことです」

ヘイズ医師は二週間後にも同じことを言った。


マークが何かの症候群を患っているなど、カリンは信じなかった。弟の頭は大怪我で生じた混沌を整理しようとしているだけだ。日に日に昔の自分を取り戻してきている。少し我慢して待っていれば雲は晴れるだろう。死の淵から帰ってきたのだから、今のちょっとした困難からも立ち直るはずだ。自分は前とちっとも変わっていない。頭がはっきりすれば弟にもわかる。セラピストが言ってくれたとおり、小さく一歩ずつ前に進んでこの辛い事態を乗りきろう。カリンは無理強いをせずにマークのリハビリを手伝った。一緒にカフェテリアまで歩いた。おかしな質問にも答えた。お気に入りの二種類のトラック改造専門雑誌を買ってきてあげた。それとなく家族の歴史を話題にしながら記憶の回復をうながした。ただしマークのことをよく知らないふりをする必要はあった。一、二度試してみたが、少しでも馴れたふるまいをすると大騒ぎが起きた。

ある日、マークが訊いてきた。「俺の犬がどうしてるか、調べといてくれるかな」カリンは承知した。「それと頼むから姉貴を連れてきてくれよ。まだ知らせが行ってないんじゃないかな」この時にはもう懲りていたので何も言わなかった。

マークの前では気丈にふるまった。だが夜、ダニエルと二人きりになると最悪の不安に身を任せた。「私は仕事を辞めて、結局逃れられない故郷に戻ってきて、弟の家に住んで、貯金を取り崩して生活してる。なのに弟は私を私じゃないと言う。私が何か悪いことをしたから懲らしめるみたいに」

ダニエルは彼女の手を温めながらうなずくだけだった。カリンは彼のそういうところが好きだった。ダニエルは、言葉を思いつかない時は何も言わない。

「私はけっこううまくやってきた。あの子もかなりよくなった。最初は目も開かなかったもの。なのにどうしてこんなに恐いんだろう。なぜどっしり構えてもう少しよくなるのを待てないんだろう」

ダニエルはカリンの背骨の凹凸を撫でながら身体から静電気を吸いとった。「あせっちゃ駄目だ。マークはこれからも長く君を必要とするんだから」

「必要としてくれたらいいんだけど。赤の他人よりもたちの悪い人間だと思われてるんだもの。こたえるよ。せめて……あの子がどうしてほしいか言ってくれたらいいんだけど」

「隠すというのは自然な行動なんだよ。鳥だって自分が怪我してることを一生懸命隠すから」

マークは最悪の自動車運転教習生のように自分の身体を運用した。じりっじりっと前に進むかと思うと、速度制限を無視して加速する。ある時はリノリウムのひび割れ一つに難渋する。セラピスト考案のパズルを片っ端から夢中になってやる時もある。物を食べる時にしょっちゅう舌を嚙んだりする。

事故のことは何も覚えていないが新しい記憶を作っていくことはできた。そのことでは、カリンはどんな神にも感謝する用意があった。マークは相変わらず一日に二度は自分が病院にいる理由を訊いたが、今ではそれを尋ねる主な目的は、「この前と言ってることが違うじゃないか」などと、カリンの説明のわずかな変化を指摘することだった。トラックのこともしきりに訊いた。自分と同じようにだいぶ傷んでるのかと。カリンはごく曖昧な返事をした。

外見的にはめざましい回復ぶりを示していた。友達は見舞いにくるたび飛躍的な進歩に驚いた。マークは事故に遭う前より口数が多くなった。ひとしきり怒りをぶちまけたと思うと、八歳の時以来失くしていた優しさを見せたりした。医者たちが退院させたがっていることをカリンから聞くと喜んで、さっそく家に帰れるつもりになった。「俺の姉貴に医者の許可が出たと知らせてくれよ。マーク・シュルーターが退院するって。姉貴が何で来れないのか知らないけど、俺の家は知ってるから」

カリンは唇を噛み、うなずきさえしなかった。ダニエルが借りてきてくれた神経科学の本には、妄想に調子を合わせてはいけないと書いてあったのだ。

「姉貴は俺のこと心配してるはずだ。なあ、約束してくれ。どこにいるか知らないけど、今度のことを知らせたいんだ。昔から俺の面倒を見てくれてたんだよ。すごいことだよ。自慢していいことだ。命を助けてくれたこともあるよ。親父が俺の首を鉛筆みたいにぽきんと折りそうになったことがあるんだ。詳しいことはいつか話すよ。個人的なことなんだ。でも、これはほんとなんだよ。姉貴がいなかったら俺は死んでたんだ」

カリンは何も言わずそれを聞きながら身を引き裂かれる思いを味わった。ただマークが姉のことを他人に話す時に何を言うのかを知ることができて、そこには病的な喜びを感じた。この状態はきっと乗り越えられる。弟が理性を取り戻すのにどれだけ時間がかかろうとも。現にその理性は日ごとにしっかりしてきていた。

「ひょっとして来させないようにしてるのかもしれない。何で話をさせてくれないんだ。俺は何かの実験材料なのか。あんたを姉貴と思いこむかどうか試してるのか」マークはカリンの辛そうな顔を見たが、それを憤慨の表情と誤解した。「まあいいよ。あんたはあんたなりに俺を助けてくれてるから。毎日来て、歩く練習させてくれたり、本読んでくれたり。何が目的か知らないけど、ありがたってるよ」

「ありがたいと思ってる、でしょ」とカリンは当惑しながら言った。「今、〝ありがたってる〟って」

マークは顔をしかめた。「今のは省略形だよ。でもまあ、あんたよく似てるよ。本物ほどきれいじゃないかもしれないけど、いい線いってる」

カリンは頭がくらくらしてきた。体勢を立て直して、ショルダーポーチから例のメモを取り出した。「これを見て、マーク！　あなたのことを心配しているのは私だけじゃないの」これは予定になかった療法だった。事故当時のことを思い出させるのはもう少し回復してからのほうがいい。それはわかっている。だが揺さぶりをかけることで元のマークに戻るかもしれない。そして自分が本物の姉であることを証明できるかも。

マークはメモを受けとって眺めた。矯《た》めつ眇《すが》めつしてから、カリンに返した。「なんて書いてあるんだ」

「マーク！　読めるでしょ。今朝、セラピストの前で本を二ページ読んだじゃないの」

「ったくもう。お袋とそっくりの喋り方だな」

カリンが小さい頃から絶対に似るまいと努力してきた女性のことだ。「ほら。もう一回見て」

「俺のせいじゃないよ！　見てみろ。こりゃ字じゃない。蜘蛛の巣だ。木の皮かなんかだ。あんたが読んでみてくれ」

筆跡は乱れていた。スウェーデン人の祖母が書いたような蛇がのたくったような字だ。八十歳くらいの人が書いたのではないかとカリンは見当をつけてみる。年をとった移民一世で、個人情報を明かさなければならなくなるのを恐れているのではないか。カリンはもう覚えこんでいるにも拘わらず、紙に書かれた文字を読みあげた。私は何者でもない。でも今夜ノースライン・ロードで、神さまが私をあなたのもとへ導いてくれた。あなたが生き延びるように、そして別の誰かを連れてきてくれるように。

マークは額の傷痕を指で押さえた。カリンからまたメモを受けとった。「どういう意味なんだ。

神さまが誰かを導いた？　神さまがそんなに俺のことを考えてくれてるんなら、何で俺の完璧なトラックをひっくり返しちまったんだ。俺が乗ってる車をぶあーんと突き飛ばしちまって」

カリンはマークの腕をつかんだ。「それ覚えてるの？」

マークは手を振り切った。「あんたがそう言うじゃないか。一日に二十回ほど。忘れようったって忘れられないや」置き手紙を指でいじる。「いや、そんなまだるっこいこと。俺の注意を惹くためにこんなものを置いてったって？　神さまだってこんなまだるっこいことはしないよ」

母親は前の年、自分の徐々に衰弱していく死に方についてこんなことを言ったのだった。**神さまならもう少し能率よくやってくれそうなものだけどね。**

「とにかくこれを書いた人があなたの発見者なのよ、マーク。救急治療室へ様子を見にきてくれて、これを置いていった。来たことをあなたに知らせたかったのよ」

マークの喉から声が引きちぎられるように出た。飼い主のステーションワゴンに後脚を轢かれた犬が立てる声だった。「だけどさ。俺はどうすりゃいいんだよ。別の誰かを死んだ状態から助け出すのか。どうやりゃいいんだ。その死んだ人がどこにいるのかも知らないのに」

寒気《さむけ》が爪を立ててカリンの背筋を這いのぼった。謎の部分。警察が仄めかしたレースのこと。

「どういう意味、マーク。それ何のこと」

マークは頭のまわりで両腕を振り、蜂の大群のような邪悪なものを追い払おうとした。「どういう意味かって、何で俺が知ってるんだ」

「その……死んだ人って……？」

「誰が死んだのかすら知らないんだ。姉貴がどこにいるのかも。この俺がどこにいるのかも。ここは病院だって言うけど、ほんとは映画の撮影所かもしれない。何も変わったことはないと騙すために連れてくる場所かもしれない」

カリンはぼそぼそと謝った。その紙切れには何の意味もないのだと言いながら、取り戻そうと手を伸ばした。だがマークはそれを手にとってカリンから遠ざけた。

「俺は誰がこれを書いたか知りたい。これを書いた人は俺に何が起きたか知ってるんだ」マークはズボンの後ろポケットを手で探った。お気に入りの、だぶだぶの、股上の浅い黒いジーンズは、カリンが家から持ってきたものだ。「くそ！　こいつを入れとこうと思ったのに、財布がない。社会保障カードも、免許証もない！　やっぱり俺はどこでもない場所にいるんだ」

「財布はあした持ってきてあげる」

マークは怒りをあらわにカリンを見あげた。「どうやって俺の家に入る気だよ」カリンが何も言わずにいると、がっくり肩を落とした。「ま、知らないうちに脳を手術できるんだから、家の鍵を手に入れるくらい簡単だよな」

あなたは自分を誰だと思っていますか、と彼らは訊く。楽勝の質問みたいだが、ちょっとした罠がある。普通の人が考える以上の意味がある。どういうわけか、連中はこちらを引っかけようとする。こちらにできるのは質問に答えて、クールにしていることだけだ。

今住んでいる場所はどこですか。マークは自分のまわりの医療設備や白衣を着た人たちを指さす。彼らは質問を変える。自宅の住所は知っていますか。ネブラスカ州、カーニー市、シャーマン、六七三七番地。マーク・シュルーター、任務のため出頭しました！　やつらは訊く。確かですか。確かって、どれくらい確かならいいんだ。自宅があるのはカーニーですか、ファーヴューですか。やつらはまた必死で訳がわからなくさせようとしている。ああ、今はファーヴューに住んでるんだ。でも、現在形で答えろなんて言わなかったろ。

あなたは何をする人ですか、と連中は訊く。これも引っかけだ。友達と遊ぶ人だよ。〈ブレット〉

あたりでバンドの演奏を聞いたり。〈eベイ〉にグランドイフェクターが出品されてないかチェックしたり。ビデオクリップ作ったり。テレビ見たり。犬の散歩したり。オンラインゲームでは泥棒のキャラでプレイしている。何も起こらないとステータスが成長していく。当然言いたくなることがあるが、それは言わないでおく。あんたたちは俺をオンラインゲームのキャラみたいに扱っているだろう、ということは。

　普段やっていることはそれだけですか。いや、あんたたちも全部知る必要はないんじゃないの。閉まってるドアの内側で何が起きてるかなんてことは。でもそうじゃないらしい。彼らはこう訊いてくる。生活費はどうやって稼いでいますか。仕事はなんですか。なんだ、それなら初めからそう訊きゃいいじゃないか。

　マークは第二種保守修理技士のことを話す。どの機械があばずれで、どの機械が楽勝か。まだ三年目だが時給は十六ドルだ。動物を殺すことをどう思うと訊いてこないのはありがたい。それを訊かれるのは大嫌いだ。みんな牛や鶏を食うくせに。誰かが殺さなきゃいけないわけだろう。だいいち俺が殺すわけじゃない。機械のメンテをやるだけだ。なぜみんな食肉加工会社のことをそんなに知りたがるんだろう。これで何日か欠勤してるわけだが、あそこでは妙なことが起きているに違いない。誰かが俺の抜けた跡を埋めたがっているとか。給料はまあまあだし、いい仕事だ。とくに不景気の時には。あの職を手に入れるためなら人殺しでもするってやつは多いはずだ。

　最初の繁み《ブッシュ》の副大統領は誰でしたか、とか訊いてくるけど、頭おかしいだろ。お次は、森《トゥリーズ》の上院議員は誰だって訊く気か。百から二つとばしに数を逆に数えろとか。そのスキルが何かの役に立つのか。ほかにもどかどかテストをやらせる。マルをつけよ、バツで消せ、ああせいこうせい。しかもくそ意地が悪い。ちっこい字で書いてあったり、三十分ほどかかる問題に制限時間が十秒だったり。俺は今のままで満足だ、何かに応募する気なんてないと連中に言ってやった。このテストを馘《くび》にするって言うならどうぞどうぞ。そしたら連中は笑って、また次々にテストをやらせる。

このテスト責めはどうも変だ。あの人たちは私たちの仲間ですと医者は言う。どう考えてもこっちはちゃんとやれたのに、やれなかったことにされる。それよりあの姉貴のふりをしている女を検査してもらいたい。

友達が見舞いにきてくれるが、あいつらも変だ。ドウェインは普通に見える。あいつに成りすますのは無理だ。何でもいいから喋らせてみるといい。**ジハードってどういうことか知ってるか。イスラム主義者についてはそこが理解できないと国務省は言ってるよ。どうしても外国の言いなりになるからってな。**

イスラム主義者《イスラミスト》？　俺はてっきりイスラム教徒《ムスリム》というんだと思ってたよ。ムスリムと呼ぶのは間違いなのか。

まあ〝間違い〟ってのは相対的概念だからな。それ自体で〝間違い〟なんてものはない……

そういう訳のわからないことをべらべら喋るのはドウェイン・ケインしかいない。トミーは見かけも喋ることもまともだが、やつはやつで何かおかしい。元々ちゃんとしてるやつなんだが。食肉加工会社の職を世話してくれて、銃の撃ち方を教えてくれて、夢にも思わなかったいろんな変わったことを体験させてくれた。一撃必殺のトミーなら、今何が起きてるのか説明できるはずだが。

マークはトミーにカリンのふりをしている女のことを何か知らないかと訊いてみる。トミーはマークが狼男に変身したとでもいうような顔をする。この男の食べる物に何かが混入してるに違いない。いつも緊張してる感じ。いつも誰かの葬式に出ているみたいだな。本物のトミーはどうでもいいよってやつなんだ。愉しむことを知っている。肉を担いでいても何食わぬ顔でクールにしていられる男だ。固まっちまうことなんか絶対ない。だが今ここにいる男はしょっちゅう固まる。

もう全体に嫌な感じなんだが、調子を合わせるしかない。みんな何か隠している。何か悪いことを。トラックはぶっ潰れて、姉貴は行方不明。なのにみんな何でもないような顔をしている。事故のことや、事故の前と後の何時間かのことは、誰も話してくれない。ここは腰を据えて、馬鹿のふりをしながら、様子を探るしかないだろう。

ドウェインとトミーがファイヴカードをやろうと誘ってくる。セラピーだそうだ。いいだろう。ほかにやることがないし。でもあいつらはクラブとスペードが同じに見えるいかさまカードを使う。数もおかしい。6と7と8がやけに多い。食肉加工会社の梱包ステッカーをチップの代用にしたが、マークのチップはバッファローのようにあっというまに絶滅した。まだカードを引いてないのにもう引いたとドウェインたちが言う。そんなことが何度もあった。カスどもがやるアホなゲーム。マークは二人にそう言う。するとこう返される。**シュルーター、これはお前の一番好きなゲームなんだぜ。**

三人はドウェインがダウンロードして焼いたミックスCDを聞くのに長い時間を費やす。マークが意識を失っていた間に音楽界にはいろいろなことが起きていた。歌はぐっと来る。おー、こりゃすごい。こんな変なの聞いたことない。何これ、カントリーメタル?

トミーががっくりした顔をする。もぞもぞしてないでよく聞けよ。カントリーメタルって、おい！　モルヒネがまだ抜けないのか。

カントリーメタルってあるぜ、とドウェインが言う。ちゃんとしたジャンルだよ、お前知らねえの。ドウェインは間違いなく本物だとマークは思う。

だがこの二人が目を見合わせる時の目つきを見ると、どこかに隠れたくなる。二人がそばにいると、ものを考える自分の声が聞こえない。あまりに多くのことが起こるので何がおかしいのかわからない。かといって、二人がいなくなると、手がかりがなくなる。見えないものは説明できない。問題はあの姉貴の偽者がそっくりだということだ。一人坐って、法律を守って、まったりした曲を聞いてると、あいつがやってきて邪魔をする。絶対に姉貴の真似をやめない。あいつは俺が聞いてる音楽を聞く。これ、ハワイアンシンガーのトリオ？

さあ。ポリネシアンポルカとか、そんなもんだろ。

あいつは言う。これどうしたの。

知らない。雑役係がくれた。俺がいいやつだから。

マーク、それまじめな話？

え？　アルツハイマーの宇宙飛行士から盗んだとでも思ってるのか。だいたいあんたに何の関係があるんだよ。俺の行動を記録してんのか。

あいつは言う。これ聞いててほんとに愉しい？

なんだよ。何が変なんだよ。

だって……いや、きっと愉しいのね。たぶんいい音楽なんだね。女の目は誰かに塩を擦りこまれたみたいに腫れている。

俺のことなんか何も知らないくせに。俺は前からこういうのが好きだったんだ。こういうアホな音楽が。誰もいない時とか。ヘルメットや……耳覆いの下でイヤホンつけて聞いてたんだ。

女はまるで俺が女装趣味を告白したみたいな反応をした。変に興奮したみたいになって、そうね、私もいいと思う、と言う。

どうもわからない。女は本当に辛いらしい。いったいなんなんだ。あまり喋らないで観察したほうがいいかもしれない。気づいたことをメモしてもいいが、証拠に使われると困る。

あの単純で気のいいボニーまで、何だか俺への接し方が前と違う。まるで幽霊だ。テレビの古いドラマみたいに、開拓時代の女の帽子をかぶって、裾が引きずるほど長い服を着て。どうやら新しい生活を始めたみたいで、アーチ橋記念館のそばで、プレーリードッグみたいに巣穴を掘って、草で覆って、草の根を食って暮らしているらしい。お袋が吹雪で死んで、親父は旱魃で死んだなんて、そんな聖書に出てくるみたいな身の上話をでっちあげてるらしいが、あいつの親は二人ともツーソン郊外の要塞街《ゲイティッド・コミュニティー》で元気に暮らしてるんだ。みんなほんとの自分とは違うことを言うが、俺としては笑って調子を合わせるしかない。

でもボニーは、長いドレスを着てても有料チャンネルの女みたいにセクシーだ。だから俺はそれ変だろとか言わない。て言うか、あのファッションはけっこうそそる。とくにあの古臭い帽子がいい。並んで坐って、あいつがカードを書いたりするのを見てるのは、ちょっといい。あいつはほかの部屋の全然知らない患者に、早くよくなってねとか何とか書く。揺りかごに寝ている赤ん坊の絵葉書をワシントンの連邦議員に送ったりする。俺はすぐ横に坐って、片手で線の中に色を塗る手伝いをしながら、もう片方の手をボニーの身体にあてる。人がいない時は、だいたい、どこでも触らせてくれる。

でもカードは逆らう。じれてペン先をがんと突き立てると、テーブルに凹みがつく。どうなってるんだこのカードは。くそみたいな絵にしかならない。

ボニーが跳びあがる。俺を恐がる。でも腕を身体に回してくる。うまくやってるよ、マーカー。すごいよ。だって、あんな怪我をしたのに。

そうなのか？　だんだんよくなってるのか？　元に戻ってきてるのか？

もう戻ってるよ。自分でもわかるでしょ！

俺はじっとボニーを見る。嘘をついてるかどうかはわからない。涙でぐしゃぐしゃの目を拭く。自分がもらったお見舞いの置き手紙を出してみた。比べてみるために。**私は何者でもない……**それなら、うちのクラブにようこそ。あんたは一人じゃない。

何だかよくわからない数週間が過ぎた。セラピストたちがマークを吟味し、記憶のテストをし、日常のあれこれを把握できているかを調べる間、カリンは日々を喪っていった。彼女の中のある部分はほかの部分と不調和になった。無理もない。一日に二度、弟から偽者呼ばわりされるのだから。あまり覚えておきたい日々ではなかった。

マークはリハビリテーションセンターに移された。当人は腐った。「〝退院〟ってこのことかよ。前よりひどいじゃないか。軽警備刑務所って感じだ。ここから脱走したらどうなるんだ」

しかし実際のところ、デダム・グレン・リハビリテーションセンターはグッド・サマリタン病院よりかなり居心地がよかった。パステル調の外壁に玉砂利を敷いた庭があり、低価格の退職者コミュニティーでもおかしくない。ここは生涯最後の病に倒れた母親を入院させた病院だったが、そのことに気づいたのかどうか、マークは何も言わなかった。マークは個室を割り当てられた。廊下は前の病院より雰囲気が明るく、食事もよく、スタッフもどちらかというと冷ややかで素っ気ないグッド・サマリタンより患者の扱いがうまかった。

一番の儲けものはバーバラ・ガレスピー看護助手の存在だった。勤務歴は浅く年齢は間違いなく四十近いが、自営業者のように熱心に働く。マークとは初めから十年来の知り合いのような感じになった。マークが望んでいることを、本人がわかっていなくても、つねに的確に察知する。その点はカリンより上だった。バーバラのおかげで、リハビリテーションセンターが家族向けホリデータイムシェアのように感じられた。バーバラはとても安心感を与えてくれるので、シュルーター姉弟は実際以上に快調にふるまって、彼女を喜ばせせようとした。バーバラと一緒にいると、カリンは弟の完全な回復を信じている自分に気づく。マークはほんの数日ですっかりバーバラの虜になり、まもなくカリンも後追いした。バーバラと話すのがカリンには生きる張り合いのようなものになり、小さな相談事をいくつも作り出した。バーバラとは姉妹のように親しい子供の頃からの友達で、マークの怪我のことで互いを慰め合っているという夢想をした。現実の世界でもバーバラは同じくらい慰めを与えてくれ、まだ先に控えているいくつもの困難に向けて心の準備をさせてくれた。

カリンは機会あるごとにバーバラを観察し、その落ち着きとさりげない思いやりを真似ようとした。ある夜、暗くした修道院の僧房のような部屋で、彼女のことをダニエルに話してみた。ただしあまり心酔しきっているように聞こえないよう気をつけた。「誰かと話す時は完全に相手と向き合う。しっかりとそこにいる。今まで出会ったどの人よりもそうなの。自分自身の前にいるのでも、後ろにいるのでもない。次に応対する患者さんのことや、前に応対した患者さんのことじゃなく、目の前にいる患者さんのことを考えている。どこにいる時でも、その場所にちゃんといる。私なんて、最近やった三つの馬鹿なことを必死に消そうとするか、次にやるかもしれない三つの過ちを避けようと必死になるか、いつもそのどちらかをやっている。だけどバーバラは、あの人は……ど真ん中にいるのよ。その場所に。あの人が働いているところを見せたいな。マークにとっては完璧な看護助手さんで、あの子と完璧にうまが合うの。あの子が変な陰謀の話をしだして、私でさえ枕を顔に押しつけてやりたくなる時でも、ちゃんと聞いてあげる。この世の中の誰よりも、自分の身体の中に居心地よく収まってるのね。賭けてもいいけど、あの人はこの世の中のどんな人にもなりたがっていないと思う」

ダニエルは諫《いさ》めるように、闇の中でカリンの腕に手をかけた。カリンは床に敷いたマットレスの上で仰向けに寝た。床の上はがらんと広く空いていて、三つ置かれている鉢植えは自然が在庫一掃セールをしたあとの売れ残りのようだ。地下のアパートメントに備えられた数少ない家具はどれも廃品を利用したものだった。アメリカ地質調査所発行の書籍や〈自然保護サービス〉のパンフレットや自然観察ガイドがぎっしり詰まっている数本の本棚は、オレンジの空き箱を積んで作られている。仕事用の机は取り壊される家から持ってきたオーク材の古いドアで、木挽き台の上に載せられている。冷蔵庫も学生寮によくある立方体に近い小型のもので、〈グッドウィル〉〔中古品販売を主な財源とする社会福祉団体〕で十ドルで買った。アパートメントはいつも照明が薄暗く室温は摂氏十五度に保っている。もちろんダニエルの考えは正しい。環境保護を考えればこれが唯一許されうる生活スタイルだ。だがカリンはもう少し暮らしやすくする案を練りはじめていた。

「あの人は自前の体内時計を持っているの。自分自身の原子時計を。時間配分に差をつけずに、均等に時間を割くの。とても落ち着いていて、いつも注意怠りなく気を配っている」

「いい野鳥観察者になりそうだ」

「マークは調子がおかしい時でもバーバラを困らせないのよ。患者の中には、ウワッちょっと待ってと思うような人もいるけど、バーバラは絶対にうろたえない。人はこうあるべきなんて決めつけをしない。ただ目の前にいる人をあるがままの姿で見るだけなの」

「具体的には何をしてくれるんだい」

「公式には看護全般の担当者。スケジュールの管理とか、軽いセラピー、日常のこまごましたことの世話とか。一日に五回見まわりにきて、異状がないか確かめて、汚れものを片づける。私も含めて、ほかのどんな人よりも能力と地位の差が大きいわね。院長になってもおかしくないくらいよ」

「院長先生ならマークの世話をしてくれないだろう」

「確かに」明敏さを感じさせるぴしりと短い返事はダニエルの真似だ。カリンには昔から無意識に人の喋り方を真似るカメレオン・コンプレックスがある。その時々に話している相手と同化しようとするのだ。

「キャリアアップの追求は中毒になるよ。それより自分の好きなことをやるべきだ。社会的地位なんか気にせずに」

「バーバラはまさにそういう人なのよ。床に落ちてるマークの汚れた下着を、バレエみたいな動作でひょいと拾いあげるの」ダニエルの手がカリンの腕の上で慎重に円を描いた。ふとカリンは思った。ダニエルは私が描き出すバーバラという人物に嫉妬しているのかもしれないと。忍耐はダニエルが密かに持っているうぬぼれで、誰よりもそれに秀でたいと願っているのだ。「マークは例のおかしな考えを理屈の通った普通のことみたいにまくしたてるんだけど、バーバラはそれをじっくり聞いてくれるのよ。完全にあの子の人格を尊重して。それから教えて聞かせるという感じじゃなしに、あの子と一緒にいろいろなことを考えて、あの子が自分のおかしなところに自分で気づくようにしてくれるの」

「ふうむ。ひょっとして元ガールスカウトかな」

「でも私には何だか寂しい人みたいに見えるのよね。ものすごくストイックだけど、寂しい雰囲気がある。結婚指輪ははめてないし、指輪の陽灼け痕もない。わかんないけどね。何だか変な気がする。まさに今まで私がずっとなろうと努力してきたような人だから。ねえ、そこに〝目的〟があるんだと思う？」

ダニエルは戸惑ったふりをした。世を捨てた修道士のように暮らす彼は、日に四度瞑想する。齢《よわい》数万年の川を保護するために一生を捧げている。彼は自然を崇拝している。そして子供の頃からカリンを台座に据えて拝んできた。まさに誠実さの権化だ。だがそれでも〝目的〟という言葉には落ち着かないものを感じた。

カリンは言葉を曖昧にした。「まあ別に……呼び方は何でもいいんだけど。私、事故以来ずっと考えていたの。ひょっとしたら私たちは目に見えない道の上にいるのかもしれない。知らず知らずたどることになっている道の上に。それは本当に意味のあるどこかに通じる道なの」

ダニエルはベッドの上で身体を緊張させた。呼気の早瀬がカリンの胸の上を流れた。「よくわからないな、K・S。つまりマークの事故は、君がその看護助手さんと出会うために起きたということと?」

「私じゃなくて、マークが出会うためによ。以前のあの子がどんな生活をしてたかは知ってるでしょう。付き合ってる友達もああいう人たちだし。バーバラ・ガレスピーは、負け犬でない人の中で初めてマークを受け入れてくれた人なのよ……」カリンは身体を転がして腕をダニエルの身体の上にかけた。「あなたと別れてから初めてってことだけど」

ダニエルはうら寂しい賛辞にびくりと身をすくめた。思春期の訪れが断ち切った子供時代の絆。かつてマークが大好きだったダニー・リーグルは、今カリンが三十センチほどあけて隣に寝ている男とは同一人物ではない。「そのバーバラって人がマークの……道だと思うのかい? 彼を自分自身から救うためにやってきたんだと」

カリンは腕を引っこめた。「そんな単純な言い方をしないで」ダニエルは少なくともからかいはしなかった。ほかの男ならからかっただろうが。だがカリンは自分の話し方から気持ちに余裕がなくなっているのを自覚した。このぶんだと母親の同類になってしまうかもしれない。聖書をマジック8ボール〔占いの玩具〕がわりにする女に。

「その人は運命の人でなくちゃいけないのかな」とダニエルは言った。「マークはただ運よくその人に出会ったと考えてみたらどうだろう」

「でも事故がなかったら出会わなかったんだし」

ダニエルは立ちあがって窓辺へ行った。素裸を気にする様子がないところは野生児のようだった。アパートメントの中の寒さはまるで感じないのだ。ダニエルはカリンの考えを自分の頭で吟味しようとした。カリンは彼のそんなところが好きだった。昔と変わらず、こちらを試し着してみてくれるところが。「一人だけほかと切り離された道を行く人なんていない。すべてはつながっている。マークの人生も、君の人生も、バーバラの人生も、マークの仲間の人生も……僕の人生も。ほかの……」

窓の外を眺めていろいろな道の絡み合いのことを考えているダニエルを見ながら、カリンは警察の言った三種類のタイヤ痕のことを思い出した。警察が確認して記録したものが三種類。あの夜、痕を残さず走り過ぎていった車は何台あっただろう。カリンはマットレスの上で起きあがり、毛布で上半身を隠した。「君ほどの神秘論者はほかに知らないな。いつも凡人にはわからない命の本質みたいなことを言う……」かつてロバート・カーシュが容赦なくダニエルを揶揄したことがある。**耳鼻咽喉科の先生。ドルイド教の祭司。グリーン・ジャイアント・ジュニア**〔食品会社〈ゼネラルミルズ〉のマスコットである緑色の巨人。緑は環境保護主義のシンボルカラー〕。カリンはその残酷なからかいに加担したのだった。

ダニエルは窓の外の何かに向かって話しかけた。「百万の生物種が絶滅への道を突き進んでいる。個人のたどる道なんかにこだわるのは贅沢だ」

それはカリンへの非難だった。カリンは平手打ちを感じた。「マークは死にかけた。これからどうなるかもわからない。また働けるようになるのか、脳は、人格は……そういうことを乗り越えるために、私は何か信じられるものが欲しいのよ。そのことを嫌がらないで」

窓にシルエットを浮かせたダニエルが頭頂部を片手でつかんだ。「嫌がる？　とんでもない！」マットレスまで戻ってくる。「それは絶対ないよ」悔恨をこめてカリンの髪を撫でた。「もちろん人間を超えた力というものは存在するからね」

カリンは髪を撫でるダニエルの手に感じとった。それは私たちそれぞれの道が何の意味も持たなくなるほど大きな力のことだと。

「君を愛してる」とダニエルは言った。ダニエルがカリンを愛しはじめてから十年たっているが、ある意味、時期尚早な言葉だった。「君は人間のいいところのすべてを持っていると思う。今ほど君がちゃんとした人に思えたことはない」脆そうだ。助けを必要としている。誤解されている。そういう意味だった。

カリンはダニエルの批評を聞き流した。その痩せた胸に顔をうずめ、何も言うまいとしたが、言葉が出てしまった。「今度のことも、何とかうまくいくかもしれないと言って」

「うまくいくかもしれない」とダニエルは言った。ここは肯定しなければ残酷だ。「そのバーバラって人にマークを助ける力があるのなら、彼女が僕たちの道だ」

ダニエルは瞑想した。これが彼なりのプランだった。ダニエルが足を組んで結跏趺坐《けっかふざ》の姿勢をとると、いつもカリンはアパートメントを出た。邪魔になることを恐れるからではない。ダニエルは意識の波長を呼吸に合わせているので、ほかのことには完全に無頓着だからだ。そうではなく、平穏な浮世離れしたダニエルを見ると心が波立つのだ。ほったらかされたような、マークの抱えている困難など超然とした境地の妨げになると言われているような感じがする。ダニエルがよそへ飛んでいるのは、少なくともカリンの腕時計によれば、一度にせいぜい二十分だが、カリンはいつもそれが永久に続きそうな気分に襲われる。

「瞑想をすることで何を求めているの」とカリンは努めて中立的な口調で訊いた。

「何も！　何も求めない状態を求めている」

カリンはスカートの裾を握りしめた。「するとどうなるの」

「自分が……自分自身にとって一つの物体になる。アイデンティティーが消されていく」ダニエルは片頬をこすりながら、十一時の方向に目を向けた。「内面が透明になる。抵抗が減る。ものの考え方が解放されて……新しい発想、新しい変化がそれほど……疎ましくなくなるんだ」

「自分をもっと、流動的《フルーイッド》にしたいの？」

ダニエルの頭が上下に小さく動いた。まあそうとも言える、というように。カリンはその考えをおぞましいとすら感じた。マークがまさに流動的になってしまっているからだ。自分もマークの事故でそうなることを強いられているが、これ以上はごめんだ。ダニエルにも液体になどなってほしくない――乾いた大地になってほしいのだ。

鶴の最後の一羽が飛び去り、カーニーは常態に復した。五年前の倍になった観光客も、渡り鳥とともに姿を消した。市全体が、あと十ヶ月間は演技をしなくてすむのでほっとしていた。

鶴のあとに別の鳥がやってきた。大陸という砂時計の細くくびれた部分を通って、何百万何千万の鳥の波が次々と押し寄せてきた。カリンは子供の頃から見ていても気にとめなかったが、ダニエルは全部名前を知っていた。ネブラスカ州に棲息する四百四十六種類の鳥をアルファベット順に並べたリストをいつも持ち歩いていた。Anas, Anthus, Anser, Buteo, Branta, Bucephala, Calidris, Catharus, Carduelis――鉛筆書きのチェック印や判読困難な注記がこすれて薄汚れていた。

カリンも一緒に野鳥観察をした。正気を保つための一つの方法だった。マークに邪険にされた日の午後、逃避したくなると、北西の砂丘地帯や、北東の黄土の丘陵地帯に入ったり、川を西または東へたどったりした。一日の午後の間だけでも、カリンは気分の高揚と、弟を放り出してきたことへの罪悪感の間を往復した。それは十歳の時、夏の夕方に隠れんぼから帰ってきたとたん、母親から金切り声で叱りつけられ、幼い弟をコンクリートの水のない排水溝の中で待たせたまま置き去りにしてきたことに気づいた時のような気分の振れ方だった。

野外の暖かくなってきた空気の中で初めて、カリンは自分が崩壊寸前まで来ていたことを感じとった。あと一週間同じ調子で介護をしていたら、マークの言い立てる陰謀論を自分でも信じてしまっただろう。ダニエルとカリンは市の南西に位置する砂採取場のある湿地帯の近くでピクニックをした。胡瓜の輪切りを噛んでいた時、カリンは全身が激しく震えだして嚥下《えんげ》できなかった。上体を前にかがめて、ぶるぶる震える顔を両手で覆った。「ああ、弟があんなことになって。あなたがいなかったら、私どうなってたことか」

ダニエルはカリンの両肩を持ってそっと身体を引きあげた。「僕なんか何もしちゃいない。何かできたらいいと思うけど」それからハンカチを差し出した。ティッシュではなくハンカチで鼻をかむ北米最後の男だ。カリンはそれを受けとって、遠慮なく、すさまじい音を立てて鼻をかんだ。

「私、この市から何遍も逃げようとしたけど駄目だった。シカゴ、ロサンゼルス、ボールダー。普通の人間のふりをして出発し直そうとするたびに、ここへ引き戻されてきたの。小さい頃からどこか遠いところで自立して生きるのが夢だった。なのに現実は！　ここから目と鼻の先のスー・シティーどまり」

「誰でもいつかは故郷に帰ってくるんだよ」

カリンは痰の絡む咳をするように、あはっと笑った。「と言うか、そもそも出発してなかったようなものね！　堂々めぐりの輪を描いただけで」宙で手を振り動かす。「くそったれの鳥より情けない」

ダニエルはびくりとしたが汚い言葉を赦した。

昼食をとったあとは、また鳥の観察をした。ハゴロモムシクイ。タヒバリ。一羽だけでいるアメリカキクイタダキ。雄のルイスキツツキのはぐれ鳥が飛び過ぎる。草地には隠れる場所が少ない。ダニエルは姿を見られずに鳥を見る方法を教えた。「身体を小さくするのがこつ。聴覚の範囲を視野の内側に縮める。周辺視野を広げて、動きだけに注目する」そしてカリンにじっとしている訓練を課した。最初は十五分。次に四十分。それから一時間じっと見ているだけ。しまいには背中がめりめり割れて、カリンの殻から別の生き物が出てきそうだった。だが不動の姿勢は、たいていの苦痛を伴うことと同じで健康によかった。集中力が落ちていた。ペースを落として気持ちの焦点を合わせたかった。仕方なくではなく自分で選んだ相手と静かに坐っている必要があった。弟はいまだにこちらを本物の姉と認めてくれない。その頑なさはいよいよ気味が悪い。あの奇妙な不安定な症状がこれほど長く続くとは思ってもみなかった。ウシクサが萌える小高い場所で自然の沈黙の泡に包まれて、一時間じっと動かずにいると、自分の無力さが感じられた。自分自身が縮み、草原が広がっていくにつれて、カリンには生命のさまざまな階梯が見えた。おびただしい自然の試験が錯綜して行われ、答えより問いが多く、途方もない数の個体が浪費されて、どの個体の実験もさしたる意味を持たない。大草原はあらゆる物語を試すだろう。十万組のアマツバメは腐りかけた電柱やまだ煙の出る煙突などいろいろな場所に卵を産む。頭上で旋回するムクドリの大群は元はみなニューヨークのセントラル・パークで放した鳥の子孫だとダニエルは説明した。放鳥したのはある製薬業者で、シェイクスピアの作品に出てくるすべての鳥をアメリカに棲息させたいというのが動機だった。自然は時に見切り売りをして量で補う。思いきりやまをかける。ほとんど全部のやまがはずれてもかまわない。

ダニエルも同じくらい浪費者だった。熱いシャワーは絶対に浴びないという男が午後の時間ずっとカリンにつきっきりという気前のよさを示した。鳥の模様や足跡の解説をしたり、スズメバチの巣や、梟《ふくろう》の吐き戻し《ペレット》や、どんな優れた技術をもつ宝飾職人にも作れない真っ白に色の抜けたアメリカムシクイの小さな頭蓋骨を見せたりした。「ホイットマンがこう書いているのを知ってるかい」とダニエルが訊く。「〝事業、政治、歓楽、恋愛その他の中に存するもののすべてを尽したのち――これらのどれ一つとして結局は満足できるものでなく、あるいは永遠にもつものではないということを知ったのち――一体何が残るか。自然が残る〟〔ウォルト・ホイットマン『ホイットマン自選日記』杉木喬訳、岩波文庫〕」

元気づけようというのがダニエルの意図だった。だが、カリンには非情で、相手が誰であるかに関係ない、冷淡な言葉に聞こえた。ちょうど今の弟の態度と同じだ。

野歩きから戻ると、ダニエルは、二十年前の年式のダスターの後部座席に一ヶ月ほど前から置いていたシャツの箱を渡した。カリンもこれは自分にくれるのだろうと思い、ダニエルが勇気を出すのを待っていたのだった。どんな自然誌の採集物をくれるのか知らないが、すでに感謝の意をいくらか表わしながら、カリンは華奢な箱を開けた。開かれた箱の中の標本はカリン自身だった。昔ダニエルにあげた安物のプレゼントが全部入っていた。カリンはアパートメントの裏手にダニエルと並んで坐り、保存された過去を一つずつ見た。殴り書きしたような手紙は、自分が持っていたとは思えない数種類の色のペンで書かれている。何度も現われるジョークは、今ではもう自分でも落ちの意味がわからず、未完成の詩も不可解だ。同じ映画チケットの半券が二枚あるが、その映画を一緒に観にいったなんてありえないような気がする。それから昔、まだ絵心があった頃に描いたスケッチが数枚。ボールダーで不運に見舞われた時の「先月、ストックオプションを売っておくんだった」という文面の絵葉書。スパイダーマンが恋する相手、メアリー・ジェーンのプラスチック製フィギュア。これはロバートが君にそっくりだからと言ってくれたものだ。それをダニエルにあげたのは愚かしい意地悪で、ダイオキシンの排出を気にせず捨ててごみにすべきだった。

どう見ても、値打ちのあるものは何もあげていない。なのにダニエルは全部とっておいてくれていた。何と地元の新聞《カーニー・ハブ》紙に載った母親の死亡記事の切り抜きまである。とっくに焼却炉へ送りこんでいてもよかった箱に、ダニエルが自分で新聞から切り抜いて入れておいたのだ。弟の冷たい仕打ちと同じように、この熱い思いも気味悪い。カリンはがらくたのタイムカプセルを見てぞっとした。自分は保存される値打ちなどないのに。

ダニエルは野鳥観察の時以上に微動だにせずカリンを見ていた。「君はちょっと根っこを無くした気分になってるんじゃないかと思って。だから、こういうのを見れば……」ダニエルは十年間握っていたに等しいものを差し出した。「異常な執着だと思われると困るけど」

カリンは小箱を受けとった。独りよがりな思い出の保存はうとましいが、とても文句は言えない。ダニエルがこの世で所有する物はスーツケース二つに収まるくらいしかないが、その中にこの箱を含めてくれているのだ。これからは本当に贈り物らしい贈り物をすべきだろう。彼だけのために選んだ、長く保存されていても恥ずかしくないようなものを。手始めに春物の軽いコートなんかいいかもしれない。

「あの……ちょっと預かっててていいかな。これ……」カリンは手で箱を押さえ、ついで額を押さえた。「もちろん、今でもあなたのものだけど。私……」

ダニエルは喜んでいるように見えたが、カリンは動揺しすぎていて確信が持てなかった。「いいよ」とダニエルは言った。「好きなだけ持っててくれていい。よかったらマークにも見せてやってよ」

それはしない。絶対に。マークが自分を姉と認めてくれる時こんな姉だと見られたいと思う、その姉ならしないだろう。


マークはカリンを本物の姉と認めないのに、その午後の見舞いを休んだら文句を言った。「どこにいたんだ。工作管理官と会ってたのか。姉貴なら来れない時はちゃんと知らせてくれる。そういう人なんだ。成りすますんなら、その訓練もしとかなきゃ駄目だろ」

がっくりくるが、希望も与えてくれる言葉だった。

「よう。何で俺はまだリハビリ病院にいるんだよ」

「ものすごくひどい怪我だったのよ。だから家に帰るのは百パーセント治ってからって、お医者さんたちは考えてるの」

「百パーセント治ってるよ。百十パーセントだよ。いや、百十五だな。それが一番よくわかるのは俺じゃないか。何で検査を信じて俺の言うことを信じないんだ」

「慎重にやってくれてるのよ」

「姉貴ならこんなとこへ閉じこめとかないけどな」

カリンは疑問にとらわれはじめていた。マークは日常のちょっとしたことでもいまだに混乱するが、着実に当人らしくなってきている。だんだんはっきり話すようになり、言い間違いも今は少ない。認知機能テストの得点も伸びてきた。事故の前のことにもかなり答えられるようになってきた。マークが理性的になってくるにつれて、カリンは自分が本物の姉であることを証明しようと努めずにはいられなかった。さりげなく自分たち姉弟だけが知っている事柄を口にした。常識で考えればわかるはずだと理詰めで攻めてマークを閉口させた。四月のある灰色の午後、小雨の降る中、リハビリテーションセンターのアヒルを飼っている人工池のまわりを一緒に歩いている時、カリンは二人の父親が農薬散布用のものを改造した飛行機を飛ばして雨を降らせたことに触れた。

マークは首を振った。「そんなこと誰から聞いたんだ。ボニーか？　トミーか？　あいつらも変だと思ってるよ。あんたほんとにカリンそっくりだから」それから顔を曇らせた。カリンは弟がこう考えているのを見てとった。**姉貴のやつ、とっくに来てていい頃なのに。きっと俺の居所を教えてもらってないんだ。**だが、周囲が信用できないので、思っていることを口に出せないのだろう。

相手が関係を否認している時、関係があることにはどんな意味があるのか。誰かの妻だと自称するためには相手との合意がなければならない。カーシュとの数年間の付き合いから学んだことはそれだった。人はただ友達だと宣言するだけで誰かの友達になるわけではない。もしそうなら、カリンは今四方八方から友達の支援を受けているだろう。姉弟の関係だって同じことだ。こちらは血縁関係が実際にあるとは言え。マークが血肉を分けた関係を認めてくれないかぎり、カリンがどれだけ不服を唱えようと無意味なのだ。

父親には兄が一人いた。ルーサー・シュルーター。カリンとマークはある晩、この伯父のことを知った。カリンがちょうど十三歳、マークはあと少しで九歳の時だ。父親が突然、アイダホ州の山の中へ二人を連れていくと言いだした。学校を一週間休ませて、そうするというのだ。伯父さんのところへ行くんだ、と二人は思った。まるで自分たちに伯父さんがいることはとっくの昔に気づいていてもおかしくなかったとでもいうように。

父親はバーガンディー色と薄荷《はっか》色のランブラー・ステーションワゴンの後部座席に子供二人を乗せ、助手席に妻のジョーンを坐らせて、ワイオミング州を横断した。カリンもマークも車の中で何かを読むと吐いてしまうし、ラジオは聴取者を操るサブリミナルメッセージが仕込まれているというので父親から聞くのを禁じられていたので、千四百キロにわたって厳しい風景を眺めながら、父親が語る若かりし日のシュルーター兄弟の話を聞くしかなかった。オガララからブロードウォーターまでは、シュルーター家がサンドヒルズ地帯（ネブラスカ州の四分の一を占める砂地草原）で暮らしていた頃の話。一族は初めキンケイド法に基づいて農場所有者となったが、やがて政府に足の下から土地を引き抜かれて、男たちは牧場労働者となった。ブロードウォーターからワイオミング州との州境までは、ルーサーが狩猟の名手だという話で子供たちを愉しませた。納屋の南側の壁に打ちつけられた五十匹ほどの兎のおかげで、一家は三八年の冬を越せたとのことだった。

ワイオミング州を通り抜ける間、父親は、兄のルーサーがネブラスカ州のレスリング大会で三位になった時、どうやって各対戦者を負かしていったかという話を、ぞっとするような細部とともに語った。「お前たちの伯父さんは強い」と、三キロ走る間に四回繰り返した。「どんなことにも耐えられる強い男だ。投票できる年になるまでに三人の人が死ぬのを見た。一人目は小学校時代の友達で、一緒にサイロの中で遊んでいるうちに穀物に埋まって死んだ。二人目は牧場で働いてた年寄りだ。腕相撲をとってる時に動脈瘤が破裂して、ルーサーの腕に顔をつけて息絶えた。三人目はルーサーの父さんだった。ルーサーと一緒に十四頭の牛を助けに吹雪の中へ出ていった時のことだった」

「ルーサー伯父さんの父さんって?」と後部座席のマークが訊いた。カリンがしーっとたしなめたが、父親は何も聞こえなかったかのように、背筋をぴんと伸ばした朝鮮戦争帰還兵の姿勢で運転を続けた。

「投票できる年になるまでに三人の男。その年になってまもなく女の人が一人だ」

後部座席の子供たちは衝撃を受けていた。マークは旅の途中ほとんどずっと繭に引きこもり、ドアにもたれて秘密の友達ミスター・サーマンとぶつぶつ話していた。何百キロもの間続く幻相手の呟きにカリンは腹を立てた。自分には想像上の友達はおろか、十時間前に別れた現実の血肉をそなえた親友の女の子の顔すら浮かんでこないのだ。キャスパーのあたりへ来るとカリンはマークをしつこくからかいだした。母親が助手席から振り返って、まずは筒状に巻いたランド・マクナリーの地図帳で、次には『裁きの到来』というハードカバーの本で二人を叩いた。父親はハンドルを握って黙々と運転するだけだ。グロテスクに飛び出た喉仏は鷺のS字形に曲がった首を思わせた。

一家はようやく伯父の家にたどり着いた。三週間前までは家族の写真の中にすらいなかった人物だ。かつてどれだけ強い男だったにせよ、今は見る影もなく、納屋の開いた扉から入りこむそよ風にすら倒されそうだった。アイダホ・フォールズに近い孤独な断崖に引きこもって暮らすこの元ボイラー修理職人、ルーサー・シュルーターは、たちまち弟のキャッピーに輪をかけた陰謀論者ぶりをあらわにして滔々と喋りだした。冷戦はアメリカとソ連がそれぞれの国民を統率するためにでっちあげたものだとか、世界には石油があり余っているのに多国籍企業が利潤をあげるために小出しにしているのだとか、アメリカ経営者協会はテレビが脳腫瘍の原因になることを知りながら金をもらって黙っているとか。で、旅はどうだった。車は故障せんかったか。

兄弟は疎遠だった時期を話題にしなかった。自作の小屋の河原石でしつらえた暖炉の前に粗末なソファーを置き、その両端に腰かけて、一方がネブラスカで過ごした子供時代の呼び方で呼びかけると、もう片方もそれに呼応する。ルーサーは姪と甥に、子供の頃の父親にまつわる面白い逸話を聞かせた。得意満面で頭上に持ちあげた大きな花崗岩が落ちて、鼻筋にぱっくり傷が開いたこと。ジョーンの前に結婚した若い娘のこと。シボレーの二トン積み穀物運搬用トラックと三十八個の乾し草の梱《こり》をめぐる誤解から刑務所に入ったこと。奇矯な話を一つ聞くごとに父親が変な人間になっていった。一番変なのは、父親が血色のわるいよぼよぼの老人を恐れてでもいるようにじっと坐って、回想をおとなしく聞いていることだった。子供たちは誰かにこれほど怯えている父親をかつて見たことがなかった。母親までもが、初めて会う夫の身内のいろいろな話に耐えていた。たとえ悪魔が話したのであっても我慢しなかったであろう話に。

一家は二日後に出発した。ルーサーは子供たちに銀貨で五ドルずつと、二人で一緒に読むようにと『野外サバイバル・マニュアル』という本を一冊くれた。カリンは老人がもうすぐ死ぬことを知らないふりをして、ネブラスカへ遊びに来ることを約束させた。家を出る時、ルーサーは鉤爪のような両手で弟の腕をつかんだ。「彼女は確かにああいうことをした。しかし俺は彼女の思い出に無礼を働こうとは思わんよ」

父親はごく小さくうなずいた。「俺はもっと悪いことをしたからな」兄弟は堅い握手を交わして別れた。カリンは帰りの旅をまったく覚えていない。

どこからともなく現われた伯父さんと、消えていく姉弟関係。リハビリテーションセンターの人工アヒル池で、カリンはマークの苦悩をひしひしと感じた。私が姉のように思えないからあの子は苦しんでいる。**でもそれは扁桃体のせいだ、**とカリンは思い出す。**扁桃体が大脳皮質と話せないせ**

いなのだ。「ルーサー伯父さんのこと、覚えてる?」とカリンは訊いてみた。そんなことをするのはよくないのかもしれないが、腕を引っ張りながら。

マークは背中をまるめ風に吹かれて立っていた。ベースボールジャケットに、生え戻りつつある髪の下の傷痕を隠す青いニット帽という恰好だ。アクロバットをやるような歩き方をする。「あんたはどうか知らないが、俺には伯父さんなんていないない」

「何言ってんの。車で旅行したの覚えてるでしょ。それまで親が話に出したこともなかった人に会いに、アメリカ大陸の三分の一を横断したじゃない」カリンは弟の腕をあまりにも強くつかみすぎた。「ねえ覚えてるよね。車の後ろの席に坐って、何百キロも走って、おしっこもさせてもらえなくて、あなたはミスター・サーマンと二人でずっと喋ってたでしょ……」

マークは腕をもぎ離して固まった。目を細めて、ニット帽を両手で押さえた。「人の頭の中をいじるのはやめてくれ」

カリンは謝った。マークは動揺して、もう中へ入ろうと言った。カリンはマークを導いて病棟のほうへ向かった。マークはジャケットのファスナーをしきりに上げ下げする。何か一心に考えているようだ。今にも妄想から身を解き放ってカリンが姉だと気づきそうだ。ロビーに入る玄関口で呟いた。「あの人、どうなったのかな」

「死んだのよ。私たちが帰ったあとまもなく。そもそも訪ねていったのはそういうことなの」

マークは口ごもり、顔をゆがめた。「なんだって?」

「そうなのよ。父さんと伯父さんは母親、つまり私たちのお祖母さんのことで、昔喧嘩したの。父さんは伯父さんと縁を切ったけど……もう死にかけてると知らされたから……」

マークはふんと鼻で笑い、手でカリンを払いのける仕草をした。「そうじゃない。あの爺さんのことなんかどうでもいい。俺が言ってるのはミスター・サーマンのことだ」

カリンは呆れて口をぽかんと開けた。

マークは低い含み笑いをした。「目に見えない友達ってさ、誰かとバイバイしたら別のいかれたガキんとこへ行くのかな」それから当惑した様子で顔をしかめた。「伯父さんちへ行った時のこと。誰に聞いたか知らないけど、ほんとのこととと全然違うぜ」

ジャックはその人の父親ですが、その人はジャックの息子ではありません。さて、その人とは誰でしょう。これはどう考えても無意味な質問だ。リハビリしなくちゃいけないのはその質問をしたやつで、俺じゃない。その人が誰かなんて、なぜ俺が知ってなきゃいけない。誰だかわかったもんじゃないだろう。ところが連中は何遍でもそれを訊いてくる。こっちが気を遣いながらこれは変な質問だと言ってるのに。今日の質問者はリンカーンの大学を出たばかりの女の人だった。年は俺と同じくらい。ブスじゃないが低い声でぐだぐだ言う。

若い女の子が仕事に応募しようと、あるお店に行きました。書類に書きこんで渡すと、店長が、「昨日、あなたと同じ名字、同じご両親、同じ生年月日の人が応募に来ましたが」と言いました。若い女の子は、「ああ、それは私の妹です」と説明しました。店長が、「それじゃあなたたちは双子なんですね」と訊くと、「いいえ、違います」と言います。

その二人の若い女の子の関係を答えろと言う。ええと……何なんだ。一人は養子とか？ いいえ、と大学出たてのねえちゃんが言う。釣り餌のミミズが二匹交尾《つる》んでるみたいな口つきで。締めつけるのはうまいかもしれないが。そういう時になったら。だがとりあえず今は厄介な口だ、引っかけ問題を次々出してきて。ねえちゃんは言う。二人の若い女の子が同じ名字で、両親も同じで、生年月日も同じ。そして二人は姉妹なんですが、双子じゃありません。

顔や何かは似てるのかい。

〈スーパー質問者〉は、それは関係ないと答える。

関係なくないだろう、とマークは言う。どう考えても双子なのに双子じゃないってんならさ、顔を見てそっくりかどうか確かめりゃ、双子じゃないってのが嘘かどうかわかるだろ。なのに関係ないってのか。

次の問題に移りましょう、と〈スーパー質問者〉は言う。

それよりあそこの備品室へ行って、もっとよく知り合いになろうぜ。

それはちょっと、とミミズの番《つがい》が断わった。もっとも端っこがちょっと吊りあがったが。

いいじゃないか。きっと愉しいぜ。俺はいいやつだよ。

それは知っています。でも、あなたのことをもっと知る作業をしなくちゃいけません。

あそこへ行くのは俺を知る一番いい方法だけどな。

次の問題を試してみましょう。

じゃ、もし次の問題に正解したら……

そういうことじゃないです。

俺にも姉妹の質問をさせてくれ。俺の姉貴はどこにいるんだ。警察か役所に訊いてみてくれないかな。

だがそれは引き受けてくれない。双子の問題の正解も教えてくれない。何か思いついたら知らせてくださいと言う。だがその問題はマークをひどく悩ませる。気になって夜も眠れない。リハビリテーションセンターの小さな病室で一生懸命考える。整えられたベッドに寝て、自分たちは双子じゃないと言う双子のことを考える。姉のカリンのことも考えた。今どこにいるのか、どうなってしまったのか、誰も教えてくれない。医者は、あなたにはある症状が出ていると言う。医者も詐欺に一枚噛んでいるに違いない。

ひょっとしたら下ネタのクイズなのか。たとえば、あたしの妹に会いたい？　みたいな。マークはドウェインとトミーにその問題を出してみた。ドウェインは、〝処女定食《パーシアン・ジェネシス》〟〔partheno-genesis「処女生殖」のもじり〕と関係あるかもなと言う。〝処女定食〟って知ってる？　〝処女懐胎〟とも言うけどさ。

トミーが、お前いつも狂牛病の牛食ってんじゃないか、この問題に答えはないんだよ、とどやしつける。トミーは頭のいいやつだ。あいつに解けないのなら、これは解けない問題なのだ。

問題を聞きちがえてんじゃねえの、とドウェインが言う。伝え間違いってのがあるじゃん。伝言ゲームみたいなさ。

馬鹿、このジャガイモ頭、とトミーが粉砕する。水銀の過剰摂取だな。頭が霧でもやもやしてやがる。伝言ゲームって！　まったく。

俺、ケータイに『コラプス！』入れてんだ、とマークは言う。前はすごかったんだけど、誰かが設定をいじりやがった。

いいか、これは簡単な論理だ、とトミーは言う。双子の定義は何だ。同じ両親から、同じ時に生まれた、二人の人間だろう。

俺もそう言ったよ、とマークは言う。何でお前もテストされないんだ。

トミーは苛立つ。お前何が不満なんだよ。いかれた生活《リヴィング・ラ・ビダ・ロカ》を送ってるじゃないか。メイドサービスありの、ちゃんとした食事にケーブルテレビありの、エクササイズのコーチをしてくれる女のインストラクターありの。

いいよな、とドウェインも同調する。グアンタナモにぶちこまれてるアフガンのテロリストに比べたら。あいつら当分出られないってな。アメリカ人でとっ捕まったやつがいたろ。あいつはヤクか、酒か、いかれてんのか、洗脳か、何だっけ。

マークは首を振る。世界全体がいかれてる。セラピストたちは、マークに自分が異常だと自覚させるために一生懸命働く。偽のカリンはこちらの気を変にさせようとする。トミーとドウェインは俺と同じで何もわかっちゃいない。信頼できるのはただ一人、バーバラだけだ。けれども彼女は敵のために働いている。このミニ版シンシン刑務所〔ニューヨーク州の有名な重警備刑務所〕の、下っ端の看守だ。

トミーは考えが深い。その姉妹は二人の試験管ベビーじゃないかと言う。双子じゃない二つの胎芽を移植して……

シェレンバーガーの双子を覚えてるか、とドウェインが興奮して訊く。誰かがあいつらとセックスしたのかな。

トミーが眉をひそめる。そりゃ誰かがしたんだろうよ、アインシュタイン。最上級生の時、一人がどこかへ堕ろしに行かなかったか。

なんかセックスと関係あると思ってたんだ、とマークは言う。セックスしなきゃ双子はできないもんな。そうだろ？

俺が言ってんのは、俺ら三人のうち誰かってことだよ、とドウェインは泣きつくような声で言う。トミーが首を振る。バーバラ・ガレスピーに双子の姉妹がいたらいいのにな。わかるか。一人とやりゃ、二人とやったのと同じになるんだ！

ドウェインはコヨーテの吠える声で叫んだ。あれ、おばはんじゃん。

だから？　何も教えこまなくていいんだぜ。あれは床上手だよ。静かに流れる川は深い。

確かに歩き方はエロいよな。アカデミー賞にセクシーウォーク賞があったら、彼女が金ピカ禿げおやじの人形をいくつももらうだろうなあ。

マークは激怒する。怒鳴り散らすのを自制できない。お前ら出てけ。出ていきやがれ。

二人は怯える。友達は——この二人が友達ならだが——彼を恐がった。二人は言った。何だよ。俺たちが何したってんだ。お前どうしたんだよ。

一人にしてくれ。考えることがある。

立ちあがって、二人を部屋から押し出す。二人はまあまあと何か理屈を言ってなだめようとするが、もう理屈はうんざりなのだ。三人で怒鳴り合っていると、バーバラがどこからともなく現われ、どうしたのと訊く。マークは思いきりぶちまける。もう何もかもうんざりだと。この汚水溜めに入れておかれるのも、ごまかされるのも、誰も彼もがすべて正常だってふりをするのも。答えのない引っかけ問題も、答えはあるってふりをする連中も。

何の問題のこと、とバーバラは訊く。そのお月さまみたいな丸顔から出る声を聞いて、マークは少しばかり落ち着く。

二人の姉妹が、とマークは言う。同じ時に、同じ両親から生まれた。なのに双子じゃないっていうんだ。

バーバラはマークを坐らせ、両肩を手で撫でた。それは三つ子のうちの二人じゃない？

トミーが額をぴしゃりと手で打つ。あ、それだ。この人あったま良いわ。

ドウェインが、タイムタイムという手ぶりをする。俺は三つ子のこと考えたぜ。いっちゃん最初に。言わなかったけどさあ。

そうそう、能ある鷹が爪隠したんだよな。俺たちみんな三つ子のこと考えてたよな。って、おい。認めろ。お前はアホ。俺もアホ。全人類そろってアホだ。

マークはバーバラの腕の下で、懸命に憤怒を抑えている。じゃあ、何で俺だけが閉じこめられてるんだよう。

その二日後、バーバラがマークを散歩に誘う。

仮釈放委員会の許可はいらないの、とマークは言う。

あーおもしろい、とバーバラが言う。ここはそんなにひどい病院じゃないわ。それは知ってるでしょう。さあ、表に出ましょ。

しかし表は油断がならない。事故以前と比べてずっと荒っぽい世界になっている。今は四月だそうだが、一月をかなり上手に真似る混乱した四月だ。風はジャケットを突き通し、頭をニット帽越しにきんきん冷やしてくる。もっとも今はいつも頭が寒い。髪の毛がなかなか生えてこないせいだが、原因はきっと病院の食事だ。

バーバラがロビーからマークをほとんど文字どおり押し出す。足元に気をつけてね。ところが外に出たあとは、ただ駐車場脇のベンチの付近にいるだけだ。

ああ、〈素晴らしき戸外〉、星五つだ。ということで、そろそろ中へ入らないか。

だがバーバラは、まあまあそう言わずにと引きとめる。まるで年寄り夫婦みたいに腕を組む。別にいいけどね、とマークは思う。そういう時になったら。

あと五分ね。待っていると何か起きて驚かせてくれるかもしれないから。

なあ、俺が遭ったらしいひでえ事故のことを話してくれよ。

バーバラが浮き立って指さす。ほら、見て見て、あそこに来た人!

偶然のように一台の車が歩道際へやって来た。軟弱な車のカローラで、助手席のドアには大きな凹みがある。見間違えようのない姉貴の車だ。とうとう来てくれた。死者が蘇ったように。マークはぱっと立ちあがって叫ぶ。

だがフロントガラス越しに中を見て、また落ちこむ。もう嫌だ。あれはカリンじゃない。替え玉の秘密工作員だ。秘密と言っても、偽者なのは見え見えだが。助手席に犬が一匹いて、ガラスに張りつき、その上縁に前足をかけて、引きおろそうとしている。マークの飼い犬と同じボーダーコリーだ。ボーダーコリーは賢い。フロントガラス越しにこちらを見て、早く飼い主のところへ行きたいというそぶりを見せる。バーバラがドアを開けると、飛び出してきた。マークが何をする暇もなく、犬はじゃれかかる。後足で立ち、鼻づらを天に向け、せつなそうに鼻声を出したり、吠えたりする。犬ってやつは本当にいい。どんな人間にとっても、犬の歓迎は過分の贈り物だ。

女優カリンが運転席側から降りてくる。泣き笑いをしている。まあまあ、この子、もう二度とご主人さまに会えないと思ってたのね！

犬が垂直に飛びあがる。そうやって飛びついてくるのを、マークは両腕でよける。よろけないよう、バーバラがマークの身体を支えた。ねえ、会いたかったのよね。バーバラは背をかがめて犬に頬ずりする。よしよしよし——ほうら、また会えた！　犬はきゅんきゅん応えて、ボーダーコリーらしい熱狂的な親愛の情をバーバラに向けてから、またマークに飛びつく。

おい舐めるな、顔を舐めるな。誰かこいつを紐でつないでくれよ。

偽の姉は運転席のドアをつかんだまま立っている。誕生祝いの紙テープの飾りが濡れてぐしゃぐしゃになったみたいな顔。腹でも殴られたみたいだ。偽カリンはまた俺をからかいだす。マーク！　嬉しいでしょ！　そんなにあなたを愛してくれる動物はほかにいないわよ。

犬はきゅん、きゅんと混乱した鼻声を出しはじめる。バーバラが偽カリンのほうへ歩きながら、いいのよ、大丈夫。あなたはいいことをしたわ。あとでもう一遍試してみたらいいのよ。

あとでって何だ。マークは唸るように言う。何を試すんだ。何なんだよこれは。この犬おかしいぞ。狂犬病か何かだろ。こいつどうにかしてくれよ。嚙まれそうだ。

マーク、よく見て！　ブラッキーよ。

秘密工作用の犬は戸惑ったような声で鳴く。うまく調子を合わせたもんだ。ブラッキーだと？　人をおちょくってんのか。お坐り！

犬を殴ろうとしているように見えたのか、バーバラがマークと唸る動物の間に割りこむ。犬の動きを抑え、そろそろ車に戻そうというように偽カリンに手で合図する。マークはちょっと乱暴になった。俺を馬鹿だと思ってるだろ！　何も見えてないと思ってるだろ！　こんなことじゃ騙されないぞ。

バーバラが吠える犬を抱えるようにして車に乗せ、偽カリンがちゃちな四気筒エンジンを始動させる。犬ころは助手席でぐるぐる回っては鼻を鳴らしながらコピー・カリンを見つめる。マークは動いているものすべてに罵声を浴びせる。もう俺にちょっかいかけに来るな。その犬っころを俺の目に入るところへ連れて来るな。

あとで一人になった時、少し罪悪感を覚える。一晩寝た次の日にもまだ引っかかりが残る。バーバラが来た時、告白した。あの犬を怒鳴りつけたのはよくなかった。犬は何も悪くない。人間が犬を利用してるだけなんだからな。

カリンは渋るダニエルをノースライン・ロードへ引っ張っていった。ふた月の間、事故現場を避けてきた。そこへ行くと自分に何か危害が及ぶかもしれないというように。だがあの夜何が起きたのかを知る必要がある。ようやくその場所を見てみる勇気が出てきたが、それでも念のため守ってくれる人を連れてきたのだ。

ダニエルはマークの車が道路から飛び出した地点と思われるあたりに車を停めた。事故以来の二ヶ月間で、警察が話していた証拠はほとんど消えていた。二人は道路の南側の路肩から浅い溝に降りて、動物の足跡を追うように用心深く進んだ。**聴覚の範囲を視野の内側に縮めて。**春になって新たに生えたスゲ、シバ、ヤマゴボウ、アザミ、カラスノエンドウなどの雑草を掻きわける。自然の仕事は、わさわさ殖えて過去を現在に変えることだ。

ダニエルはガラスの細かい破片が散っている場所を発見した。自然観察者以外には見えないだろう。カリンの目も適応した。トラックが何日間か転倒していた場所だとわかった。また道路にあがって北側の端へ行き、東のほうのマークが制御を失ったところへぶらぶら歩く。雪解けの季節の昼すぎ、車は一台も走っていない。路面には汚れが重なっていた。タイヤ痕を見ても、どれくらい古いものか、どういう車のものか、カリンにはわからない。ダニエルをあとに従えて、東西に二百メートルほどずつ歩いてみた。警察の鑑識員は路面をくまなく調べ、いくつかの曖昧なタイヤ痕から事故の経緯を明らかにしているのだろう。

最初にダニエルがそれを見つけた――西へ向かう車のタイヤの焼けつきが、風雨にほとんど消されながらも微かに残り、東へ向かう車線に進入していた。カリンの目もそれを認めた。まず右へフェイントをかけたあと、高速で走る小型トラックに可能なかぎりの角度で左折に近いカーブを描いている。カリンはうつむいて、横滑りしながら曲がるタイヤ痕をたどりながら何かないか捜した。浴槽の汚れた湯のような灰色をした長く低い地平線を背景に人参色の髪を風のない大気の中に垂らしたカリンは、畑で落ち穂拾いをするボヘミア移民の若い農婦のようだった。カリンは銃で撃たれた動物のようにくるりと身体を回した。事故の模様を目に浮かべてたまらなくなったのだ。ダニエルがそばへやってきた時にはまだ震えていた。足元の第二のタイヤ痕を指さした。

第二のタイヤ痕は、第一のものの前方三十メートルのところで途切れていた。この西から来た車は、反対車線に入り、尻振り走行をして、また元の車線に戻っていた。カリンはこの車の進路がぶれだした地点から東を振り返り、弟の車が落ちこんだ溝を見た。カリンの堅実な日常を呑みこんでしまった穴ともいうべき溝を。

蛇行するタイヤ痕を目でたどる。西にあるカーニーの町のほうから来た車は、おそらくマークの車のヘッドライトに目がくらんで、制御を失い、対向車線に入って、マークの車と正面から向き合ったのだろう。驚いたマークは右へよけようとしたが、すぐに左へ急ハンドルを切った。唯一のわずかな生存のチャンスに賭けて。だが方向転換が急激すぎて、道路から飛び出してしまったのだ。

カリンはタイヤ痕を爪先で踏んでぶるぶる震えていた。車が一台やってきた。カリンとダニエルは南側の路肩に寄った。車はフォード・エクスプローラーで、運転しているのは四十歳前後の都会的な服装の女性だった。後部座席には十歳くらいの女の子がシートベルトを締めて坐っている。女性は車を停めてどうかしたのかと訊いてきた。カリンは微笑みを浮かべようと努めながら、手ぶりで大丈夫ですから行ってくださいとうながした。

警察は第三のタイヤ痕があったと話していた。カリンはダニエルと一緒に道路の北側へ渡った。肩を並べ、餌を捜すユキヒメドリよろしく、マークのタイヤ痕をたどって東へ引き返す。ダニエルの観察眼がまたしても常人には見えないものを見つけた。砂地に踏みにじられたような痕が残っている。二個のタイヤがこすれた痕が、春の解氷にも消されず微かに残っているのだ。カリンはダニエルの腕を押さえた。「カメラを持ってくればよかった。これ夏までに全部消えちゃうよね」

「警察が写真撮ってるはずだけど」

「警察の写真なんて信用できない」カリンはマークと似た口調で言った。ダニエルがそっと手を身体にかけてなだめようとしたが振り払った。タイヤ痕を仔細に見る。「三台目の車はマークの後ろから来た。で、目の前で事故が起きた。この路肩に車を寄せた。転落したマークの車の真横あたりにしばらく車を停めていて、それからまた車道に出ると、カーニーのほうへ向かっていった。溝で気を失っているマークを放置して。車を降りようともしないで」

「かなりひどい事故だとわかったから、通報するのが先だと考えたのかもしれないよ」

カリンは顔をしかめた。「通報した〈モービル〉のガソリンスタンドは二番通りにある。町のほとんど真ん中あたりまで入ったところでしょ」それから道路を眺めた。土地がゆるやかに隆起している東から、カーニーの市街地のほうへ軽く傾斜してだっていく西の方角まで。「ねえ、確率はどれくらいある？　晴れた春の日の午後五時で道路はこういう状態。車は四分に一台通ればいいほうでしょ。それなら二月下旬の真夜中すぎに、三台の車が出会う確率って……」カリンはダニエルの顔をじっと見た。だがダニエルは計算していなかった。確率を訊かれても、慰めの言葉を返すだけだった。「どう考えてもこうでしょ」とカリンは自分で答えた。「車がめったに通らない田舎道で、目の前でほかの車が事故るのを目撃する確率はゼロ。ただし確率がうんと高まるケースはある」

　ダニエルは弟についで姉までが妄想に駆られだしたかという目でカリンを見た。

「ここでレースをやっていた」とカリンは言った。「警察の言うとおり」

　風が出てきて、夕方の気配がきざしてきた。ダニエルは背中をまるめ、首を振って半円を描いた。あの三人とは同級生で、性格もよく知っている。想像するのは難しくない。寒さの厳しい冬の夜、馬力を過度に高めた改造車、スリルとスポーツと戦争、およびそのさまざまな組み合わせがむかつくほど充満している国の二十代の若い男たち。「どんなレース？」ダニエルは瞑想でもしているように、油をひいたような路面に目を落としている。肩まである砂色の髪に囲まれた顔は、横から見ると、よりいっそうマラソン・ダイス‐ダンジョン・クロール・ゲームから逃げてきた弓矢をもった妖精という風に見えた。ネブラスカの田舎町で育って、よくマークの仲間たちみたいな連中にぶちのめされずにすんだものだ。

　カリンはダニエルの細い上腕をつかんで自分たちの車のほうへ歩きながら言った。「ダニエル。あなたはNASCAR《ナスカー》〔市販乗用車を改造した車によるレース〕の車の運転席に身体を縛りつけられて、アクセルペダルにシンダーブロックを載せられても、そのゲームのやり方がわからないでしょうね」

　マークはまだ足を引きずり、顔に打撲傷を残しているが、それ以外はほぼ完治したように見えた。事故から二ヶ月たった今、知らない人が見れば、マークは少し頭の働きが鈍くおかしな陰謀論を唱える傾向があると思うだろうが、この地方で異常と見做されるようなところは何もなかった。まだ身のまわりのことを自分でちゃんとやれず、まして食肉加工会社の複雑な機械を操作するのは無理だと知っているのはカリンだけだ。マークは被害妄想の発作を起こしたり喜んだり怒ったりして日々を送りながら、しだいに妄想を手のこんだものにしてきた。

根気よく世話をしても、マークはカリンを苦しめる。「姉貴ならとっくの昔に俺をここから出してくれてるはずだ」困った時は姉がいつも助けてくれた。今ほど俺が困っている時はないのにあんたは俺を助け出せずにいる。だからあんたは姉貴であるはずがない。異常ではあるが筋の通った三段論法だった。

カリンはその不平を何度も聞かされた。だがある限度を越えるとメルトダウンを起こした。「やめて、マーク。もうたくさん。根拠もなしにそんなことばかり言って。あなたが苦しいのはわかるけど、そんな風に偽者偽者と言ってたってどうにもならないのよ。私はあなたの姉なの。法廷で証明だってできる。だから私をいじめるのはやめて、まともになって。今すぐ」

そう口にした瞬間、カリンは数週間分の努力が水の泡となったのを知った。マークが浮かべたのは追い詰められた野生動物の表情だった。今にも襲いかかってきそうだった。何かで読んだが、カプグラ症候群の患者が暴力的行動に出る確率は、平均をかなり上回っている。イングランド中部地方のある若い男性患者は、父親がロボットであることを証明するため、刃物で斬りつけて配線を露出させようとした。単なる偽者呼ばわりよりひどいことも起きるのだ。

「いいの。今のは忘れて」とカリンは言った。

マークの表情が凶悪から困惑に変わった。「それでいいんだよ。やっとわかってきたらしいな」

弟はまだ世界と向き合う準備ができていない。カリンは退院をできるだけ遅らせる努力をし、健康維持機構《HMO》や食肉加工会社の福利厚生課の人たちを避けた。ヘイズ医師のご機嫌をとり、色仕掛けまがいの態度すらとって、入院継続に必要な書類にサインをしてもらった。

ただ保険給付がいくら手厚くても、この先あまり長くリハビリを続けることはできないだろう。失業中のカリンは貯金を取り崩しながら生活しているが、いよいよ母親の生命保険金にも手をつけはじめた。**何か善いことに使って、**と母親が遺してくれたお金。「これってお母さんが考えてたような使い方なんだろうか」とカリンはダニエルに言った。「厳密には緊急事態というわけでもなし。世界を変えるような善行でもないし」

「もちろん善いことだよ」とダニエルは元気づけた。「それとお金のことは心配いらない」野の花がどのように育つのか〔新約聖書『マタイによる福音書』六章二十八節参照〕、うんぬんの高尚な言葉が続いた。あまりにあっさりそう言うので、カリンは腹を立てそうになった。だが今ではダニエルに日常の費用——食費とかガス料金とか——を出してもらっていて、ダニエルがお金を出してくれるたびに、カリンは変な気分になってきた。マークはもう今週にもまあまあ正常になるから、と自分に言い聞かせた。だが、時間はなくなってくるし、早く退院してほしい病院の忍耐もどんどん失われてくる。そしてカリンの自分は有能だという感覚は薄れていく。

ダニエルはカリンからお金の悩みを取り除くためにできるかぎりのことをした。ある日の午後にはさりげなくこう言った。「〈鶴保護協会〉で仕事をしたらどう」

「何をするの」カリンはこれが解決法かもしれないと半ば期待しながら訊いた。

ダニエルは気恥ずかしそうに顔をよそへ向けた。「事務とかかね。気さくで仕事のできる人が必要なんだ。資金集めも手伝ってもらったり」

カリンは感謝の笑みを浮かべようと努めた。そうか、資金集めか。この国では小学校に入るのも大統領に選ばれるのも、資金集めが核になる。

「寄付する人たちにいいことをしたと思わせられる人が必要なんだ。顧客サービス係の経験者は最適だよ」

「そうね」とカリンは考え深げな口調で言った。ダニエルの親切が身に染みる。自分はすでに大幅にダニエルを頼りにしている。母親の生命保険金にパートタイム収入が加われば経済的に安定するだろう。ただマークがもうすぐ全快して、自分も元の職に戻れそうな予感も捨てきれない。あの職こそ無から作りあげた自分自身なのだ。

もっともどこで軍資金を稼ごうと、保険給付が打ち切られたらもろもろの費用が払えなくなる。保険のことと医師からの現況の説明で落ちこむと、カリンはバーバラの姿を探した。励ましてもらおうと頻繁に話しにいくので、そのうち自分を見たら逃げだすのではないかと心配だ。けれどもバーバラは底なしに我慢強い人だった。カリンが不安を訴えるのに耳を傾け、病院の官僚主義的な応対を嘆くとうーんと同情をこめて唸ってくれた。「これはオフレコだけど、結局はビジネスなのよ。市場原理で動いているのは中古車販売とおなじ」

「しかもそれを建前で隠すでしょ。中古車販売員のほうが、彼らの本音がわかる分信用できるじゃない」

「ほんとうにそうね」とバーバラは言った。「でもこれは上の人には内緒よ。ばれたらそれこそ中古車を売らなくちゃならないわ」

「それはありえないでしょ、バーバラ。あなたは病院にとって必要な人だもの」

バーバラは手の一振りで賛辞を払いのけた。「かわりのいない人なんていないのよ」その手の小さな動きには古典的な身振りの趣があった。カリンがこの十五年間憧れ目指してきた都会で生きるプロフェッショナルの仕草。「私はただ与えられた仕事をしているだけ」

「でもあなたにはただのお仕事じゃない。私、いつもあなたのこと見ているの。弟はあなたを試しているもの」

「いえいえ。試されているのはあなたよ」

このさらりとした謙遜にカリンはますます賞賛の念を強めた。カリンはバーバラに、今までの経験からマークのことで何か希望の持てる点はないかと訊いてみた。バーバラはほかの患者のことは話さなかった。自分の経験はその範囲に限られるとでもいうように、マークのことだけに話題を絞った。この極端な配慮にカリンは苛立った。女同士何でも話し、同情し合う関係を望んでいるのに。自分が何者であるかを思い出させてくれる人が欲しい。こうやって頑張っているのは馬鹿なことじゃないと励ましてくれる人が欲しいのに。

バーバラはプロらしく、どんな話題を振ってもマークのことに戻ってきた。「彼が関心を持ってることがもっと詳しくわかればいいと思うのよね。食肉工場のこと。トラックの改造のこと。どっちも私の得意分野じゃないから。でも彼が持ち出す話題には——一日に一度驚きがあるわね。昨日は戦争のことで意見を訊かれちゃった」

カリンの嫉妬心がうずく。「どの戦争？」

バーバラは鼻をくしゃっとさせた。「一番最近のやつ。アフガニスタンにずいぶん関心があるみたい。大怪我をして療養中の患者さんで世界情勢に興味を示す人なんてそうはいないでしょうね」

「マークが？　アフガニスタンに？」

「世の中のことにすごく敏感なのね」

その簡潔な断定にカリンは非難されたように感じた。「でも、以前のあの子を知っていたら……」

バーバラはトレードマークの首の傾げ方をした。乗り気かつ控えめな仕草。「どういうこと？」

「マークはほんとにいい子だったの。信じられないほど感受性が強くて。そりゃ荒れる時もあった——たいてい父や母に反抗する時に。それに悪い仲間と付き合ってもいた。でもほんとに可愛い子だったの。根が優しい子だった」

「今も優しいじゃない。あんな優しい人はいないわ！　時々混乱するけど」

「それは本当のあの子じゃないの。マークは意地悪でも馬鹿でもなかった。あんなにいつも怒ってばかりいる子じゃなかったの」

「きっと恐いのよ。無理もない。私だったらもうめちゃくちゃになってると思う」

カリンはバーバラの中に溶けこみたい、すべてを委ねたい、マークがしてもらっているように、自分もお世話してほしい、という欲求を覚えた。「きっとあなたも好きになったはずよ。あの子はみんなに優しかったから」

「私はあの人が好きよ。今のままで」とバーバラは言った。その言葉はカリンを羞恥で満たした。

五月になると、カリンは憤懣を抑えきれなくなってきた。「病院ってほんとに何もしてくれない」とダニエルに愚痴った。

「でも一日中世話をしてくれると言ってただろう」

「忙しそうに何かやってるけど無意味なのよ。単純作業ばかり。ねえ、やっぱり転院させたほうがいいのかな」

ダニエルは両の掌を広げた。どこへ？　「あのバーバラって人がよくしてくれると言ってたじゃないか」

「うん、あの人はね。バーバラが担当医なら治ると思う。セラピストの人たちは確かに靴の紐を結ぶ訓練をさせてくれる。でもそれができたからってたいした意味はないじゃない」

「少しは意味があると思うけど」

「ヘイズ先生とおんなじこと言うのね。あの人よく医者になれたと思う。何にもしないで、『もう少し様子を見てみましょう』。もっと本格的な治療をしなくちゃ駄目なのよ。手術とか。薬とか」

「薬？　薬で症状を消すのかい」

「あれをただの症状だと思ってるの。症状のせいで私は偽の姉になってるわけ？」

「そういう意味じゃないよ」とダニエルは言う。そしてしばらくの間、よそよそしくなった。

カリンは両の掌を掲げて、謝罪と自己弁護を同時にした。「ね、お願いだから……お願いだから、このことでは私の味方でいて。私心細いの。あの子に何もしてあげてないし」そんな馬鹿なという顔をするダニエルにさらにこう言った。「本物の姉ならもう何かしてあげてるはずなのよ」


何とか役に立とうと、ダニエルがさらに二冊のペーパーバックを持ってきた。二冊とも著者はジェラルド・ウェーバーという人で、ニューヨーク在住の有名な認知神経科学者らしい。ダニエルはテレビのニュースでウェーバーの名前を知った。待望の新著が出るとの告知だった。ダニエルはもっと早くこの学者を見つけてあげればよかったと謝った。カリンは著者近影をじっくり見た。優しそうな、髪の白い五十代の男で、劇作家のような印象だ。カメラのレンズと同じ高さにある思慮深そうな目がこちらを見ている。カリンを見つけ、すでに身の上を半ば見通しているようだ。

カリンは三晩続けて二冊の本をむさぼり読んだ。どの章にもびっくりするような話が書かれていて、読むのをとめられなかった。それは人間の意識が入りうるあらゆる状態への旅行記であり、カリンは前人未踏の大陸を発見する衝撃を覚えた。人間の脳の驚くべき可塑性が説かれ、神経科学にはまだわからないことが無限にあることが述べられている。ウェーバーはごく普通の文章の控えめな語り口で、現時点での医学の見解よりも個々の事例に重点を置いて書いていた。『空よりも広く』にはこうある。〝診断技術のデジタル化が進む今こそ、これまで以上に、われわれの総合的な幸福は話すことより耳を傾けることのほうに依存しているのである〟。今のところ誰もカリンの話に耳を傾けてくれない。だが、この著者は、彼女の話も耳を傾ける値打ちがあるかもしれないと示唆しているのだ。

ウェーバー医師はこう書いていた。

心の空間は想像以上に広い。人間の脳の一千億個の脳細胞はそれぞれが何千もの結合を作る。これらの結合は細胞が活動するたびに力と性質を変えていく。どんな脳も宇宙にある素粒子の数よりも多くの特異な状態になることが可能だ……。脳がどのようにして自我を形作るのかについて、どれだけわかっているのか。神経科学者に片っ端から訊いてみるといい。まともな学者なら、「ほとんど何もわかっていない」と答えるはずである。


個々人の症例を次々と挙げながら、ウェーバーは宇宙で最も複雑な構造物である脳の中に折りたたまれたつきせぬ驚異を見せてくれる。二冊の本はカリンを畏怖の念で満たしたが、自分が今でもそんな感情を持てることを彼女は忘れていた。カリンは分裂した脳が記憶をなくした所有者をめぐって相争う話、発話はできるがその同じ言葉を繰り返せない男の話、紫色の匂いがわかりオレンジ色の音が聞こえる女の話を読んだ。そうした話を読むと、マークがカプグラ症候群よりもっと苦しい症状に悩まされていないことに感謝したくなった。とは言え、著者は言葉を失った人や、時間が停止してしまった人や、脳が哺乳類以前の状態に戻ってしまった人のことを書く時、彼らのことを肉親のように親身に考えているようだった。

マークが身体を起こして喋るようになってから初めて、カリンは用心しながらも楽観的気分を味わうことができた。マークは一人ではない。脳に損傷を受けた人は大勢いる。カリンは二冊の本を精読した。文字をむさぼり読むにつれて彼女の神経細胞が変化した。著者の語り口は新世代の偉大な知性を感じさせた。マークの事故が自分にどういう道を作ったのかはわからないが、その道がジエラルド・ウェーバーの道と交わっているのは確かだと思った。本から察するに、著者はこれまでマークが今住んでいるような心の土地を訪れたことはないようだ。カリンは腰を落ち着けて手紙を書いた。意識的にウェーバーの文章のスタイルを真似た。この偉い学者の関心を惹ける見込みはごく薄いだろうが、症状のひどさをしっかり伝えればマークのカプグラ症候群が抗いがたい魅力を持つかもしれない。

ウェーバーからの返事はほとんど期待していなかったが、もしくれたらという想像はしてみた。ウェーバーはマークの中に、今まで本に書いた人たちと同じように、一つの物語を見てとるだろう。〝人生がすっかり変わってしまったこれらの人たちと私たちの間には程度の差しかない。私たちの誰もが、ほんの短い期間であるにせよ、こうした不可解な島に住んだことがあるはずだ〟とウェーバーは書いている。手紙を読んでもらえる確率からして高くないが、ウェーバーの本にはそんなありえないような事態もありふれたことのように思えるほど、不思議な出来事がたくさん書かれていた。

「どっちもすごくいい本」とカリンはダニエルに言った。「これ書いた人すごいね。どうやって見つけたの」

ダニエルにはまた借りができた。何と言ってもこの可能性の糸口を与えてくれたことは大きい。今回もカリンは何のお返しもしなかったが、ダニエルは例によって人にチャンスを与えられればそれで満足のようだ。ウェーバーの本に出てくる損傷を受けた脳が生み出す風変わりな状態のどれよりも、ダニエルの気遣いは不思議なものだった。

第二部　でも今夜ノースライン・ロードで

ところが、ぼくが知っているある絵ときたら、いかにもすぐに消えてしまうので、めったに何者かの目に触れたためしがない。

——アルド・レオポルド『野生のうたが聞こえる』〔新島義昭訳、講談社学術文庫〕

集まった時より速く、唯一の目撃者たちは姿を消した。数週間、川に群れて身体を肥やし、そして行ってしまう。目に見えない合図で絨毯はほどけて糸になる。数千羽の群れがプラット川の思い出を携え、帯をくねらせて飛んでいく。五十万羽の鶴が大陸中に拡散する。みな北を目指し、一日に州一つ分かそれ以上の距離を渡る。元気のある鳥たちは、プラット川までの千キロに加えてさらに数千キロを飛ぶ。

鶴の過密都市は今やばらける。家族ごとにまとまって飛ぶ。終生添い遂げる番《つがい》と冬を生き延びた一、二羽の子供だ。彼らは記憶の中にある生まれ故郷のツンドラや泥炭沼地や湿原を目指していく。目印は水、山、森――それらは鶴の頭の中の地図によって過去から蘇る。悪天候になる数時間前には飛翔をやめる。何の手がかりもなく嵐を予知できるのだ。五月には前の年にあとにした営巣地を見つける。

古代から変わらない鶴たちの鳴き声に合わせて北極地方に春が広がる。事故の夜、道路脇の転倒したトラックのそばで眠っていた番は今、アラスカ州のコツビュー湾に面した海岸にいる。巣に近づいてくると、脳の中で季節のスイッチが入る。獰猛なまでに縄張り意識を高めて、自分たちの子供さえも嘴でつついたり翼を羽搏かせたりして追いやり、戸惑わせることがある。

青灰色の身体が、沼の鉄錆で茶色く染まる。鶴たちは泥や木の葉を身体に付着させて季節のカモフラージュをする。巣は周囲に濠をめぐらした植物と羽毛の堆積物で、差し渡しが一メートル弱ある。トロンボーンのように曲がった気管で大きな声をあげて互いに呼び交わす。深くうなずき、塩辛い風を蹴り、跳ねあがり、身体を回転させ、翼を頭巾のようにして頭を覆い、緊張と歓喜が相半ばする衝動に駆られて頭をのけぞらせる、といった動作で踊る。存在の極北での儀式の春。

かりに鳥が、見たものの像を写真のように定着させて蓄えるとしたら。この番は十五歳で、あと五年ほど生きる。六月までには斑入りの灰色の卵を二個新たに産むだろう。それは先にこの地に到着した番たちに倣ってのことだ。この地の記憶は鳥たちの中にすでに蓄えられている。

番は以前もしたように交代で卵を見張る。北方の日照時間は日増しに長くなり、卵が孵る頃には光が長く連続して射すようになっている。二羽の雛が現われた。さっそく歩きだして餌をぱくぱく食べる。親鳥は交代で貪欲な子供たちのために餌捜しに行き、たえず食事を与えつづける——植物の種、昆虫、小型の齧歯類など、北極地方の乏しい栄養源を。

七月には弟のほうが兄の食欲のせいで飢え死にする。これはほぼ毎年起きることだ。兄弟姉妹《きょうだい》殺しで始まる一生。一羽だけになった鳥はぐんぐん成長する。二ヶ月で羽が生えそろって飛べるようになる。やがて北極地方の長い昼間が短くなっていく頃には試験飛行の距離が延びていく。夜には家族の巣に霜がおりる。沼に氷が張る。秋までにはすでに追い出された去年の子供のかわりを務める準備ができている。

だがまずは鳥たちは羽毛が生え替わり、元々の灰色に戻る。晩夏の脳に何かが起こり、この三羽だけで孤立している家族はより大きな動きを取り戻す。孤立への欲求を脱ぎ捨てる。ほかの鳥たちと一緒に餌を食べ、夜は一緒に寝る。それまで近くにいた家族が頭上を飛び過ぎてタナナ盆地の大きな漏斗形を縫っていく音を聞く。そしてある日、自分たちも空へあがって、ひとりでに形成されるVの字に加わる。動く紐の中に自らを失う。紐が集まって鍋や釜の形になり、鍋や釜が集まって布になる。まもなく一日に五万羽の鳥が驚いている平野の上空を渡り、有史以前の警笛が明朗な大音声をあげ、空を覆いつくすほどの鶴の網状河川が何日もの間流れつづける。

どの鳥の頭の中にも、〝ふたたび〟を意味する記号が存在しているに違いない。平野、山地、ツンドラ、山地、平野、砂漠、平野と、単一の連続し反復する環をたどる。明確な合図なしに、群れはゆるい螺旋を描いて上昇していく。それはいわば熱上昇気流の大きなねじれた柱だが、新しく生まれた子供は、親を一目見るだけで、その気流への乗り方を会得する。

かつて、遠い昔、秋に鶴が群れをなして飛び立った時、草地に一人立ってそれを見あげていたアレウト族の少女がいた。鳥の群れが降りてきて、羽を打ち合わせ、少女を空に持ちあげた。鳥たちは大きな回転する雲となって少女を隠し、大きな鳴き声で少女の叫びを掻き消した。少女は大気のねじれた柱に乗って上昇し、南に向かう群れの中に姿を消した。鶴の群れは今でも秋に旅立つ時は、空で回転しながら鳴き声を高くあげ、人間の娘をかどわかした過去を再現する。

後々もウェーバーは、初めてカプグラ症候群の患者が自分の人生に関わってきたのがいつだったかをはっきり答えることができた。それは手帳にインクで記されている。二〇〇二年、五月三十一日、金曜日、午後一時、キャヴァナー、〈ユニオン・スクウェア・カフェ〉。『驚異の国』が刊行されたばかりの頃、担当編集者がお祝いをしようと誘ってくれたのである。著書は三冊目で、新鮮な喜びはもうあまりない。ストーニーブルックから二時間電車に乗って街に出るのは、すでにそれなりのキャリアを積んでいるジェラルド・ウェーバーにとっては、わくわくするより、これも仕事のうちという感覚だ。だが若い編集者ボブ・キャヴァナーがぜひ会いたがった。〝猛烈にお会いしたい〟というのだ。《パブリッシャーズ・ウィークリー》誌が今度の本を、〝今が絶頂の書き手による人間の脳内の血湧き肉躍る旅〟と評した。〝血湧き肉躍る旅〟という言葉は神経科学界で白眼視されることだろう。あの人たちはウェーバーの著作家としての成功を赦していないからだ。ウェーバー自身も〝今が絶頂の書き手〟という表現に気を滅入らせる。あとはもう落ちるだけと言わんばかりではないか。

ウェーバーは自分の身体を引きずるようにしてマンハッタンへやってきた。ペンシルヴェニア駅からユニオン・スクウェアまで、多少なりとも有酸素運動の効果が出るようにきびきび歩く。影の射し方がとても変だ。八ヶ月以上たった今でも感覚が狂わされてしまう〔九・一一から八ヶ月以上たっても、世界貿易センタービルの消失に由来する違和感が大きいと言っている〕。見えるはずのないところに空が見えている。この前このあたりに来たのは春先で、巨大なサーチライトの光の太い柱が空に向かってそびえ立つという不穏な気分を掻き立てる光のショー〔二〇〇二年三月から四月にかけて、光の柱で世界貿易センタービルを再現し、犠牲者を追悼する儀式の第一回目が行なわれた〕を見たものだ。それはまるで自分が本に書いた幻肢のようだった。九ヶ月弱の間にゆっくりと薄れていったあの情景が、今ふたたびウェーバーの中で燃えあがるように広がる。あの想像を絶した朝こそが現実で、それ以後のすべては居眠りしながら見ていた虚偽だったのだ。耐えがたいほど普通の状態の街路を南へたどりながら、この街を二度と見られなくても自分はもう平気かもしれないと思った。

レストランに先に来ていたボブ・キャヴァナーがひしと抱きしめてくる。その挨拶にウェーバーは耐えた。キャヴァナーはくすくす笑いをしないよう自制していた。「改まった服装でなくてけっこうですと言ったのに」

ウェーバーは両腕を広げた。「別に改まってるわけじゃない」

「あなたはこうでないと落ち着かないんでしょうね。ほんとに写真集を出しましょうよ。セピア色の色調で。身だしなみのいい神経科学者。脳科学界の伊達男《ボー》・ブランメル」

「大げさなことを。そんなに変な恰好かね」

「〝変〟じゃないです。ただ素晴らしく……古風なんです」

ランチを一緒にとる時、キャヴァナーは最高に魅力的な男になる。今評判の本をいくつか話題にしたあと、『驚異の国』はヨーロッパの著作権エージェントにとても受けがいいと告げた。「今までで最高のヒットを記録しますよ。これは間違いなし」

「記録などつけなくていいからね」

二人は変転めまぐるしい業界のゴシップを交換した。それから完全無料のカプチーノを飲みながら、キャヴァナーが言った。「さて世間話はこれくらいにして。伏せ札を見せていただけますか」

ウェーバーがこの前やったトランプゲームは、三十三年前のブラックジャックである。オハイオ州コロンバスにある大学の一年生の時、シルヴィーにゲームのやり方を教えたのだ。シルヴィーは性的な奉仕を賭けたがった。実に愉しいゲームだ。敗者がいないのだから。ただゲームそのものに長く興味をつないでおくだけの戦略的深みは足りなかったが。

「別にびっくりするようなものはないよ。次に書きたいテーマは記憶だ」

キャヴァナーが興味を起こした。「アルツハイマーとか、そういうやつですか。高齢化社会。老化の悩み。現代が求めている話題ですね」

「いや、忘れるほうではなく、覚えるほうをやりたくてね」

「いいですね。ええ、これはいけますよ。『五十二週間で――』――いやいや、そんな暇な読者はいないか。これはどうです。『十日間で――』」

「研究の現況を概観する本だよ。海馬研究で何が起きているかを」

「あっ、そういうやつ。私の瞳から小さなドルマークが消えていくの、見えます?」

「君はいさぎよい男だ、ロバート」

「私はいさぎ悪い、やり手の編集者です」キャヴァナーは伝票を取りあげながら言った。「せめて記憶力を高める薬について、一章設けていただけませんか」

ペンシルヴェニア駅で発車表示板の下に立ち、ストーニーブルック行きの列車を待っていると、傷みの激しい青いスキーベストと油で汚れたコーデュロイパンツの男が、にこやかに手を振ってきた。もしかしたら前にインタビューをした人かもしれないが、ウェーバーは取材対象を誰一人覚えていない。あるいは、パブリシティー用の写真やテレビは一方向的メディアであることを認識していない多くの読者の一人だろうか。彼らはウェーバーの後退しつつある雪線、金属縁眼鏡の奥の青い光、柔らかな曲線を描く慈愛深げな印象の頭部の半球に長い灰色の顎鬚という、チャールズ・ダーウィンとサンタクロースを足して二で割ったような風貌を見て、優しいお祖父ちゃんに会ったように挨拶をしてくるのだ。

うらぶれた男は脂じみたベストを手で撫で、ひょこひょこうなずき、何か喋りながら近づいてきた。ウェーバーは男の顔のチックに興味をそそられて、その場を立ち去らなかった。男の口からは不明瞭な言葉が流れつづけた。「や、どうも。また会えて嬉しいな。一緒に西へ出かけたの、覚えてるでしょ――ほら、三人で。あれは啓発的な旅だったなあ。でさ、ちょっと頼みがあるんだけど。いや、今日はお金じゃないの。今、懐あったかいから。そうじゃなくて、アンジェラに言っといてほしいんだ。あの時は完全無欠だったって。彼女が何になりたがってようといい。みんな、そのまんまでオーケーなんだ。そうでしょ。俺間違ってないでしょ。ね、間違ってないでしょ」

「君の言うとおりだ」とウェーバーは応じた。コルサコフ症候群の一つの現われで、記憶の欠落を空想で補う作話《さくわ》症が出ている。長く続くアルコール依存症のせいで栄養が不足する。ビタミンBの欠乏が現実という織物を織り換えてしまうのだ。ウェーバーは二時間かかるストーニーブルックまでの車中で、おそらく人間は実際に起きなかった事柄の記憶を持ちうる唯一の生物、と書きとめた。

ただしこのメモが結局何になっていくのかはわからない。ウェーバーは今何かに苦しんでいる。たぶんそれは何かを成し遂げてしまった人間の悲哀だろう。ウェーバーはこれまでずっと、申し訳ないほど長きにわたって、次に書きたいことがちゃんとわかっていた。ところが今は、もう何もかも書きつくしたような気がしている。

家に着くと、シルヴィーはまだ〈ウェイファインダーズ〉から戻っていなかった。デスクについて、受信トレイを久しぶりに開く時の期待と不安をこもごも覚えながらメールをチェックした。ユカタン半島以北で最後にネットを利用しはじめた人間であるウェーバーは、瞬時のコミュニケーションに死ぬほどの息苦しさを感じていた。受信件数を見てひるむ。必要なメッセージの掘り出しだけで夕方の時間がつぶれるだろう。その一方で彼の中には、応募したことを忘れている何かのコンテストの入賞通知が来ていないかと、わくわくしながら今日届いた郵便物をあらためる十歳の少年もいた。

何通かのメールはウェーバーの身体の各種部分を自分たちの装置で検査させてもらいたいと言っていた。さまざまな疾患用の海外生産医薬品のセールスメールもあった。気分を変える薬に自信を回復させる薬。ヴァリアム、ザナックス、ザイバン、シアリス。世界のどこよりも安い価格。政情不安の国から追放された政府高官が持ちかける儲け話もちらほら混じる。何でもウェーバーはその高官の古い友人であるそうな。それらの間にはさまれて、学会の招待状が二通と、朗読会ツアーの要請が一通。数ヶ月前に通信を打ち切ったある人物がまた、ウェーバーが著書の一つ『千三百グラムの無限』で宗教的感情と側頭葉の関係について書いた記述に反論してきていた。それからもちろん定番の治療嘆願があるが、そういう人たちにはストーニーブルック健康科学センターを紹介することにしている。

ネブラスカからの短いメールも、もう少しでこのカテゴリーに入れてしまうところだった。書き出しはこうだ。**親愛なるジェラルド・ウェーバー博士、最近、私の弟が恐ろしい自動車事故に遭いました。**ウェーバーはもう恐ろしい事故とは関わりを持たなくなっている。長年気の毒な患者たちの症状と取り組んできたが、今は機能を完全に備えた脳の研究に力を注ぎたいと思っているのだ。

ところが、転送ボタンをクリックしようとした指を、その次の文章がとめた。**また言葉が話せるようになって以来、弟は私を姉と認めてくれません。自分に姉がいることも、姉がどういう人間であるかも知っています。私はその姉にそっくりだけれど、別人だと弟は言うのです。**

事故によって発症したカプグラ症候群。きわめて稀なケースであり、研究者の目を惹かずにはおかない。ウェーバーも見たことがなかった。だがもうその種の実地研究はやめたのだ。

短い文面を二度読んだ。印刷して、紙の上で文字を読んだ。それを脇に置き、次の著書のアウトラインを決める作業に取りかかる。しかしはかどらず、今日のニュースの見出しをチェックした。落ち着かないのでキッチンへ行き、有機アイスクリームの五百ミリリットル容器から禁断の乳脂肪を数百カロリー分スプーンですくいとった。それから書斎に戻り、もやもやした頭を集中させようと苦闘するうちに、シルヴィーが帰ってきた。

非開放性頭部損傷から生じた正真正銘のカプグラ症候群。本物でない可能性はまずない。決定的なカプグラ症候群の症例は心理学的説明の有効性を疑わしめ、認知と認識についての従来の基本的理解を揺るがす。どれだけ証拠を突きつけられても、最近親者を選択的に否認する患者……ウェーバーはもう一度メールを読み、昔からの中毒性の調査意欲がぶり返すのを感じた。意識の論理思考がいかに当てにならないものであるかを、ごく希少なレンズを通して間近に見ることができるのだ。

シルヴィーの帰宅は遅かった。玄関に入ってくるなり、やれやれという溜め息を型通りについたが、長い一日の仕事がもたらした精神的高揚を隠しきれていなかった。「ただいま、男《マン》！」と玄関から声をあげた。「ああ、家《うち》ほどいいものはない。さあて夫をどこへ置いたんだっけ」

ウェーバーは印刷したメールを背中で組んだ手で持ち、キッチンの中を行きつ戻りつしていた。二人はキスをした。ブラックジャックの罰ゲームよりは大人しいキスだった。あれはもう三分の一世紀前のこと。歴史的事実だ。

「一雌一雄関係《ペア・ボンド》」シルヴィーはそう言いながらウェーバーの胸骨に鼻をうずめた。「これより素晴らしい発明品があったら言ってみて」

「時計つきラジオとか？」

シルヴィーはウェーバーの身体を押しやって胸をはたいた。「悪い夫だ」

「新しいクラブハウスの計画はどんな調子？」

「まだ夢の段階。もっと早くオフィスを移転しておくべきだったわ」

二人は一日の報告をし合った。シルヴィーはまだ日中の興奮を引きずっている。社会福祉サービス紹介会社〈ウェイファインダーズ〉は、三年前にシルヴィーが設立した時には予想もしなかった多様な顧客を獲得し、彼らのために道を見つけること《ファインディング・ウェイ》で繁盛していた。シルヴィーは長年あちこちで満足のいかない勤めを続けたあと、思いがけない天職を見つけたのだった。一緒に南瓜の雑炊《リゾット》を作りながら、シルヴィーは職業倫理に反しない範囲で興味深いケースをいくつか話して聞かせた。テーブルについて食事を始める頃には、ウェーバーはその話を一つも覚えていなかった。

食事は床が居間より一段高いキッチンの、カウンターのスツールに並んで坐って食べる。これは一人娘が大学入学を機に家を出てからの十年間、ほとんど欠かしたことのない喜びだ。ウェーバーはキャヴァナーとのランチのことと、ペンシルヴェニア駅で出会ったコルサコフ症の男のことを話した。それから二人で食器を洗いはじめた時、ようやくメールのことに触れた。愚かな小細工だった。ずいぶん長く一緒に暮らしている二人だから、さりげない調子を装えば、逆にそれが重大な関心事であることを大声で知らせてしまう結果になる。

シルヴィーはすぐに感づいた。「次は記憶の本を書くんだと思ってたけど。もう実際の症例からは卒業したいって……」シルヴィーは狼狽しているように見えた。ウェーバーが自分の気持ちを投影していいるだけかもしれないが。

ウェーバーは食器拭きタオルを持った手を持ちあげて、自分が最近話したことをシルヴィーが全部繰り返すのを阻止した。「君の言うとおりだよ、シル。あの手の仕事はもう……」

シルヴィーは目を細めて小さな笑みを浮かべた。「その言い方はフェアじゃないな。私の言うとおりかどうかの問題じゃないでしょ」

「うん。そのとおりだ。まったく君の……いや、つまり……」シルヴィーが笑いながら首を振ると、ウェーバーはラウンド間のボクサーのようにタオルを首にかけた。「これは私がこの何ヶ月かの間、悩んできた問題だ。次に何をすべきかという」

「大げさね。またクラックコカインの乱用を始めるかもしれないとか、そういうことじゃないんだから」

薬物乱用のことならシルヴィーは詳しい。ブルックリンにある薬物乱用者のリハビリテーションセンターで十年ほど働いていたからだ。どうしても我慢できないことがあって退職したあと、〈ウエイファインダーズ〉を作ったのだ。シルヴィーは懐疑的な信頼の眼差しでウェーバーを見た。ウェーバーは気候変動を何度も経験してきた数十年の夫婦生活の間にいつも感じてきたことを今も感じた。シルヴィーのソーシャルワーカーとしての技量の恩恵をもったいなくも無料で受けていると。

「で、何が危機なの。あなたは何かの約束に縛られているわけじゃない。そのことに興味を惹かれたとしても、後ろめたさを感じることはないはずよ」前に身を乗り出してきて、顎鬚からリゾットのかけらを摘みとる。「今ここにはあなたと私しかいない。あなたが何を決めかねているか、世間の人たちに知られることはないわよ！」

ウェーバーは唸って、まだ折り目が残っているズボンのポケットからメールの畳んだプリントアウトを引っ張り出した。悩みの種の通信文を右手の指先でぴしっと叩いてから、これが自分の無罪を証明する文書だというように、シルヴィーに差し出す。「事故が原因のカプグラ症候群。信じられるかね」

シルヴィーは微笑んだ。「それでいつ会うの。この人はいつこっちへ出てくるの」

「それが問題でね。かなりひどい怪我をしたようなんだ。それにちょっとお金にも困っているらしい」

「じゃ、あなたに来てほしいと言っているの。いや、別に私は……ただ驚いているだけ」

「旅費は抑えなくちゃいけないんだけどね。こういうことを研究するには、現地で患者に会うのが一番だが。まあ、君の言うとおりだな」

シルヴィーは苛立ちをこめて低く唸るように言った。「まったく亭主族というやつは！　この問題はもう話し合ったでしょ！」

「まじめな話、どうかなとは思うんだ。大陸の半分を渡ってボランティアで診察するのはね。自分の研究所も使えないし。この頃は空の旅も大ごとで、飛行機に乗る前にストリップをしなくちゃいけない」

「空の旅のあれやこれやは旅行代理店がしてくれるじゃない」

ウェーバーはびくっとしてうなずいた。旅行代理店。二人とも宗教的感情はもはや旅行代理店に対してしか持っていない。「もちろんだ。ただもう実際の患者さんを診るのはおしまいにしようかと思ってるんだ。ここらで人生の再編成をしたい。家にいて、おとなしい一般向けの科学書を書いて、研究所の運営を続けて、少しばかり船旅をする。家庭中心の穏やかな生活だ」

「五十五歳の出口戦略ってやつ？」

「妻と一緒に価値ある時間《クオリティ・タイム》を過ごすという……」

「残念ながら妻は最近あなたをほったらかしだけど。ま、家にいたければいれば？」シルヴィーはからかうような目でウェーバーの目を見る。「あ！　やっぱりそうか」

ウェーバーは当惑して首を振った。シルヴィーが手を伸ばしてきて、頭の禿げた部分を撫でた。昔からの頑張っての仕草だ。「いやしかし」とウェーバーは言った。「これくらいの年齢になれば自分のことはかなりはっきり把握できてると思ってたけどね」

「脳は自分がしていることを隠すのが得意である」とシルヴィーは引用した。

「うまい。まさにそれだ。それはどの本だったかな」

「そのうち思い出すわよ」

「とにかく人間がね」ウェーバーはこめかみを揉む。

「たいした種族よね。飼育できないし、生体解剖もするわけにいかない。で、今回またあなたが関わりになろうとしているのはどういう人たち？」シルヴィーのいつもの役目は、ウェーバーがすでに決めていることを正式に決断させることだ。

「問題の男性は自分の姉を認識しているが、その認識を信用しない。ほかの点では理性的で認知機能に障害はないようだ」

シルヴィーは長年にわたって夫の話を聞いてきたにも拘わらず、低く口笛を吹いた。「ジークムント向けの話みたいね」

「そういう要素も感じられる。しかし同時に大怪我の結果であるのも明らかだ。だから非常に興味深い症例なんだよ。こういう〝どちらでもなく、どちらでもある〟ケースは、心を理解するためのまったく異なる二つのパラダイムの仲裁をするのに役立つかもしれない」

「それを死ぬ前にぜひ解明したいと」

「ああ！　もう終わりが近づいてるみたいな言い方はよそうよ。ともかく患者の姉は私の本を読んだ。そして今かかっている医者たちは弟のケースを完全には理解していないんじゃないかと疑っている」

「ネブラスカにも神経科学者はいるわよね」

「かりにネブラスカの神経科学者が文献以外でカプグラ症候群と出会ったことがあるにしても、おそらく統合失調症かアルツハイマー病に伴うものだろうね」ウェーバーは首にかけた食器拭き用タオルをとって、二個のワイングラスを拭いた。「その患者の姉が私に助けを求めてきた」シルヴィーはじっとウェーバーを見つめている。**あなたがもう近づくまいと誓ったような人よね**、という顔で。「何にせよ、人物誤認症候群は記憶について多くのことを教えてくれる可能性がある」

「それどういうこと？」シルヴィーが発するこの言葉はウェーバーのお気に入りだ。

「カプグラ症候群の患者は、自分の愛する人が当人そっくりのロボットや替え玉やエイリアンと入れ替わってしまったと思いこむ。ほかの人のことは普通に本物だと思うんだ。しかし愛する人の顔を見ると、記憶は呼び覚まされるが、感情が湧いてこない。感情の欠如が知的な記憶の判断をくつがえしてしまう。あるいはこう言ったほうがいいかな。感情が湧いてこないことを説明するために、理性は手のこんだ非理性的な説明を作りあげる。論理は感情に依存しているんだ」

シルヴィーはくすくす笑った。「ただ今ニュースが入りました。男性科学者が自明の理を認めた模様です。ということで、旅に出て世界を見てらっしゃい。何にも問題はないわ」

「じゃ、出かけていいんだね。ほんの二、三日」

「知ってると思うけど、私今すごく忙しいのよ。あなたが出かけてくれたら仕事の遅れを取り戻せる。実を言うと、今夜のビデオ鑑賞デートもキャンセルしようかと思ってるの。ある子供のＨＩＶ検査のことで、明日までに準備することがあるから」

「君は私を軽蔑しないかな。もし……元の泥沼に戻っても」

シルヴィーはすでに食器のなくなった流しからびっくりしたような顔をあげた。「まあ何を言い出すのかしら。泥沼なんて。これはあなたの天職。まさにあなたの仕事じゃない」

二人はまたキスをした。驚くべきことに、三十年たってもキスは多くのことを伝達してくれる行為だった。ウェーバーはシルヴィーのモカ色の前髪を脇へのけて額に唇をあてた。彼女の髪は二人が出会った大学時代より薄くなっている。当時のシルヴィーはこちらの身を刺してくるほどの美しさだったが、ようやく彼女自身との折り合いがついた今のほうがむしろ愛らしく見えた。髪が灰色になってきたおかげで、愛らしさが増している。

シルヴィーが目をあげて彼を見た。好奇心に満ちた率直な目で。

「ありがとう」とウェーバーは言った。「これで空港の保安検査さえすんなりといけば……」

「それは旅行代理店に任せるのよ。それがあの人たちの仕事だから」


ウェーバーはどの患者も仮名で呼んだ。経歴の細部に触れるとプライバシーの侵害になる場合は、ほかの人物の細部で置き換えた。何人かの病歴を混ぜて一人の人間にすることもあった。ここまではプライバシー保護のためにとられる標準的な措置である。

ある時、ある女性のことを取りあげた。この女性は医学文献ではよく知られている患者だった。『千三百グラムの無限』で、ウェーバーは彼女を〝セアラ・M〟と呼んだ。中側頭部への両側外線条損傷のせいで、視覚的運動がほとんど知覚できない運動失認になった。セアラの世界はストロボを始終明滅させている状態だった。ものの動きが見えない。彼女にとって世界はスチール写真の連続で、それぞれの写真は幽霊のようにぼやけた動きの痕だけでつながっていた。

セアラ・Mはコマ落としで身体を洗い、服を着て、食事をした。首を回すとカルーセル型スライド映写機をカシャカシャと連続投射したようになる。コーヒーをカップに注げない。コーヒーがポットから氷柱のようにさがり、次のコマに映るとテーブルが凍った湖ができているのだ。ペットの猫が恐い。ふっと消えて、別の場所に現われるからだ。テレビを観ていると目が痛くなった。飛んでいる鳥は窓ガラスのような空に点々と残った弾丸の痕のようだった。

もちろんセアラ・Mは車を運転することも、人ごみの中を歩くことも、通りを渡ることもできなかった。住んでいる静かな町の歩道で、彼女はフィルムが停まった映画のように凝然と立ちつくす。足を車道におろした瞬間、今まで離れたところにいたトラックにはねられるかもしれない。静止画が次々と積み重なる――まるでキュービスト絵画の世界だ。自動車や人間や物がアットランダムに現われる。

本人の身体も、子供の遊びの彫像づくり《スタチュー・メイカー》〔一人の子供が、乱舞するほかの子供にストップの号令をかけて彫像を作るゲーム〕を思わせるこわばった静止ポーズの連続にすぎなくなった。だが奇しくも世界中でセアラ・Mだけが、普通の人の目からは隠されている一種の視覚の真実を見たのである。もし視覚が個々のニューロンの発火に依存しているなら、どれだけすばやく明滅しようと連続的な動きなどないはずで、そう見えるのは脳の中で均すというトリックが行なわれているからだという真実を。

彼女の脳は普通の人と同じだったが、唯一、このトリックだけができなくなっていた。本当の名前はセアラではなかったが、どんな名前だろうと関係ない。ラガーディア空港のジェットウェイに足を踏み入れたウェーバーの、ストロボのように明滅する意識の中に彼女はいた。そして同じ日の午後、途中の場面なしにジャンプカットでいきなりがらんと広い大平原の真ん中にいた時には、もう消えていた。

滞在先は州間高速道路を降りてすぐのモーテルにした。〈モトレスト〉――ここを選んだ理由は看板だ。〝ようこそ、鶴観賞のみなさま〟。まったくの異郷という感じの土地。ここはもう**ニューヨークじゃないみたい**〔映画『オズの魔法使』でオズの国に迷いこんだドロシーが言う〝ここはもうカンザスじゃないみたい〟のもじり〕。ウェーバーとシルヴィーは一九七〇年に中西部をあとにして、以後戻ったことはない。ゆるやかに起伏しながら広々と開けた故郷の土地は火星探査車ソジャナーから送られてくる風景画像のようによそよそしく感じられる。リンカーン空港のレンタカー店を出た時、一瞬、しまった、パスポートと現地通貨を忘れてきたと思ったほどだ。

だが〈モトレスト〉のロビーに入ってしまえば、もうどこの都市にいると考えてもおかしくなかった。ピッツバーグ、サンタフェ、アジスアベバ。全地球的移動の時代にふさわしい落ち着いたパステル色の内装。こんな黄褐色のカーペットを踏み、濃い青緑色のカウンターの前に立ったことなら何度もある。カウンターにはぴかぴかのリンゴを一ダースほど盛ったバスケット。リンゴは形も大きさもそろっていた。本物か作り物かは爪でも立ててみないとわからない。

フロント係がクレジットカードの処理をする間、ウェーバーは観光客向けパンフレットを手にとって見た。どのパンフレットにも頭の赤い鶴の写真があしらわれていた。これほどの鳥の大群は見たことがない。「これはどこで見られるのかな」とフロント係に訊いてみる。

女性のフロント係は、ウェーバーのクレジットカードがはねられたとでもいうような当惑顔をした。「鶴は二ヶ月前に出発してしまいました。今は北に向かって飛んでいるところです。でも、もしご覧になりたいのならずっとここにいらっしゃるとよろしいですわ。また戻ってきますから」そう言いながらヴィザカードとカードキーをよこした。ウェーバーはかつて誰もここで寝たことがないというふりをしている部屋に入った。ウェーバーがチェックアウトした瞬間、跡形もなく消えることになっているような部屋に。

室内のあちこちに厚紙のメッセージが置かれていた。スタッフ一同が彼を歓迎申しあげていた。あらゆる備品とサービスを御用意していた。バスルームのカードは、地球を救いたい場合はタオルをカーテンレールにかけ〔この場合はタオルを取り替えない〕、そうでない場合は床に捨てておくよう案内していた。どのメッセージもその日の朝に置かれた新鮮なもので、ウェーバーが出発したあとで取り換えられることになっていた。シアトルからサンクトペテルブルクまで、このようなホテルが何千何万とある。ここはそのどこであってもおかしくない。ただ一つ違うのは、ベッドのヘッドボードの上に鶴の写真が何枚かかけてある点だった。

カリン・シュルーターとはニューヨークを発つ前に話していた。落ち着いた女性で知識もかなりあった。だがウェーバーがモーテルにチェックインして三十分後にロビーから電話をかけてきたカリンは、別人のようだった。おどおどして、ウェーバーの部屋へあがってくることに神経質なためらいを示した。そろそろパブリシティー用の写真を撮り直す時かもしれない。その夜シルヴィーに電話をする時に恰好の軽口の種になるだろう。

ウェーバーはロビーに降りて、患者のただ一人の肉親である女性と対面した。年は三十代前半、薄茶色のコットンのスラックスに薔薇色のコットンのブラウスと、シルヴィーの言う世界標準の服装だった。ウェーバーのいつもの旅装であるダークスーツを見るや、挨拶をする前から驚いて、自分のくだけすぎた恰好を謝罪する色を目にうかべた。ただ一つの顕著な特徴である赤銅色のまっすぐな髪が肩甲骨のすぐ下まで流れ落ちている。その華麗な滝のせいで目立たなくなっている顔は、いくらか好意的な加点をすれば、みずみずしいと形容してもよかった。まごうかたなき玉蜀黍育ちの身体は早くもおごそかな威厳を帯びはじめている。大学時代はハードル選手でもやっていたのであろう健康な中西部の女性。ウェーバーが目を向けると、無意識のうちに髪や服をちょっと直した。だが椅子から立ちあがり、歩み寄ってきて手を差し出した時には、気丈に片頬で微笑《わら》って、手助けのしがいがあるところを見せた。

二人は握手をした。カリンはまるでもうウェーバーが弟を治してくれたかのように丁寧すぎるほど丁寧なお礼を言った。ウェーバーの顔を見るだけで気分が明るくなったようだった。感謝の言葉を受け流されたカリンは、「私、資料を持ってきました」と言った。ロビーの模造暖炉のそばに置かれたソファーに腰をおろし、コーヒーテーブルに書類を広げる。三ヶ月分の手書きの記録と、病院やリハビリテーションセンターから渡された書類すべてのコピーだった。カリンは手ぶりを交えながら弟の話をしはじめた。

ウェーバーはカリンの隣に坐った。少したったところで、彼女の手首に軽く触れた。「まずはヘイズ先生と話したほうがいいかもしれないね。私からの手紙は渡してくれたかな」

「先生とは今朝話しました。あなたが来られたことは知っています。マークとは今日の午後にでも自由に面談していただいていいそうです。先生から書類を預かってきました」

ウェーバーの目の前に並べられた書類は新しい惑星のガイドブックのようだった。書類のことは考えないことにしてカリンの話に耳を傾けた。三つの著書の執筆から、ウェーバーは次の信念を手に入れていた。すなわち、事実は病歴の小さな部分にすぎない。大事なのは語りである。

カリンが言った。「マークは事故が起きたことは認めてるんですけど、何も覚えてません。記憶が空白なんです。トラックがひっくり返る前の十二時間は」

ウェーバーは胡麻塩の顎鬚を指でしごいた。「なるほど。そういう例はある」それはほかの人も経験したことだと告げつつ、その経験の個別性を否定しないようにする話し方は、二十年間の経験からほぼ完全にマスターしていた。「どうやら逆行性健忘と言われるものに似ているようだ。いわゆる記憶喪失だね。リボーの法則というのがあるんだ。古い記憶は新しい記憶より残りやすい。〝新しいものは古いものより早く滅ぶ〟とリボーは言ったがね」

カリンの唇は話すウェーバーの唇を鏡のように映して懸命についていこうとした。書類の束に広げた掌を置いた。「記憶喪失。でも弟はちゃんと以前のことを覚えていますよ。みんなのことを知っています。姉の……私のことも何もかも覚えています。ただ私を……」カリンは口の両端を引きしめてうなだれた。赤毛が書類の上にこぼれ落ちた。実の弟に偽者呼ばわりされる気持ちはどんなものだろう、とウェーバーは思った。

「弟さんはわりとすんなりまた喋れるようになったそうだが、喋り方で前と違っているところはあるかな」

カリンは空気をじっと見つめた。「ゆっくりになりました。前は早口だったのに」

「言葉に詰まることは。語彙《ごい》に変化はあるかな」

片頬の笑みが戻ってきた。「失語症があるかどうか?」

発音が間違っていたが、ウェーバーはうなずいた。

「語彙は元々豊富じゃありませんでした」

ウェーバーはずばり訊いた。「弟さんとは元々仲がよかった?」カプグラ症候群の必須条件だ。

「昔からずっと」

カリンは身を守るように頭をさっと後ろに引いた。「私たち、たった二人だけの家族なんです。私は昔から弟の面倒をみようと頑張ってきました。年はいくつか離れてますけど……いつもそばにいるようにしていました。私が自分の精神衛生のために町を出ていくまでは、ですけど。マークは世渡りが不器用というか、いつも私を頼りにしているところがありました。私たち、かなり変わった家庭に育ったんです」うろたえた様子でまたファイルに目を戻した。二枚の書類を抜きとった。首を左右に小さく振りながら文面を読み、また唇を動かす。「これです。これが気になるんです。事故のあと、救急治療室に運びこまれた時、弟は意識があったんですよ。弟は……あ、これこれ。グラスゴー昏睡指標。弟は危険な状態じゃなかったんです。ほんの短い時間だけど、面会もさせてくれました。その時は私のことがわかっていて、何か話そうとしました。それはちゃんとわかったんです。でもそのあとの朝の遅い時間に、この、グラフのつんとしたところが出てきて。頭蓋内圧が急激にあがったんです」

まるで手術室つき看護師になる勉強でもしているようだ。ウェーバーは顎鬚を下から親指で撫でた。長年にわたってこの仕草はたいていの人の気持ちを落ち着かせてきた。「そう、そういうことは起こりうるね。頭蓋骨の容量は一定だから。あとで脳が腫れてきたら、事故直後より容態が悪くなる」

「ええ、それは何かで読みました。でもお医者さんはモニターすべきじゃなかったんでしょうか。私の理解が間違ってなければ、最初の何時間かは当然……」

ウェーバーは〈モトレスト〉のロビーを見まわした。ここでこんな話をするのは馬鹿げている。電話では抑制がきいているような話しぶりだったが、会ってみると、ウェーバーがもう引退して縁を切りたい複雑な欲求をかかえた依頼者だ。とは言え事故から生じた真正のカプグラ症候群は、意識についてのどんな理論をも支持もしくは粉砕する可能性を秘めている。ぜひ見てみたい。

「カリン。このことはもう話し合ったはずだ。私は弁護士じゃない。科学者だ。弟さんと話す機会を与えてくれたことには感謝している。しかし私は誰かの処置を後知恵で批判しにきたんじゃないんだ」

カリンは息を呑んだ。顔を紅潮させた。シャツの襟を引っ張った。髪をたばね、ロープのようにして頭の上に巻きあげた。「ええ、そうですね。すみません。ただ私……でもすぐ弟に会っていただくほうがよさそうですね」

デダム・グレン・リハビリテーションセンターは、ウェーバーには郊外のエリート高校のように見えた。薄黄色、一階建て、モジュラー型建物——身近な人が入らないかぎり意識にとまらない施設だ。

「もうあまり長くここにはいられないんです」とカリンは言った。「セラピーはすごくいいんですけど、費用が馬鹿高いし、弟が早く出たがってるんです。筋肉の力はだいぶ戻っています。服を着たり身体を洗ったりは自分でできて、人とうまくやっていけるし、話すこともだいたい筋が通ってます。何週間か前と比べたら、もう正常と言ってもいいくらい。ただ一つの例外が、私のことなんです」

カリンは車を駐車場の訪問者用スペースへ乗り入れ、玄関に通じる歩道のそばに駐めた。「私たちの母親が病気になった時、ここへ入れたんです。母は五週間半で亡くなりました。マークをここへ入れるくらいなら、私死んだほうがましだったんですけど。まあ、ここしかなかったから」

「弟さんはそのことであなたを恨んでいると思う？」古い習慣で、心理学的なメカニズムが働いていないかを確認する。

カリンはまた顔を赤らめた。彼女の肌は瞬時に結果が出るリトマス試験紙だ。建物の角の大きな嵌め殺し窓を指さした。中背の痩せた男がそこに立っていた。年は二十七歳、黒いスウェットシャツに水色のニット帽という恰好で、途方に暮れているという感じで片手をガラスに押しつけている。

「これから本人に訊いてみてください」

マークはいつも病棟の廊下の中ほどで見舞客と会った。右腿に手を押しあて、松葉杖でもついているような歩き方をした。顔はまだ治りかけの傷痕が花盛り。喉には気管切開の施術を物語る首飾りが走っていた。黒いジーンズはくたくたで、六月には厚手すぎる長袖のスウェットシャツは袖口が指のところまで伸びていた。胸の犬がビールを飲みトランプをしながら〝おらー知らねえよ〟とうそぶいている。ニット帽の裾から生え戻ってきた髪が飛び出ていた。身体を時計の振子のように揺らしながら廊下をやってきた。カリンの前で立ちどまる。「この人が俺をこの地獄から出してくれんのか」

カリンは両手を宙にはねあげた。まとめた髪がほどけた。「マーク。ウェーバー先生が今日来てくださるって言っといたでしょ。ちゃんとしたシャツを着てこれなかったの」

「これ気に入ってるんだ」

「お医者さまと話す時はちゃんとしなきゃ駄目よ」

マークはぎこちなく腕を持ちあげてカリンを指さした。「あんたは俺のボスじゃない。どっから来たのかも知らないんだ。ひょっとしたらアラブのテロ組織が送りこんできた特殊工作員かもな」

嵐は吹き荒れたと思ったとたん終わった。正義の怒りは腰が砕けて溜め息になった。マークは両手を広げてウェーバーににやりと笑いかけた。「おたくFBIか何か?」手を伸ばしてウェーバーの栗色のネクタイをひょいとめくる。「もう話はしたと思うけどな」

カリンはげんなりした顔をした。「スーツを着てるだけじゃない。スーツ見たことないの」

「悪いけどさ。〝おまわり《ファズ》〟に見えるんだよな」マークは両手の指を鉤状に曲げて引用符を作った。

「この方は神経心理学者で、本も書いてる有名な先生なのよ」

「認知神経科学者だ」とウェーバーは訂正した。

マークは身体を揺らした。ねちっこい笑いが口から出る。「何だそれ。精神分析医《シュリンク》みたいなもんかい」ウェーバーが首を振る。「シュリンクねえ!　で、何、誰ってことになってんの」

ウェーバーは小首を傾げる。「どういう意味かな」

「この女が誰に成りすましてるかは知ってる。あんたはどうなんだ」

カリンが吐息をついた。「昨日話したでしょ。話を聞いてくださるのよ。さあ、部屋へ行きましょ」

マークは身体ごとカリンのほうを向いた。「前にも言ったろ。あんたは俺のお袋でもないって」

それからウェーバーに向き直った。「悪いね。でも俺はたまらないんだ。この女の勝手な考えが。

口じゃ説明できないけどさ」ところがカリンが廊下を歩きだすと、首に紐をつけられた子犬のように並んでよたよたついてきた。

病室は〈モトレスト〉のウェーバーの部屋を簡素にしたような部屋だが、料金はずっと高かった。ベッド、箪笥、デスク、テレビ、コーヒーテーブル、二脚の椅子。漫画をあしらった色づかいの派手なお見舞いカードが二枚、箪笥の上に立ててある。その隣にはボタンの目が片方とれたおさるのジョージの古いぬいぐるみ。デスクの上には大型ラジカセとプラスチックケース入りCDが一山あった。その脇には表紙でおびただしいクロームがぎらついているトラックの専門雑誌が一冊、まだビニール包装されたままで置かれている。ウェーバーはポケットに入れたデジタルテープレコーダーのスイッチを入れた。許可はあとで求めればいい。「いい部屋だね」と口を切る。

マークは顔をしかめて周囲を見まわした。「別に飾りも何もしちゃいない。長くいるつもりはないんだ。ここで長く暮らすくらいなら火をつけたほうがましだ」

「ここはどういう場所なのかな」

マークは横目でウェーバーをじろじろ眺めて、「そりゃわかりきってるだろ」と言った。カリンがベッドの裾のほうに腰をおろした。髪がケープのように肩を包んでいた。マークは椅子にひょいと坐り、テニスシューズの底を床にぱたぱた打ちつけて喜んでいる。手ぶりでウェーバーに向き合った椅子を勧めた。ウェーバーはクッションつきの椅子に腰かけた。マークはくくっと笑った。

「あんたは年寄りって設定なのか」

「いや、それはあまり好きな話題じゃないね。で、この場所は正式には何と呼ばれているのかな」

「あのね、先生」マークは首を傾げた。ひそめた眉の下から睨みあげて囁く。「地元では死人《デッド・マンズ・》の金玉《グランズ》と呼ばれてたりするよ」

ウェーバーが目をぱちくりさせると、マークは喜んで大笑いした。カリンは情けない思いでスラックスの生地をつまむ。

「もうどれくらいここにいるのかね」

マークは不安げな目をちらりとベッドに向けた。カリンは目をそらしてウェーバーを見る。マークは咳払いをした。「どれくらいって、大昔からいるみたいな気がするな」

「なぜここにいるか知っている?」

「なぜここにいて、家にいないか? それとも、なぜここにいて、死んでいないか? 答えはどっちもおんなじだけどさ」マークはスウェットシャツを引っ張って伸ばし、前に身体を押し出した。

「これを読んでくれ」ビールを飲みながらトランプをしている犬が〝おらー知らねえよ〟と言う。

「そんな芝居じみたことしなくていいのよ、マーク」

「何だよ、うるさいな! 俺をここへ閉じこめてるのはあんたのくせに」

ウェーバーは尋ねた。「ここの人たちは君に何をしてくれるのかな」

子供のような二十七歳の男は沈思黙考の表情になった。鬚のない顎を撫でる。まるで政治か哲学の話でもしているようだ。「ここがどういう場所かは知ってるだろ。ここは——療養所だ。ぶっ壊れて役立たずになった時に連れてこられるところ」

「君はぶっ壊れたの」

顔をさっと後ろへ引いて、鼻で笑った。「こう答えとこうかな。お医者さまたちは俺が元の俺とは違ってるとおっしゃってると」

「そのとおりだと思うかね」

マークは肩をすくめた。痙攣が全身を走った。片方の手で水色のキャップの眉にかかっている縁をつまみ、もう片方の手を突き出した。「この女に訊いてくれ。以前の俺がどうだったかはこいつが病院に説明してるんだ」

カリンは片方の手首を額にあてて立ちあがった。「ちょっとごめんなさい」と詫びて、部屋を出ていった。

ウェーバーはなおも訊いた。「君は事故に遭ったのか」

マークは考えた。多くの可能性の一つだった。より深く椅子に沈みこんで、爪先で目の前の床を叩いた。「トラックがひっくり返った。めちゃくちゃに壊れた。連中はそう言うんだよ。証拠は出してくれないけどさ。ここじゃ証拠なんてたいした意味はないみたいだ」

「それは残念なことだね」

「そう思うかい」マークはまた身体を起こして前に乗り出した。「いかした車だったよ。八四年型、サクランボ色のダッジ・ラム。エンジンブロックもドライブシャフトも改造してあって、ど派手に塗装して、すごいんだ」

話し方はアメリカのがらんと何もない大きな州の、二十代の男の典型だった。ウェーバーは誰の姿も見えない廊下を親指で示した。「彼女のことを話してくれないかな」

マークは両手でニット帽をいじった。「それがさあ、先生。話しだすと、すごくややこしいことになるんだ」

「そのようだね」

「そっくりに真似してるつもりなんだよ。俺が本物の姉貴と間違うはずだと思ってるんだ」

「本物じゃないのかね」

マークは舌打ちをし、人差し指を節のあるピンク色のワイパーにして振った。「全然違う！　そりゃ見かけはよく似てるよ。でも明らかに違うところがいくつかある。姉貴は……労働記念日のピクニックみたいだけど、あの女はビジネスランチだ。わかるかな。目がいつも時計を見てるんだ。姉貴と一緒にいると安心できる。気楽になれる。でもあの女は手のかかる機械みたいだ。それに姉貴はもっと重たい。はっきり言ってちょいデブだ。でもあの女はほとんどセクシーだもんな」

「話し方は――?」

「それと顔でちょっとしくじってるよ。わかるかな。表情っていうかさ。姉貴は俺が冗談を言ったら笑うんだ。でもあの女はいつもびくびくしてる。すぐめそめそする。引き金の軽い銃だよ。すぐ恐がるんだ」マークは首を振った。何か長い無音のものがその身体の中を通って行った。「よく似てるけど。全然違う」

ウェーバーは古い金属縁眼鏡をいじった。頭頂部の禿げた部分を撫でた。マークは無意識のうちにキャップに指をあてる。「彼女だけなのかな」とウェーバーは訊いた。マークはただこちらを見ている。「つまり、ほかにも見かけどおりじゃない人はいるかね」

「何だよ、あんた医者だろ。だったら〝見かけどおり〟の人間なんていないことは知ってるはずだぜ」背中をまるめ、両耳の脇で作った二本指の引用符の間からウェーバーを見た。「でも言いたいことはわかるよ。トミー・ラップって友達がいて、何でも一緒にやるんだけど、あいつもなんか変なことになってるんだ。偽者の姉貴が洗脳か何かやったんだよ。やつらは俺の犬も別のと取り替えってて。信じられるかい。きれいなボーダーコリーなんだ。黒と白で、肩のところにちょっと金色が入ってた。いったいどういうビョーキなやつなんだよ、そんな……」マークは爪先でホッケーをするのをやめた。両手を膝の上に落として、前に身を乗り出してきた。「時々ホラー映画みたいだと思うことがあるよ。何がなんだかさっぱりわからない」目を動物的な警戒心でいっぱいにし、今日初めて会ったウェーバーにすら助けを求めそうになった。

「あの……女性は、君のお姉さんしか知らないようなことを知っているのかな」

「そりゃあ、そういうのは調べられるだろ」マークは椅子のクッションの上でもぞもぞ動き、両方の拳を顔のそばへ持ちあげて、世界からの最初の攻撃を防ごうとする胎児の構えをとった。「俺は一番姉貴にいてもらいたい時に、あの偽者で我慢しなくちゃいけないいんだよ」

「なぜこういうことが起きているんだと思う」

マークは背筋を伸ばしてウェーバーを見た。「いい質問だね。ここしばらくの間で最高の質問だよ」目が中距離のところに向けられた。「これはきっと……さっきあんたが言ってたことと関係があるんだ。トラックの運転と」しばらくの間マークの意識はどこかへ行ってしまった。何か自分の手に余るほど大きなものと格闘しているといった風だ。それからまた戻ってきた。「俺の考えはこうだよ。俺の身に何かが起きたんだ。あの……何かわからないことが起きたあとで」ウェーバーのほうを見もせずに、掌を差し出す。「姉貴が――俺の姉貴が――たぶんトミーと一緒に、ラムを俺の見えないところへ持っていった。俺があれを見てわーっとならないように。それから姉貴にそっくりなあの女が連れてこられた。姉貴がいなくなったことを俺に気づかせないために」マークは希望を顔に浮かべてウェーバーを見た。

ウェーバーは片方の肩を傾けた。「お姉さんはいつからいなくなったんだろう」

マークは両手を頭上に振りあげてから、胸にあてた。「もう一人の女がここへ来てからずっとだ」顔が苦悩に曇った。「前に住んでたところにもいない。何遍も電話をかけてみたけどさ。なんか会社を馘になったみたいだ」

「お姉さんは今どうしていると思う」

「わからない。さっき言ったみたいに、トラックの修理をしてくれてるのかもしれない。修理ができるまで連絡を絶ってるのかも。俺をびっくりさせようと思って」

「それに何ヶ月もかかっている?」

マークは皮肉っぽく唇をゆがめた。「トラックの修理をしたことあるかい。けっこう時間がかかるんだぜ。新品みたいにするにはさ」

「お姉さんはトラックの修理の仕方を知っているのかね」

マークは鼻で笑った。「ローマ法王はカトリック信者をくそみたいな目に遭わせるかって訊くようなもんだ。たぶん姉貴はあの安っぽいジャップの四気筒車をワッシャー一つまでばらしてから、そこそこの状態に戻せるんじゃないかな。その気になりゃ」

「もう一人の女性が運転しているのはどういう車?」

「ああ!」マークは絶対に降参しないぞというようにウェーバーを横目で見た。「あれに気づいたか。そう、あの女は細かいところまで完璧に真似してるんだよ。そこが恐いところだ」

「事故のことは何か覚えているかな」

マークは追い詰められたように首を振った。「シュリンク、ちょっと一息入れないか」

「いいよ。君の希望に合わせよう」ウェーバーは椅子の背にもたれて両手を頭の後ろにあてがった。マークは口を開けてウェーバーを見つめた。ゆっくりと顎を引きしめて、含み笑いを漏らした。

「マジで? ほんとにか」低い声でうっうっとリズミカルに笑う。思春期で成長をとめた男の笑いだった。両足を投げ出し、父親を真似る幼児のように自分も両手を頭の後ろで組んだ。「この姿勢のほうがいいな! 人生を愉しんでる感じだ」にこっと笑い、両手の親指を立ててウェーバーのほうに突き出した。「南極が溶けはじめてるって話は聞いてる?」

「そんなようなことを聞いたことがあるね」とウェーバー。「君は新聞で読んだのかい」

「いや、テレビだ。この頃の新聞は陰謀論ばかりだからな」じきにマークはふたたび混乱に陥った。

「なあ。あんたはシュリンクだ。一つ教えてくれ。ものすごく演技力のある女優がいるとして……」

カリンが戻ってきて、豪華客船の旅よろしく身体を伸ばしている二人を見て辛そうな顔をした。マークはぱっと身体を起こした。「噂をすれば影だ。盗み聞きしてやがったな。油断したよ」ウェーバーに訊いた。「なんか飲む? 泡の出る冷たいやつなんかどう」

「ここはビールを飲んでもいいのかな」

「やーい、引っかかった！　外の廊下にコークの自動販売機があるんだよ」

「その前にちょっとパズルをやってみないかね」

「ああ、いいよいいよ、やったろうじゃん」

マークはやる気充分のようだった。パズルは時間を計って解くことになっていた。紙の上に散らばった短い線に印をつけていくとか、一枚の漫画を見せて〝O〟で始まるものをマルで囲むとか。「全部マルで囲んで、〝胸くそわりい《オブノクシャス》〟ってのはどうよ」ウェーバーは簡単な道順を指示して市街地図にルートを記入させた。思いつくかぎりの二本足の動物を挙げさせた。マークは苛立って頭を掻く。「うまいこと仕組んだよな。そう言われると、四足の動物しか浮かんでこないもんな」

ウェーバーは紙に満ちている文字の間から数字を選んで印をつけさせた。制限時間の終了を告げると、マークはいまいましそうに鉛筆を投げた。鉛筆は離れた壁ぎわで小さくなっているカリンにもう少しで当たるところだった。「これがパズルだと？　セラピストがやらせるやつよりくそだよ」

「どういうことだろう」

「〝どういうことだろう〟って何だよ。〝どういうことだろう〟。そんな訊き方があるかい。ほら。これ見なよ。全部ちっこく書いて。わざと間違えさせようってんだろ。それからこの〝3〟なんか、大文字の〝B〟そっくりじゃないか。〝馬鹿《バスタード》〟のBに。それにあと二分とか言って焦らせようとするし」マークは唇をゆがめ、涙をくいとめるために目を閉じた。

ウェーバーはマークの肩に手を触れた。「もう一つやる？　ここにいろんな形が……」

「あんたがやんなよ、シュリンク。立派な教育を受けてんだから。自分で解けるだろ」ぶるっと首を振り、口を開けて、唸り声をあげた。

声を聞きつけて、一人の女性が戸口に現われた。薄茶色のプリーツスカートにクリーム色のシルクのブラウスを着けている。ウェーバーはほかの場所でも彼女を見たことがあるような気がした。空港、レンタカー店、ホテルのフロントなどだ。若く見える四十代で、痩せすぎず太りすぎず、身長百七十センチ強、まるみのある頬骨、慎重で、どうかしましたかと尋ねる目、肩までの青みがかった黒髪、マイナーな女優か歌手を真似たような面立ち。女性のほうも一瞬ウェーバーに気づいた表情をちらりと見せた。そういうことは前代未聞ではない。ウェーバーの顔はけっこう知られている。脳科学のことなど何も知らない人でもテレビや雑誌で見て覚えていることがある。だがこの女性は気づくとすぐ目をよそへ向けた。片眉をあげてカリンを見ると、カリンが顔を輝かせた。「あ、バーバラ！　ちょうどいいところへ来てくれた。いつもそうだけど」

「何かお困りかしら？」バーバラはちょっと自分を茶化すような、おどけた口調で尋ねた。〝困ったことなら私たちに《ディフィカルティーザラス》〟〔〝玩具のことなら私たちに〟を意味する玩具量販店〈トイザらス〉の社名のもじり〕とでもいうような。その声を聞いて、マークのひねくれた怒りはたちまち消えた。満面に笑みを浮かべて身体を起こした。バーバラも微笑み返して、「どうかしたの」と訊く。

「俺はどうもしない！　どうかしてんのはこのおやじなんだ」

　バーバラはウェーバーのほうを向いた。病院スタッフの仮面をつけて相手をじっと見、唇にあるかなきかの曲線を加えた。「新しい患者さん？」

「このおやじはほんとにどうかしてんだよ」とマークは叫んだ。「頭が変になりたかったらこのおやじのパズルをやってみたらいい」

　バーバラはウェーバーに歩み寄って手を差し出した。馬鹿げたことにウェーバーは、彼女がヒト対象実験倫理審査委員会の委員長でもあるかのようにテスト用紙の束を渡した。バーバラは用紙を調べた。ぱらぱらめくって、ウェーバーの目を見る。「このテストってどれくらい大事なものですの」と言って、その台詞を聞かせたかった相手であるマークにちらりと目をやると、マークは大喜びした。ウェーバーは彼女が緊張を緩和してくれたことに感謝した。カリンが紹介した。バーバラ・ガレスピーは少しばつが悪そうに用紙の束をウェーバーに返した。

「彼女に何でも訊いてください、先生」とカリンは言った。「ここでただ一人信頼できる人なんです。彼女がいてくれることが、今の私にとって一番心強いんです」

バーバラは軽い舌打ちで賞賛をいなしてマークのそばへ行った。ウェーバーは感じのいい女性が担当する患者と打ち解けた雰囲気で接するのを眺めた。本能的にお互いを安心させるためのお喋りをする二人は何か思い出させる——そう、グルーミングをし合うボノボだ。ウェーバーは軽い羨望を覚えた。バーバラの患者との親和関係《ラポール》はごく自然で作為がなく、ウェーバーが長年の間に築いたどの患者との関係よりも好ましい。この女性は彼が著書で説いてきた〝率直な共感関係〟を実践しているのだ。

バーバラとマークは囁き声で話していた。一方は不安げに、他方はなだめるように。「あの人に訊いてもいいと思う?」とマークが言う。

バーバラは不意にプロらしい物腰になり、マークのホルダーをぽんぽんと叩いた。「大丈夫。こちらはとても偉いお医者さまだから。質問するならこの方よ。またあとで来るわね、運動の時」

「絶対だよ」マークは行きかけるバーバラに声をかけた。

バーバラはカリンにそれじゃと手を振る。カリンは彼女の腕先に軽く触れた。バーバラは出ていく時、ウェーバーの背中のほうへ両手の指で作った引用符を向けた。さっきの〝偉い〟という言葉をくくったのだろう。バーバラにはウェーバーが誰だかわかったわけだ。そのウェーバーが顔を向けてくると、カリンは感嘆の面持ちで首を振りながら言った。「弟の守り手《マイ・ブラザーズ・キーパー》なんです」

「ああ、守ってもらいたいよ」とマークがとげとげしく言った。「あんたからさ。悪いけどこの先生と話してもいいかな。二人きりで話しても」

カリンは身体の前で両手を組み合わせてまた部屋を出た。ウェーバーは腰をあげた。片手にブリーフケースを持ち、もう片方の手で乳色の顎鬚をしごく。質問の攻守交代だ。マークはウェーバーのほうへさっと身体を向けた。

「なあ。あんたはあの女の仲間じゃないよな。あんたあの女と関係はないよな。肉体関係もさ。だったら俺のほんとの姉貴に連絡とってくれないかな。姉貴の情報は全部教えるから。俺ほんとに心配になってきたんだ。俺がこうなってるの知らないかもしれないんだよ。たぶん嘘八百聞かされて。だから連絡とってくれたら助かるんだけど」

「お姉さんのことをもう少し話してくれるかね。性格のことを」カプグラ症候群の患者は人の性格をどう見るだろう。感情を剝ぎとられた論理には誰かが人格を偽って演技しているのを見破れるだろうか。誰であれ、そんなことは可能だろうか。

マークはウェーバーを振り払うような手ぶりをして、自分の頭を両手で強く押さえた。「あしたはどう。俺、今、脳から血が出てるんだ。あした来てくれよ。もしよかったら。ただスーツとブリーフケースはやめてほしいな。いいかな。ここにいるのはいい人たちばかりなんだから」

「わかった」とウェーバーは答えた。

「あんたは俺好みのシュリンクだ」マークは手を突き出す。その手をウェーバーは握った。

ウェーバーは待合室でカリンを見つけた。カリンは救急患者が汚してもすぐ拭きとれる緑色の堅いビニール張りのソファーに坐っていた。カリンの目は空気アレルギーといった感じに見えた。その脇を紙でできているような女性が二人、仮死状態で競争しているように、歩行器でその脇を通りぬけていく。そのうちの一人がウェーバーに、まるで息子に対するように声をかけた。カリンがさっそく話しだして、ウェーバーから腰をおろすきっかけを奪った。「どうもすみませんでした。弟があんな風になるとたまらなくなってしまって。お前なんか知らないと言われるたびに、あの子にどう接していいかますますわからなくなるんです」

「彼はあなたのどこに違和感を感じるんだろう」

カリンは気持ちを立て直した。「何だか変な気分です。今じゃあの子、私を絶賛してるんですから。いや、私じゃなくて彼女をというべきでしょうね。弟と私は——というのはこの私のことですけど——昔から同じように闘ってきたんです。小さい頃から苦労して育って。私は自分がしたような馬鹿なことを弟にはさせまいとしました。あの子には私という理性の声が必要だったんです。ほかにその役目を果たしてくれる人はいませんでした。道を踏みはずさないよう私がいつも注意していると、あの子は狂ったようにそれを恨みました。それが今は私をひたすら恨んで、彼女を聖女みたいに思っているんです」

そこで言葉を切って、すまなさそうに微笑んだ。鱒のように口をぱくぱくさせる。ウェーバーは腕を差し出した。今までしたことのない古風な仕草をぎこちなくやった。そしてそれをネブラスカの平坦で乾燥し活気にみちた六月のせいにした。ニューヨークの褐色の喧騒と混乱の中で何十年も住んだあとでは、住民の平板なアクセントや大きくて鈍重な農民らしい顔があまりにも白っぽくて気心が知れないので、調子が狂ってしまうのだ。ここの人々の顔は土地や気候や切迫した危機についてある密かな知識を共有しているが、封印されていてよそ者にはうかがい知れない。この土地に半日いただけで、すでにウェーバーは、これだけおびただしい穀物に囲まれていれば住人が寡黙になるのも無理はないと実感していた。

カリンがウェーバーの腕をとって立ちあがった。ウェーバーは彼女と一緒に玄関を出て、駐車場まで歩いた。今感じている不安と無力感はかつて神経科の実習生だった頃にずっと彼を苦しめたものと同じだった。この数年は診療を減らして研究と執筆に力を注いできたが、それは、一つには自分を守るためだった。この一年半ほどはとくにひどくなった。誰かがマカク属の猿の脳に電極を差すのを見るだけで気が滅入ったものだ。

カリンはウェーバーの腕につかまって駐車場に向かった。「先生は弟を上手に扱ってくださいました」と譲歩した。「あの子、先生が好きになったみたいです」カリンはまっすぐ前を見ながら話した。本当はもっと多くを期待していたのだ。スクリーニングもまだすまない段階で、すでにカリンはウェーバーに失望していた。

「弟さんは活発な性格の人だ。私はとても好きだな」

カリンは歩道の上で足をとめた。顔が不審の念をあらわにした。「〝活発〟ってどういう意味ですか。あの子はまさかずっとこのままじゃないですよね。治してくれますよね。あなたの本に書いてあるように……」

本当に難しいのは患者が相手の時ではない。「カリン、マークが事故に遭った夜のことを思い出してほしい。弟さんの身に何が起きたと想像したか、覚えているかな」

カリンは自分の身体を両腕で抱き、顔を紅潮させた。ウェーバーは今度は距離を保っていた。六月の風が髪をなぶって一ダースほどの曳航索にしていた。カリンは目を細めた。「あの子らしくないと思いました。弟は敏捷で、油断がないんです。ちょっと無作法ですけど、誰にでも思いやりがあって……」

カリンは両手を組んで胸にあて、赤らんだ顔をくしゃくしゃにし、目に涙をあふれさせていた。ウェーバーは彼女の肘に手をあてがい、車のほうへ向かうようそっとうながした。傍目には恋人同士の痴話喧嘩とも見えたかもしれない。振り返ると、マークが窓辺に立っていた。**あんたあの女と関係はないよな。**ウェーバーはカリンのほうへ向き直った。「いや、今の弟さんは以前とは違う人になっている。一年後にはまた別の人になっているだろうね」言ってしまってすぐ、たとえ単なる事実にすぎないにせよ、口に出してしまったことを後悔した。きっとそうなるという予想に聞こえてしまうからだ。

カリンの顔の紅が深くなった。「私、先生のしてくださることがきっと役に立つと確信しています」

私以上に確信があるわけだ、とウェーバーは思った。今ならまだリンカーン空港で夕方の飛行機に乗れる。掌に親指の爪を突き立てて自制した。「何かするためには、弟さんがどういう人になっているかを知る必要がある。そしてそれを知るためには、弟さんの信頼を勝ちとらなければならないんだ」

「信頼って、あの子は私の顔を見るのすら嫌がってるんですよ。私が本物のお姉さんを誘拐したと思ってる。私を政府がスパイとして送りこんだロボットだと思ってるんです」

二人はカリンの車にたどり着いた。カリンはキーを手にじっと立ち、ウェーバーが奇跡を起こしてくれるのを待っていた。「一つ教えてほしいんだが、あなたは最近体重が落ちたかね」とウェーバーは訊いた。

カリンの口がショックを示すO《オー》になった。「え――？」

ウェーバーは微笑もうとした。「いやすまない。マークが本物のあなたはもっと体重があると言っていたものだから」

「そんなに太ってもいなかったですよ」カリンはベルトをまっすぐにした。「母が亡くなってから、何キロか痩せたけど。ちょっと……ダイエットや運動をしたんです。出直しのために」

「あなたは車のことに詳しい？」

カリンは、脳の損傷は伝染するのだろうかという目でウェーバーを見た。それから理解と後ろめたさの色が目に忍びこんだ。「信じられない。私、何年か前の夏に、弟に教えてほしいと頼んだことがあるんです。私……誰かにいいところを見せたかったから。マークはレンチを渡す役をやらせてくれたただけでした。ほんの何日かの間だけ。でもあの時から弟は、私がカムシャフトやら何やらが密かに好きになったと思いこんでるんです」

カリンはキーのリモコンを押してドアを解錠した。ウェーバーは助手席側へ回って乗りこむ。

「それからあの看護助手さんね。ええと、名前は……」知っているがカリンに言わせた。

「バーバラですね。あの人は弟の扱い方が上手でしょう」

「以前の弟さんなら彼女との接し方も違っていたと思う？」

カリンは窓の外の広く開けた風景を見た。石灰色に染まった六月の大平原。それからかぶりを振った。「何とも言えません。前は知り合いじゃなかったですから」

その夜、ウェーバーは〈モトレスト〉からシルヴィーに電話をかけた。ダイヤルする時は妙に落ち着かなかった。「私だ」

「ああ！　あなたならいいのにと思ったの」

「電話セールスじゃなくて？」

「大声出さないで。ちゃんと聞こえるから」

「どうもこいつで話すのは好きじゃない。塩味クラッカーを顔にあててるみたいで」

「わざわざ小さく作ってあるのよ。携帯しやすいから携帯電話なの。どうやら今度のケース、有望じゃないみたいね」

「いや、その正反対。驚異的な事件だよ」

「そう、いいわね。驚異的なんて。おめでとう。じゃ、話してちょうだい。今いい話が聞きたい気分だから」

「大変な一日だったのかい」

「例のポクォット出身の仮釈放中の若い子が、宅配便《UPS》の配達員を特別機動隊《SWAT》の隊員と間違えたの」

この種のことを長年経験してきたシルヴィーだが、それでも声を詰まらせた。ウェーバーは何か役立つ助言、あるいは少なくとも慰めになる言葉を捜した。「怪我をした人は」

「命に別条はないわ。私も含めて。それでどうなの、カプグラ症候群の患者さんは。いろんなことがわからなくなってるわけ？」

「それがどうも逆の感じでね。細かい違いまで気にするんだ」

電話として通用している馬鹿げた化粧コンパクトを別にすれば、大学時代に門限を過ぎたそれぞれの寮で、深夜まで受話器を耳にあてて一日の報告をし合った時と変わらなかった。シルヴィーへの恋を自覚したのは電話で話している時だった。その後、旅行や出張に出るたびに、その事実を思い出した。かれこれ三分の一世紀、ほとんど毎晩電話で話してきた二人にとって、それは生活のリズムとなった。

　ウェーバーは混乱している患者、その怯えている姉、清潔そのものの病棟、妙に見覚えのある気がする看護助手、人口二万五千人のわびしい町、乾燥した六月、だだっぴろい田舎のど真ん中に浮かんだ何もない土地のことを話した。守秘義務違反ではない。この種の問題では、妻は報酬こそとらないがあらゆる意味でウェーバーの同僚だ。ウェーバーは、人間の認識能力が厳密にくっきりと部分部分に分かれてしまっているのを見て、何とも底の知れない感じがしたと話した。**あの女は笑った。この女は怯えている。この女は表情が変だ。**分身。異星人《エイリアン》。人格が百の部分に分裂して、残っている特徴はあまりに微妙すぎて普通の人の目には見えない。

「いやまったく、女《ウーマン》、そういうのは何度見てもぞっとするよ」

「その症例を見るのは初めてだと思ったけど」

「カプグラ症候群はね。私が言うのは裸の脳――脳の赤裸々なありようのことだ。何とかすべてを整合させようとする。自分が機能障害に陥っていることを認識できない」

「それは無理もないわね。起きたことを認める余裕がないんだわ。私のクライアントたちに似ている気がする。私自身も、時々そんな風になるし」

ウェーバーは自分がどれだけ誰かと話したがっていたかに気づいた。今日の面談には興奮させられたが、その興奮のニュアンスはシルヴィーにしか理解してもらえない。シルヴィーはマーク・シュルーターのことを詳しく聞きたがった。ウェーバーはメモしたことをいくつか読みあげた。シルヴィーが訊いてきた。「患者はお姉さんに何か言う時、目を見て言った？」

「それは気をつけていなかった」

「そう。金星ではまずそれを見るんだけどな」

話題はだんだん最近の出来事に移っていった。西部の森林火災のこと。不正への関与で有罪判決を受けた大手監査法人のこと。その日の朝、野鳥餌箱でついに見つけたルリノジコのこと。

「パスポートの更新を忘れないように」とウェーバーは言った。「九月なんてあっというまだ」

「イタリア万歳《ヴィーヴァ・イターリア》。甘い生活《ラ・ドルチェ・ヴィータ》！　ところで、帰りはいつだった？　冷蔵庫にメモを貼っといたんだけど、冷蔵庫をどこかに置き忘れてきたみたいなの」

「ちょっと待って。鞄をとってくる」

戻ってきて携帯電話を手にとると、シルヴィーが笑っていた。「鞄をとりにいくのに携帯電話を置いていったの」

「それがどうかしたかい」

「さすがあなたね。絶好調ね」

「この靴べらで話すのさえ嫌なんだ。まして顔に押しつけて歩きまわるのは絶対にごめんだね。そんなことをするのは統合失調症だ」

シルヴィーのくすくす笑いがとまらない。「誰も見てなくても？」

「誰も見てなくてもって、何のことだい」

　ウェーバーは帰りの便のフライト情報を告げた。さらに引き延ばしのための言葉をいくつか交わしたあと、名残惜しく別れの挨拶を交わした。電話を切ったあともまだ、ウェーバーは二言三言妻に話しかけていた。シャワーを浴び、身体を拭いたタオルをカーテンレールにかける――地球を救おう。ブリーフケースからデジタルテープレコーダーを出し、堅く冷たいシーツの間に身体を滑りこませて、その日の会話を再生した。少年のような二十七歳の男が、ほかのみんなには見破れないいんちきを暴こうと一生懸命喋っていた。


以前、ストーニーブルックで、ウェーバーは半側空間無視《はんそくくうかんむし》の症状が出た患者を診た。最初の著書『空よりも広く』に登場する〝ニール〟である。この事務機器の修理技術者は五十五歳の時に脳卒中で倒れ――ちなみに五十五歳は今年ウェーバーが無病息災で迎えた年齢だが――脳の右半球に損傷を受けて、彼にとっての世界の半分が消えてしまった。視野の真ん中から左半分が無と化したのだ。髭を剃る時は顔の左側をまるまる剃り残す。朝食のオムレツも左半分は食べられない。左から近づかれるとまったくわからない。ウェーバーはニールに野球のダイヤモンドを描いてもらった。すると三塁はピッチャーマウンドのすぐ脇にちょこちょこと描かれた。一日の出来事で覚えていることを話してもらっても、世界の左半分は崩壊していた。ニールが目をつぶって自宅の前にいる自分を想像すると、右側のガレージは見えるのに、左側にあるサンルームは見えなかった。道順を説明すれば、曲がれという指示は右折の指示ばかりだった。

　視覚が損なわれただけではない。自分には半分しか見えていないという事実そのものがニールには認識できなかった。空間を載せる地図そのものが半分消えていたのだ。ウェーバーはある単純な実験をして、その模様を『空よりも広く』で面白く報告している。ニールの右肩のあたりに鏡を立て、その鏡を見るように言う。ニールの左側にあるものは今すべて右側にあるように見えている。ウェーバーは銀のお守りをニールの左肩のあたりにぶらさげて、お守りを手にとるように言った。するとかの羅針盤なしにある方角へ船を進めるよう指示したのと似たようなことが起きた。ニールはためらったあと手を伸ばしたが、手は鏡にぶつかった。ニールは鏡の表面につかみかかり、さらには裏側を探ろうとした。何をしているのかと尋ねると、お守りが〝鏡の中に〟あると答えた。ニールは鏡が何であるかはわかっていた。脳のそれを理解する部分は無傷だった。お守りが鏡の中にあるなどと考えるのは馬鹿げていることも知っていた。しかし彼の新しい世界の中では、空間は右側にしか広がっていない。左側の空間に比べれば、鏡の中のほうがまだしも手が届きそうに思えるのだった。

一年に何千件も発生するこの症例は、正常な脳について二つの衝撃的な真実を示唆している。第一に、空間の認識はア・プリオリに絶対的に行なわれると思われているが、実は脆い鎖のような知覚処理に依存していること。〝左〟というのは脳の外にあると同時に脳の中にも存在するのである。第二に、もろもろの距離や位置関係をちゃんと把握して空間の中に存在しているつもりでいる脳も、実はまったく気づかないうちに、予め半分失われた世界の中にいるのかもしれないということ。

もちろん、そんなことはどんな脳にも完全にはわからない。ウェーバーはニールに好感を抱いた。ニールは深刻な障害を恨めしがっていないでいさぎよく受けとめたからだ。彼は自分なりに調整をして前進した。直進できなくても、いわば斜め前に進んだ。だが一連のテストを実施したあと、ウェーバーはもうニールに会うことはなかった。その後どうしているのかは知らない。ほかの患者がウェーバーの頭の中からニールを追い出し、症例という物語の中に押しこめてしまった。ウェーバーが長い時間を費やして面談した人物は、ウェーバーの著書の登場人物に変わった。ウェーバーは

〝ニール〟を散文という鏡の向こう側に置き去りにしたのだ。〝ニール〟はどこか知覚不能な方向へ――語りという鏡の中の手の届かない奥深くへ――姿を消してしまった……

ウェーバーは休まらない眠りから早い時刻に目覚めた。だるい気分を洗い流すためにシャワーを浴びた。熱い湯で生き返った気分を味わいながら、ほんの数時間前にもシャワーを浴びたばかりなのを思い出して良心の痛みを覚えた。なぜかバスルームの洗面台の脇に備えられているコーヒーメーカーでコーヒーを一杯淹れる。それからデスクの椅子に坐って、手描きのイラストをあしらった素朴な作りのガイドブックに目を通した。

〝ネブラスカ〟という名前はアメリカ先住民オト族の〝平らな川〟を表わす言葉に由来します。フランス人もこの州を流れる川を〝平らな《プラット》〟川と呼びました。

ウェーバーもまさにそういう地形を思い描いていた。ここは地図の真ん中の広い平らな窪地で、ユークリッドが赤面するほどの完璧な平面だろうと。だから起伏のある実際の風景は意外だった。まずいコーヒーを飲みながら、ガイドブックの漫画地図を眺めた。町は円陣を組んで夜営する幌馬車隊のように空白の土地に点在する。カーニーを見つけた。人口二万五千人の、州で五番目に大きいこの市は、プラット川の南へゆるやかに湾曲した部分の底にあり、周囲のあまりの広さにすくみあがっているように見える。

市の北と西には〝渡し板《ギャングプランク》〟と呼ばれる土地が広がっています。川に浸食されたこの広い堆積平野は、一億年前には広い海に突き出ていました……

一八二〇年に派遣されてきた合衆国陸軍工兵隊の指揮官スティーヴン・ロング少佐は、この地域を〝大アメリカ砂漠《グレート・アメリカン・デザート》〟と呼びました。少佐は政府への報告書の中で、この乾燥した土地は〝耕作にまったく適さず当然農民は居住できない〟と述べています。調査隊の植物学者と地質学者も同じ意見で、この地方は〝開墾しても利用できる見込みのない不毛の地〟であり、〝土着の狩猟民と野牛とジャッカルのために手つかずで残しておく〟のが相当と評価しました。

かつてこの土地にはおびただしい野牛が棲息していました。褐色の肉の川が大平原を流れる間、幌馬車隊が何日も足止めをくうことがあったのです……

その野牛は一掃されてしまったとガイドブックは説明していた。ジャッカルも、土着の狩猟民も、きれいさっぱりと。プレーリードッグの長い街路をめぐらした地下都市には毒が注がれた。カワウソもあらかた殺されてしまった。エダツノレイヨウも灰色狼も一頭残らず射殺された。二十三ページには、リンカーンにある州立博物館に展示されているエダツノレイヨウと灰色狼の古びた剝製のカラー写真が載っていた。この地域でまとまった数の個体が残っている大型の動物は二種類しかいない。

毎年六週間、プラット川の鶴は、人口の数倍になります。地球の外周の四分の一以上を移動する彼らは、短い間ここに立ち寄って、地面に落ちた穀物をついばむのです。

ウェーバーはコーヒーを飲み干してカップをゆすいだ。昨日と同じ身支度をしたが、マークとの約束を思い出して上着を脱ぎネクタイをはずした。シャツ姿だと裸のような気がした。フロントのデスクから見てくれは完璧だが味のないリンゴを一つとり、それを朝食とした。教えられた道順に従ってグッド・サマリタン病院を訪れ、神経科へ行った。ヘイズ医師の看護師がすぐに診察室へ案内してくれた。看護師は有名人をじろじろ見ないようにしていた。

ヘイズ医師はウェーバーの息子と言ってもいいほど若い男だった。内気そうな外胚葉型の男で、肌の荒れが目立ち、身体をレガシーデバイスのように動かした。「どうも大変光栄です。先生とお話しできるなんて！　医学部生の頃は先生の本を漫画本みたいに愛読しましたよ」ウェーバーはできるだけ愛想よく礼を言った。ヘイズ医師はサイレント映画の俳優に遅れればせの生涯功労賞を授与する時のようなゆっくりとした話し方をした。「しかし信じられないようなケースですね。ロッキー山脈から雪男が降りてきて近所のスーパーへ姿を現わしたみたいな感じです。彼の治療をしている間、先生の書かれた本のことを思い出したものです」

デスクにはウェーバーの著書の新しいほうから二冊が置かれている。若い医師はそれらを手にとった。

「忘れないうちにお願いしておこうと思うんですが……」ヘイズ医師は持ち重りのするウォーターマンの万年筆と一緒に二冊の本を差し出した。「すみませんが、〝姉を偽者と決めつけた男の事件でワトソン役をつとめたクリス・ヘイズへ〟と書いていただけませんか」

ウェーバーは相手の顔に皮肉の色を捜したが、まじめな表情しか見当たらなかった。「ええと……普通で、いいかな……？」

「あ、それはもう、何か書いていただければ」ヘイズ医師はきまり悪そうに言った。

ウェーバーは書いた。**クリス・ヘイズに、感謝をこめて。ネブラスカ、二〇〇二年六月。人間は単に何かを記念する動物であるにとどまらない。前もって何かを記念したがる動物である。**ウェーバーは本を返した。ヘイズ医師は為書きを読んでにんまりした。「で、昨日当人にお会いになったんですね。不思議でしょう。私もまだ面食らっています。初めて話したのはもう何ヶ月も前なのに。

もちろん、われわれのグループも専門雑誌に記事を投稿するつもりです」

原稿依頼の直談判か。ウェーバーは両手をあげた。「私はちょっとそれには……」

「ええ、もちろん。先生は広く一般読者に向けて書かれる方ですから」相手を選ばずにね、とウェーバーは思う。「読者の重複はありませんね」ヘイズ医師は一件書類のファイルを取り出した。カリン・シュルーターに見せていない部分も含めた全体の記録だ。救急隊員のメモには二〇〇二年二月二十日の日付があり、三行で次のように書かれていた。〝八四年型ダッジ・ラム、ノースライン・ロード、三二〇〇と三四〇〇Wの間、南側路肩から飛び出す。運転者は上下逆さの状態で車内に閉じこめられていた〟。シートベルトは無着用、救出不能、呼びかけても無反応。運転席のドアは取っ手に手をかけられるが、変形して開かない。救急隊は車内に入れず、運転者を押し潰すといけないので車体も動かせない。警察が写真を撮るのを見ながら応援部隊の到着を待つしかなかった。

ウェーバーは写真の一枚を仔細に眺めた。「逆さまです」とヘイズ医師が言うので、上下をひっくり返す。長髪のマーク・シュルーターが自分の体重をまるめた肩で受けとめ、シャツの開いた襟から顔に光沢のある血を垂らしている。頭を天井に押しつけられて顎を胸につけ、逆向きの祈りの形をしていた。

消防隊が到着し、アセチレンバーナーで屋根のピラーを焼いた。ウェーバーは情景を想像した。警察車両のライトが凍った平原に明滅し、道路脇の溝に転倒したトラックのまわりで懐中電灯の光が動く。制服を着た人たちが白い息を吐きながら夢の中のように動きまわり、組織的に作業をする。ピラーがようやく焼き切られると、残骸が動いてトラックが安定した。車体が自身の重みで潰れる。消防隊員が残骸の下にもぐりこみ、運転者の身体を引き出す。マーク・シュルーターは救急車の中でつかのま、意識を取り戻した。救急車はカーニーに向かった。六つの郡でただ一つ、その病院だけにマークの命を救える見込みが多少なりともあった。

ヘイズ医師は診療記録のことに話題を移した。白人男性、二十七歳、身長百七十五センチ、体重七十三キロ。かなりの量の血液を失ったが、出血のほとんどは右側の第三肋骨と第四肋骨の間の深い裂傷によるもの。シフトレバーにプロイセン軍のヘルメットの金属製レプリカが取りつけてあり、その頭頂部のスパイクが刺さったためだ。額と顔にひどい擦過傷、右肘脱臼、右の大腿骨を骨折。身体のほかの部分にもひどい擦り傷や打ち身があったが、それ以外は驚くほど無傷だった。

「敬虔な平原州では〝奇跡〟という言葉がよく使われますが、レベル２の外傷救急センターではあまり聞かれません」

ウェーバーはヘイズ医師がライトボックスにクリップで留めた写真を見た。「しかしこれは奇跡と呼ばれる資格があるね」

「シカゴでの研修医時代も含めて、私がこの目で見た範囲ではラザロの復活に一番近いです。真っ暗な夜、凍って滑りやすい田舎道を時速百三十キロで走っていたんですから、死んでいても何の不思議もないですよね」

「血中アルコール濃度《BAC》は」

「それをお尋ねになるとは面白い。うちは飲酒運転の事故で担ぎこまれる患者が多いですが、マークは〇・〇七パーセントでした。ネブラスカでも基準値以下。運転前の三時間以内にビールを何杯か飲んだ程度ですね」

ウェーバーはうなずいた。「ほかに何か薬物は」

「検出されませんでした。うちで記録したグラスゴー昏睡指標は十点。Ｅ３、Ｖ３、Ｍ４。呼びかけると目を開く。発話はあるが会話は不成立。痛みの刺激に対して手足を引っこめる」

分岐点は八点だ。グラスゴー昏睡指標で八点以下の患者は半数が六時間以内に死亡する。十点なら重症ではなく中等症だ。「搬入されたあと何か起きたのかな」

これは定石どおりの質問にすぎないが、ヘイズ医師は構えた口調になった。「容態を安定させる処置を行ないました。やるべきことはすべてやったそうです。保険加入の有無を確かめる前からです。この地域はアメリカ全土でも保険加入率が最低レベルですけどね」

ウェーバーはもっとひどい地域を知っていた。アメリカ人のかなり多くが経済的理由で医療保険に入れずにいる。ウェーバーは呟くような声でそのことはよくわかっていると言った。

「事務の者が近親者を見つけるのには一時間ほどかかりました」

ウェーバーは診療記録以外の書類を見た。マークのポケットの中身は現金十三ドル、コピー品のスイスアーミーナイフ、ミンデンのガソリンスタンドで満タン給油したことを示す事故当日の午後に発行されたレシート、透明包装袋に入ったシアンブルーのコンドームが一個。コンドームは幸運のお守りかもしれない。

「免許証はトラックが転倒した時、ダッシュボードの下に入りこんだようです。警察が薬物を捜している時に見つけました。スー・シティーにお姉さんがいるとわかったので、電話をかけて、必要な措置への同意を得ました。外傷治療部が投与したのはマニトール、ダイランチン……まあ、全部そこに書いてありますが、ごく標準的なメニューです。頭蓋内圧は約十六 mmHg で安定。容態はすぐに若干の改善を見ました。運動機能が上昇、言語機能もいくらか回復。グラスゴーは十二にあがりました。受け入れから五時間で、森を抜け出つつあると言える状態になったわけです」

ヘイズ医師はウェーバーからファイルを返してもらい、患者の身にその後起きることを阻止するチャンスがまだあるかもしれないという面持ちで何かを捜した。それからかぶりを振った。「これが翌朝の記録です。頭蓋内圧は二十に上昇、その後それを越える棘波も出ました。小さな発作を起こしたんです。また少し出血もしています。そこで速やかに人工呼吸器を装着。脳室ドレナージの処置を決定。気管切開の指示もなされています。このあたりでお姉さんが到着して、すべての処置を承認されました」ヘイズ医師は書類を一枚ずつめくって小さな紙片が隠れていないか捜した。「私の考えでは、すべての点で適切に対処したと言えると思います」

「そのようだね」とウェーバーは応じた。ただ頭蓋内圧は上昇する前に対処しなければならないが。ヘイズ医師は目をしばたたいてウェーバーを見た。全米レベルで有名な科学者が憐れな田舎医師を手助けしているという構図が不愉快なのかもしれない。ウェーバーは顎鬚を撫でた。「違う処置ができたとは思えない」ヘイズ医師の診察室を見まわした。本棚にはしかるべき専門雑誌が最新号まで揃えてきれいに整えてある。ラッシュ大学医療センター研修修了証、ネブラスカ州医師免許。デスクには蜂蜜色の髪をしたモデル体型の女性と並んでスキーリフトに乗っているヘイズ医師の写真。事故の前後を問わずマーク・シュルーターには想像もつかない世界だ。

「マークには作話症が出ていると思うかね」

ヘイズ医師はウェーバーの視線をたどってリフトの美人の写真を見た。「いえ、それはないようです」

「実は昨日、標準的なテストを一とおりやってみた」

「そうですか。うちでも一応全部やりましたが。ほら、結果はここに」

「ああ、もちろん。別に私は……でもまあ少し時間もたっているし……」

ヘイズ医師はウェーバーの顔色を読もうとする。「今も診察は続いています」またファイルを差し出した。「データは全部ここにありますよ。よろしかったらご覧ください」

「スキャンの画像を見たいんだが」

ヘイズ医師は一連の画像を取り出してライトボックスに留めた。マークの脳の輪切り画像だ。若い神経科医師はそこに構造を見るだけだが、ウェーバーは羽搏く希少な蝶々としての心を見る。その蝶々が左右対になった羽を猥褻なまでに精密な画像としてフィルムにピンで留められている。へイズ医師はシュルレアリスム絵画めいた画像を指でなぞった。濃淡の度合いのさまざまな灰色の影はそれぞれ機能ないし機能不全を表わしていた。この下位組織《サブシステム》はまだ喋っている、この下位組織は黙りこんでいるというように。「これで状況がおわかりになるでしょう」と災禍の跡をたどる若い医師の言葉にウェーバーは耳を傾けた。「右紡錘状回前部の近くに離散的脳損傷らしきものがあります。それと中心前回と右紡錘状回にも」

ウェーバーはライトボックスに顔を近づけて咳払いをした。今言われたものがよく見えない。

「もしそうなら」とヘイズ医師は言った。「現在の有力説と合致します。扁桃体と下側頭皮質はどちらも無傷ですが、両者の繋がりが絶たれているというわけです」

ウェーバーはうなずいた。現在の支配的な仮説だ。完全な認知には三つの部分が必要で、そのうち一番古い部分がほかの二つより優位に立つ。「顔認識の能力は無傷で、関連する記憶も正しく再生されている。自分の姉は……まさに自分の姉のように見えていることを知っているんだね」

「ところが感情による承認がない。選択を迫られて、顔から連想されることはすべて認識していながら、直感的な親しみが感じられない。大脳皮質が扁桃体に譲歩しているわけです」

ウェーバーは思わず口元をゆるめた。「つまり最後に勝つのは自分が感じていると考えていることではなく、考えていると感じていることだと」ウェーバーは眼鏡の金属製フレームをいじりながら、手探りの思考を声に出した。「考え方が古いかもしれないが、まだいくつか問題があるように思うね。まずマークは事故以前に自分にとって大事だった人たちの全員を偽者扱いしてはいない。今でも聴覚的な手がかりや行動パターンに基づいて区別できているはずだ。顔認識以外のあらゆる識別手段を使ってね。感情的反応の不調は本当に認知機能を損なうのだろうか。前に両側扁桃体損傷のケースを診たことがある――情動反応ができなくなった患者だ。そういう患者は自分にとって大事な人が偽者と入れ替わったなどとは言わない」ウェーバーは自分でも感情的な話し方になっていると感じた。

ヘイズ医師はその反論を予想していたようだった。「最近提唱されている〝二つの機能障害〟説はご存じですよね。もしかしたら右前頭皮質への傷害が整合性テストの結果を悪くしているのかも……」

ウェーバーは自分がその見解に反対する方向に傾いているのを感じた。複数の損傷がいずれもちょうどいい場所で起きる確率はごく低いだろう。しかし認識が失われる確率はもっと低いに違いない。「彼は飼い犬も替え玉だと思っているだろう。だから扁桃体と下側頭皮質の断絶以上の問題じゃないかという気がするんだね。確かに脳損傷も原因の一部だろう。右半球の損傷が関係しているに違いない。ただもっと包括的な説明を探す必要があるように思うんだ」

ヘイズ医師のごく小さな顔面筋が不信の念を暴露した。「神経細胞を超えた問題だと」

「いや、そうじゃない。ただもっと高い次元の要素もあるはずなんだ。脳の損傷がどういうものであるにせよ、マークは精神力学的反応も示している。カプグラ症候群は脳損傷そのものより、失見当識に対する広範囲な心理的反応から生じるのかもしれない。彼にとって姉は一番複雑な組み合わせの心理的ベクトルだった。心のある部分が自分自身を認知することをやめたせいで、姉を認知することをやめたんだ。私は前から思っているんだが、妄想は深く心を混乱させる事態の結果であると同時に、そこに筋の通る説明をつけようとする試みでもあるという考え方は検討に値するんじゃないかな」

ヘイズ医師は一拍置いてうなずいた。「それはまあ……考えてみる値打ちがあるでしょうね。先生が関心をお持ちなんでしたら」

十五年前のウェーバーならその生意気な言い方に反撃を加えただろう。だが今はそんなことは滑稽に思える。二人の医者が縄張り争いをし、大角羊のように後足で立って角と角をがつんと打ち合わせるのは。雄羊のように乱暴《ラム・タフ》。この自省のおかげで穏やかな気持ちが身体の中を流れた。子供にやるように、ヘイズ医師の髪をくしゃくしゃにしてやりたい気分だ。「私が君ぐらいの年の頃は、カプグラ症候群は肉親との間の禁忌《タブー》に触れる感情から生じるという、当時支配的だった精神分析的な考え方が強かった。〝姉に欲情するのは許されない、ゆえにあれは姉ではない〟。認知の問題における熱力学的モデルとでも言うのかな。あの頃はそういうのが流行りだったんだ」

ヘイズ医師は当惑して無言で首をさすっている。

「ちょっと考えると、それは今回のケースではあっさり否定できそうだ。第一の原因は明らかに無意識下の抑圧じゃないからね。しかしマークの脳は複雑に作用し合ういろいろなものと闘っている。これは単純な、一方向の、機能主義的、因果論的なモデルでは解決できないんだ」ウェーバーは自分で驚いていた。自分がそういう考え方をしていることにではなく、それを進んで若い医者に話していることに。

ヘイズ医師はライトボックスの画像を指で叩いた。「私にわかるのは二月二十日未明に彼の脳に起きたことだけです」

「そうだね」ウェーバーは小さく一礼する。医学が知りたがるのはそれだけだ。「ただ、それにしてもマークに自我の統一感が残っているのは驚くべきことじゃないかな」

ヘイズ医師は休戦の申し出を受け入れた。「その回路が壊れにくいのはありがたいことですね。それが失われたケースで記録に残っているものはごくわずかです。かりにパーキンソン病と同じくらい普通に起こるとしたら、みんな別人になってしまう。ともかくできるかぎりの協力はさせていただきます。ここで追加のテストや画像診断もできますし……」

「その前にローテクなテストを少し試してみたい。まずは皮膚電気反応をね」

ヘイズ医師は眉を吊りあげた。「やってみてもいいかも、ですね」

ヘイズ医師が駐車場まで送ってきた。かなり長い時間診察室にこもっていたので、六月のがらんと広い平原地帯に出たウェーバーは気分がさっぱりした。肺の中に広がる静かな空気は遠い昔の夏休みの匂いがした。それは十歳の時にオハイオ州で味わったきりご無沙汰していた何かを感じさせた。横で背中をまるめて立っているヘイズ医師のほうを向くと、手が差し出されていた。

「お会いできて嬉しかったです、ウェーバー先生」

「あ、いや、ジェラルドと呼んでくれないかな」

「ジェラルド。新しい本を愉しみにしていますよ。仕事で疲れた時、いい気分転換になるんです。私はあなたの大ファンですから」

〝今でも〟とは言わなかったが、ウェーバーには聞こえた気がした。ウェーバーは片足だけ地面に残した状態で動きをとめた。「東部へ帰る前に、もう一度お会いしたいね」

ヘイズ医師の顔がぱっと明るくなった。またおもねることができると思ったか、喧嘩ができると思ったか、どちらかわからないが。「ああ！　いいですね。お時間と関心がおありでしたらぜひ」

時間と関心……。昔からその二つは厳格な規律のもとに配分してきた。カーネギー大学分類の〝研究大学1〟にあたる大学で講座を持ち、知覚処理と認知アセンブリーについて評価の高い論文を多数書き、一般向けの神経心理学の著書で多くの読者を獲得し、そのどれもが十数ヶ国語に翻訳されている。それ以外に割ける時間と関心はあまりなかった。すでに父親より三年長く生き、生産高でも大幅に上回っている。ところがウェーバーは、人類が初めて本格的に意識の謎に切りこもうとしているまさにその瞬間に立ち会っているのだ。脳はどうやって心を作り、心はどうやってほかのすべてを作り出すのか。われわれは自由意志を持っているのか。自我とは何であり、意識と神経科学的にどのような相関関係を持っているのか。意識が生まれて以来ずっと思弁の対象にしかならなかったこれらの問題が、今ようやく経験科学によって解かれようとしている。自分が生きているうちに哲学界に昔から取り憑いていた亡霊とでもいうべき大問題が解決されるのではないか。ひょっとしたら自分もその解決に貢献できるのではないか。そんな眩暈《めまい》がするような思いが最近ますます強くなって、世間で言うところの〃本当の生活〃などというものを関心の外に追いやってきた。人間に関するあらゆる問題はいずれ神経科学が解決してしまうのではないかと思う時もある。政治も科学技術も社会も芸術もすべて脳の中で生まれる。神経の仕組みを完全に知れば、ついに人間はおのれ自身を完全に知ることになるかもしれない。

ウェーバーは、世の野心家たちが四十歳前後から身を置きはじめる成功者の華やかな世界から、とっくの昔に完全離脱を果たしていた。やりたいことは仕事だけ。若い頃の趣味の道具だったギターも絵の具箱もテニスラケットも広すぎる自宅の片隅にしまいこまれ、復活できるかもしれない日を待っている。ヨット遊びだけは今も続けているが、これも仕事で使う脳細胞の英気を養うためにやっていることだ。映画をじっと観ているのも耐えがたい。時々パーティーに招待されるとぞっとする。もっとも出てしまえばたいてい愉しい時間を過ごすことになる。せがまれて専門分野の逸話を話すと、そこから奇天烈な会話の花火大会に発展するからだ。シルヴィーが〃地下納骨堂からの物語〃と呼ぶそれらの話を聞くと、パーティー出席者は自分たちが見たり考えたり感じたりすることが必ずしも真実ではないことを知るのである。

日常の喜びを味わう能力を失ったわけではない。春夏秋冬、水車池のほとりをそぞろ歩くのは今でも愉しいことだ。もっとも今のウェーバーがこうした散歩をするのは、アヒルや樹木を見るためよりも、思考の煮詰まりを打破するためだ。ウェーバーはシルヴィーが食糧漁りと呼ぶ低レベルの間食を今でも行なう。子供の頃から甘いものが大好きなのだ。シルヴィーが未来の夫に初めて恋したのは、二十一歳のウェーバーが頭脳労働にはグルコース代謝がたっぷり必要なのだと堂々と甘党宣言した時だった。その倍の年齢になり、肉体が原形をとどめないほど劇的に変形しはじめた頃、ウェーバーは短い間昔からの愉しみを控えようと苦闘したものの、結局はおのが肉体の新奇な形態を自分のものとして受け入れることにしたのだった。

ウェーバーは今でも妻との基礎的交流を愉しんでいる。二人はいまだに互いの身体にしょっちゅう触れ合う。当人たちが言うところの猿の毛繕いだ。一緒に本を読みながらよく手で相手の身体をさするし、二人で皿洗いをしている時一人がもう一人の肩を揉む。「ねえ、あなた自分が何だかわかってる？」とシルヴィーは手の甲をつねる。「すけべな肩揉みお触り魔《ネック・ラブ・フィリアック》〔ネクロフィリアック〔死体嗜好症的〕に引っかけている〕よ」ウェーバーは幸福そうに唸る。

だんだん間遠になってきたその間隔を計測してみる気は二人ともないが、ウェーバーとシルヴィーは今でも愛戯を愉しむ。断続的ではあるがともかくも欲望が生き残っていることは、二人には意外なことだった。前の年、結婚三十周年の日に、ウェーバーはコロンバスの大学女子寮の上段のベッドで敢行したシルヴィー・ボランとの最初の営み以来、今まで二人で分かち合ったクライマックスの数を推定してみた。三分の一世紀の間、三日に一度の割合。腰を接触させての爆発が四千回だ。動物のように恍惚となった夜が明けて、われに返ると、二人とも言葉を交わすのが気恥ずかしい。「人間の美しい性の営み、どうもありがとう」ウェーバーに寄り添って身体をまるめていたシルヴィーはくすくす笑いながらそう言って、身体を洗いにバスルームへ行く。人間がそんなに何度も大声で叫べるのはわれを忘れるからだ。人を老いさせるのは時間ではない。記憶だ。

確かに肉体の衰えと神経伝達物質が運ぶ快楽の着実な減退は、二人の欲望を冷やしてきた。しかしそれ以外の面もある。人は愛している者に似てくるのである。ウェーバーと妻は長年の間にとてもよく似てきて、二人の間になじみのない欲望は存在しなくなっていた。ウェーバーが自分自身を委ねてしまったあの不可解ななじみのなさを除いては。たえず驚きを与える国。裸の脳。近々解かれようとしている基本的な謎。

ウェーバーは脈動する音楽の中でカリン・シュルーターを待っていた。頭の上では誰かがテクノサウンドの苦痛に唸り安楽死を乞い願っている。安食堂に長い行列を作る若者たちはレトロなアシッドウォッシュのジーンズを穿いているが、ウェーバーはひどく地味で、上着とネクタイはやめて薄茶色の綿パンにニットのベストという恰好だった。カリンがくすくす笑いを押し殺しながら近づいてきた。「そのベスト、暑くないですか」

「私のサーモスタットは低い温度で作動するんだ」

「そうみたいですね」とカリンはからかう口調で言った。「やっぱり頭を使いすぎるからですか」

カリンが選んだのは大学のキャンパス内にある〈パイオニア・ピザ〉という店だった。カリンは昨日のおどおどした態度が消えて、髪もあまりいじらない。周囲の学生たちを笑顔で眺めながら、案内係の女性が示したテーブルについた。

「私、ここの学生だったんです。その頃はまだカーニー州立大学でしたけど」

「それはいつ頃」

カリンは顔を赤らめた。「十年前。入学は十二年前ですね」

「見えないねえ」こういうお世辞はウェーバーが口にすると滑稽だった。シルヴィーが聞いたら引きつけを起こすだろう。だがカリンは素直ににっこりした。

「けっこうやんちゃな学生でした。親の家が近いからやばいんですけどね。バークレーとミシシッピ州立大の間で湾岸戦争に反対した学生は私の友達グループだけでしたよ。当時の私のボーイフレンドなんて、〝石油のために血を流すな〟ってバッジをつけてただけで、共和党青年部の連中に手荒な嫌がらせをされました。黄色いリボンで縛られたんです！」はしゃいだ気分が現われたと思うとすぐ消えた。カリンは後ろめたそうな目で周囲を見まわした。

「弟さんはどうだったの」

「学校ですか。高校の卒業証書はお情けでくれたようなものですね。でも誤解しないでください。あの子、馬鹿じゃないんです」自分が現在形を使ったのに気づいて口を軽くゆがめた。「昔から抜け目ないところがあって。先生の考えを読んで、テストでぎりぎり合格点がとれるようにしたり。そりゃカーニー高校の先生の腹を読むくらい、別に天才でなくてもできますけどね。でもあの子はトラックいじりとテレビゲームができればそれで満足だったんです。新しいゲームを始めたら、二十四時間、それこそトイレにも行かないでやりつづけましたね。だから私、ゲームテスターの仕事をしたらって言ったんだけど」

「卒業後の生計はどうやって」

「〝生計〟は……ハンバーガーの肉をひっくり返すのをやって、父親に家を追い出されたあとは〈ナパ〉のオートパーツ店で働いて、けっこう長い間インディアンみたいな生活をしてました。それから友達のトミー・ラップが、レキシントンの〈ＩＢＰ〉に就職を世話してくれたんです」

「〈ＩＢＰ〉？」

カリンは相手の無知に驚いたように鼻をくしゃっとさせた。「〈いまいましい食肉加工会社《インファーナル・ビーフ・プロセッサーズ》〉」

「いまいましい……？」

カリンは顔を赤くする。三本の指を唇にあててふうっと息を吐いた。「アイオワです。でも、Iowa と Infernal。ぱっと見、似てないですか」

「勤め先は食肉加工会社なんだね」

「でも牛を処理する仕事じゃないんです。ラップはそっちですけど。マーキーは機械を修理してるんです」カリンはまた目を伏せた。「いや、〝修理していた〟と言うほうがいいのかな」顔をあげてウェーバーを見た。目が錆びた銅貨の色だった。「まだそうすぐには仕事に戻れないんでしょう？」

ウェーバーは首を振った。「長年の経験から予言はしないことにしている。どんなことでもそうだが、必要なのは忍耐と、慎重な楽観主義だ」

「ええ。その努力はしています」

「君は何をしているか話してくれるかな」カリンの唇がその言葉をなぞる。ウェーバーをぼんやりした目で見ながら。「仕事のことだが」

「ああ！」カリンは右手で前髪を押さえた。「私はある会社で顧客サービスの……」そこでしまったという顔で言いさした。「と言っても、今は無職なんですけど」

「解雇されたのかね。今度のことで」

テーブルの下でカリンの膝はミシンを踏む動きをしていた。「辞めるしかなかったんです。こっちにいるためには。弟のことが最優先ですから。私たち、ほかに身内はいないんです」うなずくウェーバーに、カリンは生き生きと説明した。「軍資金はあるんですよ。母の生命保険金が。それを今度のことに使うのは当然だし、また貯め直せばいいんですからね。弟が……」カリンは楽観主義的な口調で言葉を捜した。

ウェイトレスが注文を聞きにきた。後ろめたそうな目でまわりを見てから、カリンは〝シュプリーム〟なるものを注文した。ウェーバーは適当に選んだものを告げる。ウェイトレスが立ち去ると、カリンはウェーバーをまじまじと見た。「信じられない。先生もやるんですね」

「え？　やるって何を」

カリンは首を振る。「先生くらいの偉い人はてっきり……」

ウェーバーは怪訝な笑みを浮かべた。「いったい何のことだか……」

カリンは左手を宙で小さく振った。「いいんです。たいしたことじゃないですから。時々、男の人を見ていて気づくだけなんです」

ウェーバーは待った。だが説明がないので別のことを尋ねた。「写真は持ってきてくれた？」

カリンはうなずいた。先住民の工芸品らしき派手な柄のニットのショルダーバッグから一通の封筒を取り出した。「あの子にとってとくに大事だと思うものを選んできました」

ウェーバーは写真の束を受けとって一枚ずつ見た。

「それは父親です」とカリンは言った。「家畜と喧嘩して片方の目を失明しました。お酒を三杯飲むと、『酒場の床に描いた顔』〔ヒュー・アントワーヌ・ダーシーの詩〕を暗唱するんです。少なくとも私たちが小さい頃はそうでした。農業から始めたけど、商売の世界で一旗あげたくて、一攫千金の計画を次々に立てて。破産裁判所の廷吏とはみんなクリスマスカードをやりとりするくらい親しかったですね。プライバシーボックスという装置を売った時はかなりの額の罰金をとられました。テレビに取りつけると、どの番組を見たかケーブルテレビ局にわからなくなるんです。この装置は個人情報漏洩保険を売ってた時に思いついたとか。自分で欲しいものを商品にして売るんです。それで破滅しちゃいました。あの人は九桁の郵便番号は民主党が市民を統制するために仕組んだものだと考えてました。地元の民兵組織《ミリシア》〔政府の規制を極端に嫌って自衛武装する極右組織〕の連中ですら、父のことをいっちゃってると思っていましたね」

「亡くなったのは……」

「四年前です。眠れなくなって。眠れないだけなんですけど、それで死んでしまいました」

「お気の毒に」とウェーバーはぼそりと言った。「あなたから見て、弟さんとお父さんの関係はどうだった？」

カリンは口をゆがめた。「ノンストップのスローなデスマッチってとこですかね。たまに一緒にキャンプをするのは愉しかったみたいですけど。二人とも一緒に釣りをするのは好きだったんです。それとか車のエンジンをいじったりするのは。つまり話をしなくてもいい時はですね。その隣にいるのは母のジョーンです。最後の頃はその写真の時ほど元気そうには見えませんでした。死んだのは一年ほど前、っていうのはもう言いましたっけ」

「信心深い人だったと言ったね」

「異言の巨匠でしたよ。普段の物言いも華麗だったけど。よく家を悪魔祓いしました。苦しんでる子供たちの魂が潜んでいるとか言って。私はよくこう言ったんです。『ハロー、地球からママへ！ 十セントくれたらその苦しんでる子供たちに名前をつけてあげるよ！』って」カリンはウェーバーの手から写真をとり、頬の内側を吸いながら、栗色の髪をしたきれいな農婦を見た。「でも父が一攫千金狙い業をやってた間、私たちを食べさせてくれた人ですけどね。この大学でタイピストの資格をとって」

「マークとお母さんの仲は」

「あの子は母を崇拝してました。本当は父と母の両方を崇拝してたんです。ただ時々喚きちらしたり物を振りまわしたりしながらの崇拝でしたけど」

「粗暴だったの？」

カリンは溜め息をついた。「さあ。どういうのが〝粗暴〟なのか。十代の男の子とか、二十代の男で」

「お母さんのそういう面は……？ 弟さんも信心深かったのかな」

カリンは笑いだし、しばらくして両手を持ちあげた。「信仰なんて悪魔崇拝ぐらいのもんですよ。ってまあ、今のはちょっとひどいですね。黒魔術時代を通過したのは私のほうだから。実は私、高校三年の時、ゴスばりばりのヴァンパイア・ファッションできめてたんです。恐いでしょ。その二年前はチアリーダーだったのに。先生が何を考えているかはわかります。もし弟が事故に遭わずにカプグラ症候群になっていたら、統合失調症の遺伝を疑うでしょうね。シュルーター家はちょっとやばいですからね。私には、ほかにどういう怪しい点があるかなあ」

カリンはばらばらの写真アルバムの残りを説明した。カリンが持っている一番古い一族の写真は曾祖父バートトレット・シュルーターのものだった。写っているのは玉蜀黍の毛のような髪をした少年で、芝土の家の前に立っている。レキシントンにある食肉加工会社の写真もあった。工場は建築面積四万六千平方メートルの窓のない箱で、長さ十二メートルのコンテナが百個ほど脇に積まれてセミトレーラーで運ばれるのを待っていた。マークの親友二人の写真もあった。どちらも二十代半ばのむさくるしい男で、煙草と酒とビリヤードに興じている。一人は迷彩色のTシャツ、もう一人は〝シャブある?《ガット・メス》〟の文字が躍るシャツを着ていた。それからひょろりと背の高い、黒髪の、顔の青白い女の写真。オリーブ色の手編みのVネックセーターを着て気弱そうに微笑んでいる。「この子はボニー・トラヴィス、グループの紅一点」

「これは病院?」

「ええ、三月中頃の。このペディキュアを塗られた足はマークのなんです。ボニーが赤紫色に塗ったら可愛いからと言って」カリンは見当違いな友情にむっとしたように声を詰まらせる。「これが持ってくるようにおっしゃった写真。マークが見たら興奮するやつです」

ウェーバーの目の前に見覚えのある顔が現われた。彼自身の皮膚の電気伝導率も変化したに違いない。

「バーバラにはお会いになったでしょう。気づかれたと思いますけど、弟はもう完全にメロメロなんです」

看護助手はカメラに向かって寂しそうに微笑んでいた。「そうだったね。理由はわかるかな」

「それをずっと考えてるんです。弟は彼女の何かに反応してるみたいなんですよね。信用してくれるというか、尊重してくれるというか、そういうところに」カリンの声がある音色に染まった。二つの方向に向かいうる羨望の念。あの子さえその気になってくれたら、私にも彼女と同じものを与えてあげられるのに。カリンは写真を撫でた。「この人がいてくれてほんとにありがたいんです。でも信じられないことに、病院では下っ端なんですよ。ボランティアよりほんのちょっと上なだけ。利潤第一の医療システムの中ではそうなっちゃうんですよね。強欲な人間が三人寄れば資産《アセット》と腋《アームピット》の下の区別もつかない」

ウェーバーは当たり障りのない笑みで応じた。

「これはマークの誇りにして喜びなんです」カリンは間口の狭いビニールサイディング住宅の写真を指さした。ウェーバーの世代ならプレハブ住宅と呼ぶものだ。「〈ホームスター〉。ほんとはこれをカタログ販売する会社の名前だけど、弟は自分の家をそう呼んでます。世界に一つしかない家みたいに。あの反抗的な問題児の弟が、六千ドルの頭金をやっと貯めて中流階級の一番下の段に爪先をかけた日にはものすごく得意そうにしてました」カリンは親指の先を嚙んだ。「子供時代の劣悪な環境から抜け出たってやつですからね」

「あなたはこっちにいる時、この家に住んでいるのかね」

明け渡しの令状を執行するような言い方にも聞こえた。「ほかに場所がないですから。仕事は辞めたし。今度のことがいつまで続くかわからないし」

「それはもっともな話だ」ウェーバーはきっぱりと言う。

「別にあの子のものを漁ったりはしませんし」カリンは血の気をなくした顔で目をつぶった。ウェーバーが五人の毛深い男がギターや打楽器を演奏している写真を取りあげると、また目を開けた。

「それはキャトル・コール。街の外にある〈シルヴァー・ブレット〉っていうバーの専属バンドです。マークが大好きで。事故の夜も演奏してました。マークは事故に遭う前その店にいたんです。これがあの子のトラック。〈ホームスター〉のクロゼットを見たら、靴の箱にトラックの写真がいっぱい入ってました。これを見せたら取り乱すかもしれません」

「そう。とりあえず見せないほうがいいね」

ピザが来た。ウェーバーは自分が選んだものにげんなりした。具がパイナップルとハム。こんなものを注文したとは。カリンはいそいそと特上《シュプリーム》ピザにとりかかった。「ピザなんかより、ちゃんとしたものを食べたほうがいいんですよね。でもお肉はあまり食べないんです。外食の時は別だけど。この地方では牛のどんな部分でも売っていいんですよね。驚いちゃいますよ。あの会社の内幕は知っておくべきですよ。マークに訊いてごらんなさい。もう何も食べられなくなりますから。暴れる牛がお互いを突き合わないよう角を切ったりして」

そんな話をしてもカリンはさほど食欲をそがれないようだった。ウェーバーは民族誌学の調査をするような手つきでハワイアンピザをつついた。しばらくして二人のピザと話題がつきた。

「じゃ、行きます?」カリンはおずおずと訊いた。自分はもう満足したというふりをして。


デダム・グレン・リハビリテーションセンターで、ウェーバーは一時間ほどマークと二人だけで話したいと申し入れた。カリンが同席すると皮膚電気反応に影響するかもしれない。

「もちろん先生がボスですから」カリンは眉を指で撫でつけながらそう言って後ろにさがり、軽く膝を折ってお辞儀をした。

部屋へ行くと、マークは一人でボディービルの雑誌を見ていた。顔をあげてにこっと笑う。「シュリンク! 来てくれたのか。また数字や文字を消すやつをやろうぜ。今日は大丈夫。昨日は不意を衝かれたんだよ」

二人は握手をした。マークは昨日とは違うシャツを着ていた。ネブラスカ州でまだ生きている法律を十いくつプリントした柄だ。**母親は州の許可なく娘の髪を染めてはならない。子供が教会でげ**

つぷをした時、場合により親は逮捕される。夏の窓を閉めきった部屋でも、前の日と同じニット帽をかぶっていた。「今日は一人かい、それとも……」

ウェーバーはただ眉を吊りあげただけだった。

「まあ坐ってくれ。楽にして楽にして。お年寄りなんだからさ」マークはカラスが鳴くような声で笑った。

ウェーバーは昨日と同じ椅子に腰かけてマークと向き合った。坐る時には同じように唸り、同じように笑われた。「話をする間、テープをまわしてもいいかな」

「それテープレコーダーか。すっげ！　ちょっと見せて。ライターみたいだな。おたくやっぱり特殊工作員じゃないの……」マイクを口元へ持ちあげた。「〝もしもし。聞こえますか。私、人質にされてるんです〟。おーい、そんな顔すんなって。ちょっと皮肉っただけだよ」小さな装置を返した。「で、何でテープレコーダーがいるんだ。この辺が不自由とか？」左右の耳のまわりで人差し指を回した。

「まあそんなところだ」とウェーバーは認めた。

実は前の日もテープレコーダーを使っていた。初対面で許可を求める言い方が見つからなかったが、最初の接触でのやりとりを逐一記録しておく必要があった。だから事後承諾を得ればいいかと考えたのだが、これで承諾が得られたようなものと見倣した。

「へえ、かっこいいな。テープレコーダーなしじゃ生きられない男。俺、なんか歌おうか」

「はい、本番。キュー」

マークは高低の変化がない音痴な歌を歌いはじめた。お前を開いてやる、お前をむいてやる……そこでぷつりと切った。「まあいいや。また例のいわゆるパズルをやらせてくれよ。バシバシやろうぜ」

「新しいのを持ってきた。絵を使った謎解きゲームだ」ウェーバーはブリーフケースからベントン顔認識テストを取り出した。

「謎解き？　俺の場合、存在そのものが謎だよ」

マークは角度とポーズと照明をいろいろ変えて写した写真の顔を同じ顔と認識した。だが視線が自分のほうを向いている場合は必ずしも正解できなかった。有名な人物はおおむね正しく言い当てたが、ジョンソン大統領のことは〝どこかの会社の偉いさん〟、マルコムXは〝病院もののドラマでチャンドラー先生をやったあの男〟と言った。このテストが愉しいようだった。「これ？　これはお笑い芸人だろ。玉袋にベンゲイ〔鎮痛軟膏〕を塗られてギャーッてのが芸だとしたらだけどな。えっと。この女は自分で歌手だと言ってるけど、そりゃダンシングポールを奪《と》られちまったからだ」それからマークは絵と写真の両方で顔と顔に似た形のものをうまく区別できた。全体として認識力は正常高値を示した。だが普通の喜怒哀楽の表情にしかるべき感情を抱くのが難しいようで、反応は不安か怒りに向かいがちだった。とは言え事情を考えれば、テストで出た数値は病的なものとは呼べなかった。

「もう一つ試していいかな」ウェーバーはごくさりげなくそう訊いた。

「いいよ。ガンガン行ってくれ」

ウェーバーはブリーフケースから小型の皮膚電気反応測定器を取り出した。「君に電極を取りつけようと思うんだがどうだろう」指先にクリップで留める電極を見せた。「皮膚の電気伝導率をはかる装置だ。興奮したり、緊張したりすると……」

「嘘発見器みたいなもん？」

「まあ、ちょっと似ているかな」

マークはけけけと笑った。「マジかよ！　いいねえ。やろうぜやろうぜ！　俺、前から嘘発見器をだまくらかしてみたかったんだ」両手を差し出した。「さあ、電極をつけてくれ、ミスター・スポック」

ウェーバーは一つ一つ説明しながら準備をした。「たいていの人は身近な人の写真を見ると皮膚の電気伝導率があがるんだ。友達とか、家族とか……」

「母ちゃんを見たら誰でも冷や汗たらーりとか？」

「そうそう！　この前の本でそう書けばよかった」

もちろん今のやり方には問題がある。本当は別にもう一人、装置を操作する人間が必要だ。測定装置の較正《こうせい》も大雑把。無作為化や二重盲検法の手続きは踏まない。コントロールもなし。カリンの写真を見せてもベースラインはできなかった。だがこれは学術雑誌に投稿する論文を書くためにデータを採っているわけではない。患者の状態をざっくりつかむのと、マーク自身が連続的な物語で自分を説明して正常に戻ろうとする様子を観察するのが目的だった。

マークは電極をつけていないほうの手をあげた。「俺は真実を述べ……なんたらかんたら、神に誓いますです」

二人は一緒に写真を見た。ウェーバーはカリンの写真を次々にめくりながら、針の動きを見守り、数値を書きとめた。

「おっ、〈ホームスター〉！　俺の家。いいんだこれ。オーダーメイドだぜ」

針が躍った。「ああ、ドウェインだ。おデブちゃん。物知りなんだ。白人最高の知性ってわけじゃないけどさ。こっちは〈破壊《ラプチャー》〉（トミー・ラップのこと）。キューさばきがすごい。どんな——その——状況でも、こいつは味方につけておきたいよな。愉しくやりたい時はこの二人に電話をかけるんだ」

ゴスばりばりのヴァンパイア・ファッションできめた姉の写真は電気伝導率をほとんど高めなかった。マークは目をつぶって写真を押しやる。ウェーバーは訊いてみた。「この人は知り合い？」

マークは十センチ×十二・五センチの光沢写真に目を落とした。「これは……あれだ。アダムズ一家の娘」

嘘発見器の針はマークの曾祖父の写真で振れた。「ご先祖さまだな。この人はさ、子供の時、この芝土の家の中にいたら、牛が屋根を突き破って落ちてきたそうだ。いい時代だったんだな」

食肉加工会社の写真も不安げなひくつきを針にもたらした。「これは俺の職場。ああ、もう何週間もたつんだ。まだ首がつながってりゃいいけど。どう思う」

わが身の一大事を考えればそれどころではない時でもまじめで誠実な態度を示す人を、ウェーバーは何度も見てきた。二十年前、当時八歳だった娘のジェシカが急性虫垂炎で死にそうになったことがある。その時ジェシカは、意識を回復するなり、蜜蜂のダンスについての口頭発表の宿題が間に合わないと慌てたのだった。

「馘になるのはまずいんだ。親父が死んでからこっち、あそこに就職できたのが一番の幸運だったから。機械のメンテに俺がいなきゃどうしようもない。ああ、今すぐボスに連絡しなくちゃ」

「私が様子を訊いておいてあげよう」とウェーバーは言った。

バーバラの写真でグラフがまた鋭く跳ねた。「バービーちゃん！　そりゃあまあ、この人がほとんどあんたと同じくらいの年だってのは知っているけどさ。それでも、いい人なんだ。〝アンドロイドの侵略〟を一人だけ生き延びた本物の人間じゃないかと思うことがあるよ」

ボニー・トラヴィスの写真にも反応があった。マークが写真を見ている時、測定器の針を注視していると、カリンから聞いていなかったあることにウェーバーは気づいた。

マークはキャトル・コールの写真を見てうなずいた。この地元のバンドが事故直前の記憶と結びついて恐怖を覚えた兆候は針には現われなかった。「こいつらはちょっといいんだよ。まあオマハへ進出とか、まだそういうレベルじゃないけどさ、グルーヴ感とどんちゃん騒ぎ感がある。この二つを組み合わせるのは難しいんだ。よかったら今度連れていくよ」

「面白そうだね」

両親の写真ではグラフの波は平坦だった。マークは空いているほうの手をニット帽の下に突っこんで、その部分のウールの生地を伸ばした。「俺に何言わせたいかはわかるぜ。この男は俺の親父に成りすましたつもりのハリソン・フォードみたいだ。こっちは――機嫌のいい時の俺のお袋のつもりだろう。でも全然違うって。ちょっと待ってろ」写真の束を手にとってぐしゃぐしゃに揉んだ。

「これ、どこで手に入れたんだよ」

迂闊にもウェーバーはその質問を想定していなかった。使えそうな嘘をあれこれ物色する。拳で顎を支え、無言のままマークの目を見つめた。

マークは逆上して陰謀論を繰り出した。「あの女からもらったのか。何が起きてるのかわかんないのかよ。あんたは東部の有名なインテリだと思ってたのに。あの女はこの写真を俺のダチから盗んだんだ。それから俺の家族に似た俳優を雇って、パチパチ何枚か写真を撮ったら、ババーン！　俺のまっさらな家族が一丁あがり。誰も何もしてくれないから、俺はそれを押しつけられたままだ」両親の写真を手の甲でぱんと叩く。写真をテーブルの二人の間に放り出し、指先から電極をむしりとった。

ウェーバーはマークの父親の写真を取りあげた。「この人のどこが変だと……」

マークは写真をひったくった。父親の頭を真っ二つにして破り、ウェーバーに返した。「ミス深宇宙《ディープ・スペース》にくれてやれ……」廊下で息を呑む音がした。マークがぎこちなく立ちあがる。「おい！　スパイしたいんならこっちへ来い……」ドアのほうをさっと向いて追いかけようとする勢いを示した。カリンが転がりこむように部屋に入ってきた。

ウェーバーの脇をすり抜けて、破られた写真をさっとつかみとる。「何てことするの。自分の父親の写真を破ったりして」脅すように写真を振りたてる。「こういう写真が何枚あると思ってるの」

マークはその場で固まった。カリンのむき出しの怒りに当惑していた。カリンが破れた写真を継ぎ合わせて損傷の程度を調べる間、おとなしく立っていた。

「テープで何とかなりそうね」カリンはようやく査定した。首を振りながら弟を睨みつけた。「何でこういうことするの」ベッドに腰をおろして身体を震わせた。マークは大きすぎて処理できない問題にしゅんとなって、また坐った。ウェーバーはただじっと見ていた。観察して報告する。それが彼の仕事だ。この二十年間、ウェーバーは謙虚な観察によって神経科学のさまざまな理論の不備を明らかにすることで名声を築いてきた。

「今の気分は」とウェーバーは訊いた。

「頭に来てる！」カリンはそう叫んだあとで、自分が訊かれたのではないと気づいた。

ようやく出てきたマークの声は嘘発見器の記す波形以上に機械的だった。「何だってんだ」頭をのけぞらせて天井をあおぐ。「あんたにこれがわかるかよ。誰も彼もが神さまみたいなニューヨークから来たあんたによ。何しろこっちじゃみんな……俺の姉貴か？　あれも変な女だけどさ。この地上で俺のたった一人の身内なんだ。俺と姉貴はいつも二人で世間と闘ってきた。だけどこの女は」と指さして鼻で笑う。「あんたも見ただろ、俺を襲おうとしたのは」測定器が置かれたテーブルの前に坐って泣きだした。「姉貴はどこにいるんだ。会いてえよ。五秒でいいからもう一遍会いてえよ。何かあったんじゃないかって心配なんだよ」

カリンは谺《こだま》のように呻きを漏らした。両方の掌を掲げて二歩ドアのほうへ歩き、それから立ちどまって椅子に坐った。テープレコーダーが回っている。ウェーバーはすでにこの異常な状況を書きとめはじめていた。マークは坐って皮膚電気反応測定器をいじりながら、怯えた視線を室内のあちこちへ投げる。片手に電極を持っている。それからまるで感電したかのようにその手を握りしめて腰をあげた。「ちょっと考えたんだが。あることを試してみないか。あんたがこいつを……」

電極をウェーバーに差し出した。ウェーバーはできるだけやんわりと断わろうと考えたが、二十年来やってきた診断で検査を拒んだ患者は一人もいなかった。そこでにっこり笑って電極を指先にはさんだ。「さあ始めていいよ」

マークは坐ったまま一膝進めた。手足はブリキの風車の羽根のようにぱたぱたした動きをした。ジーンズのポケットからくしゃくしゃの紙切れを一枚出す。それを見てカリンがまた呻いた。マークは測定器を見つめる。紙切れを広げてウェーバーに渡した。ぎくしゃくした筆跡の、ほとんど判読不能な字で、誰かがこう書いていた。

私は何者でもない
でも今夜ノースライン・ロードで
神さまが私をあなたのもとへ導いてくれた
あなたが生き延びるように
そして別の誰かを連れてきてくれるように

「見ろ！」マークが声をあげる。「動いた。針がしゅっと振れた。ここまで来た。どういう意味だ。どういう意味か教えてくれ」

「まず装置の較正をしないと」とウェーバー。

「この置き手紙を前に見たことは」目を測定器に据えたままだ。「誰が書いたか知ってるかい」

ウェーバーは首を振った。「いや」純粋に冷静な好奇心しか持てない。

「また動いた！　ふざけんなよ。俺の人生の一大事なんだぜ」

「すまない。教えてあげられればいいんだが、そのことは何も知らないんだ」ウェーバーは自分でもいんちき臭い喋り方をしていると感じた。

マークはうんざり顔でウェーバーに電極をはずすよう指示する手ぶりをした。それからベッドのほうを指さした。「あの女を試してくれ」

カリンは立ちあがって空気を切るように両手を振った。「マーク、その置き手紙のことで知ってることは百回ほど話したでしょ」

だがマークが折れないので、カリンは坐って指先に電極を取りつけた。矢継ぎ早に質問が放たれる。**これは誰が書いた。誰が見つけた。書いてあることはどういう意味だ。俺にこれをどうしろと言うんだ。**カリンは徐々に苛立ちを募らせながら非難口調の問いに答えていく。

「針が動かない」とマークは声をあげた。「つまり、ほんとのことを言ってるってことなのか」

それはカリンの皮膚が電気伝導率を変えていないということを意味しているだけだった。「意味なんてない」とウェーバーは言った。「較正が必要なんだよ」

その日の午後、帰る前にウェーバーはマークに告げた。「実はカプグラ症候群というものがあるんだ。非常に珍しいんだが、脳が傷つくと、自分にとって大事な人が見分けられなく――」

原初の咆哮《プライマル・ハウル》が遮った。「くそ。そういうのはやめてくれ。ヘイズって医者がしょっちゅうする話なんだ。でもあいつもグルだからな。そこの女にフェラでもやってもらってるんだ」マークは内心をありのままに口に出して、懇願する目でウェーバーを見た。「あんたのことは信用できると思ってたんだぜ、シュリンキー」

ウェーバーは顎鬚を指でいじった。「信用してくれていいんだよ」と言い、黙りこんだ。

「それに」とマークは細い声で訴えかけた。「もっとさあ、現実にありそうなことで説明するほうが科学的なんじゃないのか」

その夜に〈モトレスト〉で聞いたシルヴィーの言葉は石から滲み出す蜜のようだった。「ああ、この声は知ってる。待って――言わないで。以前、私の家にいた男でしょ」

ウェーバーは彼女に何を話したかったのか、全部は思い出せなかった。もうどうでもいいことだった。シルヴィーのほうも話したいことをうんと持っていた。

「あなたの超秀才娘が全米科学財団《NSF》の若い研究者向けの助成金をもらえることになったの。今年はまだ惑星探しはお金を出す値打ちがあると思われているみたい」シルヴィーはかなりの金額を口にした。「これをとってきた手柄だけで、カリフォルニア大学は終身在職権をくれてもいいわよね」

ジェシカ、私のジェシカ。**私の娘、私の金**〔シェイクスピア『ヴェニスの商人』第二幕第八場〕。

シルヴィーは彼女の長い一日の報告に移った。ウェーバー家の屋根裏部屋で定期的に読書会を開くアライグマの一家を罠で捕獲する試みのこと。生け捕りにして、昼間長い時間をかけて車であちこち連れ回してから、センターリーチのストリップモール〔店が一列に並んだショッピングセンター〕の裏に捨てるという計画だ。

ひとしきり話したあと、ようやくシルヴィーはこう訊いた。「で、あなたの家族誤認マンのことは何かわかったの」

ウェーバーは借り物のベッドに仰向けに寝て目をつぶり、靴べらもどきの電話機を頬にあてていた。「あの青年は自分と人格溶解の間に薄いトタン板を一枚立てている。彼を見ていると、今まで意識について知ってるつもりになっていたことが溶けて宙に消えていくよ」

話題はほかのことに移っていった。ウェーバーはチカディーウェイの天候と、自宅の周辺がどんな様子かを尋ねた。

「コンシエンス湾はすごい眺めよ、男の人。ガラスみたい。凍った時間って感じ」

「想像できるよ」とウェーバーは言った。きっと針がぴゅんと跳ねただろう。

そのあと遅くまでノートを読み返した。六月の湿った肌寒さは大平原地帯について今まで抱いていたイメージを嘲笑うかのようだった。エアコンの切り方も、窓の開け方もわからない。目覚まし時計の琥珀色のライトがともるだけの部屋でベッドに横たわって、自分自身の査定をしていた。真夜中が訪れて去っていったが瞼はふさがろうとしなかった。例の謎の置き手紙は前にも見たことがあった。カリンが初めて会った日に見せてくれた分厚いファイルの中にコピーが入っていた。今、眠りから何キロも離れたところでウェーバーは考えた。あのメモのことを知らないとマークに答えた時、自分は嘘をついたのか、それとも前に見たことがあるのを忘れていたのかと。


真性の相貌失認の症例を見たことがあるが、それらはマークのケースとは違っていた。ウェーバーのどの著書にも認知不能症の話が多少とも出てくる——事物がわからなくなるケース、場所がわからなくなるケース、年齢、表情、眼差しなどがわからなくなるケース。ウェーバーは食べ物、自動車、硬貨などが識別できなくなった患者について書いたが、それらの患者の脳は識別不能な対象と何らかの関係を結ぶことができた。たとえば研究に身を捧げてきた鳥類学者のマーサ・Tは、一夜にしてミソサザイとシルスイキツツキの区別ができなくなったが、言葉では違いを詳しく説明できた。相貌失認も、ウェーバーは何冊かの著書で取りあげたことがある。眩暈がしそうなほど不思議な症状を示す病気に罹っても脳は果てしなく融通をきかせるようだ。

『驚異の国』にはジョゼフ・Sという男性の症例を載せた。ジョゼフは二十歳過ぎの頃、強盗犯に小口径の拳銃で撃たれ、右下側頭の小さな領域——紡錘状回——に損傷を受けた。そして友人知人、家族、有名人などの顔を識別する能力を失った。頻繁に会う人やごく最近会った人とすれ違ってもその人だとわからないのだ。さらには鏡に映った顔を自分の顔だと知るのにすら苦労した。「どれも顔だというのはわかる」とジョゼフ・Ｓはウェーバーに言ったものだ。「それぞれの顔立ちの違いもわかる。ただぱっと目立つ違いじゃない。私には何の意味もないんだ。大きな楓の木があるとするね。その葉っぱを二枚並べたら違ってるのがわかる。でも木を見て、それぞれの葉っぱの名前を言えと言われても」

これは記憶とは関係がなかった。ジョゼフは自分の友達の目や鼻がどんな風であるはずかを正確に説明できた。しかしそれらが一つの顔の中に集まると識別できなくなった。

こうした障害を抱えながらも、ジョゼフ・Ｓは数学の博士号を取得し、大学教授として成功した。標準的な知能検査ではチャートをはみ出す成績を示した。とくに優れていたのは空間的推論、ナビゲーション、記憶、心的回転。ジョゼフはウェーバーに声や衣服や体形、それに目の長さと鼻の長さと唇の厚さの精確な比率を顔認識のかわりにする方法を説明した。「これがすばやくできるようになったから、みんな騙されて私が正常になったと思ってるんだ」

問題は顔だけだ。ほかのものは彼を混乱させない。それどころか、小石や靴下や羊などのほとんど同じもののごく小さな違いを感知する能力を人並み以上に持っていた。だが社会で生き延びていくためにはたえず顔の認識を子供の遊びのように容易く行なわなければならない。ジョゼフ・Ｓは敵地にいるスパイのように生きていた。ほかの人たちが呼吸をするように自然にしていることを高度な数学を使って行なっていたのだ。人目のあるところにいる時は不断の警戒を要する。最初の結婚に失敗した原因の一つがそれだったと当人は話した。妻は自分を見分けるために夫がじろじろ観察してくるのに耐えられなかったのだと。「今の結婚生活も駄目になりかけたよ」とジョゼフ・Ｓは言い、ある日の午後、大学構内で二番目の妻を見かけて抱きしめたところ、相手は妻ではなくまったく知らない女性だったという逸話を語った。

ウェーバーは次のように書いた。

私たちが単一で単純なプロセスと考えているものも、実は長い組み立てラインなのだ。視覚は脳の三十二以上の機能単位の注意深い協同を必要とする。顔の認識には少なくとも十以上必要だ……われわれは顔でないものにも顔を見つけてしまうプログラムをハードウェアに組みこまれている。オレオクッキー二つと人参一本の組み合わせを見て、幼児は叫んだり笑ったりする。ただし数多くの構成要素のうち何ヶ所かが壊れることもあり……

いろいろな領域に損傷を受けると、人の性別、年齢、顔に表われた感情、注意の向けられている先を識別できなくなる。ウェーバーは誰彼の顔がどう魅力的に見えるかをまったく判断できなくなった患者のことを記した。自分の研究所で、相貌失認の患者の中には実際には顔の識別ができているのにそのことが意識できないケースもあることを示唆するデータを集めた。

ほぼ毎週、ウェーバーのもとには、そう深刻な形でではないが長年の知り合いの顔を見分けられない症状が出ていて、それと闘っている読者から手紙が来た。中にはウェーバーの大胆な仮説に慰められる人もいた。すなわち神経に単純なひねりを加えてやれば誰でも相貌失認に陥るものだという仮説だ。たとえば普通に顔認識の能力を持った人でも逆さになった顔は失認するのである。

マーク・シュルーターに相貌失認の症状は出ていない。その逆で、ありもしない違いを見てしまう。マークは、顔にごく小さな違いが見てとれるとそれはもう別人だと考える人たちによく似ている。眠りこむ直前のウェーバーの閉じた瞼の裏に例の悪夢が閃いた。頭上を見ると、一本の木の何百万という葉がのしかかってくるように繁っている。一枚一枚の葉が今までに会った人の人生、少なくとも人生の一時期、あるいはその一時期の特定の感情の側面であり、そのどれを見てもそれぞれに異なる特異性を持ち、さらに数十億に増えて、もう誰にも単純化して名前で区別することなどできなくなる……

三日目の午前中、ウェーバーは一人でデダム・グレン・リハビリテーションセンターへおもむいた。妄想傾向についてより広く調べるためにもっと計量心理学的データが欲しいからだ。このきれいな場所はわかりやすかった。蛇行する川に沿ってはいても、グラフ用紙のような街だ。格子状の街に二日いれば、空間定位能力に損傷がないかぎり、何でも見つけられる。

マークの病室ではテレビのまわりの床に三人の巨大な子供が坐っていた。マークはニット帽をかぶり、その両脇には囚人服を着たアナグマと、ハンティングキャップにスウェットシャツという恰好のビヤ樽のような胸をした男がいる。ウェーバーはカリンに見せてもらった写真からその二人が誰だかわかった。

テレビの画面上では起伏する茶色い風景の中で一本の道路が地平線から手前に延びていた。車高の低い車のテールランプがくねくね曲がるアスファルト道路に一生懸命ついていく。三人の男はテールランプの動きに合わせて一斉に身体をぐいぐい動かす。それは糖尿病のジェシカが低血糖発作の時に見せる動きに似ていた。見ているのはホームビデオの映像らしく、モータースポーツを実況中継した手持ちカメラの映像に激しく脈打つテクノサウンドがかぶせてある。それからコードがウェーバーの目に入った。三人はそれぞれ臍の緒でゲーム機につながれていた。実写映像とアニメを組み合わせたレースシーンは、半ばは三人の脳が作り出している。

ウェーバーはそのコードから、大学院生だった頃の行動主義心理学の斜陽時代を思い出した。実験室では鳩や猿がひたすらボタンを押したりレバーを動かしたりすることだけを欲望するよう教えこまれ、機械と一体になり、やがて体力を消耗させてぶっ倒れるのだった。三人はうねる音楽とくねる道路とエンジンの轟音と一体化していた。とりあえずやめそうな気配を見せない。画面上の変化は生理的変化を三人にもたらし、それがまた画面の世界にフィードバックされていく。

道路のリボンは右へ激しくカーブを切り、浮きあがったと思うと降下した。どの車も鼻先を宙に向けて浮遊した。それから車台が路面にがしゃんと落ちて、三人とも身体に衝撃を受けた。エンジンが息を詰まらせて甲高く泣く。運転手がギアを高速のほうへシフトすると、その音は波のように砕けた。下り坂のずっと先の斑点がぐんぐんふくらんで高速で走るほかの車になり、それを前景にいる車が追い越そうとする。レースが展開されている場所はわからない。どこかがらんと開けたところだ。おそらく人間より牛の数のほうが多い、どこか四角い州の、草原と砂漠の中間のような場所。建て売り住宅の団地やガソリンスタンドやストリップモール——それらはアメリカの心臓地帯《ハートランド》に敷かれたタイルだ。数秒間、雨が降った。ついで雨はみぞれになり、みぞれは雪になった。陽が翳って暗くなってくる。そしてまた夜が明けていく間も、レースは想像上の道路をさらに何十キロも続いていく。

マークはほかにどんな損傷を受けたにせよ、両手の親指とその配線だけは無傷だった。ウェーバーの同業者による最近の研究によれば、ゲームが好きな子供は脳の運動野の広い部分を親指の運動のために使っており、遊戯をするヒト《ホモ・ルーデンス》の中で人差し指より親指を重視する新世代が育ちつつあるそうだ。ゲームコントローラーはついに霊長類進化における三つの飛躍のうちの一つを成し遂げたのである。

床に坐りこんだ三人組は肘で身体を押し合う。身体はめいめいが操縦している車の延長だ。道路が曲がりくねるのをやめて一直線になった。砂丘の間でまっすぐのびたその先にゴールが小さく見えてきた。レーサーたちは加速し、有利な位置を争ってぶつかりあう。最後の急激な右カーブに差しかかり、一斉に身体を傾ける。一台がカーブで横滑りして尾部を振る。運転手は車を道に戻そうと過剰に反応し、ほかの車に衝突した。三台の車が一つに合体し、舞いあがって派手に螺旋回転する。それがまた降りてきて、ゴールに向かう速度の低いほかの車の列に突っこんだ。一台が弾かれて、観衆でいっぱいの観覧席に飛びこむ。画面がまぶしい光の染みになった。観衆が巣に火をつけられた蟻のように四方八方へ散る。車は爆発して油煙と炎を噴きあげる。叫びが一つ、弧を描いて飛び、地上に落ちてきて笑いとなった。炎の中からレーシングスーツ姿の人間が出てきた。ヘルメットからブーツまで黒焦げの姿で狂ったように踊る。

「うひゃー」と囚人アナグマが言った。「俺の言うビッグフィニッシュってのはこれだよ！」

「すげえすげえ」と樽胸男が同意する。「こんなでかい爆発は初めてだ」

だがウェーバーが会いにきた第三の運転手は、唸るような声で言った。「待ってくれ。今のトラックを取り戻したいよ。もう一遍やろう」

三台のエンジンが停まると、アナグマ男が顔をあげて、戸口にいるウェーバーを目にとめた。マークを肘でつついて、「お客さんだぜ」と教える。

マークは目に明るい光と怯えの両方を浮かべてさっと振り返った。ウェーバーの顔を見て、ふんと鼻を鳴らした。「お客さんじゃない。縮みゆく人間《インクレディブル・シュリンキング・マン》だ。おい、この人は有名なんだぜ。知らないやつは知らないけど、超有名なんだ」

「じゃ、今日は終わりだ」とハンティングキャップの男が言った。「どっちみちそろそろ帰ろうと思ってたんだ」

ウェーバーはポケットに手を入れてテープレコーダーのスイッチを入れた。「いや、もう一遍やってくれていいよ。私は坐って考えごとをしているから」

「いけね！　忘れてた。俺、マナーがなっちゃいないな」マークはよろよろと腰をあげて、おい何だよと文句を言う友達二人を押しのけた。「シュリンクスターの先生、こいつがドゥウェイン・ケイン。こっちが……」アナグマ男を指さす。「おい、お前は誰ってことになってんだっけ」アナグマ男が卑猥な仕草で中指を立てる。マークはガスボンベがガスを噴き出すような音で笑った。「ま、何でもいいや。こいつはトミー・ラップ。世界最高級のドライバーだ」

　ドウェインが鼻で笑った。「ドライバー？　パタージゃねえの」

　ウェーバーは三人がまたスタートの準備をするのを見ていた。この種のゲームを初めて見たのは三十四歳の時だった。七歳のジェシカを友達の家へ迎えにいった時だ。ジェシカと女の子の友達がテレビの前にいるのを見て、ウェーバーはたしなめた。「こんな天気のいい日にテレビを観てるなんて、子供らしくないぞ」

　二人はそれを聞いて馬鹿にしたようにわあわあはやした。テレビじゃないのに！　という嘲りだ。なるほどそれはロボトミー手術を受けた卓球台を横向きに立てたようなものだった。見ていると面白くなってきた。ゲームではなく娘たちがだ。ゲーム自体は単調な繰り返しが多く大味だが、小さな女の子たちがシンボル的空間に深くのめりこんでいるのが興味深かった。

「これは本物のピンポンよりどういいの」ウェーバーは幼いジェシカに訊いた。本音の答えが聞きたかった。仕事でも同じ疑問につきまとわれていたのだ。人間がシンボルで表わされているものを捨てて、シンボルだけを手元に残すことがあるのはどういうことだろうという疑問。

　七歳の少女は溜め息をついた。「だって、パパ」なぜそんなわかりきったことを訊くのかという、大人への軽蔑がきざしはじめた口調で言った。「せーけつだもん」

　ジェシカはすっかり電子技術の虜になった。八年後にはパソコンを自作。十八歳になると裏庭で望遠鏡を使って星の光を集め、スペクトルをパソコンで分析した。三十歳を目前に控えた今は、アメリカで最も抽象的な地、南カリフォルニアで暮らし、全米科学財団《NSF》から助成金を受けて新惑星の捜索をしている。これから見つかる惑星の中には一つくらい地球より清潔なものがあるだろう。

三人の若い男は言葉なしで意思の疎通をしていた。どんな振付師にも振り付けられない複雑なバレエを踊った。ウェーバーはマークに何かの障害が見られないか注意していた。以前の彼にどれくらいの能力があったのかはわからないが、ともかく今のマークは、現実非現実を問わないどんな乗り物のレースでもウェーバーに圧勝しそうだった。マークは狂ったように運転した。時々大爆発して火の玉になってもくぐもった笑いを漏らすだけだった。

ウェーバーがマークの眼球の動きを観察していると、叫びが部屋の空気を切り裂いた。一瞬、ゲームのはでな効果音かと思ったが、振り返ると戸口にカリンが顔を真っ赤にして立っていた。カリンは両手をあげて頭の後ろをつかんだ。肘がわななく。「このけだものども。いったいどういうつもりなの！」

四人の男は立ちあがった。最初に当惑から立ち直ったのはトミーだった。「マークの相手をしにきたんだ。気晴らししたいだろうからさ」

カリンは左手でうなじをつかみ、右手で空気を切った。「頭おかしいんじゃないの」

ドウェインが不当な非難に身体をよじる。「ちょっとプロザック〔抗鬱剤〕でも呑んできたらどうだい。俺ら遊んでやってるだけじゃんよ」

カリンはゲームの画面で無頓着にくねる道路に向けて指を振り立てた。「遊んでやってる？　事故を思い出させるようなことがあんたたちには遊びなの？」それから、裏切られたという目でウェーバーを睨んだ。

「この人は反対しなかったぜ。なっ、そうだろ」とトミー。

マークはコントローラーを手にして片頬をひくつかせていた。「いつもやってることをやってただけだろ」コントローラーを持ちあげた。「ったく、何なんだよ」

「そうだよ」ドウェインはウェーバーを見て、カリンを見た。「言ってることわかるだろ。これ本物じゃねえから。危なくも何ともねえんだよ」

「あんたたち仕事は？　ひょっとして、もうどこも雇ってくれなくなった？」

トミーがカリンのほうへ詰め寄り、カリンはドアのほうへ退いた。「俺、今月の稼ぎは三千百ドルだけどさ。あんたはどうなんだよ」カリンは腕組みをして目を伏せた。ウェーバーはマークの友達とカリンの間に以前からわだかまりがあるのを感じとった。

「仕事ったって、今日は日曜だぜ、ったくよう」とドウェインが追い討ちをかける。

マークがくくくと笑いを漏らす。「神さまだって毎日この男をどやしつけるわけじゃないんだよな」

「とにかくもう帰れ。あのろくでもない会社へ行け」

トミーはレモネードの笑みを小さく浮かべ、そろえた指の背で頬をさっと撫でた。「偉そうに言うなよ。あんただってハンバーガー食うたんびにうちの会社の世話になってるんだ。俺が今何考えてるか言おうか。どうもマークの言うとおりらしいってことだよ。アラブのテロリストがカリン・シュルーターを誘拐して、かわりに外国の工作員を連れてきたんだ」

ドウェインが神経質な視線をウェーバーに送る。マークは牛の首に吊るす鈴を振り鳴らすように大声で笑った。カリンは男たちの間を突き進んで弟のところへ行った。コントローラーをもぎとってゲーム機の上に置く。ディスクを取り出すと、画面が青くなった。ウェーバーのところへ行って、言語道断なコードが書きこまれた円盤を渡した。それからウェーバーの肘に手を触れた。「この二人にマークの事故のことで何を知ってるか訊いてください」

マークが声をあげた。「おーい、あんたクラック中毒かい」

「この三人は前もよくこういうゲームをやってたんです。本物の田舎道で」

マークはウェーバーのほうへ身体を傾けて囁いた。「俺が言ってるのはこういうことなんだよ」

トミーが侮蔑の口調で言った。「名誉毀損だぜこれ。ほんのちょっとでも証拠が……」

「証拠！　頭の悪いおまわり扱いはやめてよね。私を誰だと思ってるの。この子の姉よ。聞こえてる？　血肉を分けた実の姉なのよ。証拠が欲しい？　私、現場を見てきたわよ。三種類のタイヤの痕が残ってる現場を」

マークはウェーバーの隣の椅子に腰を落とした。「現場？　タイヤの痕？」背中をまるめて自分の両肘をつかんだ。

ドウェインが両手でTの字を作った。「ここらで深呼吸タイムだ。みんなちょっと頭を冷やしたって罰は当たらねえだろ」

「警察は騙せたかもしれないけど、私はうやむやにはしないから。もし今よりよくならなかったら……」

「へー！　よくなるも何も今最高に愉しくやってたんだよ」とマークが言う。

トミーが首を振った。「あんた深刻におかしいよ、カリン。この先生がこっちにいる間に診てもらったらいいいんじゃないか」

「診てもらったあと、弟にレーシングゲームをやらせて、もう一遍あの事故を体験させればいいって？　あんたたち頭がどうかしてるんじゃないの」

マークがぱっと立ちあがった。「いったい何さまのつもりなんだよ。お前なんか、ここじゃ何の力もないんだっつうの！」両腕を突き出してカリンのほうへ足を踏み出す。反射的に身をひるがえしたカリンはトミーにぶつかる。トミーは腕を広げて抱きとめた。マークは動きをとめて、両手を自分の首にあて、んなことしやしねえよ。お前が思ってるようなことは、と泣くような声で言う。

ウェーバーは全員参加の乱闘を眺めながら、早くもシルヴィーにどう話そうかと考えていた。シルヴィーは同情してくれないだろう。また研究所から外へ出て仕事をしたいって自分で決めたんですものね。死ぬ前にそういう症例を直接見たいからって。

　カリンはトミーの胸を押して身を離した。「悪いけど、二人とも帰って」

「そのつもりだよ」トミーは州軍仕込みの敬礼をカリンにぴしっと送る。マークもつられてそれを真似た。

　ドウェインはマークのほうを向き、親指と小指を伸ばして揺らした。「じゃあな、兄弟。また来《く》っから」

　二人の退室とともに静寂が戻った。ウェーバーはカリンに顔を向けた。「ちょっとマークと二人で作業をしようと思うんだが」マークは二本指でカリンを指して含み笑いをした。カリンは落胆の表情になる。ウェーバーからこんな風に裏切られるとは思っていなかったのだ。さっと身をひるがえして部屋から飛び出した。ウェーバーはあとを追って廊下で呼びとめた。「すまなかった。マークが友達と一緒にいるところを見たかったんだ」

　カリンははあっと息を吐いて、両頬をこすった。「友達と一緒にいるところ。ああいうところは、あの子全然変わってないです」

　ウェーバーは前の夜に読み返した本からあることを思い出した。「電話で話す時、マークはどんな感じかな」

「電話は……私、かけないんです。毎日ここへ来るだけで。電話は嫌いだし」

「ああ！　われわれは同志だね」

「事故が起きてからこっち電話はしてません。したって無駄ですから。ガチャ切りされるに決まってます。直接顔を合わせればそれはされないですから」

「一つ実験をしてみる気はないかな」

　カリンは何でも試してみる気になっていた。

マークは椅子に坐ってテレビゲームのコントローラーをいじっていた。まるでこじ開けられない二枚貝のようにあれこれひっくり返す。ゲーム機から何かが抜けてしまったと言いたげな様子だ。マークは哀願するような顔でウェーバーを見た。「あの女と秘密の打ち合わせか」

「そういうわけじゃない」

「あいつの言うとおりだと思うかい」

「何がだね」

「さっきの二人のことだよ」苛立った口調で言う。

「何とも言えないな。君はどう思うんだ」

マークはびくりとした。息を一口吸いこみ、十五秒ほど溜めて、気管切開の傷痕を指で触る。

「あんた天才博士なんだからさ。説明してくれよ」

ウェーバーは専門家の態度に戻った。「いくつかテストをしたら、事故のことで何かわかるかもしれない」これ自体は必ずしも嘘ではない。不思議なことが起きるのは前にも見ている。あわよくばの期待という程度の見込みはあった。

マークは傷痕の残る顔を撫でながら溜め息をついた。「いいよ。何でもいいからやってくれ」

二人はかなりの時間をかけた。マークは背中をまるめ、ゲームのコントローラーを握るように鉛筆を握りしめて問題と取り組んだ。注意は散漫だったが、ほとんどの課題は最後までやり遂げた。認知能力にはほとんど障害は見られなかった。感情の成熟度は平均以下だが、あの二人の友達をいちじるしく下回るわけではないだろうとウェーバーは推測した。近頃のアメリカ人は何のテストをしても平均以下のはずだ。抑鬱の傾向は少しあった。なければ驚いただろう。二〇〇二年の夏において、軽い抑鬱は正常な反応の指標だった。

ほかのテストでは偏執症の兆候を示した。一九七〇年代の中頃までは、カプグラ症候群を偏執症の副産物と考える臨床医が多かった。だが四半世紀後には原因と結果が入れ換わった。一九九〇年代の後半、エリスとヤングが、身近な人への親愛の情を失くした患者はその結果として偏執症になるのだろうと示唆した。抽象的思考の世界ではよくこういうことが起きる。原因をどんどんさかのぼると雲が動くから風が起きるという結論が出たりする。長生きすればウェーバーはもっと突拍子もない理論的転換を目撃することになるはずだ。いずれ明晰な因果関係などはなくなり、さまざまな要素がもつれ合う網目だけが残るだろう。

だがカプグラ症候群と偏執症が互いに関係していることは確かだ。だからマークのテスト結果に軽い偏執症の傾向が出ても驚くにはあたらない。姉をいたぶったり道化たりすることでどんな恐怖を食いとめようとしているのかは、ウェーバーのテストでは特定できなかった。

マークはウェーバーの専門家らしい滑らかな話し方に感心した。「いやあ、あんたみたいに喋れたら毎日女とやれるだろうな」それから心理学の専門用語をでたらめに織り交ぜて喋りだしたが、西海岸のどこかの大学でそこそこの給料がとれそうなほどそれらしかった。

ウェーバーは、「これからお話を一つ読むから、あとでそのとおりに繰り返してほしい」と前置きして標準的な話を選び、普通の速さで読みはじめた。「〝昔々一人の農夫が病気になりました。町のお医者さんが診察しましたが治せません。お医者さんは『幸せそうな顔を見ればよくなりますよ』と言いました。そこで農夫は町中を歩いて幸せそうな人を捜しましたが、見つかりません。農夫は帰ることにしました。そして農場に着く少し前に、幸せそうな鹿が丘の上を走っていくのを見ました。おかげで農夫は少し気分がよくなりました〟。さあ、同じ話をしてみてくれるかな」

「そんなので先生が興奮できるんならやってやるよ。ええと、一人の男がいたんだよな」マークは唸るような声で話しはじめた。「そいつは大怪我をして鬱になっちまった。病院へ行ったけど誰も診てくれなくて、自分より幸せな人を捜しなと言われる。そんでダウンタウンへ行ったけど見つかんない。だからもう家に帰ることにした。でも途中で動物を見て、〝こいつは俺より幸せだ〟と思いましたとさ。おしまい」肩をすくめて点数の発表を待ったが、同時にもうどうでもよさそうな風でもあった。

午後のテストの口明けに、マークはこう訊いた。「あんたもやっぱり製造されたのかい」テープレコーダーは回っている。ウェーバーは無頓着な様子をした。追い求めていた動物が、目の前の陽だまりでくつろいでいるのだ。「どういう意味？」

「あんたも部品から組み立てられたのかい」口調は淡々として、身体はリラックスしている。裏庭のフェンス越しにお隣さんと話すような気さくな雰囲気。だが実は底なしの穴の上に身を乗り出している。

「私を人間じゃないと思うのかね」

「何とも言えないな。君はどう思うんだね」とマークはウェーバーの口真似をした。視線がウェーバーの背後にさっと移る。「おっ！　バービーちゃん！」

首をめぐらしたウェーバーはびっくりした。バーバラ・ガレスピーがすぐ隣に立っていたのだ。就職の面接にでも行くようなオーダーメイドの黄土色のスカートスーツを着ている。ウェーバーに一瞬こっそり目配せしてから、マークに話しかけた。「ミスター・S！　オイルの全交換をする時間ですよ」

マークは犯罪の愉悦に満ちた目でウェーバーを見た。「心配すんなって。やばそうに聞こえるけどたいしたことじゃないんだ」

バーバラはウェーバーを見た。「また出直したほうがいいかしら。まだお二人で何かやるんなら」

暗黙の同盟関係にウェーバーはたじろいだ。「いや、もう終わりにしようと思っていた」

バーバラはほとんど質問に近い視線をウェーバーに向けた。それからマークを見てバスルームのほうを指さした。「今先生が言ったこと、聞こえたでしょ！」

マークは力を振り絞るようにして立ちあがった。バスルームのドアを開けて中に入り、またすぐに出てきた。「あのさ！　ちょっと手伝ってもらおうかな」

バーバラは首を振った。「うまい手だけどお生憎さま、ダーリン。今回はタオルを巻いたままにしておいて。いい？」

「ダーリンって呼んでくれた！　今の聞いたろ、シュリンク。法廷で証言してくれるよな」

またドアが閉まると、バーバラはウェーバーのほうを向いた。視線をとらえてじっと見つめる。ふたたび狼狽させる心の接触が生じる。「彼の性欲は傷を受けてないらしいってことを覚えておいていただけます？」

ウェーバーは自分の耳たぶを触った。「この世で一番見え透いた誘いの文句みたいで恐縮なんだが、前に会ったことはないだろうか」

「おととい会った時より前にですか」

ウェーバーは微笑むのに失敗した。考えてみれば、どんな人の顔も三十六ほどのタイプのどれかに該当する年齢にウェーバーは達している。一度だけ会ったことのある人の数は厖大だ。五十歳の時には敷居を越えて、新しく会う人でもきっと誰かを思い出すようになった。困るのは、まったく知らない人から親しげに挨拶される時だ。勤めている大学の病院の廊下で誰かとすれ違い、その六ヶ月後にその人を〈ストップ・ン・ショップ〉〔スーパーマーケット〕で見かけると、大学関係の誰かだという感じが強くして困ってしまうこともある。ネブラスカは地雷原のようなロングアイランドやマンハッタンに比べると夢のような処女地だ。だがこの女性と以前どこで会ったのかを考える暇は二日間もあったのに、いまだに答えがわからずにいる。

バーバラはにやにやしないよう我慢していた。「お会いしたことがあったら、私覚えているはずですけど」

それならこちらが何者なのかは知っているわけだ。ひょっとしたら本も読んでいるかもしれない。しかしリハビリ施設の看護助手が神経科学の本を読んでどうするのか。いや、それは偏見のそしりを免れないだろう。とくに人間の神経回路につきものの範疇的な誤認と偏見について一章をさいた人間がそういうことを言ってはいけない。ウェーバーは、それにしてもらしくない人だと、バーバラを観察した。「ここにはどのくらい勤めているのかな」

バーバラは瞳だけで天を見あげるおどけた表情で計算をした。「しばらく前からですね」

「以前はどこに」闇の中で石をいくつか投げて、月にあてようとするような馬鹿げた質問だ。

「オクラホマ・シティーです」

だんだん口調が冷やかになっていく。「やっぱり同じ仕事で?」

「似たようなものですね。向こうではわりと大きなところにいました」

「どうしてネブラスカへ来たのかな」

バーバラは微笑み、顎でリンゴをはさむようにうつむいた。「大都会のせわしなさに疲れちゃったんでしょうね」何か遠くにあるものが彼女の関心をとらえたようだった。それに気づかれて、恥ずかしそうな顔になった。その表情にウェーバーはまごつく。自分が引き出した表情なのに。ウェーバーは目をそらした。救いの主はバスルームから出てきたマークだった。裸の身体の前にタオルをあてがっている。ニット帽が消えて、髪がまだらに生え戻りつつある頭がむき出しになっていた。マークは少年のような笑顔をバーバラに向けた。「痛めつけてもらう準備はできたよ」

両眉を弓なりにあげて、それじゃちょっとと断わるバーバラの態度は妙に親密な感じがした。

まるで二軒置いて隣同士で育ち、同じ小学校に通い、何百通も手紙を出し合い、ある日の夕方、それまでより踏みこんで戯れてはみたものの、引き返して、これからもずっと兄妹のような関係でいようと誓い合ったような親密さだ。

ウェーバーはテスト用紙をまとめて手に持ちロビーに出た。もうこの地へ来た目的は果たしていた。必要なデータを手に入れ、自我がこうむりうる最も奇妙な異変の一つを間近に見ることができた。専門雑誌に論文を書くのは無理でも、強い印象を残す読み物風の症例の記述はできるくらいの資料はそろった。もうここで自分にできることはほとんどない。そろそろ東部に帰って、学会に出たり、講義をしたり、研究所で仕事をしたり、書斎で執筆したりといった、中年以降に思いがけないほど生産性をあげることができた仕事に戻る潮時だ。

だがその前に、バーバラにこの数週間でのマークの変化について訊いてみることにしよう。ヘイズ医師やカリンからも話を聞いたが、しょっちゅうマークと接していてしかも私情にとらわれない立場にいるのはこの女性だけだ。ロビーで緑色のビニール張りのソファーに腰かける。向かいに坐っているのは自分よりも少し若いくらいの女性で、身体に麻痺が出ていて、ジャケットを脱ぐのにファスナーでひどく手こずっていた。手伝ってあげたいところだが、やめたほうがいいのはわかっている。バーバラを待つ間は妙に落ち着かなかった。高校の卒業ダンスパーティーの会場にいる十八歳の少年に戻ったように。二分おきに腕時計を見た。四度目に時刻を確かめたあと、ぱっと立ちあがった。ジャケットと格闘中の女性がびくりと怯えて、またファスナーを出発点まで戻してしまった。三時きっかりにマークに電話するようカリンに頼んだのを忘れていた。あと数分で約束の時刻だ。

マークの部屋の閉まっているドアの前へ行き、恥知らずにも盗み聞きをした。バーバラが何か話し、マークが低い声で笑っている。電話が鳴った。マークがくそっと毒づいた。「今出る、今出る。

今出るから待てったら」

家具に身体をぶつけるような音に続いて、バーバラのなだめる声。「ゆっくりね。ちゃんと待ってくれるから」

ウェーバーはノックをして部屋に入った。バーバラがさっきまでマークと一緒に見ていた雑誌から顔をあげた。ウェーバーはドアを閉めた。マークはこちらに背中を向けて電話をとろうとばたばたしている。震える手で受話器を握りながら怒鳴った。「もしもし。誰」ついでショックを受けたように黙りこんだ。「えーっ！　今どこ。今までどこにいたんだよう」

ウェーバーはバーバラに目を向けた。相手はじっとこちらを見つめている。誰からの電話なのか、ウェーバーは何か関係しているのかを推理する目で。尋問する目。ウェーバーは後ろめたさに目をそらした。

マークの声はひび割れ、湿っていた。大切な姉が死者の世界から帰ってきたのを歓迎しているらしかった。「こっちにいる？　カーニーに？　そうか。そりゃすごい！　今すぐ来てくれよ。駄目駄目！　もう話はいいから。電話で話すのはいいから。もうひでえ目に遭ってきたんだ。何でそばにいてくれなかったんだよ。いや……本気で責めてるんじゃないよ。とにかく来てくれ。会いたいよ。顔を見たいよ。ここわかる？　そうか。急いでくれ。わかった。いや。ちょっと待て。いや話したいんじゃなくて。もう切るから。聞こえたか」前に身をかがめて受話器を置く動作をしかける。「切るぞ」受話器を受け台に戻した。それからまた持ちあげて、耳にあてる。振り返ってバーバラとウェーバーを見た。ウェーバーがまたいることは黙って了承した。天にものぼる心地らしい。「今のが誰からか、言っても信じないだろうな。カリンだよ！」

バーバラはウェーバーをちらりと見て立ちあがり、「じゃ、仕事があるから」と言った。マークのまだ毛が短い頭を撫でて、ウェーバーの脇をすり抜ける。

ウェーバーも有頂天のマークのそばを通り抜けてあとを追い、廊下に出た。「ミス・ガレスピー」と声をかけたのは自分でも意外だった。「ちょっといいかな」

バーバラは足をとめて、やれやれと首を振り、マークに声が聞こえないところまでウェーバーが来るのを待った。「あれはひどいです」

ウェーバーはあまりにもそっけなくうなずいた。バーバラの心痛の深さに驚く。もっと心配な患者に毎日接しているはずだが。「ひどい損傷は受けているがね。人間はとても柔軟な生き物だ。脳の回復力はすごいものだよ」

バーバラは片眉を吊りあげた。「私が言ってるのは電話のことですわ」

非難されてウェーバーは苛立った。専門知識がなく、鑑別診断のこともマークの認知能力や感情の現況も知らない、時間給のスタッフのくせに。ウェーバーは気持ちを落ち着けた。口を開いた時には大平原の地平線のように平らかな声が出た。「われわれは反応を見きわめる必要があるんだ」

われわれ？　と訊き返す表情がバーバラの顔に現われた。「申し訳ないですけど、私はただの看護助手です。看護師やセラピストの方々と話されたらどうでしょう。失礼します。予定が押してますので」

ウェーバーは動揺しながらマークのところへ戻った。マークは片足の踵を軸にぐるぐる回っている。ウェーバーを見ると、両手をぐいぐい宙に突きあげた。「カリンから電話があったよ！　信じられるかい。すぐ来るって。事情をたっぷり説明してもらわないとな」

ウェーバーは本気でこの実験の成功を期待していたわけではなかった。ヘイズ医師なら〝実験バイアス〟のせいだと言うだろう。実験を提案することで、すでにある結果を期待しているとの意思を表明しているのだと。そう。ウェーバーはマークのカプグラ症候群は単なる神経回路のショート以上のものではないかと思っていた。扁桃体と下側頭皮質のつながりが切れただけで高度な認知能力が駄目になるのなら、人間の意識など実に頼りないということになるからだ。ほかに何を考えていたにせよ、ともかくウェーバーは頭のどこかでドラマチックな電話が治療に役立つかもしれないと期待していたのだった。ひょっとしたら、生きた人間に承諾を得ていない実験をしても許されるだろうと思わせるこの期待のほうが、罪深いのかもしれない。

マークが室内を行きつ戻りつするのをやめた。カリンが意気揚々と戸口に現われたのだ。何かが違っていた。髪型を変えていた。カットしてウェーブをかけている。水色のアイラインに杏色の唇。ストーンウォッシュ加工のジーンズにぴちぴちのTシャツ。Tシャツの胸には動物の足跡の模様と、〝カーニー高校、クマネコたちの母校〟〔クマネコはジャコウネコ科の動物、ビントロングの別名。カーニー高校生の愛称〕の文字がプリントされている。ゴス時代に先立つチアリーダー時代のカリンだ。ウェーバーがわずかな希望を託した試みで、カリンはまんまと勝ち星をあげた。部屋にさっと入ってきて両腕を前に差し出し、顔を安堵に輝かせて抱擁の体勢をとった。ところが彼女が間を詰めると、マークは後ずさりした。

「触るな！　電話をかけてきたのはお前か。まだ俺をいじめ足りないのか。カリンがこっちにいるように思わせて。今どこにいる。姉貴に何をした」

姉の口からも弟の口からも叫び声が出た。顔をそむけるウェーバーを尻目に、叫び声は廊下を渡り、バーバラに追いついて不安の的中を知らせた。実験はウェーバーの期待を裏切った。だが結果は彼のものになるのだった。

その夜、ウェーバーは一日の出来事をシルヴィーに話した。マークが友達二人とレーシングゲームを平気でやっていたこと。そんな三人を見てカリンがメルトダウンを起こしたこと。マークがいくつものテストで奇妙な反応を示し、いちいち言い訳をしたこと。電話で姉の声を聞いて大喜びしたのに、実際に会うと怒りの声を張りあげたこと。看護助手から倫理面で半ば非難と言える指摘を受けたことは黙っていた。
一つ話をするごとに、シルヴィーも自分の話を一つした。だが翌朝になると、妻の話も全部自分が作りあげたもののような感じがした。

ウェーバーは自分の身体の部分を認識できない患者を何人か診たことがある。身体失認は意外によく生じる症状で、脳の右半球の損傷によって身体の左側に出る場合がほとんどだ。ウェーバーは著書で何人かの症例を組み合わせて、メアリー・Hという一人の女性のものとして書いたが、六十歳の女性だった最初の〝メアリー〟は、手が変で〝困る〟と訴えた。

困るとは。

「誰のだかわからないんです。それが気持ち悪くて」

あなたの手かもしれませんよ。

「そんなはずないです、先生。自分の手がわからないっていうんですか」

ウェーバーは〝メアリー〟自身に右手で左の肩から下へ腕をなぞらせた。腕は手までつながっていた。**さあ、それは誰の手です。**

「先生のってことはないですよね」

あなたの腕とつながっているでしょう。

「先生はお医者さんなんですから、見えるものが全部信じられるとは限らないのはご存じでしょう」

後続の〝メアリー〟の中には自分の身体の部分に名前をつける人もいた。ある年輩の女性は〝鉄の貴婦人〟、ある男の救急車運転手は〝ミスター・足の悪いチンパンジー《リンプ・チンプ》〟。ある人は腕に人格を与えて経歴を作りあげた。その身体の部分と会話や議論をし、それに食べ物を与えようとさえした。

「ほら、ミスター・リンプ・チンプ。腹がへってるだろう」

いろいろなことをするが、自分の身体の一部だと認めることだけはしなかった。ある女性は父親が死ぬ時に自分に腕をくれたのだと言った。「こんなものくれなければよかったのに。乗っかってきて困るんです。眠っている時、胸の上に乗ってくるんですよ。なぜ父はこんなものをくれたのかしら。ほんとに厄介」

四十八歳の自動車修理工は、ベッドで自分の隣に寝ている麻痺した腕は妻のものだと話した。

「家内は今入院してるんです。脳卒中で。自分で腕を動かせなくなってね。だから……ここにあるんですよ。まあ、預かっといてやらないといけないかなあと思ってます」

「それが奥さんの腕なら、あなたのはどこにあるんです」とウェーバーは訊いた。

「そりゃあ、ここにありますよ」

「持ちあげてもらえますか」

「持ちあげましたよ、先生」

「手を叩いてみてくれますか」

いいほうの右手だけが空を叩く。

「手を叩いてますか」

「ええ」

私には音が聞こえませんが、あなたには聞こえますか。

「まあ、音はちっちゃいけど。それは別に拍手するようなことが何もないからですよ」

神経科学者のファインバーグはそれを〝個人的作話〟と呼んだ。移ろいゆく自我を無意味な事実と結びつけるための物語のことだ。ここでは理性は損なわれていない。論理的思考はまだ有効に機能している。ただ、身体の地図、すなわち身体の感覚だけが壊れているのだ。論理的思考は全体性の揺るぎない感覚をもう一度確立するために自分自身の明白な部分を再配分する。午前二時、借り物の部屋で横になったウェーバーは、自分の手や足やそのほかの部分を一つずつ思い浮かべながら、それらの身体の部分の中に今言った事実をほとんど実感することができた。分散している真実よりも、一つの堅固な虚構のほうがつねに勝つということを。

ウェーバーは途切れ途切れに目を覚ました。断続的に見ているのは職場で何かひどい事態が起きている夢だ。そんな半睡状態がまだ続いていた。脈搏があがり皮膚が汗ばむ。胸骨のすぐ下で冷たい隆起が脈打つ。ニューヨークで何かが起きていて、自分が対応しなければならない。夢はその事態に名前を与える寸前まで来ていた。それはこの二十年間に築きあげてきたものをすべて台無しにするような事態だ。気候の何らかの変化、向かい風に転じる風向きが、明白な事実をあらわにする。気づいたのは彼が一番最後であるすべての事実を。完全に目覚める前の一瞬、この数日間の夜にも同じ軽度の恐怖を味わったのを思い出した。

時計の赤い発光文字が午前四時十分を表示。不規則な食事に慣れない環境、血糖値の低下、睡眠の麻薬にひたった前頭前皮質、地球の自転とリンクした太古からの生理学的サイクル。魂のどんな暗い夜の背後にもある同じ化学的融解。ウェーバーはまた目を閉じ、脈搏を落として、意識から夜の野放図な空想を一掃しようとした。自分が今いる場所をきちんと確認し、呼吸の流れの中に身を置こうとする。だが自分の落ち度を告発してやまない曖昧なチェックリストにたえず立ち戻ってしまう。午前四時三十分、ようやく自分が感じているものを突きとめた。恥辱だ。

ウェーバーは昔から寝つきがいいほうで、シルヴィーがいつも感心する。「あなたの良心は聖歌隊の少年なみに真っ白なのね」シルヴィーは歯医者の予約時間に五分遅れただけで夜眠れなくなってしまうことがある。ウェーバーがひどい不眠を経験したのは、コロンバスからケンブリッジへ移り、医科大学院《メディカル・スクール》に入った当初の何ヶ月かだけだった。後年、実際の治療行為をやめたあとも、何度か眠れない夜を過ごしたことはある。それからジェシカが自分とシルヴィーにずっと隠してきたことを打ち明けた時も、一週間ほど安眠できなかった。ウェーバーを苦しめたのは打ち明けられた事柄ではなく、ジェシカがそんなに長い間それを秘密にしておかなければならないと感じていたという事実だった。自分のせいだ。彼氏を探すのにあくせくしないのは偉いね、とか何とか男の子のことでからかうたびに、娘は辛い思いをしていたのだ。

ストーニーブルックに研究所を開設した当初や、突然本の執筆に意欲を燃やしだした頃は、睡眠など必要ないと思えた時期が続いた。午前零時すぎに寝ても、一、二時間でまた新しいアイデアとともに起き出すという調子。それまでは枕に頭をつけて二秒で眠れると驚嘆していたシルヴィーは、今度は何日もほとんど眠らずにいられると畏怖の念すら覚えたのだった。「あなたはラクダね。意識そのものがラクダ」

あの時のシルヴィーが今の自分を見たら、別人だと思うに違いない。ウェーバーは身体を横たえたまま、自分を空にしようとした。眠れなくても身体を休めていれば同じことなのだと、およそ半世紀前に母親がよく言っていた。昔の人の知恵が科学者に否定される例は案外少ない。だが今はじっと横になっていることすら至難の業だった。午前五時三十分、生涯最長の八十分が経過した時点で、ウェーバーは諦めた。明かりをつけずに服を着て下に降りた。フロントにヒスパニック系の若い女性がいるほか、ロビーは無人だった。フロント係は囁き声でお早うございますと挨拶し、あと三十分すればコーヒーをご用意できますと告げた。ウェーバーはお気遣いなくと眠たげな手ぶりをした。フロント係は大学の教科書を読んでいた――有機化学の本だ。

暁が溶けだしてきた。藍色の光の中で物の形が浮き出てきたが、色はまだない。街路は美しく涼しく眠っている。アスファルトの大通りを横切って貧弱な商店街へ足を向けた。通りの向かいで、一台の小型トラックが〈モービル〉のガソリンスタンドに入っていく。ウェーバーの耳は完全な不協和音に波長を合わせた。野次と嘲罵、からかいの口笛、囀り、ポルタメント、アルペッジョ、音階——夜明けの交響曲。この時刻なら放浪罪で逮捕される惧れはまずない。ウェーバーは泊まっているモーテルの駐車場の端で足をとめ、かすんだ目を閉じて、聞き耳を立てた。

数学的で旋律の美しい歌が重なって聞こえてきた。その凝った音の模様はゆっくりと変化した。人間に歌えそうな歌もある。ウェーバーは歌声への感度を高めながらその数を数えた。歌声は競い合い、それぞれがほかの声をバックコーラスにしてソロをとった。十二まで数えたが、あとは塊から一つの声を切り離せるかどうか自信が持てない。どの複雑なリフも互いに識別可能なはずだが、ウェーバーには無理だった。中距離のところからはもう少し柔らかな音が届いてきた。州間高速道路八〇号線を走る車の、口を縛らない風船が飛ぶような音だ。

ウェーバーは目を開いた。まだカーニーにいた。地味な商店街だが、看板だけは派手で陽気なものが金属製のセコイアの森を作っていた。モーテル、ガソリンスタンド、コンビニエンスストア、ファストフード店などのお決まりのフランチャイズ店が、アメリカのどこであってもおかしくないような場所に偶々来ているのだという感覚を強めた。進歩はいずれどんな街をも救いがたいほど見覚えのあるものにしてしまうのだろう。ウェーバーは交差点まで歩いていき、嗅覚を働かせながらダウンタウンに向かった。

無味乾燥なチェーンストア街は数ブロックでつきて、周囲にポーチをめぐらした装飾過剰なヴィクトリア朝様式の家が並ぶ住宅街になった。そこを過ぎると旧市街の中核部分となる。四角四面の煉瓦造りの商店が、大平原の開拓の前哨地だった一八九〇年頃の亡霊のように並んでいた。陽がのぼりはじめて、商店のショーウィンドー内に貼られたポスターの文字が読めた。〝フリーダム・ラリーを祝おう〃。〃コルヴェット・ショー〃。〃フェイス・イン・ブルーム・ガーデン・ツアー〃。〈ランツァ・ハット〉なる店の前を通る。物見高いよそ者に正体を知られまいという用心なのか、ドアも窓も封鎖されて中は真っ暗だ。

街は身を揺すって目を覚まそうとしていた。通りの反対側を三、四人の人が歩いていた。二つの世界大戦の戦没者を追悼する記念碑があった。街の景観はウェーバーを落ち着かなくさせた。通りは広すぎ、住宅や商店は敷地が大きすぎ、間に無駄な空間が多すぎる。カーニーという町は大きすぎるスケールのもとに考案されていた。町ができた頃は土地が無料で与えられた時代だったし、それほど大都市にはならないという本当の運命がわかっていなかったからだ。街路は番号で呼ばれるストリートとアヴェニューの格子で構成された。まるで周囲の壮大な空っぽの土地をどんどん侵食してマンハッタンなみに成長する可能性があったかのように。

ウェーバーは戦没者記念碑の前のベンチに坐ってこの二日間を振り返り、なぜこんなに落ち着かないのかを考えてみた。マーク・シュルーターがひどく壊れてしまった自我を今なお素朴に信頼しつづけていることについても。だがマークのことをじっくり考えてみたのは間違いだった。広すぎる街路がもたらす眩暈がまた押し寄せてきた。何か大事なことを見落としていると感じた。足の下で歩道の幅がだんだん広がっていく。落ち着かないことに合理的な説明はつかない。

ウェーバーは腰をあげ、この時刻でもう開いている店はないかと捜しながらさらに二ブロック歩いた。むさくるしい感じの安食堂が通りの反対側に現われた。ガラス窓に〃イエスの魚《ジーザス・フィッシュ》〃〔キリスト教のシンボルである簡略化した魚の図案〕が描かれたドアを押し開けると、内側のドアノブに取りつけられたカウベルが鳴ってぎくりとした。真ん中のテーブルの四人の男がこちらを見た。デニムの服に交配種の種のロゴのついた帽子という恰好の男たちは長年陽射しと風雨に晒されつづけてきたといった感じだ。ウェーバーがおずおずと店に入り、レジのそばを通った時、厨房から女の声がした。「適当に坐って」

ウェーバーは男たちから離れた仕切り席へ足を運んだ。赤いふかふかの座席に腰を落とすと、昨夜の苦しみがまたぶり返す。最近の同業者諸氏が気前よく処方する抗不安薬を服用した時に生じるような軽度の動揺だ。人間の身体は外部から補給される物質を体内で作らなくなることを知っているので、総合ビタミン剤より強い薬を極力摂取しないことにしている。そのビタミン剤すら今回は持ってくるのを忘れたので、この三日間はいっさいの薬物をとっていない。だが、そんな些細な変化でこの動揺を説明するのは不可能だ。

ウェーバーは仕切り席のテーブルの灰色のメラミン化粧板を指でぱらぱら叩いた。両手の指がタイプ打ちをするのを六十センチ上から眺める。こわばった腹から笑いが泡立ちながらのぼってきてプチプチ弾けた。タイプ打ちしている手を握り合わせる。自己診断の結果がまっすぐ顔を見据えてきた。世界で一番最後にネット利用を始めた科学者が、何とEメール禁断症状だ。

ウェイトレスが仕切り席へやってきた。女性看護師と女性交通警官の中間のような服装で、妙に映画じみていた。若く見積もってもウェーバーと同年配で、ウェイトレス稼業には三十歳ほど老けすぎている。ウェーバーはまぬけな笑みを向けた。ウェイトレスは首を振る。「朝一番のコーヒーを飲まないうちからそんなに幸せになるのには免許が要るんでしょ」そう言って、左右の手に一つずつ持った耐熱ガラスのポットを高く掲げる。ウェーバーは色の濃いほうを指さした。

ウェーバーは中西部人のことを忘れていた。中央飛行経路に沿って住む人々は自分の同郷者なのに、もうその心を読めなくなっていた。あるいは生まれてからの二十年間に築きあげた彼らについての理論が、その後の追跡データがないために有効性を失ってしまったというか。種々の根拠から推測するに、中西部人は正規分布曲線の中央値よりも親切で、冷静で、退屈で、抜け目がなく、率直で、内心を隠しがちで、寡黙で、慎重で、集団を好むほうに偏っている。あるいは彼らこそが中央値で、両側が下りカーブを描いてゼロに至っているのだろう。ウェーバーはその人たちを異邦人のように感じている。自分も元々は彼らの一員だったのに。

ウェーバーは頭の禿げた部分を撫でながら首を振る。ウェイトレスがさっきよりもう少し実際的な質問を投げてきた。「で、なんにします?」ウェーバーが当惑顔でテーブルの上を見まわすと、今日の仕事の最初のハードルだとばかり、小さな溜め息を漏らした。「メニュー要る? うちは何でもあるけど」

ウェーバーは眉を吊りあげた。「ほうれん草クレープなんかも?」

ウェイトレスは口の端を微かに引いた。「さっき売り切れたとこ。ほかは何でもあるわよ」

ウェイトレスが卵を二つ使ったオーバーイージーの目玉焼きとソーセージ二本の注文を聞いて立ち去ると、ウェーバーはいまいましい携帯電話を出した。まるで位相光線銃《フェイザー》を持ち歩いているような気分だ。部屋を出る時ズボンのポケットに入れてきたのだが、いよいよこの悪癖に深くのめりこんでいくのかもしれない。腕時計を見て、一時間を足し、ニューヨークの時刻を割り出す。まだ早すぎる。テーブルの男たちの会話を盗み聞きしたが、四人とも言葉少なな上に速記のような省略した話し方をするので、ポーニー族の人たちかと思うほどだった。そのうちの一人、〝IBP〟というロゴのついた真っ赤な帽子をかぶり、大きな顔に耳毛と鼻毛を盛大に生やした男が、くわえた爪楊枝を門歯で器用に彫刻して小さなトーテムポールを作っていた。「調子に乗っちゃいけねえ」と男は言った。「ああいうアラブ人どもは砂漠を歩いて蜃気楼に復讐するんだ」

「聖書にも似たようなことが書いてあるな」別の男が言った。

シルヴィーを心配させることはない。彼女にも慰めようがないだろう。こちらの様子がおかしいのなら、昨夜話した時に気づいて何か言ったはずだ。それに気持ちを落ち着けるために携帯電話を使ったことを知られたら、もう手放させてくれなくなる。

ウェイトレスが目玉焼きとソーセージを運んできた。「ホイートトーストもって言ったよね」と訊かれてうなずく。さっきトーストを話題にした記憶はなかったが。ウェイトレスはコーヒーのおかわりを注いでから、農夫たちのテーブルのほうを向いた。が、そちらへは行かず、ウェーバーに向き直った。「お客さんはニューヨークから来た脳の学者さん？　マーク・シュルーターを診察にきた先生？」

ウェーバーは顔を赤らめた。「そうだが、どうして……」

「超能力、と言いたいとこだけど」とコーヒーポットを耳の近くで揺り動かす。「あたしの姪がマークのグループと友達でね。本を見せて、有名な先生が来てくれてるって教えてくれたのよ。マークのことはみんな気の毒に思ってるの。ただ、あの事故がなくたって、別のとこで似たような事故を起こしてたっていう人もいるけどね。あの人、近頃だいぶ変わったってボニーは言ってるのよ。前は変わった子じゃなかったってわけじゃないけどね」

「まあ、ずいぶんひどい怪我をしたから。でも脳というのはすごいものでね。回復する力にはびっくりするよ」

「うちの旦那にもいつもそう言ってるんだけどね」

ウェーバーの頭の中で何かがかちりと音を立てた。覚えておくほどのことではない些細な事柄が記憶に蘇るスリルを味わった。「あなたの姪御さんは、痩せた、色白な人じゃないかな。黒いまっすぐな髪を肩の下あたりまで伸ばしてて。自分で編んだ服を着てて」

ウェイトレスは腰の片側を前に突き出し、首をかくりと倒した。「あら、でも姪はあなたに会ったことないって言ってるけど」

ウェーバーは両耳のそばで手をぐるぐる回した。「超能力」

ウェイトレスはテーブルへ行って四人のコーヒーを満杯にした。男たちは品のないふざけ方をして、〝熱い底なしのポット〟についてのジョークを言った。ロングアイランドあたりの安食堂でも口にされる類のものだが、ウェーバー自身は久しぶりで聞いた。ウェイトレスは背をかがめて四人の間に首を突っこむようにし、仲間内でひそひそ話をした。話題はウェーバーのことだろう。よその星から来た生き物のこと。

ウェイトレスは勝ち誇るようにコーヒーポットを振りながらまた戻ってきた。「〈パイオニア・ピザ〉で姪の写真を見たんでしょ。あそこにいる男の――」ポットで一人の男を示す。「あそこにいる人なんて言わないよ、そんな上品なもんじゃないから――あの男の娘さんがあんたに給仕したんだ」

ウェーバーは額に手を押しあてた。「そう結束されちゃかなわない」

「さすが田舎町でしょ。誰もが誰かの親戚ってね。そのお皿さげようか。それともまだ途中?」

「いやいや、ご馳走さま」

ウェイトレスが行ってしまうと、また不安が戻ってきた。休まらない一夜のあとでコーヒーを飲んだのは間違いだった。シルヴィーの協力で二年近く前からカフェインは一切摂取せずにきたのに。ソーセージを食べたのも失敗だった。ネブラスカでの四日間。研究所の所長室のデスクから離れていた四日間。腕時計を見た。東部に電話をかけるにはまだ早すぎる。だがボブ・キャヴァナーの携帯電話にはめったにかけないので、たまには迷惑をかけてもいいだろう。

担当編集者の「先生!」という先制攻撃に、ウェーバーは肝を潰した。発信者電話番号表示《コーラーID》機能は真に邪悪な発明の一つである。発信者が受信者を知る前に、受信者が発信者を知るのは不当だ。ウェーバーの携帯電話のダイヤルスクリーンにも表示されるが、必ず目をそらすことにしている。キャヴァナーは嬉しそうだった。「お電話をくださった理由、わかりますよ!」

その言葉が背筋を這いあがる。「そうかね」

「まだご覧になっていませんか。昨日メールに添付してお送りしましたが」

「何をだね。私は今旅先なんだ。ネブラスカにいる。だから――」

「おやおや。そちらではまだ狼煙《のろし》が通信手段ですか」

「まさかそんなことは……ただ私が……」

「先生、どうしてそんなひそひそ声なんです」

「今、レストランだから」ウェーバーは周囲を見まわした。誰もこちらを見ていない。見る必要を感じていない。

「ウェーバー先生！」親しみをこめた冷やかしが容赦なく浴びせられる。「ひょっとしてこんな時間にご機嫌伺いのお電話をくださったんですか」

「いや、そういうわけでもないんだが――」

「先生、堕落の坂を転げ落ちかけてますよ。あと三冊本が出る頃には、売れ行きはどうかね、なんて訊いてこられたりして。いや、私は嬉しいですよ。人間的な堕落ですからね。ご安心ください。出足は好調です」

「足があるのか。本は四肢動物なのかな」

「ああ、生物学ネタのジョークですね。《カーカス・レヴュー》の評は微妙ですが、《ブックリスト》は絶賛ですよ。ちょっと待ってください。今電車に乗ってるんです。書評はパソコンに取りこんでますから、今抜粋を読みますね」

ウェーバーは耳を傾けた。だが不安の種はこれではない。この著書のことを心配するはずがない。『驚異の国』は脳損傷と言われるものの十二の症例を紹介した本だが、ウェーバーはそれらをわざと脳損傷とは呼ばなかった。それぞれの患者は病気や事故によって自我が大きく変容したのだ。それは自我の堅固さに疑問を生ぜしめるような変容だ。自我は継続性と全体性を備えた唯一不可分の存在ではなく、多くの国が集まった連邦であり、構成国の一つが変化すれば従来の関係が崩れて、前とはまったく違う新たな連邦が立ち現われる。そのさまを報告したこの本に誰が異論を差しはさむだろう。

書評が読みあげられるのを聞きながらウェーバーの心は群島になっていた。キャヴァナーの読みあげがやむ。感想を述べなければならない。「君は満足かね」とウェーバーは訊いてみた。

「私ですか。私は素晴らしいと思います。宣伝に使うつもりです」

ウェーバーは、大陸の半分を隔てた相手に向かってうなずきかけた。「《カーカス》は何が気に入らないんだろう」

また回線の向こうが沈黙した。キャヴァナーはそつなく乗りきろうとする。「症例の紹介が読み物的すぎるとか。理屈が多すぎてカーチェイスが足りないとか。〝尊大〟なんて言葉もありましたかね」

「何がどう〝尊大〟なんだね」

「ねえ先生、気にすることありませんよ。先生はもう発見の対象じゃない。大きな標的なんです。持ちあげるより引きずりおろすほうが手柄になる。その手の批判は痛くも痒くもありません」

「その記事も手元にあるのかね」

キャヴァナーは溜め息をついてファイルを呼び出し、読んで聞かせた。「とまあこうです。先生もマゾヒストですねえ。もう忘れましょう。無知な連中はほっとけばいいんです。それで、ネブラスカでは何してるんですか。次のお仕事の関係なんでしょうね」

ウェーバーはひるんだ。「それは私のことだから、何でも次の仕事がらみだよ」

「誰か患者さんがいるんですか」

「交通事故に遭った若い男性が実の姉を偽者だと言っている」

「私と逆ですね。私は姉に偽者だと思われてます」

ウェーバーはお義理で笑った。「誰でも自分を演じているからね」

「それが新しいテーマなんですか。次は記憶だと思ってましたが」

「そこが面白いんだ。患者にとってその姉は記憶どおりの人なんだよ。ところが患者は何か違うという直感を信じて、記憶を信じない。記憶に基づく推論が直感という曖昧なものに負けてしまう」

「すごいですね。治る見込みはあるんですか」

「それは本を買って読んでもらわないと。値段は二十五ドル。お近くの書店でどうぞ」

「そんなにお高いのなら書評を読んでからにしますよ」

二人は電話を切った。ウェーバーの意識はたちまちベーコンの匂いがするレストランに引き戻された。著書がどう評価されるかなどどうでもいい。問題は誠実な記録が残せたかどうかだが、それはできたという自負がある。今朝の不安はどう考えても異常だ。何が原因だかわからない。あのガレスピーという看護助手の無言の非難が引き金になったのか。コーヒーを飲み干して、カップの底を眺めた。テーブルでは役所の農業相談員を肴にジョークが交わされていた。ウェーバーは聞くともなしに聞いた。

「それで最初のやつがよ、『この虫はこっちのやつと違って生ごみを食って滓《かす》を吐き出してくれねえ』と言うと、もう一人が言ったよ。『ああ、そりゃ非堆肥型カマキリ《ノン・コンポスト・マンティス》〔精神異常を意味するラテン語「ノン・コンポス・メンティス」のもじり。またマンティスというコンポストの製造会社があることもジョークの下敷き〕だから』」

ウェイトレスがまたやってきた。「ほかにご注文は」

「いや、お勘定を。そうだ、一つ訊いていいかな」ウェーバーはまた少しだけ胸が波立った。何もないのに。「ここでは誰もが誰かの親戚だそうだが、シュルーター姉弟の場合はどうなんだろう」

ウェイトレスは窓の外の徐々に動くもので満ちていく街路を見た。「お父さんはいつもお一人さまって感じの人だったね。お母さんのほうはヘイスティングズに家族がいたみたい。神の国は明日の午後四時十五分に現われるみたいなことを信じるタイプで、知り合いの中に一緒にそれを待とうという人はいなかった。家族からも敬遠されがちだったみたいだね」悲しげに首を振りながら汚れた食器を重ねた。「まあ、どっちも子供たちの安全ネットになったとは言えないだろうね」

ウェーバーはもう一度ヘイズ医師と話すためにグッド・サマリタン病院へおもむいた。ウェーバーが三日間で集めたデータを二人で検討した。ヘイズ医師は皮膚電気反応、顔認識能力、心理テストの結果を見た。十数個の質問をしたが、ウェーバーに答えられたのは三分の一だけ。だがヘイズ医師は感心した。「こんな不思議なことを調べてもちゃんと成果を出されるんですね！」データを記した紙の束をぽんと叩く。「先生のおかげでこの症例についての理解が深まりました。先生の研究に大きな意味を持つことでしょうね。しかしそこから示唆されることは何なのか。一つの症状だけでなく疾患全体をどう治療していけばいいでしょうかね」

ウェーバーは顔をしかめた。「この場合、研究と臨床に違いがあるのかどうか。文献には系統立った治療法の研究は見当たらない。サンプルサイズが小さすぎる。精神疾患から生じたカプグラ症候群の研究も少ないが、頭部外傷によるものはもっと少ない。私の意見はどうかというお尋ねだが……」

ウェーバーは鋭利な凶器は持っていないというように両手を開いてみせた。「医学に縄張りは不要だ。それはおわかりだと思うが」

長年の研究からわかることがあるとすればまさにそのことだった。「私としては根気強い集中的な認知行動療法を勧めるね。保守的な手法だが、やってみる価値はある。それについて書かれた最近の記事を差しあげるよ」

ヘイズ医師は片眉をあげた。「ひょっとしたら」と言う。「そうするうちに自然治癒するかもしれませんね」

ウェーバーは反撃した。「現にそういうことも起きているよ。認知行動療法には妄想症改善の実績もある。少なくとも怒りや被害妄想に対処する助けになるんだ」

ヘイズ医師は全身で懐疑心を表明していた。だが治療の鉄則の第一はとにかく何か手を打つということだ。無駄なように思えてもやってみる。ヘイズ医師は腰をあげてウェーバーに手を差し出した。「精神科での受診を勧めてみますよ。先生のご本、出るのを愉しみに待っています。私の名前は〝e〟がつくこと、どうかお忘れなく」

あとはさよならを言うだけだ。デダム・グレン・リハビリテーションセンターへ行くと、マークは午後の理学療法を終えたところだった。カリンも一緒なので、二人一遍に挨拶できる。ウェーバーは病院の前庭にいる姉弟を少し離れたところから見つけた。カリンは五十メートルほど先の芝生の上に寝そべっていたが、その姿は強制隔離されたベビーシッターといったところだった。マークはヒロハハコヤナギの木の下の金属製のベンチに坐っている。その隣にいる女性はまだ会ったことがないのにすぐ誰だかわかった。ボニー・トラヴィスは水色のノースリーブのブラウスにデニムのスカートという恰好だ。ボニーはマークの頭からニット帽を脱がせて、かわりにタンポポの花輪をかぶせた。それから両手に小ぶりの木の枝を持たせる。王笏を持って庭に憩うゼウスの図か。マークは何だか嬉しそうである。ウェーバーが近づいていくと一同は顔をあげた。ボニーの顔に花開いた笑みは、人口密度が一平方キロあたり十人未満の州でしか見られないものだった。「あっ、おたく知ってる！　写真とそっくりねえ」

「君もね」とウェーバーは応じた。

マークは腹を抱えて笑った。ボニーに身体を抱きとめられて、かろうじてベンチから落ちずにすんだ。

「えっ？」ボニーは笑いながら訊き返す。「何が〝私も〟なん？」

「二人ともいかれてるよ」マークが木の枝で二人を指した。

「どゆこと、マーキー？」

「だって写真はペシャンコだろ。大きさもこんぐらいしかないだろ」

ボニーはけらけら笑った。ウェーバーはふと二人でマリファナでもやっていたのかと思ったが、匂いはしなかった。カリンが立ちあがり、疑わしげな面持ちでやってきた。「もう終わりなんですね」

マークは動揺した。「何だ。この女の正体を突きとめたのか。逮捕しにきたのか」

ウェーバーはカリンに言った。「さっきヘイズ先生と話したんだがね。先生は集中的な認知行動療法を勧めるはずだよ」

「この女は刑務所行きなのか」マークはボニーの腕をつかむ。「ほらな。言ったとおりだろ。お前信じなかったけどさ。この女はおかしいんだよ」

「君も参加できるはずだ」とウェーバーはカリンに言ったが、これは約束としてはごく頼りないものだった。

カリンは尋問する目でウェーバーを見る。「先生はもうここへは二度と来ないんですね」

ウェーバーは精神が変容して不安を抱く多くの人たちの信頼を勝ちとってきた友情と敬意にあふれる表情をカリンに見せた――昨夜は見失ってしまっていた確信をこめて。

「もう帰っちゃうの」ボニーが口を尖らせた。よく見ると写真とは全然違う顔だった。「まだ来たばかりなのに」

マークが飛びあがるように腰をあげた。「ちょっと待った。駄目だ、シュリンキー。帰らないでくれ。帰るのは俺が許さん！」王笏でウェーバーを指す。「あんた俺をここから出してやるって約束したろ。帰っちまったら誰が出してくれるんだよ」

ウェーバーは眉を吊りあげただけで何も言わなかった。

「ああ！　俺、家に帰んなきゃいけないんだよ。また仕事をしなきゃいけないんだよ。今の俺にはあの仕事だけが希望なんだ。これ以上ここでぶらぶらしてたら馘になっちまう」

カリンは両方の掌をこめかみにあてた。「マーク、そのことは話したでしょ。病気休暇中なんだから、お医者さんがまだ治療が必要だと言ってるのなら、会社は……」

「治療なんかもういい。仕事しなきゃいけないんだ。だから医者はもう手を引いてくれってんだよ。いや、あんたは違うよ、シュリンキー。あんたは少なくとも頭がまともだ」

マークは姉を偽者と決めつけているが、それと同じくらい無根拠にウェーバーを受け入れている。そんな信頼に値するようなことは何もしていないのに。「頑張ってリハビリを続けるんだ、マーク」ウェーバーは自分の声音にうんざりした。「じきに家に帰れるからね」

マークは打ちのめされて顔をそむけた。ボニーがもたれかかって腕を身体に回す。マークの声はぶたれた犬のそれだった。「また俺をそこの女に引き渡すのか！　偽者だとちゃんと証明したのに……」

「ちょっと失礼、病院の人に確かめたいことがあるんだ」ウェーバーはそう言い置いて建物に向かっていき中に入った。受付のスペースはさながら車椅子レースのスタート地点だった。デスクでバーバラを呼んでくれるよう頼んだ。何となく犯罪者めいた気分になり、動悸が高まる。呼び出されて現われたバーバラは、ウェーバーを見て動揺の色を覗かせた。緑の瞳は今すぐ立ち去れという警告灯になっている。だがバーバラは軽い口調を試みた。「あら、医学の権威のお出ましですね」

ウェーバーは軽口を返したくなったがやめておいた。「さっきグッド・サマリタンの神経科へ行ってきた」

「そうですか」とバーバラはプロらしくさらりと受ける。用件の見当はだいたいついている様子だ。「ＣＢＴを提案したら賛成してくれてね。それであなたにも協力してもらえたらと思って。あなたはマークと……良好な関係を築いている。彼に好かれているようだ」

バーバラは慎重な態度を見せた。「ＣＢＴ？」

「あ、失礼。認知行動療法だ」彼女が知らないのは不思議だとウェーバーは思う。「興味はあるかな」

バーバラは思わずという感じでふっと笑う。「興味が湧く日もありますね。ええ」

ウェーバーは単音節の笑い声をあげた。「それは同感だ。私もよく……」

バーバラは説明されなくてもその意味を理解して軽くうなずいた。ウェーバーはまたしても、なぜこの人は看護助手などやっているのかと訝った。もっとも彼女はその務めを立派に果たしている。自分はそこから彼女を昇進させてやる立場にはいない。二人はぎこちない一瞬を分かち合った。どちらも最後に言っておくべきことはないかと考えた。だがそんな話題などなく、無理に作る気もウェーバーにはなかった。

「じゃ、いろいろありがとうございました。お気をつけて」とバーバラは言った。その言葉は絶望的なまでに中西部的だった。ただし声は――西海岸や東海岸の都会を思わせた。

ウェーバーは急いで言った。「一つ訊いてもいいかな。あなたは私の本を読んだことがある？」

バーバラは助けを求めるように周囲を見た。「いやだ。これ試験ですか」

「もちろん違う」ウェーバーは退却する口調で答えた。

「試験なら前もって勉強しておきたいですから」

ウェーバーは謝罪の仕草で手を振り、時間をとってもらったことに礼を言うと、急いで玄関のほ

う へ 向かった。歩いている間中、バーバラの視線を背中に感じつづけていた。珍しく患者との面談に失敗した時のような気分になり、早朝の吐き気があとを追ってきた。

マークは両手に花でベンチに鎮座し、オリンポスの聖山のふもとを行くリハビリ患者や看護師や職員や見舞客を眺めていた。頭にはタンポポの冠、手にはヒロハハコヤナギの王笏。自分はマークをこの姿で記憶することになるのだろうなと思う。ちょっと建物に入っていた間に、マークはまた変容していた。裏切られたことへの恨みはもう消えていた。王笏を持ちあげて振り、ウェーバーを祝福した。「汝に幸あれ、旅人《ヴォイジャー》よ。また新たな惑星を探しにいくがよい」

ウェーバーは歩みをとめた。「どうして……何と奇妙な偶然だ」

「偶然なんてものはないのよ」とボニーが言った。言葉が神々しい輝きを帯びていた。

「世の中すべて偶然よ」とカリンが反論する。

マークは含み笑いをした。「そりゃどういう意味だ？　あ、ちょっと待った。今の言い直す……」声を低くしてウェーバーの権威に満ちたバリトンを真似た。「こう言いたかったんだ。『それはどういうことだろう』」

「私の娘は天文学をやっているんだ。天文学者。新しい惑星を探すのが仕事だ」

「それ前に話してくれたじゃーん」マークが間延びした口調で言う。

ウェーバーは偶然だと思いこんで驚いた時以上の衝撃を受けた。不眠の一夜と蒸し暑さのせいで集中力が損なわれて記憶が飛んでいたのだ。もう家に帰らなければならない。今後の三週間に二つの学会で基調講演をし、そのあと秋学期が始まる前に妻と一緒にイタリア旅行をする予定がある。

カリンが駐車場まで見送りにきてくれた。じっと耐えてはいても、彼女の失望は絶望にまで深まっているようだった。「私、たぶん期待しすぎたんですね。先生が脳には驚くべき回復力があるとおっしゃったのは、あれは……」言いさして顔の前で手を振った。「いえ、わかってます。別に私は……それより、一つ教えていただけませんか。遠慮とかしないでずばりと」

　ウェーバーは身構えた。

「弟はほんとに私を憎んでますよね。何かものすごく根の深い恨みがあって、私だけを憎んでる。だから毎晩ベッドで考えるんです。私はあの子に何したんだろうって。消えてしまえと思われるほどのことをしたんだろうかって。でも、全然心当たりがなくて。これって、本当は知ってるのに、抑圧してるとか……?」

　ウェーバーは愚かしくもカリンの腕をつかんだ。三日前にこの同じ場所を歩いている時したように。「君個人が批難されているわけじゃない。たぶん脳の損傷のせいだ……」これはさっきヘイズ医師に言ったのとは逆のことだ。自分に一番関心のある精神力学を曖昧にしている。「そのことをヘイズ先生と話したんだよ。カプグラ症候群の特徴でね。自分に一番近しい人だけを本物じゃないと言い張るんだ」

　カリンは辛辣に鼻で笑った。「人はみな愛する者を偽者呼ばわりする〔オスカー・ワイルドの有名な詩句〝男はみな愛する者を殺す〟のもじり〕ってわけですか」

「そんなところだ」

「じゃ、やっぱり心理的なものなんですね」

　自分が直感していることも、他人の口から聞くと苛立たしい。「しかしだ。拒絶されているのは君一人じゃない」

「私だけですよ。トミー・ラップも今は大丈夫っぽいですから」

「いや、彼のことじゃなくて。飼い犬だよ」

　カリンは腕をもぎ離して、犬と同列扱いかと抗議する勢いを示したが、ウェーバーにはわからない理由ですぐに態度を和らげた。「ええ。そうですね。あの子はブラッキーのことがどんな人間よりも好きですもんね」

ウェーバーは握手をしようと手を差し出した。カリンは最後の最後に罪悪感にとらわれたのか抱きついてきた。ウェーバーはじっとして抱擁を受けとめた。「何か変化があったら知らせてくれたまえ」

「なくても報告します」カリンはそう言って歩み去った。


また早く目覚めて、新たなパニックに襲われた。なじみのない天井が顔の上数センチのところにあるように見えた。息を吸っても肺が広がらなかった。まだ午前二時三十分にもならない。三時十五分になってもまだ、なぜジェシカのことをマークに話したのを忘れたのかとくよくよ考えていた。起きあがって面談のテープを聞きたい衝動に駆られた。四時になると、自分の今の生命徴候からして、身体に何か深刻な異変が起きているのかもしれないと不安になった。もうじっと寝ていられなくなり、起きてシャワーを浴び、服を着て、荷物を詰め、チェックアウトして、予定の時刻より数時間早くレンタカーに乗りこみ、剃刀にも似た表情のない州間高速道路を東に走った。

　飛行機がオハイオ州上空に差しかかると、気分は持ち直した。雲の毛布を見おろして、その下にあるはずのコロンバス市の目印になる地形や構築物を思い浮かべた。三分の一世紀前になじんだ市。中心を持たずに広がる大学のキャンパス。学生が多く住むうらぶれた郊外でシルヴィーと二人で借りていたバンガロー。コロンバス市のダウンタウン、サイオト川、タイムワープで迷いこんだようなドイツ人街《ジャーマン・ヴィレッジ》。ショートノース地区にある大きな古書店はシルヴィーとの初デートの場所だ。今でも市全体の地図が彼の中にあり、目を閉じればくっきり浮かんでくる。

　ペンシルヴェニア州の山襞が見えてくる頃には、ネブラスカでの滞在などつかのまの不首尾な経験にすぎないと思えてきた。ラガーディア空港に降り立った時、ウェーバーはすっかり回復していた。長期駐車場には愛車のパサートが待っていた。ロングアイランド・エクスプレスウェイの共同で作りあげる張りつめた狂騒がこれほど親しみ深く美しく感じられたことはなかった。そして高速道路の終点には、住み慣れた町のなじみ深い匿名性があった。

第三部　神さまが私をあなたのもとへ導いてくれた

わが家の居間の植木鉢に野鼠が記憶のなかの野原を再現しようとしているのを目撃したことがある。幾多のちがった形で同じことが繰り返されるのを私は見てきた。私は実在しない木の木陰で人生の大半を過ごしてきた者として、野鼠の代弁者となる資格を持つと思っている。

——ローレン・アイズリー『夜の国：心の森羅万象をめぐって』「茶色のすずめ蜂」の章（千葉茂樹・上田理子訳、工作舎）

北

アメリカ先住民クリー族の言い伝えによれば、人間とほかの動物がまだ同じ言葉を話していた頃、兎が月へ行きたがった。兎は飛ぶ力の強い鳥に連れていってもらおうと考えた。ところが鷲は忙しいし、鷹はそこまで高く飛べないと尻ごみする。引き受けたのは鶴だった。鶴は兎に両脚につかまってと言った。そして月を目指して飛び立った。月までは遠く、兎は重かった。おかげで鶴の脚は伸びてしまい、兎の手はすりむけて血を流した。それでも鶴は兎をぶらさげたまま月にたどり着いた。兎はありがとう、ありがとうとお礼を言いながら、まだ血の出ている手で鶴の頭をぽんぽんと叩いた。そういうわけで鶴は脚が長く、頭が赤くなった。

　次もそんな昔の話。あるチェロキー族の女が蜂鳥と鶴から同時に求婚された。女は蜂鳥と結婚したがった。とても美しいからだ。ところが鶴が世界を一周する競争で決着をつけたいと提案した。女は同意した。蜂鳥が速く飛べることを知っていたからである。鶴が夜も飛べることは忘れていた。蜂鳥と違って疲れを知らないことも。それに鶴はまっすぐ飛ぶが、蜂鳥はあちこちに飛ぶ。世界一周の競争は鶴が楽勝した。だが女はそれでも鶴を拒絶した。

　人間はみな偉大なる雄弁家である鶴を尊敬していた。鶴が群れると会話は何キロも先まで聞こえた。アステカ人は自分たちを〝鶴の民〟と呼んだ。アニシナベ族の一部族は〝鶴たち〟――アジジャックまたはビジナシー――〝谺を作る者《エコー・メイカー》〟たちと呼ばれた。〝鶴〟は人々を呼び集める指導者である。クロー族とシャイアン族は鶴の脚の骨で笛を作った。〝谺を作る者〟で谺を作ったのだ。

ラテン語の〝鶴《グルス》〟は鶴の鳴き声の擬声語が語源だ。アフリカのある部族の伝承では、カンムリヅルは言葉と思考を支配していると考えられている。ギリシャ神話の登場人物パラメーデースは鶴の群れがけたたましく鳴きながら飛ぶのを見て、ギリシャ文字のいくつかを考案した。ペルシャ語でクルティ、アラビア語でグルヌク。ほかのどの生き物よりも早く目を覚まして、夜明けの祈りを唱える鳥である。中国語でタンチョウヅルは〝仙鶴〟――天の鳥――といい、天上の異なる世界の間でメッセージを背中に載せて運ぶ。

アメリカ南西部の岩石線画《ペトログリフ》には踊る鶴が描かれている。テワ族に踊りを教えたのは〝老いた鶴男〟だった。オーストラリアのアボリジニーには、踊りのうまい美しく高慢な女が魔術師によって鶴に変えられる物語がある。

アポロンは鶴の姿で人間の世界と神々の世界を行き来する。紀元前六世紀のギリシャの詩人イビュコスは、盗賊に殴打されて瀕死の重傷を負った時、上空を飛ぶ鶴の群れに事情を話した。劇場にやってきた盗賊は追ってきた鶴の群れを見て罪を告白し、居合わせた公衆を驚かせた。

オウィディウスの『変身物語』には、ヘラとアルテミスがピュグマイオイの女王ゲラナの虚栄を罰するために、彼女を鶴に変えた話がある。アイルランド神話の英雄フィンは、崖から落ちた時、鶴に変身した祖母に空中で受けとめられた。アメリカの黒人奴隷の間では、頭上で鶴が輪を描いて飛ぶと誰かが死ぬと信じられた。日本神話で国を作るために戦った戦士、日本武尊《やまとたけるのみこと》は死んだ時に鶴〔正確には〝白鳥（しらとり）〟で、白鳥や白鷺など白い鳥全般を指す〕の姿になって飛び去った。

ショーニー族の首長テクムセは、鶴の力のもとに諸部族の結束をはかり、ホピ族の鶴の足をかたどったマークは世界平和のシンボルになった。血統（pedigree）という言葉の語源――中期フランス語の pie de grue――は〝鶴の脚〟という意味であり、家系図の線の形に由来している。

日本人は願いがかなうようにと、紙を折って千羽の鶴を作る。広島で原爆症にかかった十二歳の少女、佐々木禎子は六百四十四羽〔数は諸説あるが千羽未満とするのは創作された話〕まで折って亡くなった。毎年、世界中の子供たちから千羽鶴が広島に送られてくる。

鶴は魂が天国へ行くのを手伝う。喪中の家の窓辺に鶴の写真が並べられ、故人の亡骸に鶴をかたどった宝石が飾られる。鶴は元々人間の生まれ変わりで、何度も鶴として生まれたあとでまた人間に戻るのかもしれない。あるいは人間が鶴の生まれ変わりで、群れがふたたび集まれば鶴に戻るのかもしれない。

鶴にはどこかしら、現在と未来のある時の真ん中にとらえられているという感じがある。十四世紀ヴェトナムのある詩人は、鶴を永遠に中空に留まる存在と見た。

雲は日々漂う
祭壇の脇の糸杉は緑濃く
心は月光のもとの冷たい池
夜の雨は花の涙をこぼし
仏塔の下で草が小道をなぞる
松林の中で鶴の群れは
古の楽の音と歌を思い出す
広大な空と海のなか
あの夜の灯火のもとで見た夢をいかに蘇らせん

人間とそのほかの動物が皆同じ言葉を話していた時、鶴の鳴き声は言いたいことを素直に伝えていた。今の私たちは不明瞭な谺の中で生きている。「山鳩《やまばと》もつばめも鶴《つる》も、渡《わた》るときを守《まも》る」〔旧約聖書『エレミヤ書』八章七節。新共同訳〕とエレミヤは言った。人間だけが神の秩序を思い出せずにいる。

ホテルの彼の部屋に電話をかけた時、何か変だとカリンは思った。声は著書に載っている写真のイメージに合わなかった。気さくな口調からは優しさがにじみ出ていたが、言葉は純然たる医学専門家のものだった。実物は頭髪の薄い落ち着きのある学者で、テレビのエデュテインメント番組で秋のニューイングランドの田園風景の中、邸宅のポーチのぶらんこ椅子に坐って、癪に障るほど柔らかな自信に満ちた声で質問に答える専門家といった感じ。ネブラスカへやってきたその人は、あの豊かな内容を持つ本の著者とは思えなかった。カリンはマークの症状を説明しようとしたが、ジェラルド・ウェーバーはすべての良き医者が備えている資質と本人が言うものを示してはくれなかった。ちゃんと話を聞こうとしないのだ。それでは元の上司やロバート・カーシュ、下手をすると自分の父親と変わらない。

その四日後、全米に有名な学者は帰ってしまった。滞在中はいくつかテストをし、何度か会話を録音して、自分のために資料を集めただけ。問題の解決にはまるで無力で、認知行動療法をやってみたらという曖昧な助言しかできなかった。ふらりと町へやってきて、みんなに期待を持たせ、マークの好意につけこみさえした。そして、それじゃみなさんうまくマークの症状と折り合って、とばかりそそくさと出ていった。頼りにしていたのに、何か理屈を言っていっただけだった。

それでもカリンはカリンらしく、ウェーバーにただの一度も不満を言い立てなかった。相手がこちらに背中を向けて去っていくその瞬間まで、優れた学識者であることに敬意を示しつづけた。礼儀正しく応対していれば、きっとこの白髪で顎鬚を生やした話し上手な専門家が、カプグラ症候群を打ち負かし、自分たち姉弟を救ってくれると信じていた。ダニエルがその専門家に会わせてくれと何度か言ってきたが、その都度カリンははぐらかした。ダニエルはそのことで一度もカリンを非難しなかったが、結局その必要はなかった。ウェーバーが帰って一週間後、カリン自身が明白な事実に気づいたのだ。自分があの初老の学者のために羽繕いをしていたこと——彼の助力を得るためなら何でもするつもりでいたことに。

神経科学者に見捨てられた三週間後、カリンはリクリエーション室でマークと卓球をしていた。マークもわりと卓球が好きで、カリンが勝たないようにしていれば、偽者の姉とも勝負を愉しんだ。そこへバーバラが興奮して飛びこんできた。「ウェーバー先生が明日、ブックTVに出るみたい。新しい本の一部を朗読するんですって」

「シュリンキーがテレビに出るって？　それ、本物のテレビか。アメリカ中で放映するやつ？　ほらな、あれは有名な人だって俺言ったろ。なのにみんな信じないんだもんな。明日は各ご家庭で話題になるな」

「ブックTVで？」とカリンは訊き返す。「何でわかったの」

看護助手は肩をすくめた。「ただの偶然よ」

「ずっと気をつけてたの？　それとも先生から連絡が……」

バーバラは顔を桜色にした。「いつもケーブルテレビに注意してるのよ。昔からの癖で。今はもう観られるものは少ないんだけど。何も爆発しないもの、ここで笑えと合図が入らないもの。そういうのでないと見てられないのよね」

マークは放り投げたラケットをもう少しのところで取り落とした。「『縮みゆく人間《インクレディブル・シュリンキング・マン》』がテレビに出るってか。そんじゃあ、絶対観逃せないな」

翌日、三人はマークの病室のテレビの前に集合した。カリンはウェーバーが登場しないうちから爪の甘皮を噛んでいた。どうせカメラの前で演技するだけとわかっている人をそれでも観ずにはいられないのは屈辱的だった。バーバラもそわそわしている。ウェーバーの経歴が紹介されている六分間に、マークの世話をしてきた六週間で話したことより多くのことを喋り、しまいにはカリンがちょっと黙ってと制した。

マークだけが愉しんでいた。「さて正念場を迎えたホームチーム、まもなく主砲が打席につきます。観衆がざわついています。一発を期待しているわけですから当然でしょう」だが、ジェラルド・ウェーバーがスタジオの観客の前に登場して演台についた時、マークが声をあげた。「おい、何だよこれ。なんかのギャグか」

カリンとバーバラがなだめようとしたが、マークは立ちあがって義憤の柱となった。「ふざけてんのか。これがシュリンキーだって？　全然別人じゃんかよ」

スタジオの照明、テレビ画像特有の質感、当人の緊張が相俟って、確かに風貌が変わっていた。カリンがバーバラを横目で見、バーバラも濃い眉をひそめて視線を返す。ウェーバーの頭髪は劇的に梳《す》きあげられている。顎鬚も手入れされ、血色がよく、ほとんどフランスの洒落者のようだ。服もダークスーツからシルクと思しきバーガンディー色の襟無しシャツになっていた。テレビ画面で見ると背が高く見え、張り出した肩は戦闘的でさえある。朗読が始まると、口から流れ出る声は旧約聖書的な韻律を帯び、言葉はきわめて知的で、人間の性質の微妙な陰影を精緻に描き出す力を持って、まるでもう死んでいる偉大な著者によって書かれたかのようだった。これが本物のジェラルド・ウェーバーなのであり、ネブラスカにごく短期間ご降臨になった時は、なぜか朴訥《ぼくとつ》そうな外見の下に本性を隠していたのだ。

マークは憤懣やるかたない足取りで小さな輪を描いた。「こいつ誰のつもりなんだ。ビリー・グラハム〔現代アメリカで最も大きな影響力を持つキリスト教伝道師〕か」マークのその言葉に、カリンは首振り人形のようにうなずいた。

バーバラは画面の朗読者から目が離せない様子だ。「スタジオの客は騙されてんだ。誰もほんとのシュリンキーをじかに見たことがない。誰も俺たちに訊こうって頭がないんだ！」

カリンは弟の声を頭から締め出して朗読に耳を傾けた。

意識は一まとまりの連続し安定した物語を語ることで活動している。その物語が壊れると、意識はそれを書き直す。それぞれの草稿は自分こそが原本だと主張する。だから病気や事故で意識に断絶が生じても、当人は気づかないことが多いのである。

ウェーバーの言葉はカリンの全身を洗い、ふたたび誘惑する。「あなたの言うとおりね」とカリンはマークに言った。「ほんとにそう」誰もほんとのウェーバーを見たことがないのだ。ニューヨークのスタジオの観客も。自分たち三人も。

マークは足をとめてカリンを査定する目で見た。「あんたに何がわかるんだよ。あんたはこれに一枚噛んでるんじゃないのか。ウェーバーをここへ連れてきたのはあんただ。ひょっとしたらこのテレビのシュリンキーが本物で、あんたが俺たちに押しつけたシュリンキーは偽者かもな」

バーバラが手を伸ばしてマークの肩をさすった。マークは目と目の間を撫でられた猫のようにじっと動かない。それから落ち着きを取り戻して坐り、テレビを観た。「『私たちは珊瑚礁のようなものだ』」とウェーバーは朗読を続けた。「『複雑で壊れやすい生態系の中にいる……』」三人はシルクのシャツを着た見知らぬ男のパフォーマンスを注視した。アントン症候群なるものを発症したマリアという四十歳の女性の話だった。

私はハートフォードにある家具調度の完璧な家で彼女と話した。精力あふれる魅力的な女性で、長年弁護士として成功を収めてきた。何一つ不足がなく幸福そうに見える彼女だが、一つ問題があるとすれば、自分は目が見えると思っている点だ。あなたは視覚障害者なのではないですか、と私が訊くと、彼女はばかばかしいと笑って、懸命に反論するのである。その論の運びは力強く巧みで、その時窓の外で起きていることを長く生き生きと説明してくれる。描写はすべて辻褄が合っており詳細だ。ただ彼女は自分が見ている映像は目を通して入ってきたものではないことに気づいていないのである……

朗読は十五分ほどで終わった。だが、ウェーバーが読み終えて好意的な拍手を受けた時も、三人は相変わらず居心地悪さに身を噛まれていた。質疑応答が始まった。学生が敬意のこもった口調で、専門書の執筆と一般向け書籍の執筆ではどこが違うかを尋ねた。女性の引退生活者は質問の形で連邦政府の医療保険政策の無策を批判した。それからある人が、題材に選んだ人のプライバシーを暴くことに良心が痛みはしないかと訊いた。

カメラはウェーバーが浮かべた驚きをとらえた。ウェーバーはためらいながら答えた。「ない、つもりです。一定のルールを決めていますからね。名前は伏せるし、経歴なども重要でない事柄は明かしません。時にはその症状の最も顕著な面を際立たせるために別の人の症例を二つ以上組み合わせることもあります」

「じゃあフィクションなんですか」と別の人が訊く。考えるウェーバーをカメラはじっと写しつづける。カリンはまた甘皮を噛みはじめ、バーバラは彫像のように背筋をぴんと伸ばす。

マークが代表するように口を開いた。「すっげえむかつく。『スプリンガー』で何やってるか観てみないか」

空虚な大平原から東部へ帰ってきた夜、ウェーバーはシルヴィーにべったりまとわりついた。六月下旬だが、ロングアイランド北海岸のセトーケットは寒いくらいに涼しく、初夏よりも紅葉の秋を思わせる。ラガーディア空港の長期駐車場から車を出し、ブラームスのピアノ四重奏曲を聞きながら渋滞の激しいロングアイランド・エクスプレスウェイを家に向かって走った。その間ずっと、三十年間に徐々に変わってきた妻の顔を思い浮かべていた。結婚して十年ほどたった頃、ウェーバーはびっくりしてこう訊いたことがあった。「君の髪は年をとるごとにまっすぐになってくるのかい」

「何言ってるの。私の髪の毛、前はパーマをかけてたんじゃない。知らなかったの。ほんとに科学者って浮世離れしてるんだから」

「いや、でも精密に検査してみないと信用できないな」

返事は柔らかい下腹への軽いパンチだった。

ともかくネブラスカから帰った夜、ウェーバーは思ったのだった。ああ、女性だ、と。ひょっとしたらお洒落をしていたせいかもしれない。その夜はハンティントンで開かれる資金集めパーティーに出る予定があった。シルヴィーの勤めている〈ウェイファインダーズ〉がある社会復帰施設のスポンサーになっているのだ。家に着いた時、シルヴィーはもう外出用の服を着終えていた。「ああ、やっと帰ってきた！　やきもきしてたのよ。今こっちへ向かってるって、電話してくれればよかったのに」

「電話って、車を運転してきたんだよ」

シルヴィーは呆れながら赦す彼女一流の笑い方をした。「あなたちっちゃな電話を持ってるでしょ。あれは移動中に使えるのよ。そこがセールスポイントなの。まあいいわ。旅行代理店がうまく段取りしてくれたおかげで無事戻ってきてくれたから」

シルヴィーは新しく買った、恥じらうライラックのまだ膨らまない蕾の色をした、イタリア製のシルクのブラウスを着ていた。今でも肌が滑らかな首には淡水真珠のネックレスを着け、耳には小さな貝殻が二つついていた。この女性はいったい誰だろう？

「ねえ、ぼやぼやしてないで！　いろんな毛色の慈善家のみなさんが夜会服を着たあなたを見るためにお金を払ってるのよ」

その夜、ウェーバーは何年ぶりかで妻の服を脱がせた。そして彼女をまじまじと眺めた。シルヴィーは浮かれ気分に付き合うつもりで喉を鳴らしながらも、やや当惑ぎみだった。身体に触れられて、笑い声を立てた。「ねえ、急にどうしちゃったの？　ネブラスカでは水道の水に何か入れてるわけ？」

もはや新たに学ぶことは何もないが、それでも二人で戯れ合った。終わったあと、夫の隣に仰向けに寝たシルヴィーは、なおも荒い息をつきながら、仲睦まじく夫と手を握り合った。最初に言葉を回復したのは彼女のほうだった。「行動主義心理学者ならこう言うわね。『あなたにはとてもよかったみたいだけど、私にもよかったように見える？』」

ウェーバーは思わず鼻を鳴らした。背中の痛みを我慢して仰向けになると、腹の小山の向こう側を見た。「ずいぶん久しぶりだったからね。申し訳ない。私はもう昔の私じゃないんだ」

シルヴィーは横向きになり、ウェーバーの肩を撫でた。十年前、四十代半ばの頃に傷めた肩は、その後すっかりよくなることなく今日まで来ていた。「私は今ぐらいの年が好きよ」とシルヴィーは言った。「若い頃よりゆったりと充実していて。そうしょっちゅうセックスしない点も好き」これはシルヴィーらしい気を遣った言い方だ。本当は全然していないのだ。「それぞれが粒立つというか……間が空くことで、何か新しい再発見があるし……」

「独創的だ。素晴らしいね。〝再発見〟。たいていの人が九割空になったと嘆くところを、私の妻はまだ一割あると喜ぶ」

「だから私と結婚したんでしょう」

「ああ！　でも、結婚した頃は……」

「一割、グラスからあふれてたわね」

　ウェーバーは痛むほうの肩が下になるのもかまわず横向きになり、不安げにシルヴィーを見た。

「本当に？　若い頃はセックスをしすぎていたのかい」

　シルヴィーは減速バンプの上を通るベビーカーの揺れのような笑いを漏らした。さも可笑しそうに、顔を枕に押しつけて真っ赤にした。「その質問を心配そうな声でするなんて、きっと人類史上初の事件ね」

　ウェーバーは次の言葉を口にする前に、同じ言葉が妻の頭に浮かんだのを表情から見てとった。「結婚生活の激しさ」ウェーバーはそう言ってくすくす笑った。昔よく使ったこの婉曲的な表現は、大学院生の時に二人で声に出して読み合ったある古典的な家族小説の『フォーサイト・サガ』に出てきたのだった。ジェシカが生まれてからは、セックスを性行動《セクシュアリティー》と呼んで面白がった。学術的な感じを出したおふざけだ。始める時には、**性行動への意欲はある？**　終わったあとは、**今のは最上質の性行動だったね。**夫婦生活における認知神経科学の応用。

　その夜、シルヴィーの視線がシーツの襞の間に彼を見つけ、自分が愛玩動物のように所有しているそれを見て、夫のことをよく知っていながらもたえず新しい発見があることを面白がった。「〝誰かが私を愛してる〟」とシルヴィーは歌った。枕で半ばくぐもりながらも、しっかりした低いフルートの音のような声だ。「〝いったい誰かしら〟」

　シルヴィーは数分後に眠りに落ちた。ウェーバーは暗闇の中で寝息に耳を傾けたが、やがて寝息はベッドの軋みのような無生物的な音から、ウェーバーの耳に初めて、動物が立てる小さな摩擦音に変わった。それは身体の中に囚われてはいるが、名残が保存されており、眠っている間に月の引力によって解放された何かだった。

初版十万部の『驚異の国』は、出版前の書評もおおむね好評で、自らの心の中にいる異邦人に貪欲な関心を持つ読者に広く読まれた。この本はウェーバーの経歴の長く続いている第二段階の頂点だと感じられた。この著作家としての経歴がこれほど長く続くとは、当人も予想していなかったことだった。妻と編集者のキャヴァナーにしか話していないが、ウェーバーは認知神経科学の一般向けの本の最後の一冊にするつもりでいる。時間が残されていて、次にまた本を出せるなら、それは今までとは違う読者層に向けたものになるはずだ。

ウェーバーは公衆の前で自分自身を演じなければならない著書のプロモーション活動が嫌いだ。今までのところ何とかそれがやれてきたのは、優秀な同僚や意欲的な大学院生が研究所の業務を滞りなく続けてくれるおかげだ。だがもうこれ以上研究の現場から離れているわけにはいかない。脳の研究は今たいへんな隆盛を見ている。画像技術や化学的研究の発達が心という謎に満ちた密室をこじ開けようとしているのだ。ウェーバーが最初の著書を発表してからの十年間、人類最後のフロンティアである脳についての知識は、それまでの五千年間に獲得されたものをはるかに上回る。『驚異の国』を書きはじめた時には想像だにしなかった事柄が、今では主要な学会で活発な議論の対象になっている。一流の研究者たちは記憶の機械的モデルを完成させるとか、クオリアの背後にある構造を見つけるとか、さらには意識の完全な機能的記述を行なうといったことまで語りはじめている。ウェーバーが書いてきたポピュラーサイエンスの本ではとてもカバーしきれない。

症例を題材に思索するのは、本来はいわば副業だが、ついのめりこんでしまってそちらが本業のようになってしまった。だが、第一線の研究から退くのはあまりにも早すぎる。ウェーバーが信奉する神々の世界でクロノスの位置を占めるスペインの動物組織学者ラモン・イ・カハルは、科学の課題はつきない、科学者だけが命つきて消えていくと言った。ウェーバーの学者生命はまだつきていない。まだまだこれからだと思っている。

それでもウェーバーはアメリカ大陸中央部の大平原へ出かけて、カプグラ症候群の患者と面談した。もちろん、現在研究所で進めている研究プロジェクトが、信念体系の統合機能を持つ左脳がその統合のために記憶を改変してしまう現象をテーマにしていることも訪問の動機の一つではある。だが、ネブラスカの患者との面談からわかったことはせいぜい逸話的なものでしかない。ストーニーブルックの研究所に戻って数日たった時、ウェーバーはあの出張旅行を長年の実地調査の最後のものと見做すようになった。今後はもっとかっちりした理論的研究をやっていこう。

ただ、この分野の研究の動向にはどうも気に入らないところがある。神経科学が機能主義を軸に急速にまとまっていく現状にウェーバーは疎外感を覚えはじめていた。神経科学は本来自分が解明すべき人間の古くからの心的傾向である〝群集心性〟に自ら陥りつつある。神経科学が具体的成果を着々と積みあげるにつれて、ウェーバーの思考は天邪鬼《あまのじゃく》にも認知地図や神経細胞レベルの決定論的メカニズムから離れて、もっと高次の心理的プロセスの問題のほうへ向かっていき、どうかするとベルクソンの〝生の飛躍《エラン・ヴィタール》〟に近いことを考えていたりする。ともあれ心と脳、心理学と神経科学、欲求と神経伝達物質、シンボルとシナプス変化の間にはずっと断絶があると考えられてきたわけだが、二つの領域は今後も長く別れたままだろうという考えだけは誤りだ。

デイトン・シャミナード高校時代、ウェーバーは筋金入りのフロイト主義者として知的探求の生涯を歩みだした。心は見事な水道システムであり、脳は給排水パイプ。キリスト教聖職者でもある先生たちを困惑させたものだった。大学院時代になるとフロイト主義者を迫害する側に回ったものの、極端な行動主義心理学には走らないよう気をつけていた。認知心理学による反革命が勃発した時も、彼の中のフロイト主義にオペラント条件づけされた小さな部分が、待て待て、それだけじゃないだろう、と留保をつけたがった。臨床医になった時は薬理学の猛攻撃に屈服せざるをえなかったが、長年にわたって不安や自殺衝動を伴う罪悪感や宗教的熱狂と闘ってきた患者が、自分の処方した抗鬱薬のおかげで、「先生、私、自分が何であんなに苦しんでいたのかよくわからないんですよね」と告げた時には、何かが終わってしまったという大きな悲哀を覚えたものだった。

ウェーバーは承知している。歴史上、脳は蒸気機関、電話交換機、コンピューターなど、各時代の最高のテクノロジーに喩えられてきた。ウェーバーの学者としての経歴が最高潮に達した現代においては、それはインターネットであり、脳は二百以上の機能単位《モジュール》から成り、モジュール同士が互いに変化させ合いながらお喋りを交わす分散型ネットワークだと考えられている。ウェーバーのもつれたサブシステムの一部はそのモデルを高く評価した。だが、まだ物足りないと思う気持ちもあった。モジュラー理論が現在の脳理論の大半より優位に立つと、逆にウェーバーは自分の原点に戻りはじめた。知的探求の最後の段階に来たと確実に言える今、最新の神経科学の成果に基づいて、抑圧、昇華、否認といった古い深層心理学が唱えたような心的過程を発見したい、モジュールより上のレベルを発見したいと願っている。

要するに今、ウェーバーはこう考えはじめているのだ。自分がネブラスカへ行ってマーク・シュルーターと面談したのは、かりにカプグラ症候群が脳の損傷によるネットワークの一部切断によって生じるという風にモジュラー理論で完全に理解できるとしても、その症状は精神力学的過程にも現われるのであり、それぞれの患者らしい反応、それぞれの個人史、抑圧、昇華、願望の充足といったものは下位レベルの現象に完全に還元されてしまうわけではないということを、少なくとも自分自身に対して証明するためだったのだと。脳科学は脳の働きを完全に記述できる段階に来ているのかもしれないが、そうした理論だけでは、思いがけない事態に混乱し、必死で窮地を抜け出そうとするこの特定の脳を——マーク・シュルーターと偽者扱いされている姉カリンの物語を——記述しつくすことなどできはしない。このツアーが終わったあと、次に書くべき本は、そのことを明らかにする本になるだろう。

マークは家に帰された。ほかに彼を連れていく場所はなかった。有名人の脳科学者が小さな助言を一つ残して去っていったあと、ヘイズ医師としてはもうマークをデダム・グレン・リハビリテーションセンターに置いておく理由はなくなっていた。カリンは必死になって反対した。だが、マークは早く家に帰りたがっていた。

マークが戻る前に、カリンは〈ホームスター〉から出ていかなければならなかった。数ヶ月間、このモジュラーハウスに住み、犬の世話をし、家の維持管理をしてきた。マークが持っている違法薬物を捨て、植物や動物の侵入と闘った。だが今は、この陣地に自分がいた痕跡を消し去らなければならない。

「それで、どこへ行く気なんだ」とダニエルは訊いた。二人はダニエルの家のがらんと広く空いたオークの床に布団を敷き、並んで仰向けに寝ていた。六月半ばの水曜日、午前六時。最近ではダニエルの修道院の僧房のような部屋で夜を過ごすことが多い。キッチンを占拠し、バスルームで水を流しながらこっそり煙草を吸い、開いた窓から煙を外に吹き出して、共犯者である外気に引きとってもらう。それでいて、ダニエルが一つ空にしてくれた抽斗には靴下一足入れなかった。

カリンは横向きになって身体を曲げ、後ろからダニエルがスプーンを重ねるように身体を添わせた。このほうが話をしやすい。カリンは幽体離脱した魂のような声を出した。「わからない。部屋を二つ借りる余裕はないし。ていうか、一つ借りる余裕もないの。だから……スー・シティーのほうも契約を解除しようと思ってるのよ。このことは話したくなかったんだけど。私……私、いったいここで何してるのかしら。いつまでここに……あれこれ頑張ってきて、結局ゼロに戻って……でも、とにかく弟を放っておくわけにはいかない。今あの子がどんな状態かは知ってるでしょ。一人にしておいたらどうなるか」

「彼は一人じゃない」

カリンはさっと振り返り、徐々に明るくなってくる光の中でダニエルを見た。あなたは誰の味方なの。「あの子のことを遊び仲間に任せておいたら、年内に死んでしまうわよ。ハンティングに連れ出して間違って撃ったり、またレースに誘ったりして」

「ほかにも彼の手助けをする人はいるよ。僕もいるし」

カリンは身を寄せてダニエルを抱きしめた。「ああ、ダニエル。あなたがわからない。どうしてそんなに優しいの。そんなことして何の得があるっていうの」

ダニエルは生まれたばかりの小鹿を愛撫するように、カリンの脇腹を撫でた。「僕は非営利人間なんだ」

カリンは人差し指をダニエルの首筋に走らせた。この人はまるで渡り鳥みたいだ。一度ルートを覚えたらそれを忘れず、故郷が残っているかぎり戻ってくる。「マークとあなたのことを考えると、胸が張り裂けそうになる」

二人は見つめ合ったまま、どちらからもそれを言い出さなかった。ダニエルはどうにでも受けとれる仕草で小さくうなずいた。「小さな一歩を踏み出すんだ」

カリンはうつむき、赤銅色の滝を流し落とした。「どういう意味かわからない」

「単純なことさ。君はここにいればいい。僕のところに」

とても上手な言い方だった。ここにいてもいい、でなく、ここにいろ、でもなく、二人のどちらにとっても最良の道をさらりと提示する。「小さな一歩」とカリンは言った。ほんの少しの間だけ。

マークがもう少し回復するまで……。「あなたは恨まない？　もし私が……」

　ダニエルの顔に反射的な苦痛の色がよぎった。彼女がこれまでに自分の恨みを買うようなことを何かしただろうか。ダニエルは首を振った。人の善さが記憶を凌駕した。「僕のことを悪く思わないでくれたらね」

「そう長くはかからないと思う」とカリンは請け合った。「私にできることはもうあまりないから。あの子がじきによくなるか、さもなければ……」そこで言葉を切ってダニエルの顔を見た。あなたのテリトリーには入りこまないから、と約束するつもりだったが、話すうちにそれでは平手打ちのようになると思った。

　カリンはまた相手に身を寄せ、か細い手足を絡めて、何年かぶりに陽の光が明るく射す中で抱き合った。ダニエルの胸のベッドにそれを感じ、至福にゆがんだ口にそれを味わった。不正をただすためなら、ダニエルはカリンのすべてを赦すだろう。安全な隠棲を犯さないかぎり。

　カリンは〈ホームスター〉から自分の痕跡を消して引き払った。じっと身を潜めて姿を消してしまえる天才バードウォッチャーであるダニエルも証拠隠滅を手伝った。CDをあちこちに散乱させる。破り捨ててしまったのとは別のポスターを貼る。新しいのはブロンドの女で、部分的に破れたギンガムチェックのワンピースを身につけ、油で汚れた両手で大型のレンチを握って、真っ赤なピックアップトラックの荷台に乗っていた。ブラッキーはどうしたらいいかわからなかった。とりあえずダニエルのところへ置いてもらって、家に帰ったマークの様子を見てみることも考えた。今の感じからすると、犬に暴力を加えたり、家から締め出したり、下剤をたっぷり与えたりしかねないからだ。ダニエルは自分の生き物の避難所に犬が一匹増えるくらい何とも思わないだろう。だが、カリンはブラッキーにそんなことはできなかった。

　ヘイズ医師は退院許可書にサインした。デダム・グレン・リハビリテーションセンターはマーク・シュルーターをただ一人の身内である姉の保護のもとに引き渡した。身内と言っても患者のほうでそうは認めないのだが。バーバラが何か手伝えることはないかと訊いてくれた。

「ありがとう」とカリンは答えた。「引っ越しは何とかなるみたい。心配なのはそのあとのことなのよ。いったいどうしたらいいのかしら。看護の人を雇おうにも、マークの雇用保険ではもうカバーされないし、私はまた働かなくちゃいけないし」

「私はまだこのセンターにいるから、マークが認知行動療法の治療を受けにきた時会えるわ。それと、もしよかったら時々家へも様子を見にいってあげる」

「でも、そんなこと。今までだってもうお世話になりすぎてるほどなのに。どうやってお礼をしたらいいか……」

バーバラは不思議に落ち着いている。カリンの肩にかけた手には絶対的な自信がこもっていた。

「何もかもうまくいくわ。どんなこともちゃんと報われるものよ。どうなるか様子を見てみましょう」

カリンはマークを家に連れ帰る時、ボニー・トラヴィスに手伝いを頼んだ。マークはリハビリテーションセンター内を巡り歩いて、ほかの患者たちに別れの挨拶をした。「な、わかるだろ、死刑宣告じゃないんだ。こうやってちゃんと退院できるんだ。みんな、退院させてもらえない時は俺に電話をくれよ。壁ぶっ壊して出してやるから」

ところがカリンの車が到着した時、マークは乗るのを拒否し、荷物に囲まれて突っ立っていた。今はニット帽をかぶらず、髪は毛足の短い毛皮のようだ。何かを思い出そうとするように顔を曇らせる。「このジャップのちっこい車に俺を乗せて、どっかで道から飛び出そうってのか。そういう計画か。この前中途半端に終わったのを、ちゃんとやり遂げたいわけか」

「乗ってよ、マーク。事故に遭わせる気なら、私が乗るわけないじゃない」

「みんな聞いたかい。今この女が言ったこと聞いたかい」

「マーク、お願い。大丈夫だから。とにかく乗って」

「俺に運転させてくれ。そんなら乗る。ほら、鍵をよこさねえ。俺はいつも車で姉貴をあちこち連れてってやったんだ。俺と二人の時、姉貴は運転しなかった」

「じゃ、あたしの車に乗んなよ」とボニーが提案した。

マークはそれについて考えた。「それはいいかもな。でも、あの女は俺たちが出発してから十分待つこと。変なことされたくないんだ」

空気には堆肥と殺虫剤の臭いがたっぷり染みていた。密生した大豆畑に、脛ほどの高さに育った玉蜀黍畑、それに自分の運命を諦めきっているような牛たちの散らばる牧草地が四方に広がっていた。カリンが〈ホームスター〉に着いた時、マークは玄関前の階段に坐り、ボニーの膝に頭を載せて泣いていた。ボニーはマークの短い髪を撫でながら一生懸命慰めている。カリンが近づいてくるのを見ると、マークは身体を起こして怒鳴った。「いったいどうなってんだよ。最初は俺のトラックで、次は姉貴で、今度は家かよ」

マークは両肘を上へはねあげ、身体全体をすくめた。それから鶴のように首を伸ばして、どこから攻撃が来るかわからないというように三方向を見る。カリンは背後を振り返った。マークの目を通して、あたり一帯の、本当なら目配せをしてくるような気がするほど見慣れた風景が奇妙なものに変わった。向き直ると、マークは階段に坐って両手で踏み段をつかんでいた。カリンをじっと睨みながら誰かを捜していた。かつてカリンがそうであったけれど今はそうではない誰かを。自分を助けることができるただ一人の人間を。マークがそれほど姉を求めていると思うと、カリンは胸が痛んだ。それは自分が無力であること以上に辛かった。

二人の女はひとしきりマークを慰めた。通り、ほかの家、殺風景な芝地にマーク自身が一本だけ植えた楓の木、八ヶ月前にマークがガレージの左側の壁につけた傷などを指さした。カリンは誰か近所の人が出てきて挨拶してくれないかと思った。だが、伝染病でも流行っているかのように、生き物はすべて姿を隠していた。

　カリンはもう一度マークをボニーの車に乗せてリハビリテーションセンターへ戻そうかとも考えた。だが、マークの呻くような泣き声は徐々に含み笑いに変わってきた。「まったくすごい仕事ぶりだよ。ほとんど完璧じゃねえか。これだけやるのにいくらかかったんだ。十億ドルほどかけて俺の主演映画を作ってくれたわけか。『ハリー・トゥルーマン物語《ストーリー》』〔『トゥルーマン・ショー』と言うべきところを間違えている〕みたいに」

　それからようやく家に入った。ボニーと並んで居間に立ち、舌打ちしながら驚きの視線を巡らせる。「親父がよく言ってたよ。人類の月面着陸は南カリフォルニアの映画スタジオで撮影したんだぞって。頭がおかしいんじゃないかと思ったけどな」

　カリンはふんと鼻で笑った。「頭がおかしかったわよ、マーク。覚えてるでしょ、海軍は戦艦の分子を量子再構成して透明にできるんだとか言ってたの」

　マークはまじまじとカリンを見た。「何でできないってわかるんだ」そう言ってボニーに目を向けると、ボニーは肩をすくめる。マークはまた自分の家の原寸大の模造物を眺めて、信じられないというように首を振った。カリンは偽物のソファーに坐った。彼女自身の大きな部分が死につつあった。この霧は晴れそうにない。じきに弟の言うとおりになるだろう。自分たちの生活全体が自身のコピーになるのだ。ボニーが車からマークの荷物をおろす間、カリンは気持ちを立て直そうとした。マークに家の中を見せてまわった。メディシンキャビネットの鏡の隅にあるひび割れを示した。クロゼットを掻きまわして、マークを待っている夏用のカットオフジーンズや文字入りTシャツを全部見せた。ばらばらの写真がたくさん入っている抽斗を開けてみせたが、その中には姉弟二人で写っているものが何十枚もあった。指さしたマガジンラックには《トラッキン》誌の最新の三号が収められていた。

すべての雑多なアイテムの中で、マークの視線はカリンが貼り換えた壁のポスターにとまった。表情が暗くなった。「俺が貼ったやつと違う」

カリンは言った。「わかった。ちょっと説明させて」

「あれは俺のじゃない。俺はああいうやつには触りたくもない。あんな糞みたいなボディーモールディングは見たことない」

カリンは一瞬戸惑ったあと、マークがトラックのことを言っているのに気づいた。「マーク、それは私のせいなの。あなたのを破っちゃったのよ。うっかりして。だから代わりのを貼ったの」

マークはちょっと考える顔になり、眉をひそめてカリンを見た。「それは俺の姉貴が昔よくやったみたいなへマだな」

カリンは息が楽になった。両腕をおずおずと、しかし必死に、マークのほうへ伸ばした。「ああ、マーク、マーク……? ごめんね。私が何か言ったり、したり、したりしたことが気に障ってたんだったら……」

「でも姉貴なら、一九五七年型シボレー・カメオ・キャリアーを一九九〇年型マツダのくそと取り換えるはずないもんな」

カリンはがっくりと脱力した。黙りこんで涙を流すカリンに当惑して、マークは彼女の腕先に手を触れた。その仕草に、カリンはマークが言葉を取り戻して以来最高にぞくぞくと興奮した。気持ちを鎮め、すすり泣きを笑いで消して、手の一振りで動揺を払いのけた。「ねえ聞いて、マーク。私、一つ白状するから。昔から私、トラックのことをわかってるふりをしてきたけど、そんなによく知らないのよ」

「俺はまさにそのことを言ってんだ。でもまあ認めてくれてありがとう。それでちょっと話が簡単になったよ」

マークは、今度は自分から進んで家の中を見てまわった。事故の夜以来、置き場所が変わっているビールのコースターを一つ一つ指さす。歩きながらチッチッと舌打ちし、首を振り、「違う違う。この家は〈ホームスター〉じゃない」と何度も言った。

ボニーがマークのダッフルバッグを運びこんできた。ボニーはマークのあとについてまわった。

「違ってるとこを直そ、マーカー。全部あんたの希望どおりに」

カリンはベッドに腰かけ、両手で頭を抱えて、マークが通信販売で買った家を否認しつづけるのを聞いていた。もっともマークがごく細かなところまで覚えていることについ希望を持ってしまう。カリン自身、スー・シティーの南地区へ急いで帰ってコンドミニアムの売却依頼をしてきた時、自分の住まいに見慣れない感じを抱いたというのに。

「ちょっと待て」とマークが言った。「この家が本物か偽物か、ばしっとわかる方法があるんだ。二人ともここにいろよ。見ちゃ駄目だぞ！　覗くんじゃないぞ」

そう言ってキッチンに向かっていく。ボニーはカリンに問いかける顔を向けた。カリンはマークが何をしにいくかを察して肩を落とした。マークがひざまずいて、流しの下のキャビネットを漁る音がした。古い遺伝的な羞恥心のせいで、カリンは声をあげなかった。家族をお互いに隔て合っていた古い家族の羞恥心のせいで。

マークは勝ち誇った顔で戻ってきた。「やっぱりこの家は偽物だ。俺のものがなくなってる。偽物を作れないものが」大事なことを告げる目つきでボニーを見て、バー用の丈の高いスツールに尻の端を載せ、カリンを見た。カリンはこう言いたかった。**マーク、あなたの麻薬は私がトイレに流したのよ。**だが言えなかった。麻薬をやっていたのは知っている、ひょっとしたら事故に遭う夜にもやっていたのだろう、などということは。それにどうせ言っても無駄だ。事実などには頓着せず、何か別の説を組み立てるに決まっているからだ。

マークがソファーへやってきて、カリンの隣に腰をおろした。腕でも回してきそうだった。「わかってるよ。あんたはとぼけなきゃいけない。それが仕事だもんな。それはいいんだ。ただ、俺の身が危ないのかどうか、それだけ教えてくれよ。この二ヶ月ほどでけっこう知り合いになったんだから、それくらいいいだろ。俺はまたやられるのか」

カリンは手ぶりで必死に何かを伝えようとするチンパンジーのように両手を振り立てた。ボニーがかわりに答えた。「やられやしないって、マーキー。あたしらがついてるから」

「でも考えてみろよ！　やつらがこれだけ費用をかけたってことは、二〇〇二年二月二十日にやり損なった仕事をきっちり仕上げるつもりなんだ。そうだろ？　ほら、ちょっと外を見てみろ」

マークは家を出てカーソン通りを歩きだした。二人の女はついていく。同じブロックの十二軒の家はどれも〈ホームスター〉の同類異形だった。最近空から落下傘で降り立ったような小さな住宅地には農業危機以来停滞が続くファーヴューの市の人口を増やすべく新たな住宅がこれからさらに建てられようとしていた。家々の窓でカーテンが揺れたが、脳に損傷を受けた食肉加工会社の機械補修係に挨拶しに外へ出てくる者はいなかった。

マークはよろめきながら通りを歩いた。「こいつは相当金がかかってる。俺は厳重に監視されてるんだ。何で俺がそんな重要人物になったのか知りたいよ」

ボニーが腕をとった。カリンはボニーが何か宗教的なことを言うだろうと思った。神さまは雀一羽だって厳重に見守っているとか何とか。だが、何も言わないので、ボニーの意外な知性に驚いた。

マークはブロックを一周した。「俺たちが今どこにいるのか知りたいんだ」

カリンは両手でこめかみを押さえた。「リハビリセンターからここまでの道筋は自分の目で見たでしょ」

「俺はずっとルームミラーで後ろを見てたからさ」マークは少し気弱げな笑みを浮かべた。

「郡道を南へくだって、真西へ折れて、グレイサー通りを十二キロ。いつもと同じ。あちこちの農場を見たでしょ」

マークは態度を硬化させてカリンの手首をつかんだ。「ちょっと待った。それじゃ、この市全体が……?」

カリンは苦笑した。もうお手上げだと思った。弟が新たに発見した土地での日常のストレスはカリンを落ちこませた。ネブラスカ州カーニーは、壮大な偽物、実物大の空疎なレプリカだったのか。カリンはそうじゃないかと小さい頃から薄々疑っていた。死ぬ前に病気になった母親を見舞うため、何度も故郷へ帰ってきた時にも。**大平原の世界**。カリンのくすくす笑いが大きくなった。首を巡らして、引《ひ》き攣《つ》り気味のにやにや笑いを顔に貼りつけてボニーを見た。ボニーも視線を返した。怯えた顔は、マークが原因ではなかった。「助けて」とカリンは何とか言葉を口にしてから、さらに小さな含み笑いを続けた。

ボニーの中で何かが挑戦のために立ちあがった。マークを〈ホームスター〉のほうへ連れていき、身体を寄せて、相手の背中に筆記体の練習でもするように大きな楕円形を何度も描いた。「お姉さんが言ったのはそういうことじゃないんだよ、マーカー。この家は本物だってこと。ここなんだってこと。あんたの住んでる場所はね。あたし協力してあげるよ。この家があんたの望むとおりの家になるように」

「本気か。じゃ、ここへ来て一緒に住んでくれるのか。いいなあ。女っ気があるってのは。人生のより良きものってね。ああ、でもあれか。お前書類の手続きを要求するのかもな。ちゃんとしようよ、あれ目的の同棲じゃなくてえ、とか何とかうるさいことをさ」

ボニーは顔を赤らめてマークを家のほうへ導いた。マークは通りを引き返しながら、街のおかしいところを指さした。そこに木が一本あったはず、その家の車は違ってる。必死にたぐる記憶がマークに判断材料を与えた。ある家の道具小屋が本来の場所から西に五メートルずれたところにあると気づいた時には狂喜した。マークが視覚的な記憶を根拠にしだしたことで、カリンは打ちのめされた。脳の損傷はある意味でマークを解放した。本当に見たことがあるものとそうでないものを区別する内的な分類機能を取り除いてしまったのだ。知覚されたものが予め用意された判断枠をくぐらずに入ってくる。今や見るものすべてが新たな風景を作り出す。

家では裏庭につながれていたブラッキーが縛めを解き、玄関の階段の前を激しくあえぎながら行きつ戻りつしていた。マークを見ると、この前ご主人さまに邪険にされたことを思い出してくうんと鳴きながら後ずさる。が、結局は長期記憶が勝利した。人間たちが近づいてくると、犬は芝生の上をはねるように横切り、喜びながら同時に苦しんでいるような感じで、前に飛び出しては横によけ、何か嫌なことが起きる気配があったらすぐ逃げられる体勢をとっていた。マークがじっと立っているので、まもなく犬は大胆になり、主人に飛びついた。前足をマークの腹のあたりにあてがい、マークが押し倒されそうになる。脳の作りが下等であるほど記憶の減退は遅いというから、ミミズの愛は不滅かもしれない。

マークは犬の前足を手にとって、一緒に踊った。自信なさげなワルツだった。「見ろよ、この情けないやつ！　自分が誰でないかもわかってないんだぜ。俺の犬に成りすますように訓練されて、今じゃほかのものになる方法を知らない。まあ俺がお前の面倒を見てやるかな。でないと、ほかに誰もいないだろ。え？」

三人と一匹が家に入る頃には、マークは大喜びしている犬に次々と権威ある命令をくだしていた。「さあて、お前を何て呼んだらいいかな。え？　何て呼ぼうか。ブラッキー二号ってのはどうだ」

犬は有頂天になって吠えた。

やつらはこのマーク・シュルーターを狙ってやがる。そいつは明らかだ。それがわからないやつは植物人間だろう。俺は何かの実験台にされてるんだ。中にはサンタをまだ信じてる子供でさえ鼻で笑うような実験もある。でも、複雑すぎて何だかよくわからないものもあったりする。よしと。手術された夜、病院で何かが起きたんだ。何かの手違いが起きて、連中はそれを隠さなきゃならなくなった。いや、違うか。変なことはきっとそれ以前から起きてたんだ。事故の時から。ということはあれは事故じゃない。広い平原のまっすぐな道路を一流の運転者が取り回しのいい車で走ってて、道路から飛び出したって？　ああ、脳が死んでるやつならそんなことを信じるだろうな。

でも、あれから始まったんだ。偽の人間や犬や家が現われて、脳がどうたらこうたら言って、このマーク・シュルーターに自分で思ってる人間とは違うと思わせることが。誰か目撃者がいればいいんだが、トミーもドウェインも誓って現場にはいなかったと言う。医者は手術台に寝た俺からあの夜の記憶を手術で消してしまったし。秘密を解く鍵はあの道路脇の畑にある。でも、畑にはそのあと作物が植えられて、それが育って、証拠が消えてしまってるだろう。目撃者が欲しいが、あの夜起きたことを見てたのは鳥だけだ。あの川べりにいた鶴の群れから一羽捕まえてきたい。捕まえて宣誓供述させるか、脳をスキャンするかしたい。

すべてはあの事故から始まったんだから。今はみんなが、マーク、マーク、ああ人が違ってしまって、おかしくなっちゃってって言う。そこが問題だみたいに。変わったのは俺だみたいに。でもほんとの問題は偽者どもだ。手がかりは一つだけある。疑う余地のない手がかりが。あの置き手紙だ。俺を見つけてくれた人、あの夜起きたことをただ一人見ていた人が、変なことが起きる前に書いておいてくれた言葉。連中が俺に見せまいとしている手紙。
あれがただ一つの手がかりだ。だから慎重にやらなきゃならない。あんまり必死に見せてくれとか言わないほうがいい。その時が来るのを待て。トミーとドウェインがトラックを買いにいくのに付き合うと約束してくれている。何もしてないのに会社からは小切手が送られてくる。それは永久には続かないから、そのうち職場に戻らなきゃならない。でも当面はじっくり構えて計画を練るつもりだ。ボニーには教会へ連れていってくれるよう頼んだ。あいつは〈二階の部屋で待つ人たち〉というプロテスタントの風変りな分派に入ってる。いちおう宗教だそうだが前代未聞のいかれた教義を持つ宗派で、非営利団体の認可を受けている。毎週日曜日の朝早くに〈セカンドライフ〉のホビーショップの二階にある不動産会社のオフィスを改装した教会で礼拝をやる。ボニーからは何年か前に礼拝にいこうと誘われつづけたことがあった。一緒に十戒のいくつかを派手に破る土曜日の夜の償いをしようというのだった。

マーク自身は十六歳の時、父親からお前は自分から進んで地獄に堕ちていく人間だと宣告されて以来、宗教とは縁を切った。天の神さまと親しくお話する母親に育てられた人間は、『レフトビハインド』〔ティム・ラヘイ、ジェリー・ジェンキンズ共著の小説。〕的なものにはうんざり感しか覚えない。マークがイエスのことをぼろくそに腐した時、ボニーはうろたえてしまい、もう何年もの間二人は宗教の話題を避けてきたのだ。だからかりに蛙や血の雨が降りだしても、二人は、**傘持ってきた？**　とか何とか言うだけだろう。というわけでマークが〈二階の部屋で待つ人たち〉の礼拝へ連れていってほしいと頼んだ時、ボニーは七頭のアザラシ《セヴン・シールズ》が吠えだすのを〔本当なら〝七つの封印（セヴン・シールズ）が開かれるのを〟と言うべきところ。新約聖書の『ヨハネの黙示録』によれば、七つの封印が開かれると最後の審判が始まる〕見たかのようにふるまった。

もちろんいいよ！　ひとこと言ってくれたらすぐ連れてく。

どんなひとことだい？　モーセ？　ハレルヤ？

ボニーはお愛想で笑う。いつでもいいよ。次の日曜にしよっか！　そう言っている間も、ボニーの表情はこう言っている。**これ冗談じゃないよね？　あたし、この時をずっと待ってたんだ。**

ボニーは日曜日の朝、車で迎えにきた。襟の白い空色のミニワンピースとかなりお洒落な服装で、MTVのミュージックビデオのCGでクローム製の身体になった女性歌手が五〇年代のネブラスカの女の子が拝領する初聖体の儀式を夢想しているシーンを思わせる。見ているだけで発射できそうだが、状況を考えればそれは適切な反応ではないだろう。ボニーの目つきから、マークは自分が何か間違いを犯したらしいと気づく。服装のことではありえない。下はトミーがお前の結婚式用のズボンと呼ぶお洒落な綿パンだし、上もかなり清潔なデニムのシャツに一番いいループタイを締めているからだ。〈二階の部屋で待つ人たち〉まで、ボニーは黙って車を走らせる。二時間の礼拝の間もずっと黙りきりで、頭をひくひく左右に振りながら、マークの鼻の穴から蜘蛛が這い出てくるとでもいうようにその顔をじっと見つめるだけだ。あとで車に戻った時、急にワンピースがミニすぎるのを気に病みだしたように裾を引っ張りながら愚痴を言う。

あんたったら、ビリー師のお話をちっとも聞かないんだもん。

聞いたよ。パレスチナへの入植とか、預言の成就とか、そんなようなことだろ。

パンを分かち合う儀式に参加しないし。

あのパン、どういうもんだかよくわかんないからさ。

ねえ、何で来たのよ。みんなを眺めて、あの紙切れを裁判所の呼び出し状みたいにヒラヒラさせてただけじゃない。

どう説明したらいいだろう。もし守護天使が本当にいて、正体を明かすのを拒みながらも、**神さまが私をあなたのもとへ導いてくれた、**なんて言っているとしたら、そういう守護天使は〈二階の部屋〉みたいなところに出入りしていそうじゃないか。

その日の午後、ボニーは自称俺の姉と一緒にまたやってくる。俺はカーニーの職業別電話帳で教会をリストアップしているところだ。そのリストを見ていると頭が痛くなり、ちょっと毒づいたようだ。

いやいやいや、これ見ろ！　虫みたいにウジャウジャしてやがる。何でこの程度の市にこれだけの教会が要るんだ。人口より教派の数のほうが多くないか。

ボニーが後ろへ近づいてきて俺の背中を撫でる。これをされると気持ちが落ち着くようになってきた。ところが隣に坐っていた偽カリンが腰をあげて目の前へ来る。

「どうしたの、マーク。何をしたいの。手伝ってあげるわよ」

俺は石のように表情を消して、二人に言う。毎週日曜日に二つずつ教会へ行きたいんだと。

一緒に行ったげる、とボニーは俺の両肩を押さえながら言う。

でも……大丈夫なのか？　お前の教会じゃないだろう。

ボニーは頭をのけぞらせて笑う。マークが冗談でも言ったかのように。だってあんたの教会でもないじゃない！

俺は電話帳のページを指でなぞる。言いたいことはわかるだろ。ここに載ってるのは――いろいろだけどさ。バプテストとか、メソジストとかだろ。お前は〈二階のルームメート〉じゃないか。

だから何？　門前払いはされないよ。

いや、するかもな。ホモ・サピエンスは縄張り本能がすごいから。

あたしが入れてもらえないなら、何であんたは大丈夫なん？

俺は何者でもない人間だからさ。何者でもない人間がどこへ入ってこようと誰もとめないよ。それに何者でもない人間でも改宗させられるしな。

偽の姉がマークに手を触れようとしてやめる。マーク。ハニー。誰があの手紙を書いたか知りたいの？

まるで読心術でもできるみたいだ。

新聞に広告を出すとかしてみたらいいんじゃないかしら。

広告は駄目だ！　俺は少し声を張りあげたようだ。自分でもちょっと恐くなる。でもとにかく、あの手紙を書いた人間は本物のカリンの身に起きたことも知っているかもしれない。それにもし本物のカリンを捕まえた連中が、手紙を書いた人も捕まえてしまったら……

俺の返事が偽の姉を動揺させたようだ。それは演技とは思えない反応だ。カリンがよくやったみたいに髪の毛を引っ張って。どういうことなんだ。

私、どうしたらいい、マーク？　あの手紙を書いた人は神さまを信じてるのよね。守護天使を。でもネブラスカの人間はみんな守護天使を信じてる！　私だってもし……

偽の姉は言いさす。うっかり何かを漏らしそうになったとでもいうように。もし、何だ？　と俺は訊く。何なんだ？

偽の姉は答えない。そこで俺は紙切れに住所を書き写しはじめる。**イエス・キリストのアルファにしてオメガ教会、アンティオキア聖書……**

ねえ、マーク。それって馬鹿げてるわよ。見つかる確率はものすごく低いもの。

それを言ったら守護天使が真っ暗な中で道路から飛び出した俺を見つけてくれたことのほうが、ずっと確率の低いことじゃないか。真冬の、だだっぴろい田舎だ。偶々見つける確率はどれくらいある？

ボニーのほうは約束を守る気でいる。俺の魂を救うつもりでいる。ほんとに救ってくれるかもしれない。俺たちは毎週日曜日に正装して教会詣でをした。まるでエホバの証人の教科書に載っている結婚を控えた男女のようだった。そのあとはセックスをしてマークは天国にいる心地を味う。だが、教会の礼拝に出たあとの一番の愉しみは美味しい昼食をとることだ。行くのは〈フィルの店〉や〈炉辺《ハース・ストーン》〉といった年寄りが客層の回転率が高い店。繊細な筆跡からして手紙は年配者が書いたに違いない。教会でも食堂でも、俺は手紙を人によく見えるところへ出しておく。それを持って歩きまわり、誰彼の鼻の下でひらひらさせたりもする。でも、おやという顔をする人さえいない。知らないふりをしているんじゃない。ふりをしているなら、目隠しされていてもわかるから。

　家に帰ったあと、偽姉工作員がボニーと話しているのが耳に入る。工作員は細かい事実を知りたがっている。俺のことを報告して、ボニーのやつに何の得があるんだろう。ボニーが俺の監視役で、芝居の手伝いをしているというのは充分ありうることだ。でも、問い詰めることはできない。今はまだ。

〝カリンになろうとしている女〟はほとんど毎日やってくる。食料を持ってくるが、代金は要求しない。そこがものすごく怪しいが、食べ物はほとんどが密封されているし、だいたいの物はとても美味い。料理をすることもある。どういう魂胆だか。とりあえずは結構なようだが、いずれその代償が何なのかわかるのだろう。

　あの女はある午後、俺をやりこめる。俺が家に一人でいて、郵便受けの杭を差すための新しい穴を掘っている時だ。死人の金玉《デッド・マンズ・グランズ》を出てからはジャンクメールしか来ていない。だが郵便受けの位置が違っていたのだ。郵便配達員を騙すためだろう。本物の姉貴が何度も手紙をくれていたかもしれないのに、これではちゃんと届かない。

　ほんとの場所はここじゃなかったんだ、と俺は偽カリンに言う。

　偽カリンはそれは大変なことだという顔を作ってみせる。ほんとはどこだったの。

　正確に言うのは難しいな。目印がないんだから。何を基準にしたらいい？　全部何メートルかずつずれてるんだ。

俺は〈リヴァー・ラン・エステーツ〉を縁取るまばらな木立に目をやる。家並の向こうには畑が一つあり、緑色の玉蜀黍の葉が波打って地平線をなしている。一分ほどの間、地面が液化する。俺と本物のカリンが子供の頃、独楽《こま》みたいにぐるぐる回ってから急にとまった時のように。俺は偽カリンを見る。あの女も足元がふらついているように見える。

マーク、ちょっと話をしたいの。あの手紙のことで。

俺は杭の穴の中で身体をまっすぐ起こす。あんた何か知ってるのか。

知っ……てればいいんだけど。ねえ、マーク。マーク！　ちょっととまって。話を聞いて。あの手紙を書いた人が、今になっても連絡してこないってことは……出てきたくないのよ。名無しでいたいのよ。ヒーローになったり、手柄を誇ったりしたくない。あなたに自分が誰なのかを知られたくない。ただあなたの命が助かっただけで嬉しいのよ。

俺は複式ショベルの柄を広げて、乾いた土に掘った穴に突っこむ。じゃ、手紙なんか意味ないじゃないか。何であれを残していったんだ。

あなたに自分が守られてるって感じてほしかったのよ。つながってるって。

つながってる？　何と？　俺はショベルを突き立て、足で蹴って押しこむ。腕の筋肉が大蛇のようにうねうね動く。ミスター・目に見えない名無しの天使？　そんなんで俺は守られてるって感じられるのか？　つながってる感があるのか。

どうしてその人と――？

俺はぶん殴ってやりたくなる。この手紙を書いた人は命の恩人なんだ。それにその人が見つかれば、何が起きたかも……

そこでうっと来る。馬鹿野郎、馬鹿野郎。でも泣きそうになってるところをこの女に見られたってかまやしない。女もうるっと来た。かどうかは知らないが。どうせ猿真似だろう。

わかる、気持ちはわかる、と偽カリンは言う。本当にわかっているような感じさえする。偽カリンは訊く。あなたは本当にその手紙を書いた人の顔が見たいの？　もしその人が……？　マーク、ちょっとやめて。ねえ！　あなたがどう考えてるのか聞かせて。ただお礼を言いたいだけなの。それとも……いや、何て言うか。その書いた人がよくわかるようになると思うの。友達になれると思うの。

まるで姉貴が突然どこかから現われたみたいだ。不意に自分が真似してるだけの人間に本気でなろうとしているような。

それが誰かなんてどうでもいい。ひょっとしたら九十歳のリトアニア人で痴漢常習者かもしれないしな。

だったらなぜそんなに熱心に探すの。

俺は両手で頭を押さえて振り立てる。守護悪魔がそこら中にいる。土で汚れた作業用ブーツで土を蹴り、掘ったばかりの穴を埋めようとする。

手紙を読めよ。とにかく読んでみろよ。俺は二本の指をオーバーオールのポケットに入れて、折りたたんだ紙切れを出す。今ではいつも肌身離さず持っている。偽カリンは紙切れを手にとろうとしない。触ろうとしない。

あなたが生き延びるように、と俺は紙切れを相手の顔の前に突きつけて読みあげる。そして別の**誰かを連れてきてくれるように。**

偽カリンは俺から二センチ離れて土の上に坐る。奇妙な落ち着きが二人を包みこむ。

誰かを連れ戻す？　と偽カリンは訊く。まるで自分もそうしたいというように。

俺は穴から出て、前へ詰め寄る。偽カリンは防御のために両腕をあげて後ずさりする。だが俺がしたかったのは両手で彼女の顔をはさむことだけだ。

あんたも手伝ってくれよ。頼む。そしたら何でもする。その人を見つけなくちゃいけないんだ。でも、どうして、マーク？　私には与えられなくて、その人なら与えてくれるものって……？

その人は知ってるんだ。俺がまだ生きてる理由を。俺が知りたいと思ってる何かを。


カリンはジェラルド・ウェーバーにメールを送った。マークの容態が変わったら知らせてほしいと言われていたからだ。テレビでウェーバーを見たことには触れないでおいた。新しい著書を読んだことも、それが脳について言い古されたことを述べるばかりで人間の魂については何も語っていない冷淡で陳腐なものに感じたことも、書かなかった。彼女はこう書いた、「マークの容態は明らかに悪くなっています」。

カリンは新しい症状を説明した。例の置き手紙への執着のこと。今では人間だけでなく場所も替え玉だなどと言いはじめていること。家を自分の家ではないと言う。自分の住んでいる地区や、さらには市全体までもが偽物だと。だんだん変になっていくようで恐くて仕方がない。カリンはウェーバーに、事故のせいでマークの頭に偽の記憶が生まれてしまった可能性はないでしょうかと訊いた。脳の中のいろんなことを統合する地図に何かが起きたということはないでしょうか。今のマークはちょっとでも変わったことを見つけると分裂してまた一つのユニークな世界を作り出すみたいなのです。

カリンはウェーバーの最初の本に出ていた症例を引き合いに出した。アデルという初老の女性がウェーバーに、自分はストーニーブルックの病院で寝ているのではなく、オールドフィールドにある小ぢんまりした居心地のいい塩入れの中にいるのだと語る話。ウェーバーが病室に備えられた高価な医療設備のことを言うと、アデルは笑って、「これは全部、小道具なの。気分よく暮らすための。本物なんてとてもじゃないけど買えませんわ」

重複記憶錯誤。カリンは本に出ていたこの言葉をメールの中に引いた。マークはこれじゃないでしょうか。今までに見たことがない細部を見ているのでは？　脳が損傷を受けることで記憶が増えることはありますか。カリンはウェーバーの二番目の著書の二百八十七ページから引用した。ネイサンという仮名で呼ばれる男性の話だ。前頭葉の損傷が脳内の検閲機能を破壊して、長い間抑圧されてきた記憶が解放されたらしいのだ。五十六歳のネイサンは突然、十九の年に一人の男性を殺したことを思い出した。マークはこれまで受け入れることのできなかった自分自身の――あるいは姉の――古い逸話を思い出しつつあるのではないか。

カリンは自分で書きながら何とも馬鹿げた仮説だと思った。だが、それを言うならカプグラ症候群というものも同じくらい馬鹿げている。ウェーバーは著書の中で言っている。脳は人が考えている以上に、そして考えうる以上に、突拍子もないものだと。彼女は『驚異の国』からこの一文を引いた。〝ごく正常な認知にも何か幻覚的な要素が含まれている〟。ウェーバーの診断では、マークにこうした新しい徴候が現われることは予見されていなかった。となるとマークがあらためて診断してもらう必要があるか、カリンが幻覚を見ているだけのどちらかということではないだろうか。

ウェーバーの秘書からは快活な調子の返事が来た。ウェーバー先生は新しい本の調査のため、今後三ヶ月間に四ヶ国十七都市を駆けまわります。メールでの連絡も秋までは緊急の場合を除いて失礼させていただくことになります。いただいたメールはできるだけ早く先生に読んでいただけるよう努力いたします。弟さんの容態がさらに深刻になった時はどうかまたご連絡ください。

カリンはこの返事に激怒した。「あの人、私を避けてる」とダニエルにぶちまけた。「自分が調べたいことを調べたら、あとは知ったことかってわけね」

ダニエルは当惑を懸命に隠そうとした。「君を避ける時間すらないいんじゃないかな。今、頭が変になるほど忙しいいんだよ。テレビにラジオに新聞と毎日追いまくられて」

「ここにいた時からわかってた。あの人は私を問題のある人間と見てたのよ。患者の身内として問題のある人間と。だから私のメールを見て、スタッフにうまく誤魔化せと指示したんだわ。あれは秘書ですらなかったかもしれない。本人が秘書のふりをして……」

「カリン？　Ｋ？」ダニエルはウェーバーよりさらに年上になったような分別を示した。「僕たちにはまだわからない……」

「保護者ぶらないで！　私たちに何がわかってて、何がわかってないかなんて、どうでもいいのよ」

「わかってる。いいんだ。腹が立つんだろう。当然だよ。専門家の人たちに。今度のことすべてに。もしかしたらマークにも腹を立ててるんじゃないかな」

「私の心理を分析してるの」

「そんなことはしてない。ただ……」

「あなたはいったい……？　何さまのつもり？」

声は抑えていても、二人を黙らせるのに充分なほど強い言葉だった。手が震えだしたカリンは、気力を失って腰をおろした。

「ああ、もう。いったいどうしちゃったのかしら。ねえ、聞いて。私はマークと同じなの。というか、それよりひどいのよ」

ダニエルはそばへやってきて、蘇生術を施すようにカリンの二の腕をさすった。「怒りは自然なものだ。どんな生き物でも怒る」

私が今一緒に暮らしている天使は別にして、とカリンは思う。

カリンはヘイズ医師との面会の予約をした。グッド・サマリタン病院の屋内駐車場に車を乗り入れる時、事故の知らせを受けて駆けつけた夜に戻ったような気がした。車の中で十分ほど坐って、ようやく脚が体重を支えられるようになった。

カリンはヘイズ医師に医者対患者の関係をわきまえた挨拶をした。面会時間のメーターが回っている。マークの新しい症状を列挙すると、医師はマークのカルテに書きこんだ。

「マークも一緒に来ればよかったのに。直接様子を見てみたほうがいいですから」

「来たがらないんです」とカリンは答えた。「一人暮らしに戻った今は、私の言うことなんか聞きません」

「法的な後見人をつけるというようなことは考えてみました？」

「それは……どういうことをするんでしょう。あの子を精神的に無能力だと宣言しなくちゃいけないんでしょうか」

ヘイズ医師は相談できる相手を紹介してくれた。カリンは名前と連絡先を書きとめた。醜悪な希望が頭をもたげてくる。法の力を借りて弟の嫌がることをする。弟の意志に反して弟を守る。

「家が偽物だというのを、弟さんはどれくらいの確信をもって言ってるんですか」ヘイズ医師は興味津々の様子で訊く。

「十のうち、七くらいでしょうか」

「偽物とすり替わったことをどう説明していますか」

「事故以来ずっと誰かに監視されてるんだそうです」

「まあ、それは本当ですよね。ベストセラー著作家の先生がここにいらっしゃらないのは残念ですね。まさにあの人の本にぴったりのケースなのに」

「でも、そうは思わなかったみたいです」カリンは冷ややかに応じた。

「そうですね。残念です」ヘイズ医師は万年筆を置いて、背後の本棚の、緑色の分厚い医学書の背表紙に指を走らせた。だが、本は抜きとらない。「各種の人物誤認症候群は互いに重複する確率が高いという研究があります。あるいはそれらはまったく別の障害ではないのかもしれない。カプグラ症候群の患者は四分の一以上の人が別の人物誤認症候群を発症します。カプグラ症候群の原因にはいろいろあることを考えると……」

「弟は今より悪くなる可能性があるということですか。もっといろんな妄想を抱くようになるかもしれないんですか。なぜ誰もそのことをもっと前に話してくれなかったんです」

ヘイズ医師は腹立たしいほど落ち着いた表情でカリンを見た。「この症候群の患者さんは初めてだからです」

医師はもう少し検査をしたいと言った。マークは来週、外来患者として認知行動療法《CBT》のセッションを受けにくる。セラピストのジル・タワー医師はすでにマークの記録に目を通していた。ヘイズ医師は自分もその後の経過を追跡するつもりだが、当面、診断も治療方針も今のままでいく予定だと言った。

面談が始まって十七分たっていた。すでに規定の時間を超過している。「あともう一つ、先生のご意見を聞かせていただきたいんですけど」とカリンは新たな話題の口火を切った。「ウェーバー先生が高い評価を受けている専門家だというのはわかるんですけど、あの先生の治療法について本を読んでみたら、そのう、何と言ったらいいか、『体裁のいい条件づけ』っていうんでしょうか。そんな感じがするんです。訓練と……修正で妄想を弱めていくわけですけど。先生はそういうアプローチがマークに合っているとお考えですか。スキャンの画像には損傷が写っています。物理的に傷を受けたのが原因なのに、気持ちの持ちようを変えるみたいなことに効果があるんでしょうか」

痛いところをつく指摘だった。それはヘイズ医師が歯切れの悪い応答をしたことからも明らかだった。「まあ、いろいろなアプローチを模索する必要があると思いますね。認知行動療法も害にはなりませんよ。弟さんは新しい自分に適応しようとしていますからね。困惑とか、怒りとか、不安とか……」

カリンは顔をしかめた。「カプグラ症候群に効果があるんでしょうか」

医師はまた後ろの本棚のほうを向いたが、今度も本は手にとらなかった。「精神障害で起きる妄想性誤認に関してはいくらかの改善がみられたという文献はあります。ＣＢＴが非開放性頭部損傷によるカプグラ症候群に効果があるかどうかは、経過を見てみなくてはなりませんね」

「私たちはモルモットなんですか」

「医療行為にある程度の実験的側面があることは確かです」

「マークにそれはおかしいって言い聞かせたら、すぐ別の陰謀論を作って説明するんです。セラピストはどうやって理屈をわからせるんですか」

「認知行動療法の目的は理屈をわからせることじゃないんですね。感情を適応させることなんです。患者が自分の信じていることを吟味できるよう訓練する。自我の感覚をうまくつかむのを手伝う。変わっていくための練習をさせる……」

「なぜ私を実際の私でないと思うのか、吟味するのを手伝うんですか」実際の私は何なのかはともかく。

「マークの妄想の強さを判定する必要があります。あることを信じこんでいても、また修正するかもしれません。支持政党を変える人もいます。恋に落ちた人が冷めてしまったり。ある宗教の迫害者がその宗教に改宗したり。人物誤認症候群の患者さんの頭の中で何が起こっているのかはわかりません。その症候群を引き起こすことも、それを消してしまうことも、私たちにはできない。でも患者さんがそれと何とか折り合って生きていけるようにすることはできるかもしれないと思っています」

「折り合って……」とカリンは言った。「じゃ、それが期待できる精一杯のところなんですか」

「それができればすごいことだと思いますよ」

「ウェーバー先生は難しいケースの患者にはいつも認知行動療法を勧めるんでしょうか」

ヘイズ医師の目に、倫理コードをほとんど忘れたような光がちらついた。**まあ、風邪の患者にはすぐ抗生物質みたいなお医者さんも多いですがね**、とでも言いたげな光だ。「もし効果がないのなら、この療法をお勧めしませんよ」

専門家はみんな結束するんだ、とカリンは思う。でも、やっつけてやれるかもしれない。「ウェーバー先生が来なかったとしても、同じことを勧めてくださいました？」

ヘイズ医師の笑みが暗くなった。「私はウェーバー先生の助言に充分賛成できます」

「でも脳に傷ができた患者に認知行動療法って。目の見えない人を訓練で見えるようにするみたいな話じゃないですか」

「失明した人にはその状態に慣れる訓練が役立ちます」

「じゃ、これは慣れるための訓練なんですね？　それだけなんですね？　治療は全然やらないんですね？　明らかに症状がどんどん悪くなってきてるのに」

ヘイズ医師は左右の人差し指の先を合わせて唇にあてた。「ほかにお勧めできるものがないんです。いいですか、これは病院のためにやるんじゃありません。弟さんのためなんです」

カリンは立ちあがって医師と握手をしながら考えた。**それは誰の弟なの？**　それから病院を出る前に、タワー医師つきの看護師にマークのセッションのスケジュールを確認した。


カリンはトミーとドウェインとの間で休戦協定を結んだ。この二人が弟に対してどれだけの罪を犯しているにせよ、戦争をする余裕はない。頼りにできる人間が少ないのだ。マークが危険なことをするのを防ぐのに助けが必要だ。とくに夜、手に負えない状況になったりした時には。

カリンはマークの家に出入りする権利を失っていた。ある夜、ひどい状態を見かねて、予備の寝室に泊まろうかと申し出たら、マークにすさまじい形相で睨まれたので、恐くなってダニエルの家へ戻った。翌日、カリンはトミー・ラップに電話をかけた。トミーは〈三チュー士〉の——この言い方はどうかと思うが——頭脳《ブレーン》だからだ。じかに会わずに、電話で話すだけなら、あの男のことも我慢できるのだった。

トミーは意外なほどまともで、マークをたえず監視していられるローテーションを組むことを提案してきた。友達の世話ができるのを喜んでいるようだった。

「昔みたいにやればいいいんだ」とトミーは言った。「あいつは俺やドウェインが泊まりこんでも気にしないよ」

「そこが心配なのよね。お願いだから麻薬はやらせないで。今みたいな状態の時はまずいから」

トミーは含み笑いをした。「やらせないでくれって、俺たちを何だと思ってるんだい。鬼畜の友か?」

「今の神経科学の考え方でいくと、誰もが鬼畜なんだそうよ」

二人の間には恥辱の記憶が無傷で残っていた。何年も前の九月のある深夜、マークと両親が眠っている時、カリンは自分の家の玄関ポーチでトミーとセックスをしたことがあるのだ。カリンは大学の四年生で、トミーは高校を卒業したばかりの時だ。ほとんど少年を堕落させるいたずらをしたようなものだった。実際その夜、カリンはトミーを堕落させたのだった。トミーは信じられない思いでくぐもった呻きを漏らしていたが、そのうち家中の人を起こしそうな声をあげ始めた。もし本当に起こしてしまったら、二人とも殺される。なぜその場かぎりのお愉しみを自分から始めてしまったのかはよくわからない。好奇心か。とんでもない悪さをやってのけることでただスリルを味わいたかったのか。ひょっとしたら、九月の乾燥した肌寒い真っ暗な夜に、弟の友達をぶらんこ椅子の後ろに引きこんで動物じみたことをすることで、トミーに対して影響力を持ちたかったのかもしれない。トミーはマークに対して異常なほどの影響力を持っていたからだ。トミーは十八歳なのにクールで性的欲望を少しも見せなかった。ただカリンの誘いに乗ってきただけだった。カリンはやらせてやった。その結果トミーに影響力を持つようになったことがわかったのはしばらくたってからだった。

トミーはそのことをマークに話さなかった。話していたらカリンにわかったはずだ。マークは九年早く自分の姉と縁を切っただろうから。トミーはカリンに対してもこの話題を口にしたことはない。二度目に誘われれば喜んで応じてきただろうが、自分から頼むにはプライドが高すぎた。トミーがそばをうろうろする時は、何か訊きたそうな気配が感じとれた。トミーと出会うたびにカリンの後頭部を執拗に叩くのは、トミーのと同じ問いかけだ。**あの時のカリンはまだそこにいる？**

当時のカリンは危険を好むところがあった。そして危険部門では、トミー・ラップはカーニー高校のクマネコたちの〝偉大なる白人の希望〟だった。十三歳の時には二百キロ離れたリンカーンまでヒッチハイクで出かけて、三回目のファームエイド・コンサート〔小規模農家を援助するための慈善コンサート〕に潜りこみ、ジョン・メレンキャンプの指紋がついたラム酒マイヤーズの瓶を持ち帰って、友達一同を仰天させた。十五歳の時には、二十二番通りの市庁舎から四枚の旗――市と州と連邦とPOW‐MIAのそれ〔最後のものは米兵の捕虜と戦闘中行方不明者を忘れないよう呼びかける旗〕――を盗んできて自分の部屋に飾った。誰が盗んだかは市中の人間が知っていて、知らぬは警察ばかりなりだった。レスリング部の部員で、二年生の時は州大会の百五十二ポンド級で五位になったが、そのあとスポーツ部は〝ゲイの養成キャンプ〟だと言ってやめてしまった。マークはバスケットボール部の扁平足のガードにして凡庸なアウトサイドシューターだったが、トミーの行動を見て嬉々として自分も高校スポーツ界を引退した。

トミーは独学で覚えた古典的名句を引用しながらマークを訓練した。「〝善き者、義しき者を警戒せよ！　自己の為に道徳を創りいだす者を、かれらは好んで磔刑にする。——かれらは孤独なる者を憎悪する〟〔ニーチェ『ツァラトストラかく語りき』竹山道雄訳、新潮文庫〕」言っていることがよくわからないことも多かったが、トミーの威勢のいい語り口はいつもマークを鼓舞した。

三年生の時、二人はドウェイン・ケインを何でも屋の助手として採用した。ドウェインは自分が思いついた保険金詐欺の手法はまだ誰も知らないものだと信じこんだせいで一年半の停学処分を受けた実績を持っていた。三人は離れがたい仲間になっていった。じっと駐めてある車があるとエンジンを取りはずし何週間もかけて改造したりした。学校内のほかのすべてのグループとつねに戦争状態にあった。ドウェインが先頭に立って、アメリカ先住民の流儀で敵を侮辱したりもした。夜中に敵の自宅の前庭にとぐろを巻いた温かい名刺を置いてくるのだ。

三人はネブラスカ大学カーニー校に入学した。トミーは四年で卒業したが、マークとドウェインは間に合計四年をはさんだ。トミーはオマハで〝電気通信事業の開業〟に携わり、取り残されたドウェインとマークは引っ越し屋の作業員やガスメーターの検針員をやった。八ヶ月後、トミーは市に帰ってきて、帰郷については何の説明もなく、三人の長期的な就職プランを提案した。まずは自分一人がレキシントンにある食肉加工会社に就職し、後処理部門から時給が三ドル高い屠畜部門に移った。そしてある程度の勤続実績ができた段階で二人の親友に職を斡旋した。ドウェインは「一撃ラップ」と綽名されるトミーと一緒に屠畜部門で勤務したが、マークには勤まらなかった。機械のメンテナンスをやり、三年間お金を貯めて〈ホームスター〉の頭金を作った。

三人の中ではトミーだけが野心的だった。ある時、ネブラスカ州軍が勧誘に来て、割増給料の支払いと、もう一度大学に入る時は授業料の四分の三を援助するという条件を提示した。しかも州軍での勤務は月に一度の週末だけ。考えるまでもない美味しい話だ。トミーは〈三チュー士〉のほかの二人も誘った。楽に稼げる金。男女混合の愛国的奉仕。自分らみたいな者に役所が配ってくれるカードとしては最高のものじゃないか。だが、ドウェインとマークは様子を見ることにした。

トミーは二〇〇一年七月、特技区分63Bの特技兵すなわち軽装輪車両整備士として入隊した。任務の内容は週末に趣味でやっていることと同じだった。所属は第一六七騎兵隊。基礎訓練でガス中毒死しかけたことがあり、証拠となる記念のビデオテープも持っていた。トミーを含めた二十六人の新兵が、クロロベンジリデンマロノニトリル〔催涙ガス〕の充満する密閉した部屋に入れられ、ガスマスクをとるよう命じられて、正真正銘のガス室と化した場所からあたふたと這い出してきたところを収めたテープだ。ドウェインは〝鉄人ラップ〟が地面に両膝をついてむせ返り、嘔吐するのをテープで見て、予見可能な将来に自分が州軍に入隊することはないと判断した。マークもビデオに恐怖を覚えた。催涙ガスの吸引に興味を持ったことは一度もなかったからだ。

九月になり、テロが起きた。ご多分に漏れず、この三人も、無限ループで流れる奇妙に緩慢な映画もどきの異常な映像に釘づけになった。アメリカ中央部の大平原からは、ニューヨークは地平線の彼方の薄黒い煙のように感じられた。軍隊がゴールデンゲート橋を守った。国のあちこちの砂糖壺に炭疽菌が検出された。それからアフガニスタンに爆弾が落ちはじめた。オマハのニュースキャスターは、**報復の時が来ました**、と告げ、それに対する石のように堅い全員一致の同意が川づたいにやってきた。

トミーはアフガニスタン攻撃を単純な自衛行為と呼んだ。アメリカは新たな狂信的工作員が七十二人の処女とのセックスを夢見てアメリカ中に天然痘のウイルスをばらまくのを座して待つわけにはいかないと、早い時期から何度も力説していた。テロリストは誰もが自分たちに似た人間になるまで蛮行をやめない。ドウェインはトミーが戦場へ送られるのではないかと心配した。トミー自身は超然としていた。自由《フリーダム》はただ《フリー》じゃないんだよ。それにまあ州軍まで動員されるほどの標的はないだろうしな。

だがアメリカは冬までにあちこちに標的を見出していった。トミーの州軍での勤務時間は増えた。仲間の何人かはカンザス州のフォート・ライリー基地へ行かされた。そして今年、大統領が一般教書演説でテロとの戦いを宣言した直後の二月三日に、当局がビン・ラディンの行方を見失ったとの発表があった時、マークはトミーのところへ行って、気が変わったと告げた。たとえクロロベンジリデンマロノニトリルを吸わされようと、軍に志願するというのだ。トミーはこの決意表明を、勧誘に成功したアムウェイの販売《ディストリビューター》員のように歓迎した。マークはトミー同伴で新兵募集事務所へ行き、訓練を受けることにした。特技区分63G、燃料・電気系統修理士。資格試験に受かるかどうかは心もとなかったが、食肉加工会社の入社試験よりずっと難しいということはないだろうと思った。マークは仮契約書にサインをした。それからトミーと一緒にお祝いに田舎へ出かけ、清涼飲料水の空き缶を柵の支柱に載せ、二二口径の拳銃で射撃をした。その夜遅くカリンに電話をし、あまりうまく回らない舌で何もかも話した。まるで別人のように声に誇りがこもっていて、久しぶりに晴れ晴れとして落ち着いていた。まるでもう一人前の兵士であり、国の誉れであるといった風に。

カリンは本契約はしないほうがいいと言ったが、マークは姉の不安を笑い飛ばした。「アメリカの価値観は自分たちで守らなきゃ。俺は早く任務につきたいよ。こんなこと当たり前じゃないか。親父とお袋は、俺のことをぐうたら坊主《スラッカー》〔slackerには兵役忌避者の意味もある〕だと思いこんだまま死んじまったけどさ。姉貴はそうは思ってないだろ?」

マークは姉に意地を見せるために軍隊に入ったのだ。カリンはやめるように言った。仮契約から四十八時間以内なら取り消せる条項を使うように勧めた。だが、反対している自分の言葉を聞いていると、弟がせっかく持とうとしている自尊心を潰そうとしている気がしてきて、説得をやめた。弟の言うとおりかもしれない。自分もこの国で享受しているものの代償を支払う必要があるのかもしれない。だがその二週間後、マークは凍った道路の脇の溝でひっくり返った車の中にいて、愛国者としての任務もそれで終わってしまった。

マークがまだグッド・サマリタン病院に入院している時、カリンは州軍の新兵募集事務所に出向いた。そしてマークの契約を取り消してもらおうと交渉したが、認められたのは療養のための一時的な勤務免除で、この措置はいずれまた見直されることになっている。これもマークの頭の上にぶらさがっている不安要因だった。しばらくすると、祖国防衛のスローガンは不意打ちパンチのように襲ってきそうに感じられてきた。州軍はマークが任務に耐えうると判断したら、即呼び出しをかけてくるだろう。だが当面はトミーがみんなの代表で訓練に励んでいた。ドウェインは、〝海兵隊は少数精鋭の女たち《ア・フュー・グッド・ウィメン》を求めている〟〔〝少数精鋭の者たち（ア・フュー・グッド・メン）〟は海兵隊員を指す〕のスローガンとその見本を示すイラストをあしらったTシャツを着て、軍を精神的に支援した。

そのドウェインも、トミーとボニーが〈ホームスター〉を見守るのを手伝った。カリンはマークが許すぎりぎりのところまで接近して様子をうかがった。マークは仲間が集まってくれるのを愉しみ、なぜ退院祝いが何週間も続くのかと不審に思うこともなかった。家に友達がいて、冷蔵庫の中身が補充されつづけるかぎり、とりあえず生きる気力を保てるようだった。

カリンは控えの選手が待機するラインをうろつき、妙に義務観念の強いトミーに注意をうながした。「あの子が煙草を吸う時は気をつけて。もう何ヶ月も吸ってないから。勘が戻ってなくて、家を焼きゃしないかと心配で」

「心配しなさんな。変な陰謀論を信じてる以外はだいたい正常に戻ってるから」

カリンは反論できなかった。何が正常なのか、もうわからないからだ。「せめてビールの飲みすぎは注意してあげて」

「これ？　このションベン水は無害だよ。低炭水化物だから」

夜にカリンが車で前を通りすぎる時、〈ホームスター〉はいつも明かりがついていた。例によってB級武術アクション映画祭から徹夜のテレビゲーム大会になだれこむといったパターンで夜が過ごされている証拠だった。カリンはもうそういうことを受け入れていた。マークを平常の生活に戻すための手段としては、くだらないNASCARレースでさえ認知行動療法よりはましだった。今やテレビ画面だけが、マークの幸福でいられる場所だった。いろいろなことの辻褄が合わないという思いから解放されて、何も考えずにレースのゲームに興じる。だがゲームも彼の神経を苛立たせた。事故の前は親指が目より速く動いた。ところが今は、以前自分に何ができたかは覚えているのに、そのやり方がわからない。それが猛烈に頭に来る。そういう時、カリンはトミーとドウェインがいてくれることに感謝した。マークが荒れだしたら、カリンを守れる人はほかにいないのだ。すでに身体がすっかりよくなっているマークは、意図せずカリンに大怪我をさせてしまう惧れがある。偽カリンを政府の工作員であるロボットだと思っているから、配線を見てやろうと不意に首を引きちぎるかもしれない。錯乱した怒りの発作一つで、カリンは命を落とすだろう。

トミーとドウェインはその怒りを抑えてくれた。二人はマークの扱い方を心得ている。まず爆発させてやり、それからコントローラーをまた手に持たせてやる。この手順もお愉しみの一部になった。

独立記念日にはみんな集まって花火を見た。男三人は早い時間からパーティーを始めた。石油缶に氷水を満たしてビールを冷やし、勤務先で買ってきた子牛丸一頭の四分の一をバーベキュー炉で焼いた。カリンがやってきた時、三人はモルモン・タバナクル聖歌隊が歌うスーザの行進曲に愛国的歌詞を接ぎ木した歌を聞いていた。家の前に車を駐めた時、音の大波がカリンを襲った。 ドウェインは言うことを聞かないアイスクリームメーカーを手なずけようと苦闘していた。マークはそれを笑った。事故からこちらで一番自然な笑いだった。「その機械、下痢ピーだな」

「まあ見てろって。あとでテープデッキも直してやるよ。俺に直せない機械はねえからさ。たぶん極性の問題だと思うんだ。お前そういうの詳しい?」

マークはよほど愉しいらしく、カリンの登場にも文句を言わなかった。「おう、来たのか。いいよいいよ——あんたもアメリカ市民だ。いいかもしんない。姉貴は昔から独立記念日ファンだからさ。今日のこの日を姉貴に捧げよう。どこにいるのか知らないけどな。姉貴とすべての行方不明のアメリカ人に」

カリンは十歳の時以来、独立記念日でいい思い出は一つもなかった。だが、マークはその十歳の時のことを言っているのかもしれない。その年の独立記念日には父親が農場で違法なBクラスの大型花火を盛大に打ちあげ、二人の子供は目に金色の火を映して胸が悪くなるほどの恐怖とスリルを味わったのだった。

「姉貴はきっと外国にいるんだろうな」マークはそう言って顔を曇らせた。「外国か、刑務所か。アメリカの娑婆にいるんなら連絡があるはずだ。とくに今日なんか。ひょっとしたら姉貴には俺の知らない面があるのかもしれない」

ボニーも職場であるグレート・プラット・リヴァー・ロード・アーチ橋記念館からまっすぐやってきた。裾の長いコットンのワンピースに婦人帽という開拓者の扮装のままだ。普通の服に着替えるためバスルームに入ろうとした時、マークが呼びとめた。「なあ、そのままでいたらどうだい。その恰好すごくいいよ」更紗模様の服を手で示す。「そういうの、もう誰も着ないから、懐かしいんだ」

ボニーは博物館のジオラマの、くすくす笑う生きた人形だった。「〝懐かしい〟ってどゆこと?」

「古き良き時代ってかさ。アメリカ的って感じ。なんかセクシーだよ。見てるとなごむよ」

トミーとドウェインからはセクハラ的なからかいを受けたが、ボニーはその服装のままでいて、カットオフジーンズとへそ出しルックのカリンと一緒に即席の宴会の準備をした。デニム、ダックハンティング迷彩服、文字入りTシャツ、そこに二百二十五年前のアメリカから来た婦人帽が混ざっている。

「彼氏はどこにいるの」とボニーがカリンに尋ねた。

「彼氏って?」マークがパティオから訊いてくる。

カリンはフリルのついた更紗の婦人帽のすぐ下にある首をへし折ってやりたくなった。「家にいる。こういう……」手を曖昧に振って、大人数の合唱がついたスーザの行進曲をまき散らしているステレオコンポを示した。「軍隊風のものが嫌いなんだって。あと爆発物も」

「でも一応誘ってみれば?」とボニーが提案する。「どんちゃん騒ぎになってきたら帰ればいいんだし」

「彼氏って何だよ」マークはキッチンの窓の網戸に鼻を押しつけていた。「誰のことだよ」

「エッチのお相手がいるのか」とトミーが礼儀として関心を示した。

ドウェインは情報収集面で一歩先んじていることを得意に思いながら言った。「そんなの古いニュースじゃん。リーグルと同棲してんだ。そんなことも知らねえとはお前らどこの国に住んでんだよ」

「ダニエル・リーグル? あの鳥少年と? また縒《よ》りを戻したのか」トミーはウレタンフォームのクージーで包んだ缶ビールを掲げて乾杯の仕草をした。「そいつは傑作だ。でも俺、何で予想できなかったのかな。もとへ戻るっての。渡り鳥が毎年戻ってくるみたいなもんだ」

ドウェインがくすくす笑う。「いつかあいつはこの惑星を救うんだろうな」

「ま、あんたよりは世の中の役に立つんじゃない」とボニーがからかう。

カリンはキッチンの窓からマークの様子をうかがった。マークはまたパティオの椅子に坐り、氷のかけらを額にあてていた。今、一つの名前と格闘しているのだ。長い過去を今自分が生きている現在の次々に過ぎていく五秒間の中にあてはめようとしている。自分の姉のふりをしている女がずっと昔に自分の大の親友だった男と同棲している。昔、自分の本物の姉と同棲していた男と。組み立てるのが不可能な情報群。一人の人間がいくつの人生を演じれば気がすむのか。

バーベキューを愉しみながら、男三人はアメリカが次にどこを攻撃するかを論じ合った。ドウェインとマークがいろいろな国の名前を挙げ、トミーがそれぞれの攻略の難易度を判定した。着色ダゲレオ写真から抜け出てきたようなボニーは、二百グラムのステーキを載せた紙皿を膝に置いて、博物館で唱えなければならない口上を暗記しようとしているかのように議論を聞いていたが、やがてこう言った。「でもさあ、かわいそーって思うことない？　そういう外国の人たちって」

「どうかねえ」とトミーは疑わしげな口調で答えた。「連中だって何も知らない罪なき人々ってわけでもないからな」

「ビリー・グラハム師は今のイラクとのことも聖書で予告されてるって言ってるよね」とボニーは言った。「終末が来る前にどうしても起こるって」

カリンは爆弾を落とすたびに新しいテロリストが生まれるのかもしれないという視点を提示してみた。

「何だあんた」マークは首を振りながら言った。「俺の姉貴以上の祖国の裏切り者だな。政府の工作員ってのが怪しい気がしてきたよ！」

モルモン・タバナクル聖歌隊が疲労で倒れると、クリスチャン・カントリーロックのバンドがあとを引き継いだ。近所の家でやはりバーベキューパーティーをしている人たちが挨拶の声を送ってきた。日が沈み、虫が出てくる頃、一同は花火の試し打ちで闇の濃さを調べた。テロ攻撃以後初めての独立記念日を祝うため、飛翔体《ミサイル》をのどかに打ちあげて色つきの火を散らす様は、頼りなさと勇ましさの両方を感じさせた。トミーがプラッツマスの道端のテントで売られていた〈爆発するテロ首謀者ども〉を一ダースほど発射すると、フセインやビン・ラディンの色鮮やかな人形がしゅうっと空へ駆けあがり、弾けて火の帯を散らした。

カリンは花火に照らされた弟を観察した。マークは空に目を向け、爆発にびくりとひるみ、その自分の反応に大笑いした。緑に青に赤に染まる顔は、ファーヴューのほかの住民と同じように、もはや余裕をもって眺めることはできないが無しですますこともできないこの光のつるべ打ちへの驚嘆を表明していた。マークは三人の友達の顔をかわるがわる見て注意を惹こうとする。自分の感じ方に承認が欲しいのだが誰も与えてくれないようだ。大輪の菊の花が落下してくる中、首をめぐらしたマークは自分を見つめているカリンに気づいた。花火の光が閃く一瞬のうちにカリンと目を合わせたマークは、微かな親近感の合図を送ってきた。**あんたも迷子になっちまったんだろう？**

ウェーバーの生活は七月下旬になると方向を変えはじめた。脱いだ服から憐れっぽい鳴き声が聞こえると、何かの生き物だと思った。少し前にシルヴィーが屋根裏からアライグマの一家を追い出す闘いを展開したが、今度は蟋蟀《こおろぎ》の災いが居間を襲ったのか。ウェーバーは最初鳴き声の主を蟋蟀と睨んだが、妙に規則的なところから携帯電話だと思い当たった。どこかに隠れているそれを見つけ出し、耳に押しあてる。「もしもし」

「偉大なパパ。パパの人生がずっと太陽のもとにありますように」

「ああ、ジェス！」

南カリフォルニアの山頂の天文学の巣にいる娘のジェシカが、ウェーバーの五十六歳の誕生日を祝福してくれたのだ。たとえ関係が気まずくなっている時でもジェシカは儀礼を守る。クリスマスには飛行機で訪ねてきて三、四日泊まっていく。母の日と父の日にはちょっとした贈り物を送ってくる――映画のビデオや音楽CDで両親にポップカルチャーを教えようとする無駄な試みだ。ジェシカは両親の結婚記念日まで覚えているが、これは自尊心のある子供なら誰もやらないことである。そして誕生日には、会話がぎくしゃくすることがわかっていても、必ず電話をかけてくる。

「びっくりしてるみたいね。その電話にも発信者電話番号表示《コーラーID》のスクリーンがあるでしょ」

「サタンよ、引きさがれ。だいいち、パパがどの電話で出てるのかどうしてわかる」

「お父さん。頭、働いてない」

「ああ。そうか。今のは忘れてくれ。でも、どうして携帯にかけてきたんだね」例によってへまな受け答えばかりしている。

「娘からお誕生日おめでとうと言われたら嬉しいかなと思って」

「まだ携帯に慣れてないのは知ってるだろう」

「じゃ使ってないの。それあげたの余計なお世話だった?」

「使ってるよ。出張中、お母さんに電話するのに使ってる」

「気に入らないんだったら返品できるのよ」

「気に入らないなんて誰が言った」

「お母さんに頼んだら。消費社会を自由に泳ぎまわってる人だから」

「気に入ってるよ。すごく便利だ」

「ならいいけど。それでね、いきなりだと目を回すかもしれないから、今から予告しとくけど、クリスマスにはDVDプレーヤーをプレゼントしようと思ってるの」

「ビデオで何も問題はないようだが」

ジェシカは鼻で笑った。「で、どういうお誕生日になってるわけ?」

「いや、そもそも年を数えるのをやめてるから、どういうお誕生日でもないよ」お互いの声だけを聞いていると、自分が四十過ぎで、娘が十三歳だった頃に戻った気分だった。

ジェシカは昔から言葉より数字に強い子だったが、電話は好きだった。完璧に清潔なテクノロジーだからだ。ティーンエイジャーの頃はお決まりの長電話をしたものだが、そのやり方はというと、通話中の状態で長時間ほとんど黙りこんだまま、ジェシカはテトリスをやり、親友のゲイルはケーブルテレビ（ウェーバー家では何とか導入を避けおおせたメディアだ）を見ているといった具合なのである。二人の少女は何時間もの間互いの呼吸音を聞きながら、時々言葉を投げかける。ジェシカはスコアを報告したり、ゲイルが話すドラマの筋について質問したりするのだ（彼がキスしてるの？　どこで？　何で？）。シルヴィーは三十分おきに様子を見にきて言ったものだ。「ねえ、あなたたち、話をするか、電話を切るか、どっちかにしなさいよ」

この独特の通話法は今もあまり変わらない。テトリスがハッブル宇宙望遠鏡の画像の解析になっただけだ。ウェーバーには電話回線の向こうで娘がコンピューターを操作しているのがわかった。時々小さくキーの音がするのだ。研究助成金の申請書を書いているか、天文学関係の文字どおり天文学的な規模のデータベースで情報を検索しているかだろう。ジェシカは数秒間黙っている。とうとうウェーバーが、「惑星捜しはどうだい」と水を向けた。

「まあまあ順調」ジェシカはキーを叩く音を立てた。「八月にケックが使えるの。今、視線速度法を補完する方法として……ていうか、そこまで興味はないよね」

「興味はあるよ。小さくて、温暖で、水のある惑星はまだ見つからないかい」

「うん。でも、終身在職権をとるまでに、今お父さんが言ったようなやつを五、六個見つけるつもり」

「終身在職権を申請するのに必要な書類は全部出してあるんだろうね」

　ジェシカは溜め息をつく。「はい、大丈夫です。保護者の方にご心配かけてすみません」若手天文学者のホープの一人に、書類手続きの心配をしてやる親。やれやれとウェーバーは自分で思う。

「新しいインスリンポンプの具合はどうだ」

「すっごくいい。二ヶ月分の給料が飛んだだけのことはある。ほんとに人生変わったもの。何だか生まれ変わったみたいな感じ」

「そうか。それはすごいな。おかげでクラッシュせずにすんでるわけだ」

「完全にとはいかないけど。今でもズール〔映画『ゴーストバスターズ』に登場する悪神〕がたまにお見えになるの。あの気まぐれな怪物が。先週は夜中に身体を乗っ取られちゃって。わりと久しぶりだったから、二人ともびびっちゃった」

　名前を言ってもいいんだよ、とウェーバーは心の中で励ます。だが、ジェシカはそうしない。

「それで、元気かい……クレオは」

「お父さん！」ジェシカはほとんど面白がっているような声を出した。ウェーバーは娘の意識を分散させてくれているコンピューター画面のデータに感謝した。「私の同居人のことより先に犬のことを訊くなんて、変だと思わない？」

「そうだな。君の……同居人は元気かな」

　カリフォルニアから深い沈黙が伝わってきた。「名前、忘れたんでしょ」

「忘れちゃいない。今ちょっと出てこないだけだ。彼女のことは何でも覚えてるよ。ブルックリン、マサチューセッツ、ホーリークロス、スタンフォード、博士論文はサハラ砂漠以南のフランス植民地の……」

「それメモリーブロックっていうんでしょ、お父さん。不安や不愉快なことがある時に起きる。まだ慣れてないってことね」

「慣れてないって、何に」愚かしい時間稼ぎだ。

キーを叩く音がやんだ。ジェシカはこの状況を愉しんでいた。「わかってるくせに。娘が人文系の研究者と寝ていることに慣れることができないのよ」

「私の親友の何人かは人文系の研究者だ」

「たとえば？」

「君のお母さんとかね」

「お母さんは異教の聖女の最後の生き残りよ。お父さんと一緒に暮らしてるおかげで、お母さんの魂の力はめちゃくちゃ強くなった」

「しかし物忘れのことはね、最近ほんとに不安になってきてるんだよ。人や物の名前だけじゃなくてね。手帳を見て自分が書いたはずのことにびっくりしたりする」

「お父さん、自分の本に書いてたじゃない。〝車の鍵をどこに置いたか忘れても心配する必要はない。ただ車の鍵とは何なのかを忘れたら、医者に診てもらったほうがいい〟」

「そんなことを書いたかな」

ジェシカは笑った。八歳の頃の、前歯をむき出しにした力の抜けた笑いと同じだった。その笑い声はウェーバーの胸の真ん中に切れこんできた。「それによほどひどくなってきたら、最新の効き目抜群の薬が手に入るはずよ。そちらの業界の人たちは私たち一般人には秘密でいろいろすごいものを持ってるんでしょ。記憶力、集中力、運動能力、知能。その全部を高める薬なんかもあったりして。どうして自分の娘にそういうのを分けてくれないのかなあ」

「優しくしてくれたら考えてみてもいい」

「お父さんの本と言えば、ショーナが《ハーパーズ》の書評を見せてくれたの」ショーナか。道理で思い出せないはずだ。「むかついちゃった。あれは嫉妬の産物以外の何物でもないと思う。あんなの気にすることない」

理解の回路が一瞬切れる。《ハーパーズ》？　刊行日前に書評が出たのか。それなら版元はもう何日も前にそのことを知っていたはずだが、誰も何も言わなかった。「気にしないよ」

「じゃあ、愉しいお誕生日を過ごして。私のためにそうしてくれる？」

「そうする」

「ということは、四千語ほど原稿を書いたり、意識が変容して今まで知られていなかった状態になる例を二つほど発見したりするわけね。つまり、ほかの人の意識のことだけど」

ウェーバーは娘と挨拶を交わし、蟋蟀を折りたたんでポケットにしまう。それから自転車に乗り、セトーケット・パークのクラーク図書館へ行った。ラックに並ぶニュース雑誌の表紙の見出しが目に飛びこんでくる。アメリカ軍のアフガン空爆、結婚式を粉砕。連邦政府に省レベルの国家保安組織が迅速に創設される。これらのことが起きている間、私はどこにいたのだろう。赤いプラスチックのホルダーに綴じた最新号の《ハーパーズ》誌を手にとると、何となく後ろめたさを感じた。自著の書評を読む行為には何かいやらしいものがある。グーグルで自分の名前を検索するのと似たような。目次に視線を走らせながら、われながらくだらないことをやっていると思う。長年執筆活動をしてきて、予想外の成功を収めた。ウェーバーは洞察力に富んだ言葉を求めて執筆を続けてきた。不思議な事実の鎖の中に意外な真実を見つけるために。ウェーバーの報告した物語に対する読者の受けとめ方はその物語自体だけでなく読者自身の物語をも語っている。自分の本は物語自体というものなど存在しないことを明らかにしているのだ。最終的な判定をくだすことなど不可能だということを。この書評者が書いていることは分散ネットワークのほんの一部、脆弱な生態系で連鎖的に伝わる信号にすぎない。酷評や賞賛が自分にとってどんな意味を持つというのか。自分にとって大事なのは娘がどう思ったかだけだ。あるいは娘の同居人が。ショーナ。ショーナ。二人はこの書評を読んだが、本はまだ見てもいない。ジェシカが『驚異の国』を手に入れたら——そのうちきっと手に入れるはずだが——あの子は必然的にこの書評があの子の心の中に作りあげる本を読むことになる。自分が書いた本からスピンアウトしたどんな本がその辺に漂っているのか知りたいものだ。

書評のタイトルがページから飛び出してきて気分が悪くなるほどぞくりとした。『樽の中の神経科学者』。書評者の名前は何の記憶も呼び起こさない。冒頭はわりと敬意に満ちていた。が、最初の段落ですでに冷たい調子に変わった。ウェーバーはのろのろと酷評を読んでいった。第二段落の終わりはジェシカの言葉から想像された以上に厳しいことが書かれていた。

医学的イメージング技術と分子レベルでの実験技術の発達により、脳の研究は近年飛躍的に進歩した。だがジェラルド・ウェーバーの著作は進歩せず、ますます中身が貧弱になり、逸話の羅列にすぎなくなっている。今回の本もまたそこはかとなくコミカルな逸話を並べるというおなじみの内容だ。ここには精神のさまざまな状態に対して寛容になろうという、実にごもっともだがまったく新鮮味のない訴えがある。症例を紹介することでプライバシーを侵害し患者を見世物のために利用している惧れもあるわけだが（中略）。このような高く評価されている著者が学界で広く承認されているとは言えない調査方法で患者の症例を利用し、しかも患者の苦しみに共感を寄せてはいないのを見ると、当惑に近いものを感じるのである。

ウェーバーは読みつづけた。文脈を無視した引用に粗雑な概括、事実の間違いに感情的な攻撃。どうしてジェシカはこれをごく普通の批判的書評と受けとめることができたのだろう。これだと『驚異の国』は科学的に不正確であるばかりかジャーナリスティックな読み物としても無責任、要は実証科学の皮をかぶったリアリティー番組〔素人に何かを体験させてそれを見せる番組〕であり、脳科学ブームと他人の苦しみを食い物にしていると言わんばかりではないか。そこには個別の違いを無視した一般論と分析を加えない事実の羅列と人間らしい感情に欠ける症例報告しかないような印象を与える。

ウェーバーは最後まで読まなかった。初見で歌おうとする楽譜のように雑誌を目の前で広げたまま立っていた。明るく居心地のいい図書館には四、五人の引退者とやはり四、五人の小学生が坐って本を読んでいた。誰もこちらに目を向けてこない。人の視線を浴びるのは明日、大学へ行った時だ。同僚たちは普段どおりのさりげない目つきで見てくるだろうが、その視線には興奮が隠されているだろう。

書評執筆者のことを調べてやろうかとも思った。偉そうに批判する御仁はどこの何さまなのだ。だが、そんなことは無意味だ。娘の言うとおり、気にしないでおくのが一番いい。誹謗中傷の動機をあげつらったところで、誹謗中傷合戦になるだけだ。嫉妬だ、イデオロギーの対立だ、自分が目立つためだ、などなど、何とでも説明できる。書評の世界では、すでに評価の高い著者を褒めても得点はゼロだ。ジェラルド・ウェーバーほどの大物が相手なら、息の根を止めるくらいのものを書かないと話にならない。

だがそんな反論を準備するうちにも不愉快になった。書評子の指摘はどれも完全な的外れとは言えない。自分の著書にはつけいられる隙がある。患者を利用しているって？　お説ごもっとも。そういう結果になっているのではないかと自分でも不安なのだ。ウェーバーは大きなガラス窓の外を眺めた。共有地の向こうには植民地時代の教会が二つ建っていた。そこには荒削りだが信念に満ちた美しさがある。最悪の酷評を読んだことで、ウェーバーは安堵のようなものを覚えた。**書評に悪評なし、**というボブ・キャヴァナーの囁きが聞こえた気がした。

今度の本はそこにあるとおりの本だ。どう評価されようと中身は変わらない。世界が砕けてしまった十二人の人たちが砕けたかけらを取り戻していく話――それを集めた本がなぜ世の指弾を受けなければならないのか。著者がジェラルド・ウェーバーでなかったら、《ハーパーズ》は書評を載せなかっただろう。そこから明らかなのは、この書評は『驚異の国』という本を攻撃したのではなく、ウェーバーを攻撃したということだ。書評を一読すれば誰にでもわかる。だがウェーバーが長年学問をする間に学んだことは、人は群れるのが好きだということだ。すでに知識層の中核部分は唾で濡らした指を立て、風向きの変化を察知しつつある。今、意識の科学は、ジェラルド・ウェーバーの患者を利用して逸話を並べるだけの中身の薄い研究から身を守らなければならないというわけだ。奇妙なことに、プラスチックのホルダーに綴じた雑誌をラックに戻した時、ウェーバーは誇りを取り戻した気分になっていた。賞賛を受けているかぎりこんな攻撃を受けることもあろうと、どこか予想していた面もある。

貸出デスクの前を通り、左に折れて玄関を出る。そこからなじみ深い石畳の小道を百歩ばかりくだったところで足をとめた。小道のはずれはベイツロードとダイクロードがメインストリートに合流する地点である。キャヴァナーに電話をかけてやろう。今日は日曜日だが、自宅にかけて、なぜあの酷評のことを隠したのか問い詰めてやろう。ポケットから輝く銀色の装置を出した。まるでスリラー映画の遠隔起爆装置のようだ。

過剰反応もいいところである。ちょっと批判されただけで、幌馬車で円陣を組もうとする。十二年の長きにわたって読書界から敬意を払われつづけてきたせいで、それが当然と思いこんでしまい、それ以外の反応をどう受けとめていいかわからない。何を言われようと、あの本はそれ自身の足でしっかり立っているが、ウェーバーはつい計算してしまった。二十人の人があの書評を読んだとして、本を実際に読むのはせいぜい一人だろう。あとの人は自分で確かめもせず友達にあれはあまりいい本じゃないらしいと語るのだ。

ウェーバーは携帯電話をポケットに戻し、小道を引き返して自転車置き場へ向かった。家に帰ったらシルヴィーに話そう。シルヴィーは深刻に受けとめず、ちょっと面白がるような顔をするだろう。にっこり笑ってこう訊くに違いない。〝有名なジェラルド〟はどうするつもり？

ストロングズネックまではずっと下り坂。海は今干潮で、肺に満ちる七月は塩辛い。ウェーバーは以前から厳密さに欠ける一般読者向け科学書の世界から、純粋な科学研究の世界へ戻りたいと思っていたが、これで動機がまた一つ増えた。ダイクロードは鋭く左に折れたあと、葦原の広がる湾に沿って走る。独立戦争時にジョージ・ワシントンの下で働くスパイ団セトーケット・リングが夜中にここでランタンを掲げ、ロングアイランド湾の向こうのコネティカットへ信号を送った。テロリストが英雄だった時代の話だ。自転車は危険なほどの速度で湾岸沿いの道路を駆け降りていく。自分が書いた本が、あの書評に書かれているような邪悪な本であるはずがないではないか。

右肩越しに振り返ると、セトーケット港が真昼の陽射しにぎらぎら輝いていた。青みの強い翡翠色の湾上を小さなヨットが翼を広げて滑っていく。こんな日は何が起きてもおかしくない。ブリッジポートとポートジェファーソンを結ぶフェリーボートが遠くで低い汽笛を鳴らした。まるで鳴き声をあげながら古巣に帰っていく渡り鳥だ。ウェーバーはこの土地での生活を愛している。ささやかな幸福に満ちた誕生日。少なくとも毎日の生活を愛することだけは、今の彼にもできるのだ。

旅行代理店の手配でイタリアへ出かけた。ウェーバーはヴェッキオ橋の上で立ちどまり、何世紀も前から両側に並んでいる商店を眺めた。資本主義の歴史が簡略に見てとれる。肉屋が鍛冶屋や皮革職人に席を譲り、それらが銀細工師や金細工師に席を譲り、それらが珊瑚宝飾屋やネクタイ屋に席を譲った。ちなみにここでネクタイを買うと数週間分の給料が飛ぶ。さまざまな言語を話す人たちのただ中で、ウェーバーはシルヴィーを見た。シルヴィーは導入まもないユーロの通貨やフィレンツェの陽射しに浮き浮きし、ユリスナルダンの時計が所狭しと陳列してあるショーウィンドーを覗きこんで、見るだけのショッピングを愉しんでいた。買う気があるふりをするだけ、遠いところへ来ただけで幸福なのだ。ここはまったくの想像上の場所に等しい。

前日は大聖堂をたっぷりと見物した。だがすでにウェーバーは大聖堂の中の細部を思い浮かべられなくなっている。今朝、シルヴィーは夜の観劇プランを提示した。モンテヴェルディの歌劇『ウリッセの帰還』だ。

「本気かい」

「どういう意味? 私、ルネサンス期のオペラが好きなの。知ってるでしょ」

いつから好きなのかとは訊かなかった。今まで気づかなかったのかと呆れられたくない。今、人の流れの中にいるシルヴィーを観察する。少し離れて見ると、光の加減次第で、日本人観光客に見えなくもない。大好きな国で休暇を過ごす喜びに、何十歳か若返っていた。結婚する前のシルヴィー。あの百万年ほど前、ウェーバーがシューベルトのコラールにへぼ詩人シェイクさんちのウィリー君作の詞をつけて歌を捧げた若い娘。その歌を何人かの友達と一緒に電話で歌って聞かせ、求愛したのだ。ちょうど一九二〇年代の大学男声合唱団といった趣で。

シルヴィア姫はどんな人?
若者たちがあこがれる
美と貞淑をかねた人。
賛美の的となるように
天の恵みを受けた人。

〔シェイクスピア『ヴェローナの二紳士』小田島雄志訳、白水社〕

若いシルヴィアはひとしきり笑ったあと、なぜ私にも歌わせてくれないのかと不服を唱えた。

「じゃあ、もう一遍！　私もパートを一つ受け持つから」

それから数十年たっても、彼女は彼女であり、旅の道連れだ。だが、あの歌を歌った年からどんな風にして今に至ったのかはもうわからない。一緒に休暇を過ごした都市の名前は、ほとんど全部挙げることができる。ただそれがいつで、何を見たのかは思い出せない。今回は真夏のフィレンツェ。計画を立てた時から、季節がよくないと思ったが、二人同時に休みがとれるのは七月だけだし、シルヴィーは空気さえ乾いていれば暑いさなかの人ごみもむしろ好きだった。シルヴィーは振り返り、ウィンドーショッピングに夢中になっていることを謝るように、ばつが悪そうな微笑みを送ってよこした。ウェーバーは能うかぎりの温かい笑みを返しながらも、古い橋の上の人の流れに棹さして妻に近づく気力が出なかった。**盲目の神キューピッドが／その目にきたり宿る人。**〔『ヴェローナの二紳士』小田島雄志訳〕

《ニューヨーク・タイムズ》の書評はアメリカを出発する直前に出た。ウェーバーが朝食のテーブルで読んでいると、シルヴィーが家から早く空港へ行かなければと急かした。「持っていけばいいじゃない。たいした重さじゃないんだから」

そんなものは持っていきたくなかった。イタリアへ行くのだ。何が悲しくて書評など。ラガーディア空港に着く頃には書評の内容を頭の中で書き換えていた。何が実際に書いてあったことで、何が自分ででっちあげたことなのか、もう区別がつかなかった。覚えているのは、使われている言葉が《ハーパーズ》の書評で使われていた言葉をなぞっていたことだ。両方を読んだ人にはすぐわかるだろう。

空港からキャヴァナーに電話をかけた。「そんなことでご心配かけたくなかったんですよ」とキャヴァナーは言った。「アメリカというのは不思議な国で、鞭打つ相手をいつも捜してます。本の売れ行きは好調ですよ。次の本の契約もぜひお願いしたいと思ってます。今回の成績がどうであろうと」

ローマに着く頃にはこのまま亡命してもいいと思っていた。恨みがましい気分が懐疑に昂じていた。《ニューヨーク・タイムズ》の書評は《ハーパーズ》を剽窃したのではなく、独自にあいう判定をくだしたのかもしれない。そう思うと観光気分など吹き飛んでしまった。シエナでの二日目の夜、ウェーバーはシルヴィーと議論した。いや議論ではなく、闘争だ。シルヴィーはウェーバーの味方のしすぎで、彼の不安にはわずかの根拠も認めないのだ。「しかし彼らにも一つだけ正しい点があるかもしれない」とウェーバーは言ってみる。「患者の側から見れば、あの本は確かに他人の不幸から利益を得ているとも言えるんだ」

「ばかばかしい。あなたは人知れず苦しんできた人たちの物語をかわりに語ったのよ。健常者にこの世界が思っていた以上に広いことを知らせたの」

それはまさにこの数十年、ウェーバーが妻に言ってきたことだった。

「あなたは疲れてるのよ。時差ボケのまま、外国の街をあちこち歩きまわって。そりゃひどい書評が出たら気分悪いだろうけど。でもほら、もっとひどい時代もあったんだから。芸術家がメディチ家の誰かに睨まれて、刺客にナイフで刺されたり。さあさあ、もういいから《アッバスタンツァ》。明日は何する？」

まさにその問題で悩んでいた。明日は何をすればいいのか。明後日は。新しい一般向けの本を書くのは問題外だし、研究所で何かするのすら億劫だ。スタッフのウェーバーに対する態度が前とは違ってきている。逸話を集めるローテクな手法に飽き足らず、最新鋭のイメージング装置で脳を縦横無尽に精査するセクシーな研究をやりたがっているのだ。所長は素人相手の解説者にすぎない。しかも他人の不幸で飯を食う解説者。

無快感症が一週間続いたあと、ウェーバーは自分が意外にもイタリアの十九世紀創業のラベルがついた異国情緒たっぷりの酒に心惹かれることに気づいた。まるで父親の生まれた国を訪ねて郷愁に襲われる移民二世のようだった。古い建築物には注意を集中できなかった。大好きなはずのロマネスク様式のものも含めてだ。シルヴィーは夫を古い町から町へ転々とする兵士のように感じたが、たしなめはしなかった。シエナ、フィレンツェ、サンジミニャーノ。写真は五百枚以上撮った。ほとんどが有名な建物や記念碑の前に立つシルヴィーの写真で、同じアングルで十数枚撮ることもあった。まるでその建物もシルヴィーも消滅の危機に瀕しているとでもいうように。ウェーバーは妻の休暇を邪魔していると感じた。一生懸命明るい気分を盛り立てようとした。だが兵士の空元気に辟易したシルヴィーが、とうとう彼をプラートのプレトリオ宮殿の向かいにある大衆食堂《トラットリア》の席に坐らせて説諭した。

「あなたは帰国したら試練が待ってると思って闘争心を掻き立てようとしてるでしょ。でも試練なんか待ってやしない。闘う相手なんていないの。前と何も変わってないのよ。今度の本は今までのどの本とも全然違わない」それこそまさにウェーバーが恐れていることだった。「読者は本を読んでそれぞれに判断すればいい。あなたはまた別の本を書くだけ。ああ！　そもそもあなたくらい有名になれるんだったら、たいていの物書きは人殺しだってするでしょうよ」

「私は物書きじゃない」とウェーバーは応じた。だが、もしかしたら無意識のうちに本業のほうにも見切りをつけているのかもしれなかった。

旅行の最終日の夜、ローマに戻った時、ウェーバーはとうとう耐えきれなくなった。カヴール通りに面したカフェに坐っている時、シルヴィーが、今夜は自分が知り合いになったフラマン人の夫婦とお酒を飲む予定になっていることを思い出させた。

「そんな話、いつ聞いたかな」

「いつ聞いたか？」シルヴィーは溜め息をついた。「出た、男性型難聴」普通の妻ならまた適当に話を聞き流したとなじるところだろう。「ねえ、どうかしたの」

よしたほうがいいと思いつつウェーバーは打ち明けた。二本の書評のことはずっと黙っていたのだが。「どうも彼らの言うことは正しいんじゃないかと思うんだよ」

シルヴィーはニンジャの振り付けで演技をするチアリーダーよろしく両手を宙にはねあげた。「ああ、よして！　正しくなんかないわよ。ただ成りあがろうとしてるだけよ」その冷静な態度にウェーバーは苛立った。だんだんわけのわからなくなる馬鹿げたことを断片的に言い立て始めた。それから立ちあがって店を出た。馬鹿め。馬鹿め。胸のうちでそう呟きながら、ローマの迷路をでたらめに彷徨《さまよ》った。陽が沈むと複雑に折れ曲がった街路が方向感覚を狂わせた。ホテルに戻った時は十一時を回っていた。フラマン人夫婦はとっくの昔に帰っていた。事ここに至っても、シルヴィーは夫をなじらなかった。なじる権利は充分あったのに。ウェーバーは芝居がかった騒ぎが性に合わない女性と結婚したのだ。その夜も、翌日の機内でも、〈ウェイファインダーズ〉のとびきり対応の難しい顧客に対する時のような冷静なプロの態度をとった。

二人は無事に帰宅した。シルヴィーの言ったとおり、試練など待ってはいなかった。キャヴァナーが電話をかけてきて、数本の好意的な書評と心強い数字のこと、それに何ヶ国かから翻訳権取得のオファーがあったことを伝えた。だが、夏が終わるまでにはまだプロモーションツアーをやらなければならない。朗読会、新聞雑誌のインタビュー、ラジオ出演。まさに人は二君に仕えることができないことの何よりの証拠だが、証拠などなくても、そんなことはウェーバーの研究所のスタッフにはわかりきったことだった。

バークレーの〈コーディーズ・ブックス〉で開かれた朗読会では、ごくまともな感じの聴衆の中に一人、個人的な症例を利用するのは職業倫理に反するのではないかと書評で批判されたことをどう思うかと訊いた人がいた。ほかの客は低い声でそういう質問はいかがなものかというような呻きを漏らしたが、そこには面白がる調子も潜んでいた。ウェーバーは以前ならすらすら口にした回答をつっかえながら提示した。脳は機械ではありません。車のエンジンやコンピューターとは違うんですね。機能だけを説明したのでは明らかにならないことが多いのです。どんな人の脳も、その人の個人的な経歴、生活環境、人格――つまりはその人の全体をとらえなければ、理解することはできません。ただ機械としての機能単位《モジュール》や部分部分の不具合を見るだけでは駄目なのです。

二番目の質問者は、どの患者も取材を受けることに完全に同意しているのかと訊いた。ウェーバーはもちろんそうだと答えた。でも脳に障害があるのなら、何に同意しているか完全に理解しているのでしょうか？　ウェーバーは、脳の研究では、誰かが具体的にどう理解しているかを推測することはできませんと答えたが、そう話しているうちにもまずい回答だとわかった。明らかに最初の答えとははなはだしく矛盾している。

ウェーバーは立ち見だけの会場を見渡した。マドラスチェックのワンピースを着た中年女性が小型ビデオカメラを構えていた。録音機を持っている人たちもいた。「いや、これはピラニアの群れに襲われる動物という感じになってきましたね」ウェーバーはそう言って笑った。ちょっとタイミングをはずしたジョークで、聴衆は気まずそうに、しんとしてしまった。そのあとは調子を取り戻して被害の拡大を食いとめたが、本へのサインを求めて並ぶ人の列はこの前この店でイベントをした時よりも短かった。

ウェーバーの日常は新たな色合いを帯びはじめた。それは彼がこれまでの著書で詳述した症例の一つのようだった。エドワードという患者のことは文献で知っただけだが、『空よりも広く』では自分で面談したように書いた。もしかしたら自分で見つけた患者のようなニュアンスもこめたかもしれない。エドワードは生まれつき部分的な色覚異常だった。全男性の十パーセントがそうで、多くの人はそれに気づかないだけである。エドワードの場合は赤と緑が識別できなかった。色覚異常はそれ自体が奇妙なものである。二人の人間が同じものを見ても、その色についての意見が食い違うのだから。

ところがエドワードの色覚異常はもっと奇妙だった。彼は色覚異常者であると同時に共感覚者でもあったのだ。これは数十万人に一人にしか見られない。エドワードの共感覚は遺伝的なものであり、生涯にわたって恒常的に続いた。現われ方は標準的で、数字に色が感じられるのである。数字と色は文字どおり一体のものとして感じられる。それは普通の人が滑らかなものに慰安を覚え、鋭いものに痛みを感じるのと同じだった。子供の頃は数字ブロックの色がおかしいと文句を言った。母親も共感覚者だったのでその訴えを理解した。

このような人はしばしば物の形に味を感じたり、言葉の感触を皮膚に感じたりする。物や言葉と感覚の関係は単純ではなく、かといって詩的な飛躍があるわけでもない。ウェーバーは共感覚を、苺の香りや氷の冷たさと同じように恒久的なものと考えた。大脳左半球の、大脳皮質に半ば埋もれた部分で、信号の交錯が起きる。誰の脳でも起きることだが、ごく一部の人にあってはそれが意識されるのだ。進化の過程で完全に廃棄されずに残ったのか、それとも次の進化の前駆現象なのかはわからない。

色覚異常にして共感覚者のエドワードには独自の症状があった。1という数字を見たり、その音を聞いたり、そのことを考えたりすると、白い色が見えるのである。2は青。どの数字にも色がある。蜂蜜が甘く、短二度の音程が不協和音になるのと同じように。問題は5と9で、エドワードはそれらを〝火星の色〟と呼んだ。現実の世界で見たことのない色だというのだ。

最初、医者は首をひねった。しかしいくつかテストによって真相が明らかになった。問題の色は赤と緑だったのである。それは目を通じて脳が感じとった色ではない。元々彼の脳の色を知覚する部分は正常で、その部分が直接色を感じとったのだ。目には感じとれない色を、数字を通じて、脳の健常な視覚野が感じとった。共感覚の能力によって赤と緑を見たのだが、それらの色を目で見ることはできないのである。

昔の著書でこのことを書いた時、人間の経験は密室の中の経験ではないかという考えを結論として提示した。感覚を表わす言葉はせいぜい隠喩にすぎないという考え方だ。神経科学は個々の人間をデモクリトスの原子のようにとらえた。人は甘いとか苦いとか、熱いとか冷たいとか言うが、それで言い表わしているのは実際の感覚そのものではなく大雑把な目印にすぎない。人間が互いに伝え合う〝紫〟や〝鋭い〟や〝苦い〟といった言葉は、個々人で違う感覚をざっくりまとめて示す指標なのだ。

こうした考えは、今までのウェーバーにとっては単なる言葉にすぎず、風味も音色もなかった。ところが今、それらの言葉がざわざわがちゃがちゃ音を立てながら至る場所から飛び出し、目に見えない〝火星の色〟が脳にあふれ出てきた……。

八月に、ウェーバーはシドニーに飛んだ。〝人間の意識の起源〟をテーマとする国際会議に講演者として招かれたのだ。ウェーバーが苦手な聴衆は進化心理学者たちだった。進化心理学はあらゆる事象を進化論で解釈し、人間の行動の性質を乱暴に一般化して、それを過去に遡及させ、すべては必然的な適応行為だったと説明する。これは一種のトートロジーだ。なぜ男は一夫多妻主義を好み、女は一夫一婦主義を好むか。そのほうが精子と卵子が効率的に活動できるからというわけだ。厳密には科学とは言えない。もっとも、ウェーバーの著作も純粋科学を目指しているのではないが。

ウェーバーは、人間の意識活動の多くは、適応よりも外適応の産物だと考えている。一つの遺伝子が複数の互いに無関係な形質を発現させる現象を多面発現というが、この現象からすると、ある選択をしたからある形質が現われたという説明が成り立ちにくいからだ。ウェーバーは講演会場が進化心理学者で埋めつくされているのではないかと恐れていた。だがこの講演は、よそでは口にしにくい理論を開陳する機会を与えてくれる。ある指を指され、あるいは触られても、どの指がさされ、あるいは触られたかを言うことができない指失認の患者は、しばしば計算力障害を患っているが、その理由について仮説を思いついたのだ。もっともこの講演で何か新しいことを始める必要はない。面白い話をして、たくさん握手をして、ジェラルド・ウェーバーを演じればいいのである。

ニューヨークからロサンゼルスまでの飛行機の旅は幸先が悪かった。靴のせいで金属探知機が鳴り、手荷物からうっかり入れておいたネイルケア・セットが見つかった。警備員に自分が自称するとおりの人間であることを証明するのにしばらくかかった。ロサンゼルスに着くとシドニー行きの飛行機に乗り換えたが、一時間待たされたあげくにフライト・キャンセルとなった。パイロットは風防ガラスに細いひび割れが発見されたと説明したが、乗客の人数が四十人でなく四百人だったら、パイロットの目にひび割れはもっと細く見えたに違いない。

飛行機を降りると、新たに予約した便の出発時刻まで空港で八時間待った。搭乗した時には時間の感覚がなくなっていた。太平洋の真ん中の上空で、軽い視線誘発耳鳴の症状が出た。左を見ると耳鳴りがするのだ。視線を前に戻すとやむ。講演は中止にしてもらってニューヨークに帰ろうかと考えた。機内で食事をとり映画を見ている間も症状は重くなるばかり。だがつまらない映画が終わると、耳鳴りも消えた。

シドニー空港の旅券審査場を出た時はかなり遅い時刻で、ホテルへ行く前に最初のインタビューを受けなければならなかった。第一弾のインタビューはプロフィールを訊かれただけの平凡なものだった。第二弾は悲惨で、下調べを全然していないインタビュアーがウェーバーの仕事とは関係ない質問ばかりをした。クラシック音楽は本当に赤ちゃんの頭をよくするのでしょうか？　本格的な頭の良くなる薬《スマートドラッグ》はあとどれくらいでできるでしょう。ウェーバーは強度の時差ボケのせいでほとんど幻覚状態に陥り、話す言葉が次第に長ったらしく、文法的な間違いに満ちたものになっていくのが自分でもわかった。インタビュアーがアメリカは本当にテロとの戦争に勝てるでしょうかと訊く頃には、返事は支離滅裂になっていた。

その夜は極度の疲労で眠れなかった。翌日、国際会議があった。巨大な洞窟を思わせるコンベンション・センターを歩きまわりながら、椅子やテーブルにしょっちゅうぶつかった。誰もがウェーバーに気づいたが、目が合うと視線をそらした。ウェーバーのほうでは、握手を求めてくる相手の全員に『精神疾患の診断・統計マニュアル』の五桁のコード番号をあてはめてやりたい衝動と闘った。会場内を移動していく人々は囁いたり、笑ったり、ひけらかしたり、自慢したり、褒めたり、けなしたり、群れたり、分派を作ったり、喧嘩をしたり、権威打倒の謀議をしたりしていた。ウェーバーは中年の男と女が顔を合わせるなり悲鳴のような声をあげ、抱き合い、交互にべらべら喋るのを見た。今にお互いの髪の毛から虱《しらみ》を取り合って食べるのではないかと思うほどだった。進化論もある程度までは正しいのだ。人間の中には今でも猿がいて、いっかな出ていこうとしない。

午前中に行われたパネル・ディスカッションを見たウェーバーは、脳科学の分野では一握りの自己演出に長けた人たちに不相応な敬意が払われているとあらためて思った。そうしたショーマンの中にはウェーバーの娘と同年配の若い人もいる。これも科学の一面で、流行り廃りというものがあるのだ。学説はいろいろな理由で持てはやされたり消えていったりするが、その理由のすべてが科学的というわけではない。今のウェーバーには最新の流行を追いたいという欲求がない。それは野球の試合を最初から最後まで見たいと思わないのと同じことだ。一つには、検証可能な理論が少ないからである。それでも面白いプレゼンテーションをした者にはさっさと助成金がつくのがこの分野だ。それなら口の達者な詐欺師にでもできる。

午後の中頃には物が二重に見えはじめた。共感覚の現象学的考察についての冗漫な討論を最後まで見届けた。感覚運動期における読む能力の生成についての講演を聞いた。眼窩前頭の損傷と感情処理過程の問題をめぐる認知主義と新行動主義の熾烈な論争に耳を傾けた。ウェーバーが有益な話だと思ったのは、人間をほかの生物と分ける性質に関する神経化学的研究の講演だった。ちなみにその性質とは〝退屈〟だそうだ。

それからあの拷問のような参加者全員が一同に会する大晩餐会があった。同じテーブルについたのはその声望の高さをウェーバーも知っているアメリカ人の研究者三人だが、彼らは例の手厳しい書評を種にウェーバーをからかうのだった。ああいうものが出るのは単なる統計上の誤差なのですかね？　それとも大衆の好みに有意な変化が現われたのでしょうか？　その〝大衆〟という言葉にも悪意が感じられた。やむを得ず、ウェーバーは答えた。「まあ、私としては必ず反発が起きるような目立つご批評をしていただいたと思っていますよ」ウェーバーには自分で口にしている言葉が私情にとらわれすぎた発言のように聞こえた。三人の研究者はさっそくこれを広めるに違いない。ウェーバーの講演が始まる頃には会議出席者全員の耳に入っていることだろう。

会議の主催者の一人である、ワシントンから来た〝ホリスティック・サイコセラピスト〟が、揶揄にも聞こえる華麗な表現でウェーバーを紹介した。シドニーが午後八時だと主張する時刻に、演台の前に立った時初めて、今回の招待そのものが罠だったのではないかと思うに至った。ウェーバーは群れで狩りをする動物たちの期待に満ちた笑顔が点々と散る草原を見渡した。

ウェーバーは原稿を読むのが嫌いだ。大筋を覚えておき、弾みがつけば自転車のフリーホイールのように舌を回転させて、キャンプファイアーを囲む子供たちを相手にしているように面白く話す。だがその夜は、予定の大筋からはずれはじめたとたん、眩暈が襲ってきた。高い崖の上に立って、打ち寄せる波を見おろしている気分だ。ところで高所恐怖症とは、高いところから飛び降りたいという半ば自覚的な欲望以外の何であろう。ウェーバーは紙にプリントアウトした原稿に寄り添っていくことにした。だが舞台照明の光を当てられ、目に二重視のいたずらをされて、場所の感覚をますます失っていく。原稿を朗読していくうちに、話のレベルを低く設定しすぎたことに気づいた。聴衆は専門の研究者たちなのだ。なのに第一線の研究の現場から離れた一般人向けの話をしている。そこで何とか専門的なディテールを加えようとするが、うまくいかない。

講演は完全な失敗というわけではなかった。もっとひどいケースも経験したことがある。ただ実のある話ができなかった。謝礼に見合うような中身のある話が。質問を受けつけたが、ほとんどが素直なコースのゆるくて打ちやすいボールだった。聴衆はすでにウェーバーが打撃を受けているのを見てとって気の毒がっていた。誰かが発話衝動は言語に先立って存在すると思いますかと訊いた。ウェーバーの講演の内容とは関係のない質問だった。それはどうやら、ウェーバーの本当の天職はよくできた話を作り出すことだという《ハーパーズ》誌書評の批判を下敷きにしているようだった。

講演後の慰労会は新たな屈辱なしにやりすごせた。試練が終わった時には晩餐から数時間たっていたので空腹だったが、慰労会で供されたのはシラーズとクラッカーに鎮座した脂っこい鰊《にしん》だけ。部屋にいる人たち全員がクリューヴァー゠ビューシー症候群に陥って赤ん坊のように何でも口に入れ、若干躁病っぽくふるまい、互いにごにょごにょ囁き合い、動くものすべてにセックスの誘いをかけているように見えた。

ホテルに戻った時は午前零時を回っていた。シルヴィーに電話をかけていいものか迷った。時差の計算すらできない状態だった。ベッドに寝て、ああ答えればよかったこう答えればよかったと悔やみながら、天井のひび割れを凍りついたシナプスのようだと思った。午前三時過ぎ、ひょっとしたら自分はきわめて詳細に記述された症例なのではないかという気がしてきた。性格が非常に精密に説明されているので自律した人格ではないかと思いこんでいる症例……

夜になると脳が自分自身に違和感を覚えはじめた。陽が暮れて暗くなるともろもろの症状が悪化するサンダウナー症候群――その生化学的要因については正確な知識を持っているが、知識は現実を覆さない。だがそのうち眠りに落ちたのだろう。目覚めた時には夢を見ていたことを覚えていたからだ。その夢の中では何人もの人が大量の水が溜まったところへミサイルのように飛びこみ、浮きあがってきた時には溶解した祖型となっていた。夢を見ること。人類以前の時代の名残である脳幹との折り合いをつけるための妥協的解決。ウェーバーの目を覚まさせたのは電話の呼び出し音――頼んでいたのを忘れていた目覚ましコールだった。まだ暗かった。三十分でシャワーを浴び、朝食をとり、テレビ局に出かけて朝の生番組に出演するのが今朝の予定だ。朝食時のテレビ番組に五分間の出演。すでに五、六回やったことがある。ウェーバーはメーキャップ室へ連れていかれてパウダーをはたかれた。眼鏡ははずして出た。そのほうが男前に見えるとかいうことではない。スタジオのライトが当たると眼鏡は鏡になるからだ。それからディレクターと打ち合わせをした。ディレクターは資料としてコピーやインターネットのプリントアウトの束を持っていた。《ハーパーズ》誌の書評も顔を覗かせている。ディレクターはまるで誰かウェーバー以外の人間が書いた本のことを話しているかのようだった。

ウェーバーは狭い楽屋で椅子に坐り、小さなモニターを見た。自分の前に出演しているゲストが自然に見えるよう懸命になっている。それから出番となった。機材に囲まれたセットには光沢のある応接セットが配置されていた。ソファーの周囲ではカメラの小さな砲兵隊がドリーでしきりに動きまわっている。眼鏡なしのウェーバーにとって世界はモネの絵だった。ウェーバーは男性司会者の隣に坐るよう指示された。司会者はコーヒーテーブルを見おろしているが、実はテーブルトップがプロンプターになっている。その隣には女性司会者がいる。シンボリックな妻だ。女性がとりとめのないプロフィールでウェーバーを視聴者に紹介した。最初の質問は実に大雑把だった。

「ウェーバーさん、あなたは非常に珍しい病状に苦しむ多くの人たちについて書かれてきました。冷たいものを熱いと感じ、黒いものを白いと見る人たち。目が見えないのに見えると思っている人たち。時間が停まってしまった人たち。身体の一部が他人のものだと思っている人たち。さて、あなたが直接目にした中で一番奇妙な病例はどういうものですか」

　これは朝食をとる何百万人もの人たちの前で生で上演されるフリークショーだ。まさに批判的書評が指弾する見世物。ウェーバーはもう一度最初からやり直してほしいと女性に頼みたくなった。一秒一秒がかちかちと過ぎていく。それぞれがグリーンランドほどにも大きく、白く、凍りついている。答えようと口を開いた時、舌が前歯の裏に瞬間接着剤で貼りついているのに気づいた。フリーズドライされた空洞となった喉を唾で湿らせることもできない。オーストラリアのテレビ視聴者は、ウェーバーが大型ボルトをしゃぶっていると思っているだろう。

　言葉が出てきたが、途切れ途切れだった。まるで心臓発作でも起こしたばかりだというように。ウェーバーは自著について不明瞭に語りながら、〝苦しむ〟という概念に異論を唱えた。どの症状も新しい違った生活の仕方にすぎないのであって、健常者の生活とは程度の違いがあるだけだと。

「記憶喪失や幻覚症の人は苦しんでいるのではないというのですか」男性司会者は識者から教えを受けようとするジャーナリストらしい口調で訊いたが、そこには皮肉が花開こうとする微かな気配もあった。

「たとえば幻覚症をとってみましょう」とウェーバーは言った。〝とって《テイク》〟が〝味わって《テイスト》〟に近い音になった。例に挙げたのはシャルル・ボネ症候群だった。視覚情報の伝達経路に損傷を受けた患者は少なくとも部分的に物が見えなくなる。だがボネの患者はよく鮮明な幻覚を見た。「私が知っている女性はアニメのキャラクターに取り囲まれている幻覚をよく見ました。シャルル・ボネ症候群はそう珍しいものではありません。多くの人が経験しています。もちろん、そこには苦しみがあります。しかし健常者の日常にも苦しみがあります。そうした症候群との間に断絶ではなく連続性を見出していく必要があるでしょうね。シャルル・ボネ症候群の患者と私たちの違いは質的なものというより量的なものです。彼らは私たちなのです。同じ仕組みが違った見え方をしているだけです」

女性司会者は小首を傾げて微笑んだ。華やかな美女が示すたっぷりの懐疑心。「誰でもみんな多少はいっちゃってるということですか」すかさず相棒が笑いで消毒する。テレビのお約束的な呼吸だ。

ウェーバーは、要するに幻覚や妄想を持つ人の思考も普通の思考に似ているということだと言った。どんな人の脳でも異常な知覚情報に対して合理的な説明を加えるのだと。

「だから人は自分とはうんと違う精神状態の中にも入っていけるわけですね」

最悪の罠とはそういうものだが、この言葉は無害なように感じられた。二人はインターネットで見つけたウェーバー批判の問題へと話の舵を切っていった。あなたは患者さんたちのことを親身に思ってらっしゃるのですか、それとも単に科学的関心を持っているだけですか？　論争を煽ってこそテレビというわけだ。ウェーバーは伏兵の存在に気づいた。だが目はよく見えず、口の中は渇き、何日も睡眠不足が続いている。何とか話しはじめたが、言葉は舌に載る前から奇妙なものに響いた。言いたかったのは単純に、誰でもわずかな間妄想を経験することがあるということだった。たとえば夕陽を見ている時、ほんの一瞬、あの太陽はどこへ行くんだろうと思ったりするような。自分にもそういう瞬間があることを思い出せば、他者の精神の不調を理解できるようになる。だがウェーバーのこの説明は、彼自身も時々精神の異常を経験しているという告白のように響いた。二人の司会者はにっこり笑って番組出演への謝意を表わした。それから滑らかに寝室の屋根を突き破ってクリケットボール大の珊瑚の塊が落ちてくるという椿事に見舞われたブリズベーン在住の男性の話の予告をして、コマーシャルに入った。コマーシャルの間にアシスタントディレクターがウェーバーを急き立ててセットから退場させる。悲惨なインタビューは永遠に記録に残り、インターネットで世界中の誰もが好きな時間に繰り返し視聴できる状態に置かれるだろう。

ウェーバーはホテルからボブ・キャヴァナーに電話をかけた。「他から耳に入る前に知っておきたいだろうから報告するよ。どうもよくない。悪い影響があるかもしれないよ」

衛星中継の苛立たしいタイムラグのあと、キャヴァナーは気の抜けた声を返してきた。「ま、オーストラリアですから。こっちの人は気づきませんよ」

マークはどの程度変わったのだろう。事故から四ヶ月以上たって暑い夏となった今、カリンはこの疑問につきまとわれていた。たえずマークを観察し、事故以前のマークのイメージと比べてみる。そのイメージは新しいマークとともに過ごす中、日一日と変わってきた。カリンが持っているマークについての感覚は直近に間近から見たマークの人物像をもとにしてざっくり平均した像にすぎない。カリンはもう自分の記憶力を信用しなかった。

マークの頭の働きが遅くなったのは確かだ。事故の前、母親の不動産をどうするかを考えた時は、二十分で決断した。今はブラインドをおろすかどうかが中東和平の方策なみの難問だ。明日絶対にしなければならないことを決めるのにまる一日かかり、そのあと少し頭を休ませる必要がある。

物忘れもひどくなった。食べかけのシリアルの隣にまた別のボウルを置き、シリアルを注ぎ入れたりする。週に何度も傷害保険の給付を受けていると話すのに信じようとしない。言葉遊びをしているのかと思うような言い間違いをする。「早く職場に戻らなきゃ。顎が嫌がっちまう」テレビで大統領を見ると唸るように言う。「またこいつか――ミスター・悪の税金《タクシズ・オヴ・イーヴル》」〔ジョージ・W・ブッシュ大統領がイラク、イラン、北朝鮮を指して言った〝悪の枢軸（アクシス・オヴ・イーヴル）〟の言い間違い〕。目覚まし時計の表示にこう文句をつける。「10:00a.m.か10:

00FMかわかんないな」これは本に出ている失語症というやつ？　それともわざとふざけている？昔のマークは冗談を言うのが好きだったかどうか、カリンは思い出せない。

今のマークはしょっちゅう子供みたいになる。カリンももうそのことを否定できない。ただ事故の前もよくカリンは大人になりなさいとうるさく言ったものだ。今は国全体が子供っぽく、時代が子供っぽいのだ。今のマークがトミーやドウェインと一緒にいるところを見ても、必ずしもマークがあとの二人より子供っぽいようには見えない。

マークはちょっとしたことで怒り狂う。だが怒りもまた昔の弟になじみ深いものだった。小学校一年生の時、先生が教室でマークを親しみをこめて〝変わり者〟と呼んだ。昼食を金属製のランチボックスではなく紙袋に入れてきたからだ。マークは泣きながら先生に食ってかかった。それから何年かたって、クリスマスの夜の食事中に口論になって父親に馬鹿にされた時には、十四歳のマークはぱっと席を立って、階段を駆けあがりながら「メリー・くそクリスマス！」と叫び、寝室の楓材のドアを拳でぶち抜いて、手の指の骨を三本折って病院で治療してもらった。また髪の毛の長さのことで父親と喧嘩になり、ヒステリックになった母親が鋏で髪を切ろうとした時、十七歳のマークは怒りを爆発させてオーブンを蹴り、親に虐待されてると訴え出てやると脅した。

さらにはカプグラ症候群に似た態度をとることすらあった。思春期前の三年ほど、マークは想像上の友達であるミスター・サーマンの人物像を練りあげた。ミスター・サーマンは、本当は言ってはいけないことだがと断わって、お前はもらい子だと教えたという。私はお前の本当の家族を知っているから、お前が大きくなったら会わせてやると約束した。カリンに対しても優しくふるまうことがあり、そんな時は二人とももらい子だが親戚だと言い、別々の孤児院からもらわれてきたのだと説明することもあった。そんな時、マークはカリンを慰め、こんな偽物の家庭で暮らしてなかったら仲良くなれるのにと言った。カリンはミスター・サーマンが大嫌いで、あんたが眠っている間に毒ガスで殺してやるという脅し文句をよくマークに言ったものだ。

　カプグラ症候群によってカリンも変わりはじめていた。最初は慣れまいとして抵抗した。最初の頃、カリンはマークの笑い方が変に機械的なことを意識していた。感情を爆発させる時も、ただ事実を話す時も、マークはそんな風だった。怒りすらも外連味《けれんみ》のある儀式に見えた。バーバラには何でもないようなことで七歳児のように迸るような愛情の表明をする。仲間と一緒に釣りにいくと、いろいろな音を片っ端から真似、ボートに乗って、テレビの釣り番組のロボットのようなホストよろしく釣り糸を投げたり逃がした魚を罵ったりし、あれこれの手順を恐る恐る熱心なようで気が抜けている動作で行ない、自分は包装紙の下は無傷なのだと必死でアピールした。今しばらくの間カリンは事故が自分たち姉弟に与えた打撃の大きさを思い、どれだけ献身的に弟の世話をしてももう元の姉弟には戻れないと思いつづけた。もう戻るべきところがないのだ。一日一日新たな日を迎えるにつれてカリンの統合的な記憶は徐々に、**弟は昔からこんな風だった、**という思いを裏づけるようになってきた。


　七月初旬のある日の午後、カリンが〈ホームスター〉を訪ねると、マークは旅行番組を見ていた。柔和な生気のない聖職者がトスカーナ地方をあちこち歩く番組だった。マークはまるで奇抜この上ないリアリティー番組を偶々見つけたというように夢中になって見ていた。マークは興奮状態でカリンを迎えた。「なあ、ちょっとこれ見てみなよ！　信じらんないよ。この国には何百万年も前から人が住んでるんだ。石はそれより古いんだ」

　カリンはマークと一緒に番組を見た。今のマークはカリンを許容している。これはそれまでの敵意と同じく当惑を誘った。旅行番組が終わると、マークはほかのチャンネルを漁った。昔から好きだったものを次々に選んだ。モータースポーツ、コンタクトスポーツ（格闘技やアメリカンフットボールやアイスホッケーなど身体の接触が許されているスポーツ」、ミュージックビデオ、躁病的なコメディー番組。だが大きな音声やスピーディーな映像にひるんだ。外界と自分をつなぐパイプの栓を開くと外からの情報が洪水を起こすのだ。大好きなコメディー番組の再放送を五分ほど見たあとで、マークは訊いた。「事故のせいで俺、超能力者になったのかな」

　カリンは平静を装った。「どういう意味？」

「ジョークが全部、言う前からわかっちまうんだ」

　マークは結局、卵生の原始的な哺乳動物をテーマにした自然ドキュメンタリーを見はじめた。事故の前なら絶対に見たがらない類の番組だ。「うわ。何だこいつら。誰かが設計を間違えたんだな。毛の生えた鳥か！」

　だがこの反応は子供の頃のマークと同じだった。好奇心旺盛だがおっとりして、唐突な動きはしない。まごついてしまって、窮屈なソファーの隣にカリンが坐っていることをありがたがっている。それはカリンの望む弟だった。今お茶を淹れてあげれば飲んでくれるだろう。腕を伸ばして肩に触れたら、そのまま我慢してくれるかもしれない。その思いがトラウマのように取り憑いた。立ちあがって室内を歩いた。考えられない取り合わせだ。トスカーナ地方とハリモグラと弟。ソファーに坐っているマークを見た。眉をひそめて原始的な哺乳類に見入っている。見せかけだけかもしれないが興奮して。「見てみなよこれ！　進化に見捨てられて。置いてけぼりくって。こんな悲しいもの見たことない」目をあげて部屋を歩きまわっているカリンを見る。「なあ、ちょっと坐っててくれよ。落ち着かないからさ」

　カリンはまたマークの隣に腰をおろす。マークは顔を寄せてきて名案を告げた。カリンの膝に手を載せて、毎日繰り返すお題目をまた口にする。「車で〈トンプソン・モーターズ〉に連れてってくれないかな。中古のＦ‐１５０をただで手に入れるんだ。トリックを使ってさ。でもあんたにも手伝ってもらわなきゃいけない。俺、小切手帳を盗まれちまったから。住所録は無事だったけど、名前と電話番号がめちゃくちゃにされてるんだ」

「それはどうかな、マーク。まだそういうのはちょっと早いかもしれない」

「そうかな」マークは顔をしかめて、仕方ないというように両手をあげた。「まあいいや」先週の《カーニー・ハブ》紙を取りあげてコーヒーテーブルにテーブルマットのように置き、ページをめくってすでに印をつけてある中古車のリストを眺めた。カリンはテレビのリモコンをとって、電源スイッチを切る。するとマークはぱっと振り向いた。「おい、悪いけどさ。さっきの観てたんだよ。あんたは卵生哺乳類なんて興味ないんだろ。自分以外の生物なんかどうでもいいんだろ」

「マーク、卵生哺乳類はもう終わったじゃない」

「終わってるもんか。生きた化石なんだ。脊椎動物の歴史の中で最も偉大な生き残りの物語だ。終わったたって？　冗談じゃない。見ろよ！　これが……何だ……イッカクか何かか」

「これ、さっきのとは別の番組よ」

「あんたが何知ってるってんだ。全部おんなじ番組なんだよ」それを証明してやるとばかり、チャンネルを次々に切り替えた。「ほら。これ見てみ。実話だ。作り話から映画作るなんて、もう誰もやんないのかな」それから法廷《コート》TVを選局した。「ほらな？　わかったろ？　まったく。あんたこの辺の人じゃないだろ」

マークが新聞を読む間、カリンは隣人同士の二人が共同で買った菜園をめぐって裁判で争う模様を視聴した。しばらくして訊いた。「ちょっと散歩にいかない？」

マークはびくりとして警戒心をあらわにした。「どこへ行くんだ」

「そうだなあ。スカダーズ牧草地《メドウ》とか？　川まで行くのもいいかもね。とにかくこの近所から出てみようよ」

マークは、そんなことが可能だと思っているなんて可哀想にという憐みの目でカリンを見た。

「まあ、よしとくよ。明日にでもな」

二人はしばらくの間テレビを観て訴訟の背景を読みとろうとした。それからカリンはマークの夕食にツナメルトを作った。帰る時にはマークが玄関で見送った。「あ、くそっ! また夜になってる。昼間働いてた頃、よく仕事する時間があったもんだよな。それで思い出したよ。いまいましいお肉のことをさ。会社に電話しなきゃいけない。そうだろ? また働かなきゃ。なあ。いつまでも無料《ただ》で暮らしていけるわけじゃなし」

マークはタワー医師と一緒に認知行動療法による治療を始めた。カリンはマークが〝ちっこいジャップの車〟と呼ぶ車でカーニー市街地まで送り迎えをした。偽カリンが自分を乗せて事故を起こそうとしているという考えはもう捨てているようだった。あるいはもうそれは宿命と諦めていたのかもしれないが。

治療は六週間のアセスメントと十二週間のアジャストメントセッションから成る。後者は必要なかぎり何度も繰り返す。カリンはグッド・サマリタン病院にマークを送り届けたあと、一時間ほど街を散歩する。医者からは、あとでカリンも加わるセッションが始まるまで、マークとセラピーのことを話さないように言われた。カリンは話さないことを誓った。だが二度目のセッションのあと、つい質問が口から滑り出てしまった。「で、タワー先生と話してて、どう?」

マークは客観的に感想を述べた。「ま、いいんじゃないの。先生の顔を見てるのは苦にならないよ。でもあの先生、ちょっと理解が遅いね。何でも百回ずつ説明しなきゃいけない。それにあの先生、あんたを本物の姉貴かもしれないと思ってる。たまんないよ」

バーバラは週に三回訪ねてきた。予告なしなので、いつもちょっとした騒ぎになった。病院の制服ではない、グレーのショートパンツにバーガンディー色のTシャツという恰好は擬人化された〝夏〟といったところ。カリンはむき出しの腕や脚に感心して、またしても年は何歳だろうと考えた。バーバラはマークと一緒に水飲み鳥を使ったゲームをした。ひょこひょこ首を振りつづける玩具にバーバラが質問して、マークが答える。バーバラがするのはどれも遊びっぽい質問だった。マークをスーパーへ連れていって自分で買い物をさせたりした。これはカリンの発想にないことだった。毎週食料を買ってきて、料理をしてあげて、結果的にマークを自分に依存させていた。それに対してバーバラは甘やかさなかった。どれだけ頼まれても、マークのかわりに何かを決めることはしない。「よう、バービーちゃーん。俺はほんとはどっちが好きなんだろうな。君は覚えてるだろ。あの小さな健康ホテルで何年も一緒に暮らしたんだからさ。俺ってソーセージ派？　それともベーコン派？」

「どうしたらわかるか教えてあげる。自分がすることをよく見てるの。どっちを選ぶか」バーバラはアメリカの恐るべき豊かさと選択の自由の中にマークを放置して、スプレー式チーズとチョコレート・マシュマロシリアルを選ぼうとした時だけ介入した。

バーバラはテレビゲームを一緒にやった。レースゲームにすら付き合った。親指を使わなくてもいつも勝った。バーバラのほうからはトランプのクリベッジをやろうと誘った。マークはその激しい闘いに魅せられたが、手加減してくれと泣きつくこともしばしばだった。「そうやっていじめるのが快感なわけ？　いい大人がさあ、ビギナーをこてんぱんにやっつけるかなあ」

それをカリンが聞きつけた。「ビギナー？　お母さんとさんざんやったじゃない。忘れた？　子供の時」

マークは馬鹿にした声で言う。「お袋が子供の時にさんざんやったって？」

「そうじゃなくて。わかってるくせに。グリーンスタンプを賭けてやったでしょ」

マークはカードから顔をあげてせせら笑った。「お袋はクリベッジなんかやんなかったの。トランプは悪魔の誘惑の手段だと言ってさ」

「それはあとの話。私らが小さかった頃はまだトランプ中毒だったのよ。覚えてない？　ねえ。無視しないで」

「お袋とトランプをやっただと？　子供の頃のお袋と」

三ヶ月の――いや、三十年間のフラストレーションが、カリンの周囲の空気をねっとりと濃密にした。「ああもう、この蛸頭《ぶよあたま》！　そういうくだらない揚げ足取りはやめて」カリンは自分の声の残響を聞いてぞっとした。バーバラの目をすがるように見て、一時的な心神喪失の抗弁をする。バーバラはマークをたしなめた。が、マークは頭をのけぞらせて鼻で笑った。

「蛸頭か。何で知ってるんだ。よく姉貴に言われたよ」

バーバラがそばにいるかぎり、マークは何にも動じなかった。少しずつ、バーバラはマークに文章を読む能力を回復させた。ある時は策略を使って、高校時代に宿題になったのに読まなかった本を手にとらせた。ウィラ・キャザーの『マイ・アントニーア』だ。「ものすごくエッチなの」とバーバラは請け合った。「ネブラスカの田舎に住む男の子がね、年上の女の子に欲情しちゃう話」

マークは二週間かけて五十ページほど読んだ。そして騙しただろうと、証拠を挙げてバーバラに文句を言った。「言ってたのと全然違うじゃん。移民とか農場とか旱魃とか、そんなのばっかり」

「そういうことも出てくるわね」とバーバラは認めた。

マークは最後まで読んだ。すでにした投資を無駄にすまいとしたのだが、さらに無駄金を注ぎこんだだけだった。何より結末が腑に落ちない。「だって主人公の男もアントニーアも別の人と結婚して、主人公は東部へ帰っちまって、アントニーアは子沢山で故郷に残るんだろ？　友達でいましょうって。小さい頃すごく仲が良かったから」

バーバラは潤んだ目でうなずく。マークはぽんぽんと肩を叩いて慰めた。

「ま、古臭い本の中じゃ最高だったよ。完全にわかったわけじゃないけどさ」

バーバラはマークを夏の陽射しのもとでの長い散歩に連れ出した。カリンも含めて三人で蒸し暑い中をあちこち歩いた。七月は果てしなく人の神経をいたぶろうとしていた。三人としてはただ耐えるほかないまま歩きつづけた。何時間か、燃え立つ麦畑のあちこちを巡る。地域の収穫の状況を視察する保険会社の社員のように。ブラッキー二号も連れていった。「こいつは俺の犬とほとんど同じくらい可愛いな」とマークは言った。「俺の犬のほうがちょっとだけ言うことをよく聞くけどな」時にはカリンがすぐ後ろを歩いても文句を言わなかった。カリンが黙っていさえすれば。

マークが車の改造のことを話すと、カリンはわりとすぐ飽きてしまうが、バーバラはずっと聞いていることができた。「車を買った時のまんまにしておけないんだ」とマークは言った。そして頭の中で組み立てている改造車の構造を詳しく説明した。雄山羊《ラム》、雪男《ビッグフット》、野生馬《ブロンコ》（いずれもトラックの商標名）を継ぎ合わせて雑種の怪物を作る。無視され、見えない人間となって五十メートルほど後ろからついていくカリンは、バーバラの手管を研究した。バーバラはマークを柔らかく受けとめたり、さりげなく方向を変えてやったりしながら、うまく話を引き出した。マークがパーツを数えあげていくのを夢中になって聞き、それから人差し指をあげて、ふと気づいたように言う。「ね、あれ聞こえる？何の音かな」バーバラはわざとらしさを感じさせることなく、マークに十五の年から聞くことがなくなった蟬の合唱に耳を傾けさせたのだ。バーバラはごくさりげなく、落ち着いて患者と接する。カリンはそのやり方を理屈で理解して、短い間だけ真似ることはできるが、完全に自分のものにすることはできそうにない。カリンはバーバラを見て自分も将来こういう人になれたらと思うが、そう思っただけで悲しくなる。どんなに頑張っても蛍《ライトニングバグ》が灯台《ライトハウス》になれないように、バーバラのようになれる見込みがないのだ。バーバラのほうが自分よりもマークの身内らしく見える。

マークはバービーちゃんに言われれば何でもやった。ある日の午後遅く、カリンが訪ねていくと、二人はキッチンのテーブルで美術の本に見入っていた。母親が晩年の精神的指導者にしていた牧師と一緒に聖書を読みふけっていたのとそっくりの光景だ。それは『見えない人のためのガイドブック——新しい目をくれた百人の芸術家』という本だった。バーバラの意表をつく秘密の蔵書の一冊だ。カリンは二人の後ろにそっと近づいた。マークがぱっと振り返って自分を追い出すのではないかと恐れたが、気づきもしない。セザンヌの『家と木立ち』に催眠術をかけられていた。バーバラの指が絵の上に置かれ、木々の幹と絡み合っている。マークはページに顔をくっつけるようにして、パレットナイフの痕を視線でなぞる。心の内側からこみあげる何かに駆られて、絵と格闘している。何と格闘しているのか、カリンにはすぐにわかった。昔住んでいた古い農家。二人が不安定な子供時代を過ごした粗末な家。父親がグラマン社の古い農作業用小型飛行機アグ・キャットで農薬をまいて作物を育て、ローンを払おうとした家。カリンは思わず口を開いた。「それ、どこだかわかるよね」

マークは餌漁りの最中に驚かされた態よろしくカリンに食ってかかった。「どこでもねえよ」そう言いながら自分の頭を邪険につつく。「幻想なんだよ。そういう場所なんだ」カリンはまた萎んでしまった。マークは今にも立ちあがって殴りかかりそうな勢いだったが、バーバラが腕に手をかけた。その接触でブレーカーが切れ、怒りが消えたらしく、本に向き直った。本をぐっとつかみ、パラパラ漫画式にすばやくページをめくっていく。五百年の絵画史を五秒で駆け抜けようという勢いだ。「こういうのって誰が作ってきたんだ？　ほら、これ見てみなよ！　いつからこんなことやってんだ？　俺は今まで何をやってきたんだ？」

数分たつと、カリンも身体の震えがとまった。八年前、カリンがマークをどうしようもない馬鹿と罵った時、手の甲で顔を殴られて唇を切ったことがあった。今のマークは無意識のうちにもっとひどい怪我をさせるかもしれない。弟はずっとこのままで行くのだろう。父親よりも悲惨なことになるに違いない。職を失って、自然ドキュメンタリーを見たり美術の本を眺めたりして日を送り、ちょっとしたことで怒りの豪雨を降らせる。それから自分が何をしたのかよくわかっていないような怪訝な顔で注意をよそへ移す。

カリンは絶望した。一生涯弟の面倒を見なければならない。そして自分はそれに失敗するだろう。両親がそれぞれの最悪の衝動に駆られるまま破滅していくのを防げなかったように。自分が手を貸そうとするとマークの病状はかえって悪くなる。マークはカリンが望んでいる状態には二度と戻らないだろう。以前そういう状態だったのかどうかもうよくわからない。マークが新たに身につけた圧倒的な天真爛漫さに対処していく力がない。カリンは折りたたみ椅子に腰をおろした。自分の人生の軌跡はこの先どこへも延びていかない。未来が崩壊し、自分はその重い瓦礫の下に埋まってしまった。と、その時腕先に手が触れて、カリンは物思いから覚めた。

バーバラの顔を見あげた。その顔から注がれる眼差しはどんな行為にも匹敵するように思えた。バーバラはカリンの腕から手を引っこめて、マークと一緒にまた心慰む本の中の散策を続けた。バーバラは図版の説明を読まなくても画家の名前が全部わかるらしかった。この人はいつも自分が担当した患者が退院したあとまで面倒を見るのだろうか。なぜ自分たちにこれほど親切にしてくれるのだろう。カリンは訊いてみる勇気が出なかった。こういう訪問もそういつまでも続かないだろう。でも今はこうしてマークと一緒に見えないものを見る練習をしてくれる。

その夜、二人の女は一緒に〈ホームスター〉を出た。カリンはバーバラが自分の車のところへ行くのについていった。「あの、どう言ったらいいかわからないけど、あなたには申し訳ないほどお世話になってるわね。お礼の言いようがないわ。ほんとに」

バーバラは鼻に皺を寄せた。「ううん、とんでもない。遊びにくるのを許してくれて、私こそありがとう」

「まじめな話。あなたがいないと弟はどうにもならないし、私は……もっとひどいことになるもの」

　バーバラは、ああ困ったというようにたじろぎ、逃げ出したそうなそぶりを見せた。「どうってことないのよ。これは私のためなの」

「もし何か――何かできることがあったら――何でもいいから……」

　バーバラはカリンと目を合わせた。**そうね、いつかお願いする日が来るかもしれない、**という顔で。「誰だって、いつ助けてくれる人が必要になるかわからないものね」


　バーバラは〈三チュー士〉の面々にもたじろぎがなかった。訪問日が重なった時はトミーとドウェインに誘われて、ファイヴカードスタッドやツーハンドタッチ〔タックルのかわりに両手で体に触わるタッチフットボール〕の仲間に入った。若い男三人のどんな遊びにも参加した。マークはバーバラがそばにいるかぎり混乱から抜け出ていた。ドウェインはバーバラを論争に引きこみたがった――テロとの戦争のこと、やむを得ない人権制約のこと、反論の余地なく正しいがつねに脅威に晒されているアメリカ的な生き方。ドウェインは青筋を立ててごつごつと相手にぶつかる論客で、統計的数値と具体的事実をふんだんに援用し、たえず戦術を変化させる。バーバラはドウェインをこてんぱんにやっつけた。卑怯にもドウェインを自分と同じリングに入らせることすらあった。ある時、ドウェインはアメリカ合衆国憲法のある修正条項を勝手に変更を加えて引用したが、バーバラは修正条項のすべてを正確に暗唱して対抗した。ドウェインは部屋から逃げ出しながら、声を張りあげて叫んだ。「あんたの憲法はそうかもしれないけどな！」

　トミーは義務感に駆られたように執拗に絡んでいき、次第に破れかぶれの頼みごとをするようになった。飼っているフェレットのことで相談に乗ってくれとか、自作ロケットの打ち上げに付き合ってくれとか、寄付金集めの大量の封筒を舐めて封を閉じてくれとか。バーバラのほうは威勢よくはねつける役回りだった。口輪をはめちゃえ！　一人で飛ばしにいけば！　いい加減にしろ！　誰もが闘いのエスカレートを待望したが、マークだけは目に涙を溜めて、もうやめてくれよと懇願するのだった。

カリンはマークが許可する範囲内で奉仕した。認知行動療法の一時間のセッションを受けにいく弟を車で送り迎えするのを愉しんだ。マークはこの治療をだんだん受けたがらなくなってきたが。三回目のセッションからの帰り道、カリンは医者からの命令に背いているという意識もないままに何となく尋ねた。「で、タワー先生とはうまくいってる？」

「ばっちりだよ」マークは例によって目を道路に釘づけにしていた。「あの先生は治療のおかげでちょっとだけ気分がよくなりかけてるみたいだ」

四度目のセッションの前に、マークが救急治療室に寄りたいと言いだした。適当な女性看護師をつかまえると、例の手紙を見せて事情を説明した。看護師はその話に驚き、何か耳にはさんだら知らせてあげると約束した。

「ほらな」カリンに連れられてタワー医師のところへ向かいながら、マークは言った。「何やかや言い逃れをして俺を避けるだろ。連中はあの夜、肉親以外は面会させなかったと言った。けどあんたは部屋に入れてもらったと言った。話が矛盾してるじゃないか」

カリンはマークの世界の法則に負けて首を振った。「そうね。ほんとに矛盾してるね」

セッション中の一時間は病院のカフェテリアに坐り、自分の自己欺瞞の程度を計算して過ごした。セラピーは弟のために何の役にも立っていない。母親が神の啓示にすがったように、自分は医学にすがっているだけだとカリンは思う。ジェラルド・ウェーバーの科学的思考はとても理にかなっているように思えた。だが考えてみれば、マークの思考も本人にとっては理にかなっている。しかもマークは徐々にカリンより洞察力を持ちはじめていた。

セッションから戻ってきた時、カリンは外で食事をしないかと提案した。「グランドアイランドの〈農夫の娘のカフェ〉なんてどう」

「げっ！」マークの顔の上で喜びと不安が格闘した。「あそこは俺がこの世で一番好きな店だ。何で知ってるんだよ。店の連中と話したのか」

カリンは人間的なものすべてに恥を覚えた。「知ってるわよ。あなたの好きなものは」

マークは肩をすくめた。「あんた、自分でも知らない変な力を持ってるのかもな。一遍テストしてみるか」

マークと二人の男友達は、カーニー市内にも食べられるところが五、六ヶ所あるような血の滴るステーキを食べに、わざわざ七十キロのドライブをするのが好きだった。カリンは〈農夫の娘のカフェ〉のどこがいいのかわからないが、今はこのドライブができるのが嬉しかった。捕虜であるマークはカリンの隣に坐り、一時間ほど何か考えごとをしていた。マークは常々〝死の席〟と呼んでいる助手席から麦や豆や玉蜀黍の畑を眺め、風景の中に少しでも不審な点がないか捜した。道端の看板を見て大声で叫んだ。「〝ハイウェイの里親《アダプト・ア・ハイウェイ》〟〔ハイウェイの一定区画を〝養子〟にして美化等に努める見返りに、企業名や個人名を記した看板が出せる制度〕。〝ハイウェイの里親〟！　この国のハイウェイが次々と孤児になるなんて誰が予想したかな」

カリンはシェルトンからウッド・リヴァーまでの眠気を誘う直線道路に差しかかると質問をしはじめた。病院には期待を裏切られたのだから、こちらが期待を裏切ってもいいだろう。「で、タワー先生の最悪なところってどういうとこ？」

マークは顔をダッシュボードに近づけて、上空で輪を描いている猛禽を見あげていた。「むかつくんだよ。二千万年ほど前に起きたくだらないことを全部知りたがるんだ。何が違ってるか。何が同じか。俺はこう言ってやるんだ。古代の歴史が知りたいんなら本を買ってくればって」鷹は後方にしりぞいた。マークは背中を起こして、カリンのほうへ身を傾ける。「小さい頃、姉貴に腹が立った時はどうしたかとかさ。何の意味があるんだよ。だって変だろ。そう思わね？　俺のことを矢鱈知りたがって。物の見方を変えさせようとして」

共犯者と相談するような話し方に、カリンの鼓動が速くなった。思春期の頃、両親の最悪の押しつけに対抗して、二人で秘密の抵抗運動を組織したことを思い出した。今、弟は新たな同盟関係を申し出ている。それがどんな馬鹿げたものであろうと、申し出に応じるという手もあるだろう。それで二人とも望みのものが手に入る。カリンは息を吸いこみ、頭をくらくらさせながらマークにおもねった。「まず言っておくけど、マーク、誰もあなたに無理に何かをさせる気はないのよ」

「へえ。こりゃ一安心」

「タワー先生は今あなたが何を考えてるか理解したいだけなの」

「そんならまた俺をあのスキャナーの中へ突っこんだらいいや。まったく連中はあの手のものが好きだよな。あんた、ああいう筒の中に入ったことある？　やなもんだよ。頭の中を自動車修理工場でいじられてるみたいでさ。しかも動いちゃいけないんだ。顎をストラップで固定されて。頭が変になっちまう。ただでさえ変なのに。コンピューター仕掛けの読心術ってわけだ」

カリンはとりあえずその話題を措いた。やがてグランドアイランドに着く。夏のプラット河畔。揺らめく陽炎。炎熱に痛めつけられるくすんだ緑の木立ちを見れば、ほかの人はみなここを神に見捨てられた不毛の地の典型と思うだろうが、カリンはほっとした。シカゴの電気の充満したようなレゴブロック風の格子状の街は息苦しい。ロッキー山脈は苛立たしい。ロサンゼルスの包みこんでくる派手なぎらつきはヒステリックな盲目状態のように感じられる。それに対してこの土地は、少なくともカリンの知っている土地だ。この土地だけが広々とした空虚を持っていて、中に消えてしまうことができた。

〈農夫の娘のカフェ〉は一八八〇年代の古い建物の一階にあり、壁は桜材の羽目板張りで、錆びた農具類がかけてある。自身を演じるネブラスカ。優しいお婆ちゃんという感じの店主が長らく音信不通だった友人と再会するような挨拶をし、カリンも感情たっぷりに応じた。「ここは変わったな」仕切り席に陣取ると、マークが言った。「わかんないけど。模様替えっていうか。前はもっと新しっぽかったよ」注文を終えると、「メニューは同じだけど、食べ物が変わってる」それから断固とした態度で食べたが、あまり愉しそうではなかった。

「タワー先生はあなたの考え方の感じをつかみたいだけよ」カリンは説得口調で言った。「そうすれば、ほら、ばらばらになったものを元に戻せるから」

「そうかそうか。あんたらは俺がばらばらになってると思ってるんだ」

「うーん」カリンは自分がばらばらになっているのは知っている。「あなたはどう感じてるの」

「それをあの医者はしょっちゅう訊くんだよ。気分はよくならない。前よりずっと悪くなる。それだけは言えるよ」

「とんでもない。ずっとよくなってるもの。五ヶ月前の今頃と比べたら」

マークは嘲笑った。「五ヶ月前の〝今頃〟っていつ頃だよ」

カリンは慌てて両手を振った。何を言っても無意味な言葉のあやになってしまう。「マーク、トラックから助け出されたばかりのあなたは、目が見えないし、動けないし、喋れなかった。ほとんど人間とは言えなかったのよ。そこからあなたは奇跡を起こしたの。お医者さんたちが言ったのよ、奇跡って」

「ああ。俺とイエスさまが起こしたんだ」

「そこまでしっかりしてきたところで、タワー先生はもっとよくなるように手伝ってくれるの。あなたの気分がもっとよくなるような何かを見つけてくれるかもしれないのよ」

「あの事故が起きてなかったら、俺の気分はもっとよくなるな。そのジャガイモ、まだ食べんの」

「ねえ、まじめな話なんだから。もっと自分らしい気分になりたいと思うでしょ」

「何のことだよ」マークはまた含み笑いをした。中途半端な笑い方だ。「俺はまさに自分らしい気分だよ。ほかの誰の気分になるってんだ」

これは駄目だ。この話題はそこまでにした。慎ましい食事の勘定書きが来ると、カリンはそれをとろうとする。マークがその手首をつかんだ。「何やってんだ。あんたが払っちゃ駄目だろ。女なんだから」

「でも私が誘ったんだし」

「そうだけど」マークは胡椒入れを弄びながら考える。「俺の飯代を払おうってのか。わっかんねえなあ」声はからかう口調を捜していた。「これってデートなのか。あ、いや。ちょっと待て。忘れてた。それじゃ近親相姦だ」

ウェイトレスが来てカリンのクレジットカードを持っていった。カードはもうすぐ限度額を使い切るからまた別のを手に入れなければならない。あと五ヶ月ほどで、母親の生命保険金はつきる。いろいろ使い道を考えていたので、取り崩したくはないのだが。

「これであんたが姉貴じゃないのがわかった。姉貴は俺が知ってる人間の中で一番ケチだからな。親父は別にしてな」

カリンは傷ついて上体を後ろに引いた。だがマークの無表情な顔を見て考えた。そのとおりかもしれない。小さい頃からずっと、カリンは両親という大渦から浮かびあがるために、浮力のあるものならどんなものにも死に物狂いでしがみついてきたのだ。せっせとお金を貯めるほど心が空っぽになった。だからこう言っていいだろう。守れば守るほど持っているものは少なくなると。その埋め合わせをこれからしようとカリンは思った。マークのためにすべてを使おう。マークが失ったことに自分で気づいてさえいない人生を支えるために、自分自身の人生を捧げよう。ほかに選ぶ道がなくてそうする場合も、優しさと見做してもらえるだろうか。

「次はあなたに払ってもらうから」とカリンは言った。「さあ、帰りましょ」

グランドアイランドを出る時には陽が暮れかけていた。町から十五キロほど離れた頃、マークはシートベルトをはずした。これは狼狽《うろた》えなくてもいいことだった。むしろ正反対だ。昔のマークは絶対にシートベルトを締めなかったからだ。つまり正常に戻って、カリンを信用しはじめているということだ。だがカリンは慌てた。「マーク、シートベルトを締めて！」と叫んだ。そして手伝おうとしたが、マークに手をはたかれた。カリンは身体を震わせながらハイウェイ三〇号線の暗い路肩に車を停めた。そしてマークがベルトを締めるまで車は出さないと言い渡した。マークは暗がりの中で坐っていることをまったく苦にせず、両竦《りょうすく》みを愉しんでいるように見えた。

しばらくして言った。「ベルトは締める。そのかわり連れてってほしい」

「どこへ」カリンはわかっていて訊いた。

「事故の現場が見たいんだ」

「マーク。それはやめたほうがいい」

マークはまっすぐ前を見て自分だけの宇宙を覗きこんだ。手を頭のまわりで回す。〝いかれてる〟という仕草だ。「どうせ初めて行くようなものなんだ」

「駄目よ。今夜は行っても無駄。真っ暗で何も見えないから」

「今だってそんなにものは見えてないんだ」

「家へ帰ろう。明日の朝一番に連れていくから。約束する」

マークは食いつくように言った。「そのほうが都合がいいんだろ。俺を〝家〟へ帰らせて、仲間に電話して、俺が眠ってる間に現場をきれいにさせる。俺にはそういうことをしたかどうかわからない」

堅い実質のあるものが狡猾にも夜中に形を変えられ、人が見ていない時にデータが改竄《かいざん》される。確かなものがすべて下流へ流されてしまう。

「犯行現場に細工するんだ」とマークは続けた。カローラのグラブコンパートメントを上下に何度もはたく。

「犯行？　何のこと？　何の犯罪？」

「わかってるくせに。溝の中を調べて証拠を消したり、偽の証拠を作ったりするんだよ」

「証拠を消したり作ったりする時間なら半年近くあったんだから、証拠なんてもう残ってるはずないじゃない。何で今まで置いとくの」

「今までは俺が現場を見たがらなかったからさ」

蓋の開け閉めがだんだん加速してくるので、カリンはマークの手を押さえた。「見るものなんて残ってないってば。流されるか、草が伸びて隠れてしまうかして」

マークは興奮して背中を起こした。「じゃあ、認めるんだな。俺にこれの謎を解かせないために、誰かが証拠をいじったってこと」

これの謎。マークの命。「草が伸びて自然に消えてるってことよ。さあ、シートベルトを締めて。帰ろ」

マークは言われたとおりにしたが、条件として今夜はカリンが〈ホームスター〉に泊まることを要求した。見張っているためだという。「居間に腰に優しい椅子ってやつがあるから、それに寝たらいい」ファーヴューに着くまで、二人はずっと黙っていた。マークはラジオをつけさせなかった。

KQKY局も、もう以前のような曲を流さなくなったから嫌だと言った。家に着くと車の鍵を出させ、自分の枕の下に置いた。「最近、夜は爆睡するからな。あんたが夜中に車で出かけてもたぶん聞こえないと思うんだ」

マークがシャワーを浴びている間に、カリンはダニエルに電話をかけた。ダニエルを深い瞑想から無理やり引き出した。今夜の出来事を話して、マークの家に泊まると告げた。「じゃ、明日ね」と電話を切りかける。一瞬、ダニエルが何か言おうとしてやめる気配があった。ダニエルは信じていないのだ。カリンは目を閉じて、何か言おうかどうしようか迷う。床下で過去が炎を噴きあげようと待ち構えている。

ダニエルが気を揉みだした。「大丈夫？　僕もそっちへ行こうか」

「誰だ」という声とともに、マークが居間の戸口に現われた。身体の前に垂らしたタオルから金色のパイル織カーペットにぽたぽた滴が落ちている。「誰にも連絡をとるなと言ったろう」

「じゃ、また明日ね」カリンは携帯電話にそう告げるとスイッチを切った。

「誰なんだ。くそ。油断も隙もありゃしねえ」

「ダニエル・リーグルよ」とカリンが答えると、マークはその名前をはねのけるように腕先を振った。「ちょっと前から会ってるの。一緒に住んでるっていうか。一緒にいるといい感じなのよ。昔はいろいろあったけど。やっといい関係になれたの」あなたのおかげで、とは付け加えなかった。

「ダニー・リーグル？　あの〈裸の自然児《マザー・ネイキッド・ボーイ》〉か」マークは濡れた身体のままビニールレザー張りのリクライニングチェアに腰をおろし、タオルで漫然と胸を拭く。カリンは遅ればせながら目をそらした。「じゃ、二人はできてんだ」

「あの人、病院へ見舞いにきてくれたのよ」まぬけで、不自然で、的はずれな返事。

「ほんとにか。ダニー・リーグルが。まあ、あいつは害のない男だ。アメーバ一匹殺せない。でかいことを企んでるはずないよ。ダニー・リーグルならそれはない。でも、くそっ、あいつとつるむなんて知恵どこから湧いた。気色悪いよ。姉貴とダニーはテープループ〔フィルムや磁気テープの両端をつないでエンドレスにしたもの〕みたいなんだ。絶対あんたプログラムされてるな。DNAか何かに」

カリンは疲れを通り越した状態でマークのほうへ向き直った。そしてマークの介護をずっと続けることになったら一生の間毎日するであろうことへ戻った。「マーク、頼むからわかりやすい答えを信じて。ごく素直な答えを」

「へっ！　こんな世界でか。無理無理」

マークはタオルを腰に巻きつけ、カリンがソファーベッドを開くのを手伝った。真夜中を過ぎた頃、ごろごろ動くボールベアリングと硬いスプリングを内蔵するマットレスの上に寝て、何か動くものがないか、暗闇の中で耳をすました。すべてのものが生きていた。断続的に作動するエアコン、壁の上を走る軽量級の生物、窓ガラスを軽く叩く温かい血の通った木の枝、アザレアの植え込みを偵察するサブコンパクトカーほどの大きさの何か、カリンの耳の中で発掘作業をする昆虫、鼓膜のそばで歯科医のドリルのような音を立てるそれらの虫の羽音。軋む音はすべて弟が――どんな人間であるにせよ――居間にそっと入ってくる音のように聞こえた。

いつもの砂糖まみれの朝食のあと、カリンはマークをノースライン・ロードへ連れていった。早朝の空気は石綿の気概を持って昼前には摂氏四十度に迫るはずの蒸し暑さに備えていた。だがマークは黒いジーンズを穿いてきた。脚の傷痕に慣れることができず他人にもそれが自分の外見だと思われたくないからだった。陽炎の立つ長い直線道路はほとんどのっぺりと一色の帯のように見えた。萱の繁みに縁取られた牧草地と草原、間遠にぽつりぽつりと立つ標識と低木、番号でだけ呼ばれる交差点。カリンは事故現場から十メートルも離れていないところで車を停めた。

「ここか。ほんとに俺はここでぶっ飛んだのか」

カリンは無言で車を降りた。マークもあとに続く。二人は何もない道路をそれぞれ反対の方向へ歩きながら路面を細かく見ていった。休暇旅行中の夫婦か恋人が車の窓から吹き飛ばされた道路地図を捜しているようにも見えた。前にカリンがダニエルと来た時以上に何もなかった。あるのは生のままの自然、大きなピラミッドの底辺、だだっ広いだけの取るに足りない場所だけ。地面にしがみついている緑の覆いが地平線の彼方まで続き、そこを溶けかけたアスファルトの小流が熱く貫いている。

マークは右手に三百メートルほど離れた小丘をゆっくり移動するシンメンタール種の牛の群れのように途方に暮れた足取りで道を歩いていた。牛は首を左右に振っていなかったが。

「俺はどっちへ走ってた?」というマークの問いに、カリンは西を指さした。もと来た町のほうだ。マークが何を捜しているのであれ、それは彼の人生を消そうとしている諸力によってとっくの昔に取り除かれたに違いなかった。「ね、何もないでしょ。だから言ったじゃない。全部なくなってるって」マークはしゃがみ、片方の掌でアスファルトを撫でた。なだらかな下り傾斜をなす道路の端で両膝を抱え、長い間うずくまっている。カリンはそばへ行った。路肩へ移るよう頼みこむためだったが、そうはせず、自分も隣にしゃがんだ。コンバインより速い自動車が来たら二人ともはねられてしまう。マークは顔をあげない。両腕を前に出し、空虚を持ちあげた。「俺たちは〈ブレット〉にいたんだ。今思い出した」

「俺たちって?」カリンはマークと同じように虚ろに響く声を出そうと囁いた。

「俺とトミーとドウェイン。ほかに会社の人間が二人。バンドが音楽やってたと思う。寒かった。俺は誰かと腕相撲をやった。それだけだ。あとは真っ白。トラックに乗ったことも覚えてない。次に浮かんでくるのは病院のベッドで起きあがって涎《よだれ》を垂らしてるところだ。その間、どれくらいだ。何週間か。それとも何ヶ月か。なんか俺はどこかに閉じこめられてて、ほかの誰かが今俺の人生を生きてるみたいだ」マークの口から出てくるのはコンピューターが話すような単調な声だ。

カリンはマークの肩に手をかけたが、マークは肩を引かなかった。「心配いらない」とカリンは言った。「とにかく……」

マークがカリンの腕を叩いて、あるものを指さした。東からやってくるポンティアックの古いワゴン車だった。二人は立ちあがって路肩に出た。ワゴン車は速度を落として二人の前で停止した。窓は開いていた。座席には荷物がうずたかく積んである――衣類が詰まった段ボール箱、皿の山、本、種々の道具類、なぜかプラスチックの造花のコサージュも一つ目についた。荷台にはエアマットが敷かれ、一枚の汚れた綿毛布に覆われている。七十歳くらいの、目鼻立ちの濃い、赤銅色の顔の老人が、開いた窓のほうへ身を乗り出してきた。明らかにウィネベーゴ族の人だ。「車が故障したかい」

「うん、まあ」とマークが答える。

「乗せてってやろうか」

「そうだな」

ウィネベーゴ族の老人は助手席のドアを開ける。カリンがさっと前に出た。「あの、いいんです。大丈夫ですから」老人は二人をまじまじと眺めてからドアを閉め、乗用芝刈り機よりもゆっくりと走り去った。

「それで思い出した」とマークは老人の車以上に緩慢な口調で言う。

カリンは続きを待ったが、忍耐は何も生まなかった。「何を?」

「ただ思い出しただけだ」マークは路肩からセンターラインへ歩いていった。カリンもついていく。マークは両手を突き出して、想像した進路をなぞった。「トラックがひっくり返ったのは知ってる。手術されたのも知ってる」

「手術らしい手術はしなかったのよ、マーク」

「頭に水道の蛇口をつけられてたろ」

「あれは正確には脳手術じゃなかったから」

マークは掌を振ってカリンを黙らせた。「話はまだあるんだって。さっきの車で思い出したんだ。事故の時、誰かいた。俺は一人じゃなかった」

小さな虫がカリンの肌にたかりにきた。「どういうこと？」

「どういうことって。トラックにだよ。乗ってたのは俺一人じゃなかったんだ」

「一人だったはずよ、マーク。だいいち、トラックに乗ってた記憶がないのなら……」

「あんたはそこにいなかったろうが！　俺は自分が知ってることを話してるだけだ。誰かが車の中に坐ってて俺と話してた。俺は話したのを覚えてる。もう一人の人間の声をはっきり覚えてるんだ。ひょっとしたらヒッチハイカーを拾ったのかもしれない」

「トラックの中とか近くには誰もいなかったのよ」

「なら死の床から起きあがってどこかへ行っちまったんだろうよ！」

「だったら足跡が残ってるはずだけど、警察は――」

「何だよ！　俺が何を覚えてるか知りたいのか、知りたくないのか。俺はこれがどういうことなのかってことを話してんだよ。人が現われたり消えたりするだろ。こんな風に簡単に！」マークはばきっと嫌な音で指を鳴らした。「そこにいたかと思ったら、もういない。トラックで、道で、消えちまう。俺がどこかでおろしたのかもしれない。人間ってのはどこでいなくなってもおかしくない。血のつながった肉親が、ある時植物になっちまったり」マークはポケットから紙切れを取り出した。ただ一つの錨。ずっとありがたがられつづけている贈り物だ。マークは前がよく見えなくなる。「最初は天使だったのに、今はもう動物ですらない。涙が湧き出して、自分はちゃんといるってことすら認めない守護天使なんて」紙切れを道路に捨てた。横風がそれを薙ぎ払って道路の脇の溝へ落とした。紙切れはスイッチグラスの繁みに引っかかった。

カリンはあっと叫んで、どこかへ這っていく赤ん坊を追いかけるように駆けだした。溝に飛びこんで、むき出しの脚を棘のある雑草に引っ掻かれた。鼻をすすりながら、紙切れを拾いあげる。それから得意な気持ちでマークのほうに向き直った。マークは路上で固まったように立ち、東を見ていた。カリンが呼んでも聞こえた様子がない。カリンがそばへ戻っても視線を動かさなかった。

「ここに何かいたんだよ」マークは百八十度首を回してカリンを振り返った。「俺はこっちのほうへ走ってきた。あのちょっと地面が高くなってるとこから」また目を東に戻してうなずく。「そしたら道のここら辺に何かいたんだ」

カリンは背骨が熱くなった。「ええ」と囁く。「そう。別の車でしょ。センターラインを越えて、あんたが走ってるほうの車線へ出てきた」

マークは首を振った。「違う。それじゃない。白い柱みたいなやつ」

「それは、ヘッドライトが――」

「だから車じゃないんだ！　幽霊か何かだよ。何かがふわっと浮かびあがって、飛んで、消えたんだ」首を前に伸ばして目を大きく見開き、トラックの残骸があった場所から身をもぎ離した。

カリンはマークを車まで連れ戻して助手席に乗せた。ファーヴューに着くまで、マークは同じ一つの計算をずっと続けていた。町に入る一、二キロ手前で、手紙を返してくれと言った。カリンはほとんど立ちあがるまで座席から腰を浮かし、ぴちぴちのショートパンツのポケットから紙切れを出した。

「俺は人殺しだ」車が〈ホームスター〉の私道へ入る時、マークは言った。「導きの霊みたいなものが道路にいて、俺はそれを殺そうとしたんだ」

それなら手紙を書いた人は毎週教会に通うキリスト教徒じゃないということか。いいだろう。少なくともその程度のことは明らかにできたわけだ。合法的な教会を片っ端から訪ねて手紙を見せてまわったが、自分が書いたという人は現われなかった。そろそろ異教徒の中へ入っていくべき時だ。あまり知られていないが、ネブラスカ州には異教徒が多い。俺はボニーを連れていく。宣教師の古い手だ。若いセクシーな女《フォックス》を送りこむのだ。ハードコアなカルトもみんなこの手を使う。人はだいたい若い女に優しいからだ。若い女が玄関をノックすると、女はこれは連続殺人犯じゃないだろうと思い、男はとろけて財布から有り金を出してどんな慈善事業にも寄付をする。正しいやり方で微笑みさえすればモルモン経だって読んでくれるだろう。

というわけで、狐《フォックス》と酸っぱい葡萄がコンビを組んで出動する。まるで二人は夫婦のように見えるが、夫婦であるということが定期的にペディキュアをされたりセックスしたりすることを意味するだけなら、こっちはそれで何の問題もない。犬を連れていくこともある。幸福な家族という感じ。ボニーは初め家族ごっこには乗り気ではなかったが、今では調子を合わせてくれる。手紙を持って、二人で家を一軒一軒訪問する。手紙の背後に隠れているメッセンジャーを見つけ出すための戸別訪問作戦だ。

多くの人がマークのことを知っている。あるいは知っていると言う。マークの側からも顔見知りとわかる場合もあるが、誰かということになるとあやふやだ。学校の同級生なのか、同じ会社の従業員なのか、以前のひどく低賃金な勤め先の同僚だったのか。小さな町に長く住んでいると、郵便局に顔写真を貼っておくのと同じことになる。大勢が知り合いだと言うが、本当の意味でこちらを知っているとは限らない。**ああ、あのトラックがひっくり返って大怪我して、何とか植物状態から立ち直ったドジな男ね、新聞で読んだよ**、程度のことだったりする。いずれにせよ、ボニーと二人で玄関のチャイムを鳴らした時の応対の仕方で、相手の本音を見てとるのは簡単だ。中へ入れてくれて炭酸飲料水をふるまってくれる家では、筆跡を確かめることができる。投函するつもりの手紙がその辺に置いてあるかもしれない。買い物リストが冷蔵庫に『スター・ウォーズ』のマグネットで貼りつけてあるかもしれない。あるいは、ある電話番号にかけてあげようとか、ある本を読んであげようとか、情けない提案をするかもしれない——そうしたら、**あ、いいね、それちょっと書いてみて、**と頼んでみる。

だが誰も手紙と同じ筆跡で書かない。美しく文字を書く練習などというものは百年前にヨーロッパで死滅したのだ。手紙を見せた相手はみんな、そういうくねくねした文字の手紙はあの世から来たものだとわかっているというように黙りこんでしまう。

手紙はぼろぼろになり、どんどん塵に帰っていく。そこでドウェインに工場でラミネート加工してもらう。これで永久保存できて、あとどれだけ持ち歩くことになろうと大丈夫だ。だが八月初旬には奇妙なことが起こりはじめる。マークとボニーはすでに何週間もほうぼうの家のドアをノックしていたが、ファーヴューの住民で何か証言してくれる人は誰もいなかった。ファーヴューはもうほとんど調べつくしてリストから消えていた。次はカーニー市を試したくなった。〈スピードウェイ〉のガソリンスタンドの店頭や〈シノ - マート〉の挨拶係の横に立つとひどく目立ち、運が悪い時は退去を要求されることもある。ボニーはだんだん不審の念にとらわれてきた。それからマークはあることに気づく。

何か普通じゃないことに気づかないか、とマークはボニーに訊く。

普通じゃないことって?

ボニーは白いノースリーブのブラウスにカットオフジーンズ——それもうんと切りとられている《カットオフ》やつ——という恰好で、本当に、最高に可愛い。不思議なのは、今度の事故が起きる前、マークが一度もそのことをきちんと意識したことがなかったことだ。

普通じゃないというか。異常というか。何かこう変な……パターンていうの？　そういうのにさ。

ボニーは可愛い頭を左右に振る。俺はボニーを信用したいと思っている。あの偽姉貴と仲良しすぎるのが問題なのだが、それを言うならあの女は誰でも騙しちまうからな。あのバーバラまで。

じゃ、今まで話した連中の中で……変だなと思ったやつはいないいってことか。

オルゴールの音みたいな小さな笑い。変って、どういうの？

ボニーを恐がらせないような説明をしなければならない。自分の世界観をがらりと変えてしまう危険があるものは誰も信じようとしないからだ。つまりだな、と俺はボニーに言う。俺たちがノックしたら出てきた人たちな。その全部とは言わないけどさ。一部がさ……一部の人たちが、同じ人間みたいに見えるんだ。

同じ……？　どう同じ？

どういう意味だよ、どう同じって。どの人も同じじってことだよ。

それって……それってつまり……その人たち自身と同じじってこと？

別にロケット工学とか脳外科手術みたいな難しい話じゃないんだよ。単純なことでさ。誰かが俺たちを尾けまわしてるんだ。目的見え見えの感じで街を歩いちゃいけなかった。いろんなことを混ぜ合わせてランダムにすべきだったんだ。俺たちは飛んで火にいる夏の虫だったたよ。まんまと飛びこんじまった。

いいか。こんなこと言うとちょっとあれに聞こえるかもしれないけど。ある男が……しょっちゅう現われるんだ。

現われる？　どこに？

言ってることわかるだろ。俺たちを尾行してるんだ。家から家へ。それが誰だか、なんかわかる気がする。

これをきっかけにボニーはかなり馬鹿なことをいろいろ言いだす。無理もない。恐くなったのだ。マークもそうだったが、こちらはもう少し考える暇があった。まだ問題に直面したばかりのボニーはとりあえず否認する態度をとりつづける。どうやって尾行できるの。どうやって次の家に先まわりしてできるの。変装したり、いろいろしなくちゃいけないし。

ものすごく頼りない反論だ。どの疑問もちょっと考えればすぐ解けるのに。でもボニーは混乱してしまい、もう戸別訪問をしたくないと言う。こうなることは予想しておくべきだった。ボニーはたぶん命が危ないと思っているのだろう。マークは説明しようとする。変装の達人が興味を持ってるのはただ一人、マーク・シュルーターだけだ。だがボニーを説得しきれず、引き続き人捜しに付き合ってもらうことはできなくなった。それがいいのかもしれない。捜索は成果を生まないし、このちょっとした追いかけっこが暴力沙汰に発展しないとも限らない。人が大怪我する事件がすでに起きているのだ。正確に言うと、今年の二月二十日に。

マークは一人で続ける。公共図書館と〈モレーン・アシスティッド・リヴィング〉〔高齢者福祉施設〕に助けを借りる。だが面白いことに、文字を書いて筆跡を見せてくれる人は少なく、三人に一人は身元を偽る。変装の達人はなおも尾行をしてくる。それはもう何年も会っていない誰かだ。目の下に悲しげなたるみがあるせいですぐわかるのだ。みんなが騙されていて、このたった一人で行動する賢い顔の男だけが真相を完全に理解しているといった感じ。ダニー・ボーイ。カーニーの鳥男、リーグル。

マークはふと気づく。事故は鶴の旅立ちがまさに始まる時に起きたのだと。もちろん、ただの偶然かもしれない。だがミスター・渡り鳥がこちらを尾行しはじめた。これで大きな構図に重みが増してくる。それだけじゃない。リーグルと偽の姉はできている。もう充分すぎるほどだ。どう解釈していいかはわからないが、早く何かしなければ。さもないとこちらが何かされる。
マークは人工カリンに問い質す。失うものは何もない。すでに照準器の十字線をあてられている。あいつが頼んでもいない食料を詰めた紙袋を持って偽〈ホームスター〉に現われるのを待つ。そして向こうに混乱させられないうちに、不意打ちで訊く。なあ、正直に答えてくれ。あんたの友達の自然児は何を企んでるんだ？　嘘をつくなよ。あんたと知り合ってもうけっこうたつ。一緒に苦労してきた仲だろ。

偽の姉はもじもじする。それぞれの手で反対側の肘をつかんで、靴が勝手に飛んできてすぽっと嵌まったというように足元を見おろす。それから言い訳を始めるが、何を言いたいのかよくわからない。不思議よね。何か重大なことが起きると、いつもあの人が私の人生に戻ってくるの。最初は父さんが死んだ時で、その次が母さんの時で、今度は――

あいつが俺の人生に戻ってくるのが不思議なんだよ。天からのささやかなメッセージのことを誰かに訊こうとする時、いつも尾行してくるんだ。

偽の姉は銃殺隊を見るようにこちらを見る。やっぱり有罪だ。ところがそのあと、大がかりな言い逃れを始めた。尾行してくる？　何のこと？　そう言って泣きだす。自白の一歩手前だ。だがそこからとんでもない行動に出る。携帯電話でボニーを呼び、話を合わせようとしたのだ。十分後には二対一の対決になった。二人はわけのわからない理屈を言って、電話を突き出し、ダニーが出ているから話せと言う……。

ここから逃げないと。どこか行ける場所はないか。川べりの湿地に小さな隠れ場所がある。そこの砂州に坐っていればあの長い川の水が身体を浸してくれる。マークは徒歩で南へ出発する。プラット川へは去年の秋以来行っていない。行ってみたら川まで偽物になっていないかと不安だったからだ。帽子をかぶらずに出てきたので陽射しが頭を焼く。鳥たちが木から木へ飛んで追ってくる。

ムクドリモドキのスパイ団。必要もないのに騒々しく鳴く。まるで何かこちらに不都合があるというように。連中のいわゆる歌が頭の中で谺する。**神《ゴー》よ、神《ゴー》よ、行《ゴー》け、山羊の頭《ゴート・ヘッド》、山羊の頭《ゴート・ヘッド》、山羊の頭《ゴート・ヘッド》**

……

その言葉、今口にしている言葉は、トラックが宙に飛ぶ直前、すでにあったようだ。山羊の頭《ゴート・ヘッド》というのはダッジのラムのことかもしれない。つまり自分のトラックのことを言っている。いや、違う。山羊の頭《ゴート・ヘッド》。もっと深い意味があるはずだ。俺の命に何か意味があるとすれば。〈リヴァー・ラン・エステーツ〉のはずれに来ると、鈴懸《すずかけ》の木立を通り抜ける。川までの回り道にたどり着く。二キロ半ほどの草ぼうぼうの場所で、黒蝿と花粉がふんだんに飛び、自然から守ってくれるものが何もない。川はそちらに向かって歩くほどに遠ざかるようだ。ムクドリモドキがうるさく声をかけてくる。**山羊の頭《ゴート・ヘッド》、山羊の頭《ゴート・ヘッド》。**

さあ行くんだ《ゴー・アヘッド》

衝撃のあまり、棘のある雑草の繁みの中に坐りこんでしまう。さあ行くんだ《ゴー・アヘッド》と呟く。あるいは誰かがトラックの運転席にいるマークに言っている。マークはきっと天使のようなヒッチハイカーを拾ったのだ。その人物はひっくり返ったトラックから脱出して、事故のことを知らせるため町に向かって歩きだした。そのあとマークが運びこまれた病院へ行き、手紙を残した。マークに何かを伝えるために。天使のようなヒッチハイカーが言った。**さあ行くんだ《ゴー・アヘッド》**。どこへ行けって？　事故現場へ。残骸の中へ。ここへ。

マークは閃きの衝撃に震えながら立ちあがる。この野原の陽に焼かれている緑の中で、黒い点々が持ちあがり、マークの視線がトンネルを掘る。身体はそこへ降りていきたがるが、抗って、まっすぐに立つ。それからファーヴューのほうへ小走りに戻った。脳は火搔き棒を突き刺された熱い炭のように火の粉を噴く。偽の〈ホームスター〉にたどり着いた時、脇腹の傷痕が痛んで身体を折る。

身体はこんなにボロボロだ。玄関から中に飛びこむ。早く誰かに話したい。たぶん話すべきでない相手でもかまわないから。はしゃぐブラッキー二号に突き倒されそうになる。犬はすでに動物のテレパシーで大発見のことを察知しているのだ。偽の姉はまだいる。マークの机について、マークのパソコンに向かっている。まるで自分の家にいるかのように。マークの突然の帰宅に不意打ちを食らって、後ろめたそうな顔をこちらに向ける。顔をいつもよりいっそう真っ赤にして、髪を掻きあげ、ううん、別に何にもしてないのよ、みたいな表情をする。クッキーからクレジットカード情報を抜こうとしていたくせに。急いでログオフして、こちらに向き直る。マーク？　マーク、大丈夫？

よくそんなことを訊くよ。この世界のどこに大丈夫な人間がいる？　あの発見をこの女に教えるのは命取りかもしれない。何しろ正体が不明だ。誰の味方なのかいまだにわからない。ただ俺が不幸な目に遭っている中、この何ヶ月かは親しくなってきている。この女が同情してくれてるっぽいのは確かだ。困ってる俺に、同情だか憐みだかを感じてくれている。ひょっとしたら寝返ってこっちの味方になるかも。いや、それはないか。この女に話すのは、何をしたせいか知らないが本物の姉を失って以来、今までで一番馬鹿なことかもしれない。でも、話したい。話さずにはいられない。これは理屈じゃないんだ。生き延びるためなんだ。

なあ、聞いてくれ、とマークは興奮して切り出す。あんたのフィアンセだか彼氏だか何だか知らないが、訊いてみてくれないかな。事故の夜、何してたか。〝さあ行くんだ《ゴー・アヘッド》〟って言葉に心当たりはないかって。

しばらくの間、ウェーバーは自分の左腕も左肩も見つけられなかった。手が身体の上にあるか下にあるか、掌が上を向いているか下を向いているか、放り出しているのか体の下に引きこんでいるのか、それも感覚でわからない。パニックが起こる。そして目覚まし時計に身体が硬直するほどの衝撃を受けて、この感覚喪失が起きたメカニズムがわかるほど頭が明敏になった。大脳皮質の体性感覚をつかさどる部分が眠りから完全に覚める前、意識だけが覚醒している状態なのだ。だが身体の全部の部分の位置がわかるのは、麻痺している側が動くようになってからだ。

どこか外国の、名もないホテル。別の半球の。シンガポール。バンコク。東京のサラリーマンが利用するカプセルホテルの死体安置所の抽斗《ひきだし》のようなユニットよりは少し広い空間。今いる場所を思い出した時ですら、それを信用できなかった。なぜそこに寝ているのかを答えられないからだ。目覚まし時計の数字を読む。しかしそれは任意の数字にすぎず、夜とも昼とも考えられる。ベッド脇の控え目な明かりをつけて、バスルームに向かった。熱いシャワーを浴びればまだ余韻を引いている空間的な違和感は消えるだろうと思ったが、身体の感覚はおずおずとしか戻ってこなかった。認知神経科学の研究を続ける中で見聞きしてきたどんな奇妙な症例よりも、自分自身の基本的な知覚が狂うという経験以上にウェーバーを不安にさせるものはなかった。身体の統合感は身体そのものから生じるのではない。脳のいくつかの層が介在して、生の感覚信号から安定感の心安らぐ幻想を作り出すのだ。

火傷しそうなほど熱い湯に打たれて、首と胸から湯気があがる。肩のこわばりがほぐれたが、その感覚をあまり信じないようにした。脳の中の身体地図は流動的であり、簡単に模様を崩してしまう。どんな学部生も不安にとらわれてしまう実験がある。左右の腕をそれぞれ別の箱の穴に入れてもらう。右の箱には窓がついていて、そこに学生の手が現われる。ただしこれは実は右手ではなく、学生の左手をある仕掛けによって左右逆転させて映した映像なのである。右手を動かすよう言われた学生は、窓の中の手が動かないのを見る。するとほとんどの学生は、鏡のトリックという唯一の論理的結論を引き出すかわりに恐怖を覚え、右手が麻痺してしまったと思いこんでしまうのだ。

もっとすごいこともある。隠された自分の手を撫でられると同時に、ゴム製の手が撫でられるのを見せられる被験者は、自分の手が撫でられなくなったあとも、撫でられているように感じつづけるのである。偽の手は人間の手にそっくりでなくてもよく、手の形をしていなくてもいい。厚紙の箱やテーブルの角でも、脳は身体の一部として認識する。指の先に円筒形の木片を取りつけた被験者は次第に木片を自分の身体像にとりこみ、指の感覚を何センチか延ばすのだ。

ほんのわずかな歪《ゆが》みが地図を変形させる。毎年秋の学期に、ウェーバーは講義で学部の学生たちに舌をひねって前のほうを裏返しにし、今は上を向いている舌の裏側に鉛筆をあてて右から左へ動かすように言う。どの学生も鉛筆が舌の下側にあてられ、左から右へこすられていると感じる。別の学生たちにはプリズムによって上下左右が逆転する眼鏡をかけさせる。最初は世界が上下左右逆転して見えるが、何日かたつと正常に見えるようになる。そのあと眼鏡をはずさせると、何の視覚的修正も加えていない世界が上下左右逆転して見えてしまう。

石鹼混じりの湯の小川が突き出た腹を越えて、骨張った脚をつたい落ちる。ウェーバーはジェフリー・Lを思い出した。この人物はオートバイ事故で背骨を押し潰された。逆さまになって両足を宙に突きあげた姿勢で土手に投げ出された時、脊髄が切れた。その結果、首から下が動かせなくなり、当然感覚も失ったはずだった。ところがジェフリーは自分のひっくり返った身体を感じ、両脚が頭より上にある感覚をずっと持ちつづけた。ウェーバーの別の患者、リタ・Vは、落馬した時両手首を交差させていた。彼女はあとになっても、腕をまっすぐにしたいのにできなくて苦しんだが、実際には両腕とも身体の脇でずっと伸ばしたまま麻痺していた。別の四肢麻痺患者は身体の感覚がまったくなく、宙に浮かんだ頭だけで生きている感じがすると報告した。

さらに不思議なのは幻肢という現象だ。何が苦しいといって、もはや存在しない身体の部分が痛みつづけることほど苦しいものはない。その痛みは、本人以外の人には頭の中にあるだけの純然たる架空の痛みであり、本物の痛みとは別の種類だというように思われてしまうのである。しかし人間はどんな身体の部分を失くした場合であれ、その部分の痛みを感じつづけることがある。唇、鼻、耳などいろいろだが、乳房にそれが起こる場合がとくに多い。ある男性は切断されたペニスが勃起する感覚をいつまでも持ちつづけた。またオルガズムが失った足の中で反響してうんと強烈なものになるとウェーバーに話した人もいた。

それから国境紛争の現象がある。身体の切断された部分を統制する脳地図が近くの脳地図に侵略されるのだ。今はもうどの本だか思い出せないある著書でウェーバーが書いたのは、手を切断されたライオネル・Dという人物の症例である。彼はほぼ完全に感覚のある無傷な手を顔の真ん中で花開かせた。頬骨のところを触られると、もうなくなっている親指を触られたと感じた。顎を撫でられると小指に感覚が生じた。顔を洗うと、存在しない手に水が流れるのが感じられた。

ウェーバーはシャワーの湯の栓を閉め、目をつぶった。さらに数秒間、熱い支流が背中を流れくだる。無傷の身体も幽霊なのだ。身体は私たちの唯一の家だが、実は場所よりは絵葉書に近い。私たちは筋肉や関節や腱の中ではなく、それらについての観念や像や記憶の中に住んでいる。直接の感覚というものはなく、噂や信用ならない報告があるだけである。ウェーバーの耳鳴り――聴覚地図が再配列されて損傷のない耳に作り出す音の幽霊。彼もまた自分の脳卒中の患者のようになるかもしれない。もう一つの左腕、三つの首、燭台の夥しい枝のような指を密かに感じ取り、病院の毛布の下に隠している患者のように。

もっともその幽霊は本物なのだ。片足を失くした人がその足の爪先をつついてくださいと言われると、歩行を司る運動皮質に灯がともる。身体に損傷のない人でも、歩くことを想像しただけで運動皮質に発火が起こる。バスタブの中でじっと坐ったまま、自分が何かから逃げている情景を思い浮かべると、ウェーバーは心搏数があがるのを感じた。知覚と運動、想像と行動。ほかの幽霊の中へ流れこむ幽霊。次のどちらが嫌かよくわからない。堅固な部屋に閉じこめられながら自分は外にいると思っている状態か、多孔性の壁を自由に通り抜けて千変万化する青の中へ出られる状態か……

タオルを手にとることなくバスルームの電灯を消し、薄暗い部屋のベッドのほうへ歩いた。身体から滴を垂らしながら椅子に坐る。外国では屈辱を味わった。国に帰れば何百人もの患者が待っていた。研究の材料としてだけ使ってきた生身の人間たち。彼らが一人残らずウェーバーの身体の中でずきずきと痛み、しかも切りとることができない。もう世界には、現実のものであれ想像上ののであれ、ウェーバーが落ち着ける場所はなくなった。

カリンはマークの家でネットを検索して情報を見つけた。情報源は〈みんなの無料百科事典《ピープルズ・フリー・エンサイクロペディア》〉なるものだ。脚注や引用出典もついていて、まともなもののように見えるが、情報は広く一般のネット利用者から集めてコミュニティーの投票で選別していくシステムらしいので、不安は残る。

フレゴリ症候群

妄想性人物誤認症候群の珍しい類型の一つ。複数の異なる人物をすべて同じ一人の人物の変装した姿だと信じこむ現象。この症候群の名前はレオポルド・フレゴリ（一八六七―一九三六年）にちなむ。フレゴリはイタリアの魔術と物真似の芸人で、一瞬にして顔と声を変える能力は観客を驚愕させた……

カプグラ症候群と同様、フレゴリ症候群も顔を類別する能力の失調が関係している。すべての妄想性人物誤認症候群は健常者にも見られる普通の誤認現象と程度の差を有するにすぎないとする研究者もいる……

中華料理の夕食をとりながら、カリンはダニエルに話をした。外での食事に無理に誘い出したのは、修道院の僧房のような家を抜け出し、まわりに人のいるところで話したかったからだ。カリンはよそいきの服を着て、香水までつけた。忘れていたのは兵站《へいたん》の問題で、それはダニエルがメニューを取りあげた瞬間から表面化した。外食をするダニエル。それはどんちゃん騒ぎの宴会に出たカルヴァンのようなものだった。首を振り、ひゅうと口笛を吹いた。「一皿の牛肉とブロッコリが八ドル？　考えられるかい、K？」

このアントレは客寄せ用の格安メニューだ。カリンは難局に備えて身を引き締めた。

「〈鶴保護協会〉にとって八ドルは大金だよ」

同額の寄付金を合わせて上手に運用すれば、子供の掌分くらいの農地を買いあげて保護区にできる。ウェイトレスが今日の特別料理を告げにきた。虐殺された魚と獣と鳥の肉のリストがダニエルに磔刑の苦悶を与える。

「この茄子の料理だけど」とダニエルは罪もない女性に尋ねる。「どうやって料理してるかわかる？」

「ベジタリアン式になってます」ウェイトレスはメニューに書いてあるとおりに答えた。

「でもバターで炒めてないかな？　料理の時乳脂肪を使ってない？」

「訊いてきましょうか？」とウェイトレスは不服げな口調だ。

「ただ野菜をスライスして皿に盛ったものって、できない？　生の人参とか胡瓜とか、そういうの」

カリンは外での食事がものすごくしたかったし、ダニエルも大賛成した。ステーキとブロッコリはカリンにとって、だんだんひどくなる自然食由来の貧血症を癒してくれる夢のような料理だった。ダニエルとの一週間の同棲はカリンを衰弱させた。そのダニエルの様子をちらりとうかがう。ウェイトレスはまだいる。ダニエルの表情は平静で、行く先にスタンガンが待ち構えているランプを昇らされる家畜を思わせた。カリンは春雨を付け合せた豆腐を注文した。

文明社会の住人には不可欠のこうした店でダニエルがどうふるまうか、カリンは忘れていた。ダニエルは胡瓜の輪切りをフォークで追いまわして滑らせながら、ぶつぶつ何か不平を呟いた。

「一度に両方の症候群を患うことはありえないと思うのよね」とカリンは言った。「だって、カプグラはその人なのに違うと思うんでしょ。フレゴリは逆で、違う人なのにその人だと思うわけだから」

「K、自己診断ってやつは注意したほうがいいんじゃないかな」

「自己……どういう意味、〝自己診断〟って」

「素人判断ってことだよ。君も僕も医者じゃないからマークの診断はできない。またグッド・サマリタンへ相談にいくしかないと思うよ」

「ヘイズのところへ？　あの男はこの前、私を侮辱したも同然なのよ。ちょっと今の発言は意外だな。いつから今の医療体制の味方になったの？　医者なんてみんな呪《まじな》い師じゃない。〝昔のアメリカ先住民は西洋医学がまだ発見していないこともたくさん知っていたんだ〟って、誰が言ったんだっけ？」

「それは基本的にはそうだよ。でも先住民が医学を発見した時、自動車事故というのはあまりなかったからね。先住民の中に非開放性頭部損傷の専門家がいたら、君が今まで相談したほかの誰よりもその人を推薦するよ」

ジェラルド・ウェーバーの名前は出さなかった。出す必要がない。ダニエルは会ってもいないウエーバーに不合理な嫌悪を示していた。

「ウェーバー先生には相談しなくちゃと思ってる」とカリンは言った。もう手紙を書いたのだった。

「そう」ダニエルは瞑想でもしているような幸福に満ちた落ち着きぶりを見せ始めた。

「あの人はこの世界の最高権威の一人だし……」いや、本当にそうだろうか。ただ有名なだけではないか。その二つは必ずしも同じことではない。「マークの容態が変わったら知らせると約束したもの」それを言うならダニエルも変わった。マークの三人の友達も変わった。そして誰よりも、カリン自身が変わった。

ダニエルは自分の指先をしげしげ見た。「ヘイズ先生に相談するデメリットは何かあるのかな」

「また馬鹿にされてがっかりさせられる以外に？」

ウェイトレスが満足度を確かめにやってきた。「素晴らしいよ」とダニエルはにっこり笑った。

ウェイトレスが行ってしまうと、カリンは訊いた。「今の人、同級生だった？」

ダニエルは片頰で微笑んだ。「僕たちより十歳は若いよ」

「まさか！　そう思う？」二人は黙って食べた。それからカリンは言った。「ダニエル。私、マークをどんどんひどくしてるの」

ダニエルは礼儀正しく否定した。それが彼の役割だ。ただあらゆる証拠は反対の事実を指し示している。

「ほんとなのよ。毎日私を見て、何者だかわからないことがストレスになって――あの子はまいってるの。私はほとんど何もしてあげられてない。今はまた新しい症状が出はじめてる。原因は私。私を見ることで混乱するの。私はあの子を……」

ダニエルは完璧に穏やかな態度を保とうと努めたが、アルファ波の状態は揺らぎはじめていた。

「事故が起きたあと君がこっちにいなかったら彼がどんな風になってたかはわからないだろう」

「あなたは今よりシンプルな生活を送ってたでしょうね」

ダニエルはまたにやりと笑った。まるでカリンがジョークを言ったとでもいうように。「今より虚しい生活だっただろうな」

虚しいのはカリンの胸の内だった。どれだけ弟につくしても全部無駄だったという虚しさ。フォークを草刈り鎌のように使って豆腐をそぎとった。「とにかく一番変なのは、あの子が私を実の姉だと思ってなくて、これからも思う見込みがないってことなのよ。かりに私がこの町を出ていって——あの子を苦しめるのをやめて、仕事を見つけて、金詰りの状態から抜け出そうとしても——あの子は見捨てられたとは思わない。実の姉に見捨てられたとは。私を恨むどころか大喜びするのよ」

カリンはダニエルが目に閃かせた光を急いで消すのを見た。自分はダニエルを恐がらせている。このままだとダニエルも落ちこませるだろう。マークにされていることをダニエルにしているのだ。じきに自分はダニエルにとって見知らぬ人間になってしまうに違いない。その次は自分自身にとって。自分が町を出るのは、ダニエルにとってもいいことだ。

ダニエルは首を振った。見事なほど確信に満ちた仕草だった。「困るのはマークじゃない」

「え？　じゃ私自身のためにここにいろって言うの？」考えうるかぎり最悪の理由だ。その言葉はカリンをダニエルから何百万キロも遠ざけて、大気のない惑星へ追いやった。「あなた心配しすぎよ」

ダニエルは、ちょっと悲しそうに首を振る。

「そうなのよ」カリンはおどけた調子になるよう努めながらダニエルを責めた。「脳の本のどれかで読んだだけど、他人の心を推し量る能力では、女は男より十倍敏感なんだから」

ダニエルはピーマンをいじめるのをやめてフォークを置いた。「でも、今僕たちは君のことを話してるんだ。マークのことは……」

「ちょっと話題を変えたいかな」

「僕は考えてたんだけど……〈鶴保護協会〉は今面白い時期に来てるんだ。でも今……こういう時に……こんな話をするのはちょっと変なんだけど……」

「話して」とカリンは言った。するとダニエルは話しだしたが、カリンは何となく裏切られた気がした。

ダニエルの話はこうだった。〈バッファロー郡鶴保護協会〉は今、銃撃戦に突入しかけている。長年の間、各環境保護団体は協力し合って、川の中流域の水位が野生生物の生存に必要なレベルよりさがったら絶滅危惧種保護法を援用して運動を起こすと脅すことにより、当局がプラット川を誠実に管理するよう目を光らせてきた。川の水資源を利用する三州が環境会計を作成し、野生生物に必要な水量を確保するに至って各団体は脅しをやめた。

しかし水利計画はかなり不安定になってきている。冬期地下水涵養池を活用するシステムではすべてのグループの飲用水需要に対応しきれない。最近の一連の交渉では、〈鶴保護協会〉は鶴以外の全関係者を敵に回していた。「もう四方八方から攻撃される。僕は昨日も川へ行ってみた。丘を横切って、昔の馬車橋のすぐ西まで。あの辺の野原は六歳の頃から歩いてるんだ。で、突然、農夫が一人やってきた。ジーンズに大きな泥だらけのブーツにワークシャツ、片腕でショットガンをテニスラケットみたいに抱えてる。笑顔で僕に近づいてきて、こう言った。『あんた、くそったれの鶴を助ける連中の仲間だろ。あのくそ鶴どもに俺たちがどんだけ迷惑してるか知ってんのか』面倒は嫌だから僕は速足になった。そうしたら男が叫んだよ。『アメリカ人がこのじめじめした野っ原をきれいな農地に変えるのに何百年もかかった。それをお前らはまた野っ原に戻そうってんだ。お前ら身を守る方法を考えたほうがいいぞ。背後《うしろ》に気をつけろ』信じられるかい？　露骨に脅迫したんだよ」

「信じる」とカリンは言う。「私、昔から言ってたでしょ」

ダニエルは栗鼠《りす》がキキキと鳴くような含み笑いをした。「背後に気をつけろって？」

「ここではみんなが人間より鳥が大事という考え方だとは限らないのよ」

「野鳥はこの土地で一番素晴らしいものだ。みんなにもそれがわかるはずだと思うだろう。ところが違う。十年かけて作りあげた合意が破られようとしている。キングズリー・ダムの操業許可は四十年間更新された。どうかしてるよ！　ねえK、君も僕らの活動に参加すべきだ。僕らには闘士が必要なんだ。一人でも多くの闘士が」

「そうね」とカリンはほとんど本気で言った。

「強欲が暴走しはじめてる。州の開発委員会は新しくできた建設業界の〈企業共同体《コンソーシアム》〉に媚びるだろう。連中は川べりには何も作らないと約束したんだよ。僕らはそのために闘って勝ったんだ。十年間、大型の開発はしないと決まった。でも僕らは裏切られることになる。まるでかつてのポーニー族みたいに」

「〈コンソーシアム〉？」カリンは皿の上で豆腐のピラミッドを作った。〈コンソーシアム〉の主導者が誰かは訊かなくてもわかった。ダニエルのほうも、訊かれる前からカリンの知りたいことがわかっていた。

「策略が好きな地元企業家どもが作った狼軍団だ。君は全然このことを……？　何か聞いたことはない？」ダニエルは心もとなげにカリンの顔をうかがう。

「何も聞いてないけど」カーシュだ。「私が知っててもおかしくないこと？」

ダニエルは肩をすくめ、謝罪の面持ちで首を振った。「メンバーはわかってるけど、目的がよくわからない。何か新しいプロジェクトのために土地を欲しがってるらしいんだけどね。川の近くに宅地を造成するような話らしい。二年前にそんなプロジェクトを一つ潰したんだ。二十ヘクタールの土地を速攻で買収した。それでこっちが金欠になったのを知ってるから、次の戦争をしかける腹だ。この十一月の中間選挙のあとで委員会を開催させるつもりなんだよ」

「狙いは何？」カリンはテーブルクロスを指で掃く。

「やつらは手の内を明かさないよう気をつけてる。でもまずは水利権を確保して、それから目当ての土地を手に入れるんだろう」

「その人たちのことはどの程度わかってるの？」無造作な質問だったが、ダニエルの顔を直撃した。

「つまり、メンバーの数とか、資金の規模とか」

「参加企業は三つらしい。二つはカーニー、一つはグランドアイランドの会社。何が狙いにせよ、でかいことだよ」

「深刻な問題になるほど？」

「要は河岸地域《リヴァーフロント》の開発だ。何を作る気か知らないが、水の使用量が増えるだろう。水を使えば流量が減って、植物による侵食が進む。そうなると野鳥は——」

「そうね」カリンは先手を打った。長い演説をもう一度聞くのは耐えられない。とりあえず今は。

「で、〈鶴保護協会〉の対抗策は？」

「まあ戦略を練るのも、闇の中でやってるような感じなんだけどね」ダニエルは寸法を測るような目でカリンを見る。カリンは一瞬、信用度を計算しているのだろうかと思ってぞっとした。非難にならないぎりぎりまで非難めいた色を浮かべた目つきと言おうか。「僕らのほうでもゆるい結びつきの共同体《コンソーシアム》を作ろうとしてるんだ。〈環境防衛基金〉と〈鶴保護協会〉と〈サンクチュアリ〉で。共同資金を作って、要所要所に土地を買って、敵方の大規模な用地買収を阻止することができないかどうか模索中だ。もちろん土地の競売が行われる時は競り勝たなくちゃいけない。でも一番いいのは競売になる前に、要《かなめ》になる場所に楔《くさび》を打ちこむことだ。連中が何かを作りそうな地域に小さな土地を確保する。たぶん場所はファーヴューか、その周辺だ。そこがカーニー近郊の未開発地域で立地条件が最高だからね」

マークの住む町の名前が出て、カリンはびくりと物思いから覚めた。

「例によって苦しむのは鳥たちだ」とダニエルは強調した。「神話ではいつも神々が鳥を苦しめる。今さらやめる理由もないだろうってわけだ」

ウェイトレスがやってきた。タイミングが少し早すぎるようだ。「ご満足いただけてますか」

「だーい満足」とカリンが調子をつけて答える。

「お野菜はいかがです」とダニエルに訊く。

「すごく美味しいよ。新鮮で」

「ほんとに、ほかにはよろしいですか。何かもうちょっと……」

ダニエルは微笑んだ。「ありがとう。大丈夫」

歩み去るウェイトレスの後ろ姿をダニエルは見送る。サーバーが水を注ぎ足しにきた時には、「ありがとう」ではなく「悪いね」と言った。

屈辱の巨大ダムが決壊し、古い記憶の奔流がカリンを洗った。背骨が柳の枝と化した。膝に載せた両の拳を石のように硬く握った。「あなたはどっちが好みなの」とカリンは訊いた。

「どっちって何が」

「わかるでしょ。ここのサーバーとウェイトレス」

ダニエルは微笑みながら首を振った。模範的なとぼけ顔。

カリンは視線を中景に据えた。顔は髪の毛と同じ色調の赤に染まった。「どっかよそへ行きたい？」

この状況になってもダニエルは微笑みつづけていた。「どういうこと？」

もうわかりきっているのにこの神経は何だろうとカリンは思った。最大出力のワット数で微笑みを返した。「二人でいるほうがうまくいくでしょ」

この言葉にダニエルはげんなりして、皿の上に散らばる胡瓜の輪切りを見おろした。「カリン。頼むから……こういうのはもうやめたはずだと思ってたよ」

「私も思ってた」ダニエルが疑うまでは。

「K。いったい……君は何を見たと思ってるのか……」

「思ってる？　見たと思ってる？」

「誓って言う。そんなこと、ちらりとも思わなかったよ」

「そんなことって？」

ダニエルはまた頭を垂れた。身をすくめて攻撃を受けつづけることで生命力を得る妖精のように。

「どんなことでもだよ」とダニエルは言う。

今ならまだどういう行動でもとれる。大人らしく笑ってすまして、古い自分を乗り越えるもよし。最悪の悪夢に突入するも可。眩暈がしそうなスリルが身体を駆け抜ける。「あのウェイトレス、それこそ可愛い胡瓜ちゃんって感じよね。新鮮で。水汲みの子もぴちぴちしてる。どっちも美味しそう。今夜はついてるじゃない。一つ分のお値段で二つ」

「別に買い物をしてるわけじゃないよ」ダニエルはカリンの視線をとらえようとする。だが不快な火花が彼の中でも弾けた。二人の歴史が。

カリンは相手の落ち着きに調子を合わせた。「ただのウィンドーショッピング？」

ダニエルは両方の掌をあげた。「別に何も見ちゃいない。僕が何をした？　何か悪いことをした？君を傷つけるようなことを言った？　もしそうなら、心から――」

「いいのよ、ダニー。雄が複数の雌を求めるよう遺伝子にプログラムされてるって事実は受け入れられるから。男は誰でも市場にあるものに広く目を配る。それは別にいいの。ただ――ちょっと待って！　最後まで言わせて！――それをうまくコントロールしてほしいの」

ダニエルは皿を前に押しやり、顔の前で掌を合わせた。生徒指導カウンセラーか牧師のように。指で作った尖塔の先に額をつける。「ごめん。すまなかった。さっき僕が何をしたにせよ、君に不愉快な思いをさせたのなら謝る」

「何をしたにせよって。ちゃんと言えないわけ？　目で愉しんだって。二人の女を愉しんだって。別に謝ってほしくなんかないのよ。ただ一遍でいいから認めてくれたらそれでいいのよ、あなたが頭の中で……」

ダニエルは頭をぱっと後ろに引いた。古い言葉がまた出てきた。カリンがぶつけてきたのと同じくらい古い言葉が。「僕がしていたのがそれだったら、そう言うよ。でも僕はあのウェイトレスを見てない。どんな顔だかも知らないんだ」

カリンは徒労感の洪水に襲われた。言葉を交わすことの無益さを痛感した。世界がほかの人間にどう見えるかなど、もう誰も気にしないのだ。カリンは自分はある人と繋がっているなどと言う人の思いこみを粉砕してやりたいという深い欲求を覚えた。人と誠実に向き合おうとしても必ず行きつくこの虚しさ。愛情はカプグラ症候群を治す薬ではない。むしろでためにに人を受け入れたり否認したりするカプグラ症候群の一つの形だ。「もう忘れたわけ？　じゃ、も一回見てくれば！」

ダニエルは歯を食いしばったまま言葉を絞り出した。「僕はそんな男じゃない。八年前にそう言ったはずだ。五年前にもだ。でも君は信じなかった。僕は君が帰ってくるのを待っていた。僕にとって大事なのは君だ。今までもそうだったし、これからもそうだ。ほかの誰でもない、君だ。ほかの女なんか見る必要ない。もう君を見つけてるんだ」

ダニエルはカリンの手をとった。カリンはびくりとしてフォークを放り出し、豆腐をはね散らかした。「私を見つけてる？　でも目はあちこちキョロつかせるの？　いったいどの〝私〟のことを言ってるのよ」カリンは自分の取り乱し方に戸惑いながら周囲を見た。ほかの客はみな二人と目を合わさないようにしている。また顔を前に戻して軽い声で言った。「いいのよ、ダニエル。責めてるんじゃないの。あなたはあなたなんだから。ただ本当のことを認めてくれたら……」

ダニエルは手を引っこめた。「外で食事なんかしなきゃよかった。いつもこうだったと思い出してれば……」カリンは前も同じことがあったと認めるダニエルの言葉に眉を吊りあげた。ダニエルは息を吸いこみ、散らばった持ち物を集めるように言った。「いつか君もわかってくれると思うよ。僕が誰を見ているか。いつも誰を見ていたか。僕を信じてくれ、K……」

そのひどく怯えた声音は耳障りだった。この瞬間、カリンはロバート・カーシュに深い魅力を感じた。ダニエルの十分の一も理想を持たない男。カリンが今までに付き合った男の中で、カーシュだけは、自分がどの女を見ているかを言う礼儀をわきまえていた。幻想を抱かない男。少なくとも自分は特定の女だけのものだなどと自分を偽ったことがない。いつも周囲に目を配っている男、カーシュ。情け容赦のない開発者、カーシュ。

二人は恥辱に熱くなって、皿の上のものをつついていた。さらに何か言えば、事態が明確になるだけだった。近くのテーブルにいる客たちはもりもり食べ、勘定を払って出ていった。カリンは話題を変えたくてたまらなかった。最前からの言葉は口にしなかったふりをしたかった。疑いが傷の上に小さなかさぶたを作り、それをカリンはつついた。とにかく何もかも壊し、風景をすっきりさせて、どこか空っぽで真実な場所へ逃げたかった。だが真実な場所など存在しない。つかのまの幻想と、それに続く長い屈辱的な自己正当化があるだけだ。今夜はダニエルと一緒に彼の僧房へ帰ることになる。この男はカリンの恋人であり友達。今年の、現時点での、永遠の希望なのだ。ほかに寝場所が、帰れる場所が、弟の近くにいられるねぐらが、ない。たぶん弟の近くにはいるべきではないのだろうが。「ごめんなさい」とカリンは言った。「私、かっとなっちゃったね」

「いいんだ。たいしたことじゃない」

だが、たいしたことだった。ウェイトレスがまたやってきた。相変わらず笑顔だが、警戒の色も混じっている。今や二人は店内の有名人だ。「お皿、おさげしましょうか。それともまだ……?」

ダニエルは半分残した皿を持ちあげた。メドゥーサの顔から目をそらして。そのゆがんだ姿勢が更なる確証となり、カリンはますます情けなくなった。ウェイトレスが立ち去ると、ダニエルはありったけの意志の力を振り絞り、必死に思いやりを見せようとしたので、カリンもその努力を評価せざるを得なかった。

「ウェーバー先生にマークの症状を知らせるべきだよ。今、僕らは新しい領域に入ってるんだ」

カリンはうなずいたが、ダニエルの顔を見ることはできなかった。古いものすべてが、また新たに現われ出ているからだ。

地球上のこの一郭、すなわちコンシエンス湾沿岸にある巣にようやく戻った時、ウェーバーは地に足がついたと感じた。もちろんシルヴィーはでんと構えていて、自分たちが娘以外の誰にどう思われようと気にしなかった。世評など彼女にとってはスパムメールほどの意味しかない。コンセンサスなど妄想だ。「人間は一人でも明晰にものを考えられないのに、二人がかり三人がかりじゃ尚更でしょう。市場を信用しろって? それならこの二十年間、世間でのあなたの評判がどうだったかを考えてみましょうよ」

シルヴィーが憂えるのは有名な著作家ジェラルド・ウェーバーの今後の運命ではなく、近年猖獗をきわめる経済界の不祥事だった。〈エンロン〉や〈ワールドコム〉などの大企業が起こす巨額詐欺事件が毎月のように話題になる。シルヴィーは朝食をとりながら言語道断の醜態を報じる最新の記事を夫に読んで聞かせた。

「何だかもう！　これ信じられる？　今は集団催眠術の時代なのね。信じきって拍手をしていれば、ビジネスの巨人たちがみんなの面倒を見てくれるらしいわ」

ウェーバーは妻が経済界の悪党どもに義憤をぶちまけることでこちらの気をそらしてくれることに感謝した。夫の神経質な苛立ちにまともに反応しないのは正解だ。だが一方で、妻が今度の災難に無関心なことを恨む気持ちもないではなかった。夫が受けた突然の即決裁判にまるで動じず、その問題を大企業の悪事の陰に追いやってしまうのもどうなのか。

ウェーバーはインターネットに接続するたびにアマゾンのカスタマーレビューをチェックするようになった。過去の栄光の時代にはキャヴァナーから読者評を伝えてもらっていたが、今は自分で実態を検証したいのだ。新聞や雑誌の書評は業界的な利害を計算したりもするが、読者評にはそれがない。だが読者評は玉石混淆、何でもありだ。一つ星評価の例――「この著者って何さまのつもり？」。五つ星評価の例――「アンチは無視してよし。ジェラルド・ウェーバーはまたやってくれた」。賞賛のほうが毒が強かったりもする。レビューはどんどん増殖する。ウェーバーが子供の頃よく見た悪夢の、自宅の地下室でのたくる蛇の群れのように。見るたびにレビューの件数は増えている。ネットを使っていない時でも、いつの間にか集団による評価のことを考えている。個人の立場で思考する時代は終わったらしい。今後はすべてが公衆の騒々しいフィードバックの嵐の中で決まっていくのだ。誰かが何かを作るたびに、視聴者参加ラジオやフォーカスグループが点数をおつけになる。レフ・トルストイ、４・１。チャールズ・ダーウィン、３・０。

だがログオフするといつも、仮借なき査定に吐き気を覚えつつ、すぐまたチェックしたくなった。新たに書きこまれた評が何もわかっていない酷評を相殺しているかもしれないからだ。ウェーバーは自分が入れられているのと同じカテゴリーの著者と数字を比べてみる。ここまで反感を買っているのは自分だけなのか？　今人気なのは誰だ？　知り合いの中で人気が急落した人はいるか？　読者はまるで合図でもあったように一斉に攻撃を始めるが、どうしてこんなに完璧にタイミングが合うのだろう？

今回の本は今までの本と基本的には同じコンセプトで書いたのだが、ひょっとしたらそれが問題なのかもしれない。たえず新しいものを求める公衆の欲求に応えられなかったのだ。以前すごいと思ったものでも繰り返されるのは嫌だろう。ウェーバーは過去十年間の売れっ子著者だった。今はその栄光のつけを払わされているのである。

皮肉と言えば皮肉なことだ。三十代の時に夜の時間を使って論文以外の文章を書きはじめたのは、誰のためでもない、自分のためだった。純粋に自分の仕事を振り返ってみるための手段。強いて言えばシルヴィーへのラブレター、あるいは幼いジェシカが大きくなった時に読んでもらいたい言葉。自分がやっていることをもう少し人間的な目で見てみたい。社会とのつながりを考えてみたい。それは経験科学が禁欲している曖昧な思弁であり、科学が究極的には目的としているにしても敢えて自らの仕事と認めることはしない事柄だ。ともかく毎晩自分の感性に新鮮さを取り戻したかっただけ、脳が自分自身について考えていただけだ。

それを二、三の親しい友人に見せたところ、熱い賛辞がもらえたので、こういうエッセーにも需要があるかもしれないと考えた。評判はこちらから求めたのではなく、向こうからやってきたのだ。だが今は読者が離れていくことを思うと恥辱を覚える。片手間に始めたことに深い意義を見出しはじめた今、それが駄目になっていくのを見る。自分はまだ五十五歳。いや、五十六か。これからの二十年間をどう埋めていこう。もちろん研究所はあるが、管理職的な立場に退いてもうだいぶになる。成功した科学研究にかけられる呪いがこれだ。上席の研究者は資金調達屋にならなければならない。だがあと二十年も金集めに明け暮れるのはごめんだ。

神経科学における重要な発見の大半はウェーバーが研究を始めたあとになされていて、知識は十年ごとに倍増した。今の大学学部生が引退する頃には脳の機能について知りうべきことはすべて知られているだろうという予想も充分成り立つ。人間の認識という活動は、おのれ自身を知るという共同の主要目標に向かって進んでいる。あらゆる事実が明らかにされた時、我々にはどんな自己像が残るだろう。心はこの自己発見に耐えられないかもしれない。それを知る覚悟ができていないかもしれない。すべてを知った時、人類は何をするだろう。人間の脳は自身の地位を占めるためにどんな新しい生き物を創造するだろう。それは何か新しい、今よりもっと効率のいい構造で、古い構造が持っていた重荷を捨てて……

ウェーバーは静かな湾の岸をたどって長い散歩をしたが、そのうちに愛想のいい隣人たちと出くわすようになった。そこでコンシエンス湾に漕ぎ出すためボートを借りた。ボートは長い間逆さに伏せてあったので、下にオポッサムが巣を作っていた。急に陽射しを浴びてびっくりしたオポッサムは甲高い声でウェーバーに抗議した。岬に沿って潮に流されていくと、風が気の向くままにボートを揺らした。ウェーバーは妻と娘に恥をかかせた。世間の物笑いになることで。

何も悪いことをした覚えはない。故意に騙したとか、重大な間違いを犯したとかいうことはない。三十年間の研究は評価が高く、人類最高の事業の一隅に身を置いているという自負はある。ただ科学を一般向けに解説する試みでしくじったのだ。ウェーバーは自分がどう感じているかに気づいて驚いた。それは何かいかがわしい背信行為をしてしまったという思いだ。

九月がやってきた。あの暗い日の、最初の追悼日が。人々の共通の心的外傷《トラウマ》と並べた時、一個人の挫折にいかほどの意味があるだろう。ウェーバーは一年前に世界を襲った恐怖を思い出そうとした。ラジオをつけると、世界が吹き飛ばされていたあの時を。衝撃はそのまま残っているが、細部はもう消えている。記憶力の衰えは否めないようだ。学生の名前のような単純な事柄もすぐ忘れてしまう。子供の頃に知っていた歌のメロディー。独立宣言の出だしの文句。ウェーバーは回復の欲求に取り憑かれ、何も問題はないことを自分に証明したかったが、それがよけいに阻害現象《ブロッキング》を悪化させた。シルヴィーには打ち明けなかった。冷やかされるのが落ちだからだ。鬱状態のことも黙っていた。かわりに言い訳をしてくれるだけだからだ。もしかしたら視床下部—下垂体—副腎皮質系に不具合があるのかもしれない。それなら感情のオーバーステアを説明できる。少量のデプレニルを自己処方しようかとも思ったが、職業倫理とプライドが許さなかった。

月末になり、ボブ・キャヴァナーすら本を見限って電話をかけてこなくなった頃、ウェーバーも時々寄稿する《ニューヨーカー》誌に小さな記事が出た。筆者はまだ二十代半ばの女性で、有名な人らしく、〝ヒップ〟よりもっと新しいかっこ良さを何と言うのか知らないが、それであるに違いなかった。二ページのユーモラスな小文は、タイトルが「ドクター・前頭葉の診療ファイルより」といい、神経科学者が一人称でいろいろな症例を語る体裁をとっていた。夫を紅茶茶碗と間違える女性の話。四十年の昏睡から覚めた男が政治家への信頼を強く持っていた話。ハイウェイの相乗り車専用レーンを走るために多重人格者になった男の話。シルヴィーは笑った。「愛のあるジョークじゃない。だいいち、あなたをからかってるわけじゃないし」

「誰をからかってるんだ」

シルヴィーは鼻に皺を寄せた。「現代人をよ。変な行動をとる人がごろごろいる今の時代の病理。つまり私たち全員を風刺してるの」

「認知障害のある人たちを嗤ってるのかい」とウェーバーは言ったが、我ながら馬鹿げた言いがかりだった。休暇をとろうかと持ちかけたくなったが、問題は、まさに休暇から帰ってきたばかりだということだった。

「何を囈ってるかはわかるでしょ。いつもコメディアンが囈うものよ。墓地のそばを歩く時、口笛を吹くようなもの。自分たちがあなたたちの描くようなものだとは誰も信じたくないから」

「あなたたち？」

「言ってる意味はわかるでしょ。あなたたち脳科学者のこと」

「信じたくないって、人間をどんなものだと言ってるのかな。私たち脳科学者は」

「何かで作られたもの。見かけより物に近くて。思いがけない結果を出す装置。その装置には保証書がない。考えたことは全部間違っている」


その夜、久しぶりにネブラスカからメールが届いていた。ほかのメールは友人や大学の同僚からのもので、ユーモアでくるんで悪意はないと言い逃れできるようにした上で、《ニューヨーカー》誌の記事のことをウェーバーの鼻にこすりつけてきた。それらはちらりと見ただけでカリン・シュルーターからのメールを読む。夏にもらったいくつかのメールに返事を出していないことをあらためて思い出した。批判者たちの指摘は正しい。もう利用価値がないとわかった時から、マーク・シュルーターはウェーバーにとって存在しなくなっていたのだ。

カリンからの報告には衝撃を受けた。彼女の弟は何種類もの変装をする誰かに尾行されていると信じているという。それから事故に遭った日から昏睡から覚めた日までの間にファーヴューの町全体が偽物と入れ替わってしまったと言って、具体的な証拠をいくつも挙げる。そんな入れ替えが行なわれたのは自分の判断を誤らせるためだというのだ。

ウェーバーは最近、奇しくも神話の国であるギリシャで、カプグラ症候群とフレゴリ症候群が一人の人物に同時に現われた例を文献で読んだばかりだった。マーク・シュルーターの身に注目すべきことが起きている。新たに系統だった一連の検査をすれば、まだほとんど解明されていない精神のプロセス、この重大な障害だけが明らかにしてくれるであろうプロセスに、光を当てられるかもしれない。〝誰も信じたくない〟ことだろうが。

だがそんな考えが形を成しつつあるその時にも、別の考えが頭をもたげた。ジェラルド・ウェーバー、機を見るに敏な神経科学界の才人。プライバシーを侵害して患者を見世物にする興行師。どっちがひどいことだろう。この新たに現われた複雑な病状を追跡調査することと、調査してほしいとの要請を断わること。自分はあの姉から助けを求められ、二人と関わりを持った。それからあの二人のことを忘れた。二人は今でも苦しみ、こちらに助力を求めている。ただ一つ与えた助言は認知行動療法を試すことだったが、どうやらそれは裏目に出ているらしい。かりにこれ以上何もできないにしても、せめて話を聞いて何かをやってみるべきではないか。

カリンのメールは過大な要求をしていない。「七月以来お返事がいただけなかったことですし、今更強くせがむつもりはないのです。ただ、公共ラジオでのインタビューで、先生が脳の可塑性について話されるのを聞きました。それでマークに今起きていることに興味を持っていただけるかもしれないと思ったのです」ウェーバーはパソコンの画面から窓に目を移し、古い楓の木が――いつからだろう？――五月の黄金鶸《おうごんひわ》の色になっているのを見た。ネブラスカは収穫の季節。ぜひ行きたいと思う場所ではない。広大な空っぽの空間へのいわれのない恐れを何と言うのだったか。

もう一度何か書いてみることだけが、自分を救ってくれるだろう。発表するかどうかはともかく、全力を注いで報告書を一つ書く。この前のしくじりの償いになるかもしれないものを書く。症例ではなく、伝記《ライフ》を。関係者全員の善意の協力は予め期待できると思う。マーク・シュルーターという一人の人間を描く。複数の人間を合成せず、仮名を使わず、細部を修正せず、科学の客観性の陰に隠れることをせず。マークが作りあげた避難所としての物語のことを書く。彼が恐怖に駆られて、生きた人間の脳《ウェットウェア》がその中で生きていけるような陰謀論を懸命に作り出したことを書く。

翌日の夜、夕食の食器を洗いながら、ウェーバーはシルヴィーに決意を打ち明けた。既視感がたっぷりの会話だったが、シルヴィーが動揺するとは想像もしていなかった。「またネブラスカへ行くって、本気なの？　この間は一刻も早く帰りたいって感じで戻ってきたのに」

「ほんの二週間くらいだよ」

「二週間も！　わからないわ。何だか……ものすごいどんでん返しって感じね」

「旅行代理店は喜ぶと思うよ」

シルヴィーは水切りかごから洗い終えたグラスを取りあげ、ゆっくりと拭き、間違った場所にしまった。「何かあったら知らせてくれるわよね」

ウェーバーは蛇口をひねって湯をとめた。「何かって。何があるっていうんだい」私の人生で何が起こるというのだろう。

「何でもいいけど……大きな変化があったらよ。ほんとに困ってしまうようなことが〝有名なジェラルド〟の身に起きたら。知らせてくれるわね」

これからの二週間。ウェーバーはスポンジを置いた。ふきんをシルヴィーから受けとり、きちんと半分に折って、オーブンの取っ手にかけた。「もちろんだよ。いつだってそうだ。何でも話すよ。わかってるだろう」シルヴィーのそばへ戻り、側頭葉に指を三本あてた。読心術。ボーイスカウトの三つの誓い、兼、キス。「君に話して初めて、私にもそのことが理解できるんだから」

第四部　あなたが生き延びるように

満たされたのはわがビクではなく、思い出だ。ノドジロシトド同様、この合流点の朝も今のうちだということを、すっかり忘れていたのである。

――アルド・レオポルド『野生のうたが聞こえる』〔新島義昭訳、講談社学術文庫〕

彼らは北極地方からの帰り道を見つける。三羽の家族は今や何十羽ものほかの鳥と飛んでいる。午前半ば、太陽が空気を何本もの上昇する太い柱に変える中、鳥たちは地上一キロ、二キロのところへ舞いあがっていく。徐々に数が増える群れは南下して次の熱気泡が生まれるところまで降りて、そこからもう一度上昇する。速度は時速八十キロに達し、ほとんど羽搏かず、一日に三百キロ進む。夜になると地上に滑り降りてきて、過去の旅で覚えている広い川や湖の浅瀬で一夜を過ごす。収穫のすんだ畑の上を飛ぶ、らっぱを吹き鳴らす羽の生えた恐竜たちは、自我以前の生命を思い出させる最後の偉大な存在。

羽が生えそろった子供の鶴は両親のあとについて故郷に帰る。その帰り道を子供は覚えなければならない。一度見ただけで砂州の特徴を記憶しなければならない。このルートは伝統であり、ごくわずかに変化するだけの儀式であり、代々受け継がれる。あの谷を左へとかあの岩の露頭を越えてといった細かな順路も保存される。目の中の何かが徴を見分ける。どうやって見分けるのかを人間は知らないし、鳥は語れない。

鳥の群れは天翔けて西部の諸州を南下する。毎日追い風に恵まれる。十月の最初の週に、家族はコロラドの東部平原に夜営する。夜が明けて、平原を眺めながら、大地が熱くなり空気が立ちのぼりはじめるのを待っていると、若い鶴のまわりの空間が爆発する。父親が撃たれたのだ。子供は親が近くの地面に横たわっているのを見る。鳥たちは脳幹が送り出す恐慌に駆られ、粉砕された大気の中へ叫び声を放つ。この混沌もまた永続的な痕跡を残し、狩猟解禁期が永遠に記憶される。

世界が血の奔出から鎮まった時、若い鳥は母親を見つける。一キロ足らずのところで、衝撃を受けて輪を描きながら鳴き声をあげている。母子はさらに二日待ち、捜しながら、群れの合唱を模したような声で鳴く。教えてくれるものは何もなく、彼らには知りようがない。輪を描くこと、叫ぶこと、そして死んだ者が現われるのを待つという一種の宗教、それしかない。帰ってこないとなると、あるのはただ昨日、去年、それ以前の六千万年、ルートそれ自身、盲目の自律した帰還だけ。

カナダヅルは今、ネブラスカに集まっていない。プラット川は壮大な秋の中継地とはなっていない。鶴たちは小集団で、ほんの一時立ち寄るだけだ。母鳥は子供を連れていろいろ教える。去年の二月下旬に自分と夫が身を寄り添わせた場所から十メートル以内に連れてくる。トラックがひっくり返った場所から数メートルのところへ。秋の川の浅瀬を歩いて、川の大きく湾曲した部分の砂州で夫との再会を待ち設ける。開かれた動物の時間すなわち静止している現在に、へりが巻きあがって自分自身を包みこむ地図の上で。

だが夫はこの場所にもいない。母鳥はまた苛々しはじめ、あの古い事故、去年の春の衝撃《トラウマ》を思い出す。以前ここで悪いことが起きた。つい最近の出来事と同じように大きな音のする命取りの出来事、死を招く不幸が。あれは一種の前触れだったが、あの夜に起きたことで今残っているのは、鶴の未亡人の心の中の砂粒のような異物感だけだ。目撃した鶴たちの体験は、現在しかない動物のその現在の中に、すべて消え失せてしまった。ある鳥が何を見たか。何を覚えているか。それは誰にもわからない。

母鶴の苛立ちが子にも移る。伝染した苦しみに若鳥はぴょんと跳びあがる。周囲の虚空を蹴る。初列風切羽を指のようにいっぱいに広げる。首をのけぞらせて発する叫びが空気を凍らせる。木の葉をはねあげてまるめた背中にかけ、修道士の衣にして翼を覆う。生涯に千回ほどする踊りの初回を踊る。夕闇が濃さを増す中、ほかの生物はそれを恍惚と誤解するかもしれない。

認知行動療法とやらはもうやめることにした。もっと前にやめていればよかったと思う。コピー・カリンが強力プッシュするものが良いものであるはずがない。あれは目くらましだった。周囲で起きていることについて考えないように気をそらそうとしたのだ。偽物の世界を本物だと信じこませるための一種の洗脳だ。後々まで残るダメージを受けていなければいいのだが。

　タワー先生は慌てる。ほとんど泣きつくように思いとどまらせようとする。**だってまだアセスメントも終わってないのよ。**そんなに言うならたっぷり検査ごっこに付き合ってもいいけどさ。タワー先生は今度は叱るような口調でごちゃごちゃ言いだす。ほんとにやめちゃって、それでいいの？もう少し続ければ、気持ちも落ち着いてくるし……。ああ、くだらねえ、全部自分のために言ってるんだ。マークはタワー医師に、あんたこそ医者に診てもらいな、と言う。

　それでも誰かと話したい気持ちはあるのだ。すべてをはっきりさせる手助けをしてくれる誰かと。ボニーは駄目だ。今でも俺のボニー・ベイビーで、いわゆる愛っていうやつを俺は感じてるんだが、コピー・カリンが、ＦＢＩ流に言えば、とりこんで、寝返らせてしまった。俺が変になってると信じこませてしまった。俺は証拠を揃えて突きつけてやった——本物のカリンが行方不明なこと、〈ホームスター〉が偽物なこと、誰も例の手紙を書いたと認めないこと、新カリンがダニエルとつるんでいること、そのダニエルが変装して尾行したり、いろんな動物を訓練してこちらを監視させてること——ところがボニーはよくわかんないようと言う。

　トミーとドウェインに頼むのはどうか。ずっと以前なら頼んだだろうが、その後あの二人もちょっと怪しいと思うようになった。そもそも俺が事故った時、あいつらはどこにいたのか。答えは隠されて、こちらはいつまで待っても説明をしてもらえない。だが今はこうも思う。誰がその疑いを植えつけたのか。またしてもカーボン・カリンだ。ボニーにしたことを俺にもしようというんだ。お前の友達は敵だと、あるいは逆に、敵を友達だと思いこませる。〝三台の車〟説。あれも偽の姉の考えだ。それについて考えてみようとしたなんて、俺はどうかしている。

あの二人に協力させるチャンスをうかがう。チャンスはある寒い午後にやってくる。二人が栗鼠を捨てにいこうと誘いにきたのだ。これはトミーが考えたお愉しみの一つだ。夏の間に自宅の庭へ来る栗鼠を何匹も空気銃で撃ち、冷蔵庫に入れておく。充分な数が溜まると町の外で投棄する正当な理由ができる。三人は双眼鏡、ビールの六缶パック二つ、ブラートヴルストソーセージ、それに栗鼠の死体を詰めたヘフティーの食品保存袋を持って、サウスループ川沿いの原野へ行く。開けた場所に栗鼠のピラミッドを作り、百メートルほど離れたところに陣取って、ヒメコンドルが来るのを待つ。トミーはヒメコンドルが大好きで、一日見ていても飽きないそうだ。頭上を舞いはじめると、**カタルテス・アウラ！** と学名で呼び掛ける。**よく来た《アウェー》、カタルテス・アウラ**、と何か旧約聖書を朗読するような調子で叫びあげる。栗鼠は供物なのだ。実際、猛禽がわさわさ集《たか》るところは旧約聖書的な眺めだ。

マークとドウェインはジーンズにスウェットシャツ。トミーはショートパンツに黒いTシャツ。凍らない男。三人はキャンプを設営してくつろぐ。どんな女がいいかという話題に花が咲く。エロい女って言や、とドウェインが言う。コーキー・ロバーツ〔一九九六年から二〇〇二年まで、ABCニュースの政治討論番組『ジス・ウィーク』の共同司会者〕だな。

七点、とトミーが応じる。七・五かな。顔はいいけど、超インテリなところが資産価値をさげてる。クリスチャン・アマンプール〔一九九二年から二〇一〇年まで、CNNのチーフ海外特派員。父親がイラン人で母親がイギリス人〕はどうだ？　あいつの狙《アングル》いは何なんだ。そもそもアメリカ人なのか。

暗号での会話。一人が言う。ブリトニー〔歌手のブリトニー・スピアーズ〕の首に飾ると似合うものなんだ？　もう一人が答える。彼女のくるぶし《アンクル》とか？　だんだんマークの神経に障ってきた。栗鼠の小山をじっと見つめる。何であいつらを殺すんだ、とトミーに訊く。

俺の超エリート《ベスト・アンド・ブライテスト》のトマトを食うからだよ。

それあいつらの仕事じゃんよ、とドウェイン。お前んちのしょうもないトマトを尻尾のぶっといドブ鼠が食い散らすだけだって。ところでトマトが果物って知ってた？

ずっと前からそうじゃないかと思ってたよ、とトミーが言う。栗鼠どもが食うのはいいんだが、やつらトマトを引きちぎってポロをやるからな。言って聞かせても駄目なんだ。刑務所がないから脅しがきかない。

殺すのは罪だぜ。

まあな。でもおれは良心と対決して打ちとったよ。スリー・ボール・ツー・ストライクから。

三人は坐ってビールを飲みながら、ソーセージをバーベキュー用コンロで焼いた。コンドルがやってきた。二つの近い種が混じって仲良くささやかなピクニックを愉しんだ。

ああ、労働記念日。いいなあ。

トミーも同意する。生活《ヴィータ》がこれより甘い《ドルチアー》ってことはありえないな。こういう日には詩が欲しいね。

さあ何か詩を朗誦してくれ、ケイン。

牛のケツから屁を搾り出したほうがましだ、とドウェイン。

トミーは肩をすくめる。牛ならあの丘の上にいるぜ。ここはアメリカだ。どんどんやれい。

ドウェインは射撃の練習をやらないかと提案するが、トミーはドウェインの頭頂部をぺしんと叩く。カタルテス・アウラを撃っちゃいかん。あれは高貴な鳥だ。この国で一番の鳥だ。お前、大統領を撃ちゃしないだろう。

向こうが撃ってこないかぎりな。あ、そのことで言ったら、お前の部隊はどうなるんだよ。動員がかかるとかねえの。トミーは笑うだけで答えない。だがドウェインは続ける。もう時間の問題だぜ。アメリカは年内に連勝街道まっしぐらだ。誰にも邪魔させねえ。アフガニスタンなんてストリーマー〔子供用自転車のハンドルにつける房飾り〕をつけたエクササイズバイクみたいなもんだ。次にでかいのが来る。鎧を着けろ《アーマー・ゲット・オン》〔アルマゲドン（世界最終戦争）にかけている〕。空軍はフォート・ライリー基地からリヤドへ直行便を飛ばす。お前はメッカ巡礼に行くんだよ、相棒。月一回の週末勤務なんておさらばだ。

今ただちにでなくとも、いずれそうなるであろう、とトミーは言う。我々は何かせねばならん。坐して待つは愚かなり。しかしまあ、今回もまた巡航ミサイル対ラクダ乗りの闘いだ。俺個人は車輪にグリスを塗るくらいの任務しかない。復員軍人の日〔十一月十一日〕には帰国してるよ。トミーはドウェインの肩を突く。こら、ちんぽこ野郎。お前も入れ。苦しみなくして知識なしだぞ。

それで撃たれんのか。ヘイスティングズ刑務所の脱走者にカマ掘られるほうがましかもな。

いや、軍隊でも掘ってもらうチャンスはあるぜ。

州軍から手紙が来たよ、とマークが言う。

えっ？　とトミーが素っ頓狂な声をあげる。仰天したように。何て書いてあった。

マークは頭のそばでぱっと手を動かし、蚋をつかもうとする。普通の手紙だよ。なんか親しそうに話しかけてくる感じだけど、法律っぽいことが書いてあって。一回読んだだけじゃ、すっとわかんないみたいなさ。

いつ来たんだ、とトミーがさらに訊く。まるで重大な問題だというように。

いつって。ちょっと前だよ。たいしたことじゃない。軍隊だからさ。別に急ぎの用じゃないみたいだ。

だがトミーは顔色を変えて、マークに脅すような口調で言う。お前を家まで送っていったらすぐにそいつを見てやる。忘れてたら言ってくれ。

わかった、わかった。でもちょっと頭を冷やしてくれ。いいか、政府は俺たちのために全然違うプランを持ってるかもしれないんだ。

トミーとドウェインが膝を乗り出してくる。だがマークはゆっくりと話さなければと思う。全体像を把握しにくい問題だから、二人の頭に負荷をかけすぎたくない。二人がすでによく知っていることから始める。偽物との入れ替わりだ。姉、犬、家。それから、自分に宛てられた手紙のこと。これはたぶん、事故の夜、一緒にトラックに乗っていた人が書いたのだろうと思うこと。

そりゃありえない、と〈三チュー士〉の仲間たちは声をそろえる。

マークは二人を睨む。お前らが何を言いたいかはわかってる。誰もいなかったと言うんだろ。救急隊が着いた時、トラックの中には誰もいなかったって。俺以外はさ。だけどその人は自分で現場を離れたんだ。そいで通報したんだ。

トミーは首を振り、額に冷たいビールの缶をあてる。いやいや。かりにお前が誰かを見たんだったら……

ドウェインが割りこむ。だいたいお前のトラック、肉切り機にかけられたでかいアンガス〔スコットランド原産の肉牛アバディーン・アンガス〕みたいだったぜ。新聞で写真見たけどよ。あそこから出るのは無理だ。お前は奇跡的に……

マークは軽く狼狽する。コンロの上のソーセージをひっくり返す。転がり落ちた小さな炭がチャック・テイラーに茶色い焦げ目をつける。

よしいいだろう、とトミーが言う。それを仮定してみよう。議論の手始めに。お前はどういう根拠で誰かいたと……? それは誰なんだ? その男は何でお前のトラックに乗ってた?

マークは両手をあげた。みんな落ち着け。隊列を整えろ。誰かいたとわかるのは、その男を思い出したからだ。

ちょうどスリラー映画である男が顎の下に手をかけ、合成樹脂のマスクをむしりとる瞬間のようだ。


思い出した？　誰だそれは……？　どういうことなんだ？

いや、まあそのヒッチハイカーが誰かはわからないんだが、その男と話したことを思い出したんだ。これは今お前らと話してるのと同じくらいはっきりしてる。拾ったのは事故のちょっと前だ。事故が起きた時は、質問をして相手が誰だか当てるゲームをやってる最中だった。ヒッチハイカーはずばり答えるんじゃなくてヒントを出すんだ。さっきより近い、とか、離れた、とか。クイズ、私は誰でしょう、みたいな。


トミーが混乱する。やつが混乱するのは珍しいことだ。ちょっと待て、と言う。思い出したことを正確に話してくれ。

だが今のマークは細部にこだわっていない。求めているのはジグソーパズル全体の絵柄だ。みんな俺にそれを見せまいとするんだとマークは言う。これは計画的な隠蔽工作なんだ。俺がこの状況のことを詳しく知りすぎないようにするためのな。事実を見てくれ。広い平原で守護天使のヒッチハイカーを拾ったあと、『二十の質問』みたいなゲームをやってる最中に、事故が起きた。で、病院の手術台で、俺に何か起きたんだ。都合よく記憶を消してしまうような何かが。意識が回復したら、姉貴が偽物と入れ替わってた。本物の姉貴がいたら記憶を取り戻す手伝いをしてくれるかもしれないのに。そして偽の姉貴は一日二十四時間、週に七日、俺を監視してる。偶然というにはできすぎた話だ。それから偽のファーヴューに俺を住まわせた。これはリアルタイムで観察する実験で、俺は実験材料の猿なんだ。

俺たちは？　とドウェインが訊く。何で俺たちは偽物とすり替わらねえわけ？　除け者にされて、憤慨している口調だ。

そりゃわかりきったことだろ。お前らは何も知らないからだよ。

この返事にドウェインはむくれる。だが俺には細かい点の辻褄を全部合わせる時間なんてない。とにかく二人に、これがどれだけ大がかりなことかわからせる必要がある。何しろ政府が大金をばらまいて、一つの町を入れ替えちまったんだぞ。

どへー、とドウェインが言う。スケールの大きさがわかってきたのだ。やつら何やろうとしてると思うよ?

大事なのはそこだ。ヒッチハイカーはそれを伝えようとしてたと思うんだ。さっきより近い、とか、離れたとか言って。連中はこの土地を何かのプロジェクトのために使ってる。誰もいない広い空っぽの土地が欲しいのか。それとも何か特別な——この土地の命《ライフ》に関係のある特別なものが欲しいのか。

トミーが鼻で笑う。特別なもの? この土地の命《ライフ》に関係がある?

マークはさらに強く説く。考えてみ。あんまり近くにありすぎて見えなくなってるもの。俺たちには見えるけどほかの誰にも見えないもの。

ドウェインがブラートヴルストを喉に詰まらせそうになりながら候補をあげる。小麦。肉工場。渡り鳥。

あっ、そうか、とマークが言う。鳥か。何で気づかなかったんだ。お前ら覚えてないか? 俺が事故ったのはいつだ?

二人とも答えない。答えるまでもなく明らかだ。何もないだだっぴろい土地が世界的に有名になる、一年のうちでもほんの何週間か。

それからお前らにまだ話してない手がかりがある。手紙のことをあちこちの家で訊いてまわった時、誰かが……しょっちゅう現われるんだ。それが誰かははっきりしないけど……

トミーは話を聞いていないように見える。論理についていけないのだ。ただ、こう尋ねる。それが政府のしわざだってなぜわかる？

今それを言おうと思ってたとこなんだ、とマークは答える。実は何週間か前から誰かに尾けられてるんだが、それはどう考えてもダニエル・リーグルなんだ。あいつは鳥男だし。偽カリンとつるんでるし。それにあいつがどういう組織の仕事をしてるかは知ってるだろ。

え？　ダニー・リーグル？　あいつは政府機関の人間じゃないぞ。〈鶴保護協会〉だ。

あれは政府機関なんだ……資金のほとんどは……

ああ、確かに何となく政府のあれかもって気はするな、とドウェインが言う。考えてみるとな。

お前完全にいかれてるよ。トミーは笑おうとするが、しけた笑いしか出ない。

とにかく公の組織だろ、とドウェイン。公の保護区を作ってんだから。

公の組織じゃない。財団だ。民間の資金で作った財団……

でも、なんか州と協力してるのは間違いない……

ちょっと二人とも黙ってくれ。お前ら大事な点を見過ごしてるから。俺が気づいたその男がテロリストだったらどうなんだ。一年後に、なんかほんとに……アメリカらしいものを攻撃するつもりだとしたら。そして政府が……

お前、知らない人間を車に乗せたりしないじゃないか、とトミーが言う。ヒッチハイカーなんていなかったんだよ。

何でわかる。お前、現場にはいなかったと言っただろ。

ちょっと声を張りあげすぎたなとマークは思う。トミーとドウェインもだ。正直、こういうのはちょっと嫌だ。三人ともしばらくの間、頭を冷やす。ヒメコンドルの一群が栗鼠の小山をつつくのを眺める。もっとも鳥のピクニックはもうほとんど終わっていた。

お前んちへ行こう、とトミーが言う。その州軍からの手紙を見てみようや。

別になんかしてくれなくていいんだ、とマーク。

それでも三人は荷物をトミーの八八年型シボレー四五四に積みこむ。トミーが運転して、ドウェインが助手席に坐る。マークは以前と同じように折りたたみ式補助席だが、もう〝以前〟という時は存在しないことを理解しはじめている。トミーはキャトル・コールの新しいCDアルバム、『手巻き《ハンド・ロールド》』をかける。『思い出せるかぎり昔から記憶喪失』という曲は去勢された鵞鳥の雛みたいな声で歌う歌で、このバンドが仮釈放されて以来歌いつづけてきた相も変わらぬジャンクな曲だ。だがドウェインが、おいこれ大丈夫かというようにそわそわするので、トミーも気まずそうに次の曲にスキップする。マークは逆にその曲をちゃんと聞き直したくなる。

四〇号線を走っていると、オデッサへ折れる道の手前で、小さな木立から大きな雄鹿が一頭、道路の前方に飛び出してくる。ボンネットを狙っているミサイルのように、このまま進めば激突する。叫び声をあげる暇もない。だが衝突する寸前でトミーはドリフト走行で車を横滑りさせ、センターラインを越えて戻るのを二度繰り返した。鹿は路肩で足をとめてまごつく。もう死ぬ覚悟を決めていたので、旅程の変更に戸惑っている。鹿が胴震いをして木立に駆け戻ると、ようやく三人の人間は生き返る。

ふええ。

トミーとドウェインはマークを見る。トミーが膝をつかみ、ドウェインがつかむ。大丈夫か、おい。まったく、もう終わりかと思ったぜ。

だが何も起こっちゃいない。トラックはすり傷一つつかず、鹿はすぐ忘れるだろう。俺が大丈夫じゃないかもしれないと、なぜ二人が思うのかよくわからないとマークは思う。

ふぁあ、びっくりした、と動転したドウェインはうわごとのように喋る。もう終わったと思ったぜ。生命保険がおりるってな。今のどうやったんだ？　鹿が見えたと思ったらもう車が回ってたぜ。

トミーは震えている。ドウェインとマークはそれを見まいとするが、間違いなく震えている。ミスター・天成の州軍兵《ナチュラル・ガーズマン》が、地震の最中の竹馬に乗ったパーキンソン病患者みたいに震えている。鹿のやつ、俺たちを殺そうとしやがった、と元のふてぶてしさを装って言う。だがもう見てしまった。震えているトミーを。あのいかれた鹿はフロントガラスを突き破って飛びこんでこようとしたんだ。俺たち、くそテレビゲームに命を救われたよ。トミーは両手を見る。指が引き金を引く動きを繰り返す。何百時間もゲームをやってなかったら、俺たちは一巻の終わりだったよ。

トミーはエンジンをかけ、右側車線に車を戻す。ドウェインはコヨーテのように遠吠えをする。幸運にも命拾いしたのが信じられないといった風だ。空気にパンチを飛ばす。うりっ、うりっ。まったく、なんちゅう、遠足だよ。グラブコンパートメントを叩くと、蓋がぱくりと開く。ドウェインは黒い小型の通信機を出す。マークには見覚えのある装置だ。ドウェインは顔の横にあてて、何かの捜査官のように声を送りこむ。よう、聖《セント》ピーター、お前か？　今夜の三人分の予約、キャンセルしてくれるか。山羊の頭《ゴート・ヘッド》。

その言葉に、マークは補助席からぱっと跳ねあがり、通信機につかみかかる。ちょっとそれ貸せ。だが持ってみる必要はない。前にも持ったことがあるからだ。少なくともそれと似たものは。

早くしまえ、とトミーが言う。ドウェインは通信機をマークにとられまいとしながら、グラブコンパートメントを開けようとする。だが、もうしまうのは無理だ。

マークの人差し指が拳銃のように二人を交互に何度も指す。お前らか。俺が話してたのはお前らか。ヒッチハイカーはお前らだったのか。どういうことだ……いったい俺は何を……？

トミーがドウェインを罵る。このウンコ脳みそがっ。片手で運転しながら、もう片方の手で通信機を引ったくろうとする。小競り合いのすえ、トミーが機械を奪いとる。そしてこれですべての疑問が解けるというように窓から投げ捨てる。殺気に満ちた目でドウェインを睨みつける。この無意味な生殖体め。何考えてんだ？

え？　俺はただ……え？　何だかわかんねえよ。

現場にいなかったと言ったじゃないか、とマークは言う。二人とも嘘をついたんだな。

いなかったよ、と二人は同時に言う。トミーが目色でドウェインを黙らせる。マークのほうを向いて、哀願するような顔をする。お前のトラックの中にあったんだよ。俺たちはただ……買っただけなんだ。

あのゲームをやってたのか。さっきのトランシーバーを使って。お前らが言ったのか。山羊の頭《ゴート・ヘッド》って？

お前が考えたんだよ。面白がって。俺たち離れたところを走りながら、ＣＢ無線の暗号トークみたいなことをやってただけなんだ。そしたらお前が……

マークは彫像になる。砂岩百パーセントになる。お前らもか。お前らもグルなのか。二人は一斉に喋りだし、事情を説明して疑惑を晴らそうとする。マークは両手で耳をふさぐ。俺をおろせ。車をとめろ。ここでおろしてくれ。

マーカー。馬鹿言うんじゃない。ファーヴューまでまだ三キロちょっとあるぞ。

二人は説得しようとするが、マークは耳を貸さない。俺は歩いていく。この車を降りる。

マークが暴れだしたので、トミーとドウェインは仕方なくおろすことにする。だがしばらくの間、人が歩くスピードでマークの脇を走り、また乗るように誘う。だがいくら話しかけても、マークは混乱した様子を見せるばかり。結局、シボレーはタイヤを激しく軋らせて走り去る。

レストランで喧嘩をした夜、二人は互いの身体に触れ合わなかった。翌日は優しい思いやりのこもった言葉を短くかけ合った。家の中をひっそり歩きまわり、互いのためにちょっとしたことをし合った。次の週、ダニエルは自分を殺して献身的な態度をとり、自分たちは昔の悪夢から遠く離れて、陽の燦々と降り注ぐ高台にまだいるのだというふりをした。それから、しくじったのはカリンのほうで、自分は無私の精神で彼女を赦しているのだという風にふるまった。カリンはそれを黙認し、奨励しさえしたが、怒りを燃やしてもいた。それがカリンという女だった。

どうやらダニエルは何が自分にとって最善で、自分が何を必要としているかを知らないようだった。見る者を苛立たせる無私無欲の仮面をひたすらかぶりつづけていた。外へ出ていっていろんな女の味見をしてきなさいよ。自分を見つけてきなさいよ。私じゃ物足りないってことは、あなたが辛抱強く黙って赦すその顔つきに現われてるわよ。カリンはそう叫びたかったが、何も言わなかった。真実はダニエルをいっそう怒らせるだけ。今では彼のことがよくわかる。聖ダニエル。ほかの人間たちを超越していたい男。一人の人間がほかの人間たちよりも上等で、本能だけで行動する動物と同じくらい純粋でありうると証明したがる男。ただしカリンにその事実を認めてもらいたがっている。カリンには、ダニエルがかつてこの世界で出会ったどんな男よりも善良だと認めてもいいという気持ちがある。どんな傷も治るものだと悲しいまでに信じこんでいるところが好きだ。だがあの疑う目つき、漠然とした失望の眼差し、少しでも値打ちのある輝かしいものを求める態度……高潔で、献身的で、じっと耐え忍ぶ姿勢、それが、ゆっくりと、カリンを窒息させる。

あなたはものすごく弱い人なのかもしれない、とカリンがちらりと仄めかしただけで、ダニエルは激しく落ちこんだ。パニックに陥り、カリンの機嫌をとろうとし、二人の関係が危機に瀕しているかのようにそれを修復しようとする。掃除や料理をし、編笠茸やマカダミアナッツなどに散財する。ダニエルはカリンのためにフレゴリ症候群についての資料を集め、カリンの不安の一つ一つに付き合った。夜、カリンの背中にタイガーバームをすりこみ、ようやくカリンの望むままに強く抱きしめた。

カリンはダニエルと交わりながら、自分はダニエルが今想像している女なのだと想像してみた。行為のあとは物狂おしいほどの優しさにとらわれた。それは土壇場で踏みとどまって関係を修復しようとする努力だった。「ダニエル」と闇の中で耳に囁きこむ。「ダニー？　ちょっと、ちっちゃなもののことを考えてみない？　新しいもののこと。ちょっとずつ私たちのどちらでもあるもののことを」

ダニエルの口に手を触れたカリンは、銀色の月明かりの中に微笑みを見た。君が僕を必要とするかぎり、どこへでも行く用意はあるよという微笑みだった。声に出して反対はしなかったが、鼻の下の小さな筋肉が異を唱えていた。**赤ん坊はいらない。これ以上人間を増やしてはいけない。人間が何をするかわかっているだろう。**

カリンには少なくとも、自分が母親になるチャンスについてダニエルがどう思っているかがわかった。彼が心の底で自分のことをどう思っているかが。

その週末、マークがもうセラピーはやめたとカリンに告げた。それは死角からの攻撃だった。八歳の時、父親が最初の破産をして、執行官が居間へ家具を差し押さえに入ってきた時に似た衝撃を受けた。マークを社会生活に復帰させる最後の希望が消えた。カリンは哀願した。長期間の睡眠不足で疲れているせいで、泣きだしてしまった。涙はマークをうろたえさせたが、まもなく首を振った。「精神的に健康ってそういうのを言うのか？　そんなもんが何になるんだ。俺はいらないいや。そんなけっこうな健康ってやつは遠慮する」

カリンはバーバラに相談しようと、リハビリテーションセンターへ車を走らせた。マークが退院してもう何ヶ月かたったが、今にもマークがカリンに文句を言いながら引き足で廊下をやってくるような気がした。カリンは受付デスクの前のプラスチック製の長椅子に坐り、神経質に衣服のあちこちを整えながらバーバラを待った。通りかかったバーバラは、カリンの待ち伏せに顔をこわばらせた。何かあったらいつでも来てと言ってくれたが、あれは嘘だったのかもしれない。だがすばやく表情を直して、元気に微笑んだ。「あら、こんにちは！　どう調子は？」

二人はテレビのある休憩室で、回復途上の患者たちに囲まれて話した。「私は弁護士じゃないから」とバーバラは言った。「法律のことでアドバイスなんかするのはおかしいんだけど、その気になれば要求できると思うわ。今はあなたが後見人でしょ？　でもそれが役に立つかどうか。強制的なセラピーに効果は期待できないから。マークはますますあなたに虐待されてると思うんじゃないかしら」

「私、ほんとにあの子を苦しめてるのかもしれない。あの子の思っているとおりの人間じゃないから。私が何をしてもあの子は悪くなる」

バーバラは両手でカリンの手を包みこんだ。この接触はダニエルの時よりも慰めが大きかった。ただ、バーバラの親切もその真意が明らかでない。「時々そんな風に思っちゃうでしょうね」

「いつもそう感じるの。何をしたらいいのかなんてわからない。いろんなことの感じが信用できないのなら」

「ウェーバー先生にメールを出したんでしょ。それはいいことだと思うわ」

カリンは胸をすっかり開いて、今までこんなに心細い思いをしたことは一度もないという、ちゃんと自己弁護できる単純な真情を告白してしまいたい衝動に駆られた。だが今では損傷の有無を問わず脳についてかなり詳しくなったので、そうしようとは思いもしなかった。カリンは女の友達が欲しかった。さりげない温かみの大切さを確信させ思い出させてくれる人、男から繰り返し拒絶される運命から救ってくれる人が。これは少女がお姉さん的な相手に抱く憧れに似ている。いや、それ以上のものだ。カリンは自分たち姉弟のために本当に親切にしてくれることでバーバラを愛しているのだ。でもそんなことをちらりとでも口に出したら、バーバラは逃げてしまうだろう。カリンは純粋に世間話に誘うような口調で訊いた。「ね、あなた、お子さんはいるの」何か言われたら馴れ馴れしくするつもりはないのだと弁解する心の準備を整えて。

バーバラの「いいえ」という返事からは何のニュアンスも聞きとれない。

「でも、結婚はしてるんでしょ」

今度の「いいえ」は〝今はもう〟を含んでいた。その告白にカリンの中の何かが心をときめかせた。この人に何かお返しできるかもしれないと思って。だが何を頼むことが許されてるのかがよくわからない。「今は一人?」

バーバラの顔に何かをずばり言ってしまいたい衝動が覗いたが、すぐに抑えこんだ。一人じゃない人がいる? というような言葉を。それから表情を和らげた。「というわけでもないわね」肩をすくめ、両掌を上に向けて、休憩室全体を示した。「仕事があるから」

カリンはつい鼻で笑ってしまった。本当に訊きたい質問を見つけた気がした。「この職場から得られるものって何?」

バーバラは微笑んだ。彼女と並んだら、モナリザでさえテレビの事件暴露番組でわめき散らして誰かを非難する女のように見えるだろう。「つながり。堅実な生活。それから……友達。新しい友達ができる」

目が、マークみたいな友達が、と言っている。カリンは何か不法めいたものを感じ、キリスト教的な慈悲ではないのではないかと疑いそうにもなった。バーバラが男だったら警察は何か事情があるのかと調べはじめただろう。マークが、友達? 身体が不自由になって、床に落ちたスプーンを拾いあげることもできないような人たちとのつながり? 辛辣な考えが次々と湧いてきて、しまいには恨みがましい気分になってきた。バーバラは自分より十五歳は若い脳に損傷を負った男に与えるものの十分の一も自分には与えてくれないだろうという思い。バーバラがマークの心をつかんでいて自分はかやの外という現状への憤懣。カリンはたまらず目を閉じる。顔がひくつく。恨み。それは欲求の別名。自分たち二人がどれだけ強い縁で結ばれているか、バーバラにはわからないのだろうか。

「バーバラ……どうしたらそういうことができるの。どうしてそんなに親身になれるの。だってほかの人はみんな……」ああ、自制心を失ってこの人に嫌われそうだ。カリンは物乞いじみた態度にならないよう努めながらバーバラを見た。

バーバラの顔には驚きが現われただけだった。開いた口から否定の言葉が出た。「親身なのは私じゃない……」衝撃を受けた様子も、疲れた様子も、傷ついた様子もない。「私じゃないわ……」どうしてこんなに自分をしっかりコントロールできるのだろう。こんな成熟をどうやって身につけたのだろう。私くらいの年の時、バーバラはどんなだったろう。疑問がどんどん出てくるが、どれも尋ねるのは失礼すぎる。会話は行きづまった。バーバラはもう仕事に戻らないといというようにそわそわしはじめた。もうこんな風に話すのはこれが最後かもしれないとカリンは思った。帰る前にバーバラをぎゅっと抱きしめた。だがバーバラの言う〝つながり〟がどんなものであるにせよ、今の抱擁には含まれていなかった。

その夜、ダニエルが帰宅した時、カリンは玄関前の小道の、ドアから一・五メートルほど離れたところにスーツケースを三個重ねて腰かけていた。そうやって三十分待っていたのだ。最初はダニエルが仕事から戻るよりずっと前に出ていくつもりでいた。だが結局、自分の車まであと七、八メートルのところで足がとまり、行くも戻るも不可能になってしまったのだ。ダニエルはカリンが怪我をしたと思って自転車から飛びおりた。だが彼女が坐っている場所から三メートルほど手前で、すべてを察した。

恋人に捨てられる時でさえ、情け容赦なく高潔なのがダニエルだった。**なぜこんなことをするんだ。ほんとにこれでいいのか。マークはどうなる？　僕はどうなるんだ。**などの訊かれなかった質問が焼けついてきて、カリンは麻痺したように坐っていた。ダニエルは責めもなだめもしない。かなり長い間、カリンから五、六十センチのところに立ち、黙って考えこんでいた。相手が自分に何を求めているのか見極めようと、目を追い求める。だがカリンは目を合わせられない。ようやく口を開いた時、出てきた言葉にはほとんど非難の調子が混じっていなかった。純粋に実際的な問題でカリンの身を案じていた。カリンにはまさにそれが耐えられないことだ。「でも、どこへ行くつもり？　君の荷物は全部トランクルームに預けてあるだろう。コンドミニアムはもう売ったというし」

カリンは何週間か前から頭の中でリハーサルしていたことを言った。「ダニエル、私もう駄目になりそうなの。これ以上続けられないの。弟のために何か一つしてあげると、三つの悪いことがあの子に起きるんだもの。私を見るとあの子は病気が悪くなる。私に消えてほしいと思ってる。私は身体の調子が悪くて、破産寸前で、あなたのお荷物になってて、もう一ヶ月ほどろくに寝てなくて頭がくらくらする。弟のおかげで私は自分が透明人間か、ウイルスか、まったくの無だって気分になる。私もうばらばらになりかけてるのよ、ダニー。足元がふらふらして、耳鳴りがして。いつもちっちゃな蜘蛛がいっぱい身体中を這ってるみたいで。もうほんとに駄目。あなたにはこれがどういうことか、全然、まるっきり、絶対に……」

ダニエルは、落ち着いてという仕草でカリンの肩に手を置いた。**僕にはわかるよ、**と口では言わず、ただうなずく。

興奮のようなものがカリンを突き動かした。「コンドミニアムの明け渡しはまだ十日ほど先だから、床で寝ることもできるの。必要最小限のものがあればいいんだから単純な話よ。コンドミニアムを売ったお金でどこか借りられるし。元の職場に戻って、あなたが出してくれたお金も少しずつ返せると思う……」

ダニエルはよしてくれという手ぶりをした。後ろを振り返って、家々の大きな嵌め殺し窓を見た。近所の人が何人か、この九月の夜の芝居を見物している。とにかく今カリンは騒動を起こしていてダニエルを困らせているのだ。カリンはさっと立ちあがり、スーツケースの一つの取っ手をつかんで車のところまで引きずっていこうとした。だが急激に動いたせいでつまずき、ダニエルのほうへ倒れかかった。ダニエルはカリンの両肩をつかんで身体を支えた。それからスーツケースに手を伸ばして、「さあ、手伝うから」と言った。

その愚かしい無神経な親切心にカリンは自制心を失った。ダニエルから身をもぎ離して両の拳を顎にあて、過呼吸に陥ってあえぎはじめた。ダニエルはなだめようと引き返した。それを両手で突き返す。「ほっといてよ。触らないで。これは本物の涙じゃないの。わからない？　私は本物じゃないのよ。偽者なの。人が頭の中で作りあげた」カリンは自分で口にしている濡れたゴムのような言葉を自分で理解できなかった。まぶしく広がる不安の種の中で、自分とマークが子供の頃にあれこれ想像したあの恐ろしいもの、神経衰弱というやつを経験しつつあるのではないかという思いが頭をよぎった。

だが同じように唐突に狂乱はおさまり、歩道の脇で冷静に立っていた。頭のどこかでは、こうやって荷物を持って家の玄関先に出る以上のことはしないと初めからわかっていたのに違いない。ここを立ち去ってしまえばマークの考えが正しいと証明されたことになる。もうどんな弁解もできなくなる。大きな好奇心にとらわれた。ここにいつづけたら自分はどうなるのか、知りたくてたまらない。もう一人の自分でいられなくなったら何になるのか。カリンは倒れたスーツケースに腰をおろした。ダニエルはそのそばの芝生に坐りこんだ。もうほかの人間が自分たちを見ようと何を考えようと気にしなかった。「私、まだここを出ていけない」とカリンは宣言した。「忘れてたの。ウェーバー先生からのメールのこと。来週またこっちへ来るんだって」

「うん」とダニエルは言う。「そうだね」もうカリンの言葉の意味を追おうとする態度すら見せなかった。それさえも、何と表現していいかわからないが、カリンには小さな安堵を与えた。二人はじっと坐っていたが、やがて秋のまばらだが大粒の雨が周囲に落ちはじめた。ダニエルに手伝ってもらって、カリンは荷物を屋内に運び戻した。

翌日、カリンはロバート・カーシュに会った。セントラル通りを歩いてカーシュの会社の前へやってきた。この何ヶ月か避けていた一郭だった。気温がちょうど希望どおりのよく晴れて、澄んで、乾燥して、青い秋の日。レストランでの壊滅的な夕食時にダニエルがああいうことを言った時、結局ここへ来るだろうということはわかっていた。あれはほとんどダニエルが挑発をして、決着のついていない事柄を全部外にぶちまけてしまったようなものだった。新しくできた建設会社の〈コンソーシアム〉。策略が好きな地元企業家ども。君は全然このことを……？　カリンは知らなかった。誰のこともよく知らないのだ。

だが自分のことならわかることもあった。〈プラットランド・アソシエーツ〉のほうへ向かってぶらぶら歩きながら、わずかに並ぶショーウィンドーを眺めるふりをする――医療機器の店舗、救世軍、古書店――それらが〈ウォルマート〉が出店しても安楽死させられなかった少数派だった。ロバートは十時から正午までの間に出てきて〈ホームスタイル・カフェ〉へ昼食をとりにいくだろう。四年たっても変わっていないに違いない。ロバート・カーシュは習慣厳守の鬼だ。一流の頭脳は**自分の望みを知っている**。そこからはずれるものはすべて混沌だ。

ロバートは二人の同僚と一緒に建物から出てきた。欠点がまるでない灰色の上着にバーガンディー色のネクタイを合わせ、ブルックス・ブラザーズの黒いスラックスを穿いていた。代償過度（劣等感を他の優越感で覆い隠そうとする心理的機制）の傾向がありそうなビジネスマンであり、カーニーは次のデンヴァーだと思いこんでいる節がある。カリンは鍵屋のキーブランクをかけた回転式ラックをしげしげと見た。ロバートが二ブロック離れたところからカリンを見つけた。カリンは腕を頭のあたりへあげて、すぐおろした。ロバートは同僚たちに、じゃあとでと曖昧な手ぶりをする。それからカリンの前に立ち、手は触れずに、全身を飲みつくすようにじっと見た。旅がまだ困難だった時代の旅人のように。

「いやあ」とロバートは言った。声が以前より少し低い。「君か。信じられないな」

　カリンは何ヶ月かぶりで自分が何者かわかった気がした。この半年間喉を締めつけていた手が離れるのを感じた。肩の力を抜いて顔をあげた。「信じて」と神のオフィスの電話受付係のように言った。

　ロバートは身をすくめながら両手を振った。「君、何か若返りの秘訣でもあるのかい」答えはたぶん髪だった。マークに姉だと思い出してもらうために昔のヘアスタイルにしているのだ。「何だかすごいな。人工的に再生された処女って感じ。大学生に戻ったみたいだ」

　カリンは顔をしかめてくすくす笑いを抑えた。「いっそ高校生って言わない？」

「うん。そうだな。体重を落としたのか」ロバートは以前、カリンを拒食症の成り損ねと呼んだことがあった。

　カリンはポーズをとっているような姿勢で立ち、投資が利益を生んだことを喜んだ。「お子さんたちは元気？」この調子で振る舞いつづけられそうだ。有能で実務的な雰囲気。「奥さんは？」

　ロバートはにやりと笑い、手で髪を梳いた。「元気だよ。まあ……家族の話をすると長くなるけどね」

　過去から生き延びているカリンの愚かな心は、スキナー箱（動物がレバーやボタンを押すと給餌される仕掛けで条件づけの実験をする装置）の中の鳩のようにぐるぐる回った。カリンはこの男が理由で『駆け落ちのしかた』という本を買い、ウエディングドレスを着るならどういうのがいいかと考えたことがある。まあ色は杏子色や黄桃色のものにとどめておいたけれど。

ロバートは信じられないという表情で首を振りながらカリンを見つめた。「で、元気かい……弟さんは」

「名前はマークよ」カリンは相手がびくっとして謝るだろうと予想していた。それくらい長くダニエルと一緒にいたということだ。

「そうだったね。《ハブ》で読んだよ。悪夢だな」

見事なくらい少ない言葉で、二人は戦没者記念碑の前のベンチに坐る段取りをつけた。真昼間、街の真ん中で、ロバートはカリンと並んで腰かけた。大胆にもほどがある。ロバートは何か食べないかとしきりに訊いた。ちょっと普段食べないようなものでも、と。カリンは首を振りつづけて、「あなた食べて」と言った。自分はもっとあとで食べるつもりだ。ロバートは手を一振りして食べる食べないの話題を払いのけた。栄養摂取より大事な問題があるというように。それからマークのことを詳しく話してくれと言い、四年前のロバート・カーシュに比べると驚くほどじっくりと話を聞いた。首を振りながら、まるで『トワイライト・ゾーン』だとか、『ボディ・スナッチャー／恐怖の街』みたいな話だとコメントした。ずけずけと遠慮がなく、しかも陳腐だったが、この土地の人間らしい言葉だった。

カリンは息をするようにすらすらと話した。自分の精神的壊滅を戯画化しながら何もかも話した。「この半年間はあの子に生活のすべてを注ぎこんだのに、あの子は私を実の姉と認めない気なの。半年たった今は、あの子の言うとおり、私はもう昔の私じゃなくなってるのよ」

「いや、君は今でも昔の君だよ。しわが二、三本増えたかもしれないがね」ロバートのモットーは、

愚直なまでに真実を、だ。ずばり本音で生きるのが善。自分は何でもわかっているという自負はダニエルの十倍ほど持っている。そしていつだって自分が情欲を抱いた女を片っ端からものにしようとしてきた。**俺は男なんだ、ウサギちゃん。**つい見ちゃうようにプログラムされている。**見るに値するものは全部な。**ずばり本音で生きるからこそ、今もこうして街のど真ん中、戦没者記念碑の前で、衆人環視のもと、カリンと並んでベンチに腰かけているのだ。

ロバートの声にカリンは寒気を覚えた——時間の音がふたたび聞こえはじめた。耳の上に軽く霜がおりた髪。ズボンのベルトを締めた部分でひだを作らず、ぴんと張りつめているシャツ。それ以外は変わっていない。かつて美男の代名詞だったアレック・ボールドウィンの弟の一人で、映画俳優になるにはやや寸詰まりで、顔が大きすぎ、世間に知られず、兄弟の中で恵まれない境遇にある男といった風貌。ただ何かが引っかかった。ある小さな違いが。動作や喋り方の速さの問題だろうか。昔より少しだけおっとりして、フランクで、穏やかになった印象がある。酸が中和された感じ。口先のうまさ、押しの強さ、うぬぼれの深さが緩和されたというか。もしかしたら、偶々今は人当たりがよくなっているだけかもしれないが。どんな人でも一時間だけなら、その人らしくないふるまいをすることがある。

ロバートは視覚障害者が通りを横断するのを助けるように、カリンの肘に手をあてがった。カリンは腕を引かない。「なぜそんなに長くかかった」

ロバートの声が詰まっていることにカリンは驚いた。「どういう意味？」

「俺に会いにくるのに」

「別にあなたに会いにきたわけじゃないのよ。街を歩いてたら、あなたが私を見つけただけ」

ロバートは見え透いた嘘に気をよくして微笑んだ。「去年の春に電話をくれただろ」

「私が？　してないと思うけど」それから、呪わしい発信者電話番号表示機能のことを思い出した。

「あれは弟さんの家の番号だったが、弟さんはまだ入院中だった」ロバートは嗜虐《しぎゃく》より諧謔の勝ったせせら笑いを浮かべた。「だから何となく君だと思ったんだ」

カリンは目をつぶった。「あの時は娘さんが出た。アシュリーだっけ？　声を聞いてすぐ、あ、娘さんだとわかったの……ごめんなさい。馬鹿よね。よせばよかった」母親が死ぬ前の日に言ったことを思い出す。**鼠だって同じ罠には二度かからないのよ。**

「なあに、人道に対する罪ならもっとひどいのを見たことがあるよ」ロバートは上着のポケットから小さな黒い手帳を出し、ページをめくって春に戻った。冷ややかな達筆のメモを見せる。〝ウサギちゃんから電話〟。ウサギちゃんは子供の頃のマークがカリンを呼ぶのに使った綽名で、ロバートに教えるべきではなかったと後悔している。カリンはもうそんな風に呼ばれることはないと思っていた。「君が電話を切ってしまったのは残念だった。何か役に立てたかもしれないのに」

昔のロバートなら、しんみりさせる台詞など演技でも口にしなかっただろう。そろそろ再会の一時が終わって、以後二度と会うことはないかもしれないが、それでもカリンは誇りを取り戻したような気分になっていた。この前ロバートと一悶着あった時よりも千倍いい気分だ。「あなたは今、役に立ってくれてる」とカリンは言った。

ロバートは話題をマークのことに戻した。カプグラ症候群に好奇心を示し、その後の経過に気を重くし、病院の応対を知って憤慨した。「物書きの先生が来たら知らせてくれよ。その先生にいくつかテストしてやりたいから」

バーバラのことは説明しなかった。たとえ想像の中でも、ロバートとバーバラを出会わせたくなかった。「あなたのことを話して」とカリンは言った。「最近は何をしてるの」

ロバートは周囲の建物を手で示した。「これだよ！　君がこの前ここへ来たのはいつだい。君には街がだいぶ違って見えるはずだ」

街はブリガドーン〔同名のミュージカルで描かれる、百年に一度だけ出現するスコットランドの秘境〕のように見えた。あるいは〝時が忘れた土地〟〔*The Land That Time Forgot* 一九七五年の映画『恐竜の島』の原題〕のように。カリンはくすくす笑った。「実を言うとローズヴェルト以来全然変わってないなと思ってたの。それもシオドア・ローズヴェルトのほうだけど」

ロバートは膝で股間を蹴りあげられたように顔をしかめた。「それ冗談だよな？」彼自身、これは幻覚だろうかというように前と右と左を見た。「ネブラスカの中小都市の中ではどこよりもめざましい成長を遂げているんだぞ。ネブラスカどころか、東部グレートプレーンズで一番かもしれない！」

カリンは笑いを呑みこんでしゃっくりをした。「ごめんね。本当言うと……いくつか……新しいものに気づいたのよ。とくに州間高速道路の近くで」

「信じられないことを言ってる。ここは今ルネサンスの真っ最中なんだ。どこもかしこも新しくなってるんだよ」

「それが完成に近づいてるわけね、ボブ・オー」うっかり口から出てしまったのは、二度と使わないと誓った呼び方だ。

ロバートは昔のように正面攻撃をかけてきそうな気配を見せた。だがそうはせず、両の拳で頭をごしごしこすった。何か疾《やま》しそうなそぶりだ。「ウサギちゃん。君の言うとおりだよ。確かに俺たちはくそみたいなものをたくさん建てた。一応基準はクリアしてるが、それでもくそだ。裁きの日が来たら償いをしなくちゃいけないストリップモールやシンダーブロックのアパートメントがいっぱいある。幸い、今度強い風が吹いたらほとんどが吹き飛んでしまうがね」そう言って『オズの魔法使』の竜巻シーンの音楽を高い音でハミングした。カリンは思わず吹き出した。「しかし今は違う。二人の新しいパートナーが加わった。俺たちは前よりずっと野心的なんだ」

「ロバート。あなたは野心に不足したことはないじゃない」

「そうなんだが、俺が言うのは善い野心のことだ。俺たちはアーチ橋記念館を作るのに関わったんだ」

カリンはまたしゃっくりをした。だがロバートがイーグルスカウト（ボーイスカウトの最高位）になれた少年の誇りに輝いているのを見て驚いた。この男を恐がったことがあったなど考えられない。要するに誤解していただけで、彼が何を本当に求めているのかを理解していなかったのだ。

「気づくまで時間がかかったけど、結局、良心的にやるのが一番金になる。顧客にとって何がベストかを顧客にわかってもらうことが大事だ。最近紙のリサイクル工場を建てたけど、もう見たかな。芸術品だよ。俺はあれをわがパルプ《メア・プルパ》（〝メア・クルパ（わが過失）〟のもじり）と呼んでる……」

カリンは新しいプロジェクトのことを訊いた。大丈夫そうだなと見当をつけると、さっそく探りを入れる。ファーヴューのあたりに何か新しいものができるそうだけど？　この人にはずばり切りこむのが一番いい。ロバートは隠さなかった。以前も何かを隠したことは一度もなかった。尋ねたカリンをまじまじと見た。驚きが欲望に変わりそうな気配が見えた。「そんなことをいったいどこで聞いたんだい。それは極秘のビジネス情報だぞ」

「小さな町だもん」その小さな町を子供の頃から抜け出そうとしてきた。けれど結局抜け出せないままだ。

ロバートはカリンがどの程度のことを知っているのか知りたがっていたが、訊かなかった。そのかわりにじっとカリンを見つめつづけた。腰に回した腕と同じくらい親密な眼差しで。「ちょっと待った。またあのドルイド僧と話したんじゃないだろうな。あの聖者ぶったエコテロリストは最近どうしてる？」

「そういう根に持った言い方はよしてよ、ボブ・オー」

ロバートはにっこり笑った。「そうだな。それはともかく、あいつと俺は今、事実上同業者なんだ。より良い未来を建設するのが仕事で、それぞれの能力に応じて貢献しようとしてる」

カリンは嫌悪と喜びを覚えながらロバートを見た。ダウンタウンの四ブロックは確かに復活したように見えた。

カーニーは本当に蘇りつつあるのかもしれない。百年前の栄光の日々、南北戦争のあと数十年続いた陽気な〝金ぴか時代〟に、中西部の人々はアメリカ合衆国の首都をワシントンから大陸の中心へ移そうとロビー活動を活発に行なったものだった。そのバブルが弾け、カーニーは回復するのに一世紀もかかってしまった。だがロバートがブロードバンドやアクセスグリッド、サテライトストリーム、デジタルラジオといったものについて語りつづけるのを聞いていると、地理的制約はなくなり、ふたたび想像力の限界だけが成長の限界となったように思えた。

三十分たつと、カリンはロバート・カーシュと同じような物の考え方をしていた。通りの向かいの改築された銀行に向かって、奇術師のアシスタントかホームショッピング・ネットワークで家庭器具を売る女優のように大きく腕を振った。「これもあなたが建てたの？」

「そうかもしれない」ロバートは弟ボールドウィンの大きすぎる顔を片手で撫でながら、自身の熱意を面白がる表情を浮かべた。「でも今度の新しい……開発は、今までとは違う。今度のは善い開発なんだ、カリン」

「そして大規模な開発」カリンは中立的な口調で言う。

「どんな風に聞いてるか知らないが、素晴らしいプロジェクトだよ。俺は生涯に一つだけでいいから、君に誇りに思ってもらえるようなことを成し遂げたいと思っていたんだ」

カリンはさっとロバートのほうを見た。このひどく唐突な、まるでカリン自身の頭から出てきたかのような言葉は、まったく労せずに得られたものであるために、カリンは涙が出てくるのを覚えた。何年か会わずにいればロバートの好意は増すのではないかとかねてから夢見ていたのだ。片手をベンチにしっかりついて身体を支え、息を吸いこんで、もう片方の手を目に押しあてる。だがこれは芝居がかりすぎている。やめよう。ロバートは手をカリンのうなじに置いた。半年間の気鬱がすっと軽くなった。真昼間。人目を気にしないこの仕草。昔のロバート・カーシュなら絶対にしなかっただろう。

　二人はじっと坐っていた。やがてカリンの涙は落ち、ロバートは手を離した。「会いたかったよ、ウサギちゃん。こうしてまた並んで坐りたかった」カリンは答えなかった。ロバートは口の中で呟くように、今度の火曜日の夜にでも、ちょっと時間が作れるかもしれないと言った。カリンはうなずいた。風のない日の軟質小麦の芒《のぎ》のようにごく微かな動きで。

　君に誇りに思ってもらえるようなことを。地球上のどんな人も、他人が思っているのとは違う人間だ。カリンは顔を制御して通りの左手へ目を流した。**君には街がだいぶ違って見えるはずだ。**カリンはしっかりした皮肉っぽい表情を作った上で、さっとロバートに振り戻した。だがロバートは二十代くらいの四人の勤め人のほうを見ていた。そのうち三人は女で、一時間の昼休みを終えて市庁舎のほうへ戻っていくところだった。

「そろそろ仕事に戻る時間じゃないの」とカリンは言った。

　ロバートはカリンのほうを向き、少年っぽい笑みを浮かべて首を振った。カリンの道を誤りやすい哺乳類の心がまた直撃された。

「行って」カリンは軽くさらりと言った。「ね。おなかがぺこぺこだろうけど」

「ちょっと……何か食べにいかないか」とロバートが訊いたが、カリンは手を振った。謝絶のような、祝福のような身振りだ。ロバートはもっと話すことがあるらしい。「じゃ、火曜日は?」

　カリンはロバートを見た。目のまわりがほんの少し緊張していた。**さあどうかな。**

その夜、カリンはダニエルに何も言わなかった。それは必ずしも欺瞞ではない。何か話すこと――事実とは異なる考えを持たせること――それが欺瞞だ。今もダニエルは大きな不安を抱えているカリンを愛せると、懸命に証明しようとしている。無垢な鳥に対するのと同じようにカリンに献身できると。カリンのほうでも、汚れることを知らないダニエルを芯のところで愛している。弟の――以前のマークの言ったことは正しい。ダニエルは木だ。太陽のほうへ傾いている樹齢数十年の木。勝利も敗北もなく、つねに傾いているだけ。カリンに傷つけられるたびに、ダニエルは少しずつ成長する。その夜はほぼ完全に成長しきったように見えた。

　干し葡萄を散らしたクスクスで夕食をとっている時、ここ何日かの息の詰まる空気が二人をとらえた。農家で使っていた古いオークのテーブルでカリンの向かいに坐ったダニエルは、両肘をつき、掌を合わせて作った尖塔を唇に押しあてていた。そのまま物思いに浸りきってしまいそうな気配を漂わせていたが、やがて立ちあがって汚れた皿を重ねた。音を立てないよう注意して流しへ持っていくその様子は、カリンに敗北を喫しつつあるという事実をあらわにしていた。カリンはダニエルの環境保護の理想を打ち砕きつつあるのだ。

　ダニエルは皿を流しに置き、カップ一杯の温い湯を使ってこすりはじめた。洗い物の時はいつもそうするように、流しの上に突き出ているキャビネットに頭をつけた。髪の脂気のせいでニスに小さな楕円形の剝げ痕ができている。確かに自分はダニエルを愛している、とカリンは思った。

「ダニエル?」カリンはほとんど軽い世間話のように切り出した。「ちょっと考えたんだけど」

「ん?　なに」ダニエルは相変わらず何でも引き受けそうな口調だった。昔からの異教的なキリスト教精神の現われだ。**動物は根に持たない**、という考え方。ダニエルは善人だ。半端でなく不安に苛まれている者だけが軽蔑するような善人。

「私、あなたに吸いついてる蛭よね。寄生虫よね」

ダニエルは流しに向かって答える。「全然」

「そうなのよ。ずっとマークのことばかりにかまけて。あの子のところに出かけてばかりいて。ちゃんとした仕事を見つけようとしないのも、万一……何かあったらと思って……」

「当然のことだよ」とダニエル。

「でももう働かなくちゃ。私、あなたに迷惑かけっぱなしだもの」

「そんなことない」

「だから考えたの……手伝えないかって」カリンは囁いた。「まだあの話が生きてればの話だけど……〈鶴保護協会〉に働き口があるかもしれないって言ってたでしょ」もう環境保護団体の資金集めを一生の仕事にしてもいいくらいの気持ちだ。

ダニエルは布巾を置いてカリンと向き合った。錐で刺すような視線を向けて、今にも瞳を輝かしそうにする。運動の手助けをしたいという一言を聞いただけで警戒心が消えた。最悪の事態はもう考えず、逆に最良の事態を半ば確信しはじめている。ダニエルは切実にカリンを信じたがっていた。

「お金が要るのなら……」

「お金だけの問題じゃないの」水だけでも駄目、空気だけでも駄目。何であれ、それ一つだけでは駄目なのだとカリンは思う。

「というのは、今はあまりたくさん給料を払えないからね。厳しい時期なんだ」ダニエルはカリンが全身全霊を運動に捧げるだろうと確信している様子だ。それを見てカリンは申し出を撤回しそうになった。「でも今すぐ君が必要なんだけどね」

けれども必要とされるだけで充分ではないだろうか。弟は相手にしてくれないが、もっと自分を必要としてくれる人たちがいる。受けとるわけにはいかない慈善の意図がそこにないかと、じっとダニエルを見つめる。この人は帳簿をごまかし、環境保護のプロの立場を危うくしてまで自分を支えようとしているのだろうか。ここまで人を信用しすぎる人を信用できるだろうか。カリンはダニエルの視線をとらえた。ダニエルは目をそらさなかった。ダニエルは切実にカリンを必要としているが、カリン自身のためにではなく、もっと大きなもののためのようだ。昔はそういう立場が何より欲しかった。カリンは立ちあがってダニエルのところへ行き、キスをした。契約成立だ。弟が受けとってくれないものを脇へ回そう。〈鶴保護協会〉はカリンの精力的な活動に驚くだろう。

次の火曜日、カリンはまたロバート・カーシュと会った。

四ヶ月たつとこの土地は別の場所に変わっていた。去る六月に車を走らせた時に左右に広がっていた脛までの高さの緑は、今は金色と茶色になって揺れていた。リンカーン空港から西へ向かう道路は同じでレンタカーも同じような車だが、周囲の様相は一変していた。ただ季節が移ろっただけではない。前よりも起伏、草がよく繁った放牧地、氷堆丘、傾斜地、地溝、目立たない雑木林などがよく見えて、完璧なアグリビジネスの土地の広がりを乱し、ウェーバーが何もないがらんとした空間だと思っていたところに意外な表情をつけていた。初回には何も見ていなかったのだ。

しかしそれなら、カーニーに着く前の最後の三十キロほどのところで、見覚えのある感じが強くするのはなぜだろう。避暑地の別荘に何か衣類を忘れたので取りにきて鍵を開けた時のような感じが。地図は必要なく、体内コンパスだけで高速道路を降り、〈モトレスト〉へやってきた。モーテルの看板は前と同じように〝ようこそ、鶴観賞のみなさま〟と謳い、四ヶ月半先の飛来シーズンに備えている。

ウェーバーは精神修養にやってきたように感じた。細胞にふたたび活力が充塡され、頭の中が白紙に戻されたような気分だ。室内には前と同じように地球を救うためタオルを無駄に使用しないよう呼びかける注意書きが掲げてあった。ウェーバーはその呼びかけに従い、奇妙に静かな気持ちでベッドに入った。目覚めた時には気分爽快だった。朝食のビュッフェは中西部らしくボリュームたっぷりで、ソーセージも三種類ある――その時ふと、執筆活動は個人的な思索のためだけにすべきではなかったか、自分自身と少数の友人にだけ捧げるのがよかったのではないかという考えが浮かんだ。だが今、マーク・シュルーターの驚くべき物語をきっかけに再出発ができる。今回戻ってきたのはマークの症例を記録するためというよりも、マークの物語がまったくの未知の領域へ進むのを手助けするためだ。結局のところ神経科学は、必死に臨機応変の対応をとる脳の仕組みを解明できないかもしれない。だがマークが臨機応変の対応で辛い状況を乗りきる手助けはできるかもしれないのだ。

　ウェーバーはカリンに教えられた道順に沿って、ファーヴューの〈リヴァー・ラン・エステーツ〉を目指した。何番通りと番号で呼ばれる街路が理性の権化とばかり直角に交差していた。収穫がすんだ広大な畑作地のただ中に縮こまっている一郭に、その家はあった。一方の側は隠れている川を縁取るヒロハハコヤナギと柳の並木が蛇行している。ウェーバーはしばらく車の中から家を見ていた。郵便で配達され、箱から出せばすぐ住めて、昨日まではなかったし、明日あるかもわからないといった風な家だ。化粧合板のドアのほうへ歩きながら、ふと感じたのは、既視感《デジャ・ヴュ》ならぬ既書感《デジャ・エクリ》だ。ずいぶん以前に書いたことが、今初めて現実になったという感じ。

　ドアを開けてくれたマークは見知らぬ男のように見えた。頭部の傷はすべて癒え、髪が生えそろっていた。立った姿はロキとバッカスの中間のようなまだ若い神のようだった。ウェーバーを見ても軽い驚きを示しただけである。

「シュリンキー！　こいつは嬉しいね。いったいどうしてたんだい。この辺で何が起きてるか、あんたには信じらんないかもな」ウェーバーの背後の様子をうかがってから、中に招き入れた。ドアを閉め、高ぶりを見せてそこにもたれかかる。「俺から何か話す前に訊きたいんだが、どんな話を聞いてる？」

　医者の面談はすべて患者の家で行なうべきだろう。ウェーバーはマークの居間にいるこの五分間で、前に会った時全部を合わせたより多くのことを知った。マークはウェーバーに一人掛けソファーを勧めてから、メキシコ産ビールを一瓶とハニーピーナッツを持ってきた。話を切り出しかけるウェーバーを制して、何かをとりに寝室に入った。ノートとボールペンを手に戻ってくると、ウェーバーにテープレコーダーの用意をするよう手ぶりでうながす。共同作業に慣れた仕事仲間といった風情だ。「ようし、それじゃ今日こそじっくり話し合おうじゃないか」

　マークは素晴らしく生き生きとして一つの物語を語り、辻褄の合わないところを埋めていった。ウェーバーの先回りをして質問に答えたりもした。そうして一本のきれいな論理の道筋をたどる。自分の友達はみんなぐるになって事故の夜に起きたことを隠している。トミーとドウェインはそれを知っている。車がひっくり返る直前までトランシーバーで自分と話していたからだ。なのに二人とも嘘をついた。姉のカリンも事情を知っている。だからそれを話させないよう偽者が入れ替わった。本物の姉は置き手紙を残した守護天使と同じようにどこかに監禁されているのだろう。ダニエル・リーグルが尾行をしてくるが、理由はわからない。「まるで俺が動物か何かみたいにさ。あの男は鳥や獣を追跡するのが得意なんだ。肉眼で見えない時も野生動物を見つけることができる。あんたや俺ならそこに動物がいるなんて絶対わからない時でもな」

　偽の姉のボーイフレンドが変装して尾行してくるという話の説明なら、磁気共鳴画像法《MRI》よりフロイトのほうが得意である。そのような妄想には腹側皮質視覚路と背側皮質視覚路の断絶を超える何かがあるはずだ。しかし心理的な過程とは、つまるところ神経生物学的基盤がまだ知られていない過程ということではないのか。ウェーバーはマークの新しい陰謀論に理論的な考察は加えなかった。今回やろうとしているのは、その新しい状態になった心が現実に適応するのを助けることだけだ。

もう患者への思いやりが足りないなどとは言わせない。マークに本を書かせるのだ。

もし自分がマーク・シュルーターだとしたらどんな感じだろう。この町に住み、食肉加工会社で働いていた日々、突如世界に次々と裂け目ができる。カプグラ症候群のもたらす圧倒的な困惑と生々しい混沌に、ウェーバーは内臓を捩じられる感覚を覚えた。この世界で一番近しい人を見ても何の感情も生じない。驚くべきことに、マークの内面では何も変わっている気がしないのだ。意識が臨機応変に対応しているからだ。自分自身にはなじみを覚えているが、世界が見慣れぬものに変わってしまった。そのギャップを埋めるために妄想が必要なのだ。自我の至上目的は自分自身の継続だから。

少なくともマークは彼自身のままでいた――自分だったらここまでは無理だとウェーバーが思うほど。ウェーバーは目の前に坐って陰謀話を紡ぎ出す男の内面に入りこむメソッド・アクティングを試みた。だがカリンの心と交信するほうがまだしも簡単だ。怯えながら必死になっていろいろなことを調べ、控え目な文面でメールを送る姉。そもそもトラック改造が趣味で食肉加工会社に勤めている健康な男の内面に入るのさえ難しいのに、カプグラ症候群を患う男の内面になどどうして入れるだろう。去年の春の、自信に満ちた研究者ジェラルド・ウェーバーであることがどんな感じのものかすらもう想像できない……

「この辺で生まれた人間はみんな隠蔽工作に関わってる。今でも信用できるのはあんたとバービーちゃんの二人だけだ」

みんなが何を隠蔽しているというのだろう。さらに言えば、なぜ自分を信用できると思っているのだろう。原則として、ウェーバーは患者の妄想に調子を合わせることはしない。だが健常者に対してはいつも調子を合わせている。ラガーディア空港へ行くタクシーの中で、アルカイダはホワイトハウスとつながっているとの陰謀論を開陳したパキスタン人の運転手。空港でベルトをはずし靴を脱ぐよう要請した保安検査係。離陸の時、高度が四百五十メートルを越えたら飛行機が爆発するのではないかと不安がって腕をつかんできた隣の席の女性。マークに調子を合わせるのはその延長線上のことだ。

「どうも俺はトランシーバーであの二人と話してたみたいなんだ。あいつらはトミーのトラック、俺は俺のトラックに乗って。俺たちは何かを追っかけてた。それで俺の動きが阻止されることになった。可笑しいのは、例の偽カリンが、あの二人が事故の時にそばにいたことを何度も仄めかしてたのに、俺が耳を傾けなかったたってことだ」

事故の夜、マークに何かが起きた。そして友達二人はマークに嘘をついた。ウェーバーには守護天使の置き手紙を説明できないし、タイヤ痕の軌跡に解釈を与えることもできない。今のマークにとってなぜ世界が違って感じられるかについてのウェーバー自身の説明はとても満足できるようなものではない。マークの内面の状態については誰よりも本人が長く深く考えてきたのだ。調子を合わせるとは、もしかしたら共感の異名かもしれない。

ソファーの肘掛けに肩をもたせかけ、クッションを股の間にはさんで、マークはとっておきの仮説を披露した。どうやら極秘の生物学研究プロジェクトが絡んでいるのではないかという考えに傾いているようだ。「画期的な実験の成果があったんだよ。俺の父親が狙ってたようなやつだが、政府にしかできないくらいスケールがでかいんだ。そしてそれには鳥が関係してる。でなきゃ鳥男ダニーが俺を尾行するはずないだろ」

この妄想も、ウェーバーには説明できなかった。

「プロジェクト全体が超極秘なんだ。そうでなかったら噂ぐらい聞いてるはずだから。だよな？ だから俺の考えはこうだ。これは俺が病院を出た瞬間から始まった。連中は手術中の俺に何かしたんだ。そりゃ、カリン二号は〝手術中《アンダー・ザ・ナイフ》〟という言葉は使わなかった。でも俺の頭の中からはボルトが出てきたわけだろ。小さな栓が。つまり連中は何か変なものを注入したり、抜きとったりできた。今俺がいるこの状況だってひょっとしたら夢かもしれない。あんたと会ってるように思っちまう何かを俺の脳みその中に植えこんだのかもしれない」

「それなら私も何か注入されたんだろうね。私も、今ここにいると信じてるんだから」

マークは目を細めてウェーバーを見る。「ほんとに？　それって……？　ちょっと待った。冗談はやめてくれ！　そういうことじゃないんだ」

ノートに何か書きつけた。ソファーにもたれて両足をコーヒーテーブルに載せ、部屋の反対側を見る。それからぱっと身体を起こし、片腕を持ちあげ、指を揺らしながら突き出した。ふらふらと立ちあがり、パソコンのところへ行って、人差し指の爪でモニターを何度も叩く。「考えもしなかったよ。全然思いつかなかった……この何ヶ月かのマーク・シュルーターの生活が政府のコンピューターでプログラムされてたってこと、ありうると思うかい？」

ウェーバーには、ありえないとは言えなかった。

「そう考えると、何で俺がテレビゲームの中で生きてるみたいな気分なのか、けっこう説明がつく。そのゲームの中で、俺は今のレベルがクリアできなくて、次へ進めないでいるんだ」

ウェーバーは外へ出て川のほうへ散歩しないかと誘ってみた。マークはややためらいがちに同意した。身の締まるような風がマークを刺激したようだった。二人で話せば話すほど、マークは自説に固執した。ウェーバーは、ひょっとしたら自分はマークがこの病気をこじらせるのを手伝ってきたのではないかと考えてはっとした。医原病。医者と患者が共同で作りあげる病気。

「俺は二人の友達とトランシーバーで話してた。俺たちは交信しながらあるものを追跡してた。すると突然、道路に何か見えた。トラックがひっくり返った。問題はこうだ。俺は何を見たのか。あの夜、道の真ん中に何があったのか。考えられるものはそうたくさんあるわけじゃない」

ウェーバーはその点に賛成した。

「それは誰かそこにいちゃいけない人間だったんじゃないか。必ずしもテロリストとは言わない。どっち側の人間とも考えられる」

二人は収穫を数日後に控えた薄茶色の玉蜀黍の壁にはさまれた土埃の立つ砂利道を引き返した。秋はウェーバーがいつも不安な予感にとらわれる季節だ。涼しく乾燥した警戒するような風はここ何年もなかったほど深く沁み入ってきた。完璧な秋の日に欺かれて何か起こりそうだという思いを掻き立てられ、脈搏が速くなった。脇にはマークが、諦めきった暗い顔で歩いている。足取りはもう怪我の影響を示していなかった。

「時々、それはマーク・シュルーターだったんじゃないかと思うことがある。もう一人のマーク・シュルーター。以前、生活のために働いていた男。あんたの引っかけテストなんか簡単にクリアできるしっかりしたやつ。あのだだっ広い平原の道路の真ん中にいたのはそいつだったんだ。俺はそいつを轢いた。轢き殺しちまった」

マークは自分の分身もすでに妄想しているらしかった。この子供のような男は意識についてさまざまなことを明るみに出してくれるかもしれない。二人は畑作地の中の道をたどって〈リヴァー・ラン・エステーツ〉の〈ホームスター〉に戻ってきた。玄関前のコンクリートの階段に並んで腰かけた。マークは脚を思いきり広く開いて坐った。鎖でつながれた犬のブラッキー二号が近づいてきて、マークの手に鼻面をすりつけてきた。マークは頭を撫でてやったり無視したり、適当にあしらった。犬はくうんくうんと鼻を鳴らす。人間の気まぐれを解読できないのだ。もっともウェーバーにも解読できない。ウェーバーは患者を利用していると非難される可能性のあることは一切すまいと思っている。だがマークへの共感を大事にすると言っても、専門的な助言をしてはいけないということにはならないはずだ。科学にもまだ果たせる役割があるのではないか。ウェーバーはできるだけ何も言わないようにしていたが、とうとうこう訊いた。「しばらくの間、ニューヨークへ来る気はないかね」医療センターで包括的な検査をするのだ。最高水準の設備があり、たっぷり時間が使え、大勢の優秀でウェーバーよりもっと客観的な解釈ができる研究スタッフがいるところで。

マークは驚いて上体をぐっと引いた。「ニューヨーク？　なんだい、俺に飛行機をぶつけようっての？」ウェーバーは危険は何もないと言ったが、マークはふふんと笑ってまともに受けとめない。「あっちじゃ炭疽菌も流行ってるんだろ」

信頼がなければ何も始まらない。「なるほど」とウェーバーは言った。「こっちにいるほうが安全かもしれないね」

マークは首を振った。「言っとくけどね、先生。この世界はおかしな世界だよ。どこにいたってやられるんだ」いよいよその徴候が現われるのではないかと地平線のあたりをうかがい見た。「でもそういうことを勧めてくれるのは嬉しいよ。あんたがいなかったら今頃俺は死んでたかもしれないからな、シュリンキー。あんたとバーバラだけが俺のことをほんとに親身に思ってくれてるんだ」

ウェーバーはその言葉にひるんだ。これは今日マークが口にした妄想の中でも最大のものだ。マークの腕が震えはじめた。身体がひどく冷えてしまったというように。「先生、俺、姉貴のことですごく悪い予感がするんだ。これでもう、半年になるかな。なんにも連絡がなくて。どうなったのか誰も教えてくれないし。わかってくれよ。姉貴は俺がおねしょをしてた頃からいつも面倒を見てくれてた人なんだ。その姉貴と守護天使が跡形もなく消えちまった。かりに監禁されてるにしても、そろそろ何かメッセージが届いてもよさそうだと思うんだけどさ。何だか俺のせいで姉貴はひどい目に遭ってるんだって気がするよ。俺の身内だって理由だけでトラブって、もしかしたら殺されたのかもしれないってね。それで思うんだけど……ひょっとしたら姉貴が……？　きっと姉貴があれを……だってそうだろ。俺はたぶん姉貴が……」

「お姉さんのことを話してくれないかな」ウェーバーはマークが最悪の事態を想像するのを止めるためにそううながした。

マークは息を吸い、鋭い単音の笑いを吐き出した。「俺がこう言ったなんて姉貴に言わないでほしいけどさ、姉貴には話すようなことなんて何もないんだよ。世界一単純な女。ひたすら人に褒めてほしいだけなんだ。優等賞の金の星を五分の三だけもらったら、その人のために火の中だってくぐるだろうな。俺たちの母親ってのは、イエスが作るチームの五人のスターティングメンバーに入ってなきゃ意味なしって人だった。母親と姉貴の間には確執ってやつがあったよ。あなたって子はスリルばっかり追い求めてるリベラルの恩知らずよ、とか。九ヶ月も苦しんだあと死ぬほど痛い思いをして産んであげたのに、チャラチャラして体育の先生を誘惑して、とか。カリンのほうは、自分は完璧にやるんだって決心して。みんなが自分に何を期待してるかを考えて、それにばっちり応えようとした。顔も見たことないどっかの人間でもがっかりさせちまうと死ぬほど悔しがってさ。でも要するにペットと同じなんだよ。望んでるのは二つのことだ。可愛がって。いい子だと言って。能なしの田舎女と呼ばないで。てことは三つか。あんたはどうだ、先生。そういうきょうだいの問題ってのはないのかい。おい、そう時間かけるなよ。別に引っかけ問題じゃないんだからさ」

「私の場合は四つ下の弟かな」とウェーバーは答えた。「ネヴァダで料理人をやってるんだが」まだそこにいればの話、あるいは生きていればの話だが。ラリーからこの前連絡があったのは二年前で、リバティー・ライダーズが催す毎年恒例の〈一緒に爆走しようぜ、さもなきゃそこのけフェスト〉のことを詳しすぎるほど詳しく聞かされた。あの団体の活動がラリー、すなわちローレンス・ウェーバーの生きがいなのだ。シルヴィーは何ヶ月かおきに電話をしろ、連絡を絶やさないようにしろとせっつく。「気のいい男なんだ」とウェーバーは言った。「ちょっと君を思わせるところがある」

「マジで?」マークは自尊心をくすぐられたようだった。「あんたの親きょうだいってどうしてるんだい」

「もういないも同然なんだ」とウェーバーは答えたが、それは半分以上本当だった。父親は今のウェーバーより三つ若い年齢で脳卒中で亡くなった。母親は重度のアルツハイマー病を患い、オハイオ州デイトンにあるカトリック系の介護療養施設に入っていて、ウェーバーは一季節に一度見舞う。それから月に二度はシルヴィーと一緒に電話で話すが、会話はイヨネスコの不条理劇だ。

「そいつは気の毒に」マークはそう言い、慰めるためというように夕食をとっていくよう誘った。素朴な親切がウェーバーの心を打った。どれくらいの数の微細な思いやりが、自分たちを攻撃した災厄を知らずに暗い回路の中で生き延びているのだろう。マークの言う夕食は瓶から口飲みするビールとアルミ製の深鍋で温め直したラザニアだった。「代理姉が持ってきたんだ。自己責任で食ってくれ」

「大丈夫?」その夜、シルヴィーがそう訊いた。「何だかいつもと声が違うみたい。声がすごく……どう言うんだろう。哲学者が何かを明かすみたいな声」

「哲学者か。将来の進路が一つ見えたな」

「何だか心配なんだけど」

実際、ウェーバーは気分が変わったと自分でも感じていた。世間の評価など気にならないところに出たというか。「不思議だろう。私に探偵になってもらいたい人に会うために、往復四千キロの旅を二回しただけなのに」

「今時のお医者さんが往診をしてくれないなんて嘘よね」

「しかしすごい症例だよ。医学界はぜひこれを知る必要がある」

「医学界が知るべきことはたくさんあるわ。あなたがこういうことをやっているのは私嬉しい。あなたのことは知っているもの。ずっとこの件で悩んでいたでしょ」

「家に帰ったら、弟に電話するよう注意してくれるかな、女《ウーマン》」

電話を終えたウェーバーは、モーテルを出て散歩した。丸い街灯の琥珀色の光のもと、安っぽい街を、秘めた目的でもあるかのように歩く。秋が空気を濃密にし、一年は充分に準備を整えて終結に近づいていた。楓は休眠する前に豊かな葉叢《はむら》を燃え立たせている。せわしなく飛ぶ虫は帯鋸が奏でるような死の合唱を聞かせる。白色木材の合掌造りの家が四軒建つ交差点で足をとめた。一軒は十九世紀の照明具をともし、二軒はテレビの青い光をちらつかせ、残る一軒は暗かった。ウェーバーはどうしても見つけたかった。何を見つけたいのかはよくわからない。ネブラスカへ戻ってきて、いったい何をしているのか。秋が答えると約束したもの。

あてもなくぶらつくうちに通りが暗くなった。ウェーバーはたっぷり四秒考えた。停電だ。雷雨や救急車がもたらすスリルが身体を走った。目をあげた。深みのある星空が広がっていた。ウェーバーは星がどれほどたくさんあるものかを今まで忘れていた。迸り流れ落ちてきそうな光の溜まり。闇がどれほど豊かに見えるかを忘れていた。街は見えるが、色がないのであまりよく見えず、色覚異常に陥った。ウェーバーは二人の完全に色覚を欠く人と面談したことがあるが、二人とも赤や黄色や青といった言葉に激怒した。彼らは夜の世界に生きていて、そこでは正常色覚者よりも優位に立つ。ウェーバーは暗い街を数ブロック、頼りなく歩いた。方向感覚がなくなってきた。明かりがついた時には、正常な視覚を陳腐に感じた。

翌日、マークがウェーバーを釣りに連れていった。「通の遊びをやろうってんじゃないんだ。普通の釣りだよ。以前の俺なら、ばしばし釣れるミッジフライやスカルピンフライの結び方をご指導したたろうけど、今日は市販のルアーを使うだけだ。匂いをつけたゴムの虫が針つきの偽の尻尾をふわふわさせてると、まぬけなクラッピーがぱくっと食いつく。誰でもできるよ。子供でも。神経科学のシュリンキー先生でも。ほかの誰でも」

穴場は穴場の例にもれず秘密で、ウェーバーは絶対に人に教えないと誓わされた。シェルター湖というとかなり大きな湖だと錯覚させるが、実際は私有地にある人工池だった。

「さあここだ。ほとんど人の知らない場所だよ。キャッチ・アンド・リリースが原則だ」とマークは説明する。「午後二時の時点で釣った数の多いほうが優等人間だぜ。よし始めるぞ。あれ、先生、今まで針に餌をつけたことないって感じだね」

「正当防衛の時以外はね」とウェーバーは答えた。

ウェーバーは十二歳になるまで、毎年夏に父親に連れられてブルーギル釣りをした。場所はオハイオ州から州境を越えてインディアナ州へ少し入ったところにある魚量の少ない湖だった。魚は何も感じないんだよと父親は言い、ウェーバーは何の根拠もなく信じた。馬鹿げた話だ。痛みを感じないはずがない。そんなことがなぜわからなかったのだろう。一度だけ、ノスタルジックな気分に駆られて、ジェシカと一緒にロングアイランドのサウスフォークで投げ釣りをしたことがあった。ジェシカがまだ小さかった頃のことだ。この行楽は悲劇で終わった。ジェシカがバスの目に針を引っかけてしまったのだ。ウェーバーは今でも泣き叫びながら浜を右往左往する娘の姿を瞼の裏に浮かべることができる。それが最後の釣りだった。

「ほんとにここで釣るのは違法じゃないんだろうね」とウェーバーはマークに訊いた。

マークは笑った。「もし捕まったら、俺があんたの罪もかぶるよ、シュリンク。あんたに前科がつかないようにしてやるって」

二人は岸から釣りをしたが、そのことでマークは毒づいた。「トミーのボートをこっそり持ってくりゃよかった。どうせ一部は俺のものでもあるんだ。あれを奪《と》ったらあいつは後ろから俺を撃つだろうけどな。あいつらが俺に嘘をつくなんて信じられるかい。きっとあの夜俺たちが追ってたやつが、手を回したんだ。あの二人を寝返らせたんだ。だからあの夜何が起きたのか、俺にはもうわかりっこない」

二人は漫然と仕掛けを投げては引き戻し、投げては引き戻しして、ゆっくりと釣りをした。ウェーバーは釣果がなく、マークは愉しそうにからかった。「釣れないのは当たり前だよ。女の子のピッチャーが十六インチのソフトボールを投げてるみたいだもんな」

マークは中くらいのサンフィッシュを六匹釣った。マークが放流する前に、ウェーバーがそのつど魚を見た。「これはほんとにさっきのと違う魚かね。君は同じ魚を何度も釣りあげてるような気がするんだが」

「何言ってんだよ！　最初の何匹かはめっちゃ抵抗したけど、今のやつは完全にぐったりしてるだろ。お互いに全然関係ない魚だよ」マークは足首まで水に浸かって、面白がりながらもとんでもない言いがかりだと首を振った。「この魚に見覚えがあるってのか。ついにいかれちまったな、先生。陽にあたりすぎだよ。先生みたいな職業の人には毒だ」マークは葦の繁みで、凍えながら前かがみに立つ鷺のようだった。マークの釣りはウェーバーがタイプを打つやり方と似ていた。ぼんやりしながら夢中になっているという感じ。マークはウェーバーを街から離れたところへ連れ出したかったのだ。どこか人の耳を気にせずに、ゆっくりと物を考えたり話したりできるところへ。「やつらは何で俺のことを気にかけるんだと思う？　俺は何にも知らないのに。手のこんだ作り物をこさえて、俺を何もわからない暗がりに押しこめとこうとする。いっそ殺しゃいいだろ。救急治療室にいる時なら簡単にできたんだ。部屋に忍びこんで、機械のスイッチを切ればいい。プツン」

「君は彼らが知りたがっている何かを知っているとか」

マークはその発想に驚いた。それ以上に驚いたのは、自分の口からその言葉が出たのを聞いたウェーバーだった。

「きっとそれだ」とマークは言った。「置き手紙にも書いてあったが、〝そして別の誰かを連れてきてくれるように〟、生かしておかれたんだ。俺が知っていることを使って何かするようにと。でも俺、自分が何を知ってるのか、さっぱりわからないんだ」

「君はたくさんのことを知ってるよ」とウェーバーは断言した。「いくつかのことについて、今生きているほかの誰よりもたくさんのことを」

マークはくるっと首を回してウェーバーを見た。メンフクロウのような目で。「ほんとに？」

「君は自分が自分であるとはどういうものか知っている。今、ここにいるのが自分だ」

マークは水面に目を戻した。無力感のあまり怒りを掻き立てる気力もないといった風だ。「冗談じゃない。俺はここがここだってことにすら自信がないんだ」

マークはスピナーでのバス釣りに切り替えようと提案した。小さな人工池なので、本気で釣果を期待してのことではなく、水中で回転するルアーの引き心地を愉しもうというのだ。ウェーバーは自分が本当に釣り向きでないのにほとほと感心した。単に一匹も釣りあげられないだけでなく、じっくり構えて愉しむことができない。糸のついた棒を手に半日を無駄にし、その間仕事はそっちのけ、職業上の義務は何一つ果たさずにいる。いや、違う、今はこれが職業上の義務だ。これを仕事にすると自分で決めたのだ。カプグラ症候群の患者ではなく、臨機応変に生きていこうとしている人間を、じっくり見ようと決めたのだ。それをしないなら、あの書評子たちの言い分が正しく、自分の残りの人生は欺瞞になってしまう。

一方、マークは底魚のように穏やかになっていた。空気を大きく何度も吸いこんで味わっていた。「なあ、シュリンク。ちょっと考えてたんだ。あんたと俺には何かの関係があるんじゃないかって。

ああ、そんな神経科学者の顔をすんなよ。言ってる意味はわかるだろ、シャーロック。俺が言ってるのは、衝突経路のことだけだ。まあ聞いてくれ」マークは近くにいるどの脊索動物にも盗み聞きされないよう声を低くした。「あんたは守護天使を信じてるか」

それについては思い出すのが辛い過去がある。ウェーバーはとても信心深い子供で、白いキャソックを着て、煙の出る真鍮のものを振るのが何よりも好きだった。両親までが息子の信仰がいささか度外れなのを不安がったほどだった。ウェーバーは世界を昔の敬虔な時代に戻すのを自分の使命だと思っていた。純潔を求める熱意、強迫観念的な魂の潔癖症は、多少穏やかになったとは言え思春期の終わりまで続き、牧師との暗黙の了解で〝感受性〟という暗号名をつけていたもの——一人で行なうということだけで優雅さを減じてしまうあの快楽——を抑制し損ねた時には羞恥の発作に襲われたものだ。科学を学ぶようになってもなお信仰は完全には消えなかった。イエズス会に所属する教師たちは信仰と科学的事実を調和させることに優れていた。ところが大学に入学してシルヴィーと出会ったことで、宗教は一夜にして死んだ。シルヴィーの人間に対する無限の信頼の前に、ウェーバーは子供っぽい考えを捨ててしまった。それ以後は自分の子供時代が、自分とは関係のない、他人のもののように思えた。子供の頃の信仰は消え、科学のメスに対する大人らしい信頼だけが心を占めた。

「いや」とウェーバーは答えた。天使など存在しない。存在するのは自然選択の結果残ったものだけだ。

「うん」とマークは言った。「そうだと思った。俺も信じてなかったんだ。あの手紙を見るまでは」真剣に考えこんで顔の肉をひくつかせた。「あんたは、あれを書いたのは俺の姉貴だと……？　いや、それは馬鹿げてる。姉貴はあんたと同じだ。とことん現実主義なんだ」

二人の釣り糸が立てる小波が水面を競争して、まもなくとまった。ウェーバーの視界がトンネル状に狭まり、自分のルアーに収斂した。周囲の空気が湖面と同じくらいに暗くなった。目をあげると、雲の上部が小麦粉がまだらについている茄子のようだ。その時初めて、雨粒が落ちてくるのに気づいた。

「うん。雷雨だ」とマークが確認した。「ウェザー・チャンネルで言ってたよ」

「じゃあ来ると知っていたのか」周囲で水がばしゃばしゃはねはじめた。「それならなぜ釣りを中止にしなかったのかね」

「おいおい、初心《うぶ》なこと言わないでくれ。あの局の予報の四分の三はどこかのスポンサーの都合に合わせて言ってるんだぜ」

ウェーバーは震えだしたが、マークは慌てずに悠然と道具を箱に片づけた。二人は落下する水の柱に打たれながら車のほうに向かった。マークは運命論者の諦念に満ちてカッカと奇妙な笑いを漏らし、ウェーバーは走った。

「何急いでんだい」とマークは派手な水音に負けじと声を張りあげる。稲妻が空に縫い目を走らせ、続いてすさまじい雷鳴が炸裂すると、マークは地面に尻もちをついて笑った。「ぶったまげて腰が抜けちまった!」ウェーバーは助け起こすか、とにかく逃げるかで迷った。結局どちらもせず、草地のただ中に立って、マークがよろよろ立ちあがるのを見ていた。マークは天をあおぎ、大雨に向かって含み笑いをした。「もう一遍やってみろ! やってみろって!」空が割れ、マークはまた地面に尻を落とした。

二人が川を歩き渡るようにして車にたどり着く頃には、雹《ひょう》も降りはじめた。ずぶ濡れで運転席と助手席に滑りこむと、虫除け玉のような氷の塊がレンタカーを激しく打って凹みを作った。

ウェーバーは首を伸ばし、フロントガラス越しに真上を見あげた。「あとは何が来るんだ。イナゴの災い、蛙の災い、初子《ういご》の死か」それから外から強打される灰色の繭の中でちょっと黙った。

「まあ、それはもう起きたのかもしれないが」雹はふたたび、前に進む気になれるほど軽い、帯電した雨に戻った。が、それでもウェーバーはエンジンをかけない。しばらくしてマークが言った。「あんたのことを話してくれよ。子供の頃のこととか。信心の話なんかでなくていいからさ。適当な話でいいんだ。なんなら作り話でもいい。とにかく何か話してくれないと、あんたがどういう人かわからないからな」

ウェーバーは何も思いつかなかった。これまでずっと過去を消すために働いてきたと言ってもいい。著書のカバー見返しに書くのにふさわしいこと以外は履歴を持つまいとしてきた。マークの顔を見て、何かないかと考えた。「私は女の子を遠くから見て憧れているのが好きだった。気持ちなど何も伝えずにただ見ているのが」

マークは唇をゆがめて首を振った。「それは俺もやった。利益率《ROI》が低いんだ。それでよく結婚できたな、ロメオ」

「友達がお節介を焼いてくれた。ブラインドデートをお膳立てしてくれてね。日曜日の午後にあるコーヒーショップへ行け、レスリー・キャロンそっくりな女の子がいるからと。それで行ってみると、それらしき女の子は一人もいない。あとで聞いた話ではその子は気が変わったらしかった。でも私はそんなこととは知らないから、おかしいなあと思いながら、店にいる若い女性を一人ずつ観察して顔立ちを分析した。うーん、もしかしたらあの人が……ほら、髪が茶色だからとか、目鼻立ちの釣り合いがとれてるとかね……そのうちウェイトレスがやってきて、どうかなさいましたかと訊いた。それでレスリー・キャロンに似た人を捜してるんだと答えたら、ユーモアのセンスのある社交的な男と誤解された。三年後にはその人と結婚していたよ」

「マジかよ。偶然で結婚しちまったのかい。あんた頭がおかしいよ」

「私はとても若かったんだ」

「で、奥さんはその……リンゼー何とかと似てるわけ」

「全然。心持ちナタリー・ウッドが入ってたかもしれないがね。でもそれより……自分が結婚したくなる女性のように見えた」

マークは周囲を取り巻く瀑布を見た。上機嫌が徐々に消えてきた。「それって運命なのかな。左へ五センチずれただけで、人生はがらっと変わる。一人の女の人がそこで仕事をしてた。そこでポン！　と出会って、生涯の伴侶になる。俺が思うに、誰かがあんたのことを見守ってたんじゃないかな」ウェーバーはエンジンをかける。マークがその腕を押さえた。「ただ——俺たちは天使なんて信じないよな。俺たちみたいな野郎どもは」

ウェーバーは自分が姉弟をどれだけひどく失望させたかを思い知った。今度はもうその轍を踏むまい。何人もの同業者に電話をかけた。誰もが連絡をもらって当惑した。ウェーバーはどこかへ雲隠れして批判への悔しさに死にそうになっていると思っていたのだ。だがマークの話をするとみな興味を持った。誰もそういう症例を扱った経験がないからだ。提案する方策はばらばらだったが、危険のない症状なら放置しておいたらどうかと勧めた人が二人だけいた。ウェーバーが電話を切る前の挨拶を口にした時には、ほとんどの人がほっとした声で挨拶を返してきた。

その夜遅く、ウェーバーはホテルのロビーでネットにブロードバンド接続した。さまざまな医学文献のデータベースにアクセスして資料を漁った。これは前にもしたが、その時は通り一遍にしかやらなかった。マークはヘイズ医師の患者で、自分は面談をさせてもらっただけだからだ。詳しく調べるうちに、本格的な文献がないことがわかった。当該の問題を扱った少数の論文からも具体的な示唆は得られなかった。

主要データベースを二度目に検索するうちに、一つの論文摘要が目に飛びこんできた。患者は

P・V・バトラーという十七歳の少年で、脳に損傷を受けたあとカプグラ症候群を発症していた。治療法とその結果。オランザピンを毎日五ミリグラム投与しはじめて十四日以内に、妄想観念が完全に消失。

ウェーバーは日付を確認した。二〇〇〇年八月。二年前のデータだ。論文掲載誌は《オーストラリア・ニュージーランド心理学雑誌》。最初に捜した時は紙の資料を調べたのだが、それも言い訳にはならない。あの時は本気で捜す気がなかったのだ。カリンは治療法を知りたがったが、ウェーバーはカプグラ症候群が新たに市場に登場した奇跡の薬で治療できるという事態を望んでいなかったということだろう。精神薬理学。いちかばちかの賭けで、調整が困難で、副作用がたっぷりあり、症状が隠れてしまい、一度始めたらやめるのが難しい。医学界の次の世代は薬嫌いのウェーバーの世代を、ウェーバーが自分の父親を思い出す時と同じ悲しい気持ちで思い出すだろう。薬物療法も野蛮な流儀は見られなくなったが、それでもけっこう残っている。あるいはウェーバーこそ最後の野蛮人なのかもしれないが。何ヶ月もマークとカリンを苦しめてしまったのは、ウェーバーがピューリタン的態度で薬物療法から目を背けてきたせいだ。それというのも、マークを著書で紹介できる興味深い事例としか見ていなかったから。

カリンがモーテルを訪ねてきた。ボーイフレンドを護衛役に部屋まであがってきた。ダニエル・リーグルは礼儀正しい男だったが、なぜかウェーバーは居心地悪い思いをした。何か自然に気詰りを感じさせる要素がいろいろある。顎鬚、だぶっとした襟無しシャツ、穏やかな自負心のオーラ。カリンが不安げなのは理解できた。前回はさっさと帰ってしまって彼女を傷つけ、今回はもう一度やってくると知らせて困惑させている。ウェーバーが話している間もカリンは唇を動かして、ウェーバーが助けてくれるかもしれないという望みと闘っていた。なぜ今でも希望を持ちつづけられるのか、ウェーバーには想像もつかない。太古からなぜ希望が選択されてきたのか、それもさっぱりわからない。

ウェーバーは二人があがってくる前に部屋を片づけ、栗鼠のようにいろいろなものをクロゼットや簞笥にしまった。それでも靴下一足とミルクシェイクのカップ、ベッドで読んでいた本、T・E・ロレンスの『知恵の七柱』をしまい忘れたが、今とろうとするとかえって目を惹くだろう。部屋は狭くてゆったりとは坐れないし、ウェーバーは研究所のオフィスで客を迎える時の呼吸を忘れている。カリンとダニエルは法廷に引致された被告人といった風情で部屋に入ってきた。ウェーバーはまだ二人に治療法の提案を何もしていない。

まずはマークと再会した時のことを話した。症状は間違いなく悪化している。自然治癒はもう望めそうにない。認知行動療法も失敗のようだ。「マークが人に危害を加えることはないと、それは今でもそう信じているがね」とウェーバーは断言した。カリンが息を呑んだので、苛立ちを覚えた。「そろそろもっと積極的な治療法を試すべきだろうと思う。私が勧めるのは、低用量のオランザピン投与だ」

カリンはその言葉に戸惑って目をしばたたいた。「それは新しい治療法なんですか」**六月にはまだなかった治療法なの?**

ダニエルが問い質す。「それはどういう薬なんです」

ウェーバーは専門家の威光にものを言わせたくなったが、眉を吊りあげるだけにした。

「つまりその……それは……どういうカテゴリーの薬なんです。抗鬱剤ですか」

「抗精神病薬だ」ウェーバーは専門家の頼もしさを正確に伝えられる口調を見出した。だが聞いている二人は反射的に不安を抱いた。カリンが顔を紅潮させた。「マークは精神病じゃありません。それどころか……」

ウェーバーは安心させるための言葉を用意していた。「マークは統合失調症じゃないが、いくつかの症候群を併発している。この薬はそうした症候群に効き目があるんだ。実際に……似たようなケースで効果があがっている」

ダニエルがむっとした様子を見せた。「マークを薬漬けにして、薬の拘束衣を着せるようなことは賛成できないですね」そう言ってカリンを見たが、カリンは同調しなかった。

「薬の拘束衣を着せられるわけじゃない」誰でもそれを着せられているのであって、それ以上ではないのだ。「倦怠感を覚える人は少数いるし、体重が増える人もいる。オランザピンはセロトニンやドーパミンといった神経伝達物質の分泌量を調整する。うまく効けばマークの精神的な動揺や混乱が少なくなるはずだ。運がよければ思考が明晰になって、いろいろな突拍子もない陰謀論をあまり信じなくなるだろう」

「運がよければ？」とカリンが訊く。

ウェーバーは微笑んで両手を広げた。「薬と運は仲のいい友達なんだ」

「また私がわかるようになりますか」カリンはもう何でも試してみる気になっていた。

「保証はできないが、前例はある」

ダニエルが倫理的な戦闘の準備をする。「その薬に依存性はないんですか」

「オランザピンは中毒になる薬じゃない」ウェーバーは薬の服用期間がどれくらいになるかは言わなかった。単純に、わからないからだ。

ダニエルは食いさがる。いろいろな話を聞いているからだ。抗精神病薬の服用で引きこもりになったり、感情が平板化したりするといった話を。ウェーバーは、マークの症状はすでに悪くなっているという明白な事実を穏やかに指摘した。ダニエルは薬物療法の副作用として知られているものを一つずつ挙げていく。ウェーバーは苛立ちを抑えながらうなずいた。この男は医学の専門家が非を悔いて苦しむところを見たいのだ。

といってね。副作用がかなり少なくなっているんだよ」

カリンは部屋に備えつけの紫色の椅子に浅く腰かけて、片脚を手押しポンプのハンドルのように動かしていた。起立性低血圧と静座不能は、オランザピンの副作用。早くも患者の苦しみに共感しているのだ。「この人が言うのは……薬のせいでマークが別人になってしまうのが恐いってことなんです」

それはまさにカリンがウェーバーに求めている結果ではないか。ウェーバーは迷った末にこう答えた。「でも彼はもう別人になってるんだ」

話し合ううちに、三人とも気分がささくれてしまった。ウェーバーはしくじったと感じていた。ダニエルは堂々とした態度を維持しつつも落胆していた。カリンはさまざまな感情に翻弄されていた。特効薬があるならぜひ使ってもらいたい。しかし薬物療法に同意しても、しなくても、誰かの感情を傷つける。**私を愛して、君はよくやっていると言って。**「その薬できっと症状が軽くなるとおっしゃるのでしたら」とカリンは鎌をかけてみたが、ウェーバーは何も約束しなかった。「考えてみたいと思います。いろんなことを秤にかけて」

「ゆっくり考えてみてほしい」とウェーバーは言った。必要なだけ時間をかけて考えるといい。

ウェーバーはシルヴィーと電話で話し、夕食をとりにいき、シャワーを浴び、本を読み、書き物すら少ししたが、あまり筆が進まなかった。メールをチェックすると、さっそくダニエルから一通来ていた。ネットで調べてみたら恐くなってきたという文面だ。あるサイトにこうあったという。〝オランザピンは統合失調症に使われる薬で、脳の高度なレベルの活動をかなり減退させます〟。メールにはこの薬の医療過誤事例を集めたサイトや、すでに知られ、あるいは疑われている副作用について書かれたサイトのURLがたくさん貼りつけてあった。ダニエル自身の文章は慇懃無礼だった。あなたはオランザピンが血糖値を劇的に変化させることをご存じでしょうか。ある係属中の訴訟ではオランザピンのせいで〝糖尿病になる人もいる〟との主張がなされているようです。ダニエルは今度のことを決定するにあたって自分には何も発言権はないと認めつつこう書いていた。「私はカリンが正しい判断をする手助けをしたいのです」

無尽蔵の情報の恵み。インターネットは医療の分野さえも民主化した。そのうちアマゾンであらゆる医薬品が売られて、そこにカスタマーレビューがつくかもしれない。群れの知恵。もう専門家なんていらないというわけだ。ウェーバーは深呼吸をしてから返事を書きはじめた。医療の実施者と患者の間に障壁が設けられているのはまさにこういう場合を想定してのことだ。このメールに返事を出すことすら間違いなのだが、ウェーバーはできるだけ慎重に応答した。負い目を償うためだ。私はオランザピンの副作用のことは承知しているし、今日会った時にもそのことをお話しした。私は娘が糖尿病で、ほかの誰にもこの病気に罹ってほしいとは思っていない。私としてもカリンが納得しきれない治療法を勧めるつもりはない。あなたが彼女のためにできるかぎり情報を集めてあげることはいいことだ。決断するのはカリンだが、私としては能うかぎりの支援をさせてもらうつもりでいる。ウェーバーは同じ文面をカリンにも送った。

ウェーバーは自分自身のいくつもの疑問を抱えたまま眠りこんだ。それは上訴する先のない疑問だった。この絶えざる驚き、長いまやかしから覚めたというこの感覚は、何がきっかけで生まれたのだろう。今までの何百という症例ではなくこの症例が、なぜ自分を動揺させるのだろう。思春期以来、これほど自分の感情の動きを疑わしく思ったことはない。自分はいつお役御免になったと思えるだろう。これで義務を果たした、もう一度自分を信じていいと思えるようになるのはいつだろう。ウェーバーは自分自身がきわめて興味深い症例になってしまっていた。自分自身が行なうオープン試験の被験者に……

翌朝街を歩いて、数ヶ月前に一度朝食をとった安食堂を捜した。空気はさっぱりと乾いて活動意欲をそそった。どこまで歩いても、東西南北どちらの空も駒鳥の卵色の青が雲に汚されずに広がっていた。ビル、一戸建ての住宅、自動車、芝生、樹木の幹、それらすべてで過飽和した光があふれ出ていた。まるでコダクロームの収穫祭の中にいるといった趣だ。鼻には土と乾いた玉蜀黍の茎の匂い。この前これほど意識的に何かの匂いを嗅いだのはいつだったろう。ウェーバーはデイトン・シャミナード高校の最終学年に在籍していた十七歳の時、一日に一篇、ガザルというペルシャの抒情詩型で詩を書く宿題を自らに課していた。その頃は詩人になると決めていたのだ。今また新たに抒情詩人になれそうな感興が湧いて、自分が詐欺師になったようなひどい感覚で満たされた。

ウェーバーは書評子たちの意見に納得することにした。何かが崩れてしまっていた。今まで成し遂げてきたことの中核にあった愉しさが損なわれてしまった。三冊の著書はどれも一様に底が浅く、中身のない、独りよがりのものに思えてきた。煩悶するウェーバーにシルヴィーが気丈夫に応対すればするほど、ウェーバーは本当は妻を失望させているのだなと確信した。シルヴィーは夫に対する基本的な信頼を失っているのにそれを認めるのが恐いのだと。ましてカリンはどんな目でウェーバーを見ているかわかったものではない。

でたらめに歩きまわるうちに、目当ての食堂の前に出た。結局のところ碁盤の目からは逃れがたく、ここは迷子になりえない街なのだった。ドアを開けてウェイトレスに記憶力テストを挑む前に、ガラス窓の中を見た。隅の仕切り席でカリン・シュルーターが、明らかにダニエル・リーグルではない男と向き合って坐っていた。チャコールグレーのスーツに青緑色の細いネクタイを締めた男は、上着の内ポケットから裏張りの中に落ちた小銭でダニエルのような男を一人買ってしまえそうだ。二人は朝食を並べたテーブルの上で手を握り合っていた。ウェーバーは後ずさりでドアを離れ、身体の向きを変えて歩きだした。ひょっとしたらカリンもこちらを見たかもしれない。角を曲がってどんどん歩く。首を回して通りに面した店やオフィスを見る。小ぎれいな法律事務所、ショーウィンドーにひび割れの入った薄暗い乱雑な楽器レコード店、〝水曜日は一ドルの日〟と派手なデザインの文字が躍る白いペナントを掲げたＤＶＤレンタル店。アルミニウムの外壁材とプラスチックの看板のすきまからは一八九〇年代の煉瓦の壁や持ち送りが覗いている。街全体がどんどん進行する逆行性健忘にかかっていた。

ウェーバーはもう十二分にやったと言ってよかった。どんな医者もそこまでできないと言えるほどマークに時間を割いてきた。実施しうる最良の治療法を提案した。カリンが決断するのに助言をしてやった。この訪問から利益を得るつもりはない。なのにかなりの時間とお金を使っている。それでもウェーバーは立ち去る気になれなかった。まだマークと貸し借りなしになっていないからだ。モーテルに戻って、ビュッフェ形式の朝食らしきものを腹に入れ、レンタカーに乗ってファーヴューに向かった。

市街地から三キロほど出たところに広がる畑で、ずんぐりした緑色のブロントザウルスのようなコンバインが玉蜀黍を刈り倒していた。死にゆく畑は荒涼としたミニマルな美を獲得していく。地平線ががらんと開けたこの土地では何もそっと忍び寄ることはできない。言うまでもなく冬は半端でなく厳しいだろう。一度二月に来てみたいものだとウェーバーは思った。何週間も雪に硬く覆われた土地、零下の大気、何百キロもの間何に遮られることもなく南北ダコタ州から注ぎこまれる風。穀物畑に囲まれた小丘の芝に毛が生えたような古い農家を眺めやる。ウェーバーは人間社会との文明的なつながりはラジオだけという白っぽい灰色の下見板張りの小屋に住んでいる自分を想像してみた。車を走らせながら思ったのは、ここは人があらゆるパッケージを剝ぎとられた魂の中身と向き合わなければならない、この国に残された最後の土地の一つではないかということだった。

数年前、〈リヴァー・ラン・エステーツ〉は小麦と大豆を作っている一枚の畑だった。その十数年前には、ウェーバーが名前の知らない十数種類の草が生えていた。二十年、あるいは二千年先にはまた草原に戻り、人間が演じた短い幕間狂言の記憶はまるで残っていないだろう。マークの家には車が一台駐まっていた。誰の車かは見当がつく。〝闘うか逃げるか反応〟で心拍数が一気にあがる。ルームミラーで自分の顔を見てみた。まるで庭の小人の置き物の色褪せた顔のようだ。職業的にも個人的にも訪問のもっともらしい理由を思いつかないまま玄関にたどり着くと、まるで待っていたかのようにマークがドアを開けた。マークの肩越しに、キッチンのテーブルについている彼女が見えた。例の気弱げな微笑みをこちらに向けている。彼女は誰かを思い出させるのだが、誰だかまだわからない。思い出しそうな気配がきざしたが、それを無視した。彼女は古くからの腹心の友のようにウェーバーを迎えた。ウェーバーはひるんだ。禁制品をバッグに入れ、後ろめたい笑みを口元に張りつけて税関を通る人のように。

マークは物憂く喜びを表わしてウェーバーの両肩を揺さぶった。「二人とも来てくれたんだな。俺が信用できる最後の二人が。そのこと自体が面白いよな。面白いと思わないか。今でも俺のそばにいてくれるのは事故のあとで知り合った人だけだ。さあ入って。坐ってくれ。今実現できそうな計画をいろいろ立ててたんだ。怪しいやつらを藪から追い出すための計画を」

バーバラは頬をすぼめて眉をあげた。「そういう話じゃなかったと思うんだけど、マーク」

その冷静な応対にウェーバーは感心した。彼女に子供がいないというのは考えられない。

「だいたいそういうことじゃないか。細かいことは言わないでくれよ」

「で、本当は何を話してたのかな」ウェーバーはバーバラに訊いた。醜態を人目に晒しているような、バランスを崩した、プールの浅いところで溺れている気分だった。

バーバラは密かに何かを伝えようとするような微笑みを浮かべた。「私はただここにいるマーク青年に……」

「またの名は俺……」

「……そろそろ新しいアプローチをとったらどうかと勧めてたの。カリンが何を望んでいるかを知りたいのなら……」

「今のは偽姉貴のことね――」

「もし〝腹の底を知りたい〟のなら、一番いいのは話し合うことよ。じっくりと彼女にいろんなことを尋ねるの。自分のことをどういう人間だと思ってるか。あなたのことをどういう人間だと思ってるか。昔のことでどんなことを覚えてるか。どんなことでもいいから……」

「一種の囮《おとり》作戦だろ。本音を引き出すんだよな。あいつは上からいろいろ情報をもらってるし、偽装工作もやってる。どこかでその穴を突くんだ。そうすりゃ何かが出てくる」

「ミスター・シュルーター」

マークは敬礼をした。「何でありますか」

「私が言ってるのはそういうことじゃ……」

「ちょい待ち。なんか興奮してションベンしたくなってきた。最近俺ションベンが近いんだ。なあ先生、ションベンが出にくくなるのは何歳くらいからだ」マークは返事を待たなかった。

ウェーバーはたいしたものだと思いながらバーバラを見た。彼女の計画には、神経科学の理論には望めない素朴な美点が一つある。〝脳＝コンピューター〟論者、デカルト主義者、新デカルト主義者、隠れ復古的行動主義者、薬物療法主義者、機能主義者、脳画像診断主義者の誰も思いつかず、提案するのは一部の素人だけであろう計画。副作用があったり、まるで効果がなかったりするかもしれないが、既存の医学以上にそうであるわけではない。何の成果もあげられないとしても、なお有益であるかもしれない方法。

バーバラはウェーバーと目を合わせないで、ある問いを呟いた。ウェーバーは答えた。「ほとんどがニューヨークでだ」

バーバラは不安げな笑みを浮かべて顔をあげた。「ごめんなさい！　私〝どこで〟って言いました？　訊きたかったのは〝どんな風に〟なんですけど」

「ああ。それなら答えは〝ぶるぶる震えて〟だ」

言葉は誰かほかの人の口から出たように聞こえた。だがその言葉に驚くというより、すぐに安堵を覚えた。何ヶ月かたって、隠れ場所から出てきて、ウェーバーはこの女性にどんなことでも言ってしまうかもしれなかった。このありえないほど親切に患者の世話をする看護助手に。この心を読めない女性に。

バーバラはウェーバーの告白を冷静に受けとめた。「もちろんそうでしょう。そうならないならどこかおかしいんですわ。今はあなたに対する狩猟が解禁されたようなものですものね」バーバラは手札を置いてウェーバーに見せた。《ニューヨーカー》誌最新号の風刺記事をチェックしている看護助手。だが考えうるかぎり一番自然な共感だ。バーバラは目をあげた。はしばみ色の瞳は仮面舞踏会の仮装をしているように華麗な蛾の羽の模様のように大きかった。二つの瞳はウェーバーの心を見通していた。「人間の世界ってやっぱりまだ〝つつき順序〟で動いてるんですよね。序列は想像上のものであるにしても」

「その種の競争にはあまり興味はないがね」

バーバラは頭を軽く後ろに引き、さっきマークに向けたのと同じ面白がりつつ懐疑する表情を見せた。「興味は当然あるでしょう。この本は先生で、猟師たちがまわりをうろついてます。この関係は想像上のものじゃありませんわ。猟師たちがあなたを捜しまわってますから。先生はどうされるおつもりですか。ごろんと寝ておなかを見せます？」

やんわりとした苦言。相手のことを思っての小言。バーバラはウェーバーを完全に信頼している。が、どういう根拠に基づいて？　会った時間は延べ一時間半くらい、あとは著書を読んでいるだけ。

それでもシルヴィーに見えていないものが見えている。この女性はウェーバーを落ち着かなくさせる。なぜだろう。あの手厳しい書評を読んだ時、どう思ったろう。今、元の患者の家で何をしているのだろう。この二人は親密な関係なのか。それは馬鹿げている気がする。退院して数ヶ月たった患者を個人的に訪問する。前に取材をした物書きがまた訪ねてくるのも普通ではないが、それ以上に看護助手の仕事の一部とは思えない。だが自分もこうしてまたやってきた。バーバラはこちらをじっと見て、何の目的があるのだろうと考えている。それを訊かれた時、ウェーバーはどんな答えを返せるのか。ウェーバーは無言のまま立っていた。もう本当にごろりと寝て腹を見せてもいいという気になって。

マークがズボンの前を閉めながらバスルームから出てきた。頭を振り動かしているさまが、今までウェーバーが見たことのないほど元気な感じを与える。「よし。それじゃ計画を話す。俺はこうしようと思うんだ」

声が金属的で遠い音に響いた。近所の物音のせいでウェーバーには言葉が聞き分けられなかった。バーバラの卵形の率直な顔がまだこちらを見つめて、ごく素朴な問いかけをしている。ウェーバーの宙に浮かんでいる腸《はらわた》あるいは内部の部品が、彼のかわりに答えた。

二人はカーニーのレストランでさらに話すことになった。ミネアポリスやアトランタで作られてファックスでアメリカ中にばらまいたようなチェーン店の一つで、消え去りし古きアメリカがフランチャイズ契約で快適な店に転生していた。一八八〇年代の銀鉱がモチーフの店で、大平原の町とはかなり異質な雰囲気だ。もっともウェーバーはニューヨークのクイーンズ区でまったく同じ造りの店に入ったことがある。

ウェーバーは二人で気楽に話せるという事実に戸惑った。幼なじみの間で可能な、ツーと言えばカーの、ところどころ話をはしょっても通じる、冗談をたっぷりまぶした会話。あるいは双子語《イデオグロシア》に似た言葉のやりとり。二人は油をたっぷり使って揚げた玉葱を食べながら、何が言いたいかを説明する必要のないお喋りを続けた。もちろん話題はマークの脳という、どちらにとってもつきせぬ関心の的だ。「それで、マークが薬物療法を試すことについて、先生は個人的にどう思ってらっしゃるんですか」バーバラの声は自分の考えがどちらに傾いているかを匂わせもしなかった。

なぜバーバラがマークに関心を持つのか、それがひどく気になった。自分の関心の持ち方が非難されているような感じもして。なぜマークとそんなに親密になれるのか。ウェーバーよりもマークとの共通点は少ないはずなのに。ウェーバーは首を振り、いい知恵を揉み出そうとするように髪を手で梳いた。「まあためらいながら、というところかな。こういう強力な方法については、たいてい保守的なんだ。神経化学を応用した治療法は多かれ少なかれ博奕《ばくち》の要素があるからね。瓶を揺すぶって中の船の模型を修繕しようとするようなものだ。セロトニン再取り込み阻害薬ですら、ほかに方法がないとわかった上でなければ使うべきではないと思っている」

「そうなんですか？　でも鬱病の苦しみは何とかしたほうがいいと思うんですけど」

ウェーバーはもう確信を持っていない。「あれに反応する患者の半数は偽薬にも反応する。毎日十五分間の運動と二十分間の読書のほうが、たいていの抗鬱剤より効果があるんじゃないかとする研究報告を読んだことがある」

バーバラは目をしばたたいて小首を傾げた。「私は一日に三、四時間本を読むけど、おかげで安心して暮らせるというわけじゃないですね」

自分よりも読書家の女性。それでも暗い鬱屈を抱えている女性。どちらも外見からはまるでわからないが、今は明白なように思えた。「そうかね？」ウェーバーは口をゆがめた。「それじゃ二十分に切り詰めてみたまえ」

バーバラはにやりと笑って、あ、そうかという仕草で額をちょんと叩く。「はい、先生」

「しかしマークにはいいかもしれない。役に立つ可能性があることはこれしかない」その二つが違うことであるのは承知しているが、そのことは何も言わなかった。

バーバラはマークのことを話したくてたまらないという様子でいくつも質問をした。二人はカプグラ症候群から重複記憶錯誤、変態間妄想症候群と切れ目なく話題をつないでいく。バーバラは病態失認――証拠を見せられても自分の病態がわからないこと――についてとことん質問した。「どうも私の頭では納得できないんです。先生はこのラマチャンドラン〔『脳のなかの幽霊』の著者である神経科学者〕という人の言うことは正しいと思いますか。脳には小さな〝天邪鬼な〟サブシステムがあってそれが調子を狂わすというのは」

バーバラはウェーバーの著書だけでなく、もっと多くの本を読んでいるようだ。そしてそれらの本の内容についてウェーバーよりずっと熱心に話したがっている。ウェーバーは首を大きく傾けていた。耳が肩にくっつきそうで、どことなく犬を思わせる姿勢だ。ウェーバーは尋ねたかった。**君は何者なんだ。君自身でない時は。**だが実際にはこう訊いた。「看護師はもうどれくらいやってるのかね」

バーバラは首をすくめた。「看護師じゃないです。ご存じでしょう。看護助手。ヘルパーなんです」こっそり盗むように、揚げた玉葱の花から小さな輪を一つとった。

「看護師の資格をとろうと思ったことはないのかな。セラピストになろうとか」ウェーバーは一つの仮説を立てはじめていた。この人は何らかの事情で周囲から批判を浴びてそれが骨身にこたえたのだ。最近の自分と同じように。これもまた自分たちのつながりの一つだろう。

「医療関係の仕事をそう長くやってるわけじゃないんです」

「それ以前は何をやっていたんだね」

バーバラはきらりと目を光らせる。「何だか先生の次の患者になった感じがするのは気のせいかしら」

「申し訳ない。今のはちょっと不躾《ぶしつけ》だった」

「いいえ、謝ってくださらなくていいんです。ほんとは嬉しいんですよ。身の上についてちゃんと訊かれるのは久しぶりだから」

「詮索はやめると約束する」

「いいんですよ。ほんとに、いい気分なんです……中身のあることを話すのは。私、そういう機会があまりなくて……」バーバラは視線をそらした。ウェーバーはバーバラをちらりと見た。知的な意思疎通の切れ端なりとも手に入れたいと渇望した。彼女が自己追放の地に選んだこの土地、知性を信用せず言葉に怒りを向けるこの場所で。

「君は……一人なのかな。友達はいないのか。結婚していないのか」

バーバラは笑った。「今の時代、結婚は何回したことがあるのかと訊かなくちゃ駄目ですよ」

「すまない！　どうも私は鈍感だ」

「先生は謝ってばかりですね。本気ですまながっているのかと思ってしまいそうですよ。それはともかく答えは、二度です。一回目は二十代の一時的な心神喪失のせい。いずれの当事者にも有責事由のない離婚をしました。二番目は私が子供を作るかどうかの決断に時間をかけすぎたせいで壊れちゃいましたね」

「ちょっと待って。元のご主人は君が子供を作りたがらないという理由で離婚を望んだのかね」

「跡取りが欲しかったんです」

「何者だろう。英国国王？」

「たいていの男は王さまですよね」

ウェーバーはバーバラの顔をじっと見ながら、美に対する免疫をつけてくれる神経科学の知識が欲しいと思った。七十代後半になってアルツハイマーを患い、外に何が見えるわけでもない窓辺でぼんやり坐っているバーバラを想像してみた。「で、子供は欲しくないと」

「さっきの神経のサブシステムですけど。だいたいいくつくらいあるんですか。何だか私、節操のない選挙人団の気分になってきてるんです」

バーバラはウェーバーを利用していた。ウェーバーをというより、いろいろごちゃごちゃ考えている脳で手近にあるものを。そこに自分をぶつけて跳ね返らせるために。「ああ、政治の話。それなら私はもう帰ったほうがよさそうだ」

だが帰らなかった。二人はウェイトレスがもうコーヒーを注ぎ足しにこないのが明らかになるまで話しつづけた。駐車場でも、ともにウェーバーの車に寄りかかって、さらにひとしきり話した。話題はふたたびマークのことに戻った。逆行性健忘のこと。事故の夜の記憶は、かりに本人には無理でも理論的には取り出しうるものとして、脳の中にまだ残っているのかどうか。

「彼はバーにいたと言っている」とウェーバーは言った。「ハイウェイ沿いの踊れる店だそうだ」

バーバラは微笑んだ。ひどく寂しげな微笑みだった。「その店、見たいですか」

その時初めて、ウェーバーは自分が鎌をかけていたことに気づいた。

「でもその前に奥さんに電話してください」

「どうして……?」

「そうしてください。今夜はずっと一緒にいるわけですから。私も結婚生活経験者だから、踏むべき手続きは知ってます」

ウェーバーは携帯電話を出してシルヴィーに毎晩定例の連絡を入れた。内心の読めない女性は、ウェーバーの電話の邪魔をしないよう十数メートル離れたところで、薄手のスエードのコートの上から自分の身体を抱き、輪を描いて歩いている。

それからウェーバーのレンタカーで〈シルヴァー・ブレット〉へ行くことにした。エンジンをかけるとラジオが生き返った。リンカーンからやってくる時に見つけたクラシック音楽専門局だ。ウェーバーはスイッチを切った。「ちょっと待って!」とバーバラが言う。「それつけておいてください」

ウェーバーはまたラジオのスイッチを入れ、車を駐車場から無人の道路に出した。複数の高い声が絡み合い、それが真鍮のカーテンに乗っている。よその惑星から来たような交唱《アンティフォナ》、失われた思考法。

「まあ」バーバラが気分の悪そうな声を出した。ウェーバーはちらりと目をやる。暗がりの中で顔が緊張し、目が濡れていた。見ないでというように掌を掲げて顔をそむけた。「ごめんなさい」と湿った声で言う。「あ、ごめんなさいだなんて。今度は私が謝ってるわね。でも何でもないんです。気にしないでください」

「モンテヴェルディに何か思い出があるとか」ウェーバーは推測を口にした。

バーバラは強く首を振った。「こういう音楽は聞いたことないです」外国の侵略軍がもうすぐ攻めてくるというニュースを古い鉱石ラジオで聞いているような聞き方だ。一節の半分が過ぎたところで、バーバラは手を伸ばしてラジオを切った。車が町を出て暗い田舎道を走る間、二人はずっと黙っていた。バーバラは手ぶりだけで道案内をする。ふたたび口を開いた時に出た声はさりげなかった。「このすぐ先です。マークが事故を起こしたのは」

ウェーバーは目をこらしたが何も見えなかった。何の特徴もない。サウスダコタ州からオクラホマ州までのどこと言っても通じそうだ。二人は秋の闇の中を走った。ヘッドライトが何もわからないまま永遠に前方へ押し進んでいく。

ダンシングハウスでは大音量で音楽が演奏され、音は鼓膜をトランポリンにしてはねた。「ありがたいことに今夜はトップレスの夜じゃないみたい」とバーバラが叫んだ。「これ、事故があった夜に演奏してたバンドですよ。マークの好きなバンド」

ウェーバーはこのバンドのことは知っている、マークの音楽の好みのことは君と同じくらい知っていると言いたかった。バーバラのマークに対する心遣いは自然なもので、自分のは目的を持ったものであるのは腹立たしかった。

二人は隅に空いた仕切り席を見つけた。バーバラがカウンターへ行って、畝《うね》模様のあるプラスチックのコップに注いだ色の薄いビールを二つ持ってきた。身を乗り出してきて、ウェーバーの耳に怒鳴った。「〝**君はこう自問するかもしれない。なぜ自分はここにいるんだと**〟〔トーキング・ヘッズの歌『ワンス・イン・ア・ライフタイム』の一節〕」

「何かね、それは」

バーバラはウェーバーの顔を見て、本気で言っているのかどうか確かめた。「何でもないです。〝私の世代のことを話してる〟〔ザ・フーの歌『マイ・ジェネレイション』の一節〕だけ」

ウェーバーは両腕を扇のように広げた。「この人たちは常連？」バーバラは肩をすくめる。「ほとんどは。「あの夜いた人もいるかな。マークと二人の友達が……」音楽がウェーバーの言葉を呑みこんだ。

バーバラは両肘をテーブルについて前に身を傾けた。「警察はいろんな人に事情聴取したんです。でも誰も何も知りませんでした。何か知ってる人は誰もいないんです」

二人とも仕切り席で飲み物を飲んだ。それぞれに首を潜望鏡のように伸ばして店の中を眺めた。ウェーバーはバーバラを観察した。間近で見ると、顔は誕生日までの日にちを数えている子供に似ていた。この女性の説明のつかない孤立が気になった。何かが起きたせいで、バーバラは自分をある姿勢の内側に封じこめてしまったのだ。ある奇妙な自信喪失のせいで、自分の能力を生かさない低いレベルで生活をやりくりしている。彼女は自分の中の一部を失い、あるいは捨て、人と競い合うのをやめ、日ごとに停止不能なものになっていく集合的な営みへの参加を拒んだ。ひょっとして前頭前皮質の損傷が原因で隠者的になってしまったのか。いや脳損傷がなくてもそれは起こりうる。ウェーバーにはバーバラが社会から一歩身を引いている理由がわかる気がした。自分たち二人には何か絆がある。カプグラ症候群というきわめて奇妙な症状を患った男を、まるで孤児の世話をするように共同で援助しているというつながり以上の何かがある。この女性も、自分が経験している危機をくぐり抜けてきたのだ。

バーバラはウェーバーの視線をとらえて探りを入れてきた。狭い仕切り席のテーブル越しに手を伸ばしてきてウェーバーの手首をつかんだ。「それじゃ、〝ぶるぶる震えて〟というのはこういう意味なんですね」

握られた手が麻痺してきた。身体全体が細かく震えた。自分の体重の何倍も重いものを頭上に持ちあげようとしているように。

バーバラが上体を傾けてきてウェーバーの顎を持ちあげた。「いいですか。彼らは何者でもない人間です。あなたに対して何の力も持ってないんです」

少したって、その彼らが誰なのかわかった。審判をする公衆のことだ。「いや持ってるようだよ」とウェーバーは応じた。こちらが彼らに対して持っている以上の力を彼らは持っている。人間の大脳皮質はまず複雑な社会的上下関係の中を泳ぐうちに進化した。認知の半分、現在働いている主要な淘汰圧は、頭の中の群れに発している。

そして彼らの力によって形作られたバーバラの脳はウェーバーの脳を読んだ。「猿山の政治力学なんて気にすることないじゃないですか。毛繕いや策略のことは。大事なのは、自分の仕事はこれでいいんだという感覚でしょう」

そのこれでいいんだという感覚がなくなってしまった。そして略式判決だけが残ったのだ。バーバラは小首を傾げて反応をうかがった。その途方に暮れたような仕草に刺激されて、ウェーバーの口から言葉が流れ出た。「そこが問題でね。書評の指摘はまったく正しい。私の仕事は非常にうさん臭いんだ」

この女性にここまで告白するのは、けっこう快感だったりした。バーバラは目を細めて首を振る。

「どうしてそんなことをおっしゃるんです」

「私がここへ来たのはマークを助けるためじゃなかった。最初は違ったんだ」音楽がリズムを強打しつづける。周囲の人々はみなほかの人々を作ろうとしている。ウェーバーは自分が飲んでいるビールの泡より複雑なものを見るのが耐えられなかった。「単純なナルシシズムだよ、そもそも彼を助けられると思うのはね。できるのはせいぜい化学的なショットガンを差し出して、さあこれを使ってくれ、あとはいい結果が出ることを祈ろうと言うことくらいなんだ」

バーバラは親指の背中でウェーバーの指の関節を撫でた。まるでずっと前からそれをしつづけているかのように。

「いったい脳科学がマークのためにどう役立ってるというんだ。傲慢もいいところだよ。一種のぺてんだ。私はこんなところで何をしてるんだろう」

バーバラはウェーバーの指を押さえつづけていた。背骨が前に曲がった。彼女の中にウェーバーの欺瞞の感覚を共有しており、それを自分の身体にとりこんでいた。彼女の目だけが確信させた。共感は眩暈を引き起こすことを。バーバラはウェーバーの手首を持って宙で振る。手の震えはほとんどとまっていた。「もうたくさん《バスタ》。鞭打ちの苦行はここまで。踊りましょう」

ウェーバーはびっくりして身を縮め、仕切り席の背もたれに背中をつけた。「私は踊れない」

「何言ってるんですか。生きてるものはみんな踊るんですよ」バーバラはウェーバーの怯えた顔を見て笑った。「いいからこっちへ出てきて、身体をくねくねさせて。身体の蚤をとってるみたいに」

ウェーバーはあまりにも気力が萎えていて抗弁できなかった。タグボートに引かれる故障した貨物船のように、ダンスフロアの真ん中へ引っ張り出された。バーバラの航跡のあとを心もとなくたどりながら指示を待ったが、一つも与えられない。あまり気心の知れない女性とバーで踊るのは不安だった。仕事を全然せずに一日を過ごす時のように。しかしこれは単純なことで、互いに避難所を与えることを即興でやっているにすぎない。それを不倫のように感じるのはほとんど滑稽なこと――よく冗談でシルヴィーに言う〝死んだ武器による暴行《アソールト・ウィズ・ア・デッド・ウェポン》〟〔凶器による暴行（アソールト・ウィズ・ア・デッドリー・ウェポン）のもじり〕だ。

ウェーバーとバーバラはもぞもぞしながら徐々に打ち解けていく。周囲で人が動いていた。サルサにブギ。ボックスステップにリズミカルなつまずき。アパラチア山脈の貧乏白人が弾くようなフィドルと激しく掻き鳴らされるギターで演奏される店専属バンドの音楽に、その身悶えするような奇妙な踊りはぴったりだ。隣ではウェーバーたちより若いカップルが目を見つめ合って猛烈に足を動かしている。もう少し離れたところでは、ポンカ族の末裔がグラウンド・ストンプ・アンド・スキャンの一つのバリエーションを踊り、そのパートナーが思いきりジャンプしていた。あちこちで膝が前に蹴り出され、肩が揺らされている。バーバラの言うとおりだ。生きとし生けるものが月の引力のもとで身体を揺すっていた。

バーバラが笑った。「上手上手！」

ウェーバーはまぬけな姿を晒していた。秋に鳴き声をあげながら不器用に羽搏く鵞鳥の雛。それでも身体はビートで脈打っていた。音楽がやんで踊り手たちを置き去りにした。恥の水溜まりの中に立ったウェーバーは、空虚を満たしたい欲求に駆られた。「あの夜、マークと二人の友達は踊ったと思うかね」

バーバラは眉をひそめて考えた。「ボニーはここにいなかったと言ってます。でも、だからといって女の人が一緒じゃなかったとは限りませんよね。三人がお酒やお酒以外の嗜好品を愉しんでいたのは確か。マークがそう言ってました」

また音楽が始まった。重厚なブルーグラスメタルの曲だ。軽い全知の波がウェーバーの上に降りてきた。ダンスさえもがあまりに濃厚に感じられて耐えがたい。「さあ、そろそろ出よう。ここにいても何もわからない」

バーバラも間違いなくそれを感じているとウェーバーは思った。崩壊のスリルをたっぷりと。今の二人はどこの誰でどんな人生を送っていてもおかしくない。知り合いに見つからないところに隠れているのだ。バーバラの顔もウェーバーの顔と同じように表情が不安定だが、別に何も気にしていないというふりをしていた。バーバラが出口を見つけ、二人は煙草の煙と騒音から星空のもとに出た。ウェーバーは意外にも気持ちが落ち着き、無力であるがための静穏を感じた。バーバラも一緒にこの沈黙に心を解放したのがわかった。空気は乾き、収穫の匂いが濃密にこもっていた。ウェーバーは靴底で砂利をこするようにして車のほうへ歩いた。バーバラがその肘をとって引きとめる。

「しーっ。耳を澄まして！」

ウェーバーはまたそれを聞いた。今度は夜のバージョンで。昆虫の嵐と昆虫を狩るものたちの立てる甲高い声。時折梟が鳴く。**誰があなたのために料理をする《フー・クックス・フォー・ユー》？** **誰があなたを捜す《フー・ルックス・フォー・ユー》？** 交唱の応答を返しているのは、きっとコヨーテだろう。すべての生物は人間の出す声や立てる音を聞いて音声のもっと大きなネットワークの一部にすぎないと認識する。あらゆる種類の生物にとって、広い道路に面したバーは風景の連続した殻の一つの盛りあがりにすぎない。生物群系の中で利用できる一つの集合点にすぎない。

バーバラが目をあげてウェーバーを見た。今まで会った中で一番孤独な女性。必死に人とのつながりを求め、自分の頭がこの現実を作り出したのではないという証拠を求めている。だがマークに手紙を残した謎の人物と同じように、ウェーバーは何もせず、相手が見逃してくれるのをじっと待っていた。バーバラの問いかけてくる目から視線をもぎ離し、車のほうへ歩きだした。そこへたどり着く頃には、一番物わかりのいい聞き手である自分自身にすら弁解できなくなっていた。確かに自分はシュルーター姉弟に償いをし、自分の気持ちとの折り合いをつけるために戻ってきた。だがこの生物に満ちた夜の物音を聞き、腕を風に軽くついばまれながら、世間から一歩引いたところで隠れるようにして生きている女性に見つめられて、ウェーバーは自分もまた消失を望んでいることに気づいた。

カリンはロバート・カーシュに助言を求めにいった。ダニエルの助言は倫理感に曇らされている。そもそも薬というものは益より害のほうがうんと多いというのがダニエルの考え方だ。だが所詮ダニエルにとってマークは赤の他人。姉である自分としては主義主張のために血を分けた弟を犠牲にするわけにはいかない。

ロバートにはあれから二度会った。お酒を飲みながら、ずっと会っていなかった頃のお互いの話をし合った。別に犯罪的なことではないし、自分でコントロールできないことは何もしていない。カリンはかなり長いこと快楽なしで来ているので、何度か心弾む時を持ったからといってシステムがリセットされることはないのだ。ロバートは昔使っていた実名のわからないメールアドレスで連絡してきた。ロバートは朝食を一緒にとろうと誘ってきた。「ちょっと気分を変えてさ。試合終了後の番組をやるんだ。試合なしで」

以前なら腹を立てただろうが、今のカリンはただ一緒に朝食をとって、ごく普通の関係の大人同士の話をすることしか望んでいない。犯罪者のようにこそこそ人目を避けるのはごめんだ。店はロバートの職場に近い〈メアリー・アンズ〉という安食堂にした。入っていくと、ロバートがぱっと席を立って頬に軽くキスをしてきた。この唐突な動きにカリンは身をすくめた。

だが、ただ朝食をとるだけだ。カリンは坐って注文をした。自分に必要なのは、会計検査のように敏速かつ非情なロバートの頭脳だけなのだ。カリンはジェラルド・ウェーバーから薬物療法を提案されたことを話した。「抗精神病薬だって」と囁く。ロバートはうなずいただけだった。カリンはダニエルが挙げる反対の論拠のうち、一番恐いものをロバートにぶつけてみた。「弟が気分変調物質の中毒になっちゃわないかと心配なのよ」

ロバートは首を振りながら自分たちの朝食を手で示した。「でもコーヒーだって気分変調物質だ。スペイン風オムレツも。確か君にも中毒になってる食べ物があったはずだ――あのスイスの三角形のチョコレートとかね。あれを食べると軽く頭がくらくらっとするだろう」

「これはチョコレートとかそういう話じゃなくて、抗精神病薬なのよ」

ロバートは肩をすくめて両手をひらひらさせた。「君は時代後れなんだよ、ウサギちゃん。アメリカ人の半分は何かしら向精神薬っぽいものをやってるから。まわりを見てごらんよ。そこらにいる人たちを」そう言って、ジョギングスーツを着た老人四人組のテーブルと、メノー派信徒の家族のテーブルの中間あたりのほうを手で示す。「ほぼ半々なんだ。アメリカ人の四十五パーセントが何かしら行動変容作用のあるものをやってる。抗不安薬。抗鬱薬。いろいろある。そういうものがないとやっていけない。みんなラリッてるんだよ。俺にもいくつかそういうのがある」

カリンはたじろいで相手の顔を見た。前にはなかった肩に力の入らない感じ、この余裕のある謙虚な態度は、何かの薬物が原因なのか。以前からふっくらしていた顔がさらに脂肪の層を重ねたように見えるのも、化学物質のせいにすぎないのか。しかし考えてみれば、そもそも脳はいろいろな種類の気分変調物質にまみれているそうだ。マークの事故以来読んだどんな脳科学の本にもそう書いてある。カリンはげんなりした。期待していたのはこんな寛大で思索的な男ではない。ロバートらしさが炸裂してほしかったのだ。「でも抗精神病薬なのよ……」

ロバートはまたあれをやっていた。右手で左手首の脈をとりつづける仕草を。昔はこれに苛々したものだが、今は何か恐い感じがした。ロバートは人差し指を宙に立てて伝道師のモードになった。「〃一グラムは畜生《ダム》！　なんていうより効くんだってことを忘れないでほしいね〃〔オルダス・ハックスリー『すばらしい新世界』松村達雄訳、講談社文庫〕」

「何それ」

「覚えてないのか」ロバートは唸るような声で言う。「高校で読まされたはずだ。高校って覚えてるよな？　君は記憶力を高めたほうがいいかもしれない」

「私よく覚えてるけど、あなたをセイディー・ホーキンズ・ダンス〔女子が男子を選んで同伴する高校や大学のダンスパーティー〕に連れていった時、あなた、土手の向こうでトリュフをあさる豚みたいにフゴフゴ言いながら、あのあばずれのクリケット・ハークネスに鼻をこすりつけてたよね」

「文学の話をしてたと思ったけどな」

「私の弟の未来の話をしてるのよ」

ロバートは頭をさげた。「これは悪かった。何が心配なのか話してくれ。考えられる最悪のケースと最良のケースのことを」

四六時中無言の批判を受けつづけるのでなく、ただ単純に話を聞いてもらうというのはいいものだった。男の人の前で、喫煙者であることを隠さず煙草が吸えるのはさらによかった。カリンはマークについて心配していることを全部話した。マークが自傷行為をしはしないか。誰かに危害を加えたりしないか。また何か新しい不気味な症候群が現われてまた一歩人間らしさから遠ざかりはしないか。薬物療法でさらにわけのわからない人になっていくのではないか。「もう参ってるのよ、ロバート。荷物をまとめて出ていこうとしたんだけど、それもできなかった。まさにマークの言うとおりよ。私は代役なの。だってそうでしょ。今の私って、笑っちゃうもの。カメレオン人間よ。芯のところに自分ってものがないの。みんなのお友達だけど、それだけのこと。マークは私を偽者だって言う。そのとおりよ。私がやることは全部何かのふりにすぎない。誰かが私にやってもらいたがってると思うことをやるだけ……」

「おい、まあ落ち着けって」とロバートがたしなめる。「君に何か回してやったほうがいいかもしれないな」

カリンは思わず曖昧な笑いを漏らした。それからダニエルが調べたオランザピンをめぐる訴訟のことを、自分で見つけた情報だというふりをして話した。ロバートは手帳にメモをとった。

「うちじゃ何人か弁護士を飼ってる。何かわからないか調べさせてみるよ」

ロバートと話しているだけで、不思議なくらい安心感が湧いてきた。もちろんロバートもダニエルに劣らず考えに偏りがある。二人とも何がマークにとって最善なのか答えが出せない。だがロバートの反論を聞いていると解放感を覚えた。判断の誤りはもう自分の頭だけに降りてくるのではなくなるからだ。

ロバートがカリンの脈をとった。「その方法でいくとしても、まだ一つ問題が残ってるよ」

「何?」

「マークにどう協力させるか」

「薬を呑むのに? それが問題?」カリンは痛いところを衝かれたと思いながらも鼻で笑った。

「どう呑みつづけさせるのか。あるいは徐々に量を減らしていかなきゃいけない時、どうそのとおりにさせるのか。その辺があてにできる患者のように思えないからな。突然思いついて勝手にやめたり……」

カリンはうなずいた。悩みの種がまた一つ。カリンもロバートもコーヒー摂取の限界に達した。そろそろお開きにしなければ。だが、どちらも動かない。

「さあ、仕事に行かないと」とカリンは言った。

「じゃあほんとに〈鶴保護協会〉のボランティアをやってるのか」

カリンはロバートの微笑に切り返しの笑みを向けた。「信じないかもしれないけど、実は有給なの」そのことは自分でもまだ信じられない思いなのだ。この何週間か、給料分の働きができるようになろうと、〈鶴保護協会〉が今までに出した報告書を全部読んだ。そういうのはどうかとも思うのだが、この新たな義務はマークの事故以来落ちこんでいた無力感の中から引きあげてくれた。自分の活動力を必要としてくれるところがあり、毎日が有意義になる。ダニエルと同じように、今は週に最低五十時間働いている。マークは文句を言うはずがない。偽者の姉には元々何も期待していないからだ。今のカリンは見習いとは思えないほど川の保護のことを詳しく知っている。ロバートにすれば喉から手が出るほど欲しい情報だ。

「ほんとに？」ロバートは眉を吊りあげた。「アメリカ合衆国通貨の、現金で？　それはいい。で、具体的には何をやってるんだ」

実際には何でもやっていた。荷物運び。印刷物の校正。地元の政治家や潜在的献金者への電話。電話戦術では最大の武器である顧客対応用の艶やかで音量が適度で相手に安心感を与える声を駆使した。「それはやっぱり言っちゃいけないことになってるのよ」

「なるほど」ロバートの青緑色の瞳に傷ついた無垢の心が映った。昔のままのロバート。取扱い説明書なしでもカリンを裸にできる男。カリンが自分自身と同じくらい避けられない相手。「湿地の環境保護のための極秘事項か。もっともな話だ。君と俺の個人的な歴史なんて、四十億年の進化の歴史を守ることに比べたら無に等しいものな」

二年前の同じ月、カリンは川の土手のぬかるみで、土砂降りの雨の中、裸でこの男と抱き合い、子猫のように腋の下を舐めていた。「そんなこと言われたって。これは今までやった中で一番やりがいのある仕事なのよ。私個人の問題を超えてるというより、誰の問題をも超えてるっていうのかな。今ある文書を調べてるんだけど……人間はこの百年で、それまでの一万年よりも大きな変化をあの川に与えたのよ……」

「その……文書というのは、どういう文書？」

「郡庁の書類のコピーよ。あまり言いたくないけど」もう喋りすぎるほど喋ってしまった。だがロバートはその前から見当をつけていたはずだ。平静を装っているのがわかる。この表情は以前何度も見たことがあったが、自分がその原因になれたのは初めてだ。その表情はまさにカリンの気分を変調させた。

「まあそうだな。君は何も言わないほうがいいだろうな」ロバートはあふれんばかりの愛想を顔に浮かべる。その愛想は髪が胡麻塩になってきた今、不思議と以前より少年っぽさを増していた。

「でも俺の推測が当たってたら、当たったと言ってくれるだろう？」

「それは場合によるかな」

「どういう場合？」

「かわりに何を話してくれるかによる」

ロバートは両手を広げ、掌を上にしてテーブルに置いた。「いいよ。何でも訊いてくれ」

「何でも？」カリンはくすりと笑う。「じゃ、家庭生活はどんな具合？」

ロバートは座席にもたれて、あまりにもあっさりと答えた。「子供たちは……ほんとに素晴らしい。この父親ってやつになれてすごくよかったと思ってる。毎週新しい行事があるんだ。スケートボード、児童演劇、大量に出回ってる海賊版ゲームソフト。いや、まじめな話。子供はいいよ。ウエンディーと俺の関係はまた別の話だがね」

「別の話って、何と別……？」

「いや、君の耳に入れようとは思わないよ、ウサギちゃん。君がこの町へ戻ってきたこととは全然関係ないからね。君と再会するより何ヶ月も前からのことだ」

どうやら以前打ち明けられたこととは別の話ではないようだが、今のカリンに痛みなどあろうはずもない。封筒に〝緊急〟の文字がスタンプで押してあって、〝期限が迫っています。今すぐお返事を〟と刷られている何かのダイレクトメールみたいなものだ。「わかってる。私が町へ来ようとどうしようとあなたには何の影響もないことは」

「そういう意味じゃないのはわかってるはずだ。でもあえて君にその非難を許すことで心理の綾に明敏なところを見せることにしよう」報復のために、カリンはロバートの皿に残っているベーコン半切れに塩を振りかけた。ロバートは悔悟の徴《しるし》にそれを口に入れる。「まさにこういうことを言ってるんだけどね」満面に笑みをたたえて両腕を振った。「この前これくらい自由を感じたのはいつだったかわかるかな。ウェンディーと俺はあの無菌的なコロニアル様式の家で、火災現場を見る保険詐欺調査員の目でお互いを査定し合った。俺たちはもう完全に終わってる。子供たちのために別れたほうがいいところまで来てるんだ」ロバートはガラス窓の外のセントラル通りを眺めた。

「何か面白いものでもある？　やれそうな女とか？」

ロバートはただうなずいただけだった。「何を見ても前より少し素晴らしいと思える。君がそばにいるとね」

危険きわまりない殺し文句だった。君が君であるだけで、自分は幸せになるという告白。そう言われる人になりたいとカリンはずっと夢見てきた。その弱味を知っているのはロバートだけだ。カリンはロバートの話を聞き、言い分に賛成してやり、避難用のアパートメントを借りたとか適切な支援を約束してくれている弁護士がいるといった細部にうなずいた。ロバートは今後の話をした。少なくともカリンにそこに参画する気はあるかと訊かないだけの礼儀はわきまえていた。この短い気晴らしで、カリンは頬に軽くキスされ、朝食をおごられただけ、ほかにコストはない。

ロバートはカリンの両肘をつかんで別れの挨拶をした。「弟さんの言うことは正しいかもしれない。君は確かに変わったよ」と言い、カリンが抗議の声をあげる前に付け加えた。「前よりよくなった」そしてカーニーの新しくなったメインストリートを歩み去った。

その夜、ウェーバーから電話があった。「どうかね、調子は」と訊かれた。心から案じている調子だったが、カリンは分析されたくなかった。ウェーバーの助けを必要としているのは自分ではない。マークだけだ。カリンは提案された薬物療法について新たに質問したいことをリストアップしたメモを捜し出し、尋ねようとしたが、ウェーバーにやんわりと遮られた。「私は明日の朝、ニューヨークに戻るんだ」

カリンは黙りこんだ。頭を混乱させたまま、二つの点で異論を唱えようとして、ああそうかと納得した。この人はまた手を引こうとしているのだ。今回は前回よりも早々と。薬物療法に同意しようとしまいと、もうウェーバーに会うことはないというわけだ。

「グッド・サマリタンのヘイズ先生とは今後も連絡をとり合うつもりだ。私の考えをまとめたものを先生に渡しておくよ。集めた資料も全部渡しておくし、君たちの現状についての情報も伝えておく」

「それは……どうなのか……私まだお訊きしたいことがあるのに……」カリンは〈鶴保護協会〉の資料に紛れているかもしれないメモを捜すうちに、書類の山を倒して床に落としてしまった。口荒く罵ったあとで、受話器を手でふさいだ。

「何でも訊いてくれたまえ」とウェーバーは応じた。「今でもいいし、私が家に帰ってからでもいい」

「でも私、てっきり……これからの方針を話し合うチャンスがあるんだと思ってたんです。今度のことも重大な決断をするわけで、私一人では……」

「話し合いはできる。それにヘイズ先生もいるしね。病院のスタッフも助けてくれる」

カリンは自制心が手から離れるのを感じたが、もうどうでもよかった。「これが医師‐患者関係に基づく同情ってやつですか」と声を荒らげた。言うべきことははっきり言う。それが自分のためにも、ほかの誰のためにも、いいことなのだ。この男のプロでございという落ち着き払った態度が頭に来る。こんなにあっさり帰るなんて、そもそも何でまた来たんだろう。家族の待つ家に帰るって？　玄関に出てきた奥さんに、あなたは誰？　と言われたらどんな気持ちになる？　立ち去らないと警察を呼ぶと言われたら。抗精神病薬でも呑ませるのか。「今度のことで私がどんな思いをしてるか、あなたにはわからないんでしょう」

「想像はできる」とウェーバーは言った。

「いいえ、あなたにはできない。あなたには全然わかってない」カリンはこちらの気持ちを想像できるつもりでいる連中にはうんざりだった。ウェーバーのことをどう思っているかをはっきり言ってやろうかと思った。が、マークのことを考えて、気持ちを落ち着かせた。「ごめんなさい。今のは赦しがたい暴言ですね。私この頃、ちょっとまともじゃないから」そして、先生がもうお帰りになると決められたことは理解できる、あとは自分で何とかすると続けた。それから今までの骨折りに感謝の言葉を述べて、永遠に別れを告げた。

カリンはほとんどこちらを面罵したも同然だった。あなたには全然わかってない、まるで辛辣きわまりない書評の非難をわざとそのままぶつけてきたかのようだった。あなたは何でも自分のために利用する心の冷たい機能主義者だ。興味があるのは理論だけで、人間のことは全然考えていない。

ウェーバーはカリンの気の強さにたじろいだ。自分は打つ手がないように思えた症状への治療法を提案した。それを見つけてあげようと申し出た。世界的に有名な研究者が二度、無報酬で大陸を半分横断したのだ。そうしなかったなら、カリンは弟を連れてアメリカ中を巡り歩き、役に立ってくれるかどうかわからない病院を一つずつ訪ね、頼みこむようにして診察の予約を入れてもらい、カプグラ症候群のことを多少とも知っている医者を捜さなければならなかったかもしれない。

だがウェーバーは驚くほど平静を保つことができた。少なくともあとから振り返った時、冷静だったという記憶があった。自分の感情をぶちまけたりはしなかった。そういう訓練を受けているから当然のことだ。覚えているかぎり、仕事関係のことで癇癪を起こしたことは一度もない。ウェーバーはカリンに説明したかった。**帰る理由は君が考えているようなものじゃない、**と。だがそのように言うのなら、本当の理由を説明しなければならないだろう。

カリンが無言でした一つの非難は正しい。ウェーバーは心理学者ではないという点だ。人間の行動は彼が学者の道を歩みはじめた頃も不明瞭なものだったが、今は宗教的な神秘以上に曖昧模糊としたものに思える。ウェーバーにはどんな人間も理解できない。カリンの心の中などさっぱりだ。最初はこちらの助力に感謝していたのに、今では何の根拠もなく当然の権利と考えている。助けてほしいと懇願するうちにも、弱さが攻撃性に変わっていく。ウェーバーはこれまでずっと人間の不合理な行動について研究を続けてきたわけだが、カリンがああいう言葉を投げつけてくるとはまるで予想できなかった。

確かにウェーバーが生涯の研究対象と定めている脳神経の障害の研究は健常人の心理の研究と連続スペクトルでつながっている。だが脳神経に障害を負った患者の症例で彼が懸命に解明しようとしていることからは健常人であるカリンの怒りは説明できない。カリンからの電話を一方的に切ってしまったとしても職業倫理に反すると断罪されることはないはずだ。実際には電話を切らずに相手の感情をすべて感じとった。ただし遠いところからそれを感じているような具合に。それと同じような状態になった若い女性患者を以前に診たことがある。痛覚失象徴といって、優位側頭頂葉の縁上回が損傷を受けることで発症する。**先生、痛みがあるのはわかるんです。ちゃんと感じられます。ひどい痛みなんですけど、もう私には何でもないんです。**あちこち痛むが、もう辛くないというのだ。

ひょっとしたらウェーバーは脳に損傷を受けたが、機能の代償が完全に行なわれたのかもしれない。ただ電話では形だけなぞるような反応しかできなかった。ジェラルド・ウェーバーという人間ならどう対応するだろうかと考えて。そしてカリンに言いたい放題言わせて、弁解はしなかった。質問にはできるだけ率直に答えた。電話を切った時には半端でない屈辱を覚えていたが、屈辱を受けたことなどどうでもよかった。自分を打ちのめすものは同時に高揚させてもくれ、身体がふわふわ浮きあがりそうだった。六十歳を目前に控えた今、生涯かけて解こうとしてきた謎が明らかになるかもしれない状況にある。そんな時、一つの期待が、薬物以上に激しく作用していた。ウェーバーは社会的にはまったく取るに足りない人、どういう人だかさっぱりわからない女性に恋してしまったようなのである。

グッド・サマリタン病院のヘイズ医師に電話をかけると、医師は温かい挨拶を送ってきた。「今あなたの新しい本を読んでいるところです。まだ読み終えてませんが、なぜ批判の大合唱が起きているのか理解できませんね。今までの本と変わらないじゃないですか」

実はウェーバーも同じ壊滅的な結論に達していた。過去の著作はどれも今の漠然とした不名誉をひどくするばかりだ。ヘイズ医師にこちらへやってきてマークに会ったことを話した。ヘイズ医師は沈黙した。ウェーバーはマークの症状悪化のこと、《オーストラリア・ニュージーランド心理学雑誌》で読んだオランザピンによる治療のことを話した。

ヘイズ医師はすべての点に同意した。「もちろん、私が六月にその方向での治療を考えていたことは覚えてくださってるでしょうね」

ウェーバーは覚えていなかった。相手にどう思われるかは承知の上で、会話を終結のほうへ徐々に押しやり、最後に息の根をとめた。その夜、車でリンカーンへ行き、飛行機のキャンセル待ちをした。空港からマークに電話をかけて別れの挨拶をした。

マークは冷静だった。「帰っちまうかもしれないとは思ってたよ。しかし慌てて引きあげるんだな。今度はいつ来るんだい」

ウェーバーはわからないと答えた。

「もう来ないってか。俺だってほんとの生活に戻るだろうけどな。戻り方がわかれば」

マークは近頃何をやっても駄目で、うまくやれるのはいろいろなテストでしくじることだけだ。まずはシュリンキーを落胆させた。なぜだかよくわからないが——たぶん最近やった問答の結果がよくなかったせいだろう——まるでコハナバチの群れが火の棒みたいになってケツから飛びこんできたみたいにとっとと町から出ていってしまった。シュリンキーが逃げるとすぐ州軍がやってきた。前に何かにサインしたので、祖国がぜひ奉仕をしてくれと求めてきたようだ。

例の誰かさんが——少なくともこの女は頼りになるんだが——車でカーニー市街地の新兵募集事

務所まで連れていってくれることになる。ずっと前にトミーと一緒に行った場所で、あの時は国土の安全のためにマークに何ができるかを話し合いにいったのだった。車の中で推理を巡らす。特技兵トミー・ラップは、マークが何かの公的書類にサインしたとされる時よりあと、道路から何者かに押し出される直前に、マークと無線機で交信していたことをついに認めた。例によってわけがわからないが、政府が関与しているのは確かだ。もっとも政府がいろんなことに関与しているなんてことは脳みそがなくてもわかる。

州軍の新兵募集事務所では、カリン似の女と事務所の責任者が、マークにはよくわからない深刻な話し合いをする。偽カリンは契約をご破算にしようとしているらしく、病院の書類を出して、弟は今健康を損ねているのだ、などなどと主張する。だがもちろん軍にはそんな戦法などお見通しだ。マークに対して祖国のためにいくつか質問に答えるよう求めてくる。マークは精一杯答える。本当に精一杯。アメリカが包囲され、また自由になるためにどこか外国のケツに鞭をくれてやらなければならなくなった時には、自分だって行く。ほかのみんなと同じように。だがいくつかの質問には笑いこけてしまった。次の問いにイエスかノーで答えよ。**生まれも育ちも全然違う人たちとの出会いは人としての成長を助けてくれると思う。**うーん、そりゃ場合によるぞ。もしその〝人たち〟が銃で武装して俺の乗ってる飛行機をどこかへ衝突させようとしているアラブ人ならどうかな。**同じことの繰り返しや変化のない状況に腹を立てることがよくある。**たとえば、この質問タイムみたいな状況？　マークは州軍の医者に訊く。湾岸戦争から十年、やっと俺たちはやりかけた仕事を終わらせるために、あのカマ掘りサダム《サダマイザー》を始末する準備をしてるってほんとですか。だがいかめしい先生は信じがたいほどくそまじめだ。それはわからない。それより質問に答えてくれたまえ、と来た。どうやら超極秘の機密が絡んでいるらしい。

カーボン・カリンは家に帰る途中で自分の意見を言う。本物のカリンの意見に近いんじゃないかと思える意見を。**家族こそが私たちの祖国**、てな調子のやつ。俺はすぐにこの日のことを忘れたが、一週間後、ネブラスカ陸軍州軍から手紙が来た。封筒には星印の輪の中に愛国者が立っているロゴがついている。中の文面は要するに、〝電話はするな、こちらから電話する〞ってやつだ。

　それから三つ目の空振りをしてしまう。偽姉貴が、会社からの小切手支給が事故からちょうど一年目でとまると漏らした時だ。偽姉貴は言ってすぐ、しまったという顔をした。聞かせちゃいけなかったというように。それに気づいて俺はもちろん、おやと思った。小切手が来なくなることであの女が恐がる理由は何もない。だが言うまでもなく、あの女が抱えている秘密は何か重大なことではないかと俺を怯えさせる。

　さっそく会社に電話をした。素晴らしい食肉加工技術についてのPR用録音音声を聞かされたり、まぬけな社員が応対するあちこちの部署をたらい回しにされたりして、百万分ほど待たされたあと、やっと俺のことを把握しているらしい人間にたどり着く。どうも嫌な感じがする。トミーとドウェインが先回りして、連中の側のストーリーを聞かせているのではないか。誰もがこっちに秘密にしているストーリーを。人事部の人間は、再就職の申請をするにはまた新しいテストを一通り受けて、グッド・サマリタン病院から診断書を出してもらう必要があると言う。再就職ってなんだよ？　俺は社員だぜ。すると人事部の人間が無礼な口をきき、それに対して俺が、切断作業場でヒスパニックの不法移民が三十人働いてるのを連邦の役所に知らせてやろうか、みたいなことを言い返す。口先だけの脅しだ。目下のところ俺は連邦の役所と折り合いがいいとは言えない。向こうが電話を切った。病院でテストを受けるしかないだろう。そっちのテストはうまくやる自信がある。けっこう経験を積んでいるからだ。ただ病院は俺に腹を立てていそうだ。治療ごっこ《セラ・プレイ》をやめたから。病院はものすごく変な質問をしてくるだろう。そいつにまたしくじるのは目に見えている。

　ともかく空振りが三つ。ルールに従って、打席から出た。ただし、まだくそみたいな状況のただ中にいる。どうやら本格的に失業したらしい。テレビゲームで言えば生きるか死ぬかの瀬戸際、爆発までのカウントダウンが始まっている。事故の一周年記念日までに、手術台で何をされたのか突きとめなければならない。ただ一つの希望は、事故に遭った自分を発見してくれて、置き手紙を残してくれた守護天使、すべてを知るただ一人の人だ。

　あるプランが浮かぶ。もっと前に思いついてもよかったプランだ。この界隈でごたごたがなかったら、実際思いついていただろう。とても単純なプラン。傑作なのは、政府当局に対応を強制することになる点だ。公衆に訴えるのだ。テレビ番組『事件解決人《クライム・ソルヴァーズ》』で例の置き手紙を世間に公表する。付近の四つの郡の住民はみんなラミネート加工された手紙がテレビにアップで映るのを見ることになる。**私は何者でもない。でも今夜ノースライン・ロードで……**もしあの夜何が起きたかを知っている人たち――洗脳されていない本物の市民がまだ生き残っているなら、証言してくれるはずだ。今この一帯を支配している権力が彼らを妨害し沈黙させようとしたら、そのことを中央ネブラスカの住民全体が知ることになる。

　一年前ならこんなみっともない方法は考えなかっただろう。くだらない番組だからだ。観ていると脳みそがぐちゃぐちゃになるローカルテレビ局の番組の中でも最悪の部類なのだ。女の記者と男の警察官のコンビが大曲がり地域のあちこちへ行って、その辺の住民の未解決事件とやらに関心を持っているふりをする。明らかに本当の目的は、小麦畑のカメラに映らないところへ行ってめちゃくちゃ姦《や》りまくることだ。二人が追っている複雑怪奇な事件は、四つに三つまでが、頭の悪そうな女が夫が何週間も前から行方不明だとめそめそ泣くようなやつだ。奥さん、メイドをやってるメキシコ人の小娘のアパートをあたってみましたか。ごくたまに面白い事件もある。ホールドリッジの待避線で貨車から盗まれた無水アンモニア入りのタンク二つが、ハートウェルにある大きな古いメタンフェタミンの地下密造所で見つかった事件とか。ノースプラットでサスクワッチ、すなわち大平原の毛むくじゃらの山男が夜ごみ缶を漁っているところを目撃され、続いてオガララからリッチフィールドにかけての至るところで見たという報告が寄せられたが、蓋を開けてみるとそれは電話会社の電気工事士が違法に飼っていて逃げられたマレーグマで、当惑してうろうろしていた熊は数百人の妄想に怯えてヒステリックになった人間にぶち殺されてしまった。

それでも『事件解決人』は最後の希望だ。マークは無給の見習い学生がやっている〝ストーリーハンター〟と電話で話す。うまく興味を惹くことができて、あの有名なトレイシー・バーがカメラマン一人を連れて収録のためにマークの家を訪ねてくる。〈ホームスター〉がテレビに映ることになる。少なくとも偽物の〈ホームスター〉が。トレイシー・バーが居間にいる。マークは友達を呼びたかった。この晴れの姿を見せ、できれば連中も出演させてやりたい。だがすぐにもうあの二人に電話するわけにはいかないことを思い出す。

彫像のように優雅な肢体を持つミス・バーはテレビで観るより少し老けていて、それほどセクシーでもない。農場の娘風の服装をしたボニータ・ベイビーというパーソナリティーほどは。それでもトレイシーは――信じがたいことに本人がそう呼んでくれと言ったのだ――黒いチューブスカートに保守的なデザインのルビー色のブラウスという恰好で、ぐっと来る女だ。幸いマークも服装に気を遣うのを忘れず、イゾッドの緑色のお洒落な長袖シャツを着ている。以前のボニーからのプレゼントだ。

トレイシーは事件の全貌を話させたがったが、もちろんマークには全貌などわからない。だからこそ汚物巡視隊《グライム・パトロール》を引き入れたのだ。それに知っていることを全部話すとみんながこっちを変な目で見ることは学習済みだ。もう不必要に地雷は踏みたくない。テレビ局にはできるだけ大きな構図のことは知られないほうがいい。そこで基本的な事実だけを話す。事故、タイヤ痕、病院、部外者立ち入り禁止の救急治療室、そして数週間後意識を取り戻した時、枕元で待っていた手紙。ミス・バーが食いついてくる。家と庭のあちこちで撮影する。一人で畑を眺めているマーク。トラックの写真を見ているマーク。ブラッキー二号と一緒にいるマーク。テレビの視聴者には二号だかなんだかわからないわけだが。手紙を持っているマーク。手紙をトレイシーに見せているマーク。手紙を音読するトレイシー。そして何より大事な手紙のクローズアップ。視聴者に筆跡と文言を見てもらうために。

トレイシーはマークをノースラインに引っ張り出し、事件現場にいる彼の絵を撮る。そこに登場する今週の担当捜査員はロン・フェイガン巡査部長。話すうちにわかったが、高校時代にカリンを知っていたという。この〝知る〟はひょっとしたら旧約聖書的な意味なのか。やたらカリンのことを訊いてくる。〝警察〟も偽者との入れ替わりを知らないかのように。お姉さんはどうしてる。ほんとにいい人だよな。まだこの町にいるのかい。誰か付き合ってる人いるのか。えらく不気味だ。制服を着た大男が、こいつはどの程度知ってるのかと目で探りを入れてくる。マークは質問を適当にはぐらかしながら、さらに深みにはまっていかなければいいがと願う。

だがトレイシーとの掛け合いは堂に入ったもので、事故現場の証拠について説明していく。マークの車を道路から飛び出させた車のタイヤ痕、マークの後ろから来て走り去った車のタイヤ痕。飲酒運転とか？　とトレイシーが訊く。巡査部長はまじめな顔で早々と一つの結論に飛びつきたくはないと答える。ほとんど一年たつというのに、早々と飛びつくもないものだ。だが警察はタイヤ痕が一致する車を発見しておらず、二台の車についての手がかりも見つけていない……

不幸にも巡査部長はマークが事故を起こした時に出していた速度のことを持ち出す。それは今後誰かに守護天使になってやろうという気を起こさせるのに役立たない数字だ。マークにはそんなに飛ばしていたという意識はなかった。ひょっとしたら後ろから来る車に追われていたのではないか。逃げようとして猛スピードを出し、待ち伏せの場所へ突っこんでしまったのでは。

二人は事故現場を写すカメラを実際とは違うところにセットした。同じ道路だが、場所が違う。マークは抗議するが一蹴される。ここのほうが背景がいいというのだ。絵になるとか何とか。巡査部長が指揮者のように両手を動かし、アクションの起きる場所を示すが、全部事実に反している。すべて紛い物だ。マークはそう指摘する。少し声が大きすぎたかもしれない。トレイシーが黙っててと命令口調で言う。マークも語気鋭く言い返す。ほんとの場所をテレビで見せないで、どうして俺を見つけてくれた人が、あ、あそこだと気づいて名乗り出てくれるんだ?

二人とも精神病院からの脱走者を見るような目でマークを見る。だが固執せず、本当の現場に移動する。そして道路の問題の部分を歩くマークを撮影するが、考えてみればこれは馬鹿げたことだ。マークはあの夜、ここを歩ける状態にはなかったのだから。しかしまあ、そこはハリウッド流ということで。さっぱり乾いた穏やかな天気――軽い上着で大丈夫。畑は全部収穫がすんでいる。だが寒い。身体の芯まで寒さを感じる。まるで二月に道路脇の溝に落ちこんで横たわり、車の割れたウインドーの溶けかけた氷に覆われた表面に顔を押しつけているかのように。

またやってきた大平原の冬。成人して以来、カリンがずっと逃げてきたものだ。十二月の気温が毎日零下だった殺人的な三六年の冬や、雪が十二メートル積もった四九年の冬、それに気温が一日で二十度以上さがってあたりに氷の彫刻が点々と並んだ一八八八年の猛吹雪《ブリザード》のことは、子供の頃におとぎ話がわりに聞かされた。今年の冬はたいしたことはない。が、それでもカリンは生き延びられるかどうか不安を覚えた。

ボール紙の茶色と銃器の灰色があたりを支配した。畑に残された瓜と南瓜がひからび、正気の生き物はすべて南へ行くか地下に潜るかした。陽は早く暮れて長い夜の闇が街を覆った。たいていの夜、カリンは風の音で眠れなかった。風がこれほど喧しい場所は地球上にそうはない。カリンは昔から十一月に起きる体力と気力の衰弱に見舞われた。世界のガードレールを突き破ってネブラスカの紗がかかった空の下に横たわり、春になって誰かに発見されるまで待つ以外に何もできないというたあの感覚。

季節性情動障害と自己診断をくだしてもいいところだが、最近になってできた病気に自分がかかっているとは考えたくない。ダニエルは植物育成ライトにあたらせようとした。「太陽の光が大事なんだ。一日に一定時間、陽にあたることが」

「蛍光灯で身体を騙せっていうの？　それってあんまり自然なことじゃないみたいだけど」日照時間が短くなっていくにつれてダニエルに絡むことが多くなってきた気がするが、自分では抑えられなかった。ダニエルは高潔な沈黙のうちに耐えたが、それがよけいに事態を悪くした。カリンは優しい言葉とともに謝り、仕事を与えてくれたことにあらためて感謝した。これは今までした中で一番意義のある仕事だと言って。だが翌日になると、またダニエルに絡んだ。

カリンはバーバラに電話で助言を求めた。「どうしたらいいかわからないの。その薬を呑ませたら、あの子はとんでもない風に変わっちゃうかもしれない。今のままにしておいてもいいような気がするのよ。効き目が強すぎると思うの」

ダニエルが薬に対して抱いている批判的な考え方も話した。バーバラは注意深く話を聞いていた。「そのお友達の心配もよくわかるわ。私は煙草も、カフェインも、精糖もやめた人間だもの。何をするにせよ、それが悪いほうへ変えていくんじゃないかと不安がる気持ちはよくわかる。私にはこうしなさいということは言えないけど、とにかくそのオランザピンのことをよく調べて……」

「それはもうやったの」とカリンは断ち切るように言う。「で、それを提案した男はさっさと家に帰っちゃった。ねえ、バーバラ！　どうしたらいい？」

「私にはアドバイスできないわ。資格がないもの。あなたのかわりに決断できるのならしてあげるけど」

一度はこの女性と友達になりたい、無二の親友になりたいと夢見たカリンだったが、今は相手を憎みながらいきなり電話を切った。

カリンは〈鶴保護協会〉で過ごす時間を増やした。もっと早くから川に身を捧げるこの仕事についていたら、自分は違った人間になっていただろう。与えられたのはパンフレットを作る作業だ。資金集めとロビイングのための文書。水をめぐっての苛烈さを増す戦争における小火器の発射。もちろん仕事の中核部分はプロが行なう。だがカリンのジリスが地面に穴を掘るような作業も役に立っているのだ。ダニエルはだんだん熱中していくカリンに恐いような気持ちを抱きながらも調査の仕方を丁寧に手ほどきし、活動のいくつかの目標を説明した。「夢遊病者みたいな一般市民の目を覚まさせなくちゃいけない」とダニエルは教えた。「この世界をもう一度不思議な生き生きとしたものにするんだ」

カリンはロバートにも何日かおきに会っていた。ロバートが出てこられる時に。二人は少なくともウェンディーが裁判で材料にできそうなことは何もしなかった。ただお互いの頭を指で押さえ合ったただけだ。カリンはダニエルから聞いた頭蓋骨にある特殊な筋道のことをロバートに教えたのだ。それは経絡《メリディアン》と呼ばれるもので、そこを見つけて刺激すれば強い効果が現われる。二人はコットンミル湖の岸辺の骸骨が並んでいるような林で何時間か過ごして経絡を捜した。左右の眼窩のすぐ上から頭頂にかけての線を強く押さえると、五感がぴりりと刺激される。カリンがそれをすると、ロバートは上体を後ろにそらして、「ワサビ！」と叫び、自分の脈をとった。

夜は戸外にいられないほどひどく冷えこむが、どこにも行くところがない。仕方なくカーエアコンをつけ、暗い田舎道の路肩や廃業した日用雑貨ディスカウントショップの駐車場の隅に車を駐めた。いつもカリンの車を使ったのは、ウェンディーの鋭敏な鼻を恐れてのことだった。妻の嗅覚はアナグマなみだとロバートは評した。

「これじゃティーンエイジャー以下じゃない」とカリンは不満を漏らす。「まったくもう。私、爆発しそう」

それから愚痴はやめてまた肉体的接触のない会話に戻る。二人は欲望を充足させるより溜めこむほうに快感を覚えるような年齢に達していた。心はともかく肉体的には互いのパートナーを裏切らずにいることには何か意義があるように思えた。裏切りはあとでそれぞれのパートナーのもとに帰った時になされるのだ。

セックスとただのお喋りのどちらかを選ばなければならないとしたら、自分はお喋りを選ぶと自覚して、カリンは驚いた。今、ロバートに一番求めるのはそれだ。ロバートはダニエルと物の考え方がものすごく違う。あるいは自分の物の考え方と。カリンはロバートと一緒にいる時のほうが頭の回転が速い。ロバートはしょっちゅうついているPDAの大きな延長物なのだ。カローラの運転席で、幼児がプレイスクールの知育玩具アクティヴィティーセンターで遊ぶようにPDAをいじる。カリンがマークに薬物療法を受けさせることへの不安を訴えると、こう答えた。「費用を計算して、利益を見積もる。そしてどっちが大きいか見るんだ」

「何言ってるの。そんな簡単な話なら苦労しない」

「そんな簡単な話なんだよ。わざと問題を難しくしたいのなら別だけど。そうだろう。ほかになにがあるっていうんだ。プラスの項目とマイナスの項目があって、あとは計算」

その明快さは癪に障るが、今はそれがカリンの元気の源だ。

「ほんとにそうだよ」とロバートは言う。こちらの気持ちを落ち着かせるその声――中学校を訪問して社会科のクラスで話をするピーター・ジェニングズ〔もとABCニュースの花形アンカーマン。二〇〇五年没〕の声だ。「その抗精神病薬を試して様子を見たって、別にかまわないじゃないか」

「いったん服用を始めたらやめるのが大変なのよ」

「大変なのは君かい、マークかい」

カリンはロバートを叩いた。ロバートはそれを喜んでいる。「薬が効いたら、私どうしたらいいの」

ロバートは椅子の上で身をよじってこちらを向く。彼には問題が理解できていない。理解できるはずがない。自分だって理解できているのかどうか。ロバートは首を振った。だが目は苛立ちよりも面白がるような色を浮かべている。カリンはロバートにとって難しいパズルなのだ。携帯情報端末で遊ぶパズル。

カリンはロバートの手をとって親指でこすった。二人のデートで最も危険な行為だ。「あの子はどんな風になるのかな。もし……元に戻ったら」

ロバートはふふんと鼻で笑う。「元通りになるんだ。君の弟に」

「うん。でもどっちの弟に？　そんな目で見ないで。意味はわかるでしょ。あの子、意地悪な子でもあったのよ。しつこく私をからかうような」

ロバートは肩をすくめた。すべての男が持つ罪悪感を覗かせて。「ま、知ってるだろうけど、俺もそういうところがあったよな」

「とにかく私……以前の弟を思い浮かべると、どうなのか……時々、ほんとに嫌なやつになったから。あの子、私が一人だけうまいこと逃げ出して、自分を祈禱師みたいな信心屋の母親と山師の父親のところへ置き去りにしたと言って恨んでた。私のことを……時々、私をほんとに憎んでた」

「憎んでたわけじゃないよ」

「なぜあなたにわかるの」と言うと、ロバートはぱっと両手をあげて、怒るのはもっともだという意思表示をした。「ごめんなさい」とカリンは謝った。「とにかく私、またああいう弟に戻ってほしいかどうか、よくわからないわけ」二人はしばらく黙っていた。ロバートは腕時計を見て、イグニッションキーを回す。カリンにはもう相談をする時間がほとんどない。「ねえロバート、私、昔弟のことを恨んでたんだと思う？　どうなのかな。何かこう隠れた……」

ロバートはハンドルを指で小刻みに叩いた。「隠れた真実？　別に隠れたものなんて何もないだろう」

カリンは感情をぱっと高ぶらせ、それからうなだれた。「でもほら。一つにはそれが……私、今のあの子はそれほど恨んでないのよ。私……あの子が昔ああいう子だったってことを、もう気にしなくなったというか」

「気にしなくなった？」ロバートは車の速度をゆるめた。「つまり、今のマークのほうが好きってことかい」

「それは違う！　もちろん違うんだけど、何ていうか……昔の弟が考えてた私より、今の弟が考えてる私のほうが好きなの。いや、私じゃなくて、〝本物のカリン〟ということだけど。つまり、今のあの子が考えている昔の私が好きなの。あの子は昔の私をみんなに対して弁護してくれる。二年前には、本物のカリンはあの子にとってどうしようもない姉だった。いつもがっかりさせてばかり。尻軽で、告げ口屋で、守銭奴で、貧乏人の娘のくせに高望みして、気取った中流になりたがる女だった。なのに今では、本物のカリンはなんか歴史の被害者って感じ。それは私にはなれなかった姉なのよ」

ロバートは黙って運転をした。ＰＤＡを開いて財務会計ソフトで作業をしたそうだった。カリン・シュルーターのアップグレード。費用。利益。

「あなたにこんな話をするなんて信じられない。私って、めちゃくちゃ嫌な女？」

ロバートは道路に目を据えたまま、にやりと笑ってからかう。「それほどでもない」

「およそ人に話すってことが信じられない。声に出して自分にそんなことを言うのすら」

ロバートは自宅の四ブロック手前で車をとめた。いつもそこで降りて歩くのだ。運転席側のドアを開けた。「話してくれたのは俺を愛してるからだろう」

カリンは顔の前に片手をよぎらせた。「ううん。それほどでもない」


ロバートはオフィスに人がいない時、カリンに電話をかけることがあった。二人は細切れに時間を盗み、囁き声でとりとめのない雑談をした。お昼は何食べたの、今どんな服を着てるんだい、といった基本項目がすむと、話題は時事問題に移った。ワシントンDC連続狙撃犯はテロリストなのか、独立独歩の凶悪犯なのか。国連の大量破壊兵器査察官はなぜイラクで何も発見できないのだろう。〈エンロン〉や〈イムクローン〉の経営幹部のような連中が出てくる企業スキャンダル専門の実話再現番組テレビネットワークがあったらいいのに。どちらにとっても、そのものずばりのテレホンセックスと同じくらいよかった。

カリンは公正な意見、ロバートは自由を求め、どちらも相手を改宗させられるかもしれないと考えた。それが二人にとっては昔から危険な魅力だった。どちらも政府が規制力を失っていることについては意見が一致した。カリンは政府に適切な規制を望み、ロバートは規制の撤廃を望んでいた。かつてアイン・ランドの『水源』との偶然の出会いによって、朗らかで控えめな性格の水泳のチャンピオンだった高校生ロバート・カーシュは完全自由主義者《リバタリアン》となった。いや、そのリバタリアニズムでさえも窮屈すぎると思うようになった。「能力のある人間は一種の神なんだ。そういう人間たちが力を合わせれば、向かうところ敵なしだ。これこれの物質的制約がある、と認識した段階で、もう半分乗り越えたようなものだ。さあ俺たちに道をあけて、奇跡が起きるのを見物しろ！」

「何言ってるのよ。まったく信じられない。まわりを見てよ！　めちゃくちゃ環境を破壊してるじゃない」

「何のことかわからないな。今は居留地のティーンエイジャーですら昔の王侯貴族よりいい暮らしをしてるんだぞ。俺はどんな時代よりも現代に生きるのがいい。未来は別として」

「それはあなたがけだもの《アニマル》だからよ。ていうか、野生動物《アニマル》じゃないから」

「いつからそういう思想に染まったんだ」

　マークを変えるために自分にできることはほとんどないと悟ってからだ。活力をよそへ向けなければ死んでしまいそうなのだ。プラット川は自分を必要としているのかもしれない。弟が自分を必要としている以上に。

　まもなく二人は薄氷の上に出ていった。そこに留まり、腕を組んでくるくる回り、ペアでのフリーダンスを一通り踊る。どちらも相手を打ち負かしたくてならない。意味のない闘いだが、抗しがたい魅力がある。カリンはダニエルの自然への畏敬の念に賛同の言葉を囁くより、ロバートの暴論に憤慨して叫ぶほうが好きだった。ロバートはダニエルには死ぬまで絶対にわからない真理を知っている。人間はそこに自分自身を見出せるものしか愛せないという真理を。

　ロバートは決まってカリンから情報を汲み出そうとする。「〈鳥を救え《セイヴ・ア・バード》〉のお店〔スーパーマーケット〈セイヴ・ア・ロット〉（うんと節約）のもじり〕はどんな調子かな。例のぴかぴかの新しい資金集めのことを話してくれよ。どこかの湿地を買いとろうとしているのかい」

「その前にあなたたちの〈コンソーシアム〉の新しいショッピングセンターのことを話してもらわないと」

「ショッピングセンターなんか建てないぞ」

「じゃあなんなの」

「それは言えない。わかってるだろう」

「私には屋根の上で小さな秘密を大声でばらせって言うくせに？」

「それじゃほんとに秘密があるわけだ。君たちは何か計画してるということだよな」

性急な懇願だ。どうやらロバートに対していくらか優位に立っているらしい。この優越の味は最近の屈辱の連続を償ってくれる。「川沿いにはもう争いの的になりそうな土地はそれほどないでしょ」これは二、三日前、朝食の席でダニエルが言ったことだった。カリンは今自分で思いついたことのようにそれを口にした。

「君たちの邪魔をしたくないだけなんだ」とロバートは言った。「〈協会〉が環境保護のために重要と考えている土地を開発しようとは思わないから」

「それなら〈協会〉の人たちと話し合って、区域ごとに細かく検討すべきじゃない」

ロバートはくすくす笑った。「君はほんとに可愛い女だって、もう言ったことあったっけ」

「全然言ってもらってない」

「まあ、君と俺の思うとおりにやれるのならそうするだろうね。まじめな話。でもこういうスパイ戦みたいなことは気が疲れる。プロジェクトが公表されたらまた話そう。その時は俺のことをもっと誇りに思ってくれると思うよ」

〝誇り〟という言葉はぐさりとカリンの胸に刺さった。確かにカリンの中にはロバートを賞賛している部分があった。彼にはあれは自分が成し遂げたことだと指さすことができる。それはたいてい環境にとってひどく悪いものだが、きちんと完成した堅実な事業だ。ロバートは少なくとも風景に傷を残してきた。カリンが成し遂げたことはいくつかの雇われ仕事についたことだけで、それも今は全部失い、コンドミニアムも売ってしまった。カリンは子供を産んだことすらない。高校時代の知り合いはみんなカリンが家の掃除をするより簡単に出産しているのに。自分の弟からも役立たず呼ばわりされていた。それが三十一歳にしてようやくやりがいのある仕事に出会えたのだ。それがどれほど価値ある仕事か、カリンはロバートに言いたくてたまらなかった。「誇りに？」とカリンは訊いたが、負ける覚悟はできていた。「どれくらい誇りに思えるの」

「今にわかるよ。開発委員会の許可がおりたらね。おりない場合は公に議論される。その時は公聴会に来て確かめてみてくれ」

「どのみち行かなくちゃいけないの」カリンは色っぽい口調で言った。「お仕事だから」

公聴会へはダニエルと一緒に行った。ダニエルが運転したが、その間中、カリンは容赦なく運転の仕方を批判した。「一時停止の標識がある交差点へ先に進入できる時はさっさと行ってよ。自分がとまってほかの車にお先にどうぞなんて手を振らないで」

「それは基本的な礼儀だ」とダニエルが言う。「もしみんなが……」

「そんなの礼儀じゃない」とカリンは声を高める。「人を苛つかせるだけよ」

ダニエルは身を縮めた。「どうもそうらしい」どんな暴言も柔らかくいなされ、カリンは屈辱を覚えた。公聴会の会場に着く頃には後悔していた。ダニエルの腕をとり、市庁舎の駐車場を歩いていった。

だがロビーに入って、カーシュと〈プラットランド・アソシエーツ〉の同僚を見た時、腕を離した。薄黄色の大理石に目を落とし、公聴会が行なわれる部屋へ入っていくダニエルのあとについていった。どんどん埋まっていく会場に空いた席を捜す。ダニエルが会場内を見まわし、カリンもその視線を追った。傍聴人は大半が高齢者だった。通路の右側へ半分ほど入ったところに大学のケーブルテレビ局の学生二人がビデオカメラを設置している。それ以外はほとんどが社会保障の年金を受給している人たちだ。人はなぜ墓に片足を入れる年になって初めて未来のことを心配しはじめるのだろう。

「けっこう集まってるじゃない」とカリンは言った。

「そう思う？　何人くらいいるかな」

「さあ。私、数が苦手だから。五十人か、六十人くらい？」

「すると……直接影響を受ける人たちの一パーセントの約十分の一か」

二人は〈鶴保護協会〉の代表団と合流した。ダニエルが急に生き生きとし、カリンは牛のあとについていくコウウチョウのようになった。グループは論争の下準備を詰め、カリンも調査の成果で貢献する。横目でうかがうと、ダニエルは敵の軍団を見て活力をみなぎらせている。勝ち味の薄い闘いに挑もうとしているダニエルは、この数週間よりもずっと魅力的だった。

大学ケーブルテレビ局の撮影班のすぐ後ろ、カメラの視野からはずれるところに意図的に椅子を移動させて、バーバラ・ガレスピーが坐っていた。バーバラを見てカリンは動揺した。自分のとは相容れない世界に住む人だ。「あれがバーバラよ」とカリンはダニエルに言った。「マークのバーバラ。どう思う？」

「ああ！」ダニエルはひるんだ。

「独特の雰囲気があるでしょ。オーラみたいなのが。いいのよ。ほんとのことだから」

「なんかすごく……落ち着いた人だね」バーバラのほうを見るのが恐いという様子で、カリンに言う。

ちょうどその時、〈プラットランド・アソシエーツ〉の代表団が会場入りした。一団となって闊歩し、最前列のほかの開発業者たちのところへ向かっていく。彼らのすぐ前に委員会のメンバーが坐るテーブルが並んでいる。カリンとダニエルはそちらから目をそらした。一分ほどして、カリンはまた盗み見る。ロバートはこちらに気づいたのかどうか、気づいたとしてももうその時は過ぎ去っていた。意見陳述のための書類に腰まで埋まっているのは重みをつけるための演出だ。バーバラは掌を持ちあげてそっと振ってきた。頭がくらっとして、カリンはバーバラのほうへ目を戻す。バーバラは掌を持ちあげてそっと振ってきた。その小さな合図はこう言っていた。**危険。そこら中に人間がいる。**

公聴会が始まった。市長が委員会のメンバーと話をして手順を打ち合わせた。開発業者側のスポークスウーマンが演台の前に立った。会場の照明が落とされ、液晶プロジェクターが光を放った。委員会のテーブルの背後にあるスクリーンにはありがちな自然テーマのテンプレートを使ったタイトルスライドが映った。ミストラルのフォントを使ったタイトルは、〝私たちの古い川を訪れる新しい渡り鳥〟。

カリンはダニエルのほうへ身体をひねって、信じられないという顔をした。だがダニエルも〈鶴保護協会〉のほかの面々もぐっと歯を嚙みしめてスライドショーが始まるのを待つ。スライドは当の川が右へ左へ蛇行するようなリズムで次々と切り替わった。売り込みの切り口はカリンの予想だにしなかったもので、開発委員会が〝観光セクター〟と呼ぶ分野に狙いを定めていた。

棒グラフがこの十年間に春の渡り鳥を見にきた観光客の人数を示した。数はカリンにとって永遠の謎だが、棒の長さはさすがにわかる。観光客は三年ごとに倍増していた。彼女の寿命が来る頃にはアメリカ国民のほとんどが毎年三月にこの地方をうろつくことになりそうだった。

スポークスウーマンはカリンの目の前でジョアン・ウッドワードに変身した。「すべてのカナダヅルの大部分が集中してこの土地に滞在するさまは、この地球で活用できる最も壮大な野生動物ショーの一つと言えます」

「活用できる？」とカリンは囁いたが、頭の奥深くで理論闘争を展開しているダニエルには聞こえなかった。次に映ったのはパノラマ写真――マークの家からほど遠くないあたりのプラット川流域の風景。そこへ自作農場と芝土の家の建つ開拓村を描いたイラストが二重写しでフェイドインした。スポークスウーマンはその村を〈プラット川中流域景観自然前哨地《セントラル・プラット・シーニック・ナチュラル・アウトポスト》〉と紹介し、建設にあたって守られる環境保護対策上の原則を列挙した――低環境負荷設計、受動的太陽熱利用、牛乳パックを再利用した素材の疑似木製フェンス――とその時、カリンは気づいた。〈コンソーシアム〉は鶴の見物人をあてこんだ広い観光村を建設したいのだと。

開発業者側と環境保護団体側が応酬を繰り返す戦闘は超低速のパントマイムに似ていた。ダニエルもそこへ飛びこんで二、三発強打をお見舞いした。鶴の群れが大迫力なのは、まさに川の水量が減って狭まった停泊地に鳥が集中するからだと指摘した。そんな風に壊れかけている生態系からさらにカップ一杯でも水を汲み出すなどとんでもない話だと。カリンはその事実を知っていた。調査の手伝いをしたのだ。ダニエルの言葉は一言一言が福音だった。だがあまりにも救世主めいた情熱をこめて説くので、結局は悲観論に凝り固まって世を指弾する預言者の一人にすぎないのではないかと割り引いてしまう。

無関係な傍観者のようににこにこしていたロバートが防御のために立ちあがった。〈前哨地〉は営巣地に近いだけで、営巣地の中にあるわけではありません。いずれにしても鳥を見にくる人は来ます。それならむしろその人たちをできるだけエコロジカルに吸収したほうがいい。この土地の歴史を意識し、かつ自然の景観の中に溶けこんでいる建物を利用してもらうのです。そこを訪れた人たちは自然保護の大切さをそれまで以上に心に刻んで帰っていくに違いありません。自然保護の目的はみんなが素晴らしい自然を観賞できるようにすることではないでしょうか。それとも〈鶴保護協会〉のみなさんは一部の選ばれた人たちだけが野鳥の観察を愉しめればいいとお考えですか。

最後の点は満場の賛成を得た。高校の生徒会と同じだ。世のロバート派はつねに公衆の支持を受けてダニエル派を粉砕する。ロバート派の武器はユーモア、風采、豊かな資金、洗練、潜在意識に作用する魅力、神経科学的市場活動《ニューロマーケティング》……かたやダニエル派にあるのは罪悪感とデータだけ。〈鶴保護協会〉は反論した。開発業者は〈前哨地〉の使用するであろう量の十倍の水を要求しているではないかと。開発業者側は、それは慎重を期して計画を立てているためだと説明し、余った水は公共の貯水池に原価で売ると約束した。

　こうして民主的手続きは迷走を続けた。民主主義はさまざまな意思決定方法のうちで最も使い勝手が悪い。まるで息を吹きかけて進ませるヨットだ。村の変わり者や空き缶集めで暮らすホームレスに至るまでみんな意見を持っている。こんなあてにならない方法で正しい結論が得られるのだろうか。ライトグリーンのスーツに身を包んだ開発業者と、すり切れたデニムの服を着て乏しい髪をポニーテールにひっつめた男が、どちらも両腕を剣のように振りまわし歌舞伎役者のように言葉に大きな抑揚をつけてやり合った。カリンは急に立ちあがった時のように、聴衆に紗のフィルターがかかったようになった気がした。会場全体が八月の風に吹かれる豆畑のようにゆらゆら揺れた。これは開発の是非が問題になる以前からここに集まってきた人たちだ。大平原があまりにも広々と開けていて目と頭がおかしくなりそうになるので、人々は昔からこうして集まり議論をしたものだった。ここにいるのは自分一人ではないと納得するために。

　聴衆はマークと同じくらい葛藤していた。いや、もっとひどい。カリンと同じくらいにだ。討論は堂々巡りに互いのまわりを回り、自分のまわりを回り、幻の戦闘員と睨み合う……カリンはと言えば、戦場の只中に坐る二重スパイで、双方の側に忠誠を売っている。カリンは戦闘を自分の心の中にとりこんだ。頭蓋骨の中の自由な民主主義自由的空間で、考えうるすべての立場がぶつかり合った。脳にはいくつの部分があると、ウェーバーの本には書いてあっただろう。自由に行動する工作員があふれ返っている。前頭前皮質だけでも数十個の専門機能がある。脳とその周辺にはラテン語由来の名前がついた生物がたくさんいる。上オリーブ複合体、レンズ核〔レンズは元々は平豆のこと〕、扁桃体。海馬、外耳《シェル》〔元々は貝殻のこと〕、蜘蛛膜、蝸牛神経核、小脳虫部。もう一つ別の生き物を作れるだけの身体の部分がある。胸、尻、膝、歯、尻尾。脳が覚えきれないほどの部分。無名質という名前を持つ部分さえある。みなそれぞれに心を持ち、ほかの者より自分の言い分を聞いてもらおうと争う。もちろんカリンは狂騒状態。誰もがそうだ。

　波が身体の中を動いていく。それは今まで抱いたことがないようなスケールでの思考だ。人間の脳が何を求め、どう手に入れるつもりなのか、知っている者はいない。もしもほんの一時、身を引き離し、すべての二重化から自由になって、脳が創った鏡ではなく、水そのものを見ることができるなら……聴覚がただ惰性的に音声を聞きとっている時、カリンはふと思った。人類全体がカプグラ症候群を患っているのだと。鶴の群れは私たちの肉親のように踊る。私たちの肉親のように見える。私たちの肉親のように鳴き声をあげ、子を育て、教育をし、旅をする。彼らの身体の部分の半分は私たちの身体にもまだある。ところが人間は鳥たちを退ける。偽者だ、と言って。せいぜい隠れ場《ブラインド》から眺める珍しい見世物としか見ない。この会場にいる全員が死んだあとも、こうした集会は猛威をふるい、生活の質の低下を議論し、新しい大規模な開発計画の細部を喫緊の問題として詰めていくだろう。川は干上がり、あるいはよそへ流れるだろう。絶滅した鳥の生き残りの三、四羽が、なぜこの不毛の土地に惹かれるのかわからないまま毎年やってくるだろう。その時になっても、人間は妄想にとらわれているはずだ。だがカリンが自分の中で形を成しはじめている考えは、固定される前にぼやけてしまった。

　公聴会は結論を出すことなく終了した。カリンは困惑してダニエルの腕をつかんだ。「ねえ、何の決定もしなくていいの」

　ダニエルは憐憫の目でカリンを見た。「ああ。委員会は開発業者からの申請を寝かせておいて、何ヶ月かたった頃、こっそり決定を出す。でもまあ、少なくともこれで僕たちが何と闘うのかがわかったわけだ」

「もっとひどいものかと思ってた。工場直販店のメガプレックスとか。あんなものでよかったよね。そうでしょ。有毒物質を出すわけじゃないし。少なくとも鶴を観察するための施設なんだから」

そう言いながらカリンはダニエルを刺してやりたくなった。話をろくに聞かず出口に向かって歩きだしたからだ。ダニエルは人ごみの真ん中で足をとめてカリンの腕をつかんだ。「鶴を観察するための施設？　あれが？　頭がどうかしたんじゃないのか」

いくつもの顔がこちらを向いた。向こうのほうで開発委員会の二人のメンバーとロバート・カーシュも顔をあげてこちらを見た。ダニエルは赤面した。カリンのほうを向いて熱い囁きを送った。

「ごめん。今のはひどすぎたね。公聴会の間むかついてたから」

カリンがダニエルに近づいて黙らせようとした時、肩をぽんと叩かれた。振り返ると、バーバラだった。「あなたなの！　こんなところで何してるの」

バーバラは例によって片眉を吊りあげた。「市民の務めよ。私はここの住人だもの！」

カリンは紹介した。「この人は私の友達のダニエル。ダニエル、こちらはバーバラ。前に……話したことあるよね」

ダニエルは笑顔だが動きのぎこちないピノキオのようにバーバラのほうを向いた。口ごもって挨拶することすらできないようだった。カリンは会場を出ていくロバートがバーバラに流し目をくれるのを目にとめた。

「あなたの発言はよかったわ」とバーバラはダニエルに言った。「でも一つ訊きたいんだけど。今度の計画を立てた人たちは、一年のうち鶴がいない十ヶ月間はその施設を何に使うつもりなのかしら」

ダニエルは、あっ、公聴会でその質問をするんだったという顔をした。「貸し会議室に使うとか？」

バーバラはそれについて考える顔をした。「ありうるわね。うん、ありうる」それから唐突にカリンのほうを向いた。「それじゃ、またね！　お会いできて嬉しかったわ、ダニエル」ダニエルは力なくうなずく。「あなたがたの運動に期待してるわね！」バーバラは口の端をきゅっとゆがめ、あがって動作がぎこちない高校の卒業ダンスパーティーの女王のような感じで、手を振りながら後ずさりをし、かなり薄くなった人の波に混じって会場を出ていった。カリンの心の一部はさっさと帰ってしまったバーバラを罵った。

ダニエルは辛そうだった。「ごめんよ。あんなにかっとしちゃったのはたぶん、公聴会があまりにも……いや、何でなのかよくわからない。わかってくれてると思うけど、僕は……」

「もういいって。たいしたことじゃないから」大事なのは自由になること、本物の水に到達することだ。「私は頭がどうかしてるのよ。それはあなたも私も前から知ってることじゃない」

だがダニエルはこの話題から離れなかった。帰りの車の中で、最前の暴言を説明する理論をさらに三つ提示した。そしてもっともな理由があったとカリンに認めさせたがった。カリンはとにかくもうこの件を収めたい一心で認めた。だがダニエルはそれでは満足しなかった。「納得してないのにしてるようなことは言わないでくれ」

「でも納得できるんだもの。ほんとに」

二人は家に着き、ベッドに入った。ダニエルは暗闇の中でも反省会を続けようとした。天井のひび割れに向かって話しかけた。「今日の公聴会はほんとにひどかった。そうだろう？」カリンには賛成するのがいいか反対するのがいいかわからない。「何をぶつけられたのか、僕たちにはわかってなかった。すぐにハリネズミ型の防御態勢をとってしまった。いつものショッピングセンターや何かの建設と同じように対応してしまったんだ。あの計画のおかしな点を衝けなかった。委員会はきっと君が考えたようなことを考えただろうな。この自然観察ランドみたいなやつはわりと環境にいいんじゃないかって」

カリンは今でもそう考えていた。きちんとやれば、〈鶴保護協会〉がやろうとしていることを一般の人たちにも広く受け入れられる形で実現できて、どんどん増えていくに決まっている観光客をうまく管理できるだろう。

「連中は何か企んでる。今回のプロジェクトは第一段階にすぎないんだ。でなきゃあんな量の水を要求するはずがない。君の友達の言うとおりだよ。あの施設が一年に二ヶ月しか使えないのなら、儲けは出ないからね」

カリンはダニエルの背中を優しく、大きな輪を描いて撫でた。こうすればエンドルフィンが分泌されると、ウェーバーの本に書いてあった。しばらくは効いたようだが、一、二分たつと、ダニエルはさっと仰向けになった。

「しくじったよ。あのいんちきを暴いてやれたのに……」

「しーっ。あなたたちは自分たちにできるかぎりのことをしたのよ。あ、ごめん。そういう意味じゃなくて。あの場合、誰であってもあれがベストだったってこと」

ダニエルは一晩中起きていた。一時を過ぎた頃、激しく寝返りを打ちだしたので、カリンも浅い眠りから覚めて、ダニエルの肩に手を載せた。「心配しないで」と寝ぼけてむにゃむにゃ言う。「ただの言葉だから」

三時頃に目が覚めた時にはベッドは空だった。キッチンからダニエルが動物園の動物のように歩く足音がしていた。ようやくまたベッドにもぐりこんできた時、カリンは眠っているふりをした。ダニエルは身じろぎもせず、全身を耳にして、大平原にいる何か大きなものを追っていた。聴覚の

範囲を視野の内側に縮めて。肺さえも動かさない完全な不動の状態。五時半頃、二人とももう芝居を続けられなくなった。「大丈夫?」とカリンは訊いた。

「考えごと」とダニエルは囁く。

「だと思った」

起き出して、開拓者のようにまだ暗い中で朝食をとるのが一番いいような状況だった。だがどちらも動かなかった。ようやくダニエルが言った。「君の友達はすごく頭がよさそうだ。あの人の言うとおりだよ。鶴見物の観光村は氷山の一角にすぎない」

カリンは枕を押し潰す。「やっぱりあの人のこと考えてたわけね。だからあなたは——?」

ダニエルはそれを無視した。「前にも紹介してくれたことがあったっけ?」

「こっちを見て。私、頭がどうかした女に見える?」

ダニエルはカリンを見て瞬きをし、顔を伏せた。「そこのことは謝ったじゃないか。僕はひどいことを言った。ほかにどう言っていいかわからない」

それは本当だった。カリンは頭がどうかしてしまっていた。弟の世話に失敗したことで打ちのめされて。「もういい。どうでもいいことだから。私は頭がいかれてる。さっきバーバラのことで何を訊いたの」

「なんか変なんだけど、前から声を知ってたみたいな気がする」ダニエルはベッドを降りて裸のまま窓辺へ行った。カーテンを開けて暗い庭を見る。「知ってる人の声みたいなんだ」


ロングアイランドの冬。二人はなぜまだここに居つづけるのか。霜の降りた水車場。一面に凍った鴨池。水面も岸も空も真っ白になったコンシエンス湾で、雪が煤で汚れ、本格的に生命のない季節が始まる前の時期をけなげに耐えている、ヨーロッパかアジアから侵入してきた声を出さないコブハクチョウの群れと、一羽だけの鷺。そんな美しい絵葉書的風景が見られるからではない。何日も降りつづく氷霰《こおりあられ》が身体に当たると注射針を刺されたように感じられるが、健康のためでないのも間違いない。また経済的な理由からでもない。それはひとえに新世界の以前の新鮮な緑の胸にしがみついてのある種の不可解な贖罪のためだ。

「〝あの都市の枠外に広がる茫漠《ぼうばく》たる人知れぬ場所に――〟」ミューズリや豆乳などの仮借なき自然健康指向の朝食をとりながら、ウェーバーはシルヴィーに言った。「〝共和国の平野が夜の帷《とばり》の下でどこまでも黒々と連なり行くあたりへと〟〔スコット・フィッツジェラルド『グレート・ギャツビー』村上春樹訳、中央公論新社〕」

「そうね。そういうのもいいわね。レンジャーズ〔ニューヨーク・レンジャーズ。プロアイスホッケー・チーム〕はどうするの」

「アリゾナで教えてもいい。カリフォルニアで客員講師というのもね。ジェスのすぐ近所に住んで。もっといいのは夫婦そろって引退すること。ウンブリアの粗末な農家で暮らす」

シルヴィーは自分の役目を心得ている。「それとも、もう二人ともさっさと死んでしまうかね。そうすれば何もかもすっきりと片づくから」朝食で使ったボウルを洗った。二人で暮らしはじめてから一万九百回してきたことである。「あと十七分で医療センターでの講義の時間よ」

ウェーバーは身支度をしに寝室に入るシルヴィーを見送った。妻は他人にどう見えているだろう。年のわりに細身で、ヒップやウェストは今も過去を谺《こだま》させている。その身体はとうに盛りを過ぎた今でも活力を誇っている。ネブラスカで道を踏みはずしかけた危機のせいで、この数週間のシルヴィーはウェーバーにとってほとんど耐えがたいほどの切実さで大事な人になっていた。

旅から戻った夜、ウェーバーはシルヴィーになぜ急いで帰ってきたかを説明した。何でも全部話すこと。これが結婚した時に交わした契約だった。誰よりも正直で誠実なこの女性との間で誠実な関係を保ちたいのであれば、今隠しごとをするわけにはいかない。ウェーバーは昔からウィリアム・ブレイクの『毒の木』という詩に詠われていることを信じていた。夢想を育てたければ埋めるのがいい。殺したければ外気に晒すことだ。

ロングアイランドの湿った空気は夢想を殺してはくれなかった。そして帰宅した夜に自分のおぞましい発見を妻に話したことは、別の何かを殺してしまった。ベッドの妻の隣に寝たウェーバーはそれを話した。話そうと心の準備をするだけで崩壊の病的な戦慄を覚えた。「シルヴィー? ちょっと話したいことがあるんだが」

「あ、ファーストネームで呼ばれた。深刻なトラブルなのね」シルヴィーは微笑んで横向きになり、片肘をついて頭を支えた。「あててみましょうか。誰かに恋したんでしょ」

ウェーバーは目をぎゅっとつぶり、シルヴィーは息を吸いこんだ。「いや、そういう……」とウェーバーは口を切る。「私がまたカーニーへ行ったのは、少なくとも一つには、自分でも気づかないうちにそのまわりに一つの完全に仮想的な人生を作りあげていたある女性を、あと一目だけでも見たかったからだ」

シルヴィーは微笑みをまだ保ったままだった。まるで夫が、するとその神経科学者がバーへ入ってきてね……というような何でもない話をしたかのように。「シンタックスが凝ったものになってきたわね」

「からかわないでくれ。このことでまいってるんだ」

シルヴィーの微笑みがこわばった。うつ伏せになり、まるで女性の下着を身につける愉しみを告白されたような顔で夫を見た。シルヴィーの態度は徐々に職業的なものに変わってきた。道案内人《ウェイファインダー》、シルヴィー・ウェーバー。つねに、すさまじいほど、面倒見がいい。「その人と寝たの」

「そういうのじゃない。握手すらしたことがないと思う」

「ああ。それなら私、本格的に困ったことになってるわけね」

ウェーバーは今の平手打ちは仕方がないと思った。それを望みさえした。だが身を縮めたまま黙っていた。

「あなたのことはわかってるわ。高潔なウェーバー。あなたの理想主義的な心は知ってる」

「私はそれを……望んではいなかった。だから急いで帰ってきたんだ」

シルヴィーは鞭打つように言う。「逃げてきたわけ?」それから恥ずかしげに口調を和らげた。「もう一度向こうへ行く話を私としていた時、そのことがわからなかったの」

「それは……今でもわからない。これは……」ウェーバーは〝性欲とは関係ない〟と言うつもりだったが、それは逃げのような気がした。〝有名なジェラルド〟の書きぶりと同じくらい狡猾な逃げ。ウェーバーはさらに必死になって、混沌から一つの連続性のある物語を作ろうとした。「あとから考えると、もう一度彼女を見てみたいという気持ちがあったみたいなんだ」

「最初に向こうへ行った時には、その人に惹かれていることに気づかなかったの」

ウェーバーは答える前に考えた。口を開いた時、答えは寝室の天井の近くからやってきた。「昨日のあれが、惹かれるという感情なのかどうかはよくわからない」

シルヴィーは両手を顔へ持ってきて目を覆った。「これ、どの程度まじめな話なの」さてどの程度まじめな話でありうるだろう。かたや三日、かたや三十年。かたや未解読の暗号のような女性、かたや呼吸のように熟知している女性。「私はこのことに何の意味も持ってほしくないと思ってる」

くぼめた両手の下で、シルヴィーは泣いていた。これまでもごくまれにシルヴィーが泣くと、ウェーバーは不可解な思いにとらわれた。何か超然とした、ほとんど抽象的な泣き方。いわゆる泣くという行為に含めるには行儀がよすぎるのだ。もしかしたら穏やかに悲しむのが成熟した態度であり、精神の健康を保つためにはこれが必要なのかもしれない。だが今初めてウェーバーは、シルヴイーの何となく冷静な悲しみ方はいつも当惑の的だったことに気づいた。絆を強める思いやりや〝男《マン》〟、〝女《ウーマン》〟と呼び合うたわいない遊びに表われている盤石の自信で侮っていた危機——自分たちには理解できなかったほかの夫婦の間の心の隔てが、今は自分たちのものになっていた。そしてシルヴィーは今、声を立てずに泣いている。「それならどうして今そのことを私に話してるの」

「このことに何かの意味を持たせるわけにはいかないから」

シルヴィーは両のこめかみを押さえた。「ただ単に私にこれを打ち明けてるだけじゃないと。私は……何の罰を受けてるの」何の罰だろう。自分自身を見つけた罰？　中年になって人生の安定と充実を見つけた罰？　夫が失ったものを得ている罰？　シルヴィーの顔に動物的な表情が閃き、反撃の構えを見せた。ウェーバーは自分がシルヴィーをたまらないほど愛しているのを感じた。

ウェーバーは言いかけた。「私は君にあげようと……私は……」

シルヴィーは急に元気づいたようにさっと上体を起こした。あまりにも早すぎる反応だった。坐った姿勢で、運動をしたばかりだというように大きく息をつく。それから片手でベッドを叩きながら言った。「それじゃ、そのかわい子ちゃんのどこが好きなのか教えて」改善プロジェクト。自己統制をめざす、人生の次のステップ。

「どこがと言われても……どこかを好きになるということはそもそもありえない。彼女のことは何も知らないんだから」

「未知の逸品。神秘？　〝鍵と鍵穴〟の概念？　年はいくつ？」

ウェーバーはもう永久に話すのをやめたかった。だが贖罪行為のつもりで話を続けた。「もうすぐ五十歳だ」十歳ほど上を答えた。意味のない嘘だった。四十歳なら若いとは言えないし、先に告げた厳しい真実を和らげることはできないからだ。バーバラは五十前より若いが、若さはこの際関係ない。

「誰かに似ているの」

この時、理解した。「ああ」あの実人生から逃げてきたような雰囲気。一歩外に踏み出して、その上に浮かんだ感じ。三冊の著書を書いた男と同じ、天使のような見せかけ。にも拘わらず、完全無欠の行為の下に透けて見える内心の惑乱。「そう。私は彼女とつながりがあるようだ。彼女は私に似ているんだ」

シルヴィーはひっぱたかれたような顔をした。「意味がわからない」

私たち二人。ウェーバーは両掌を目に押しつけた。やがて瞼が緑と赤の光をほとばしらせた。

「彼女には何か通じ合うものがある。その何かを私は理解したい」

「じゃ、肉体的なことじゃないと言うのね？　もっと……？」

その時、前にカリンに言おうとしたことが脳裏に蘇った。あの時は自分でも信じきれなかったことが。「すべては身体的なことなんだ」化学的、電気的なこと。シナプス。発火しようとしまいと。

シルヴィーはまたベッドのウェーバーの隣に身体を横たえた。「そんなこと言わないで教えて」にっこり笑いながら命綱のようにシーツをつかんだ。「そのかわい子ちゃんは私にない何を持ってるの」

ウェーバーは頭の禿げた部分を両手で覆った。「何も。ただ全然読みとれない物語なんだ」

「なるほど」気丈さと苦々しさの中間の口調。そのどちらもウェーバーを殺しかねない。「それじゃ競争のしようがないわね」

ようやくウェーバーは気持ちを奮い起こしてシルヴィーの身体に両腕を回し、左右に振られる頭を胸に引き寄せた。「競争はもう終わり。不抗争《ノー・コンテスト》。君は……私がよく知っている女性だ。私の歴史だ」

「でも、あなたの神秘じゃない」

「神秘なんていらない」とウェーバーは断言した。神秘と愛は相容れない。「私はただ自分をしっかり把握したいだけだ」

「ジェラルド、ジェラルド、あなたもっとましな中年の危機を持てないの」背筋から力が抜けたと思うと、シルヴィーは泣きだした。夫に身体を抱かせた。しばらく時がたって、また平静になると、濡れた赤い顔を手で拭った。「私、ネットでこみいったデザインの下着を買ったほうがいいのかな」

二人は大笑いをして息を詰まらせながら、共感に身体を熱くした。

その出会いはウェーバーが予想していた以上に二人を動揺させた。シルヴィーは痛ましいほどいつもの自分を保ったが、彼女が気丈に微笑みかけてくるたびにウェーバーは自分の愚かしさに臍《ほぞ》を噬《か》んだ。結婚三十年の妻なら皮肉と倦怠で告白を受けとめてもおかしくない。あるいはウェーバーが自分の夫になったのは偶々だと思って過去の化石の下に埋もれてしまったり。夫の頭をぽんぽんと叩いて、**せいぜい夢を見つづけるのね、坊や。世界は今でもあなたの実験場よ**、と言ったり。どうせ夫はシンボルの世界よりほかのところへは行かないのだと割り切ったり。

だが神経科学を長年研究してきたウェーバーは、シンボルが現実的なものであるのを知っている。ほかに生きる場所はない。ウェーバーとシルヴィーは行き会った居間の隣の小部屋で抱擁を交わした。洗濯室で互いの腕先に触れ合った。食事の時はこれまでずっとしてきたようにスツールに並んで腰かけた。危険のおかげで快活になっている二人は、国連による大量破壊兵器査察やロングアイランド湾でのアザラシ観察についての雑談をあれこれした。シルヴィーの顔が晴れ晴れとして明るいのにどこか遠いところにあるように見えるのは、ハッブル望遠鏡が送ってくる色が強調された星雲の画像のようだった。シルヴィーは夫の気分をあえて尋ねなかった。本当はそれだけが関心事なのだが。シルヴィーを見るとウェーバーは胸が痛んだ。妻がそれだけ気を遣っていると思うだけで耐えがたいほどこたえた。

数年前〔正確には、一九九六年〕、イタリアはパルマ大学のジャーコモ・リッツォラッティがマカクザルの前運動皮質にある行動を統制する神経細胞を対象に実験をしていた。ある日、神経細胞の活動を測定している時、猿がじっとしているにも拘わらず、腕の筋肉の運動を司る神経細胞が激しく発火しはじめた。そこでテストを繰り返すと、信じられないような結果が出た。実験者の一人が腕を動かした時、猿の腕を動かす神経細胞が発火したのだ。ほかの生物の動きを見ただけで、運動を司る神経細胞が発火して、シンボル空間で共感が起こり、猿は想像上の腕を動かした。

物理的運動を司る脳の部分が架空の表象を作り出すのに利用されている。科学はついに共感の神経科学的基礎を明らかにしたのだ。地図を持つほかの脳を自分の地図の中に位置づける脳。あるウィットに富んだ人が発見されたこの神経細胞を〝猿真似神経細胞《ニューロン》〟と名づけ、ほかの研究者たちもその真似をした。正式にはミラー・ニューロンと呼ばれるこの神経細胞は、その後まもなく脳イメージング技術や脳波測定によって人間の脳にも存在するらしいことが確認された。筋肉の動きの視像がシンボル的な筋肉の動きを作り、それが物理的な筋肉を動かすのである。

研究者たちはわれ勝ちにこの驚天動地の発見に肉づけをしようとした。ミラー・ニューロンの働きは身体の動きの監視と実行だけに留まらなかった。それは巻きひげを伸ばし、あらゆる種類の高度な認知プロセスにくねくね入りこんでいて、発話、学習、表情解読、脅威分析、意図の理解、感情の認知およびそれへの反応、社会的知性、それに心の理論において役割を果たしている。

ウェーバーは妻が家の中で日常のあれこれをするのを見ていたが、ミラー・ニューロンは発火しなかった。マーク・シュルーターは、人や物を熟知しているという感覚を徐々に失っていき、親しみやつながりを感じなくなっていったのだった。

クリスマスにはジェシカが三日間、家に滞在した。パートナーも一緒だった。シーナ。いや、シーナだ。ジェシカは何も不審がりはしなかった。それどころかカルチュラル・スタディーズの研究者と二人でウェーバーとシルヴィーを〝冬でも熱々の二人〟としょっちゅうからかった。「ね、だから警告したでしょ。〝赤いアメリカ〟〔二〇〇〇年大統領選で共和党のブッシュを選んだ州の集まり〕のど真ん中でしかお目にかからないブルジョワの熱愛へテロなんていうおぞましいものを見ることになるって」女三人はすぐに仲良しトリオを結成し、ノースフォークにある葡萄園へワインの試飲に出かけたり、ファイアーアイランドの寒い浜辺で漂着物拾いをしたりし、残されたウェーバーは一人で〝テストステロン黙想〟をした。娘たちが帰っていくと、シルヴィーは休暇後の空の巣《エンプティーネスト》症候群に陥った。それを癒すには〈ウェイファインダーズ〉で福祉サービス斡旋業務を長時間するしかないようだった。

ウェーバーも休暇中の精神的落ち込みを副作用や中毒性がないとされている認知改善薬ピラセタムで治す空想をしてみた。この薬は脳の両半球間の信号の流れを刺激することで驚くほど認知能力を高めるということをかなり以前から聞いている。何人かの知り合いの研究者は少量のコリンと一緒に呑むらしい。二つの薬は相乗効果をあげて、それぞれ単独で服用する以上に記憶力と創造力を増強してくれるという。だがウェーバーは臆病なのですでに相当変容してしまっている精神を実験台にする気が起きなかった。

『驚異の国』はどこの年末ベスト本リストにも載らなかった。書名が出たのは〈今年のがっかり賞〉的なものだけだ。だがさっさと書店から消えたことにはむしろほっとした——証拠が残らなくてけっこうなことだ。シルヴィーはわざとそのことに無関心を装い、おかげでウェーバーはいっそう悲しい気分になった。年が明けて最初の日曜日、二人で暖炉の前に坐っている時、ウェーバーが〝有名なジェラルド〟は去年煙突から降りてくるのを忘れたねという冗談を言うと、シルヴィーは笑ってこう返した。「はっきり言って私、〝有名なジェラルド〟なんてもうどうでもいいの。たった今、永遠にさよならしたって全然平気。モルジブの〈クラブメッド〉から年に一度絵葉書でもくれればいいわ」

「そこまで残酷なことを言わなくても」

「残酷？」シルヴィーは煉瓦のマントルピースを平手で思いきり叩いた。それから言いたいことを言わなかった数週間を両手で突き放すような仕草をした。「まったくもう。いつになったらその問題にけりがつくの」

シルヴィーの目が燃えていた。ウェーバーは妻の不安の大きさを見てとった。無理もない。意気阻喪した夫を目にしながら何もできず、それがいつ終わるのか、そもそも終わる時があるのか、わからないという現状。「君の言うことはもっともだ。すまない。私は……」

シルヴィーは何度か深く息をついて気持ちを抑えようとした。ウェーバーが坐っているソファーへやってきて、手を夫の胸に押しあてた。「あなたは自分に対して何をしているの。何が問題？世間の評価？　世間の評価なんて、みんなの勝手な妄想の最大公約数にすぎないでしょ」

ウェーバーはかぶりを振りながら、首筋を二本の指で押さえる。「いや、世間の評価じゃない。君の言うことは正しいよ。世間の評価なんて……的外れなものばかりだ」

「じゃ何？　ポイントはどこにあるの」

自分が患っている症候群を知る者はいない。ほかの人たちが自分をどう判定しているかはわからない。

シルヴィーは沈黙にひるみ、夫のシャツの生地をぎゅっとつかんだ。「ねえ聞いて。私あなたが元通りになって、自分のために仕事をするようになってくれたら、今まであなたが手に入れた世間の評価なんてなくなったっていいと思ってるのよ」

だが世間からの評価のないウェーバーはシルヴィーの知っているのとは違う人間だ。ウェーバーは今確信するに至ったことをもう少しで話しそうになった。自分の書いてきた本が基本的に不道徳なものだということを。だがそれを口にすれば、現実のものも想像上のものも含めたいかなる不倫よりもすみやかに二人の関係を終わらせてしまうに違いなかった。

あと十七分で医療センターでの講義の時間よ。要するにシルヴィーは夫に、また彼自身の人生の主人公になってほしいだけだった。オハイオ州で大学生だった時に知り合って以来何十年かそうだったように。〝私の男〟。どんな活動の中にでも飛びこんでいった男。それはその先に何かあるからではなく、活動自体の生々しい新奇さを味わうためだった。どんな生き物にも無限の微妙な違いがあって同じものは再生できないことを教えてくれた男。だから教えにいって。学びにいって。もっといろんなものを味わいたくない？　もっと大きくなりたくない？

ウェーバーがグレープフルーツをいじっていると、朝食のテーブルがある小部屋の窓がごんと嫌な音を立てた。振り返る前から何の音かはわかった。それでも振り返ると、鳥が傷ついてばたばた飛び離れていった。大きな雄のコウカンチョウで、この二週間ほど窓ガラスに映った自分をテリトリーへの侵入者と見做して攻撃を繰り返していた。

ウェーバーは鉢形の教室の四分の一を埋める学生の前に立ち、ワイヤレスマイクを服に装着しながら、今や教壇に立つたびに襲ってくる欺瞞の感覚と闘った。学生たちは例年と同じで、ロンコンコマやコママック出身の白人上層中流階級の子弟が多く、刑務所で入れるようなタトゥーからラコステの鰐に至るまでのさまざまなアイデンティティー確認物を身に帯びているが、今学期は嘲笑的な態度を示すという変化を見せていた。学生たちはメールやインスタントメッセンジャーでウェーバーへの起訴状を配布した。相変わらずウェーバーの話は一言漏らさずノートに書きとるが、目的はいんちきを見破り、ぺてんをあぶり出すことにあり、その意気込みでペンに力がこもった。彼らは物語ではなく科学を求めている。だがウェーバーにはもうその違いがわからなくなっていた。

　マイクのテストをし、プロジェクターのピントを合わせる。顔をあげて階段教室に坐っている学部の四年生たちを見た。顔に自然のままの毛を生やしておくのがまた流行っていた。もちろんピアスもだが、これは金物と言ってもいい代物で、今後も慣れることはできないだろう。レヴィットタウン〔第二次世界大戦後に大規模な住宅開発がなされたロングアイランドの町〕の孫世代は眉や鼻に金属棒を刺している。前から四列目に坐ったタトゥーありのぽっちゃりした女子学生は、携帯電話の許される最後の通話をする――**これから神経《ニューロ》の講義**――唾液にぬらりと光った舌ピアスは意外に小さい淡水真珠だった。

　世の中に疲れたような二十一歳の若者たちを眺めていると、一人ずつ症例にまとめてみたくなる。この前の短い訪問でマーク・シュルーターに会って以来、世界はディケンズやドストエフスキーの小説に出てくるような人に満ちていると感じられるようになった。熱狂的なアナキストのブロイトフは最後列の座席三つを占拠して横になっている。神経質で融通のきかないミス・ナーフラドルは、前から二列目の通路側の席で教科書やノートを几帳面に配置することに心を砕いている。そして中ほどの列の正面に陣取る、黒髪をきれいに撫でつけたスラブ系かギリシャ系とおぼしき痩せ形の男子学生は、時間になっても講義が始まらなかった時、ぎろりとウェーバーを睨んできた。そこまで怒りを買うようなことなのか。

　この教室にいる人間の魂はみないずれ苦笑しながら自分自身を振り返るだろう。**俺はあんな服着てなかっただろ。あんなまじめにノートとるかよ。あたし、あんなこと考えるはずないじゃん。あの情けない女、誰？**　自我は暴徒、流れ歩き、時のはずみで行動する徒党である。それが今日の講義のテーマ。いや、ネブラスカの気の毒な食肉会社従業員と出会って以来行なってきたすべての講義のテーマだ。自我は必ず自分について思い違いをして妄想にとらわれている。

　髪を撫でつけたギリシャ系男子の一つ置いて隣の席には、今学期ウェーバーが目を向けまいとしている女子学生が坐っていた。そういう女子学生は毎年現われるが、年を追うごとに若く見えてくる。けっして美人ではないが、実年齢よりも年上のようにふるまおうとし、眉を吊りあげる時も一ナノメートルほど高くあげる。今回のその女子学生は前から八列目、ウェーバーの網膜の中心窩に映る位置にいて、ぴっちりしたピーチ色のタートルネックセーターに身を包み、ウェーバーに微笑みかけ、丸顔を紅潮させて、どんな話も聞き漏らすまいとする。

　そう言えばマークのお姉さんのカリンが、初めて会った時、昼食をとりながらあることを言った。責めるように。**信じられない。先生もやるんですね。先生くらいの偉い人はてっきり……**ウェーバーは彼女が何のことを言っているのかわからないと思っていた。だがあの時もわかっていた――そして実際それをしていたのだ。

　ウェーバーは自分のノートに最後に一瞥をくれた。系統立った無知。脳と比べれば、人間のすべての知識など、太陽と比べたレモン飴《ドロップ》のようなものだ。「今日話すのは、二人の非常に違った人間の物語だ」ウェーバーの肉体を遊離した声が壁の高い位置に設置されたスピーカーから、権威を増幅されて流れてきた。囁かれていた私語の最後の断片が消えた。〝物語〟という言葉が抑制されたせせら笑いを引き出す。ブロイトフがあからさまな懐疑の表情で前頭部の横断面を見た。ミス・ナーフラドルがデジタルボイスレコーダーに嘆願する。タートルネックセーターの女子学生は好奇心を素直に見せてウェーバーを注視している。ほかの学生は軽い退屈を覗かせるだけでとくに何の感情も表わさない。

「まずはH・Mの症例。神経科学の世界で最も有名な患者だ。およそ五十年前のある夏の日、ここからロングアイランド湾を隔てたところで、無知で熱意にあふれすぎる外科医がH・Mの悪化していく癲癇を治そうと、細い金属のパイプを海馬に挿入して――このピンクがかった灰色の部分が海馬だが――海馬を吸い出してしまった。それと一緒に海馬傍回、扁桃体、嗅内皮質、嗅周皮質――ここ、ここ、それにここ――の大半も。君たちとだいたい同じくらいの年の患者は、手術の間、目覚めたままだったんだ」

ふいに教室中の若者も目を覚ました。

「君たちのうち海馬が健全で先週の講義に出ていた人は驚かないだろうが、このピペットでの吸い出しによって、H・Mは新しい記憶を作る能力も抜きとられてしまった……」

ウェーバーは自分が華麗な演出力を披露していることを自覚して気分が悪くなった。だがこの話は長年にわたたって講義や著書の物語仕立ての記述で何度も繰り返してきたので、もうほかの話し方はできなくなっている。スライドを次々に送り、そらで説明を続けた。H・Mは人格は元のままでまずまず日常生活に復帰したが、新しい経験を記憶に留めておくことができなくなっていた。

「君たちはコーエン博士の報告を読んだだろう。彼は四日間にわたってテストをしたが、部屋を出てまた入ってくるたびに自己紹介をしなければならなかった。手術から何十年たっても、H・Mには何日か前のことに感じられたんだ」

医者の第一の義務は赦しを求めることだ。これの出典は何だった？　大学院時代にシルヴィーと一緒に見た映画だ。映画自体とその台詞に、二人は二十代前半の若者ならではの揺さぶられ方をした。その夜からほどなく、ウェーバーは将来の職業を決めた。そして同じ頃、シルヴィーもウェーバーを生涯の伴侶とすることを決めたに違いない。**医者の第一の義務は赦しを求めることだ。**ウェーバーはこれまで毎晩、その日に意図せずして傷つけてしまった人たちに赦しを乞う一時を持つべきだったのだ。

「H・Mの過去の記憶は無傷どころか立派なものだった。モハメド・アリの写真を見せると、『ジヨー・ルイスだ』と答える。二時間後にもう一度訊くと、まるで初めてのように同じ答えを返した。記憶は手術直前の時点で凍結され、あとは穴倉の中に囚われた。永遠の現在に閉じこめられたことすら知ることができなくなった。自分の身に何が起きたのかもわからない。というより、彼の中のわかっている部分が、その事実を意識のところまで伝えることができない。一時間に何回か、「私は今自分自身と議論をしている」と呟く。彼は何か自分が悪いことをして、それで罰を受けているんじゃないかという不安にいつも苛まれていたんだ」

話しながら、心を痛めている顔の列を眺めていった時、その女子学生が目にとまった。ウェーバーは戸惑って言葉を切った。さりげなく教室に入りこんできたもぐりの聴講生だろう。シルヴィーにそっくりだ。オハイオの大学生だった二十一歳のシルヴィー。下から四分の一あたりの、左側通路に面した席で、スライドを見ている。膝に螺旋綴じのノートを置き、ペンのお尻を上唇にあてている。折りたたみ式のデスクトップにはこの講義で使う教科書や資料のたぐいが一揃い。すでに学期の終わりに近いが、今までこの学生に気づかなかった。

「以来数十年、H・Mは医学史の中で最も研究された患者の一人だった。毎日同じことを何度も繰り返すことで、自分が観察下に置かれていることは理解できるようになった。始終テストされることでプライドはひどく傷ついていた。一日に百回ほどこう言った。『少なくとも私には先生がたのお手伝いができる。先生がたがいろいろなことを理解していくお手伝いができている』がそれでも、自分が今どこにいるかをいつも思い出させてもらわなければならないし、何十年たっても、今日は父親や母親のところへは帰れないことを教えられなければならなかった」

ウェーバーは女子学生をじっと見ていた。カールした髪の滝がまじめそうな顔を埋めるように流れ落ちている。よく見ればシルヴィーとはあまり似ていない。ただ昔のシルヴィーはこんな風だったのだ。優しげだが内に激しさを秘め、学問が投げかけてくれるものすべてに生き生きとした好奇心を燃やしていた。ウェーバーははっとして、苛立たしげに待っている学生たちに意識を戻した。心をよそにしながら症例の細かな点を説明した。学生たちはせっせとノートをとる。彼らが望んでいるのはこれなのだ。繰り返し再生できる、しっかりとした事実。

「H・Mと並んで紹介したいのは、デイヴィッドの物語だ。三十八歳の、イリノイ州に住む保険会社の社員で、結婚して二人の小さな子供がいる。健康そのもので、神経科学的に興味深い事実と言えば、シカゴ・カブスが次のシーズンにきっと優勝すると信じている点だけだった」

お付き合いの笑いが教室中に小波を立てたが、去年よりもおずおずとした笑いだった。ウェーバーは視線をあげた。若き日のシルヴィーは唇を嚙んでノートに目を落としていた。たぶんウェーバーを憐れんでいるのだろう。

「何かおかしいと最初に気づかれたのは、元々R・E・Mファンだったデイヴィッドがピート・シーガーに熱をあげるようになった時だった」

学生からの反応は皆無。前の年もそうだった。挙げた名前は文化的に忘却されているのだ。シーガーなんて歌手は初めから存在しなかったし、R・E・Mも今は熱に浮かされて見た夢としてさえ記憶されていない。

「奥さんはおかしいと感じたが、只事でないと思ったのは一ヶ月後、デイヴィッドが大好きな作家のJ・D・サリンジャーを社会への脅威だと言って口汚く罵りはじめた時だった。デイヴィッドは〝本物の本〟と称するものを集めはじめた。実際には読まないのだが、ともかくそれらはウェスタン小説と海洋冒険小説に限られていた。服装も変わってきた。奥さんに言わせれば退行が始まったんだ。職場へはオーバーオールを着ていった。奥さんは医者に診てもらうように勧めたが、本人は健康に問題はないと言い張った。頭ははっきりしているから、奥さんは自分のほうがどうかしてるんじゃないかと疑ったくらいだ。デイヴィッドはよく昔の自分を取り戻したという話をした。何度も何度も奥さんにこう言った。『私たちはみんな昔はこんな風に生活してたんだ』と。

デイヴィッドは頭痛と吐き気に悩まされ、無気力になり、敏捷さを失ってきた。ある日、帰宅するのがいつもより三時間遅かった。奥さんはひどく心配した。デイヴィッドは車を同僚に売ってしまって、二十キロ近く離れた職場から歩いて帰ってきたんだ。奥さんは恐くなって取り乱し、夫を怒鳴りつけた。だって車は環境に悪いから、とデイヴィッドは答えた。これからは自転車で通勤する。そうすれば貯金ができて、子供たちに大学の学費を出してやれるからと。奥さんはストレスが原因の人格障害ではないかと考えた。かつては深刻な同一性危機と呼ばれた症状だ……」

若き日のシルヴィーは膝に載せたノートにかりかり文字を書きつけている。肘の揺れ方、首の傾き方に、強さと弱さの両方が現われていた。ウェーバーは感覚の爆撃に襲われた。古い調べが、消え去ったあまたの瞬間が、和音を次々と送ってきた。図書館で閉館時間まで一緒に勉強したこと。火曜日の夜にシネクラブで見たヨーロッパのアート系映画。サルトルやブーバーについての長い議論。多かれ少なかれ長く続くセックス。シルヴィーに目隠しをし、むき出しのおなかにいろいろな布切れを載せて色を当てさせたこと。シルヴィーが触覚で色がわかると言ったからだが、確かにいつも正しく当てた。

痕跡が、今も無傷で残っている。かつてのウェーバーはまだファイルに載っていて、どこかに保管されている。だがウェーバーはこの想起されるもろもろの感覚の位置づけを間違えていた。この階段教室のウェーバーの目の前に坐り、自身の増えつづけていく記録の中に見当違いのノートを書きこんでいる生きた幽霊を意識にとめた時まで。

「奥さんはデイヴィッドに、次の日に車を売った相手に電話をして買い戻すように言った。デイヴィッドはそのとおりにした。ところが数週間後、今度はまったく家に帰ってこなかった。会社の駐車場を歩いている時、頭上の空の時々刻々の変化に魅入られて、アスファルトの敷地に坐りこみ、空を眺めあげて、一晩過ごしてしまったんだ。翌朝警察官に保護された時、デイヴィッドは見当識を失っていた。奥さんは病院へ連れていった。デイヴィッドはまず精神科に連れていかれたが、すぐに神経科に回された。現代的なスキャン技術がなかったから、どう治療していいかわからなかっただろう。しかしスキャンにかけてみたらこうだった。この眼窩前頭皮質尾部の、丸で囲んだところに大きな腫瘍がある――これは髄膜腫で――何年もの間に大きくなり、前頭葉を圧迫して、デイヴィッドの人格の中に自分を組みこんでいったんだ……」

スライドを次々と映すうちにウェーバーは気づいた。ネブラスカでの動揺は完璧だった経歴の最初の汚点というわけではなかった。厳密な意味ではシルヴィーを裏切ったことは一度もない。だが何年かおきに、愛妻家ジェラルドは危ういところに近づいた。五十歳になった時にはベイエリアに住む女性彫刻家と出会った。長い間――おそらく一年半ほど――メールのやりとりをしたが、やがて相手がウェーバーに、私はあなたの頭の中で作り出された女にすぎないでしょうと問い詰め、無理やりそれを認めさせた。十年前には大学院に所属する三十過ぎの日本人研究助手が、熱意と期待をウェーバーに向けてきた。どう考えてもニアミスと呼ぶしかない一件だった。ウェーバーが冷淡な態度をとると、相手は大学院を去っていった。話す時はほとんどウェーバーと目を合わせられなかったその女性は、去ったあとに次のような置き手紙を残していった。**日本では、研究者は犠牲にしたすべての実験動物のために一日喪に服します**……これら理論上の情事はどれも例外的事件だった。全部で半ダースほどの例外的事件。ウェーバーは轢き逃げ常習犯だったようだ。どの時もシルヴィーに告白したが、いつも事後報告で、事態の深刻さを和らげて伝えた。記録庫に永久保存された事件は一つもなかった。

次のスライドがかしゃりと音を立てた時、ウェーバーは真実を悟った。自分はバーバラ・ガレスピーが欲しかった。しかしなぜだ。バーバラの行動には理解できないところがいくつもあった。ウエーバーと同じように彼女の人生でも何かがうまくいかなかったのだ。ウェーバーが入りこみつつあった空無の穴に彼女はすでに住んでいた。とてつもなく広い隠れ場所だ。彼女はウェーバーの知りたいことを知っている。彼女の何かがウェーバーを呼び戻してくれる。

だがもっと吝嗇《りんしょく》な説明もある。判断材料となる事実を与えられたら、ここにいる学生たちはどんな診断をくだすだろう。よくある中年の危機？　純然たる生物学的解釈、古典的な自己欺瞞、それともっと衝撃的な見立てか。脳の前頭葉を圧迫してウェーバーの人格を少しずつ変えつつある腫瘍か何かがスキャン画像に見つかるだろうとか……

ウェーバーは咳払いをした。その破裂音が頭上のスピーカーから出た。「デイヴィッドは自分がどれほどひどく変わったか自覚していなかった。変化が少しずつ起きたせいだけじゃない。先々週、病態失認について話したことを思い出してほしい。意識の仕事は脳に配置されたすべてのモジュールが統合されているのを確認すること。私たちに自分が自分にとってなじみのある存在だと思わせることだ。デイヴィッドは固定されることを望まなかった。真実に立ち戻る道を見つけたと思った。ほかのみんなが捨ててしまったものに立ち戻る道を」

若き日のシルヴィーが顔をあげてウェーバーを見た。ウェーバーは自己嫌悪に満たされた。情けない中途半端な不倫のリストを記憶に携えている男を赦すことはできる。だが汚れなき自己像を持っている男がそのリストを完全に消してしまっていた。そんな男はみんなに晒し者にされる緩慢で苦しい罰を越えて、さらにどんな罰を受けるのが相当だろう。ウェーバーは肩をまるめて演台に寄りかかった。貧血ぎみの脱力を覚える。そこでもっと構造的分析や機能的解剖学のアプローチで脱力に対抗しようと、脳葉や損傷の話に没頭した。やがて腕時計が柔らかな音を立てて話をまとめる時間が来たことを知らせた。

「さて私たちは今、二つの非常に異なる障害の物語を見てみたわけだ。二人の患者はずいぶんと違っている。一人は連続した自我を保てない人。もう一人はある連続した自我に否応なく飛びこんでしまう人。前者は新しい記憶をとりこめない人。後者は新しい記憶をあまりにも容易く作ってしまう人。私たちは自分で自分の精神状態を把握できると思っているが、神経科学のどの研究結果もそうではないと告げる。私たちは自分自身を統一された主権国家だと思っているが、神経科学は私たちを国家の目の見えない元首であり、官邸に閉じこめられていて、自分で選んだ側近たちの言うことだけを聞き、国民は場当たり的な動員をかけられて右往左往するばかり……」

ウェーバーはしらっとしている学生たちを眺めた。よくない。ブロイトフなどは怒り狂っている。ぴちぴちタートルネックの女子学生は視線を泳がせる。ミス・ナーフラドルは今にもブラックベリーで司法長官に電話して、ウェーバーを愛国者法〔二〇〇一年、九・一一テロの翌月に制定されたテロ対策法で、保安当局の権限を大幅に拡張した〕違反で逮捕するよう嘆願しそうだ。若き日のシルヴィーのほうは見る勇気がなかった。ウェーバーは学生たちの顔に自分自身が映っているのを見た。神経科学的フリークショー。一つの症例。

これを学生たちにどう説明すればいいだろう。大昔の細胞にエネルギーが降りかかり、細胞はそれを記録した。ある種の刺激が化学的連鎖反応を惹起し、細胞に刻みを入れて構造を変化させ、信号の配列を作った。長い時間がたち、二つの細胞が抱き合い、信号をやりとりして、記述する状態の数を二乗した。細胞間のつながり方が変化した。細胞は発火のたびに発火が容易になり、変化する結合法が外界の痕跡を記憶した。こうした細胞が数十個つながって原始的な結節を作る。これはすでに無限に形を作り直す機械であり、〝知る〟という現象への半ばまで来ている。ほかの物質の地図を作る物質、光と音の可塑的な記録、変化と抵抗。数十億年の間に数千億個の神経細胞が進化を遂げ、それらの網目が文法の配線を構築する――名詞や動詞のみならず前置詞まで考案される。この記録能力を持つシナプスが自身のほうへ身体を曲げる――脳は自分自身を肩車して世界を読むと同時に自分を読む――そこから爆発的に希望や夢、自身を刻んだ経験より精巧な記憶、ほかの心についての理論、物理的な場所と同じくらい現実的で緻密な細部を持つ架空の場所を生み出す。それ自身は物質だが、世界の中に存在する電子的腐食版画を彫られた極微の諸世界であり、外にあるあらゆる形に形を与え、さらに無限の形を作る余地を残す。これが作るすべての次元の中に宇宙は浮かぶ。だが熱くも冷たくもなく、硬くも柔らかくもなく、右でも左でもなく、高くも低くもない、ただのイメージ、ただの蓄積。化学物質の伝達による外観の戯れにすぎず、蓄積を行なった状態をつねに取り消していく。いわば夜の信号機で、自身の土台の修復もできる。ウェーバーはかつてこう書いた。**スポンサーのない、ありえないような、全能に近い、しかも限りなく脆弱なもの……**

そうしたことを学生に示せる見込みはない。できるのはせいぜい信号が失われる無数のあり方を明らかにすることだけだ。どの継ぎ目が壊れることもありうる。空間が次元を失ったり、原因以前に結果が生じたり、言葉が指示内容から切り離されたり。誰でも空間無視に陥り、上下前後を取り違えてしまう可能性があることを示すこと。見えていてもそれが何かわからないとか、理由もなく思い出すとか、当惑している身体をめぐって複数の人格が主導権争いをしながらも、つねにつながりを持ち、自分たちで一体性を保っているとか。それらの心的現象も、聡明で懐疑的な学生たちの今の精神状態と同じように安定性と完結性を持っている。

「残りの何分かで、もう一つ症例を見てみよう。これは大脳の横断面で、前帯状回に損傷がある。思い出してもらいたいが、この部分は多くの高次感覚野からのインプットを受けとって高次運動機能を統制する領域へとつなぐ役割を果たす。フランシス・クリックはちょうどこの部分に損傷を受けた女性について書いている。その女性は意図に基づいて行動する能力や、意図を形成する能力を失ってしまった。無動無言症といって、発話、思考、行動、選択への欲求が消えてしまうんだ。クリックは、人情として理解できる非常な興奮とともに、意志の座を突きとめたと宣言した」

終業のベルがウェーバーを救うと同時に罰した。ウェーバーがまだ話をまとめようとしているのに学生たちは帰り支度を始めた。「以上が心の統合というきわめて複雑な問題の入門編だ。部分部分のことは少しわかってきているが、全体のことはまだまだわからないことが多い。最後の講義では意識がいかに統合されているかについての有力なモデルの候補をいくつか見てみよう。この結びつけ問題についての資料をまだ持っていない人は、帰る前にディスカッションリーダーからもらっていくように」

　本やデスクトップをばたばた鳴らして、学生たちは立ちあがった。来週の講義では何を話そう。どんどん消えていく自制心をしっかり持てるような話はあるだろうか。自我についての科学的理論を包括的に説明したところで、自分らしくあることに一歩も近づけない。見通せないほど奥深い内面にしか存在しないものを、神経科学が外側からつかみとることはできないのだ。

　学生たちは鬱屈した反乱兵の群れのように教室の通路を満たして廊下へ流れ出していった。ウェーバーはある感情に襲われた。知的には中途半端な文学で――少なくとも自らの無知を認めるフィクションで――神経科学を補いたいという欲求に。学生たちには、物語の帝王であるフロイトを読ませようと思った。**ヒステリー症者は、主に回想に病んでいるのである**（フロイト『ヒステリー研究』金関猛訳、ちくま学芸文庫）。それからプルーストやルイス・キャロル。ボルヘスの「記憶の人、フネス」を読むことも宿題にしよう。身体が麻痺してしまった男が完璧な記憶力を持つにいたった話。この男は三時十四分の横から眺めた犬が、その一分後の前から眺めた犬と同じ名前を持つことを不審がった。**現在はあまりにも豊饒かつ鮮明にすぎて、ほとんど耐えがたかった**（ボルヘス『伝奇集』所収「記憶の人、フネス」。鼓直訳、岩波文庫）。ウェーバーはマーク・シュルーターの話をしようと思った。あのまだ少年のような大人が自分にどういう影響を与えたかを説明する。学生たちのミラー・ニューロンを刺激してこちらの心の動きを真似させる。彼らを共感の迷路の中に彷徨わせるのだ。

　例によって落ちこぼれ寸前の学生たちが演台のまわりに集まってきた。ウェーバーはそれぞれの学生の質問に耳を傾け、その内容を真剣に理解しようと努めた。学期の終わりが近づいて不安を抱えている学生は、第一波が四人。その背後にさらに四人が控えていた。ウェーバーは何を捜すともなく教室内を見まわした。すると彼女が目に入った。左側通路の中ほどで立ちどまった若き日のシルヴィーがこちらを見ている。何か迷っている様子だ。おそらくウェーバーに何か話すことがあるのだろう。若き日のウェーバー青年に。だが待っている時間はないらしい。ごく近い未来にある場所へ行かなければならないのだ。

ウェーバーはそれぞれの学生に安心させる微笑みを向けながら質疑応答のペースを速めた。残りの人数がだいぶ減ってきた時、目をあげると、そこにあったのは驚いたことにブロイトフの顔だ。この近さで見ると、アナキストの黒髪が毛染めの産物なのがわかる。右腕には鋲つきの革の腕輪をつけ、左腕の袖の下にはグアダルーペの聖母像が鮮やかな赤とシアンブルーで彫られていた。羽毛のような口髭は微かな傷痕で途切れている――不完全な手術で修復された口唇裂の痕だ。視線をあげると、若き日のシルヴィーは、ためらいながら、もう行こうかという構えになっている。ウェーバーは自制の手綱を引き締めながら、アナキストに目を戻した。「さてと、君の質問は何かな」

ブロイトフはびくりとし、瞬きをして、軽く後ずさった。「さっきのあの、髄膜腫の話ですけど。デイヴィッドでしたっけ?」謝罪の声になっている。ウェーバーはうなずいて続きをうながした。

「思ったんですけど……ひょっとしたら僕の父親が……」

ウェーバーは顔をあげた。必死の反射的動作だった。シルヴィーはすでにバックパックを背負い、階段をのぼって出口に向かっていた。ウェーバーがそれを目で追っていると、ブロイトフは呟き声になり、その声が消えていく。シルヴィーは振り返らなかった。どこへ行くんだ? ウェーバーはシンボル空間で呼びかけた。戻ってきてくれ。僕だ。僕はまだここにいる。

そろそろ引退の潮時だった。研究所ではもちろん、教室でももう自分を信用できなかった。カルチャー教室の講師か理科系科目の家庭教師でもやろうか。人生の残り二十年ほどで、外国語を一つ勉強するか、神経科学の専門を生かした小説を書くのもいい。ネタはたくさんある。別に世間に発表しなくてもいいのだ。

ウェーバーは夕方まで大学にいて、仕事を作ってそれに没頭していた。推薦状書きは学者の生活の中心とも言えるほど、いつでもある。それは贖罪のための単純作業のように思えた。神経伝達物質フェニルエチルアミンを摂取するために三百グラムほどのチョコレートを食べた。最近ではこれが冬の夕方が着せにくる憂鬱の外套を脱がせてくれる。

不思議なことにバーバラ・ガレスピーへの欲望はほとんど感じなかった。そもそも彼女に感じた魅力は抽象的なものだったのだろう。今でも想像する身体の触れ合いは無害な握手程度だ。言ってみれば彼女は――何だろう。家族でも友人でもない。いわゆる恋人や愛人でもない。世の中でまだ発明されていない関係だ。彼女を所有したいとは思わない。いつもの一連の質問を使って調べたいだけだ。彼女が何に挫折したのか。なぜ彼女と一緒にいるとほっとするのか。壁を破って、彼女を引っ張り出したい。彼女の履歴を知りたい。対面で話をした何分間かの間に彼女はほとんど何も話さなかったに等しい。だが彼女はマークについて、ウェーバーに見つけられなかったものを見つけているはずなのだ。

緑のジーンズのオーバーオールに白いコットンシャツ姿のバーバラが、木の梯子をのぼっているところを目に浮かべた。梯子は海の近くに建っているケープ・コッド様式の白い家に立てかけられている。もう軒まで届くところだ。自分はバーバラについて何を知っているのか。何も知らない。前頭前皮質が空中のかすみと海馬から漂い出す記憶で織りあげたもの以外は何も。ウェーバーは顔の前に黒いベールを垂らした少女の頃のバーバラが、香でむせ返りそうな祭壇に一本五十セントの蠟燭に火をともして献納するところを想像した。誰についてであれ、自分は何を知っているのか。

バーバラとマーク・シュルーターが灰色のつなぎの服に黄色いヘルメットという恰好で、家ほどの高さのある銀色に光るステンレスの円筒の計器の花束を調べているところを見た。カリンが運転する青いクーペの助手席の窓から身を乗り出し、手にした熊のぬいぐるみを風の中に突き出しているバーバラを見た。それからカブールかどこかの傍聴人が詰めかけた法廷でバーバラと肩を並べて立つ自分自身を見た。二人はマークとカリンの身柄を司法手続きで保護しようとしているのだが、どんな言語を使っても請求を理解してもらえない。

ウェーバーはふと自分がネブラスカを作りあげていたことに気づいてはっとした。それは一つのまとまった物語になっていた。ジャーナリズムのふりをしている道徳劇という混合形態の実験的なジャンルの。向こうで起きたことについて頼りになる記憶は何もなかった。バーバラの顔立ちはおろかどんな特徴も正確に再現できない。にも拘わらず彼女についての修復された記憶を呼び起こすことをやめられずにいる。それらの記憶は非常に詳細で記録されたデータなのだと断言してしまってもいいほどだ。

自分は妻の人生について何を知っているだろうか。自分の妻ではなかった頃はどんな人だったのだろう。ウェーバーは雪の積もった共有地の中を通る道路を車で走り家に向かった。二つの植民地時代の教会が見えてくると例によって落ち着いた。長いカーブを描く道をたどってストロングズネックまで行く。茶色がかった緑の港湾は今は干潮だ。それから知っている人でなければ見つけられない細い道、ボブズ・レインに入る。自宅の前庭にはまだ冬の雨が水溜まりを作っていた。秋の間中、緑の羽の鴨の一家がかりそめの湖の畔を家にしていたが、今や湖は凍り、鴨はすでに飛び去っていた。

シルヴィーのほうが先に家に帰っていた。夫に爆弾を落とされて以来、最近はずっと早い時間に職場を出るようにしているのだ。ウェーバーはそう頼んだわけではないし、その必要はないと言う勇気もなかった。シルヴィーがオーブンに何か入れている。茄子のキャセロールだ。二十年前にウェーバーは毎晩でも喜んで食べると言ったことがあり、その埋もれた熱意を今思い出したというわけだろう。顔をあげた時のシルヴィーの不安げな微笑みが、ぐさりと刺さってきた。「いい一日だった？」

「黄金の一日だった」昔よく交わしたやりとりだ。

「講義はどうだったの」

「ま、私の評価では、素晴らしい出来だった可能性が充分にあると思うよ」ウェーバーはあまりにも性急に妻を抱擁した。シルヴィーはオーブンミットを懸命に脱ぐ。「私が君に夢中だってことはもう言ったかな」

シルヴィーは疑わしげにくすくす笑いながらウェーバーの背後に目をやった。誰か来るかもしれないと思ったのだろうか。ウェーバーがいったい誰を連れてくるというのだろう。「言ったみたい。昨日、だったかな」

番組がオンエアーされる。だが何か変だ、とマークは思う。俺に何かデジタル処理をしている——ハイテクの画像フィルターみたいなものをかけているらしい。俺を知らない人は何とも思わないだろうが、友達は——マーク・シュルーターに残っている数少ない友達なら、代役が出ていると思うだろう。

　事件自体はだいたい正しく伝えられている。話題はあの事故のこと。前から迫ってきた車のことも、後ろからついてきた車のことも、ちゃんと話している。例の手書きの置き手紙が紹介されて画面いっぱいにクローズアップされる見せ場では、実物が読みにくい視聴者のために字幕まで出る。**私は何者でもない。**私は何者でもないか。今の時代、誰にでも言えることかもしれない。だが名乗り出た本人には賞金が出る。確か五百ドルだ。経済がまたドツボにはまって、州民全員が失業手当を受けていると言ってもいいほどの今、誰かが名乗り出てくるだろう。

じっと電話のそばで匿名の情報を待っていたいところだが、やることが多すぎる。たとえばコピー・カリンがやってきて、ぎゃんぎゃん言う。テレビ番組のことを聞いたけど見逃したというのだ。**いつ収録したの？ 何で教えてくれなかったの？** なかなか芝居がうまい。本当に知らなかったのだと信じそうになる。

あの女をテストしてやろうと思っている。ずっと考えていることだ。そこでブロム・ロードへのドライブに誘ってみた。俺が八歳から十四歳の時まで住んでいた場所。カリンはいつも失われた楽園みたいに話していたが、替え玉はどうやらその点を予習していたようだ。ドライブのことを言ったとたん、子供みたいにぴょんぴょん跳ねる。高校の卒業ダンスパーティーにでも誘われたみたいに。

俺たちは偽カリンの小さなジャップの車で出かける。クリスマスの二週間前なのに変に暖かい。俺は水色のジャケットを着てきた。これは十月の服装。温室ガスのせいで環境危機なのだろう。短い間の陽気を愉しもう。偽カリンははしゃぎまくる。もううんと昔に来たきりだというように。変なのは、一遍も来たことがないはずだということだが。家の前まで通じる私道を行く。家はまるで玄関ポーチに中性子爆弾を落とされたみたいな感じになっている。窓はどれも黒くカーテンがかかっていない。周囲の敷地には背の高い雑草が生えていて、平原を復元しよう運動みたいだ。黒地にオレンジ色の〝立入禁止〟の看板がポーチに釘で打ちつけてあるのは単なる冗談。もう長いことここには誰も住んでいないから。要はシュルーター一家が農場を使い潰したあと、次の住人の誰も元に戻せなかったわけだ。九九年以来放置されているが、俺も今日まで来たことはなかった。

納屋は右に大きく傾いて、マイクロ波がちょこっと当たっただけで倒れそうだ。カリン二号は家の前へ来る前にブレーキを踏む。すっかり興奮している。木はどこ？　鈴懸の木がなくなってる。私の十二歳の誕生日に父さんとあなたが植えてくれた木。これは最初、けっこう来た。俺たちがいつ何を植えたか知っているからだ。だが切り株がすぐそこにあった。町の人間なら誰でもそのことを教えられるはずだ。シュルーターのやつはまったく馬鹿だよ。水をがぶ飲みする大きな木を植えちまって。それでなくても地下水が少なくて豆畑がからからなのに。

　俺は言う。だいぶ前に切り倒したと聞いたよ。

　カリン二号は振り向いて傷ついた目で俺を見る。何で教えてくれなかったの。教える？　だってそん時はあんたと知り合ってなかったからな。

　カリン二号は砂利道に車を駐めて降りる。俺もあとに続く。カリン二号は切り株のそばに立つ。バギー・ジーンズに、カリン一号が着ていたのと同じちっちゃな茶色い革ジャンという恰好で、その革ジャンのポケットに両手を突っこんでいる。悪い女じゃない。悪事に巻きこまれているだけだ。それいつの話？　母さんが死ぬ前、死んだあと？

　その問いに俺はたじろぐ。ただカリン二号がそう訊いたということだけじゃない。よくわからない。

　カリン二号はこちらを見て続ける。わかってる。母さんがまだ生きてるみたいな気がするんでしょ。あの横っちょのドアから〝毛布にくるまれた豚《ピッグズ・イン・ブランケット》〟〔ソーセージのパイ皮包み焼き〕を盛ったお皿を手に出てきて、お祈りをして食事をしないとベルトでひっぱたくよと脅して。

　そう言われて俺は本当に気味悪くなる。だが、まさにこういうことのためにこの女を連れてきたのだ。この女の偽装の限界を暴くために。母さんのこと、ほかに何を覚えてる？　と俺は訊く。するとカリン二号はいろんなネタを出してくる。実の姉でないと知らないようなことを。自分たちが子供で、母親がまだベティー・クロッカー〔食品会社〈ゼネラルミルズ〉のブランド名。架空の女性を創作して作られた〕に顔が似てた頃のこと。

カリン二号は言う。覚えてるでしょ、母さんの自慢。小さい頃に家族が賞をもらった話。俺は答えずにはいられない。一九五一年、ネブラスカ州祭の、健康家族賞か。

全米優生学何とかいう団体が主催したコンテストだったね。見るのは歯と髪の毛。牛か豚みたいに。そして金メダル獲得！

銅メダルだろ、と俺は訂正する。

だっけ。でも要するに大事な点は、そのあと母さんは私たちを産ませることで優秀な遺伝子プールを汚したといって、死ぬまで父さんに腹を立ててたってこと。

カリン二号は驚きの事実を次々に話す。俺が忘れていたようなことを。子供時代の終わり頃のいろいろな逸話。母親がまだミスター・全知全能と親しく話をするようになる前のこと。口答えしたら、母親はひざまずいてちっぽけな悪魔の名前をずらずら唱えた。例の本覚えてる、マーク？ 母さんがいつも持ち歩いてたやつで、あなたそれを見るたびにギャハギャハ笑ったじゃない。『イエスさまがあなたの穴を埋める』ってやつ。あなたがなぜ笑ったかやっとわかった時の母さんと来たら！」

俺たちは鈴懸の切り株のそばに立って、ラリッてるティーンエイジャーみたいにくすくす笑う。風が吹いて、ぐんぐん寒くなってくる。俺は家へ行ってみたいが、今はもうカリン二号の言葉が雪解け水を流す川みたいになっている。終わりの頃の話。母親がまだ死なないうちから聖女になったこと。まるで別人みたいだった、とカリン二号は俺がそばにいないかのように言う。信じられなかった。とても物わかりのいい、優しい人になって。点滴で生きてる状態になったあと、ある日の昼過ぎに話をしてたら、唐突にこう言ったの。来世なんてたぶん妄想だって。それでも、キリストよりもキリスト教徒らしくなって、私がスプーンで口元へ持っていく病院のチェダーチーズ・スープを啜りながら、**ああ、美味しい！　美味しい！**　って。

違う話が混ぜこぜだったりするが、俺は何も言わない。急に寒くなってきたのでカリン二号の腕をとり家のほうへ引っ張っていく。カリン二号の喋りはとまらない。

今でも母さん宛ての郵便物が来るの。お墓の向こうまでは転送してくれないみたいね。ほとんどが慈善団体とかクレジットカードの勧誘とか。母さんがダサいカーディガンを注文してた通販店のカタログとか。

入り口にたどり着く。ドアノブを回してみると、鍵がかかっている。もっとも、どうせ中にあるのは鼠の糞とペンキの剝がれ屑だけだが。俺はカリン二号を見る。何を提案する顔でもなく。

覚えてないの、とカリン二号は言う。正面の出窓のすぐ左手の壁の小板を指でこじる。錆びついた蝶番が回って小板がぱくりと開き、合鍵が現われる。自分たちのあとに引っ越してきた家族にさえ教えておかなかった隠し場所だ。カリン二号がこちらの脳波を読んでいるというのは充分ありうる。ワイヤレスのスキャン装置か何か、新しいデジタル機器を使っているのだろう。シュリンキーに訊ける時に訊いとけばよかった。カリン二号が鍵を開け、中に入る。ホラー映画そのまんまだ。居間だった部屋には家具がなく、灰色の埃と蜘蛛の巣がそこら中を覆っている。居間はめちゃくちゃに荒らされている。何か鼠より大きな哺乳動物のしわざに違いない。カリン二号は両手で頰の肉を後ろへ引っ張る。

それやめろよ。ストッキングかぶった強盗みたいだぜ。

だがカリンは聞いていない。部屋から部屋へと夢遊病者のように歩き、目に見えないあれこれを指さす。おんぼろソファー、兎の耳アンテナを載せたテレビ、鸚哥《いんこ》のかご。何でも知っている。それらを催眠術にかかって苦しみながら頭に浮かべるように思い出す。世紀の大女優なのか、本物カリンの脳の一部を移植されているのか。そこを調べなければ。頭がいかれちまう前に。カリン二号はケーブルテレビのニュースでよく見る爆弾にやられた女みたいにぼうっとした感じで歩きまわる。

ここが食卓。ここが靴を山に積んで置いてあったところ。カリンは本当に動揺している。俺はわからなくなる。ここは本物の昔の家か、それとも模型か。カリンがこちらを向く。お医者さんごっこしてるのを父さんに見つかって、食料室に閉じこめられたの覚えてる？

いや怒られたのはそのせいじゃ……でも何でこの女がそれを？　あの場にいなかったのに。

囚人みたいに、何日か入れられたんじゃなかったかな。そしたらあんた、『大脱走』みたいなこと始めて。ドアの下のすきまから四角い蠟紙を外の床に出して、茹でてないスパゲッティを鍵穴に突っこんでさ。差してある鍵を押し出して、蠟紙の上へ落として、それを中へ引きこんだよね。あんたいくつだった？　六つ？　ああいうのどこで覚えたの？

それはもちろん映画。何でも覚えるのは映画からだ。

カリンはキッチンの窓際に立って裏の荒れた農地を見た。ねえ、どんなこと覚えてる……あなたの父さんのこと？

いや、何だか変な気分だ。というのはカリン一号と俺は昔あの人をそんな風に呼んでいたからだ。あ、な、た、の父さんと。あなたの父さんのせいでと非難するように。そうだな、あの人はそもそも農業をやる人間じゃなかったな。それは確かだよ。何やるのも最低三週間は早すぎるか遅すぎるかした。システムの裏をかけ、常識を打ち破れって感じで。収穫ゼロならその一年は黄金の年だったもんな。あのおっさんが出ていって、農場が破産して、俺たちラッキーだったよ。

カリンは肩をすくめて、両方の拳を水のない流しに突き出す。そうだね。ラッキーだった。どっちみち〝農業危機〟でやられたもんね。あれにはみんなやられたから。

でもあの人工雨の件がある、と俺は言う。人工雨で金をすったやつなんてほかにいない。

カリンは苦々しげに鼻を鳴らす。なぜだかわからない。この女にとってはただのお仕事なのに。まあしかしよくやっている。首を振りながら言う。父さんの声って覚えてる？　歩き方とかさ。あの人って結局なんだったんだろうね。というのは、私はそろそろあの人の年に近づいてきてるのよ。私たちを閉じこめた時の父さんに。なのに全然……右のふくらはぎの下のほうに大きな傷痕があったのは覚えてるの。若い頃事故に遭ったって感じの傷痕。

線路の枕木だよ、と俺は言う。この女が知ってるかどうかはどうでもいい。連中も大昔の話で俺を痛めつけることはできない。枕木を脚の上に落としたんだ。ユニオン・パシフィック鉄道で働いてた時に。

それはありえないよ、マーク。どうやって枕木をふくらはぎに落とすの。

あんた俺の親父を知らないから。

カリンは笑いかけて、ぞっとしたような顔をした。そうだよね、と言って泣きだす。あんたの言うとおりよね。俺は泣きやませるためにちょっと抱きしめようとする。カリンは俺を奥の物置きへ引っ張っていった。道具棚のてっぺんから何かが小さく突き出ている。カリンが言う。この家からファーヴューへ引っ越す時、母さんと私があのビデオを見つけたのよ。

なんだい、自営業者のためのハウツー物か？　『ライバルを打ち負かせ』とか、『ドカンと当てよう』とか。

カリンは首を振りながら身震いをする。ものすごく嫌らしいやつ。私、とても口に出せない。

あ、フィストファックね。俺は知ってたよ。

母さんがショックを受けて、それを父さんのところへ持っていってわめきだしたら、父さんはただ突っ立って、そんなものは今初めて見たと言うの。何でそんなものが家にあるのかわからない。きっと前に住んでた誰かが置き忘れていったんだろうって。でもビデオよ！　前の人たちが出ていった時にはまだ発明されてなかったんだから。父さんはビデオを裏へ持っていって、ガソリンをかけて、焚き火をした。

げへ。

母さんは全部胸にしまいこんでおくことにした。殉教者の道を選んだわけ。父さんは悔い改めようとしていると信じて。

ま、違ったかもしれないけどな、と俺。

うん。そうね。違ったかもね。

俺たちは二階へあがる。二階には寝室があった。俺はだんだん荒れ果てた様子に慣れてきた。廊下にはごみが散らばっている。古い電話料金の請求書、空のライター。防水シートの切れ端に二本のビール瓶。床には漆喰の粉の薄いカーペット。でも人は住める。たいしたことじゃない。人は何にでも慣れてしまう。

カリンは昔の俺の部屋に入って、指さしながら言う。ベッド、箪笥、棚、玩具箱。これで正しいよね、という目を俺に向ける。確かにそれで正しい。これを教えこまれたとは考えられない。神経細胞の情報を直接移したに違いない。つまり本物のカリンの一部がこの女の中にダウンロードされてるってことだ。何か重要な部分。脳の、魂の、一部。カリンがほんのちょっとだけ、ここにいる。

カリンは窓敷居のくぼみを指さした。そこはミスター・サーマンが住んでいた場所だ。子供時代のマークのただ一人信頼できる友達。俺はびくりとしながらも、うなずく。

またカリンの目に挑むような色がさす。マーク？　一つ訊いていい？

あの《セヴンティーン》って雑誌、俺、触ったことないぜ。

カリンは遠慮がちに小さく笑う。冗談なのかどうか自信がないというように。それから思い切った感じで続ける。父さんが……あなたに触れたってことはない？

どういう意味だ。よく足をぶっ叩かれたじゃないか。まだ青痣が残ってるよ。

そうじゃなくて……いや、いい。忘れて。ちょっと来て。私の寝室へ。

ちょっと待てよ。ちょっと来てって。まさか誘惑してんじゃないだろうな。カリンは俺の肩をぶつ。俺はくっくっと笑いながらおとなしくあとについていく。どうも笑っちまう。灰色の腐れかけたような部屋で、またクイズをやる。ベッド。違う。ベッドだろ？　違うってば！　箪笥か。惜しい。

俺にわかるわけないだろ、とマークは思う。しょっちゅう模様替えをしていたからだ。

カリン二号は俺の手首に手をかけて、腕を動かさないようにという仕草をした。こちらの目を覗きこもうとする。彼女はどんな人だった？　どんな……人だったか教えて。

誰のことだ。俺の姉貴か。ほんとに姉貴に興味があるんだな。

ずいぶん長いこと行方不明で、もう帰ってこないんじゃないかと思う。俺もどうかしてしまったに違いない。あの事故で、病院にもわからない何かがどうかしてしまったのに違いない。なぜなら俺は部屋の中に立って、子供みたいに大声で泣きだしたからだ。

カリンとマークは二人だけで、ブロム・ロードの空家になった農家の中に立ち、今はもう分かち合っていない過去を復元しようとしていた。荒れ果てた屋内で不確かな記憶に身を浸すうちに、ふとカリンは、自分たちには今日という日の記憶が残ると思った。ほかに何もなくても、この陽射しの明るい午後、困惑を共有したという事実が。泣きだしたマークを慰めようとカリンが近づいた時、マークは拒まなかった。これは今までに一度もなかったことだ。

二人は暖かい十二月の戸外へ出た。かつて父親が作っていた畑を端から端まで歩いた。今は誰が使っているのか知らないが。刈り株を踏むと、カリンは夏の朝、陽が出る前に起きて、まだ露に濡れている豆畑を歩き、鋭い刃で足の親指を切り落としかけたこともある除草鍬で草刈りをした時の感触を、革のワークブーツの底に感じた。

マークも頭を垂れ、脇に並んでついてきた。マークが頭の中で格闘しているのが感じとれて、言葉をかけるのが恐く、そして誰かになるのが、とくにカリン・シュルーターになるのが、恐かった。とても奇妙なことだが、本当の自分を出さずにおくということは嫌ではなかった。〃この女〃呼ばわりされる替え玉でいることにはもう慣れてしまった。おかげで弟との関係を一から始めることができたし、その間にもう一人のカリンは弟の記憶の中でうんと株をあげた。記録を書き換える機会が与えられたのだ。しかも、同時に二つの書き換えの機会を。

黒土に刈り株だらけの低い隆起の頂上を越えた。カリンは子供の頃と同じように、この土地の残酷なまでの木の少なさを感じた。地を覆っているものが一つも目に入らない。何をしていても神に監視されている。中景の小高い土地を通る州間高速道路を、乗用車やトラックが草刈り鎌のようにびゅんびゅん左右に走っている。カリンは振り返って家を見た。来年の今頃にはもう倒れるかブルドーザーで押し潰されるかして、なくなっているだろう。本を広げたような屋根と食料室の斜めに傾いたドアが煉瓦の土台の上に載った、肩を四角く怒らせた白い箱が、何もない地平線から突き出ている。何にも守られていない家。

「あなたと父さんが水槽の詰まりを直そうとした時のこと覚えてる?」

マークは自分の頭を叩いた。「あんたが知ってるはずないことを思い出させないでくれ」

カリンはどの程度の強さで押していいかわからなかった。「あなたのお姉さんが家出した時のことはどう?」

マークは頭が飛んでいかないよう、頭頂部で両手を組み合わせた。それからまた歩きだし、自分の足がたどっている土の上の小さな溝を見つめた。「姉貴は神さまからの贈り物みたいな人だったよ。小さい頃からずっとそうだった。俺を死体の山から遠ざけておいてくれたんだ。そりゃ変なこともあったけどさ。誰だってそうだろ。姉貴は人に好かれたいと思ってただけなんだ」

「誰だってそうよね」とカリンはマークの言葉に訝を返す。「あんたらはほんとによく似てるよ。姉貴も昔はいろんな男とやりまくってた」カリンはきっとなってマークのほうを向いた。マークはおどけた顔でカリンを見返す。「おい、落ち着けよ。ただの悪口だからさ。あんた姉貴より怒らせるのが簡単だな」カリンは手の甲でマークの胸をぽんと叩いた。マークは例の面白がっている響きのまったくない笑い声を立てた。「そんで、ちょっと訊きたいんだけどさ――あんたが今寝てる男な」

カリンは地面の溝に視線を落とした。**どっちの男?**

「何で一緒にいるんだ。あいつ、あっちのほうはノーマルなのか」

カリンは思わずせせら笑いをしてしまった。「ノーマルって何よ、マーク」

「ノーマルか? 男とか、女とか、玄関のドアとか。逮捕されないものがノーマルさ」

「あの人は……すごくノーマルよ」

マークは足をとめてしゃがみ、何かの干からびた死骸を眺めた。靴の爪先でつつく。「ホリネズミ。可哀想に」

カリンはマークを死骸から引き離した。「でも、ダニエルの何が気に入らないわけ。あんなに仲がよかったのに。何があったの」

「何があったか?」マークはその問いを宙に書いた。「何が〝あった〟か教えてやるよ。やつは俺を変態にしようとしたんだ。いきなり。セクハラだ」

「マーク! 何言ってるの。そんなこと信じられない。それいつのことよ」

マークはさっと振り返って両手をあげた。「そんなことわかるはずないだろ。一九八八年十一月二十日の午後五時ですみたいなことが」

「でもマーキー、その時あなた何歳だった? 十四? 十五?」

「あんたあいつから聞いたことあるんじゃないのか。〝な、いい考えがあるんだよ。お前がさ、こう触って、俺がこう触って、二人で……〟。まったく情けないビョーキ野郎だぜ」

カリンは両手をぱっとはねあげてから、乾いた粘土質の地面にしゃがんだ。「冗談でしょ。あなたたち二人が何年間も誰にも話してない大喧嘩ってそれなわけ?」マークも隣にしゃがみ、目を合わせないようにしながら、指で地面を撫でた。「男の子は大きくなっていく過程で一度くらいはそういうことをするものなのよ」

「ふん。俺は違うからな」

「そんなことで親友と絶交したの?」と言っても、カリンはもっと些細なことで女友達と絶交したことがあるのだが。

マークは口をゆがめて、植物の根回りに土を盛るような仕草を続けた。「あいつはあいつの変態の道、俺は俺の変態の道を進んだんだ」

カリンはマークの肩に手を触れた。マークは肩を引かなかった。「なぜ私に話さなかった? ていうか、なぜあなたのお姉さんに話さなかったの」

「なぜって? あんたらはどっちも大学出だからさ。あんたらはバイセクシュアルの男を実験台にして面白いかもしれないけど、それが俺にどう役に立つんだよ」マークは起伏する畑に恨めしげな目を向けた。「あんたと俺がこんな風に二人きりでいるのを見たら、あいつなんて言うと思う」

カリンはごろんと仰向けに寝て畑の畝に背中をもたせかけた。笑いそうになるのをこらえた。おぞましい。最悪なのは、この農場の家で一緒に暮らしていた頃から考えても、これが一番親密な会話だということだ。

「あいつ、俺のちんちんを触ろうとしただけじゃない。俺のこと本気で愛しちゃってたんだ」

マークは飛ぶように流れていく雲を見あげた。カリンは気持ち悪くなってきた。思い当たることども。俺のこと本気で……いや、まさかそんなことが。マークが言っているような意味では、ありえないことだ。

「あいつは動物ともやってるんじゃないかと思うんだ」

「ちょっとマーク、やめなさい！　誰がそんなこと言ったのよ。トミーとドウェイン？　何て下劣なやつらなの」

マークは両手を首のあたりに掲げた。あることを考えるとみじめでならないという仕草だ。「トミーとドウェインのことは、あんたの言うとおりだったよ。あんたが正しくて俺が間違ってた。俺はあんたの言うことを聞かなかった。もっと聞いときゃよかったんだ」

「そうね」カリンは土に向かって言った。「私も同じ」今、マークの言うことに耳を傾けるうちに、ダニエルの人間像が変わってきた。カリンはこすっていた地面を両掌でぐいと押して立ちあがった。

「さ、帰ろう。不法侵入で逮捕されないうちに」

「ところであんたら二人は何をやって愉しむんだ？」マークはそう言ってすぐそっぽを向き、両手で顔を防護した。「エロい話はいらないからな。つまり、オペラでも見るのか。閉館時間に追い出されるまで図書館にいるのか」

一緒にどこへ出かけるか？　愉しむというのは二人の得意技ではない。「時々散歩する。あとは一緒に仕事することかな。〈鶴保護協会〉の仕事」

「はあ？」

「目下やろうとしてるのは、鶴を愛でる人たちから鶴を守ること」カリンは自分の仕事を詳しく説明した。話すうちに自分でも驚いたのは、〈協会〉で働きだしてまだ一ヶ月ちょっとしかたたないのに熱心な信者のような気持ちになっていることだった。今ではその仕事なしの自分が想像できない。州政府の小冊子の丘ができているテーブルに何時間もついて、無関心な人たちが目を覚まし、川の水を飲む生物全体のことを考えるような表現に直していく。その仕事はカリンの中の空虚をいくらか埋め、弟のカプグラ症候群のせいで過ごした無益な時間を少しだけ取り戻してくれた。長い間、宙ぶらりんにされていた。カリンは自分が集めたデータのことをマークに話したかった。人類は世界が生産するエネルギーの百二十パーセントを消費している。生物種の絶滅は普通に起こるより千倍の速度で進んでいる。だがそんなことには触れず、水の権利をめぐる闘争のこと、ファーヴユーの町の外で行なわれている土地争奪戦のことを話した。

「ちょっと待てよ。じゃあ〈自然前哨地〉は野鳥に害があるってのか」

「数字からはそういう結論になる。ダニエルはそう考えてるの」

その名前を聞いてマークはふたたび意気消沈する。「そのいわゆるダニエルって男だけどさ。そいつが失われた環なんだ。結局すべてがそいつを指さすことになる」

失われた環。動物とつがう男。人間の意識に対抗できないすべての生き物の擁護者。二人は家の近くまで戻ってきた。マークは両手をズボンの尻ポケットに突っこみ、畑の石を蹴って畝沿いに転がしている。立ちどまってカリンを見た。「その自然村はどこにできるんだ」

カリンは方角を確かめて南東を指さした。「あっちのほうのどこかよ。川沿いの土地」

マークは顔をさっとカリンに戻して背筋を伸ばす。「くそ。何てとこ指さすんだ！　いったい何がどうなってんだよ」苦痛の叫びを放つ。「わかんないのか。俺が事故に遭った場所だろ」家の裏手へ近づき、食料室の傾いたドアにもたれかかった。「俺のためにこの謎を解いてくれよ」癲癇の発作でも起こしそうな様子を見せる。「鶴を救う？　川を救う？　俺は救ってくれないのか。シュリンキーはどこにいるんだよ。訊きたいことがくその山ほどあるんだ。とっとと帰っちまいやがって。俺に変態的なことでもされかけたみたいに」

必死の目を栗のように真ん丸に見開いてカリンを見る。カリンは何か言わなければと思った。

「あれはあなたのせいじゃない。あの人はあの人の問題を抱えてるの」

マークは傾斜地で前に身を乗り出し、今にも飛びかかりそうな姿勢になった。「〝あの人の問題〟ってなんだ」

カリンは後ずさりした。車までの距離を確かめる。マークは何をするかわからない。何か基本的な本能のようなものが内にあって、外に出ようと爪でがりがり引っ掻いている。

だがマークはまた後ろへもたれて両掌をあげた。「まあいいや。それより、あんたをここへ誘ったのには理由があったんだ。騙して悪かったが、今は戦時だからな。とにかくびしっとはっきりさせたいんだ。あんたが誰のために働いてるのか、ほんとは誰の味方なのか、俺にはよくわからない。だけど俺が大変だった時、助けてくれたのは知ってる。なぜかはよくわからないけど、俺はそのことを忘れないよ」首を伸ばして卵の殻のように光沢のない空を見あげた。「何ていうか、俺に記憶力が残ってるかぎり覚えておくつもりだ。どうやったのか知らないが、あんたは明らかに姉貴のデータベースのほとんどを自分のものにしてる。姉貴の情報をダウンロードしてあんたに植えつけたか何かしたんだろう。あんたは俺のことを俺以上によく知ってる。俺のこの疑問に答えられるのはあんただけだ。俺としてはあんたを信用するしかない。だから俺を騙さないでくれよ。な？」マークはドアから背中を起こし、三メートルほど家から離れて、二階の自分の寝室だった部屋の窓を指さした。「あんたあの男を覚えてるのか」

カリンは何とか首を上下に動かした。

「何か覚えてないかな。あの男は誰だったか、どんな風に育ったか、その後どうなったか。あいつはどうなったんだ」

カリンはまた意志の力を振り絞ってうなずこうとしたが、首は動かなかった。マークはそれに気づかない。子供時代の部屋の窓を見あげて、証拠が枕カバーとシーツをつなげて作ったロープをつたい降りてくるのを待った。

マークはカリンのほうを向いて、まるで神の使者だというようにその両肩をつかんだ。「あんたは去年の今頃のマーク・シュルーターをよく覚えてるか？　事故の十日くらい前の様子を。俺が知りたいのは、あんたが上の連中から教えこまれた情報からの感じから言って……ああいうことを……わざとやったってことはありうると思うか」

カリンの脳がくぐもった唸りを立てた。「それどういう意味、マーキー」

「マーキーって呼ぶな。訊きたいことはわかるだろ。俺は自殺しようとしたのかってことさ」

カリンの腸が折りたたまれた。激しく首を振ったので髪が顔を打った。

マークはカリンの本心がそぶりに現われないかうかがった。「ほんとにか。ほんとにほんとか。前々から何か言ってなかったか。鬱だったとか。というのはこう思うんだよ。道の前のほうに何かいたんだ。それを思い出したんだ。なんか白いものが。それはこっちの車線へ突っこんできた対向車かもしれないけど。ひょっとしたら俺を見つけて、置き手紙をして、俺の人生を変えたあの人かもしれない。というのは、もしかしたら俺があそこを走ってたのは、自分で車をひっくり返すため、けりをつけるためじゃないかと思うんだ。それを誰かがとめてくれたんだと」

異論ははっきり考える前にカリンの口から出た。あなたは憂鬱そうじゃなかった。仕事があって、友達がいて、新しい家もできて。もしそういうことをしたい気持ちになってたのなら私にわかったはずだ……だがカリン自身、自殺の線は考えたことがあった。最初に病院に駆けつけた時も、今朝も。

「それはほんとに確かか」とマークは訊く。「姉としての記憶を注入された頭で考えて、自殺を考えてもおかしくない気配みたいなものはなかったのか。わかった。あんたがこのことで嘘をつくはずはないと信じるしかない。そろそろ行こうか。家まで送ってってくれ」二人は車に戻った。マークが助手席に乗る。カリンはエンジンをかけた。「ちょっと待ってくれ」マークはまた車を降りて、朽ちかけたポーチまで駆けていき、〝立入禁止〟の看板を引きはがした。また車に戻って飛びこみ、道のほうへ顎をしゃくった。

カリンはマークを送っていくために車を走らせた。車が走るほどにマークの家までの距離は延びた。オランザピンを服用させる件について、カリンはまた迷いだしていた。マークは今、ほんの少しとは言え、こちらに好意を持ちはじめている。しかも昔の姉に対しても好感度が増しているのだ。薬物療法で事故以前の状態に戻るとして、それがどんな風だったかは知っている。それよりは今のほうがいいのではないか。幸福というのは医学的に健常であること以上の意味を持っているのでは。弟なら――昔の弟なら――そんなことを言ったかもしれない。だが理性の声に負けて、カリンはまたヘイズ医師を訪ねることを勧めた。「いいものを見つけたらしいのよ。いろんなことをはっきりさせるのに役立つものを。それを使うと頭の中が……もう少しすっきりするはずだって」

「頭の中がすっきりするのは、今の俺にはありがたいな」だがマークはうわの空で聞いていた。右手の川のあるほうを眺めている。〈自然前哨地〉の建設予定地であり、自分の事故現場である場所を。「鶴を救うか」人類の常軌を逸した企てを冷静に見つめるようにうなずく。「鶴を救って人間さまたちを殺すってか」

マークはラジオをつけた。その時合わせてあった局から流れ出したのは保守派パーソナリティーが逆上して吠えるトーク番組で、カリンがよくこれを聞くのは最悪の不安に裏づけがほしいからだ。大統領が五十万人のアメリカ軍将兵に天然痘のワクチン接種を命じたという報道のあと、来るべき感染爆発に備えて一般市民は何をすればいいかと助言を求める電話が聴取者から寄せられた。

「生物戦かあ」とマークは抑揚をつけて言った。まったく理解不能だという表情を顔に貼りつけてカリンを見る。「俺は六十年早く生まれたかったよ」

その言葉はカリンの意表をついた。「それどういう意味？　どうして？」

「六十年早く生まれてたら、今頃はもう死んでるからさ」

車は〈リヴァー・ラン・エステーツ〉に入り、マークの家の前にたどり着いた。「じゃあ、ヘイズ先生に予約入れとくからね。それでいいよね、マーク？　聞いてる？」

マークは車から外へ片足をぶらさげたまま動きをとめ、霧を払うように頭を振った。「何でもいいよ。ただ一つ頼みがあるんだ。本物の姉貴がまた現われた場合だけどさ」二本指で額をぱらぱら叩く。「その場合もあんた、ちょっとだけ俺のことを思ってくれるかな」


〃自我は一つの統一体であり、自由意志を持ち、肉体と一体で、連続的で、意識を持つ〃と、かつてウェーバーは『千三百グラムの無限』に書いた。だがまだ何もわかっていなかったその当時でさえ、これらの必要条件が欠ける場合もあることを知っていた。

統一体であること。これを必要条件とするフィクションは、スペリーとガザニガが交連部切断手術で真っ二つにした。癲癇の治療のために脳梁を切断された患者は、右脳と左脳がつながっていない状態で生きることになった。直感的な右脳と論理的な左脳という二つの心が一つの頭蓋骨の中に並存し、それぞれの脳が自分だけの知覚と思考と連想の能力を使った。ウェーバーは分断された脳のそれぞれの人格にテストをする実験を見たことがある。すると左脳は神を信じると宣言し、右脳は自分は無神論者だと申告した。

自由意志を持つこと。これについてはリベットが、一九八三年に、普通の状態の脳にすら存在しないことをはっきりさせた。患者はマイクロ秒単位で時間を測れる時計を見ながら、人差し指を持ちあげようと考えた時点を確認する。それと同時に筋肉を動かそうとする時に発生する運動準備電位の発生時を測定する。すると指を持ちあげようと考えた瞬間の三分の一秒ほど前に電気信号が発生した。となると意志する自分は今まで思っていたのとは違う自分だということになる。われわれの自由意思なるものは、自分を会社の社長だと思っているアルバイトの少年にも似たコミカルな存在なのだ。

肉体と一体であること。自己像幻視や体外離脱体験のことを考えてみるといい。ジュネーヴの神経科学者たちは、それらの現象は側頭頭頂接合部の発作的機能不全から生じると結論づけた。右側頭頂皮質の適切な場所に少量の電流を流せば、誰でも天井に浮きあがって残された自分の身体を見おろすことができる。

連続的であること。しかしその糸はちょっと引っ張れば切れる。その結果が現実感喪失症または離人症。不安の発作や宗教的な回心。各種の誤認もそうだ――カプグラ症候群に似た現象で、ウェーバーもずっと以前からはっきり意識はしなくても見聞してきたことだ。永遠の愛の誓いの撤回。生涯にわたって抱いてきた人生観の嫌悪を伴う放棄。ウェーバーがインタビューしたあるコンサート・ピアニストは長く患った病気が癒えたあと、ある朝目が覚めると、これといった病気の自覚症状もなく、まだピアノも弾けるのに、音楽に感興を覚えることができなくなり、どうでもよくなってしまった……

意識を持つこと。今、妻が隣で眠っている。

明け方、目覚めたまま横になってマネシツグミが酔っ払ったような鳴き声を転がすのを聞きながら、こんなことを考えた。嘘をつく、否定する、抑圧する、作話を聞かせる。これらは病状ではない。無傷のままでいようとする意識の特徴的なふるまいだ。生き延びることに比べたら真実などに何ほどの意味がある？　浮遊しようが割れようが裂けようが三分の一秒ほど遅れようが、何かがまだこう言い張っている。私は私だぞと。水はたえず変われども川は同じ。

自我とは流れる川の面に描かれた絵だ。ある思考が神経細胞の樹状突起に活動電位を発生させる。

微量のグルタミン酸塩がすきまを飛び越え、標的となる樹状突起の受容体を見つけ、第二の神経細胞で活動電位を発生させるための引き金を引く。ところがここで本物の発火が起こり、神経細胞の活動電位が別種の受容体からその活動を阻害しているマグネシウム・イオンを蹴り出して、カルシウム・イオンが流れこみ、化学的大騒ぎが起こる。遺伝子が活性化され、新しい蛋白質を作り、それが神経細胞接合部に還流して、その神経細胞接合部を改変する。それが新しい記憶を作り出し、思考が流れる峡谷となる。物質から精神が作られるわけだ。あらゆる光、音、偶然の一致、空間内で任意の経路を移動、これらは脳神経細胞を変化させ、増やしさえする。活動しない神経細胞は弱くなり、減っていく。脳とは変化を鏡のように真似するための一揃いの変化だ。使わなければ失われていく。使い、かつ失う。あなたは使う。するとその選択があなたを解体していく。

科学も神経細胞と似ている。一九七〇年代に長期増強〔シナプスに高頻度連続刺激を与えると信号の伝達能力が高まる現象〕という現象が発見された時、その後五年間に現われた論文の数はおそらく五、六本だったが、さらにその後五年間には百本近くになった。**ともに発火して、ともに配線する。**九〇年代の初めには千を越えていただろう。今はその倍以上あり、五年ごとに倍増している。数が多すぎて統合がおぼつかない。シナプスの働きが明らかになるにつれて科学は自由になった。シナプスがすでに科学なのである。それは比較と結合をするための想像しうる最少の機械だ。古典的なオペラント条件づけで、化学の言葉で書かれ、世界全体を知ることができ、その上にあなたの自我を浮かばせる。

マネシツグミが声を放つ。五回、七回、三回。それぞれの連続音はある種のカーアラームの警報音のように変化する。**マネシツグミの歌を聞いてごらん。マネシツグミの歌を聞いてごらん。**ウェーバーはかつて妻と一緒にその歌を歌ったことがあった。まだ二人が歌を歌った頃の話だが。**マネシツグミが今でもあの子のお墓の上で歌っている。**

それは鳥が歌う可塑性への賛歌だった。小波の立つ湾が照り返す陽の出の光を見るたびに脳の形が変わっていく。記憶を取り戻す脳はその記憶を形成した脳ではない。ただ取り戻すだけでも以前そこにあったものを壊す。どの考えも壊して再構築する。このマネシツグミの伴奏でさえウェーバーを決定的に変えていく。

ウェーバーが跡をたどろうとするにつれて縺《もつ》れはひどくなる。変化する光を規格化し記憶する網目状の神経細胞群はそれ自身がほかの神経細胞群に規格化されている。ほかの回路の鋳型となるために存在する回路の集積、脳の目を利用する心の目、空間定位の回路のシステムを盗用する社会的知能。事実の問題を真似る仮定の問題。シミュレーションをシミュレートするシミュレーション。娘のジェシカがまだ一歳にもならない時、ウェーバーは舌を出すだけで、ジェシカに舌を出させることができた。そこでは数えきれないほどの奇跡が起こっていたのだ。幼児は父親の舌と身体全体の位置関係を知り、父親の身体地図を自分の感覚の上に書きこみ、見ることもそれについて知ることもできない自分の舌を見つけてそれに命令する。幼児は何も教えられていないのに、ただ父親を見ただけでそれをやってのけた。さてあの場合、どこまでがウェーバーの自我で、どこからがジェシカの自我だったのか。

自我は流出する。ミラー・ニューロンが作る共感の回路は、あまりよくわかっていない生存戦略から数多くの生物種によって選択され維持されてきた。ジェシカの縁上回は一つのフィクションを作りあげたのだ。かりに父親の身体のしていることを真似たら自分の身体はどんな具合になるかの想像上のモデルを。ウェーバーはこの部分に損傷を受けた人——観念運動失行症の患者——を見たことがある。壁に絵をかけるように言うと問題なくできる。ところが壁に絵をかける真似をするようにと指示すると、ハンマーで釘を打つふりなど意味のある動作ができず、当惑しながら掌で壁を叩くばかりだった。

ジェシカは四歳の頃、絵本を見ている時に、絵に描かれている人の表情に自分の表情を合わせたものだった。絵の笑顔を見て子供らしい幸福感を覚えて微笑み、しかめ面を見て本物の苦痛を味わった。ウェーバーにもそんな経験があった。感情の高まりは筋肉を動かすが、筋肉を動かすだけで感情が高まることもある。島皮質に損傷を受けた人は模倣ができなくなる。ほかの人の筋肉の動きを読みとったりそれを取り入れたりするのに必要な身体の状態の総合的な地図を作る能力が失われる。自我のコミュニティーが崩壊して単独者が残る。

マネシツグミは夫婦の寝室の窓のすぐそばの枝で歌った。ほかの種類の鳥のリフの断片を盗み、独特のメロディーに成長させて。ウェーバーは瞼の裏に、脳の本物の視覚を司る領域を使って、誰だかわからない男の子の像を浮かべた。マークかもしれないし、彼に似た誰かかもしれないその男の子は霜の降りた平原で自分より背の高い鳥の群れを眺めていた。鳥たちが身体をまるめ、跳ねあがり、首を曲げ、羽搏くのを見ながら、男の子も両腕を羽搏かせる。

目覚めていて、知っているだけで、すでに嫌な気分だ。目覚めていて、知っていて、さらに思い出すとなると、耐えがたい。この三重の呪いからウェーバーが引き出しうる慰めはただ一つ。われわれの中の一部はほかの規格化の主体を規格化できるということ。この単純なループからあらゆる愛と文化とあふれるほどの才能が生まれ、そのどれもが、それは私ではないという苦しまぎれの証拠となる……私たちには家《ホーム》がない。帰っていくべき全体《ホール》がない。自我はそれが見るすべてのものの上に薄く広がり、変化する光のすべての光線によって変化させられる。だが内部にあるどんなものも完全に私たちであるわけではないとしても、私たちの少なくとも一部は自由であり、ほかの自我に混じって、彼らと交渉する。ほかの誰かの回路が私たちの回路の中を通過する。

以上がウェーバーの脳の変化するシナプス群に形作られた暁の思考であり、彼に必要であるに違いない洞察だった。だがそれらは新たな信号の迸りに蹴散らされた。シルヴィーがうーんと声を出し、身体をひねって目覚め、目を開いて微笑みかけてきたのだ。「どう?」とシルヴィーは不明瞭な問いを向けてくる。これは、**よく眠れた？**　という意味の二人の間の古い暗号だ。

ああ眠れた、という心でウェーバーはうなずき、微笑みを返す。昔からよく眠れる男なのだった。


クリスマスが過ぎたが、天使はまだ現われない。番組放送のあと、十数人がテレビ局に電話をかけてきたが、それぞれに独自の仮説を披露はしても、役立つ情報を提供してくれる者はいなかった。『事件解決人』も駄目だとなった時、マークはカリンに向かって、あの夜本当は何があったのかについてとても冴えた考えがあると大々的に宣言した。ある地域をがらりと変えてしまうほどの野心的な開発計画を実現するためには、その地域の住民を変えてしまう必要があるはずだというのだ。カリンがもっと詳しく話してと頼むと、マークは自分の頭で考えろと突き放した。


一月一日の夕方、第一六七騎兵隊――通称〈大平原の兵士たち〉――に所属する特技兵トマス（トミー）・ラップが、〈ホームスター〉の玄関口に現われた。上着を着ていない三色の砂漠用迷彩服姿で、訓練から戻ったばかりだった。マークは汚れたガラス窓越しに暗い前庭を見て、民兵組織が例の新しくできる〈自然前哨地〉に必要な施設として家を接収しにきたと思った。

トミーは玄関に立って、模造木材のドアに三連打のノックをくれた。公共テレビの古いテレビ番組の再放送の音声がドアの外へ漏れ出ていた。「おい。どうした。開けてくれ。なあ。いつまで怒ってる気だよ」

マークはリジッドの三十六インチのパイプ・レンチを手にドアの反対側に立った。相手が誰だかわかると、マークは薄いドア越しに返事をした。「帰れ。この辺をうろうろするんじゃない」

「なあマーク、マーク、ドアを開けてくれよ。なんかすげえ寒くなってきた」

気温は零下七度、視界は三メートルほど。風が小粒の乾いた雪を鞭打って真っ白な砂嵐にしている。トミーが震えているのを見て、マークはかえって罠だと確信した。トミーは寒さなど感じたことのない男なのだ。

「はっきりさせたいことがある。入れてくれ。話をしよう」

犬はヒステリックになり、狼のように唸り、宙に一メートル近く跳びあがる。主人を守るために、相手が何者だろうと窓から飛び出て攻撃してやるという勢いだ。「何をはっきりさせたいんだ。俺に嘘ついてたことをか。俺のトラックを道路から突き飛ばしたことをか」

「とにかく中で話そうぜ。この問題にきっちり片をつけよう」

マークは侵入しようとする者を威嚇して追い返せればと、レンチでドアを叩いた。犬が吠えはじめる。トミーが口汚く罵ると、マークはショックを受けて手をとめた。隣家に住む退職したデータプロセッサーで、カーニーのカトリック教会でホームレスに昼食を提供する慈善活動にボランティアで参加している女性が、窓をぱっと開けて、焼夷弾で攻撃すると脅した。だがマークとトミーは怒鳴りつづけた。マークは用件の説明を求め、トミーは寒いから中へ入れろと要求する。「このくそドアを開けろ。こんなことしてる時間はないんだ。呼び出しを受けてるんだよ。戦時勤務の。あさってフォート・ライリー基地へ行く。それからサウジだ。首に鎖をつけられたらすぐにな」

マークは怒鳴るのをやめ、犬をほんの短い間静かにさせて訊いた。「サウジ？　何しに行くんだ」

「十字軍遠征。世界終末戦争《アルマゲドン》。ジョージ対サダムの対戦」

「大嘘つきめ。やっぱり大嘘つきだよ、お前は。そんな嘘ついて誰が喜ぶってんだ」

「第二ラウンド。今度はマジの対決だ。ツイン・タワーをぶっ潰したくそ野郎どもを仕留める」

「そいつらはもう死んだよ」マークはトミーにというより犬に向かって言う。「激突して燃えあがった火の玉の中でな」

「てか、こっちが死にそうだ」トミーは寒さに足踏みをしながら泣き言を言った。「摂氏四十度以上を想定した服でスコットの南極探検をやってるみたいなもんだからな。なあ入れてくれないのか。ここで死ねってか」

　引っかけ問題。マークは答えなかった。

「わかった。もういいよ。お前の勝ち。話はドウェインから聞いてくれ。それか俺が帰るのを待つかだ。この最終決戦はあっというまに終わる。ま、せいぜい一週間だな。一撃必殺のラップは国旗の日（六月十四日）までにご帰還だ。お前の誕生日には釣りに連れてってやる」家の中が静まり返った。トミーは退いて氷の砂嵐の中に消えていく。「ドウェインと話せよ。何があったか説明してくれる。イラク土産は何がいい？　アラブ人がかぶる白い丸帽子か。お祈り用の数珠か。油田のミニチュアか。何が欲しいんだ。遠慮しないで言えよ」

　トミーがトラックに乗りこんでしまった頃、マークは叫んだ。「何が欲しいって、俺はお前に元の友達に戻ってほしいんだ」


　聖燭節の日曜日、ダニエル・リーグルは少年時代の親友に電話をかけた。十五年間接触がなく、遠くから見かけても見ぬふりをし、スーパーマーケットで出くわしても一言も交わさずすれ違ってきた。ダイヤルをするダニエルの手は震えた。一度電話を切り、それから自分に無理強いをしてまた受話器をとった。

　カリンからは昔シュルーター家が住んでいた農家を訪ねた時のことを聞いていた。その家のことはダニエルも自分の家のことのようによく覚えていた。カリンはマークが打ち明けた事実についてダニエルに問い質した。彼女の中で何かが破れたのだ。**あなたは弟のことが好きだったのね？**　もちろんだとダニエルは答えた。**そうじゃなくて、恋愛感情のことよ。**カリンはこの問答をしながら、あらゆることについてあらためて考え直し、まるで宇宙人を前にしているようにダニエルのことを値踏みした。

マークが受話器をとったら何を言おうか。全然考えていない。だが何か言えばいいのであって、何を言うかは問題ではないのだ。回線の向こう側で声があがった。「もしもし！」ダニエルは言った。「マークか。俺だ、ダニー」思春期の少年のように、声がソプラノとバスの中間あたりで出た。マークは黙っている。そこでダニエルはわかりきったことを言ってすぐさま沈黙を埋めた。「昔の友達だよ。調子はどうだい。最近は何してるんだ。ずいぶん久しぶりだけど」

マークがやっと口をきいた。「あんた、あの女と連絡とり合ってるんだろ。当然そうだよな。あんたの奥さんだか恋人だか、なんかそんな女だもんな」声は混乱と恐れの間で揺らいでいた。なぜみんなは陰で俺のことを何だかんだ話すのか。みんなにとって俺が何だというのだろう。マークの言葉は謎の中を泳いでいたが、まもなくばしゃばしゃやるのをやめて溺れようとしていた。

ダニエルはつかえながら、昔の誤解、行き違い、失敗した新しい体験の試みのことを話しはじめた。お前が思ってるようなことじゃなかったとか、こう言えばよかったとか、そもそもあんなことを持ちかけなければよかったとか。マークは長い沈黙を返した。十五年間の断絶に見合った沈黙を。それから言った。「俺はさ、お前がゲイでも別にいいんだ。今、絶賛流行中だからな。人間より動物が好きでもかまわない。俺だって、自分が人間でなきゃそうだろうよ。でも気をつけろ。お前がいるのは大学町だが、そこから外へ出たらびっくりするようなことがいろいろあるからな」

「それは言えてる」とダニエルは言った。「でも僕のことは誤解だ」

「そうか。そんならいいさ。どうでもいいんだ。忘れてくれ。埋めちまってくれ。ガキんちょのダニーとマーク。あの二人のこと、覚えてるか」

ダニエルが返事の仕方を決めるのにしばらくかかった。「ああ、覚えてる」と答えた。

「俺は覚えてない。あいつらがどんなガキだったかさっぱりわからない。違う世界の話みたいだ。

でも、どうでもいいことだよ」

「お前はわかってない。僕はお前に対してそういうつもりは……」

「いいんだって、好きな相手とセックスすりゃ。人生一回きりなんだから」

それから、何でもない些細な話題に戻った。

「でも一つ訊いていいか。なぜあの女なんだ。いや誤解しないでくれ。あれはまあまあいいやつだよ。今のところ俺は何もされてないし。でもまあ……俺には関係ないことだよな」

ダニエルは説明を試みた。なぜ彼女なのか。それは彼女と一緒にいる時は昔からの自分でいればいいからだ。彼女と一緒にいるとなじみ深い場所にいると感じられるからだ。故郷に帰ってきたみたいに。

マークはその説明を粉砕した。「そうだと思った。あいつを姉貴の代用品にしてるんだ！　カリンを思い出させてくれるからあの女と寝るんだ。懐かしい昔の思い出！　やるたんびにうんと元気をもらえるってことだろ？」

「ああ」とダニエル。「そういうことだ」

「いいさいいさ。お前の自由だ。どう夜を過ごそうとかまわない《ホワットエヴァー・ゲッツ・ユー・スルー・ザ・ナイト》〔ジョン・レノンの歌『真夜中を突っ走れ』の原題〕。ただ覚えとくんだな。その愛ってやつは儚《はかな》い。ある朝起きたら、あれってなもんだ。ま、教わるまでもないだろうがな。で、今までどんな人生だったんだ」ベルト研磨機のような声で含み笑いをする。「この十五年間の出来事を二百語以内で述べよ」

ダニエルは履歴を手短に語りながら、自分がいかに子供の頃からほとんど変わっておらず、長い間にいかにわずかなことしか成し遂げていないかに気づいて驚いた。過去のざわめきが耳を圧して自分の話す声がよく聞こえないほどだった。

マークは〈鶴保護協会〉のことを尋ねた。「鳥のためのリハビリセンターみたいなもんか」

「うん、まあそんなものかな」

「俺には無害だよ。カリン二号から聞いたけど、例の鶴のディズニーランドと闘ってるんだって？〈鶴見物キャンプ〉とかいうやつに」

「負け戦を闘ってるよ。彼女、協会のことでどんなことを言ってた？」

「不動産会社の工作員がここらへ来て何か嗅ぎまわってるのを見たよ。どうもこの〈ホームスター〉を狙ってるみたいだ。俺の家を接収しようとしてる」

「ほんとに？　どうしてそいつらが不動産会社の連中だと……？」

「測量の道具を持ったチームでさ。魚をダイナマイトでぶっ飛ばしてるんだ」

その考えが全身を走ると、ダニエルは病的な快感が湧きあがるのを覚えた。開発業者が環境への影響を調べているのだ。資本の投下が具体的に始まったようだ。「なあ、これから会えないか。家へ行ってもいいかな」

「おいおい、待ってくれよ。十五年前に言ったろ。俺はそうじゃないんだって」

「僕だって違う」とダニエル。

「まあ来てもいいよ。ここは自由の国だ」マークは黙りこんだが、平静は保っていた。「ただ、ちょっと教えてくれないかな。お前鳥に詳しいだろ。鳥を訓練して人を監視させることってできるのか」

ダニエルはそれについて考えた。「鳥はすごいよ。アオカケスなんか嘘をつくしね。鳥はズルをするやつを罰する。まっすぐな針金を曲げて穴からカップを取り出したりもする。これはチンパンジーだってできないんだ」

「じゃ、人を尾行するくらい簡単ってわけだ」

「ただ、どうやって報告させるのかなってのはあるけどね」

「いや、そこは一番簡単だろ。ハイテク機器を使うんだよ。小型のワイヤレスカメラか何か」

「どうなんだろう」とダニエル。「その辺は僕の得意分野じゃないからね。何が可能で何が不可能かなんてわかった例しがない。だから保護という現状維持の作業をやってるんだろうな」

「でも要するにあいつらは――ただのまぬけ《バード・ブレイン》じゃないんだろ」

ダニエルはその声にはっとした。十歳の頃のマークの声。子供の頃大好きだった親友のマークは、物知りのダニエルを尊敬してくれていた。二人は忘れていた会話の調子に本能的に戻っていた。

「鳥の脳はみんなが思っている以上に優秀なんだ。大脳皮質《コアテックス》の比率は以前考えられていたよりずっと大きい。ただ人間のとは形が違うからわからなかっただけで。思考できることは間違いない。パターン認識もできる。鳩を訓練すればスーラとモネを区別するようになるんだ」

「ゴアテックス？　なんかよくわかんないな」

「細かいことはいいよ。なぜそんなことを訊いたんだ」

「何ヶ月か前に思ったんだ。お前が俺を……尾行してるって。鳥を使ってさ。でも馬鹿げてるよな」

「まあ、もっと馬鹿げた話も聞いたことあるから」

「今思うと、俺を尾行するとしたら、あっち側の連中に決まってるんだ。〈自然前哨地〉の連中な。それに目当ては俺じゃない。俺の生き死になんて屁ほどの意味もない。やつらは俺の土地を狙ってるんだ」

「その話をしようじゃないか」とダニエルは言った。蛇の道は蛇、妄想の道は妄想。

「ああ、いや、俺はただいかれてるだけかもしれないんだ。ほんとえらいめに遭ったんだよ。一年前のこの月に、とんでもない事故に遭っちまって。それから始まったんだ」

「そうだってな」

「テレビの番組観たか」

「テレビ？　いや。でも君を見たよ」

「俺を？　いつ？　おい、俺をコケにすんなよ。言っとくぞ」

ダニエルは説明した。もうだいぶ前に病院で見たというのだった。まだマークが意識を取り戻す前。

「見舞いにきたのか。何でだよ」

「心配だったからさ」これは本当だった。

「俺を見たって？　俺はお前を見てないのか」

「まだすごく具合が悪い時だった。こっちを見たけど……君は僕を見て恐がった。まるで僕を……いや、僕のことをどう思ったかはわからないけど」

マークは興奮した。言葉の断片が銃声を聞いた雉の群れのように四散した。誰か別の人が病院へ見舞いにきてくれた。置き手紙を残していった。事故の夜、ノースライン・ロードにいた誰かが。

「あの番組を観てないって？　テレビだぞ。テレビは普通観るだろ」

「いや、持ってないから」

「そうか。忘れてた。お前は動物王国に住んでるんだったな。じゃあいい。どうでもいいんだ。それより今のお前がどんな風か見てみたい。そしたら思い出すかもしれない。俺がお前をどんな風だと思ってるかを。俺を発見してくれたのがどんな人かを」

「そうだな。それ……いいな。じゃ、近いうちに……」

「今来てくれ」とマークは言う。「俺の住んでる場所は知ってるか。俺は何言ってるんだ。〈鶴保護協会〉は俺の家も解放したがってるかもしれないな」

ダニエルはノックした。即席の家のドアが開いて、その内側に立っていたのは、街ですれ違っても誰だかわからない男だった。マークの髪は長く伸びてもつれていた。髪の毛がそんな風だったことは今まで一度もない。体重はこの数ヶ月で十キロ増えたが、小柄であるだけにダニエルにはぎくりとする増加だった。一番変わったのは顔で、パイロットが操縦に手こずっているといった風だった。今は異物のような思考が筋肉を動かしている。その顔が凍てつく二月の戸口に立つダニエルを見た。「よう、自然児《ネイチャー・ボーイ》」マークは少し懐疑的な調子でそう言った。昔との大きな違いを理解しようとし、しばらくしてようやく腑に落ちた。「年を食ったな」

ダニエルを家の中に引き入れ、居間の真ん中に立たせて検分した。目尻から塩水がこぼれ出た。だが顔は店で見慣れないブランドの食品のラベルを読むような注意怠りない表情を保っていた。じっと立つダニエルはぶるぶる震えた。ひとしきり眺めたあと、マークは首を振った。「わからない。何も思い出さない」

ダニエルの顔が凝固した。が、まもなく気づいた。十五年前のことではなく、十ヶ月前のことを言っているのだと。

「俺もう思い出せないみたいだな。前がどんなだったか。前はどんなでもなかったのかもな」マークは有刺鉄線に包まれた綿のような笑い声をあげた。「まあいいや。お前は昔、自然児だった。俺はそれでいい。会えて嬉しいよ、自然男《ネイチャー・マン》」馬の手綱を柱につなごうとするように両腕を相手の身体に回した。抱擁はダニエルが応じる間もなく終わった。「昔のくそみたいなこと、悪かったな。ずいぶん時間を無駄にして悩んだけど、結局何が問題だったのか思い出せない。俺はお前にちんちんを触られたくなかった。でも、だからってお前をボコボコにぶん殴るような真似をすることもなかったよな」

「いや、僕のせいだ。僕が悪かった」

「年を食うってのは謝んなきゃいけないアホなことが増えていくってことなんだな。七十になったらどうなるんだろうな」ダニエルは答えようとしたが、マークは返事を求めているわけではなかった。コーデュロイのオーバーシャツのポケットからラミネート加工した紙切れを取り出した。その表面には鶏の足跡のような傷がたくさんついている。「これなんだけどさ。見覚えあるかな」

「そのことは……カリンから聞いたよ」

マークはダニエルの手首をつかんだ。「お前がここへ来ること、あいつは知らないんだろうな」

ダニエルはうなずいた。

「あれは悪いやつじゃないかもしれない。わからないよ。で、要するにお前は俺の守護天使じゃないと言ってるんだな。誰だか見当はつかないか。病院へ来てくれた人は誰なのか、お前を見ても何もピンと来ないや。昔のガタイのでかい無愛想な自然児だなと思うだけで。さてと、飲み物は何がいい。湿地でとれた自然のままの葉っぱのお茶か」

「ビールはあるかい」

「おう、ダニー坊やも大人になったんだ」

二人は合成樹脂製の小さな丸テーブルについた。久しぶりの再会に緊張ぎみだった。大人同士の関係でどうふるまえばいいかまだわからない。ダニエルは監視者のことを尋ねた。このほうが守護天使の話よりほんの少しだけ信憑性がありそうに思えたからだ。マークのほうは開発計画のことを訊いたが、ダニエルの説明を聞いていると被害妄想で騒いでいるだけのように聞こえた。

「わかんないな。つまり水の奪《と》り合いだってのか」

「水ほど大事なものはないからね」

マークは頭がくらくらした。「水戦争？」

「ここじゃ水戦争、海の向こうじゃ油戦争だ」

「油戦争？　もうじきやる戦争が？　それは報復だろ。国家の安全のためだろ。宗教戦争だと言うやつもいるが」

「信仰は資源のあとを追っかけるんだ」

二人は話しながらビールを飲んだ。ダニエルは過去二年間の消費量を超える量を飲んだ。マークと一緒にいるために必要なら酔い潰れることも覚悟していた。

マークは奇想に富んでいた。「あのまぬけどもから土地をぶんどる方法が知りたいか。ダニー、ダニー、いいもの見せてやるよ」今までで一番活力に近いものを見せてマークは立ちあがり、足音荒く寝室に入っていった。何か物を動かす音が聞こえた。ごみ処理場のバックホーが立てるような音だ。マークは頭の上で一冊の本を振りながら意気揚々と帰ってきた。本をダニエルに差し出す。タイトルは『静水域』。「地域史の教科書だ。大学一年の時の。最終学年のと言ってもいいけどな」高ぶりぎみにページをめくる。「慌てるな。ここに書いてあるんだ。どっかにあるんだ。記憶違いでなけりゃ、アンドリュー・ジャクソン大統領の話がな。歴史ってのは不思議なもんだ。また繰り返すから。あ、ここだ。一八三〇年のインディアン移住法。三四年のインターコース法。興奮するな。そういう意味じゃない〔インターコースには〝性交〟の意味もあるが、ここでは、〝通商〟のこと〕。ミシシッピ以西でミズーリ、ルイジアナ、アーカンソーに含まれていない土地のことなんだが、そのまま引用しようか。〝永遠に保障する〟。〝相続人か承継者に〟。〝未来永劫〟。つまり永久にってことだ。永久は長いぞ。この土地のくそったれの法。俺が妄想症だって？　この国全体が妄想症なんだ！　このあたりの白人で法律上まっとうな土地の所有者なんて一人もいないんだよ。俺も含めてな。だからその切り口で攻めるべきなんだ。弁護士を雇って、先住民を味方につけて。そしたらこの州はきれいさっぱり昔の状態に戻るんだ」

「それは……検討してみるよ」

「土地を渡り鳥に返す。鳥は人間みたいに土地をめちゃくちゃにはしないからな」

ダニエルは思わず口元をゆるめた。「そのとおりだ。すべてを破滅させるのは今のサイズになった人間の脳だ」

その言葉がふたたびマークを勢いづかせた。「ダニー。ダニー・ボーイ。脳《ブレイン》と鶴《クレイン》と言えば、あいつらは何でみんな頭が赤い。変だと思わないか。まるでみんな手術されたみたいだ。頭が血まみれになった俺を見せてやりたかったよ。あ、そうかお前見たんだっけ。見てないのは俺だ」また痛みだしたその頭をマークは両手で抱えた。ダニエルは無言のまま、小指をうごめかすほどの動きも見せない。年季の入った探鳥の達人が本領を発揮する。その場の環境に身を合わせれば、野鳥のほうから自分の意志でやってくる。

マークは意を決したように口を開いた。「お前が寝てるあの女がさ、ある薬を勧めるんだよ。ヤク漬けにする気なのかな。いや麻薬じゃないんだ。麻薬なら面白いけどさ。オレストラとかいったかな。オヴァルティンだったかな。なんかそんなやつだ。頭がはっきりして、自分に戻った気分になるらしい。俺が最近誰の気分になってたのか知らないけどさ。まあ、それをやったほうがいいみたいな感じなんだ」顔をあげてダニエルを見る。この頼りない希望に保証を与えてくれと懇願する光が目に閃いた。「ただ問題は、これが俺を材料にした何かの第三段階かもしれないことだ。第一段階で俺を事故らせる。第二段階で俺の頭から手術で何かを取り出す。そして第三段階で化学的〝治療〟をやって俺を完全に変えてしまう。ダニー、お前とは昔からの付き合いだ。うんと昔からのな。途中で絶交ってのをやって、昔の思い出をぶち壊して十五年を無駄にした。でもお前は俺に嘘をついたことがない。いつだって信用できた。まあ、どうしようもなく、はずみで嘘をついちまったことはあるかもしれないけどさ。だからアドバイスが欲しいんだ。もう参ってるんだ。お前ならどうする。その薬を呑んで様子を見てみるか。俺の立場だったら、お前どうする」

ダニエルはビールを覗きこみ、中学生のように飲んだ。一種の眩暈に襲われた。僕ならどうするか。マークの立場だったら。ホテルの部屋で、カリンと一緒にジェラルド・ウェーバーからその提案を聞いた時は、例によって道徳の権化として高みから見おろして批判した。だがかりに自分の兄弟がオースティンの施設で半年かけてコカイン中毒を抜き、戻ってきた時にこちらのことを見ず知らずの他人だと言いだしたら、また話は違うかもしれない。不合理なまでに自信家のダニエル・リーグルでさえ。もし世界が見慣れないものに変わってしまったら――ある朝目が覚めると川が大嫌いになり、野鳥のことなどどうでもよくなって、命より大事と思っていたものへの愛が消えていたら――そのオランザピンを呑むかもしれない。「可能性はあると思う」とダニエルは口ごもりながら言った。「その薬を……」

その時、玄関のノックに救われた。タンタカタンの、タンタンという誰でも知っているリズム。ダニエルは微妙に犯罪者的な気分でぎくりとした。

「何だろ」マークは唸るように言ってから声を張りあげた。「入ってこいよ。いつも開いてるんだ。泥棒なら勝手に持ってけ。どうでもいいんだから」

震えながら入ってきたのは、公聴会でカリンから紹介された女性だった。ダニエルはぱっと立ちあがった勢いでテーブルに身体をぶつけ、ビールをズボンにこぼした。顔が引き攣っていることから芝居でないことがわかる。マークも腰をあげてその女性のほうへ飛んでいった。がばっと抱きしめると、ダニエルが驚いたことに、女性のほうも抱擁を返した。

「バービーちゃん！　どうしてたんだ。めっちゃ心配してたんだ」

「何言ってるの、四日前に来たじゃない！」

「あ、そうか。そうだったか。でも四日前といや大昔だ。それにちょこっとしかいなかったし」

「泣きごと言わないで。私がここへ引っ越してきても、一時もそばを離れないでくれって文句言いそうね」

　マークはカナリアを食べたばかりの猫が口についた羽を舐め取るような満悦顔で、ダニエルをちらりと見た。「やってみてもいいんじゃないかなあ。医学研究のためだけでも」

　バーバラはマークの脇へさっと抜けてキッチンに入り、コートを脱ごうともがきながら片手をダニエルのほうへ差し出した。「この間はどうも」

「おっと待ってくれ。二人は知り合い？」とマーク。

　バーバラは顎を引いて眉をひそめた。「〝この間はどうも〟なら普通そうでしょ」

「いったいどうなってんだ。誰も彼もが知り合いって、『地球最後の日』〔一九五一年の米SF映画。破滅する地球から宇宙船で脱出する人々は数十人〕か」

「まあまあ落ち着いて。世の中のことは何でも説明がつくんだから」バーバラは公聴会のことを話し、ダニエルの意見陳述に感心したと言った。この説明にマークは納得したが、ダニエルはまだ腑に落ちなかった。

「そろそろ帰るよ」ダニエルはうろたえながら言った。「お客さんが来るとは知らなかった」

「バービーちゃんか？　バービーちゃんはお客さんじゃないよ」

「まだ帰らないで」とバーバラも引きとめる。「私はちょっと挨拶にきただけだから」

　だがダニエルの気持ちはもう帰り支度をすませていた。出がけにマークに言った。「あの人に訊くといいよ。医療のプロだから」

「何を訊くんだ」

「ほんと、何を訊くの」とバーバラも谺を返す。

「オランザピンのこと」

　マークは顔をしかめた。「この人は俺の気持ち次第だと思ってるみたいなんだ」外に出たダニエルに声をかけた。「おい！　また来てくれよ！」

　自分のアパートメントに戻り、留守番電話のチェックをしている時にようやく、探鳥の達人ダニエルは、バーバラ・ガレスピーの声を初めて聞いたのがどこでだったかを思い出した。


二月の半ばに鶴の群れが帰ってきた。ジェラルド・ウェーバーとシルヴィーはセトーケットのチカディーウェイにある雪をかぶった自宅のベッドに並んで寝て、深夜のニュース番組でその映像を見た。カメラがプラット川の砂地の土手をパンしていくのを、夫妻は気まずい思いで見た。

「あそこなの」とシルヴィーは訊いた。何も言わずにいることができなかったのだ。

　ウェーバーは唸った。脳は何かの阻害された記憶を蘇らせようと苦闘した。この八ヶ月間、それが何なのか気になって仕方がなかった事柄だ。だが考えれば考えるほど、追えば追うほど、解答は遠ざかる。シルヴィーは夫の沈思を誤解した。手を持ちあげ、指の関節で上腕を撫でた。**いいのよ。私たち二人とも単純になんて生きられない。誰だってごたごたを抱えて生きている。私たちだってそれでいいの。**

　カメラの前の女性は垢抜けしない都会人といった風なニューヨーカーで、あまりにも何もないがらんとした土地に落ち着かないらしく、自然現象を社会事件のようにリポートした。「これは地球上で最も華麗な自然のショーの一つと言われますが、そのスターは五十万羽のカナダヅルです。聖ヴァレンタインの日にこの地に降り立ちはじめ、その大半が聖パトリックの日〔三月十七日〕には飛び立ってしまいます……」

「頭のいい鳥ね」とシルヴィーは言った。「それに祝日をきちんと守るいい子たち」ウェーバーはうなずきながらテレビ画面に目をこらす。「みんなアイルランド系なのね」とシルヴィーは付け加えたが、夫は何も言わなかった。シルヴィーはぐっと歯を噛みしめて、少し力を強めて夫の肩をこすった。

大統領誕生日〔二月の第三月曜日〕、マークはみんなにしばしの別れの挨拶をしてから薬物療法を始めた。ヘイズ医師はオーストラリアの治療例より投与量を倍加したが、それでも毎晩十ミリグラムという控え目な量だった。

「そうすると二週間後にはいくらか症状がよくなるんですね」とカリンは医者が肯定したらその結果を出す法的義務が発生すると言わんばかりの口調で訊いた。

ヘイズ医師はラテン語で、結果は見てみないとわからないと答えた。「前にもお話ししたとおり、社会的ひきこもりの症状が少し出ることはあります」

でも、そもそも社会生活がない場合、そこからひきこもることはありえないでしょう、とカリンは英語で言った。

四日後の午前二時、電話がカリンとダニエルを熟睡から引きはがした。ダニエルは裸のままよろよろと電話機まで歩いた。受話器に不明瞭な声を呟きこむ。あるいは不明瞭なのはベッドで聞き耳を立てるカリンの聴覚だったかもしれない。ダニエルが当惑した様子でまたよろよろ戻ってきた。

「マークだ。君と話したいって」

カリンは目を強く閉じて胴震いをした。「ここへかけてきたの？　あなた弟と話したの？」

ダニエルはベッドにもぞもぞ潜りこんだ。夜は暖房を切るので、裸の身体は低体温症に向かいつつある。「うん……会ったんだ。この前ちょっと話をした」

カリンははっきり目覚めて見る悪夢と格闘した。「いつ？」

「そんなことはいいよ。何日か前だ」ダニエルは指をはじいて秒針の音を模した。マークが待っている。説明すれば長くなるから早く出て。「とにかく君と話したいそうだ」

「そんなことはいい？」カリンは軍放出品の灰色の毛布をぱっと剝がした。「やっぱりほんとだったのね。弟を愛してたのね。恋愛感情で。本当は弟が目的で……私はただの……」毛布で肩を包んでダニエルに背を向け、暗がりの中を歩いて電話を手で探した。「マーク？　大丈夫？」

「手術中、何があったかわかったよ」

「何があったの」まだ眠気の麻薬が効いている。

「俺は死んだんだ。手術台の上で死んだ。なのに医者も看護師も気づかなかった」

カリンの喉から哀願調の声が細く出た。「マーク？」

「今までわからなかったことが全部説明できるんだ。何もかもがすごく……遠い感じがする理由とか。ただ、それはないだろうと最初思ったのは、誰か気づくはずだからさ。そうだろ。俺が生きてないんなら。でもそのあとで思ったんだ。どうやって気づくんだって。誰も見てなかったんだから……でも今思いついたんだよ。死んだ本人が！」

カリンはかなり長い間マークと話した。初めは理屈を説いていたが、そのうちには、とにかく元気づけるために不合理なことも言った。マークは取り乱していた。どうやったら〝きちんと死ねる〟かわからないと言う。あの世への移行にしくじった。めちゃくちゃにしてしまった。もう物事の正しい順序を取り戻す方法はないように思えると。

「すぐそっちへ行くから。どうしたらいいか一緒に考えましょ」

マークは笑った。死人だけにできる笑い方だった。「心配いらないよ。今夜一晩はもつから。まだ腐りかけちゃいないって」

「ほんとに？」カリンは何度も念を押した。「ほんとに大丈夫？」

「死んでんだから、これ以上悪くなりようがないさ」

カリンは電話を切るのが恐かった。「気分はどうなの」

「実を言うとまあまあなんだ。まだ生きてると思ってた時より気分はいい」

寝室に戻ると、ダニエルが神経科学の本を見ていた。カリンが延々と借り出しを更新しつづけている本だ。「見つけたよ」とダニエルが言う。「コタール症候群」

カリンは灰色の毛布をベッドに戻してその下に潜りこんだ。そのことならもう全部読んだ。この一年間、脳に起こるいろいろな恐ろしい出来事について調べてきたのだ。コタール症候群も妄想性誤認の一つで、カプグラ症候群の極端な形とも言われる。周囲の人との隔絶感を唯一説明できるものとして、自分は知らないうちに死んでいたという考えを採用するのだ。「なぜ今頃それになるわけ？　事故から一年もたつし。ちょうど薬物治療を始めたばかりなのに」

ダニエルは明かりを消してカリンの隣に這いこんできた。手をカリンの脇腹に置く。カリンはびくりとした。「ひょっとしたら薬物治療のせいかな」とダニエルは仮説を述べる。「薬へのある種の反応かもしれないぞ」

カリンはぱっと身体の向きを変えて暗闇の中でダニエルと向き合った。「そんなこと。それありうると思う？　治療を中断して様子を見てもらわなくちゃ。明日の朝一番に」

ダニエルは賛成した。

カリンは考えこむ顔で固まった。「ああ。もう。何で忘れてたんだろ」

「何が。何なんだ」ダニエルはカリンの肩をさすろうとしたが、カリンは身を引いた。

「事故よ。一年前の今日だったのよ。完全に忘れてた」

カリンは横になり、一時間ほどじっと動かなかった。それから身体を起こした。「何か持っていってあげよう」と囁く。

「でも、こんな時間に」とダニエル。

カリンはバスルームに入り、ドアを閉めた。なかなか出てこないのでダニエルも起きた。ドアをノックしたが返事がない。ドアを開けた。カリンは蓋を閉めた便座に坐り、ドアを開ける前からこちらを睨みあげていた。「あの子に会ったって？　話をしたって？　なのに黙ってたわけ？　要するに弟が目的なのね。私はあの子の姉ってだけなんだ」

マークを診察したヘイズ医師は、当惑しながらも魅せられた。マークはこう話した。「これは隠蔽工作だと言ってるんじゃない。誰も気づいてないんだよ。そういうことがありうるって、わかるだろ。とにかくね先生、俺は生きてた時、こんな感じを持ったことはなかったんだ」

ヘイズ医師は三月の第一週にスキャン検査の予定を入れた。マークは妙に従順で、技師たちと話しにいった。「薬のせいじゃありませんよ」とヘイズ医師はカリンに言った。「そういう例は文献にありません」

「文献《リテラチャー》〔〝リテラチャー〟には〝文学〟の意味もある〕」とカリンは言った。すべてはフィクションなのに。ウェーバーがこの新たな問題のことを書きはじめている気配が感じとれる気がした。

コタール症候群と診断されても実質的に何かが変わるわけではない。ヘイズ医師は薬物治療を始めたからには中断しないほうがいいと主張した。計画どおり薬を服用させられますかとカリンに訊く。カリンは請け合えないけれども請け合った。弟さんの療養を引き続き管理指導できますか、それともまたデダム・グレンへ入院させますか。私が管理指導を続けますとカリンは答えた。それしかない。リハビリテーションセンターに再入院しても保険でカバーされないからだ。

〈鶴保護協会〉での勤務時間はこれ以上増やせない。すでに時間を一杯いっぱい使って働いている。最初はダニエルがカリンをそばに留めておくために無理やり仕事をこしらえたが、今では本当に必要とされる仕事になっていた。もう社会的意義や自己実現も問題ではない。公言すれば妄想だと言われそうだが、今のカリンは知っている。水資源が自分を必要としていることを。

カリンはすがる思いでバーバラに電話をかけて助けを求めた。「薬物治療を始めてほんの何日かで、薬が効きだして、こんなことになっちゃった」介護の目的は変わった。もうマークに姉と認めてもらえなくてもいい。自分が生きていることを信じてもらいたいだけだった。

「ええ、もちろん」とバーバラは言った。「どんなことでもさせてもらうわ。どれだけ時間がかかっても」

バーバラの快諾が、カリンの胸を刺した。「〈鶴保護協会〉のほうは今大変な時なの」とカリンは説明した。「例の件がどんどん加熱してて……」

「そうでしょうね。でも夜は誰かがついていてあげたほうがいいのよ。夜は今のマークにはよくない時間だろうから」その声は夜の付き添いまで申し出てくれそうな響きを含んでいたが、カリンはさすがにそれは頼もうとは思わなかった。自分に夜の付き添いができないのなら、バーバラにもやってもらいたくない。

カリンはボニーに電話をかけた。あの子こそ本当の頼みの綱だ。応答してきたのは留守番電話のメッセージだった。**今家にいてあなたとリアルタイムで話せたらいいんだけどぉ。**フォード・フォーカスのクラクションのように景気のいい声だ。カリンはさらに二度かけたが、メッセージを残す気にはなれなかった。**しばらくの間、弟の夜の付き添いをやってもらえない？　あの子、自分はもう死んでると思ってるのよ。**こういうことは、カーニーの標準に照らしても、直接会って頼むのが筋だろう。カリンはようやく決心してボニーが勤務中のアーチ橋記念館へ出かけた。記念館を見るのはこれが初めてだ。カリンの曾祖父母の世代をカートゥーン・チャンネルのアニメ風に演出し、カリフォルニアへ遊びにいく途中の旅行者に一見の価値ありと思わせて誘いこむために六千五百万ドルをかけて作られた施設。

八ドル二十五セントを払い、開拓者の服を着た等身大の人形の間を歩き、巨大な壁画に囲まれた幌馬車の中を通るエスカレーターに乗った。ボニーは芝土の家のそばにいた。キャラコのワンピースに前庇つきの婦人帽の姿で小学生の一団に話をしている。その奇妙に古臭い喋り方はMTV版のケトル母さん〔一九四〇、五〇年代の一連の喜劇映画に登場した田舎の貧乏白人ケトル一家の主婦〕といったところだ。カリンを見つけると、大きく手を振って、同じ昔風に作った口調で「ようこそ！」と声をかけてきた。スカートにしがみついている一年生を引きはがし、ポーニー族の展示コーナーにいるカリンのそばへやってきてテンセルの隣にキャラコを並べた。

「あの子、自分はもう死んでるのに誰も気づいてないと思いこんでるの」とカリンは話した。

ボニーはその考えが悪臭でもあるかのように鼻をくしゃっとさせた。「ああそれ、あたしも前に感じたことがある」

「ねえ、しばらくの間、あの子に付き添ってもらうのって無理かな。〈ホームスター〉で。夜だけ何日か」

ボニーはキツネザルのように目をまんまるにした。「マーカーの付き添い？　いいよ！」それを尋ねること自体おかしいと言わんばかりの二つ返事だ。ここでようやく二人の関係を後れ馳せながら確信した。

協議の末、交代で付き添うことになったが、マークは周囲があれこれすることに無関心だった。説明したカリンにこう答えた。「別にいいよ。何でもやっちくれ。俺には痛くも痒くもない。もう死んでんだから」

とは言いつつも、マークは三月の第一月曜日の夜に、カリンとボニーを両方とも家に呼んで、『事件解決人』の視聴に付き合わせた。「今日やるからって電話があったんだ」と言っただけでそれ以上の説明はしない。てきぱきと立ち働き、熱い飲み物とコーンナッツを無理強いするように勧めて、放送開始までにみんなが万全の態勢になるようにした。カリンはじっと弟の様子を見守りながら愚かしいまでの希望にすがりついた。

やがて指令でも受けたように、番組の女性司会者トレイシーが宣言した。「以前ご紹介した事件について新たな展開がありました。この事件はファーヴューに住む男性が……」

画面にエルムクリークの農業経営者が自宅前庭の芝生にできた穴を指さしている映像が出た。五日前、プランターに赤根草が生えているのを妻が見つけた。そのプランターは八月に水量の少ない川から引きあげた古タイヤで妻のために作ってやったものだった。「私も家内もあなたの番組が好きなんですがね。ここに立ってあのタイヤを見ているうちに、あ、ひょっとしてと思ったんだ……」

ロン・フェイガン巡査部長が出てきて、そのタイヤを押収し、鑑識に回して事故現場の記録と照合させたと説明した。「そして事故車に向かっていった車のタイヤだと判断しました」と公に発表する巡査部長は、猛スピードのカーチェイスではなくコンピューターのデータベース照合の結果を述べることにやや意気のあがらない思いを隠せないようだった。巡査部長はタイヤの出所を調べると地元に住むある男性が浮かびあがり、事情聴取をした旨を報告した。その男性とはレキシントンの食肉加工会社の従業員で、名前はドウェイン・ケインだった。

カリンはテレビ画面に向かって叫んだ。「やっぱり！　あのごみ屑野郎！」

マークをはさんで反対側に坐っているボニーはかぶりを振った。「違う違う。あの二人、絶対自分らじゃないってあたしに誓ったもん」

マークはすでに死体になっているかのように身体をこわばらせていた。「やつらは俺を道路から突き飛ばした。卑怯な山羊の頭が。俺をほったらかして死なせた。俺はやっと自分が死んでることに気づいたんだ」

カリンはぱっとコートをはおり、バッグを乱暴に掻きまわして鍵を捜した。「あいつに話を聞いてくる」そう言って玄関へ足早に行く。ドアを勢いよく引き開けすぎて唇にぶつけてしまった。

マークもソファーから腰をあげた。「俺も行く」

「駄目！」カリンは猛然と振り返り、自分でも恐いと思う権幕で叫んだ。「わたしにやらせて！」ブラッキー二号が唸りだす。マークは両手をあげて後ずさった。カリンは暗い屋外へ出て車のほうへつんのめりぎみに向かった。

まずは警察署へ行く。ドウェインはもう帰ったあとだった。フェイガン巡査部長は不在で、詳しい話ができる人間は誰もいなかった。夜は冷たく、世界は彗星と同じくらい空気がないように感じられた。カリンの鼻の穴から凍った息が出て、燧石《ひうちいし》のような雲で両手を包んだ。両肘で脇腹を叩いて肺に呼吸を続けさせる。カローラに乗って町を横切り、数分後にはドウェインのアパートメントに着いた。急襲者カリンのノックにドウェインがドアを開けた。紫色のスウェットシャツには〝悪魔ならどうするだろう〟〔〝イエスならどうするだろう〟というスローガンのもじり〕とプリントされている。ドウェインはほかの誰かを待っていたらしく、カリンを見て身を縮めた。「テレビを観たんだな」

カリンは部屋に押し入り、ドウェインを壁に叩きつけた。ドウェインは反撃せず、両手でカリンの手首をつかんだだけだった。

「警察は解放してくれたよ。俺は何もしちゃいないんだ」

「あんたのタイヤの痕がマークの車に向かってたんでしょ」カリンはドウェインを殴ろうとするが、ドウェインはぎこちないクリンチでそれを防ぐ。

「話を聞きたいのか聞きたくないのかどっちだ」

ドウェインはカリンがもがくのをやめるまで何も言わなかった。カリンをビーンバッグチェアに坐らせ、飲み物はいらないかと訊く。ドウェインは安全な距離があるスツールに腰かけて電話帳を盾のようにかざした。

「俺たちは嘘をついたわけじゃねえぞ。一応ちゃんと……」

カリンは殺すとか何とか言って脅した。ドウェインはさらに説明を続ける。

「ゲームのことはそのとおりだよ。俺たちはレースをやってたんだ。でもあんたが思ってるのとは違う。俺たちは〈ブレット〉にいた。トミーがトランシーバーを買ったばかりで、外に出てそれで遊んだ。俺はトミーのトラックに乗って、マークは自分のトラックに乗った。ただの鬼ごっこだ。いつもやるみたいに、どこまでスピードが出るか試したり、後先替えて追いかけっこしたり。うんと近づいたり、トランシーバーの電波が届かないところまで離れて、また受信できるところまで来たり。俺たちはマークからかなり離れたあと、ノースラインを東に引き返した。しばらくするとマークの電波を受信した。トランシーバーでマークがくくくっと笑いながら、回避行動がどうとか言った。そこで電波が消えた。送信ボタンから指を離して、それっきりだ。マークが何をやってるのかわからない。トミーはもう近くまで来てると思って、スピードをあげた。あたりは真っ暗だった」

ドウェインは記憶のまばゆさに片手で目をふさいだ。

「それからマークの車が見えた。溝の中でひっくり返っていた。道路の右手、つまり南側だ。トミーはくそっと叫んでブレーキを思いきり踏んだ。車はがっと尻を振ってセンターラインを越えた。あんたの見たタイヤの痕はその時のやつだ。あれはマークが事故ったあとについたんだよ」

カリンは背骨を釘にしてこわばって坐っていた。「あなたたちは何をしたの」

「どういう意味だよ」

「弟は溝の中。あんたとトミーはその場にいた」

「おい冗談だろ。三トンのスクラップの下敷きだぜ。一刻を争うんだ。俺たちはやるべきことをやった。すぐ町へ引き返して助けを呼んだんだ」

「携帯を持ってなかったの。子供じみたトランシーバーは持ってるくせに、携帯は持ってなかったわけ」

「通報はしたよ。何分かあとに」

「匿名でね。しかもあとで名乗り出なかった。証言しなかった。タイヤを替えて、やばいものを川へ捨てた」

「何だよ、なんも知らねえくせに」ドウェインは声を高める。「ポリどもはまず逮捕してそれから事情を訊く連中だ。俺とかトミーとかは目をつけられてんだ。脅威だから」

「あんたたちが脅威？　で、あの男も賛成したのね。あんたの友達の、特技兵のラップも」

「なあ、あんただってまだ俺の話を信じてないだろ。だったら警察が事故の夜のことで俺たちが話すことを信じると思うか」

「あんたは何で留置されなかったのよ」

「トミーがフォート・ライリーで事情聴取されて、俺とまったく同じ話をしたんだ。決め手は俺たちがすぐ通報して救急車を呼んだことだ。俺もトミーもそれ以上何も話せることはない。マークに何があったのか全然知らない。あとで名乗り出たって無意味だったんだ」

「マークには意味があったかもしれない」

　ドウェインは顔をしかめた。「何も変わりゃしなかったよ」

　この男の言葉を信じたい、そう願っている自分に、カリンはぞっとする。立ちあがって頭の中を整理した。タイヤ痕、その位置関係、自分自身の記憶。時間の糸が縫い進み、さらに縫い進み、速度をゆるめ、曲がり、ふいに逆進する。「もう一台の車」とカリンは言った。

「何もわからねえ」とドウェイン。「この一年そのことを考えたけど」

「もう一台の車」とカリンはもう一度言う。「マークの後ろから来てそのまま走り過ぎていった車」ドウェインに詰め寄り、また壁に叩きつけそうな気配を見せる。「あんたたちが事故現場に近づいていく時、反対側から車が来なかった？　西のほうへ走る車、つまり町に向かっていく車があったでしょ。答えて！」

「あったよ。マークに近づいていく時、よく気をつけてたから。マークの車とすれ違うと思ってたんだ。来たのは白いフォード・トーラスで、州外のナンバーがついてた」

「どこの州」

「トミーはテキサスだと言うけど、俺はわからない。俺たち、だいぶスピード出してたから」

「そのフォードはどれくらいスピードを出してた」

「それが変なんだよな。俺もトミーも、のろのろ走ってるみたいに見えたんだ」さっと背筋を伸ばした。「そうか。そうだよな。その車……そのフォードは俺たちよりちょっと前に現場へ来たんだ。マークの車のすぐあとから走ってきて……そいで……あんたが言ってるのは……あんたは何を言ってるんだ」

カリンも自分が何を言いたいのかわからない。さっきからずっと。「その車も停まらなかったのよ」

ドウェインは目を閉じ、片方の手で首をぎゅっとつかみ、それから顔をあげた。「停まったって何も変わりゃしなかったよ」

「変わったかもしれない」とカリンは言う。**神さまが私をあなたのもとへ導いてくれた。**

カリンはひどく遅い時間に帰った。ダニエルはやきもきしながら待っていた。「何かあったんじゃないかと思ったよ。何か……どこにいるかわからないし。怪我でもしたんじゃないかと」

もう一人の男と一緒にいるんじゃないかと。「ごめんなさい」とカリンは言った。「電話すればよかったよね」ダニエルをなだめるためにすっかり話した。

ダニエルは話を聞いたが、何も役に立てなかった。「事故を通報したのは、トミーとドウェインだったのか。もう一台の車じゃなかったんだ。僕はてっきりその車が守護天使かと……」

「どっちも通報したのかもしれない」

「でも確か警察の話では……」

「もう全然わからない」

「だけど、もう一台の車が停まらなかったのなら、何で置き手紙を？　現場から逃亡した証拠になってしまうのに……」

「もう寝る」とカリンは言った。マークとボニーに電話するには時間が遅すぎる。それに何を話していいかもわからない。話したからといってマークに何ができるわけでもない。

翌朝は電話の怒声で目が覚めた。部屋には光が満ち、ダニエルはもう〈鶴保護協会〉に出かけていた。カリンは動物の眠りから意識を引きずり出した。「今出るから。ちょっと待って。大丈夫かどうか確かめようっていうの」

だが取りあげた受話器から漏れてきたのは、細く頼りない声だった。「カリン？　あたし。ボニー。マークが発作みたいなのを起こして、何やっても目を覚まさないの」


また入院だった。一年間の長いループを描いて去年三月の今頃の状態に戻ってしまったのだ。マークはグッド・サマリタン病院の、前と同じではないがそこに近い病棟に運びこまれた。ベッドに拘束され、毒物除去の処置を施されて、四百五十ミリグラムのオランザピンが体外に出された。

もう死んでいる男が自殺を図った。ずれを直すにはそれしかなかったのだ。救急車が到着した時には筋肉の異常収縮が起きていた。チューブを挿管して胃洗浄が施された。それから急ぎ病院に搬送され、点滴注射と心臓モニターを身体に取りつけられて、意識を取り戻しても逃げ出さないようスタッフが一人付き添う。

マークは二度目の昏睡から覚める。二度目の昏睡は最初の昏睡が生んだ幻覚にすぎない。意識を回復したマークはあらゆる意思疎通の試みを拒絶し、ひたすら「シュリンキーと話したい。シュリンキーとしか話さない」と繰り返す。

ヘイズ医師はウェーバーに電話でこのことを知らせる。ウェーバーはそれを有罪の評決と受けとめる。長年自分のためにだけ野心を燃やしてきた結果だと。マークに電話をかけるが、マークは電話口に出ない。「電話じゃ駄目だ」マークは看護師に言う。電話もケーブルも衛星もすべて盗聴されているというのだ。「じかに来てくれなくちゃ」

ウェーバーはさらにいくつか接触の試みをするが無駄に終わる。マークは、少なくとも今は危険な状態にはない。ウェーバーとしてはすでに職業倫理の要求する範囲を超えてこの症例に深入りしてきた。この前の旅では学者生命、著作家生命を絶たれるところだった。今度関わったらもう終わりだろう。

だがウェーバーは頭のどこかで責任には限界がないと理解してもいる。面談した患者は自分の患者だ。あの青年の要請を拒んで何もしないなら——ひどい失敗をした一件を放置して顧みなければ——すでに自分の中の陰鬱きわまりない声が宣言していることを裏書きすることになる。**マークは私のせいで自殺を図ったのだ、**という宣言を。もう一度出かけるしかない。また長いループを描くしかない。旅行代理店の出番だ。

妻には打ち明けようがない。シルヴィーには。すでに妻に話したことからして、どんな理由をつけようと最悪の自己欺瞞に思えるだろう。有名な文筆家にして神経科学界の汚れた聖人であるジェラルド・ウェーバーが偽の同情心を示したかどで言論上の火刑に処せられようとしても、もう手を差し延べてはくれないだろう。どうにも説明のしようがない。

　どんな反応が返るだろうと身構えるが、この告知で妻が受けるであろう手ひどい衝撃に心の準備などできはしない。シルヴィーは無感動なカサンドラ〔予知能力を持つトロイアの王女〕よろしくそれを受けとめる。ウェーバーがまだ認めていないこともすべて予知済みだからだ。「あの人のために何ができるの。向こうの病院にできないことであなたにできることがある?」

　シルヴィーは一年前にそう尋ねた。あの時助言に従っておけばよかったのだし、今も従うべきなのだ。ウェーバーは口を郵便受けのスロットのようにして首を振った。「何も思いつかない」

「あなたはもう充分やったんじゃない?」

「それが問題なんだ。オランザピンの投与を勧めたのは私だった」

　シルヴィーは朝食用の小部屋でどすんと椅子に坐る。だが恐ろしいほどいつもどおり自制した。

「一度に二週間分呑むというのはあなたの考えじゃないでしょう」

「そう。それはそのとおりだ。私の考えじゃない」

「お願いだからよして、ジェラルド。何を証明する気なの。あなたはいい人よ。約束したことはちゃんとしたのよ。どうしてそれを信じないの。どうして……?」

　立って歩きまわる。夫が問題提起するのを待つ。夫に対していつもの無償の断固たる敬意を向ける。夫が違うことを言うまでは、あの女性は全然無関係だと考える。たとえ言っていることが信用できなくても夫を信じる。夫は何か言うべきだ。だが否定することによってすらその話題を取りあげたくないのだろう。

　すべては信じることに帰着する。誰も騙せないような儚いものを信じること。それが脳科学研究の聖杯だろう。互いを発火させあるいは湿らせる数百億の化学的な論理ゲートがいかにして自身の幻の環の中に信頼を作り出すかを調べること。「あの若者は苦しんでいる。私と話したがっている。私に何かを求めているんだ」

「それじゃあなたは。あなたは何を求めているの」シルヴィーの目が厳しくウェーバーを探る。麻痺して青ざめた彼女は、自分が薬物過剰摂取で苦しんでいるように見える。

ウェーバーは答えには少し足りない返事を返す。「費用は何もかからない。飛行機代はマイレージでまかなえるし、潰れるのは二、三日だ。それでも何百ドルかはかかるが研究所の経費で落とせる」シルヴィーは夫を見て首を振る。「どうしてもやらなくちゃいけないんだ。「すまない」とウェーバーは言う。「どうしてもやらなくちゃいけないんだ。私は他人を利用する人間じゃないし、自分の都合だけで動く人間じゃないと証明するために」

この数ヶ月、シルヴィーは苦労して冷静さを保ち、着実に液化していくふるまいをする夫を支えてきた。夫の自信がぼろりぼろりと崩れるたびに打ちのめされる思いをしてきた。「駄目」シルヴィーは必死で落ち着きを手元に留めながら言う。ウェーバーの前へ歩み寄って両手でシャツにつかみかかる。「私は嫌。それは間違ってると思う。どうかしてると思う」

「心配いらない」ウェーバーはそう口にしたとたん、馬鹿げた言葉だと感じた。**この自我は燃える家だ。早く外に出ろ。**妻を見る。自分の仕事への自信を失って以来初めて、きちんと見る。目の下の両生類めいた青豆色の襞と鼻の下の皺を見る――妻はいつの間に年をとったのだろう。そのびくついた目つきから、自分がいかに妻を怯えさせているかを見てとる。こちらを理解できないのだ。見失ってしまったのだ。「心配いらないよ」

シルヴィーはその言葉に嫌悪を示して身を縮める。「あなたは何をしたいの。〝有名なジェラルド〟でいつづけたいの。〝有名なジェラルド〟なんてくたばればいい。あなたに必要なのは世間の人が……？」下唇を噛んで目をそらす。次に口を開いた時にはニュースキャスターのような口調になっていた。「向こうでは観光などをなさるのでしょうか」顔は青ざめているが、声は軽やかだ。「それとも古いお友達たちとお会いになるとか?」

「わからない。小さい町だから」それから——三十年の結婚生活への負い目から——訂正をした。「どうなるかわからない。会うことはありうるよ」

シルヴィーは突き放すように夫から離れて冷蔵庫へ足を運ぶ。そのビジネスライクな動作にウェーバーは打ちのめされる。シルヴィーは冷凍庫からティラピアの切り身を二つ出す。解凍して夕食に食べるためだ。流しへ持っていき、水をかける。「ねえ」とぜひ知りたいという風でもなく問いかける。夫の決断を受け入れようとしているかのような穏やかな口調だが、冷ややかな笑みがそれを裏切っている。「理由を教えてくれない?」

怒るのは当然であり、むしろ怒ってほしいとウェーバーは思う。だがこの穏やかな受け入れはきつい。ねえ、理由を教えてくれない? **つまりこれからまた私のことを好意的に考えてくれる気なのか。**「よくわからないんだ」とウェーバーは答える。それを心の中で繰り返すと、本当にそうだと思えてくる。


マークは抗精神病薬を大量に呑む前、置き手紙を残さなかった。残すはずがない。もう死んでいるのなら。だがメッセージがなかったことすらカリンに後ろめたさを感じさせる。この一年、弟は姉に助けを求めていたのに、その求めに応えてやれなかった。あらゆる点で弟を失望させた。弟の過去を認めてやること、現在を許容してやること、未来を取り戻してやること、それら全部に失敗したのだ。

シュルーター家の古い狂気がカリンに降りてくる。それは今までもずっと振り払えなかった遺産。カリンの第一のアイデンティティーは、後ろめたさと、何をやってもうまくいかないという挫折意識だ。カリンは入院しているマークに会いにいく。マークの一番古い、想像上のでない友達であるダニエルを連れていく。だがマークはどちらにも会おうとしない。「二人とも頼むからここで静かに腐らせてくれないか」シュリンキーでなければ駄目だというのだ。

　カリンはふたたび医療のプロとマークのぐったりした腕に注ぎこまれる解毒剤に任せる。彼女自身がグラスゴー昏睡指標の点数の降下を経験しているように思える。何にも集中できない。何時間もの間、意識があちこちを彷徨う。ついにカリンは弟が自分を姉と認めなくなった理由を悟る。姉としての特徴が何もないのだ。自分自身をねじ曲げて姉と認められない状態になってしまった。小さな欺瞞が積み重なって、自分がどういう立場に立ち、誰のために行動をしているのかが自分でわからなくなった。カリンはいろいろなことについて曖昧にごまかし、否認し、偽り、自分自身にさえ隠してきた。八方美人になっていた。環境保護の味方と開発の味方を同時にやっていた。自我を明け渡し、その日その日の人格を適当に決めていた。想像や記憶を自分の都合のいいように使っていた。〝自分〟というのが何者であれ。よしよしと頭を撫でてもらうためなら相手が誰であれ、何でもしてきた。

　自分は無だ。何者でもない。いや何者でもないより悪い。芯のところが空白だ。

　生き方を変えなければならない。ごちゃごちゃの汚れた巣から何かを救い出さなければならない。何でもいいから。小さな、くすんだ色の、這いずりまわる何かを。妥協しない野性的なものでありさえすれば何だってかまわないのだ。もう弟を取り戻すには遅すぎるかもしれない。だがマークの姉を救い出すことはまだ可能かもしれない。

　カリンは〈鶴保護協会〉の裏方仕事に没頭する。パンフレット作成のための調査だ。**夢遊病者たちの目を覚まさせて世界をふたたび新奇なものに見せるための何か。**最小限の生命科学とテーブルの中のいくつかの数字を見るうち、カリンには見えてきた。人々は堅固なものを必死に求めるあまり、自分を超えるものを殺さなければならない。もっと大きなもの、つながっているもの、あるいはその暗澹とした忍耐の中でもう少し自由なもの。〝外部〟がどれだけ広いかは、それを滅ぼしつつある間にも、誰にもわからない。ただ見るだけで、事実が噴き出てくる。文献を読んでもまだ信じられない。地球の全生物の種の数は一千二百万種を越えると推定されるが、知られているのはその十分の一以下。その半分が、カリンの生きているうちに絶滅する。

データに圧倒されつつ、カリンの五感は奇妙に生き生きとしてくる。空気はラベンダーの香りがし、晩冬のくすんだ茶色の風景も十六歳の頃より鮮烈に感じる。たえず腹をすかしているカリンだが、作業の虚しさがエネルギーを倍増させる。シナプスの結合が活発化する。ちょうどジェラルド・ウェーバーの最新刊書に書かれていた症例のようだ。前頭側頭型認知症を患う中、突然、非常に壮麗な絵を描きはじめた女性。それは一種の代償作用で、脳の一部が全滅すると、別の部分が活躍するのだ。

今カリンが垣間見ている網目はとても複雑で幅広く、人類はとうの昔に恥に身を縮めて死んでいておかしくないくらいだ。望みうる一番まともなことはマークが望んでいることだ。つまり存在しなくなること。深い深い井戸に降りていって、水だけが溶かしうる化石になること。流出した有毒物質を溶解させうるのは水だけ。人格の毒を薄められるのは水だけだ。カリンにできるのは仕事をすることだけ。盗まれた川を元の持ち主に返す努力をすることだけだ。人間的なもの個人的なものすべてが今のカリンにはおぞましい。効果の期待できないパンフレットの作成作業を除いては。

水がカリンに何かを求めている。意識あるものにしか提供できない何かを。カリンは無だ。自我を持つものすべてと同じく有毒だ。偽者であり、いんちきだ。何者とも認めるに値しない。それでも、この川はカリンを必要としている。その流動的な心を、その生き延びる技術を……

世界はカリンには手の届かない贅沢なものに満ちている。眠りもその一つだ。眠りに落ちる時、カリンとダニエルはまだベッドをともにしているが、接触は偶然のものを除いて今はない。今のダニエルは前より長い時間を瞑想に費やす。時には連続一時間のこともある。カリンから受けた傷を忘れるだけのために。カリンは裏切り行為でダニエルに打撃を与えたのだ。ダニエルはその打撃を自分の中に引き受けた。社会からの攻撃のすべてを引き受けたように。今やダニエルはカリンにとって、何でも吸収してしまう人、カリンの知り合いの中でただ一人だけ虚栄を捨て自分を度外視する人のように思える。カリンはまさにそのことをずっと恨みに思っていた。だが今まで付き合ったすべての男の中で、ダニエルだけがまともな父親になり、人間世界の外にあるものについて知るべきことを子供に教えることができるほど流動的であるただ一人の男のような気がしてくる。もっともダニエルは疎外された人間、つまりカリンのような人間を、また一人この世界に送りこむくらいなら死んだほうがましだと思っているのだ。

ダニエルは何ヶ月か前にカリンを追い出していてもおかしくなかった。そうしない理由はなかった。あるとすればマークへの友情の残滓《ざんし》か。あるいはすべての生物にダニエルが向ける気遣いか。ダニエルにはカリンがひどい女に見えているに違いない。小さな脆い貝殻のような欲求を抱えてしがみついてくる存在。そんなカリンを欲しがるはずがないし、今までも本気で欲していたわけではなかった。それでもダニエルはいまだに黙って執拗にいろいろな面でカリンに親切にふるまっている。何しろ弟が死にかけたのであり、その意味を知っているのはダニエルだけだ。カリンが苦難を乗り越える手助けをできるのはダニエルだけだ。カリンはベッドに寝ている。その背骨から二十センチ離れたところにダニエルの背骨がある。後ろを見ずにただ手を伸ばして、掌でダニエルの温かみに触れたい。彼がまだそこにいることを確かめたい。

マークが自殺を図ってから三日後、開発委員会は〈プラット川中流域景観自然前哨地〉の水利権取得を許可すると発表する。カリンはその何週間も前からそれを恐れていたが、本当に決定が出るとは思っていないところがあった。協力し合って運動を進めた環境保護団体はどこも鈍い動揺に襲われる。開発者の連合体に敗れて、急ぎ会合を何度か持つが、団結は徐々に崩れていく。

カリンは意気消沈という程度だが、ダニエルは壊滅的打撃を受ける。委員会の決定については短い禁欲的な格言めいた言葉を口にするだけだ。あの委員会は非難する値打ちすらないと思っている。ダニエルの中で何かが萎れた。説得することも打ち負かすこともできない種族との闘いを継続するための基本的な意欲が。もうこの件についてはカリンに何も話そうとしない。そしてカリンは背中を押す資格を失っている。

カリンはダニエルに借りを返したいと思う。挫折続きの今、ともかくただ一人のまともな友人のために、償いをしたい。信頼を裏切ったことを埋め合わせ、自分と同じくらいマークのことを大事に思ってくれるただ一人の人に何かを返したい。

ダニエルにあげられるものはただ一つだけ。水が欲しがっているものだ。カリンは自分はこの何ヶ月かこのことを目標にしてきた、ダニエルに今それを与えられるように努力してきたのだとほとんど信じこみそうになった。その贈り物をすればどんな代償を支払うことになるかはわかっている。ダニエルはカリンの本性を知り、完全に縁を切るだろう。もう一人の男もだ。二人の男を失い、自己欺瞞によって手に入れたものすべてを失うことになる。だがダニエルには自分自身よりずっと値打ちのあるものをあげることができるのだ。

カリンは昼間、ダニエルのために絶対菜食主義の食事を作る。ブロッコリとアーモンドを添えたセイタン・グルテンミート。付け合わせのソースはスコルダリアと、コリアンダーのチャツネ。ダニエルはデザートは罪悪と考える人だが、あえて練り胡麻《タヒニ》を載せたライスプディングも作る。キッチンの中を飛びまわり、混ぜ合わせたり取り合わせたりしていると気持ちが落ち着く。愉しい気分転換であり、この家で暮らすようになって以来最大のダニエルのための骨折りだ。カリンはダニエルのために何もしてこなかったのだ。彼はカリンのあらゆる危機の時を支えてくれたのに。カリンは二人の生活に自分の性格の雑草をはびこらせてしまっていた。たった一度だけでも、違う人間になって、ダニエルに感謝の食事を作ってあげることは不可能ではないのではないか。たとえ今回が最後でも。

ダニエルが風に吹かれる雲のようにぼんやりとして入ってくる。ご馳走を見て、意味がわからず頭を悩ませる。「どうしたの。今日は何かの日？」

ちくりと来たが、むしろ本望だ。「いつだって何かの日よ」

「そりゃそうだ。うん」苦しそうな笑みが浮かぶ。ダニエルは椅子に坐って大きく両手を広げる。大盤振舞に当惑して、上着を脱ぐのすら忘れている。「僕の退職祝いになるな」

カリンは指からライスプディングを舐め取るのをやめる。「どういうこと？」

うつむいたダニエルは平静だ。「仕事をやめたんだ」

カリンは調理台の縁を両手でつかみ、首を振る。それからテーブルの向かいのスツールに腰をおろす。「それどういうこと。何を言ってるの」ダニエルが仕事をやめるはずがない。蜂鳥のハンガーストライキと同じくらいありえない。

ダニエルはほとんど面白がっているような明るい口調で説明する。「〈鶴保護協会〉から抜けたんだよ。イデオロギー上の対立だ。彼らはあの鶴のテーマパークもそう悪くないと判断したらしい。一緒に何かできるとね。妥協できるのも勇気のうちってやつだ。〈自然前哨地〉も適切に運営すれば鶴のためになる可能性があるなんてメモをメンバーの間で回してるよ！」

実はカリン自身も、公聴会からしばらくたった頃からそう思うようになっている。「駄目よ、ダニエル。そういうのはよくないよ」

ダニエルは片眉をあげてカリンを見る。「心配しなくていい。君のことはちゃんと考えてある。

連中と話をつけたから。君は今までどおりあそこで働ける。連中は問題にしないよ。君が僕の……つまり君と僕が……」

「ダニエル」カリンには信じられない。自分たちは負けたんだと、そう言っているダニエルが。闘いは終わった。川は開発される。鶴の滞在地はさらに縮小するだろう。そう言っているのだ……だがそんなことはありえない。彼が言っているようなことは。〈鶴保護協会〉から抜けるなんて。無の世界に飛びこむようなものだ。離脱は死に等しい。

「やめちゃ駄目よ。妥協を許すなんて」

「僕がどうしようと思っても、どうにもならないんだよ」

自分にはどうにかできる。ダニエルを闘争に引き戻すことができる。自分があることを打ち明ければ、〈鶴保護協会〉は妥協の方針を撤回する。だがそれを口にすれば、ダニエルが自分に対して持ってくれた愛情が完全に消えてしまう。ダニエルはカリンの一番醜い姿をまともに見ることになるのだ。黙っていよう。そうすればダニエルを失わずにすむかもしれない。打ちひしがれたダニエルは自分を必要とするかもしれない。彼にはもうカリンの気遣いしかないからだ。

カリンは一瞬考える。鶴のために、川のために、真実を明かそうか。だがすぐに、自分が何かするとすれば、それはこの正義の男のためだと思い直す。誰を救うことも、どんな生き物を救うことも、できないだろう。できるのは開発を少し遅らせることだけ。人間の歩みはとめられない。カリンの選択も純粋に利己的なものだ。人間のするどんな選択とも同じように。自分はこれで永久にダニエルから憎まれることになる。だが少なくとも、カリンから何かを与えられたということは知ってもらえるのだ。

「あれはあなたが思っている以上に悪質な計画なのよ」とカリンは言う。「開発業者のグループは第二段階を考えてるの。彼らは鶴のいない季節にどうやってお金儲けをするつもりか、私は知ってるの。〈生きた大平原の博物館〉というものを作る気なのよ」

　カリンはそのありきたりな構想を説明する。「つまり動物園か？」とダニエルは訊き返す。何を言われたのかわからないという風だ。「動物園を作る気か？」

「屋内と屋外の。でも話はもっと悪くなる。なぜ川水の利用権がもっと必要になるか。それは第三段階があるからよ。水の公園《ウォーターパーク》。ウォータースライドとか、噴水で作る水の彫刻とか。水の彫刻は全部自然をテーマにしたものなわけ。あとは巨大な波のプール」

「ウォーターパーク？」ダニエルは額から頭頂までごしごしこすった。片耳を引っ張り、口をゆがめる。くっくっくっと笑いだす。「ウォーターパークか。大いなるアメリカの荒野のど真ん中に」

「このことを〈協会〉のみんなに知らせて。計画を阻止しなくちゃ」

　ダニエルは答えない。アヒル坐りをして、カリンがこしらえたご馳走を眺めている。いよいよその時が来た。カリンは代償を支払うのだ。ダニエルを救うかわりに。「君はどうしてそんなことを知ってるんだ」

「計画書を見たの」

　ダニエルの顎が持ちあがり、さがり、ふたたび持ちあがる。一種の辛辣なうなずき方にも見える。

「それを……いつ話してくれるつもりだったんだ」

「今話したじゃない」両の掌を上に向けて、これが証拠だというように食べ物を示す。もう細部を赤裸々に話す覚悟ができている。だがダニエルは聞きたがっていないようだ。全部知っているのだ。カリンがこの何週間か何をやってきたか、当人以上に知っていたのだ。カリンはダニエルの目を通して自分自身を見る。ダニエルの疲労の色を見ると、ほとんど安堵する。かなり前から知っていたのだ。カリンは身構えて、非難を、嫌悪の罵声を、待ち受ける。こちらの気持ちを浄化してくれるものを。だがダニエルの言葉はカリンの身構えを吹き飛ばす。

「君たちは僕らをスパイしてたのか。君と君の友達は。秘密の情報を交換して。一種の二重……」

「彼は……わかった。私は売春婦よ。何とでも言ってくれていい。私のことはあなたの言うとおりよ。嘘つきで、油断のならない女。でもこのことは信じてほしいの。ロバート・カーシュは私にとって人生で一番大事な男じゃない。ロバート・カーシュなんて……」

ダニエルはカリンが急に四つん這いになって吠えだしたという目で彼女を見る。カリンがほかの男と何をしようと無意味。大事なのは川だ。ダニエルは愕然としてカリンを見る。彼女がどれだけ川を裏切ったのかわからないし、理解もできないという目で。「ロバート・カーシュなんかどうでもいい。あいつと何でも好きなことをやってくれていいよ」

カリンは両手を前に伸ばして話を少し元へ戻させる。「ちょっと待って。誰のことを言ってるの」

「わかってるくせに」ダニエルは耐えかねたように言う。「私立探偵だよ。連中が雇った調査員。君の友達のバーバラだ」

カリンはぱっと頭を後ろへ引く。この人は脳に傷を負ったのか。マークよりひどい病気になったのか。小さな冷たい手が打ちかかってくる。「ダニエル?」家を飛び出して助けを求めたい。

「公聴会で探りを入れてきただろう。僕がどれくらい知ってるか」

「探偵って。あの人は病院でマークがお世話になった看護助手さんよ。今はリハビリセンターで……」

「給料はいくらだい。時給三ドルとかそんなのだろう。あんな風な喋り方をする、頭のいい人が。ああ、君と話してると胸くそ悪くなってくる」ダニエルはついに人間的なところを見せる。

複数のパニックの分かれ道。バーバラがこの人にとって何だというのだろう。ずっと昔から密かに持っていた、こういうことへの説明の仕方のことを考える。自分だけが除け者になる理由のことを。だが別の不安のほうが大きくなる。カリンは顔をくしゃくしゃにして玄関のほうへ後ずさる。

ダニエルはカリンの混乱を見てとり、ためらう。「知らないとは言わせないぞ……何でもかんでも隠せると思ったら大間違いだ」

「私は何も隠してなんか……」

「あの女は電話をかけてきたんだ。公聴会で会った時、どこかで聞いた声だと思ったけど、それは十四ヶ月前に電話で話したことがあったからなんだ。あの女は何かの記者のふりをした。〈鶴保護協会〉やプラット川や環境保護運動のことをいろいろ訊いた。僕は馬鹿みたいに全部話したよ。野鳥のことを話したがる人は信用してしまうんだ。まったく僕は馬鹿だよ」ダニエルはカリンの後ろのほうに目を向けてじっとしている。吹雪の中で死んでいく小動物のようだ。

「ちょっと待って。そんな変な話。じゃあの人は、なに、産業スパイだっていうの。デダム・グレンで働いてるのは偽装？」

「スパイかどうかは君にもわかるだろう。僕はあの女と話したんだ。いろいろ質問されて答えたんだ。声を覚えてるんだよ」

野鳥観察で鍛えた耳で。「それは記憶違いよ。これだけは信じてくれていい」

「へえ、信じていいのか。これだけは」ダニエルは風上に向きを変えるヨットのように首を回す。「ほかに何を信じていいのかな。何ヶ月か、昔の彼氏に僕の情報を漏らして、二人で僕を嗤ってたのに……」

カリンはさっとダニエルから離れて両耳をふさぐ。右の頬がひくつく。ダニエルは目を細めて首を振る。

「ここまで来ても否定する気なのか。あの男と秘密の話し合いをしている時、彼女の名前は一度も出てこなかったというのか。あの男と会って、僕たちのことを教えている時に。〈鶴保護協会〉の情報を漏らしている時に」

カリンは呻き、ぐったりしはじめる。ダニエルは立ちあがって部屋の遠い隅、できるだけカリンから離れた場所へ行く。腕を組んで肘をつかみ、口をきゅっとつぐんでカリンの愁嘆場が終わるのを待つ。カリンは一息一息を大きく吸い、自分はダニエルだというふりをして懸命に落ち着きを取り戻そうとする。「私、出ていかなくちゃね」

「まあそうだろうな」ダニエルはそう言い置いて家を出ていく。

カリンはアパートの中を歩きまわる。それから寝室に入って衣類をバッグに詰める。今にダニエルが戻ってきて引きとめ、弁明に耳を傾けてくれるだろう。いや無理か。今はもう弟と同じくらい遠い。キッチンへ行き、作った食べ物をもやし栽培コンテナに詰めて冷蔵庫に入れる。バスルームの蓋を閉めた便座に坐り、ダニエルの瞑想の本を一冊手にとって読もうとする。超越の速成コース。それから玄関先に荷物を出してその上に腰かける。ダニエルは外のどこかにいて、アパートの建物を観測し、カリンが出ていくのを待っている。

あと二十分で午前零時という時、とうとう弟の友達に電話をかける。「ボニー？　起こしてごめん。悪いけど泊めてくれないかな。一晩か二晩。居場所がないの。私、何者でもないの」


ジェラルド・ウェーバーはネブラスカで借りた三台目の車をＡＴＭのそばで停める。最初のつもりより多額のお金をおろすのに手が震える。空港からは本能的にあのホテルに向かっている。今やもう常連だ。〝ようこそ、鶴観賞のみなさま〟。だが今回違うのはロビーにニットの服を着た重みのある身体つきの中高年が野鳥観察ガイドと双眼鏡を持って群れている点だ。ウェーバー自身も身軽とは言えず、いつもの出張より三倍荷物が多い。携帯電話とデジタルレコーダーも持参している。何ヶ月か前に死んだはずのプロ意識とプロの習慣が戻ってきたのだ。洗面用具入れにはガーゼつき絆創膏や裁縫キットと一緒に十種類のサプリメントも入れてきたが、その中にはギンコやＤＭＡＥ〔いずれも脳機能活性化の効能があるとされる〕もある。

以前ウェーバーは、ほかのことは正常だが、物語が現実化すると思っている男性のことを研究したことがある。言葉で語ったことが現実になるという妄想だ。たった一つの文でも実体験のように堅固なものになる。旅、込み入った事情、危機、贖罪。そうしたことを言葉にすればむくむくと形を成していく。

数十年間、その症例はウェーバーが書くものすべてに取り憑いてきた。物語が現実になるというその妄想は治癒の種のように思えた。過去にさかのぼって語ることで診断をし未来に向かって話を進めることで治療をする。物語とは大脳皮質で起きる嵐だ。虚構に関する真実に到達するには、神経科学に取り憑いているブローカとルリアの寓話のことを考えるのが一番――それは損傷を受けた脳でも惨事を物語ってそれに耐えられる意味を与えることがあるという話だ。

それから物語が変わった。どこかで現実的な治療の道具が症例を単に生彩のあるものにした。医学は成長した。機器、画像、テスト、数値測定、外科手術、薬物投与。ウェーバー流の逸話主義が入る余地はなくなった。彼の文学的治療はサーカスやゴシック趣味の見世物となった。

ある時ウェーバーが知った患者は、他人の物語を語るとその物語がまた現実に起こると思っていた。他人の物語はその患者を作り直した。幻想、喪失、屈辱、不名誉。言葉にするだけで、その事柄が起きた。その患者はいろいろ手を加えられた陳述から生まれた。ウェーバーがその患者を生地から作りあげたのだ。完璧な歴史と物理的世界が捏造される。それから捏造された織物がほどけていく。〝ジェラルド・Ｗ〟という報告者の名前さえも偽名臭く思えた。

ウェーバーはマークのベッドの脇に立って、どうすれば償いができるかと考える。マークが訴えかけるような声で言う。「先生。来るのが遅いよ。もう死んだかと思ったよ。俺よりもっと死んじゃったのかってさ」ゆっくりと手探りするような話し方だった。「何があったかは聞いたかな」ウェーバーは答えない。「自分で自分を消そうとしたんだ。しかもどうやら、今度が初めてじゃないらしい」

その言葉に引きおろされて、ウェーバーはベッド脇の椅子に坐る。「気分はどうだね」

マークは左腕を軽く持ちあげて、そこに点滴のチューブがつながれていることを示す。「気分はじきによくなると思うよ。かりに俺が嫌がってもね。ああ、俺は俺に戻されるんだ。マーク三号に。電気ショックもやるって噂聞いたかい」

「それは……違うんじゃないかな。きっと誤解だ」

「いや、電撃療法《EST》なんだよ。〝ごく穏やかなやつ〟だってさ。すごくハッピーになって退院できるそうだ。新品同様になって。そして今知ってることは全然思い出さないって。今までに突きとめたことは」腕を伸ばしてウェーバーの手首をつかんでくる。「だからあんたと話したいんだ。今。まだ話せるうちに」

ウェーバーはマークの掌の肉厚な部分を手にとる。マークはそれを甘受する。それほど必死なのだ。口を開いた時、マークの声は哀願の響きを立てる。

「あんたと会ったのは事故のあとまもなくだ。あんたは俺にテストやら何やらをした。俺たちはあんたの説について話した。脳に傷がついた、アーモンド形のものの右側の後ろのほうがちぎれたってやつだ。あれはミギーっていったっけ？」

ウェーバーは椅子の背にもたれた。マークの記憶力に衝撃を受ける。ウェーバー自身はあの頃交わした会話をもう忘れていた。「扁桃体《アミグダラ》だ」

「あのさ」マークはウェーバーの手から自分の手を引き抜いて、微かな作り笑いを浮かべる。「あんたがそういう話をした時、絶対あんたの頭がどうかしてると思ったんだ」目をぎゅっとつぶり首を振る。時間がどんどんなくなっていく。腕から注入される化学物質のカクテルのせいでマークは思考力を失いつつある。話題にしたいものの名前をうまく言えない。全身で苦闘するのが感じられる。一メートル足らずのところにあるものをつかもうともがくように手を伸ばす。「俺の脳のいくつにも分かれた部分はお互いを説得しようとしてる。夜の森の中で何十人もの迷える斥候がちゃちな懐中電灯を振りながらさまよってる。俺ってどこにいるんだ?」

ウェーバーとしては症例という物語で答えることもできるだろう。身体が勝手に動いてしまう自動症のこと。オレンジがビーチボールほどの大きさに見えたり、鉛筆がマッチ棒くらいに見えたりする変形視症のこと。記憶喪失症のこと。現実に起こっていない出来事の生き生きとした詳細な記憶を持つ記憶異常症のこと。自我とは急いで書かれた草稿だ。しかもそれは何人もの書き手による文章の貼り合わせで、編集者を騙して自分を出版してもらおうとする。「わからない」とウェーバーは答える。

「一つ教えてくれよ……」マークがまた何かを思って顔をくしゃっとゆがめる。何を考えたにせよそれほどの苦悩を与えるはずはない。だがそれを聞くためにウェーバーは二千キロの空の旅をしてきたのだ。マークは声をひそめる。「これってありうるかな……すごくめっちゃくちゃだったのに、そのことを何も覚えてないっていう……前からずっと普通だったみたいな気分になるってことは……」

ありうるどころじゃない、とウェーバーは言いたくなる。きっとある。ないはずがない。「もっと気分がよくなるよ」とウェーバーは言う。「今よりもっと元気になる」乱暴な見立てだ。それがもし本当なら、自分も薬物治療を受けるだろう。

「俺のことじゃないんだ」マークは絞り出すように言う。「ほかの人のことだよ。何百人、何千人っているんじゃないのか。俺と違って手術がうまくいった患者が。具合が悪かったことなんか全然覚えてなくて歩きまわってる人がさ」

ウェーバーの髪が逆立つ。立毛。進化の置き土産――鳥肌。「手術とは?」

マークはいきり立つ。「あんたが頼りなんだよ、シュリンキー。ほかに教えられる人はいないんだ。脳って、ちっこい部分がいっぱいペチャクチャ喋り合ってんだろ。カブスカウトみたいなのがさ」

ウェーバーはうなずく。

「そんなかの一つだけ切り離せる? 一つだけ。ほかのを殺さずに」

「できるよ」

安堵はてきめんに現われる。マークは枕に頭を休める。「入れこむのはできるかな。つまりさ。カブスカウトを一人拉致して、かわりを一人入れるんだ。おんなじように暗闇の中でちゃちな懐中電灯を振りまわすやつを」

また鳥肌が立つ。「どういう意味かな」

マークは両手で顔を覆う。「〝どういう意味かな〟って。先生が俺にそういうことを訊くかねえ」苛立たしげに首をくいくい動かす。また声の音程がさがる。「移植だよ。種類の違うものを組み合わせる」

異種移植。先月、《アメリカ医師会誌》にそれに関する記事が載った。ある動物の大脳皮質の微片を種類の違う動物の脳に移植すると、ホスト側の性質を受け入れるのがわかる、というような実験の実施例が増えているという。マークはそういう議論のことを耳にはさんだのだろう。一般向けの正確さに欠ける解説を。

「人間の脳に猿の脳の一部を入れたんだろ。何で鳥のを入れないんだ。鳥のちっちゃいアーモンド形のやつを人間のやつのかわりにするんだ」

ウェーバーは、いやそれは駄目だと言う。できるだけ優しく、しかしはっきりと。だが本当はこう言いたくもある。移植する必要はない。もうあるんだ。引き継いでいるんだよ。古い構造がまだ人間の中に残っている。

ウェーバーは少なくともこう訊いてみる義理はあると考える。「なぜそういう移植をする人たちがいると思うんだね」

マークは待ってましたとばかり説明する。「それはでかい計画の一部なんだ。長い時間をかけて青写真を作ってきた開発計画の。鳥の市。動物に投資する。次世代のビッグ・ビジネスなんだよ。そのために脳の一部を移植する方法を考え出す。鶴から人間へ。人間から鶴へ。さっきの話のカブスカウトみたいに、一人入れ替えても同じ隊だ。同じ自分だって感じがする。それが俺にも成功するはずだったのに、どっか変になっちまったんだ」

何かがマークを通して意思を伝達している。それは化学物質がこの少年のような大人を人間に戻さないうちにウェーバーが耳を傾けるべき、原始的な何かだ。それができるのはこの瞬間だけ。今だけだ。「でも……その手術は何を成し遂げるためのものだろう」

「種を救うためだ」

「どっちの種を」

その問いはマークを驚かせる。「どっちの種？」ショックのあとには、あの虚ろな大笑いが続いた。「こりゃいい質問だ。どっちの種を？　か」それから黙りこんで考える。

ボニー・トラヴィスのバンガローは十九世紀から二十世紀の変わり目の頃の尻ポケットに入れるフラスクのようで、二人の女がかろうじてすれ違える程度の広さ。カリンはしょっちゅうごめんなさいと言い、汚れてもいない食器を洗ったりする。ボニーは気を遣うなとたしなめる。「ほらあ！

これってキャンプみたいじゃん。ここは二人だけのちっちゃいテント」

実際、ボニーは能天気に陽気で、ありがたい存在だ。一緒に愉しもうと、タロットカードで占いをしたり、ガスレンジでスモア〔チョコレートと焼いたマシュマロをクラッカーではさむデザート。キャンプでよく食される〕を作ったりする。「これ、あたしの元気の出る食べ物」と言う。夜、カリンはボニーと一つベッドで寝たい衝動と闘う。

二日目の夜、カリンがベランダで煙草を半箱吸ったあと家に入ると、ボニーが落ちこんでいる。最初は理由を言わず、「何でもない。大丈夫」と繰り返すばかり。気もそぞろでとうとうポットパイを炭にしてしまった。カリンはコーヒーテーブルの上に犯人を見つける。ウェーバーの新しい著書だ。ボニーはこの何ヶ月か、一日半ページのペースを律儀に守って読みつづけてきたのだ。

「これのせいなの？　何か書いてある？」

もう一度何でもないと首を振ったあと、ボニーは耐えきれなくなる。「脳に神さまを作る部分があるって。信仰は癲癇の発作みたいなものだって」

カリンは懸命にボニーを慰める。ボニーはある程度それを受け入れる。

「神さまを電気みたいにつけたり消したりできんの？……そういうのが脳の中に入ってんの？　あなたは知ってた？　みんな知ってんの？　みんなそんなに頭いいのぉ？」

カリンはボニーの肩を撫でながら落ち着いてとなだめる。「ほんとかどうかはわかってないの。ウェーバー先生にもわかってないのよ」

「そんなはずない！　わかってないこと本に書かないでしょ。あの先生はあたしが今まで会った中で一番頭のいい人よ。宗教はただの側頭葉癲癇の……あの先生が言うには信仰なんてただのバケ学的なことで、信じたり信じなくなったりするって。マークがあなたを偽者だと思ったみたいなもんよ。マークはマークでなくなっちゃって、お姉さんのことも……ああもう、ほんとに。こんな本を買ったあたしが馬鹿だった！」

マークを助けようとしたカリンも馬鹿だった。カリンは頭のどこかで——嵐が吹き荒れる側頭葉で——こう言いたがっている。人間は結局のところ現実的なのだ。幽霊は私たちが何らかの形を成すことを望んでいる。神さまを生むモジュールだって生き延びる上で価値があるから選択されたのだろう。水は何かを目論んでいる。だがそうしたことは言わない。言葉を失ってしまっている。ボニーの懐疑は長い時間をかけて腫瘍のようにゆっくりと大きくなってきたのに違いない。かなり激しく動揺しているから、カリンがもっと射程の広い信念体系を示せば受け入れるかもしれない。二人は恥ずべき秘密でも抱えているかのようにかなり長く互いを見つめ合う。それから陰気な笑みを交わしただけで協定を結び、信じるという行為のごまかしに一緒に身をゆだね、次に何か損害をこうむって気持ちが変わるまでは新たな信念の初心者となる。

この玩具の家に来てからカリンが外出したのは、もう一度病院へ行った時だけだ。マークと話そうとしたのだが駄目だった。ダニエルのアパートを出たあと〈鶴保護協会〉には顔を出していない。生まれてからずっとカリンは、自分が欲しいと思ったもの、手に入れたものは、必ず取りあげられる運命にあるのではないかと密かに思っていた。今はその理由がわかる。自分のものなど何もないからなのだ。昨夜、自分がプラット川のU字形湾曲部の上空高くまでのぼった夢を見た。平地に氷の殻がこびりつき、畑に刈り株が満ちていた。どこにも大型の動物はいない。大型の動物は消え失せていた。だが生物は至るところにいた。微生物、植物、巣箱で唸るミツバチ。言語のない声、しかしカリンにもそれとわかる声が、誘いかけてきた。目を覚ますと新鮮な気分になり、不可解な自信に満たされていた。

外に出る用意を始める。ボニーの開拓時代のものでない服の中で一番いいものを借りる。このセージグリーンの、身体にぴったりしたシルクのワンピースは、シカゴの高級住宅街ゴールドコーストでも鞭打ち症を多発させるかもしれない。それからボニーにメイクの演出をしてもらうことにする。年より大人っぽく厳しい表情になったボニーが色見本をカリンの顔に近づけ、細めた目で検討する。

カリンはボニーの肘に手を触れて訊く。「病院でマークにペディキュアをしてくれたの、覚えてる?」

「ああ、凍傷の色」とボニーは思い出す。

「そう、凍傷の色。私にもやって」

二人は専門技術者チームのように共同作業をする。ボニーが後ろにさがって出来栄えを見る。「殺し屋《キラー》」と言ったのはおそらく〝いい〟という意味なのだろう。「武装した危険な女って感じ。蛙が蠅を食べるみたいに男を食っちゃう。男はいちころ。てことで、キラー」

カリンはじっと坐りながらきゃっと歓声をあげる。元気のないメイクアップアーティストを抱きしめる。ボニーも強い抱擁を返す。事前の共犯者として。

カリンは市街地へ出かける。初めてロバート・カーシュに誘いをかけた場所だ。夕方、オフィスから社員たちが出てくる。ロバートは最後の一団の中にいる。玄関を出てカリンを見ると、驚いて足をとめる。カリンはそちらのほうへ歩いて距離を縮める。何も考えないようにして、〝キラー〟という言葉を護身の呪文のように内心で唱えながら。ロバートが近づいてくる。顎を突き出し、四方に目を配る。

「いやあ、いかすね」とロバートは言った。カリンがああいうことをしたあとでも、いやそれゆえにいっそう、カリンに欲望を覚える。燃える柴《ヨウシュハクセン》の繁みの陰に引きずりこんで下等脊椎動物のようにその場で交わりたいと思う。「君の友達のダニエルは開発委員会の注意を惹いたみたいだな」〝俺の注意もな〟と言う必要はない。そして例の恐ろしい盛大な微笑みを顔に広げる。それがあまりにもロバート・カーシュらしいので、カリンは思わず微笑みを返してしまう。「君には大暴露をやられてしまったな。俺が君を信用して話したことを全部漏らされた。ま、全部じゃないかもしれないが、ビジネス関係のことは全部だ」ロバートはまだ微笑んでいる。たぶんアシュリーちゃんにもそんな笑顔を見せるのだろう。カリンが会うことを一度も許されなかった幼い愛娘にも。「たぶん俺とのことは例の開発計画の件が目的だったんだろうな。最初から」

「ロバート」カリンの声はやや高めに出て、そこから下降していく。「そうだと言えたらいいんだけど。それだけの頭があったたって言えたら」

「君は間違いなく俺たちの計画を後退させたよ。ゲームを複雑にした。俺は個人的に気まずい立場に追いこまれたしね。尻に火がつくのを防ぐのに必死だよ。いやあ面白いね。君にモテてるんだと知った代償だな」

カリンは首を振る。「それは昔から知ってたでしょ。私以上によく」

「しかしだ。あの計画をファーヴューでやるのが無理なら、もっと下流でやるだけのことだ。〈前哨地〉の建設そのものを阻止できると思うかい。経済の成長がとまると思うかい。思ってるのなら君は何者なんだと訊きたいね。たぶんこの国の……」

「私なんて何者でもない」とカリンは言う。

「そういう意味じゃなくて。地域社会が必要としているものは必ず建設されるということさ。最後にはね。来年は無理でも……」

それはあまりに自明のことで反論不可能だ。今でもロバートの目はこう言っている。どこかへ行こう。**部屋をとろう**。**二十分でいい**。シルクのワンピースがちゃんと仕事をしている。だがカリンは何も感じない。無が彼女を満たし、その気持ちを引き立てる。カリンは身じろぎもせず立ち、首を振るのをとめられずにいる。「私はあなたのために自分を消したの」そんなことをした自分に驚くし、今でもそうするかもしれない自分にも驚く。カリンはロバートを見つめて自分の過去を漁る。

「あなたは私を知ってるつもりでいたでしょ。私を知ってるつもりでいるでしょ！」何年もたてば、通りでロバートとすれ違っても無感情でいられるようになるかもしれない。ロバートのほうもカプグラ症候群を模倣して周囲のものが本物とは思えないという笑みを浮かべ、学校の先生に毒入りリンゴを賄賂として贈ったばかりの生徒のように〔昔アメリカでは先生にぴかぴかに磨いたリンゴをあげてご機嫌をとる風習があった〕にやにやしている。

それでも二人はつながっている。カリンは相手にくるりと背を向け、一直線に街路を引き返す。憎んでやまない、しかし振り捨てられない町の街路を。そのブロックを歩いていく間、後ろからロバートの半ばふざけた声が飛んでくる。「おーい、ウサギちゃん！　ちょっと話し合おうじゃないか」気楽な、物わかりのいい調子の声。そう、カリンは彼のもとへ戻るかもしれない。今ではなくても、来年のこの時期には。

会話はウェーバーが思っている以上に長くなる。マークが質問をするたびに、ウェーバーは自信を失っていく。夜に頼りない懐中電灯を振りながら進むカブスカウトの一団は散り散りだ。昔からウェーバーは、自分は間に合わせに編成された部隊にすぎないと認識していた。そして今初めて彼の中でダムが決壊し、その認識が現実になったのだ。

話しているうちに、陰謀論はもっともらしさを増してきて、マークはウェーバーもことの重大性をわかってくれたと思う。やがて点滴に神経細胞の活動を湿らされて、マークは落ち着いてくる。

だが彼の中ではまだ何かが苦闘している。マークは片手をこめかみにあて、もう片方の手をうなじにあてる。「連中は俺に何でもできるんだ。薬。電気ショック。必要なら外科手術もできる。もう一遍脳に薬を入れてもらってもいいと思ってるよ。今度こそうまくやってくれるんならね。もうこの中途半端なやつは嫌なんだ」目を閉じて追い詰められた狼のような唸りを漏らす。「何もかも俺が作ったものみたいなこの感じが嫌だ。俺自身が作られたものみたいな感じも。でも俺が作ったんじゃないとわかるものもある」マークは身体をよじり、床頭台の抽斗を開けて例の置き手紙を出す。ラミネート加工で永久保存されて崩壊を拒んでいる。マークはそれを床頭台に放り出す。「これも俺が作り出したものならいいんだけどな。守護天使なんていなければいい。でもいるんだ。いったいどうすりゃいいってんだ」

ウェーバーが何も言わずじっと待っていると、やがて点滴の薬液がマークを眠らせる。ウェーバーは病院の廊下をふらつきぎみに歩く。しばらく待合室のテラリウムの中に坐る。待合室にはハイテクの奇跡を約束された人たちでいっぱいだ。二十歳前と見える若い女性がオレンジ色のクッションがついた椅子に坐り、膝に四歳くらいの子供を載せて、色使いの派手な大判の絵本を声に出して読んでやっている。「あなたというきせきがどうしておきたかしっている？」安心感を与える優しい声の朗読だ。「にんげんのせんぞはおサルさんじゃない。海のクラゲじゃない。ちがうの！　神さまがつくろうとおきめになって……」

ウェーバーは顔をあげる。すると彼の意志が存在せしめたかのように、目の前に彼女がいる。緑のシルクのワンピースを着たカリンが。「弟さんに会ってきたかね」とウェーバーは訊いた。自分の声ではないように聞こえる。

カリンは首を振る。「眠ってて、今は意識がないから」

ウェーバーはうなずく。意識がない《アンコンシャス》。無《アン》-意識《コンシャス》。無は意識より百数十億年歳をとっている。

「あの子、大丈夫でしょうか」

その問いはウェーバーに理解しがたいものを含んでいる。誰か理解できる者がいるだろうか。

「大丈夫そうだ。今のところは」二人は間近にいながらしばらく黙っている。カリンの目のまわりの百の小さな筋肉が、視線を合わせているウェーバーの目の色を読みとろうとしている。「どうやら自分は一部は鳥だと思っているようだが」

カリンはじわじわ来る痛みに耐える顔で笑みを浮かべる。「その感じはわかるような気がします」

「救急治療室の医者が移植手術をしたと……」

カリンはぞんざいにうなずいて遮る。「古い話です。意外な発想じゃないですよ。彼らを見たらそう感じます」

頭がどうかしたのだろうか――水道水に何かが混じって？　「医者を見たら？」

カリンは子供のように笑み皺を広げる。言葉がまったくあてにならないことを初めて知った少女のように。「いえ、鶴ですよ」

「ああ。私はまだ見たことがない」

カリンはウェーバーの顔を見る。まるでウェーバーが、今まで喜びを感じたことがないと言ったかのように。カリンは腕時計を見る。「行ってみましょ。今なら何とか間に合うから」


二人は使われていない穀物貯蔵用の穴倉に隠れる。穴倉の中は真っ暗だが外は次第に夜が明けてくる。地面にはカリンが車のトランクから出した野外逢い引き用の古い防水シートを敷いている。カリンはまだボニーから借りた緑のシルクのワンピース姿、ウェーバーはネクタイを締めて上着を着ている。カリンが連れてきたのは地元の人間だけが知っている鶴の休息場所の一つ――私有の農場で立入禁止だが、簡単に入れるのは公然の秘密だ。穴倉の中は寒く、周囲の畑には去年収穫した玉蜀黍の茶色い刈り株とこぼれた穀粒が点々と散っている。畑のすぐ向こうに蛇行する川の砂地の土手がある。数羽の鶴がすでに集まっている。カリンはお祈りの仕方を習う子供のように顔の前で両手を組み合わせている。ウェーバーは八、九十メートル先の鶴のもつれ合いを見つめてから、カリンに目を戻す。**これかね？　神話的なショーというのは？**

カリンはウェーバーの懐疑ににやりと笑い首を振った。もう少し待って、とウェーバーの肩をこする。ここでは人生は長い。あなたが思っているより長い。あなたに想像できる以上に長いのだからと。

冷たい闇の中で、一瞬、ウェーバーの気分が高揚する。空が黄桃色から石榴石《ざくろいし》色、さらに血の色に変わる。光の中に波打つ一本の糸が見える。鶴の群れがどこからともなく現われてねぐらに戻ってきたのだ。鳥たちは太古の声を響かせた。それは身体の大きさに比べて不釣り合いに大きく、遠くまで届く声だ。ウェーバーは聞こえる前からその声を思い出す。

ウェーバーとカリンは地面の上にしゃがむ。ウェーバーの背骨は寒さで低く唸っている。不動の大気の中にまた一筋、糸が浮かぶ。それからまた一本。鳥の繊維が引っかかり、絡まって、糸のほぐれた一枚の布に戻っていく。糸はあらゆる方角に現われる。深紅の空に黒い血管が何本も走る。翼が傾き、左右に揺れ、すっと落ちたと思うとまた滑りあがり、緩慢に回転する竜巻になっていく。まもなく空は何本もの支流に満ちる。プラット川を小さくしたような鳥の川が、空を蛇行する。そしてそれぞれの部分が鳴き声をあげる。

鶴はウェーバーが想像していたよりずっと大きい。翼はゆっくり、たっぷり空気を打つ。長い初列風切羽は身体よりずっと高いところまで弧を描き、ついで何度直してもずり落ちる肩掛けのようにうんと下までさがっていく。前に伸びる首、後ろにぶらさがる脚、その中間に、二本の糸の間に宙吊りにされた子供の玩具のような胴体が軽くふくらんでいる。一羽の鶴が、隠れ場所から五、六メートルのところに着地する。翼を大きく広げて羽搏く。翼開長《よくかいちょう》はウェーバーが思っていたより長い。その一羽の後方に、さらに数百羽降りてくる。この農場の畑は鶴のねぐらのほんの一部にすぎず、さらに広い滞在地全体に最大限にふくれあがった群れと比べれば無に等しい。鳴き声が集まり、谺する。単音の鋭い声の、音痴な合唱が、あらゆる方角に何キロも広がって、あたりは更新世に戻る。

これをシルヴィーにも見せたい、とウェーバーは思う。ごく自然な発想だ。シルヴィーとジェシカに。ジェシカは今のジェシカではなく、八歳か九歳の頃のジェシーに。ジェシーなら鶴の大都市に仰天しただろう。自分はあの子と親密に心を触れ合わせたことがあったろうか。あの子は自分で自分を作りあげていったけれど、もっと感情豊かな父親がそばにいてもよかったのではないか。

鶴は糸の結ぼれとなって大地に戻ってくる。優雅な飛翔が地上のよたよた歩きに堕す。その失墜はこれほど痛ましくなかったなら滑稽に見えただろう。浮遊する千の鶴が重力に屈する。人間の姿を見ても降りつづける。たえずとりとめもなく続く現在に深くのめりこんだまま。平原と砂地の土手、そしてここは安全だという思いがあるかぎり、鶴はこの川に集まることを続けてきた。今世紀には畑に落ちている玉蜀黍の穀粒をついばんできた。次の世紀にも何であれこの場所が提供するものを食べるだろう。

氷のように冷たい土にウェーバーの足は無感覚になる。カリンの声にびくりとした。遠い惑星から届いてくるような声だ。「見て！　あの鶴」顔をあげて見る。それはまるでウェーバー自身のようだ。あのハイウェイ沿いのダンシングハウスでバーバラと並んで立ち、懸命に身体を喜びに浸そうとしていた時の。鶴が踊っている。不思議なほどゆったりした踊り方だ。木の小枝を宙にはねあげる。羽で頭を覆い、ラッパーのように身をよじる。踊った鶴とその連れは警戒して首を伸ばし、目を遠くの何か見えないもののほうへ向け、嘴を平行にして空気に署名をする。次に連れのほうが踊り、それから二羽で動きを合わせ、声を巻きつけ合わせて斉唱をする。

ウェーバーは番《つがい》のピルエットに何かを認める。自分の精神的溶解を解き明かす鍵を。すると科学にさえ説明できるありふれたテレパシーを使って、カリンがウェーバーの心を読む。「先生はなぜまたいらっしゃったんですか。マークのため？　彼女のため？」

ウェーバーにはとぼけることすらできない。

カリンの微笑みがゆがんで嘲笑になる。「もう誰でもわかるくらい見え見えでしたよ」

「何が？」見え見えだったはずはない。自分だって今悟ったばかりなのだから。だがウェーバーの歩みの遅い科学さえある真理を理解している。本人がいつも最後に知る、という真理を。

カリンは畑にいる誰かに言うように話す。「ダニエルが言ったんです。一年前、マークが事故に遭う前に彼女から電話がかかってきたって。〈鶴保護協会〉のことをいろいろ訊かれたらしいです。ダニエルはスパイだと言ってます。開発業者に雇われてる調査員だって。馬鹿げてるように聞こえます？　マークの陰謀論みたいに」

できれば何か言いたい。何か考えて、それを言う。だがウェーバーはまた言葉の下に滑り落ちはじめる。

カリンがウェーバーの様子をうかがう。立場が逆転して、カリンが研究者、ウェーバーが対象という役回りだ。「何かあったんですね」

「ああ」とウェーバーは答えた。その何かを見ている。何千というそれが畑をくまなくつつく。その囁くような音が聞こえる。

カリンは目を閉じて霜のおりた地面に寝る。ウェーバーもその脇に身体を横向きに横たえ、曲げた腕を枕にする。カリンを見る。カリンの故郷の、琥珀色の光の斑点が消えていく広々とした大地を見る。カリンが目を向けてくる。「私、先生に何を求めていたのか、よくわからないんです。マークのことで手紙を書いた時。マークに何を求めていたのかも。それ以外の誰に対しても」カリンは有罪を立証する証拠となる鳥でいっぱいの畑を手で示す。あそこに求めるべきものなどあるだろうか。

カリンは急に気恥ずかしくなって目をそらす。半身を起こして、近くにいる番《つがい》を指さす。二羽の大きな、興奮した鳥が、翼を広げて歩き、鳴き声をあげる。一羽が旋律を奏でる。自然のままに歌いだす意外性に満ちた四音を。もう一羽がその動機をとらえ、陰影をつける。その音がウェーバーを刺す。自身に語りかける創造の声は彼を締め出しているからだ。その真実の発話を理解できるのは鶴の解読能力だけだ。語り合う番は黙り、地面に証拠を捜す。二羽は探偵であっても、科学者であってもおかしくない。生命に対してすらコミュニケートできない生命。

カリンを見た。その顔にはウェーバー自身がつけたのかと思うほどはっきりと、自分と同じことを考えている皺が刻まれている。鳥の気分とはどんなのだろう、という。

「ほら」カリンは歩く番を顎で示す。「マークが話してるのはあれのこと」鼻がこすられすぎて赤くてかっている。信じられないというように首を振る。「大昔は、鶴は皮を脱げば人間になれた。逆に人間が皮を脱げば鶴の仲間に入れた。本に書いてあるとても古いお話」カリンはウェーバーの横顔を見る。だがウェーバーが目を向けてくるとさっと顔をそむける。「でも悲しいことに、彼らは愛を知らない。命を生むために番《つが》うだけ。毎年、伴侶と一緒に何千キロも飛ぶ。一緒に子供を育てる。子供が肉食動物に襲われそうになると、自分の翼が折れたふりをして敵を誘う。子供のために自分を犠牲にすることもある。でもそれは違うの。科学者に訊けばわかる。鳥は愛することができない。鳥には自分というものすらない！　私たちとは違う。つながりなんてない」

ウェーバーにはカリンが自分に対して持っている不満の数々がようやく見えてくる。言葉が出さえすれば、謝りたい。

歩いている番の大きなほうが顔をこちらに向けてウェーバーを見る。太古の鳥の目を通して、何かがこちらを見ている。ウェーバーに関わりのある、しかし彼のものではない秘密が。純粋な野生の視線。ウェーバーが忘れていた、ただ存在するということの堅実な知。

だがカリンが喋っている。いろいろなこと、遠いことを、喫緊の事柄のように話している。ウェーバーに水戦争のことを話す。環境保護運動の側がとりあえずの勝利を収めたこと。けれどもいずれ負けるに違いないこと。数字をすべて見たけれど、開発を阻止できるだけの力を持つ者はいない。カリンの顔が醜い仮面に固まる。こちらを見ている鶴に向かって腕を振ると、鶴は怯えてすすっと逃げる。「これは要らないなんてなぜ思えるのかしら。このまんまのこれを要らないなんて。みんなにわかってほしいのは……」

だがもしみんなにそれがわかれば、この畑は鶴の見物人で埋まってしまうだろう。

「私たちにはあとどれくらいの猶予時間があると思いますか」とカリンは訊く。「ああ、人間はどうしちゃったんでしょうね。先生は専門家でしょう。この素晴らしさがわからないなんて、人間の脳の中でいったい何が……」

空はもう暗く、カリンが指さしているものがウェーバーには見えない。ウェーバーもカリンもそれぞれの個人的な穴倉に閉じこもり、外の想像できないほど長い夜をうかがい見る。

カリンはまるでもう記憶しか存在しないかのように声に出して言う。「父に連れられて初めてここへ来た時のことを覚えてます。私たちはまだ小さかった。私とマークと父はこの畑に坐った。この畑に。まだ陽がのぼらない朝の早い時間でした。朝の鶴もぜひ見るべきですよ。夕方のは演劇だけど、朝のは宗教なんです。夜明け間近の私たち三人は、その頃はまだ幸せでした。父はまだ世界で一番賢い人でした。今も声が聞こえます。鶴がどうやって道を見つけて飛んでくるか教えてくれました。父は小型飛行機を操縦できる人で、鶴が毎年いろんな目印をたどりながらこの場所を正確に見つけるということがとても好きだったんです。それぞれの畑を見分けるということが。〝鶴ははっきり覚えてるんだ。蝙蝠《こうもり》が納屋の梁《はり》をつかむみたいに物の特徴をしっかりつかんでる〟。鶴の群れがぐるぐる回りながら空にのぼって消えていくのを初めて見た時、私、いつまでも空を見あげて、**ねえ、私も連れてって、一緒に連れてって**って思ったんです。たまらない気持ちでした。空っぽな感じ。**私が何悪いことしたっていうのって**」

カリンは指で眉を撫でる。今のウェーバーは彼女のことを知っている。以前は反感を覚える理由だった事情のこと。彼女の弱さのこと。世間に認められるようちゃんとやりたいという欲求のこと。「父は私たちに教訓を与えてたんです。それが父親の務めだとあの人なりに考えて。血のつながりとか家族のことをいつまでもくどくど話すんです。鳥でさえ家族の面倒を見るんだぞとか。私も弟もそれがすごく恐かった。身体が痛くなるまで私たちをぎゅーっと抱きしめて、誓わせるんです。〝これから先きっと何か起きるだろうけど、何が起きても、お前たちは絶対に、絶対にお互いを見捨てちゃ駄目だぞ〟って」

最後のほうは呟くような話し方なので、ウェーバーは自分で補わなければならない。それからカリンは目をそらし、また気丈になり、ウェーバーには装うことすらできない落ち着きを身に備えて、自分たちを滅ぼす進歩の向こうにある湿地を眺めやる。

「父は素っ頓狂な人でしたよ。世間から全然ずれてるんです。私にはいつも、お前はものにならないと言って。相当自信があったみたい」カリンは身体をひねって闇の中でウェーバーの腕をつかむ。そんなことはないと言ってほしいのだ。今からでもまだ人生を変えられると。何か本当の仕事、意義ある仕事をするのに、遅すぎることはないと。「もし私があなたに育てられたのなら……私とマークがあなたに育てられたのだったら。あなたみたいに学識のある人が親だったら」そうだったら、もっと早くこの天職を見つけていたかもしれないのに。まだ時間があるうちに。

ウェーバーは黙っている。肯定するのも否定するのも恐い。だがカリンはもうウェーバーから必要なものを受けとっている。彼を見て首を振りながら言う。「**スポンサーのない、ありえないような、全能に近い、しかも限りなく脆弱なもの……**」

ウェーバーはそれが何の言葉だか思い出そうとする。かつて自分だった人間が書いたものに違いないが。カリンはこの考えに顔を上気させて、どうか思い出してと哀願する。すべてが捏造されたものなら、すべてが自由だ。自分を演出するのも自由、人の真似をするのも自由、即興でやるのも自由、何をイメージするのも自由。愛するものの間で心を織るのも自由。この川について私たちはどれだけ多くのことを学べるだろう。水はどんな場所を見ることになるだろう。

その夜は借り物の小部屋で一睡もせず過ごす。脳が火事だ。携帯電話が二度鳴ったが出ない。枕元の目覚まし時計のＬＥＤの地獄の赤に目を据えて、一分一分の進行の停滞を見つめる。リハビリテーションセンターへ行ってバーバラのファイルを見せてもらおう。いや、それは無理だ。何の権限もないから。彼女の上司に訊いてみようか。いつからここで働いていますか。前はどんな仕事をしていたのですか。だが反応は、よくてノーコメントだろう。

午前四時にバーバラのコテージの前まで行く。まだ真っ暗な中、駐めたレンタカーの運転席でじっと坐っている。人生に火をつけない決意をする時間はたっぷりある。だがそれはもう燃えていた――チカディーウェイ、コンシエンス湾、シルヴィー、研究所、著述業、〝有名なジェラルド〟――全部数ヶ月前に燃えつきていた。今は役の演技すらできない。妻でさえ芝居だと見抜くだろう。ウェーバーは自分の意志で落下している。誰でもないものになりたい欲求が間違いなくある。詮索好きの神経科学者にこちらの居所を永久に知られないために。車を降りて家の玄関に向かった。自分で作った混沌の中へ。

バーバラがむくみ顔と霞み目で玄関に出てきて、視線を感じたそぶりを見せる。小首を傾げての微笑みはウェーバーが来るのを予期していたかのように見える。ウェーバーの最後に残った固い部分が、ついに宙で溶ける。「大丈夫？」とバーバラは誘うような、迷うような口調で訊く。「またいらっしゃるとは思わなかったわ」

ウェーバーの首が呼吸のように自然に縦に揺れる。

バーバラが無言で中に招き入れる。一九五〇年代あたりに町の北部の湖畔に建てられた休暇用のコテージの、頭上の薄暗い明かりをつけた時、ようやくバーバラは訊く。「マークにお会いになりました?」

「会った。君は?」

バーバラは頭を垂れた。「私は恐くて」

そんなことはありえない。あの少年のような大人がもっと大変だった時、献身的に介護した女性なのだ。ウェーバーはバーバラの視線をとらえようとする。バーバラの裏切り者めいた目は左肩越しに後ろへ逃げる。着ているのはフランネルの緑と赤の縞模様の男物のバスローブで、そこから両腕と両脚が犯したばかりの間違いのように飛び出ている。むくんだ顔に手をあてる。「私、ひどい顔?」

いや、美しい。その打ちひしがれた美に、ウェーバーははらわたをえぐられる。

バーバラはウェーバーを小さなキッチンに案内する。ためらいがちに薬缶をガスレンジに載せる。ウェーバーはそのそばへつと寄る。「あまり時間がない。見せたいものがあるんだ。陽がのぼらないうちに」

バーバラの両手がウェーバーの胸の上を這いのぼり、最初は軽く、ついで強く、押す。それからうなずく。「じゃ服を着ますから。どうぞ適当に……」両掌を広げて、小さな三つの部屋のどこで待ってくれてもいいと意思表示する。

盗むほどのものは見当たらない。キッチンには一人分の食器類と傷んだフライパンやガラス容器などの粗末なコレクションがあるだけ。居間のテーブルと椅子はネットオークションで買ったものだろう。楕円形のぼろのラグにレースのカーテン。重厚な古いオークの戸棚と、それと揃いの書き物机。机の前の壁にテープで貼られたよれよれのインデックスカードには、ペンでこう書いてある。
〝私は自分に対して何もしないが、私自身の死刑執行人である〟〔ジョン・ダン『不意に発生する事態に関する瞑想』の一文〕

机の上にはペーパーバックが一冊。ローレン・アイズリーの『大いなる旅』だ。看護助手は夜こういうものを読むらしい。裏表紙には著者がネブラスカ州のこの地方の出身で、プラット川の岸辺で生まれ育ったことが紹介されている。ページには矢印のシールがたくさん貼られている。ぱらぱらめくると、最後のほうにこんな一文がある。〝秘密は、先住民の言葉を使うなら、夜の卵の中にある〟。

本の隣にはポータブルCDプレーヤーとイヤホン。その脇にはCDの低い山。ウェーバーは一番上の一枚をとりあげる。モンテヴェルディ。ちょうどその時、バーバラがずいぶん早く寝室から出てくる。コバルト色のコットンのブラウスのボタンを急いでかけながら。ウェーバーがCDを手にしているのを見る。しまったという後ろめたそうな顔で眉根を寄せる。「一六一〇年の『聖母マリアの夕べの祈り』。でもあなたには一五九五年のがお勧め」

ウェーバーはCDをバーバラのほうへ突き出して責める。「君は私を欺いたね」

「そんなこと！　それは……あの夜のあとに買ったのよ。記念に。信じて。そういう音楽はちんぷんかんぷん」

ウェーバーはCDを見もせず元に戻す。信じていたことへのこれ以上のテストには耐えられない。

バーバラは部屋を横切ってウェーバーを丸く囲む。その腕の中でウェーバーはばらばらになる。脳の基部の拳が指を広げる。ドーパミンとエンドルフィンが噴出し、胸が激しく打つ。さながら無謀な雑誌に掲載された常識破りの研究論文……ウェーバーは自分をぶち壊す。それはえも言われぬ快感だ。もう著作家でも、研究者でも、大学教員でも、夫でも、父親でもない。自分自身があっというまに出ていってしまう。あとに残ったのは感覚、あばらへの温かく軽い圧迫感だけだ。

部屋は寒いが、バーバラは隅々まで焼けつくほど熱い。ウェーバーは大脳周縁の路地に滑りおりた。巨大な新皮質がスーパーハイウェイのように開通したあとも生き延びていた片隅だ。自分の皮膚がバーバラの手に触れられているのを感じる。その皮膚はあまりにも白くて紙のようにかさかさしているし、むき出しの腕は血管がごちゃごちゃ走り、腹には品なく脂肪がついている。心臓が一拍打つ間にその身体はウェーバー本人にとって異質なものとなる。そこに住んでいる幽霊たちはバーバラの目には見えない。バーバラはこの身体でしかウェーバーを見たことがないのだ。

やがて身体はさらに異質なものとなる。バーバラからどう見られようとかまわない。掛け値なしに本当の自分以外のものに見られたいとは思わない。虚ろでみっともない、権威を剝ぎとられた者。誰もと同じで境界線がない。

「待ってくれ」とウェーバーは言う。「見てもらいたいものがある」ウェーバーのものではないが。**夕方のは演劇だが、朝のは宗教。**

夜明けの兆候が出はじめる頃、二人は車で例の畑へ向かう。ウェーバーは身体に貯えた右折左折の記憶を頼りに道を見つける。前方の夜はすでに散り散りになっていたが、群れはまだ浅瀬を歩いている。ウェーバーとバーバラは例の穴倉に陣取る。一番近い鳥はほんの三メートルほどのところにいる。二人は気を張り詰めて音を立てないようにするが、その動きが地上に残っている鶴たちへの警鐘となる。群れの中に覚知の波が広がる。鶴たちが一羽ずつ、あるいは揃って動揺する。が、まもなく危険が去って落ち着く。広がってくる光の中で、朝の普通のたどたどしいお喋りを始め、そこここで試みにバレエの動作がはじける。

「言ったでしょ」とバーバラが囁く。「生きているものはみんな踊るって」

一羽、また一羽と、鶴は空気の具合を試し、最初は風の中の紙屑のように低くふわっふわっと浮く。それから数千羽が洪水のように舞いあがる。世界の拍動する表面が持ちあがり、目に見えない熱気泡に乗って渦巻きながら上昇していく。さまざまな音が大群を空の高みへ運びあげる。甲高い鳴き声と木を打ち合うような羽音がうねり、轟き、響きわたって、生きた音の雲となる。塊はゆっくりほどけて何本かのリボンになり、薄青の中に分散していく。

生命の何という歓喜。それはつねに飛び立ち去っていく。何という無目的な喜び。

ウェーバーは自分の内側から声が出るのを聞く。この朝のけたたましい合唱の弱々しい対旋律を。

「〝ああ　切り離されていていてはいけない、／こんな薄い壁のため／星たちの尺度から　締め出されていてはいけない。〟〔リルケ「おお　涙溢れる女よ」、『リルケ全集』第四巻所収。小松原千里・内藤道雄・塚越敏・小林栄三郎共訳、河出書房新社〕」

「それは何？」とバーバラが訊く。

ウェーバーは懸命に詩句を思い出す。「〝内部の空間、これは何だろう？／もし高められた空に／鳥たちが投げ入れられることなく、そして低くに／帰郷の風がなければ〟」

大昔、大学院を出たばかりの頃、シルヴィーにプレゼントしたリルケの詩集。あの頃はまだ無目的な悲歌に時間を割く余裕があったのだ。

「科学者というのは詩人ね」とバーバラは言う。

だがウェーバーは科学者でも詩人でもない。自分の職業だと思えるものがない。将来こうなるかもしれないと自分で思った人間とは全然違っている。しかしバーバラはどうだろう。この看護助手はどういう人だろう。自分のような男を欲しがるほど孤独な女性とは。

バーバラがウェーバーの上着の襟の内側に手を差し入れてくる。ウェーバーもバーバラに触れる。互いに相手の皮膚をなぞり、皮膚が二人の間の罠となる。乳房にあてがったウェーバーの両手が震える。バーバラはそれを許すばかりか、さらにあらゆるところへウェーバーを導こうと考えている。この鳥に満ちた畑で。彼女の肋骨がウェーバーの掌に押しつけられる。二人は双方にとってびっくりするようなところへ入りこんでいく。口と口が合わさって思考が消える。何もかも消える。この第一義的な欲求を除いて何もかも。

何か大きな白いものが畑をすばやく横切る。ウェーバーとバーバラはぱっと顔をあげる。最初に見つけたのはウェーバーだが、同定したのはバーバラだ。「すごい。アメリカシロヅル」光の閃きの中で見えた幽霊は密かな恐怖を覚えさせる。バーバラはウェーバーの腕を止血するように強く握る。「私たち、ありえないものを見てる。百六十羽しか残ってない、そのうちの一羽を！」

幽霊は輝きながら畑の上を滑空する。二人とも息もできない。ウェーバーは最後の希望につかみかかる。「あれだ。道路にいたのはあれだったんだ。マークは白い柱を見たと言った……」バーバラの顔をじっと見つめる。科学が切実に承認を求めている。

バーバラはウェーバーを見るのが恐くて鳥を目で追う。今がすべてをはっきりさせるチャンスだ。だがそうはせず、かわりにこう言う。「そう思う？」

二人は幽霊の鳥が木立の中に消えるまで見ている。畑が空っぽになったあともずっとしゃがんで見ている。

身体は冷えきり、靴や服は泥土で汚れている。バーバラはまたがむしゃらになりウェーバーを引き寄せる。二人はオキシトシンと熱烈な絆の波となって互いを溢れさせる。解放——すべてから離れ、平原の只中で消える——ウェーバーの手の届かないところで浮遊する。

すぐ近くからびりびり割れる笑い声が起こる。プラット川の夜明けの合唱とは関係のないものだ。蟋蟀にはまだ何ヶ月も早すぎる。またころころ鳴く。地面に脱ぎ捨てたウェーバーの上着の内側から聞こえる。ウェーバーは戸惑ってバーバラを見る。バーバラの目はこう告げる。あなたの電話よ。ウェーバーはあたふたと携帯電話が入っているポケットを捜す。発信者の電話番号を確かめるのはこれが初めてだ。電源を切って、またバーバラと抱き合う。今からすべてがパニックになるだろう。誕生と同じように奇妙に。このことを書くことにしよう——伝染性カプグラ症候群の最初の症例を

──もしまだ自分に書くことができればだが。ウェーバーは近づき、バーバラは受け入れつつあるようだ。水が川底の小石の上を流れるようにウェーバーの中を思念が流れるが、その思念はどれも彼のものではない。それから到達の空虚がやってくる。それからただ抱き合い、無限の眩暈に備えて身構える。

二人は無言で車に戻る。

「どっちへ?」とバーバラが訊く。

事実上、選択の余地はない。「西だ」

二人にはそれ以外の方角はない。バーバラは適当な道を走る。涸れ川を一つ渡る。「オレゴン街道」とバーバラは言う。一世紀半にわたる浸食にも拘わらず土地に残った傷痕が証拠だ。

何キロも黙って車を走らせる。ウェーバーはいつでもバーバラに言わせられることを、バーバラが自分で言うのを待つ。だが今は自分も偽証しているので何を言わせる資格もない。二人とも頭がぼうっとしてきたので、ブロークンボウという町で食べ物を調達することにする。「ここもゴーストタウンよ」とバーバラは言う。「このあたりの町はみんな百年前に盛りを過ぎたの。その後はだんだん人がいなくなる一方で、また辺境に戻っていくの」

「そういうことをどうして知ってるのかね」だが答えはもうわかっている。どうして知っているのかは。

バーバラははぐらかす。「この辺の人たち? もうすぐ死んでいく人たちだけが残ってるわ」

水と果物とパンを買って、川の土手へ行く。砂地の上に坐ると、砂がさらさら斜面を流れ落ちる。二人はつねに身体の一部を触れ合わせている。あたり一帯は世界的な感染症が猖獗《しょうけつ》をきわめて放棄された土地のようだ。中景ではひっきりなしに行き交う輸送トラックが音程を変化させるシンセサイザーのような音を立てている。

唐突にバーバラがウェーバーの耳に触れる。「今、ゆうべ見た夢を思い出したの。すごく美しい夢！　みんなで音楽の演奏をしているの。あなたと私、それにマークとカリンがいたと思う。私はチェロを弾いていた。チェロなんて触ったこともないのよ。でもその音楽は……信じられないほどきれいだった！　脳って不思議よね。だって、演奏できない楽器を演奏する夢を見るのはいいとして、その音楽は誰が作曲するのかしら。その場でどんどん作っていくのよ。私は楽譜も読めないのに。和音がものすごく豪華絢爛だった。それを書いたのはきっと私なのよね」

どう答えたらいいかわからないので答えない。自分も相手の耳に触れただけだ。ウェーバーが昨夜見た夢は何ヶ月かぶりの夢だった。男が頭から飛びこんだ姿勢のまま宙で固まり、白い煙の柱の前にいる夢。

二人はどこへともなく漂っていく空間の真ん中で坐っている。ウェーバーのポケットの中で携帯電話が鳴る。ここで鳴るのなら宇宙でも鳴るだろうと思える。出なくても誰からかはわかる。発信者番号表示がそれを裏づける。娘が電話をかけてくるのは緊急時か主な祝日だけだ。出ないわけにはいかない。どうしたのかと訊く前からジェシカが大声をあげる。「今、お母さんと話したけど、いったいどういうつもりなのよ！」

ウェーバーは気が入らない。ここどんな場所との間にも遠いへだたりを感じる。「わからない」と、おそらくは何度も答える。娘はいっそういきり立つ。大人になりなさいよ！　と叫んだ。低血糖発作を起こしているのかもしれない。信号が弱まりはじめる。「ジェス？　ジェス、聞こえないぞ。こちらからかけ直すからね。いいかい、かけ直すから……」

電話を切った時、バーバラはまだそばにいる。手をおずおずと頬に触れてくるのを、ウェーバーはそのまま受ける。罰の第一弾だ。その手はこう言っている。しなきゃいけないと思うことをしなさい。もっと近づくもよし、遠ざかるもよし。作り話をしつづけるもよし、私を追い払うもよし。
ウェーバーはこの瞬間まで忘れていたある症例と同じだ。脳の島に損傷を受けて身体失認症になった女性の症例。時々、短い時間、身体の感覚がなくなるのだ。骨格や筋肉、手足や胴体がすうっと消える。だが身体がなくなっても、その女性は身体はあるという嘘を維持する。側頭頭頂接合部で監視をしている囚人班長《カポ》〔ナチ強制収容所の囚人で収容所の手先になった者〕を信じる。システムにへつらってどんな御用も足す者を。

二人はさらに車を走らせる。それしかすることがない。二十キロほど走ったところでバーバラが言う。「この先に前から見たかったところがあるの」

「どれくらい先？」

バーバラは唇をすぼめて見積もる。「百五十キロくらいかな」

ウェーバーには異を唱える理由も気力もない。フロントガラス越しにそのまだ見えない目的地を指さす。

バーバラは運転が無造作になり、浮ついた気配すら見せはじめる。二人には未来がなく、過去はもっとない。この二時間ほどは自分たちのことを何も話していない。マークのこともあまり話さない。会話らしきものが始まりかけるのは、バーバラが、神経科学で確実にわかっている重要な事柄を十個挙げてほしいと言った時だ。以前なら二十個でも三十個でも挙げただろう。だが今はそのリストが怪しくなっている。重要な事実は今はもう確実なことと思えない。確実にわかっていることは重要な事実ではない気がする。

遠くに目的のものが見えてくる。冬小麦の畑の中に立つ、イギリスのソールズベリー平原にある環状列石《ストーンヘンジ》のような遺構だ。何か変だとウェーバーは思うが、あれで間違いないのだろう。ウェーバーがその正体に気づいた時、バーバラは笑う。「はい到着。カーヘンジ」

灰色の巨石が自動車の形になったようにも見えるが、実際には三十八台の自動車をスプレーで灰色に塗装して、地面に垂直に植えたものとその上へ水平に渡したものを組み合わせてある。ストーンヘンジの完璧なレプリカだ。二人は車を降りて柱の環のまわりを歩く。ウェーバーは無理に愉しそうなそぶりをする。これは人類の輝かしい飛躍の記念碑として理想的だね。自然選択が意識で短い実験をしたんだ。どの車の錆びた車軸にも燕の巣がいくつもある。

そこからほど近い町アライアンスの〈ロングホーン・スモークハウス〉という店で食事をする。陣取った隅の仕切り席の上にテレビが取りつけられている。ちょうど〈イラクの自由作戦〉が始まったところだ。かなり前から喧伝されていた戦争なので、ウェーバーは軽い既視感を覚えただけだ。大統領の感情的に入りこめない映像が何度も繰り返し流されている。**われらが祖国とそれを守るすべての人々に神のご加護がありますように。**ウェーバーは画面に目を据えたバーバラの石のような顔を見つめる。バーバラは記者だけにできる見方で報道を見ている。知り合ってからそこそこたつ女性だが、今初めてその人となりを過《あやま》たず見た気がした。バーバラは少し声を詰まらせながら話す。

「マークの言うとおりね。国全体が偽物と入れ替わったのよ。だって、今のこの国、今まで知ってた国に見える?」

二人は長居しすぎ、はち切れそうなほど盛り沢山に見えて内容がない狂騒的な報道を見すぎる。

「どこか泊まるところを捜します?」とバーバラはウェーバーを見ずに訊く。宿《シェルター》を捜すというが、安全な場所《シェルター》などもうどこにもない。

ウェーバーが欲しいのはまっさらな白紙だ。自分がしてきたこと、今していることを消し去った白紙。どこへ行こうと自分を待っているものは何もない。**どこか泊まるところを捜す**。そう、夜ごと二人で宿を捜すのだ。最悪の疑いが本当だとわかっても。バーバラについての秘密を知っても。遠い場所からの報告はもう終わりだ。症例の研究はもう終わりだ。自分にできるのはバーバラと同じくらい有責な人間になること。だが口から出てきた言葉はこの可能性すら殺す。「もう帰ろう」バーバラは二分の一秒の不安を隠せない。肩が拘束具の下でぴくりと動く。「ああ、あなた《ハート》！」とバーバラは言う。誰のことだ？　誰かほかの男への親密な呼びかけ。以前の逃避行の連れと勘違いされたのだろう。バーバラは自分を欲しがっていない。人に知られたくないのだ。だから異を唱えはじめる。「うちは狭すぎるから……」

そして地球は広すぎる。「でも帰らないと」とウェーバーはさらに言う。確かに人生は虚構だ。しかしそれが何を意味するのであれ、虚構は舵取りができる。

バーバラは何が起きているか知っている。だがそれでも芝居を続ける。エンジンをかけて車を南東へ走らせる。何キロか走ったところで聞く。純然たる誘いの調子だ。「何を考えてるの」

ウェーバーは首を振る。言葉で答えることができない。バーバラは相手の沈黙に不安を覚える。ハンドルを強く握り、最悪の返事を覚悟する。

ウェーバーは手の甲でバーバラの上腕を撫でる。「こう考えてたんだ。君をずっと昔から知っていたような気がすると」

バーバラはウェーバーの顔を見て、すぐ目をそらす。信じられないが、間違いないと思う。頭のどこかですでに知っていたのだ。ウェーバーが話をどこへ持っていくかを。ウェーバーに宣告される前から、頭のどこかですでにその判決を受けていた。

ウェーバーはこの瞬間をとらえて訊く。「君は何の取材をしていたんだ。最初にここへ来た時」

二キロほどの間、恐ろしい沈黙が流れる。ウェーバーの中の何かが、バーバラに何も言ってほしくないと願っている。何かが事実を知りたがっていない。ウェーバーは最初にバーバラの中に認めたものを感じる。偽の落ち着きのすぐ下にある不安を。目の隅で見るバーバラは別人だ。前に診たハーミアという女性に似ている。ハーミアの症状は一つだけ。左側の視野に子供たちが見え、笑い声も聞こえるが、視線を向けようとすると消えてしまう……

「どういう意味?」バーバラはようやく訊き返す。灰の上に落としたエナメル塗料のような声だ。

ウェーバーに返答を迫る資格はない。自分は正義ではない。自分も裏表のある人間だ。「誰のために働いていたんだ」それを知る必要は本当はない。だが神経科学は次の事実を明らかにしている。言語中枢の活動には苦痛を抑制する効果があると。

バーバラはハンドルを握りしめて一直線の道路を走る。「デダム・グレンで働いていたのよ。一年間、毎日。月に千二百ドル以上稼いだわ」

マークのカルテに異常な点がある理由がようやく腑に落ちる。これで事情がわかった。「カリンの友達が環境保護運動をやってるんだが」とウェーバーは言う。「君は一年前、その男に電話でインタビューしただろう」

バーバラは目をくしゃくしゃさせ、赤い鼻を兎のように震わせる。彼女の中でいまだに強情を張っている何かが、ウェーバーの中のまだ彼女を愛していない最後の小さな部分を解放する。「水よ」とバーバラは言う。当然だというように。ジャーナリストらしい口調で。「取材のテーマは水だったのよ」暗さが増す中、車はさらに五百メートルほど進む。バーバラは機械に向かって話すようにあとを続ける。「もうすぐそういう報道がどんどん出てくるわ」気持ちを立て直し、髪をさっと振って、自身の空虚さのありったけをウェーバーのほうへ向ける。ファッション雑誌のモデルの無頓着さをまとう。本当なら反感を覚えるところだが、そうならないのはバーバラの中に認められる自分と共通するあの、露見を避けたいという必死の願望だ。「あなたには何もかも話すわ。どの程度知りたい?」

ウェーバーは何も知りたくない。今も、どこか言葉が追ってこないところへ二人で姿を消したいと思っている。

「私はジャーナリストだったの」とバーバラはフロントガラスに向かって言う。通りが三本だけの町がまた一つ飛び過ぎていく。「ケーブルネーションズ・ニューズのプロデューサー。わかるでしょ。いいネタを見つけて、企画を立てて、リサーチをして、インタビュー取材をして、編集する。私はいつも……全身で飛びこんでいった。全力で取り組んで素材の中にのめりこむの。たぶんそのせいで参っちゃったんだと思う。エディターを七年、プロデューサーを三年半。そこから上へも行けたはずで、順調にやってたはずなんだけど、冴えない部署へやられてしまった」

ウェーバーはバーバラの首筋の今まで気づかなかった年齢の痕を見つめる。歯を嚙みしめているせいで筋が浮き出ている。顔がぴしぴし割れて成虫が現われそうだ。

「困ったことになったわけ。燃えつきたって周囲は言った。でもそんなことありえない。私はスーパーウーマンだから。だって、私はウェイコー〔テキサス州の町。一九九三年に宗教団体ブランチ・ダヴィディアンが武装籠城のすえ火災で多数の死者を出した事件。籠城が長く続く間、大勢の野次馬が見物した〕にも行ったのよ。善良なアメリカ市民が何列にも椅子を並べて、あの人間バーベキューを見物した現場へ。オクラホマ・シティー連邦政府ビル爆破事件で犠牲になった託児所の赤ん坊たちをテーマにシリーズ番組を作ったこともある。ヘヴンズ・ゲート集団自殺事件についての三日連続の番組も作った。どんな仕事にもひるまなかった。何でも報道した。ツイン・タワーが崩壊した直後のロウワー・マンハッタンを歩きまわって市民の顔にビデオカメラを突き出した。その一週間後には自制がきかなくなった。今もみんなそうなってるわよね。おかげで何もかもが崩れはじめている」

バーバラはこの段階でもウェーバーにそんなことはないと言ってもらいたがっている。それは初めからウェーバーに求めていたことだ。だがこの点でも、ウェーバーは期待に応えられない。

「上司が薬漬け医者を紹介してくれたの。この国の人間がみんな呑んでるものを私も呑んだわ。それで少し楽にはなった。でも仕事の切っ先が鈍ってしまった。締まりがなくなったの。もう仕事にならなくて。ニュースからはずされて、感動物ドキュメンタリーに回された。人畜無害で人情味あふれる番組の制作に。貧乏な守衛が死んで地元の大学に百万ドルを遺贈した話とか。四十年ぶりに再会した双子の姉妹が今でも同じ行動パターンをとっている話とか。ネブラスカに来たのも、もとはそれだったの。休息をとるための仕事。コケることがありえない、誰もが喜ぶ番組。私にでも作れる番組」

「鶴か」とウェーバーは言った。この地方の唯一の話題。永劫回帰。

カーニーから五キロの平坦で周囲に特徴のないまっすぐな道で、バーバラはウェーバーに顔を向ける。目が交渉するようにウェーバーの顔をうかがう。「局はディズニー調を欲しがったけど、私はもうちょっと大きいものを狙いたかった。だから少し掘りさげてみたの。水に突き当たるのにそれほど時間はかからなかったわ。私はもう少し掘ってみた。私が何を報告しようとあの川は救えないということを知った。報道をすることである種の人たちの野望を打ち砕いて、痛みを与えて生き方を変えさせることはできても何も変わらない。水はもう失われているんだということを」

カーニーの市街地が見えてくる。地平線上のオレンジ色の光のドームがそれだ。ウェーバーはバーバラが話し終えるのを待つ。だがまもなくバーバラが右に荒々しい、つかのまの、訴えかけるような視線を送ってきた時、もう終わっているのがわかる。「それでテレビ局をやめて、看護助手になったわけか」

バーバラは両肩をぐいと動かしたが、すぐに平静を取り戻す。「最初はボランティアで働いたの。多少の経験はあったのよ……ずっと昔、高校時代に。看護助手の資格は三ヶ月以内にとった。あれは……まあ、脳科学者になるよりは簡単になれるから」

ここへ来てもバーバラは話そうとしない。自分からは。そこでウェーバーは訊く。「君はマークがデダム・グレンへ移ると知っていたのか」

バーバラの目が鋼鉄の硬さを帯びる。乱暴なまでに冷静になる。「それは一種の陰謀論？　私をどんな人間だと思っているの」

〝私〟、すなわち自我は、目くらましにすぎない。神経科学はしばらく前からそのことを知っている。ウェーバーはダニエルへの電話インタビューのことを知るずっと以前からバーバラを疑っていた。ひょっとしたら初めて会った日からかもしれない。彼女が何かをごまかしていることをすぐ感じとり、彼女もこちらのごまかしを感じとった。嘘が二人を結びつけた。ウェーバーがバーバラのほうへ引き寄せられたのは嘘のせいなのだ。だがまだわからないのはこの部分だ。「私は以前君に会っている気がするんだ。何年か前に。たぶん君のテレビ局でインタビューを……」

「ええ」バーバラは平静を保ち、カーニーの町のすぐ外で右折してハイウェイ一〇号線に乗った。話し方がまたプロデューサーのようになる。あるいはどんな事件でもリポートする記者のように。「で、あなたはなぜ何度もこちらへ来るの。記憶が本当か確かめにきた？　私を利用しようと思った？　ちょっとしたスリルを味わって、ちょっとした謎解きをする。書評にいじめられてへこんでしまったから、逃避のための小旅行に出た。人生を書き直すために。体外離脱を体験するために。犯罪を暴くために。罠をしかけて私を裁くために」

ウェーバーは自分たち二人のために首を振る。自分をここへ連れ戻したのは人を裁く意志などよりもっと大きなもの。帰郷の風だ。いよいよ具合の悪いことに、バーバラが冷たく不快な態度をあらわにしている今も、ウェーバーには彼女が理解できる。バーバラは顔を紅潮させ、ハンドルを両手でぱんと叩く。目をきょろきょろさせ、ぷいと外へ向ける。ウェーバーは首を倒して、バーバラに次の角で曲がらせる。彼女のバンガローでも目立たないモーテルでもなく、この物語が始まった場所へ戻らせるために。次にウェーバーが口を開いた時、出たのは別人の声だ。「君が私に対してどんな感情を持っていたか……君にとって私は何だったのか、それはわからない。しかし君があの青年に対してどういう感情を持っているかはわかっているよ」

グッド・サマリタン病院までの道の最後から二つ目の信号で、バーバラはウェーバーがどこへ連れていこうとしているかを悟る。右手を伸ばしてウェーバーの腕をつかむ。最後にもう一度、誘惑の先制攻撃をかけようというのだ。まだ二人で逃げられる。あの長い川のどこかの岸辺に消えることができるのだと。

ウェーバーは彼女がすでに失ってしまったもののことを考える。キャリア、コミュニティー、友達、一生のうちの一年間、マークがさらに彼女からもらいたがるかもしれない月日。けれどもその程度の代償では充分ではないだろう。「彼に事情を話してほしい。そうしなくちゃいけないのはわかるだろう」

バーバラは説明の仕方を煮詰めるように考えながらウェーバーに顔を向ける。「話そうとはしたの。それができるなら話していた。でもマークにはわからなかった……」

「それはいつのこと」

二人の間で芝居は終わる。すべてを剝ぎとられて、お互いを理解している。バーバラは毒を吐く。「あなたはなぜこんなことをするの。私も一つの症例？　私に何を求めてるの。うぬぼれ屋で、正義漢ぶってて、でも実は自分を守りたいだけの……」

ウェーバーはすべて認めてうなずく。だが彼は軽くなり、空っぽになり、何百万ものメンバーから成る会議になっている。「君にはできる」ウェーバーはそれについて考える。これだけは確かにわかることとして彼に残されている。「君にはできる。私も一緒に行くよ」

寒い二月の夜の、ネブラスカの暗い道路。バーバラは一人で車に乗り、行き当たりばったりに走っている。数時間前には夕方のショーを録画した。だがカメラはこの世のものとも思えない群舞の迫力を完全にはとらえきれなかった。この夜の鶴には激しく心を揺すぶられ、まっすぐホテルに帰る気にはなれない。クルーはとっくに解散して、今は一人で残務処理。前の年の秋にニューヨークで感じたのと同じように脆くて不安定な気分だった。薬物療法を早くやめすぎたのかもしれない。あるいはあの鶴たちのせいかもしれない。何本もの糸になって飛び、蝟集して高く鳴き声をあげる、何百万年もの記憶のせいで道を誤る鳥たち。終焉が訪れるのは一瞬のうちだ。何が自分たちを襲ったのかすらわからないだろう。

バーバラも本当なら知らなかったはずだ。この取材をしていなかったら。湿地をめぐる静かな目に見えない新たな戦争。バーバラは報道のために細部を洗い出し、背景を探った。彼女が属している種は自制心を失い、今はこれまで以上に自分が生き延びようと必死だ。神経が苛立つ。レンタカーの車内は息苦しい。まっすぐの道路にはうんざりだ。もう何時間も気持ちを落ち着けようとしてきた。レストランに入り、映画館に入り、死んだようなダウンタウンを歩き、がらんとした田舎道路を車で走る。それでも眠れそうにない。あと何時間か起きていて、夜明けになれば、また鶴の群れが……

カーラジオから流れる古い多声音楽《ポリフォニー》さえバーバラをずたずたにする。指が慌てふためいてスイッチを切る。だが凍てつく二月の闇夜の沈黙はなお悪い。三十秒で耐えきれなくなりまたラジオをつける。局をあちこち切り替え、堅固なものを捜す。ある局を選び、内容がどうであれそれを流しつづけることに決める。トーク番組がいい。人の話し声だけが今はありがたい。

繻子のように滑らかな女性の声が親しげに耳に這いこんでくる。最初はキリスト教伝道放送かと思う――一人の信者も見捨てない、のたぐい。だがそれは宗教より悪い。事実だ。女性の声は連禱を唱える。買い物メモと詩を足して二で割ったような唱句を。人類が十億人になるまで二百五十万年かかりました。しかしそこから二十億人まではわずか百二十三年。その三十三年後には三十億人。

その十四年後にはこれこれ、その十三年後にはこれこれ、その十二年後にはこれこれ……

ぶるぶる震えながら、車を路肩に寄せる。何もない土地の真ん中で一人聞かされるこの数字の羅列。頭のどこかで嵐が発生してしまう。信号が爆発的にともり次々に連鎖していく。進化の過程で獲得したいかなる形質も想定していない事態だ。電気の滝がおびただしく脳内に迸り、事実に誘発された発作が起きる。ルームミラーが後続車のヘッドライトの光を反射した時、きわめて合理的な行動として、ドアを開け、近づいてくる光の前に歩み出る。

今またバーバラは病院に入る。一年前は関係者以外立入禁止の病棟の外でとめられた。**患者さんのお姉さんですか**。思わずうなずいたために、中に通された。だが今回は誰何《すいか》されない。誰でも面会できるのだ。そもそも患者がここへ運びこまれる原因を作った者でさえ。

マークはベッドで起きあがって、昔読んだ本を苦心して読もうとしている。その姿勢から意識にかかっていた霧は晴れつつあるのがわかる。バーバラを見て、顔を輝かせる。理想の相手を見る喜びと無意識の感謝の混ざった表情で。だがその輝きはバーバラの顔を見た時すっと消える。

どうしたんだ。誰か死んだのかい。

バーバラはベッドの裾に立つ。その立ち姿だけでもマークの記憶の引き金を引くかもしれない。記憶の痕跡はまだ神経細胞の重量の中に残っている。それでもバーバラは話さなければならない。自分の車のタイヤ痕のほうが先についたこと。マークの車の後ろから来たとされていた車は実は前にいたこと。道路にいたのは自分だったこと。マークはバーバラを轢き殺さないようトラックを道路から飛び出させたのだ。

どうして。何で。うまく頭の中でまとまらないよ。

私が生きているのはあなたのおかげなの。あなたが脳を傷めたのは私のせいなの。

じゃ守護天使は君なのか。君があの置き手紙を書いたのか。
いいえ、とバーバラは答える。私じゃない。

バーバラはふたたび記憶の中でマークの前に立つ。最初にがらんとした道路で彼の前に立った時からほんの数時間後だ。マークはまだしっかりしていて、反応を返す。チューブを何本も挿入されているが、昏睡はしていない。昏睡状態に陥るのはもう少しあと、興奮毒性が発現した時だ。この見舞いの衝撃がそれを引き起こすことになる。一年後の今、病室のベッドのそばに立つバーバラを見て、マークは思い出す。彼女を見て恐怖を覚える。自分が急ハンドルを切ってよけようとした白い柱がまたやってきたと。死の世界から生き返ってきた超自然的な存在。ところが彼女の顔は熱い涙に濡れ、嗚咽の声が流れ出ている。マークははっとたじろいだあと、気づく。この人は赦しを求めているのだと。

マークが何か言おうとする。が、喉からはかすれた音しか出ない。バーバラは口のそばまで耳を近づけるが、やはり何も聞こえない。マークの右手が伸びて紙とペンを求める仕草をする。バーバラはバッグからそれを出して渡す。頭蓋内圧が高まり傷ついた脳葉が腫れて不動の骨に押しつけられ、すでに身体が半ば麻痺しているが、本来の自分のものではない乱れた筆跡で、マークは次のように書く。

私は何者でもない
でも今夜ノースライン・ロードで
神さまが私をあなたのもとへ導いてくれた
あなたが生き延びるように

そして別の誰かを連れてきてくれるように

マークは紙切れをバーバラの手に持たせる。バーバラがそれを読んだ時、まばゆい棘がマークの脳の右半球を刺す。マークは頭をくたっと枕に落とし、出した声を短く途切れさせる。そして動かなくなる。

バーバラは二度もマークに打撃を与えてしまったのだ。爬虫類脳的なパニックに陥った彼女は、紙切れを床頭台に落として、姿を消す。

マークは苦悶に襲われる。あまりの衝撃にこらえようもない苦しみだ。バーバラが哀願してもマークの目は彼女を拒絶する。その目の中で、聖女はぼろぼろ崩れ、バーバラは自分自身に戻っていく。

俺はこの一年間守護天使を捜しつづけていたのに、あんたは何も言ってくれなかった。何でだよ。あんたは俺の……俺のために何でもしてくれる人だったのに……

バーバラはマークの前に立ったまま消されてしまう。弁解する権利すら失う。マークは抽斗の中から置き手紙を出して、宙で振り立て、乱れた文字をぴしゃぴしゃ叩く。

それがほんとなら……俺はこいつで何やってたんだよ。こんなもん捨ててくれ。

マークはラミネート加工された置き手紙をバーバラに投げつける。置き手紙は床に落ちる。バーバラをそれを拾いあげて胸に押しあてる。

それはあんたのだ。あんたの呪いだ。俺のじゃない。

バーバラの口が動く。どういう？　誰の？　だが声は出ない。

マークの怒りが爆発する。**あんたがやることになってるんだ。別の誰かを連れてきてくれ。**

誰かが戸口で黙って立っている。これから永久にあちこちを巡ることになる置き手紙に連れてこられた誰かが。**あなたが生き延びるように。**そして呪いはマークのものになる。

第五部　そして別の誰かを連れてきてくれるように

人間とはおびただしい遊離細胞を持つ無数の散り散りになった池だが、それはつまり川から外に飛び出して動きまわろうとする水にほかならないのではあるまいか。

――ローレン・アイズリー『大いなる旅』第一章「裂け目」

一羽の鳥は何を覚えているか。それはほかの生物に説明できるようなことではない。その身体は鳥が今生きている間に、そしてその前に、どこにいたかを示す地図だ。一度この浅瀬に来れば、若い鳥もまた帰来できる。来年のこの時期には無事戻ってきて新たな生命のために番うだろう。その次の年には子供の身体に地図を描きこんでやるだろう。その時にはまた一羽の鳥が、鳥たちの覚えてきたことを思い出すだろう。

一歳の鶴の過去はすべての生物の現在に流れこむ。その脳の中の何かがこの川を覚える。この川は人間の言葉より六千万年古い言葉であり、その平らな水でさえかなわないほど古い。川がなくなってもその言葉は残るだろう。地球の表面が乾ききって荒廃し、生命が無に近いところまで押し縮められても、この川はまたゆっくりと流れはじめるだろう。絶滅は短し、渡りは長し。自然とその地図は人間が投げつける最悪のものすら利用する。人類が自らを絶滅させてから数百万年後、梟の子孫は夜に音楽を奏でるだろう。人類がいなくなったのを寂しがる生物はいないはずだ。鷹は植物が思うさま繁る元の畑の上空で輪を描く。ハマアジサシや千鳥や鴫《しぎ》がマンハッタンの千の鉄筋コンクリートの島に巣を作る。鶴やそれに類する鳥はまた川をたどって旅をする。ほかの生物が消えても鳥は水を見つけるだろう。

カリンが弟の病室に入ると、自分の姉を否認する男は消えていた。かわりにいるのは、今までカリンが見たことのないマークで、縞柄のパジャマ姿で椅子に坐り、表紙に大平原の写真をあしらったペーパーバック本を読んでいる。マークは待ち人が約束の時間にずいぶん遅れてやってきたというように顔をあげる。

「あ」とマークは言う。「来てくれたんだ」舌が下の歯の裏に当たって、カリンのKの最初の半分だけが発音されるが、全身に震えが走って、目をそらす。

カリンの顔の筋肉が反乱を起こす。波が一つ砕けて全身を洗う。弟が戻ってきた。ほぼ自分を姉と認めてくれた。この一年、何よりも何よりも願っていたことだ。ずっと夢見ていた再会だ。だが思い描いていたのとは全然違う。あまりにも滑らかで緩やかな復帰だ。

マークが顔をあげてこちらを見る。カリンにはどこがどうとわからない変わり方をしている。マークは顔をしかめる。「何でこんなに長くかかったんだ」カリンは崩れるようにマークに抱きつき、首を自分の顔に引き寄せる。二人の間で急流が流れる。「濡らさないでくれよ」とマークは言う。「今日はもう風呂へ入ったんだ」カリンの頭を両手でつかんで引き離し、顔と顔を合わせる。「へえ。世の中変わらないものもあるんだな」

カリンは顔を見返して、ようやく違いに気づく。「ねえマーク、眼鏡かけてるじゃない」

マークは眼鏡をはずして点検するように見る。「うん。俺んじゃないんだ。隣の部屋の人から借りてるだけ」またかけて、窓敷居に置かれた本の上へさっきまで読んでいた本を載せる。タイトルは『野生のうたが聞こえる』。「お勉強してたんだよ」

傷み方などに見覚えのある本だが、ここにあるはずがない。「それどうしたの。誰にもらったの」つい口調が強くなる。意に反して、あまりにも早く元の姉弟に戻ってしまう。

マークは初めて見るようにその本を見る。「誰にもらったと思う。姉貴の彼氏にだよ」カリンのほうを向いてさらに説明する。「複雑な男だよ。でもいろんな面白い陰謀論を信じてる」

「陰謀論？　どんな」

「俺たちはみんな騙されてるんだとさ。みんな統合失調症だかなんだかになってるんだと。なんかイッちゃってると思わないか」

薬物治療は穏やかな衝撃となって効いているが、効き方は漸進的で飛躍がほとんどないという。マークが知らない間にその認知能力を切断したサブシステムの選挙参謀はマークが自分自身の復帰に気づかないようにした。マークは呆れているカリンの目の前であっさり昔の状態に戻ってしまったらしい。

「こっちはもう駄目だから、ダニーはアラスカへ行くつもりらしいよ」

カリンはマークの隣の椅子に坐り、腕組みで胸の動悸を抑えこもうとする。「うん、それは聞いた」

「新しい仕事をやるそうだ。夏の間ずっと繁殖地にいる鶴に付き合うんだと」マークは生きとし生けるものの謎に呆れて首を振る。「もう俺たちに愛想をつかしたんだろうな」

カリンは説明しかけてやめる。「そうね」

「ここにはいたくないんだよ。俺たちがいよいよ本格的に環境破壊をやる時に」

カリンは喉が詰まり、目がじんとなる。ただうなずくだけにする。

マークは横向きになり、拳に耳を載せる。訊くのが恐いという様子で訊く。「で、一緒に行くの」

カリンはもうこの痛みに慣れていてもいいはずだ。「ううん。行かない」

「じゃどこへ行くんだ。家に帰るか」

カリンの脳は解放されて野生に帰ってしまっている。言葉を発することができない。

「ああ。スーランドに帰るといいよ。スー・シティー・スー〔ビング・クロスビーの歌〕。じゃあ俺を訴えてくれ《ソー・スー・ミー》

〔ミュージカル『野郎どもと女たち』の挿入歌『スー・ミー』の一節〕」

「私、ここにいる。〈鶴保護協会〉がまだ使ってくれると言ってるのよ。今ちょっと人手不足だから」水問題はまだカリンの中で決着がついていない。

マークは目をよそへ向ける。窓ガラスに自分が読むべき言葉が印刷されているかのように。「なるほどな。ダニーは行っちまうし。誰かがあいつにならなきゃいけないよな。あいつがやめるんなら」

なるほどこういう風に終わるわけだ。徐々に元に戻っていくので、どちらにもギアが切り替わる音など聞こえない。カリンはマークが一気に回復して、熱に浮かされた夢から覚め、自分たちがひどい経験をしたことを悟るという結末を望んでいた。それなのにマークはまたしても、今度は逆の方向から手ひどい仕打ちを加えてくるのだ。姉を偽者呼ばわりしたことなどなかったかのようにふるまうことで。しっかりした現実が戻ってきたという感覚をカリンは持てない。それどころか何もかもが前より薄っぺらく思え、しかもそれを大怪我のせいにできない。

マークは両脚を伸ばして交差させる。くつろぎの姿勢の模倣だ。「で、ドウェインのやつはムショ行きなんだっけ？　あ、違うか。完全に無実だったな。あいつをどうしたらいいか教えようか。次にアメリカが戦争する国へ送りこんで人質にとらせるんだ」それからよくわからないという顔をあげる。「あれはバーバラだった。バーバラが道にいたんだ」

また恐怖にとらわれた六歳児になる。カリンは懸命に元気づけようとする。完全に打ちのめされているマークは、今回はそれを受け入れる。額を両手でぎゅっと押さえ、ついでがくがく振る。それから両目を覆う。

「そのことを知ってるんだね？」カリンはうなずく。「あの人だったことを知ってるんだね？」すべての混乱の源である自分の頭を両手でつかむ。またうなずく。「でも……前は知らなかったんだろ？」

カリンは首を激しく縦に振った。「誰も知らなかったのよ」

マークは事態を理解しようとする。「姉貴は……ずっとここにいたんだろ」

答えを知りたくないマークは、ぐったりして自分の中に閉じこもる。それから気を取り直して口を開いた時、出てきた言葉にカリンは愕然とする。

「あの人、自分はもう終わりだと言ってた。今の自分は無だって」

カリンはむかっとする。マークがまだバーバラに未練を抱いていることに侮辱を感じる。ここまで関わりになっておいて自分たちをうっちゃるバーバラに嫌悪を覚える。これはさらなる詐欺だ。いっそうの幻滅だ。「何よ！」と吐き捨てるように言う。「あれだけのスキルがあるのに！　一度しくじったらもう世間から相手にされなくなるとでも思ってるわけ？　この辺の人間はみんな汗水たらして雀の涙ほどの賃金で働いてるのよ。なのにあの人は死ぬつもりだったわけ？」

マークはびっくりした顔でカリンを見る。ある可能性に鼓舞された。自分がこうむった迷惑などどうでもいい。事故のおかげでこの機会が得られたのだ。「あの人に頼んでくれよ」とマークは懇願する。こんなささやかなことを提案するのすらこわごわだ。

「私は嫌。あの人にはもう何も頼みたくない」

マークは上体を起こして動物的な恐怖に身体をこわばらせる。「仕事を手伝ってくれって頼んでくれよ。ただの思いつきじゃない。俺の人生がかかってるんだ」自分を抑えてゆっくりと息をつく。また目をぎゅっとつぶる。言い訳するような感じで点滴バッグを指さす。「ああ！　また車を運転してえ。俺は今何をされてるんだ。なんか急に泣き虫になってきやがったぞ。こういうものを使う手を考え出したのか。たぶんやつら人間を好きなように変えられるんだ」

カリンにはもうそれが妄想のように思えない。明日はもっと事態が悪くなるだろう。

マークは目先の欲求以外は何も考えていないような表情でカリンを見る。カリンの腕をつかんで太さを測る。「ろくに食ってないみたいだな」

「食べてるよ」

「食い物だぜ」マークは疑う顔になる。「あいつはこんなに痩せてない」

「誰のこと?」

「おいおい、誰のことはないだろ。俺の姉貴だよ」マークはカリンがはっと慌てるのを見て、澄んだ低い声で笑う。「やーい引っかかった! 落ち着けって。ちょっといじめただけだよ」

マークはまた椅子にもたれてクロストレーニングシューズを履いた足を伸ばし、頭の後ろで両手を組む。六十五歳の退職者のようだ。三ヶ月後にはマークが、あるいはカリンが、相手のついてこられないところへ行ってしまうに違いない。だがしばらくの間は、これまでの離れていた時間のおかげで、心を通じ合わせることができるだろう。

「まあ、ほかにもここに残る人間はいるしな。俺もそうするつもりだよ。自分のよく知ってるところに執着する。ほかにどこへ行けるっていうんだ。こんな大騒ぎの中で」

カリンの鼻は震え、目はひりつく。どこにも行けない、と言おうとするが、言えない。

「それに一人の人間がいくつ故郷を持てるってんだ」マークは灰色の窓のほうへ手を振る。「ここは戻ってくる場所としてはそう悪くないよ」

「地上で一番よ。年に六週間だけなら」

二人は何を話すでもなくしばらく一緒にいる。カリンはあと一分ほど具合のいいマークを独占できそうだと思うが、マークはまた動揺しはじめる。「そこが恐いんだ。もし俺がそれだけ長く考えて……? そしたら今だって、どうやって……?」

マークが不安げな顔をあげると、カリンは泣いている。それで恐くなって身体を引くが、泣きやまないので、手を伸ばして腕を小刻みに揺する。どうやってなだめていいかわからないので、腕をゆっくりと揺り動かそうとする。小さな女の子に話しかけるように、歌を歌うような調子で、意味のない言葉をかけつづける。「な。気持ちはわかるよ。辛いよな、お互いに。でもさ！」ガラス窓のほうへ身をよじる――窓の外は曇った午後のプラット川流域の平地だ。「そう悪くもないぜ。な？　いや、おんなじくらいいいよ。ある意味、もっといいかもしれない」

カリンは声を取り戻そうと苦闘する。「どういう意味なの、マーク。何と同じくらいいいの」

「だからさ、俺たちはさ。あんたも、俺も、この場所もさ」マークは、ほらいいだろうというように窓の外を指さす。大アメリカ砂漠を。深さ数センチの川を。二人の近親者である、輪を描いて飛ぶ鳥たちを。「これを何と呼ぶにしてもさ。本物と同じくらいいいじゃないか」

ほかの仲間全員に対して垂直に動く動物がいる。ここにシーズンに対して直角に飛ぶ男が一人。チェックインをし、本能的な動きで保安検査場を通過する。筋肉の記憶に従って進んでいく。低い声で流れる案内放送だけが意識に入ってくる。**手荷物はどうかいつもお手元から離さないようお願いいたします。連邦政府の規制により……**

どこの空港にも戦争の空気が濃密に充満している。リンカーン空港ではテレビ画面の群れが襲ってくる。二十四秒のニュースを二十四時間、何度も繰り返しながら放送するニュース番組から目をそらすことができない。一区切りごとに低い声が、シンセサイザーのブラス演奏にかぶせて〝開戦三日目〟と告げる。マジックドローイングボード、テレストレーター、部隊の位置を動かせるデジタル地図、戦争の実況解説をする退役将軍の面々。事実を報道できず推測をだらだら垂れ流す〝埋め込み記者〟。ほかの海外ニュースは全部カット。

シカゴでも同じ映像が流れている。イラクのある町の北の検問所へ一台のタクシーが近づいてくる。町がアメリカ占領軍に完全にコントロールされているかどうかはわからない。タクシーの運転手が何やら助けを求めるように手を振る。四人の兵士がそこへ近づく間違いを犯す。すでに六回見ていても、ウェーバーの目は画面に釘づけになる。七回目は違う結末を迎えるかもしれないとでもいうように。

ふたたび飛行機で飛び立ち、東部に向かって斜めの経路を引き返すうちに、ウェーバーは透明になり、フィルムより薄くなっていく。声が言う。**お客さまには客室内を歩きまわったり、通路でお話ししたりなさいませんようお願い申しあげます。**ウェーバーはその言葉が救命胴衣だというようにつかみかかる。彼の種の中で何かが解き放たれる。マークの言うとおりだ。こうして意識をたえずのっぺりと画一化していくことに比べれば、カプグラ症候群のほうが真率なのだ。昔のある患者を思い出す。『驚異の国』で紹介したウォーレンという当時三十二歳の男はデイ・トレーダーで、ロック・クライミングを趣味にしていたが、ある時、峡谷の険しい斜面を転がり落ちて額から着地した。そして昏睡から覚めると、修道士や、兵士や、ファッションモデルや、映画の悪役や、半獣人などがいて、ごく普通に話しかけてくる世界にいた。ウェーバーはウォーレンの名前が記されている自分の著書を一冊残らず廃棄して、新たに彼のことを書きたいと思う。今なら彼の話したことがよくわかるからだ。

自分は取り囲まれている。今いるこの飛行機の密閉された客室も生き物でいっぱいだ。すべてが青々とした植物でこちらを侵食してくるのだ。数千万種の生命が周囲で沸き立っている。目に見えるものはわずかで、名前のあるものはさらに少なく、ただ存在しつづけるためにありとあらゆる手でこちらを騙して利用してくる。ウェーバーは自分の両手を見る。まるでバクテリアの熱帯雨林だ。昆虫がこの飛行機の配線の奥深くまで潜りこんでいる。貨物室にはさまざまな種が滞留している。客室のビニールの内張りの下には真菌類。小窓の外の冷たい希薄な大気中に目を転じれば、古細菌やスーパー細菌や極限環境微生物が食料なしで生き、零下の闇の中で単純なコピーを繰り返して繁殖している。今まで生き永らえてきたすべてのコードはウェーバーのどんな明敏な思考よりも素晴らしい。そしてウェーバーの思考が死んだ時にはいっそう素晴らしさを増す。

隣に坐っている男はずっと迷っていたが、オハイオ州東部あたりでようやく問いかける勇気をふるい起こす。「あなた、有名な方ですよね」

ウェーバーはびくりとする。患者の一人から盗んだいびつな作り笑いを浮かべる。「いえいえ」

「いや、そうでしょう。ほら、脳の人」

「違います」とウェーバー。

男は疑わしげにじろじろ見てくる。「いや、そうですって。『人生《ライフ》を……何とかとまちがえた男』（実在するのはオリヴァー・サックス『妻を帽子とまちがえた男』）の」

「人違いです。私は土地改良の仕事をしています」

客室乗務員が軽快に通路を行き来する。通路を隔てた隣の女性が潰した動物《マッシュト・アニマル》を大きな口に入れる。ウェーバーの土で汚れたスーツの内側で身体がしわしわと縮む。頭の中で考えがアメンボのようにすいすい走る。彼にはもうこの新しい目以外に何も残っていない。

生物が蝟集する頭の中に、ネブラスカでの最後の日の心像がねぐらを求めて戻ってくる。翼のすぐ後ろの席で、ウェーバーは最後の情景を――フレームを変え、つなぎ方を変え、巻き戻しながら――繰り返し再現する。グッド・サマリタン病院の病室でマークが、ほかの五里霧中の国民と同じように空疎な埋め込み報道を眺めている。この米軍の活動を長く見ていれば古い友達が見つかるかもしれないとでもいうように執拗に見ている。ベッドの脇に立ち、壁に取りつけられたテレビを辟易しながら眺めているウェーバーは、自分がそこにいる理由を忘れていたが、やがてマークが思い出させてくれる。「もう帰るのかい。何でそう急ぐんだ。まだ来たばかりなのに」

ウェーバーは薄く延ばされてしまっている。両手をあげて謝罪する。光が身体をきれいに透き通す。

マークが読み古したペーパーバックの『マイ・アントニーア』を持っていけと言う。「帰りの飛行機で読むといいよ。ブッククラブで読んだけど、女の子向けの映画みたいな話だ。ヘリの追跡シーンでもバーンと入れなきゃどうしようもない。全裸でスキューバダイビングとかさ。なんかないと。でも本物のネブラスカが描けてるよ。そこがいいと思えるようになってきた」

ウェーバーが本をとろうとすると、マークに手首をとられる。

「先生。俺わかんないんだよ。俺はあの人の命を救った。だから……あの人の守護天使だったわけだ。信じられるかい。俺がだよ」言葉はマークの口の中にねっとりした異物感を伝える。読み違えていた置き手紙よりもたちの悪い呪いだ。「これをどうしたらいいんだ？」

ウェーバーはマークの強い視線を受けて身じろぎもせず立っている。それは自分の疑問でもある。これからどこへ行こうと、バーバラは片時も離れずついてくるだろう。留鳥になった迷鳥。他人のためにできるのは、次のことを思い出すことだけだ。人間は一秒ごとに生まれ直すことを。

マークはウェーバーに頼みこむ。目には意識だけにともせる不安の光がある。「あの人は〈鶴保護協会〉に必要な人なんだよ。だから姉貴に頼んでくれないか。〈協会〉には調査員が必要だ。いや、ジャーナリストか。どっちだか知らないけど、とにかく必要な人だ」その声には個人的利害が感じられない。「ふいっとどっかへ行っちまうなんてとんでもないよ。フリーエージェントの選手じゃないんだからさ。何か群れから離れた……あの人はもうこの土地に腰まで浸かってるんだ。自分で望んでなくても。どう思う、俺にできるかな……あの人はどうすると……？」

人が何をするかなど知るすべはない。ある人であることがどんなものなのかも。

「姉貴は頼む気がない。俺は頼む勇気がない。この前あんな風に別れたから。俺ひどいこと言ったから。もう完全に嫌われてる。二度と口きいてくれないよ」
「でも話してみたらいいかもしれない」とウェーバーは言う。またしても根拠もなく、ただわかっているふりをしているだけだ。根拠は長年研究してきた症例以外にない。「話してみたらいいかもしれないよ」

ウェーバー自身は先延ばししようとしているだけである。旅行代理店の社員はウェーバーを忘れたのかどうか電話をしてこない。だが何かほかのものがメッセージを送ってきた。小さすぎてほとんど聞こえない音で。プラスチックの窓から地上を見おろすと、名前を知らない町々の灯がまたたいている。互いに結びついて信号を交換し合う何億もの光る細胞。ここでも生物は無数の種の深みをもって広がっている。空を飛んだり、穴を掘ったり、這いまわったりするもの、それらが作るどの道もほかのすべての道を刻んでいく。電気が明滅するぼんやりした広がり。街路の大きさのシナプスが形作る脳は何キロにもわたる読みとれないほど大きな思考を巡らしている。生物についての理論を綴りあげていく信号の網目。細胞は日光と雨と無限の選択によって集積しつづけて今や大陸の大きさを持つ心に成長し、ありえないほど意識を持ち、全能だが靄のように脆弱だ。その細胞の集積はあと数年たてば自分たちがどのようにつながっているのか、そして自分たちがどこへ行くのかを発見するが、やがて溝を流れ落ちて水に戻っていく。

飛行機に乗っている間中、指はマークにもらった本をめくる。適当なところをぱっと開く。埋もれた記録が未来を予告するかもしれないとでもいうように。書かれている言葉は脳科学の複雑な問題を扱った論文よりもわかりにくかった。大平原の風や何百種類もの草の香りがページから立ちのぼってきた。どれだけ読んでも何も記憶に残らない。マークの余白の書き込みを読んでみる。いつまでも続く頭の混乱から抜け出す手がかりになるかもしれない文章の脇に、必死の走り書きがある。

終わりのほうに近づくと、マーカーの筆致がぐいぐいと激しく幅広になっている。

この道は宿命の道だった。若いころの運命の偶然へとぼくたちを導き、それがぼくたちがなり得るものを、前もって決めていたのだ。この同じ道が再びぼくたちを結びつけるのだということが分かった。ぼくたちが失ったものがなんであれ、ぼくたちは、伝えることが不可能な貴重な過去を共有しているのだ。〔ウィラ・キャザー『マイ・アントニーア』佐藤宏子訳、みすず書房〕

本から顔をあげた時、ウェーバーは粉々に砕け散る。守るべき全体は残らない。堅固な実在は網目となって火花を散らす細胞だけだ。ウェーバーは畑でスキャン装置が示唆するものを間近に見た。自分の脳幹に今でも載っている古い親類が、つねに輪を描いて戻ってきて、蛇行する川のほとりへ降りてくる。ウェーバーはまごつきながらその事実のほうへ進んでいく。それは彼を故郷へ連れ戻せるだけの大きさを持つ唯一の事実であり、後ろへ落ちて、伝達不可能なもの、認識されえないもの、ただ存在するだけで修復しがたいほど損傷してしまった過去のほうへと向かっていく。あらゆる思考で壊され作り直されて。それもまた消えてしまう前に、誰かに話しておく必要がある思考。

声が乗客に降機をうながす。乗客がみな動き出す中、ウェーバーも立ちあがって手荷物を持つ。触るものすべてに自分自身を注ぐ。ふらつき気味にボーディングブリッジを歩き、別世界に出る。一歩ごとに部分部分が偽物と取り換えられていく。手荷物受取所の向こうで彼女が待っていてくれたらと思う。それを望む資格はもうないのだが、もし来ているなら、あの辺ではっきり読めるようパソコンで字を印刷した小さなカードを掲げ持っているだろう。そこには〝男《マン》〟と書いてある。いや、それとも〝ウェーバー〟か。そのカードを持っているのが彼女で、ウェーバーはそれを目印に見つけなければならない。

訳者あとがき

本書『エコー・メイカー』（*The Echo Maker*, 2006）は、リチャード・パワーズの長篇第九作であり、二〇〇六年度全米図書賞を受賞している。

今回の作品の題材——というか出発点となる題材——は、カプグラ症候群だ。カプグラ症候群というのは、家族や恋人や親友など自分にとって大事な人が本人そっくりの偽者と入れ替わってしまったという妄想を抱く症状である。一九二三年にフランスの精神科医ジョゼフ・カプグラと研修医のルブル‐ラショーが初めて論文で報告をした。その症例では、五十三歳の女性が、夫や娘が殺されてその偽者が何十人も交代して現われたと主張したばかりか、警察官や医師や看護師までが偽者と入れ替わったとし、ついには偽者の偽者まで現われたと言い出したという、じつに不思議な現象だ。

広大な平原が広がるネブラスカ州に住む二十七歳の青年マークは、トラックを運転していて事故を起こし、脳に損傷を受けてこの症候群を発症。病院に駆けつけてきたただ一人の肉親である姉のカリンを、何かの陰謀で送りこまれてきた工作員だと言って拒絶する。顔も声も実の姉のものだとわかり、姉らしいことを話していることもちゃんと認知できるのだが、それでも本当の姉ではないと言い張るのだ。

絶望的な気持ちになるカリンをはじめ、友人たちや親しくなった看護助手、さらには一般向け脳科学のベストセラー本を出している高名な神経科学者も巻きこんで、騒動が展開していく。

マークが起こした交通事故には不可解な点があった。事故の具体的な状況がわからないし、マークが病院に運びこまれた直後に誰かが謎の置き手紙を残しているのだ。そんなふうに、本書にはミステリー的な謎解きの要素もある。謎と言えば、小説はおびただしい鶴が群舞するシーンで幕を開けるのも謎めいている。本書における鶴は圧倒的な存在感を示すし、タイトルそのものが鶴に関係している。鶴はマークの物語とどう関係しているのか。

周囲の人が偽者と入れ替わるというと、SF小説の名作、ジャック・フィニイの『盗まれた街』とその映画化作品『ボディ・スナッチャー／恐怖の街』や、フィリップ・K・ディックの諸作品などを当然連想する。しかし、リチャード・パワーズはSFやミステリーの書き手ではない。では、カプグラ症候群はほかの病気やけがや不幸と同じ意味を持つだけで、要は姉と弟を中心とするさまざまな人間ドラマなのかというと、けっしてそれだけにはとどまらないのだ。本書はSFのように現在の時点で存在しないことは出てこず、その意味では完全にリアリズム小説なのだが、しかし普通のリアリズム小説でもない。ほかの作品をすでにお読みの方ならご存じのように、パワーズは単に該博な知識を駆使して世界を解釈するような小説を書くだけではなく、作品の構造そのものに野心的な実験を仕掛ける作家なのだ。

本書の訳者あとがきは、幸か不幸か四百字詰め原稿用紙で二十三枚くらい書いてもいいとのことなので、それがどういう実験であるのかについて以下に書いてみるつもりだが、読者のみなさんにはとにかくまず作品を読んでみていただきたいと思う。SFのようでSFでない、リアリズムのようで普通のリアリズムでないと訳者は言っているが、いったいどういう意味なのか、ご自身で確かめてみていただきたい。そのあとで以下の文章を読んで、なるほど、とか、それは違うのでは、とか、対話をしてみていただきたいのだ。

さて、この小説の構造的な実験とは何かということだが、書き方としては、長めの訳注を並べていくようなゆるい形をとりたいと思う。

まず本書に登場する神経科学者ジェラルド・ウェーバーは、人間の脳の不思議を興味深い症例で一般向けに紹介するベストセラー本で有名な学者という設定だが、パワーズによれば特定のモデルはなく、要はオリヴァー・サックス、V・S・ラマチャンドラン、トッド・E・ファインバーグ、アントニオ・R・ダマシオ、マイケル・ガザニガ、ポール・ブロックスのような人ということだそうだ（もっとも、容貌はオリヴァー・サックスに似ているようだが）。

モデル云々より大事なのは、ウェーバーが学生のころはフロイト主義者だったが、その後は脳の各部の機能をピンポイントで解剖学的に明らかにしていく最先端の神経科学に進み、しかし現在はまたフロイト理論的なものに惹かれている、という流れだろう。

この点については、ラマチャンドランの『脳のなかの幽霊』（サンドラ・ブレイクスリーとの共著、山下篤子訳、角川文庫）のカプグラ症候群を扱った第八章が参考になる。ラマチャンドランは、フロイト理論ならカプグラ症候群を次のように説明するだろうと言う。脳の損傷などが原因で近親者に対する性的衝動が表に噴き出してきた患者が、それでは正気が保てないので、この人はじつは近親者ではなく偽者なのだと思いこむのだと。だが、患者はペットを替え玉だと言ったりする（本書のマークもそうだ）。これを獣姦願望で説明するのは無理で、原因は器質的なものだろうとする。具体的には、近親者の顔に対する視覚的認識を司る大脳皮質の側頭葉と、その顔が持つ情動的な意味を識別する大脳辺縁系の扁桃体とのつながりが切れたために起きる現象だという仮説を立てている。本書のウェーバーはラマチャンドランの説を採用しているわけだ。

さてフロイト主義を捨てて神経科学者となったウェーバーだが、脳の諸機能が分散しているという解剖学的事実についてはニつの考え方があり、そのどちらに重きを置くべきか迷っている。ここはラマチャンドランを引用してみよう。

こうした解剖学的な事実は昔から知られていたが、脳の働きについてはまだ明確な見解がない。理論の多くは、モジュール（機能単位）方式と全体論という二つの相いれない陣営に分かれ、この三〇〇年間、振り子が両極端の見解のあいだを行き来している。スペクトラムの一方の端にいるモジュール主義者は、脳のさまざまな部位は精神的能力に対して高度に分化していると考えている。したがって言語のモジュールがあり、記憶にも、数学能力にも、顔の認知にもそれぞれのモジュールがあるとみなす。裏切り者を検出するためのモジュールもおそらくあるという。しかも彼らは、それらのモジュールあるいは領域がおおむね自律性であると論じる。それぞれが一連の計算なりなんなりの独自の仕事をして、その出力をバケツリレーのように次のしかるべきモジュールに送るだけで、他の領域とはあまり「会話」をしないという。

スペクトラムのもう一方の端には「全体主義」がある。今日「コネクショニズム（結合主義）」と呼ばれている理論と重なるアプローチ法である。この学派によれば、脳は全体として機能し、どの部位も他の部位と同様である。全体主義的な見地は、大脳皮質を中心に、複数の役割を果たしている領域がたくさんあるという事実に擁護されている。すべてがすべてと結合しているのだから、識別できるモジュールを探すのは時間の無駄だと全体主義者は言う。（『脳のなかの幽霊』三六頁）

ちなみにこの〝コネクショニズム〟は、『ガラテイア 2.2』（若島正訳、みすず書房）で人工知能を開発するにあたって主人公たちが依拠する理論的立場（その神経科学版）だが、本書のウェーバーもモジュール主義の行きすぎを疑問視し、コネクショニズム的なもの（それがもっと高じれば、たとえばフロイト主義的な物語に戻ってしまう）に接近したいと思っているのである。

というのも、極端なモジュール主義は〝分散＝分離＝別離〟の象徴だからだ。マークにおける認知と感情の分離、コタール症候群を発症して自分は死んだと思ってしまうマークのあらゆる感覚と感情の分離、姉弟のきずなの分離。また極端なモジュール主義は身も蓋もない物質主義を呼びこむ。神への信仰心が湧くかどうかは脳のある部位の働き一つだという学説にボニーは深甚なる恐怖を抱くのだ（この学説も『脳のなかの幽霊』第九章で紹介されている。前述のとおり本書はSFではないので架空の事象や学説はいっさい出てこない）。そしてモジュール主義は、統一された自我というものは存在せず、さまざまなモジュールの寄せ集めが自己という幻を成立させているだけかもしれないという発想でわれわれを脅かす。本書の登場人物たちはこうした分散の脅威にさらされながら、なんとかつながりや統一を回復ないし創造したいともがいているのだ。

さて、ここで少し話が変わるが、本書を読んでいるとき次のような疑問が湧かなかっただろうか。カプグラ症候群が脳のあるモジュールの故障のせいなら、そのように説明されれば、マークとしては、違和感は消えないまでも、理屈の上では納得しておかしな陰謀説は唱えなくなるのではないかという疑問だ。またカリンのほうも、弟に拒絶されても自分の存在が否定されたかのように受けとめる必要はないと理解するのではないか。

もちろん本書にも書かれているとおり、病態失認というものがあって、理屈で説明されても妄想から逃れられないことが多いらしい。しかし少なくともカリンの反応は病態失認では説明できないし、マークのほうも、妄想がそんなに逃れられないものなら、いわば物理的な故障が生じただけ（〝だけ〟というと語弊があるが）で、彼の苦悩は物語にならないのではないかと、そんな風に引っかかったのだ。

それで少し調べてみたところ、どうやらきちんと説明すれば患者が納得する例もあるようだ。たとえばトッド・E・ファインバーグの『自我が揺らぐとき』（吉田利子訳、岩波書店）の、本文ではなく、田中茂樹氏による解説（二六四〜二六五頁）にはそのような例が出ている。

つまりカプグラ症候群といっても個々でいろいろ違うということだろう。となると本書で重要なのは、マークという人物、カリンという人物の個別特殊性ということになる。そう言えばウェーバーは、これからは患者とその家族の個別的な物語を詳しく知る努力をしていきたいと考えているのだった。そして本書も、カプグラ症候群を契機に、マークという青年、カリンという女性の代替不可能な個別の物語をあらわにしていく。カリンが弟は病気なのだからと理性的に受けとめられないのには、彼女の人生全体に由来する理由があることがわかってくる。マークが目の前のカリンを偽者呼ばわりし、本物の姉貴はもっと優しい人なんだと言い募るとき、カリンがむしろ妄想にすぎない〝実の姉〟に対する弟の思いのほうを嬉しく思うパラドックスにはそくそくとして胸を打つものがある。またウェーバーも、自身の人格を否定されるような批判に遭ったこととマークとの出会いが重なることで、苦い自己発見と次への成長の旅路をたどることになる。

しかし、カプグラ症候群を題材に登場人物の個別の物語を精緻に描くだけなら、オリヴァー・サックスらの症例をもとにしたノンフィクション読み物に文学的厚みをつけただけということになるが、パワーズの小説的野心はそれにとどまらないのだ。それが作品の構造そのものに対する野心的な実験だが、ここでずばり言ってしまうと、パワーズは脳を模してこの小説自体を構築しているのだと訳者は考える。脳をテーマとする小説それ自身を一つの脳として構成しているのだ。

と、まるで訳者独自の大発見のように書いてしまったが、じつはこれにはちゃんと有力な手がかりがある。たとえば、柴田元幸氏によるインタビュー集『ナイン・インタビューズ　柴田元幸と9人の作家たち』（アルク）で、パワーズは、〝構造的に見て、作品が模索しているプロセスに作品自体が参加しているような本〟、〝構造自体がテーマを反映するような構造〟を自分は探っていると語っているのだ。テーマ的に本書と近い『ガラテイア2.2』で言えば、あれは人工知能をテーマとしつつ小説自体を人工知能として構築して、読者にチューリング・テストをやってもらおうとしたのではないだろうか。

しかし、脳をモデルに小説を組み立てるとはどういうことなのか。

それに関してぜひ読むことをお勧めしたいのが、二〇〇六年三月に日本で開催された「国際シンポジウム&ワークショップ　春樹をめぐる冒険——世界は村上文学をどう読むか」でリチャード・パワーズが行なった基調講演「ハルキ・ムラカミ‐広域分散‐自己鏡像化‐地下世界‐ニューロサイエンス流‐魂シェアリング・ピクチャーショー」だ（『世界は村上春樹をどう読むか』柴田元幸・沼野充義・藤井省三・四方田犬彦編集、文春文庫所収）。二〇〇六年三月と言えば、『エコー・メイカー』原著刊行の七ヶ月前で、おそらく作品の仕上げにかかっているころだろうから、本書を読む上でも大いに参考になるはずだ。

同講演は、本書でも言及されるミラー・ニューロンに村上春樹文学理解の鍵と文学の新たな可能性を見出している。ほかの生物の動きを見るというシンボル空間でのできごとが神経細胞の発火という物質的現象を引き起こす事実に、想像的なものにも現実的な力があるという希望を見出せるというのだ。さらにミラー・ニューロンは共感する力を支えているともいう。

> 心を作り上げている迷路は、これからもずっとわれわれと現実のあいだに立ちはだかることでしょう。しかし、逃れようのない脳の洞窟からも、たったひとつ出口はあります。共感による飛躍、国境を越えた交通、ミラーリングするニューロン。世界を知ることは不可能ですが、そのとまどいのなか、たがいを知ることは可能なのです。（パワーズの基調講演、柴田元幸訳）

この共感する力に着目すれば、登場人物の個別具体性を掘りさげていく作業とは、すなわち自分とは違った人たちへの共感を増していく作業だと言うことができる。パワーズの小説は家族を描くことが多いが、『囚人のジレンマ』（柴田元幸・前山佳朱彦訳、みすず書房）や『われらが歌う時』（高吉一郎訳、新潮社）で描かれた家族は知的でリベラルな家族で、明らかにパワーズ自身と共通する面が多かった。しかし今回のシュルーター家はかなり異質な家族であり、パワーズは小説のなかでミラー・ニューロンを張り巡らせてこうした人たちを理解しようとしているのだ。

脳をモデルに小説を構築しているとは具体的にどういうことか、もっと例を挙げてみよう。鶴の視点、脳と同じように本書も多くのモジュールで構成されている。大きな単位をとらえれば、鶴の視点、マークの視点、カリンの視点、ウェーバーの視点に分かれるが、鶴のパートとマークのパートの一部は〝爬虫類の脳〟（延髄、中脳、小脳など）、マークとカリンとウェーバーのパートは情動と記憶を司る大脳辺縁系（扁桃体、海馬、帯状回など）、ウェーバーのパートの知的な部分は大脳皮質にあたると言えるのではないか。本書では鶴のパートとマークのパートは現在時制、カリンとウェーバーが視点のパートは過去時制で叙述されている（翻訳でははっきり識別しにくくて申し訳ないのだが）。これは鶴とマークはとりあえず現在だけで生きているということを表わしているのではないか。興味深いのは、本書五六一頁の「また入院だった……」以降はすべて現在時制になっている点だが、ここではそのことを注記するだけにとどめよう。

さらに本書には、マークの事故の日から一年が経過して新たな局面が始まる〝ループ（環）〟の構造があり、それが毎年くり返される鶴の渡りのループ、脱出を試みてもつねに故郷に戻ってきてしまうカリンの人生が描くループ、一旦別れを告げたもののある記憶に導かれてまたネブラスカに戻ってくるウェーバーのループなどと呼応しているが、情動と記憶を司る大脳辺縁系はまさに形がループ状なのだ。

さらに脳においてはニューロンが互いに結合して新たな知覚や認識や知識を得ていくわけだが、本書ではカプグラ症候群の話が、一見何の関係もない環境問題やポスト九・一一テロの状況と結びついていく。

本書はパワーズ初のポスト九・一一小説でもある。損傷を受けた脳のように世界貿易センタービルが分散＝破砕し、カプグラ症候群の妄想のように被害妄想的な愛国主義が蔓延していくアメリカの姿がそこにある。だが、妄想も一つの物語だ。あるインタビューでパワーズは、脳は究極のストーリーテリング・マシンであり、意識とは究極の物語なのだと言い、物語とは機能が局在しモジュール構造をとっている脳の混乱のなかから、心がなんとか全体性らしきものを成型していこうとする営みなのだと語っている。パワーズは自分とは考え方がまったく違うポスト九・一一の妄想的愛国心の持ち主たち（いわゆる〝赤いアメリカ〟）に対しても、共感のニューロンを差しのべ、分散＝分裂したアメリカから新たな結合を模索しようとしているのだ。

環境問題とのリンクも非常に鮮やかだ。おびただしい個体に分散している鶴が、みごとにまとまった群れを作り、記憶をたどって旅をする。人間の脳にはその鳥の脳が埋めこまれている。鶴のパートとマークのパートの響き合いが希望を抱かせる。

この小説は、それ自体はもちろん、おびただしい数の記号の集積にすぎない。だが、読者の脳と相互作用することで、生きた脳のように新鮮な思考と感情を生み出していく。多くの読者の脳と互いに呼び交わし合って谺を作っていく。本書『エコー・メイカー』は一つの脳であり、同時に、タイトルどおり〝谺を作る者《エコー・メイカー》〟なのである。

リチャード・パワーズは一九五七年にアメリカはイリノイ州のエヴァンストンで生まれた。五人きょうだいの四番目。父親は学校教師で、六〇年代半ばにシカゴの北地区リンカーンウッドの高校の校長になったのを機に一家は同地区に引っ越した。ユダヤ人の多いブルーカラー層の街だった。その後、父親がタイの首都バンコクのインターナショナルスクールに赴任し、パワーズは十一歳から十六歳にかけて同地で暮らした。これは一九六八年から七三年、ヴェトナム戦争末期にあたる（アメリカ軍は七三年に撤退）。バンコク時代は現地の文化に親しんだという。知的活動に関心が高いが庶民的な家庭で育ち、小さいころから異文化・多文化の環境に触れていたことから、パワーズの高度に知的でありつつ寛容で温かみがある小説世界の源が見てとれる。

音楽が好きで（声楽に詳しいほか、チェロ、ギター、クラリネット、サキソフォンを演奏できる）、貪欲な読書家。スプートニク一号打ち上げの年に生まれた縁からか、幼いころから科学者志望だった。一九七五年に名門イリノイ大学アーバナ＝シャンペイン校に入学して物理学を専攻。ちなみに小説・映画の『２００１年宇宙の旅』に登場する人工知能ＨＡＬ９０００は、アーバナにある研究所で開発されたという設定で、明らかに同大学がモデルであり、その評価がいかに高いかがわかるが、パワーズはのちにこの母校を舞台に主人公が人工知能の開発に従事する『ガラテイア2.2』を書くことになる。

だが、まもなくパワーズはあまりにも専門化しすぎた自然科学研究のあり方に不満を覚えはじめる一方、フロイト派文学批評の大家ロバート・シュナイダーのゼミで文学の面白さに目覚めて、専攻を英文学に変えた。文学こそは個別の専門にとらわれない〝俯瞰的視点《エアリアル・ヴュー》が欲しい人間にとって最適の場所〟と考えたという。パワーズを魅了したのは、ジェイムズ・ジョイスやマルセル・プルーストらヨーロッパのモダニスト第一世代の複雑精緻な語りの構造を持つ実験的な作品と、トマス・ハーディの伝統的リアリズムによるドラマチックな作品だった。前述の〝構造自体がテーマを反映するような構造〟への指向は、ジョイスやプルーストへの心酔ともちろん大いに関係があるだろう。

一九七九年に修士課程を修了したが、文学研究もまた専門分化の弊に陥っていると感じ、博士課程には進まず、マサチューセッツ州のボストンに移ってコンピュータープログラマーとして働きながら濫読の日々を送る。

そんなある日、ボストン美術館で見たドイツの写真家アウグスト・ザンダーの展覧会に触発されて小説を書くことを決意、四十八時間以内に仕事をやめ、執筆にとりかかった。二年以上かけて完成させた処女作『舞踏会へ向かう三人の農夫』（柴田元幸訳、みすず書房）は、本人の予想を裏切って高く評価され、以後、次々に力作を発表していく。

パワーズは自然科学、人文科学、社会科学、芸術などありとあらゆる知の分野に好奇心を燃やし、作品執筆にあたって徹底的な調査を行なう作家としてデビュー当初から認識されている。彼にとって小説とは人間の知・情・意のすべてを包摂しうる最高位の知の装置である。この志の高さにおいてきわめてユニークな作家だ。本書の次に出た最新作 *Generosity*（2009）は新潮社から翻訳刊行が予定されている。これからも野心的な作品が次々と書かれ、また未訳の既刊書ともども翻訳されることに、みなさんとともに熱い期待を寄せたいと思う。

［付記］最後に、例の置き手紙の翻訳について弁解をさせてください。読者のみなさんは、書き手の正体がわかったとき、文章がその人物の書いたものらしくないと思われたでしょう。しかし、これはやむをえないのです。原文の I am no one……という出だしだけでもわかるとおり、英語だと書いた人の性別や年齢などはわかりにくいですが、日本語でその人らしい文章にすると属性が限定されてしまいます。どうかご寛恕くださいますよう。

二〇一二年八月

訳者

THE ECHO MAKER

Richard Powers

エコー・メイカー

リチャード・パワーズ

黒原敏行《くろはらとしゆき》 訳

発　行　2012. 9 .30

発行者　佐藤隆信

発行所　株式会社新潮社

〒162-8711／東京都新宿区矢来町71

電話：編集部（03）3266-5411

読者係（03）3266-5111

http://www.shinchosha.co.jp

印刷所　錦明印刷株式会社

製本所　大口製本印刷株式会社

ISBN978-4-10-505873-9　C0097